未夕 著

QIAO JIA DE ER NÜ

乔家的儿女

图书在版编目（CIP）数据

乔家的儿女 / 未夕著. -- 杭州：浙江文艺出版社，2020.6

ISBN 978-7-5339-6081-0

Ⅰ. ①乔⋯ Ⅱ. ①未⋯ Ⅲ. ①长篇小说—中国—当代 Ⅳ. ① I247.5

中国版本图书馆 CIP 数据核字 (2020) 第 055595 号

乔家的儿女

未夕 著

责任编辑　罗　艺
装帧设计　80号・小贾

出版发行　浙江文艺出版社
地　　址　杭州市体育场路 347 号　　邮编 310006
网　　址　www.zjwycbs.cn
经　　销　浙江省新华书店集团有限公司
印　　刷　北京盛通印刷股份有限公司
开　　本　710 毫米 × 1000 毫米　1/16
字　　数　502 千字
印　　张　24.5
版　　次　2020 年 6 月第 1 版　2020 年 6 月第 1 次印刷
书　　号　ISBN 978-7-5339-6081-0
定　　价　49.80 元

版权所有　违者必究
（如有印刷质量问题，请寄承印单位调换）

第一章 ... 001

第二章 ... 041

第三章 ... 081

第四章 ... 119

第五章 ... 165

第六章 ... 203

第七章 ... 239

第八章 ... 273

第九章 ... 311

第十章 ... 347

尾声 ... 383

第一章

乔一成跟弟弟妹妹们,是挣扎着长大的。

1

乔一成十二岁的时候，添了个小弟弟。

可是，没了妈。

那是一九七七年。

其实那时已经开始实行独生子女政策了，周围的邻居开玩笑地说乔一成妈是老蚌生珠。

其实那年母亲也不过三十五岁。尽管男人不争气，不顾家，孩子多拖累重，又没有什么光鲜一点的衣服，可是，隐隐的，总还有两分秀色。

街道计生办的人也来过，宣传政策，叫她把孩子做掉。邻居的阿姑阿嫂阿婆们都劝她别要这个孩子了，违反国家政策不说，又多添一张嘴，以后吃穿用度，上学成家，哪样不要成把的钱？现在又不似过去，饭锅里多添一瓢水就养活一个人。

母亲也有过犹豫，偷着跑了两趟妇产医院，到底没敢做手术。乔一成他爸晓得了，拍桌子打板凳，把她臭骂了一通，连带着街道干部与阿姑阿嫂阿婆们也吃了一通夹枪带棒的晦气话。

乔一成的爸叫乔祖望，他可没什么特别的儿女心肠。他只不过觉得，肚子里这小东西是他的种，谁敢弄死他的种？

邻居的阿姑阿嫂阿婆们聚在街口老槐树底下乘凉，一边纳鞋底，一边讲笑，悠悠地说：他的种？噢哟，他以为是他的种呢！

这话被小少年乔一成偶然听到了，他并不是特别地明白，却本能地觉得不是什么好话。于是恨恨地瞪着说闲话的人。恨不得眼里飞溅出火星子，把那些三姑六婆身上烧出一个洞来。

乔一成不能听别人说母亲的坏话，但其实，最最不能接受母亲怀孕的，恰恰是他自己。

他是那么爱着他的妈。那种爱意，堵在他的心里，塞在他的喉咙口，说不出来。

乔一成比他大弟弟乔二强大三岁。在出生到三岁这段日子里，他与母亲无比亲近，母亲把所有的注意与关爱都给了他。那段时间，母亲只上上午的班，拿极少的工资，回来后就把他背在背上做家事。记忆早已模糊，只有那种暖烘烘的感觉还在乔一成的心里。就像晒完了太阳,太阳下了山,可是身上的暖还在。

后来,陆续有了弟弟妹妹,母亲的精力分散了,而且,她也再不能只上半天班了。可是母亲对长子总归是有一些不同的,乔一成常常在上学前被母亲拉到用油毡子挨着墙搭出来的小厨房里,躲在杂物的后面那方窄小的空间里,吃着妈妈给他单独做的一个溏心蛋,滚烫的,可是为了不让弟妹与爸爸发现,他吃得飞快,烫得直吸气,这是他跟母亲共同守着的一个秘密。

乔一成已有了一个弟弟两个妹妹,他当然不是第一次看见母亲怀孕。可是早些年他太小,只懂得母亲的肚子鼓起来了,又瘪下去了,然后他就有了一个弟弟或是妹妹。

但是这一次不一样。

母亲的这次怀孕,给已有了深刻的性别意识的十二岁少年乔一成一种鲜明的羞耻感,他严峻的瘦长的小脸儿拉得更长,他开始拒绝同学和邻居小孩的来访,他不再让一个学习小组的同学上自己家来做功课,而是利用小组长的权力把学习小组长期地安排在同组的一个小男生家里,他会像轰小鸡一样轰走靠近他家门的所有邻居小孩子。

母亲面目有些浮肿,两颊上生了大片浅褐色的蝴蝶斑,头发枯黄毛燥,扎起来也有些乱蓬蓬的,不复乔一成记忆中的丰厚柔顺。她挺着大肚子,在窄小的家中来来去去,臃肿笨拙得像一只大鹅,低头做事的时候,嘴会不自觉地嘟出来,使得她看上去像一个不认识的人,或是一个不相干的人。这一切,都叫乔一成不舒服、不痛快,又说不出来,憋得心里很难受。

乔一成父母祖上三辈子,都是土生土长的南京人。

这个城市冬天严寒,夏天酷热,外地人无不怨声载道,可是本地人,却一味地忍耐,在忍耐中享受,平静得近乎安详。因此,他们的生活,无论幸福或是不幸,无不带着一点点悲壮的意味。这里的人似乎也无甚大志或是野心,不急不缓地得过且过地心安理得地活着。

那个年代,这个城市的角落,还有众多细如羊肠的小巷,最窄处只容一人通行,胖子就只能侧着身子过。这些小巷连接一片片旧式的院落与房屋,这些院落里、房屋旁还有用油毛毡和碎砖头搭出的更加破败的小棚子,用来做饭或是堆放杂物。如果从空中俯瞰,这些地方大约像是这个城市身上的伤疤或衣上的补丁,是这个城市一块块突兀斑驳的疤痕。

乔一成的家就在这样的伤疤或补丁上。

这是个老旧的院落,据传以前是一个小康之家的宅子,前后三进,现在住了有十来户人家。乔一成他们家在第二进,两间老式的屋子,被一个阴暗的堂屋连在一起,一间是父亲与母亲的卧室,另一间住着乔一成兄弟姐妹四个,都是雕花的木漆斑驳的窗子。

院子里是坑洼的青石砖地,年代久了,到雨天便积起一洼一洼的水。

这一天,正是雨后,那个乔一成偷偷喜欢的同班同学刘芳就踩着这一洼一洼的水走到

了他家门前。

小姑娘穿着白衬衫与花裙子，露着细白的小腿，衣领和裙边上都有很细很细的蕾丝花边，带襻的黑皮鞋上溅了一些泥点。

刘芳的家住在乔一成家对面的街上，只隔了一道窄窄的路。那路解放前是一条臭河沟，解放后填平了成了路，这两年又弄了个花圃，种了玫瑰，就是那种最普通的品种。花开的时候，街道叫人采了，卖给药房，也算是一项收入。

刘芳的家是这一带少见的高大门头，石头的，前后两进房，只住着刘芳一家，"文革"后刚还给他们家的产业。她的祖父是归国华侨，家里有一架钢琴，虽然是旧的，可是依然锃亮，琴键黑白分明。

那个年代，家里有一架钢琴，几乎等同于现在在东郊有一座别墅，就在美龄宫隔壁。

更稀奇的是，刘芳是独生女。这在班里的同学间更显得特别，同学们大多有兄弟姐妹，像乔一成这样家里有四五个孩子的也不算少。

刘芳是全班全年级小姑娘羡慕的对象。

刘芳跟乔一成是一个学习小组的，这两天她病了，这会儿来向乔一成问作业。

乔一成躲在屋子里，不愿意出去。

他越是在心底里喜欢她喜欢得要命，越是不想让她来自己的家。

谁知母亲竟然迎了出去，鼓着那样大的肚子，拉了刘芳叫进来坐一会儿，又从饼干桶里摸出两块硬得和石头差不多的饼干非要塞进刘芳的手里。

乔一成从里屋冲出来，用力把记了作业的小本子扔给刘芳，几乎有点恶狠狠的。他想，谁叫她来的？谁叫母亲拉她进来的？反正他从此不会再理这个叫刘芳的丫头了。

小姑娘的眼眶里浮起泪光，拿了本子走了。

母亲跟过来问乔一成：你怎么啦？

问了三四次，乔一成都不答话，也不抬眼看母亲一眼，闷闷地走到桌子前。

晚上，乔一成怎么也睡不着，在床上翻过来倒过去的，小床吱吱嘎嘎响。二弟乔二强的脚叭地踢到了他的鼻子，他恨恨地拨开。

他听见卧室门口有细微的动静，一会儿，母亲走了进来，走到床边，俯下身子来看他。

从窗口透进来的柔和的月光过滤了母亲脸上的浮肿，使她看上去年轻明净，她头发上有月华晕出的一道浅浅的光，臃肿的身架隐在黑暗里，看不分明。这才是乔一成记忆里的，妈妈的样子，乔一成突然幸福得有流泪的冲动。母亲拍了拍他，他撒娇地哼了两声。

他没有想到，这是他与母亲最后的一次亲近。

母亲的阵痛是在第二天开始的。她收拾了一下，跟乔一成说，看好弟妹们，妈上医院去了。

本来，她是打算坐公交车去的，走到街口，疼痛又缓了些，于是她想，走几站也不费什么事，能省一毛钱，是一天的菜钱呢。所以她就走到医院去了。

到医院之前，她托邻居给妹妹带了个口信，她妹妹听说她要生了，就赶了过去。

这个时候，乔一成的父亲还坐在麻将桌上。

当然是偷偷在赌，屋子的窗子上拉着厚的窗帘，麻将桌上垫着厚实破旧的粗毛毡子。

乔一成的二姨找了来，跟姐夫报喜，说姐姐在医院生了个儿子，六斤重，不大，还算健康。

听说生了儿子，乔祖望也就哼哼两声，倒是桌上的牌友齐声道喜，要他请客。乔祖望手里没停，张口说：没问题没问题，叫人去买几笼小笼包来，同旺楼的！

大家一齐笑说：真是大出血啊，同旺楼！

眼看着他还要继续酣战下去，二姨急得上前拉他：你也动一动，去看看我姐，给孩子起个名字！

乔祖望一脸的不耐烦：有什么好看的，哪家女人不生孩子？她也不是第一次生，怎么这次就特别金贵了？要起什么名？今年七七年，就叫七七算了。

原先，四个孩子的名字都是排着下来的，乔一成，乔二强，乔三丽，乔四美。这个却叫了乔七七。

二姨气得跺脚说：你到底去不去？

桌上的几个人连声劝道：去一下去一下。看看放心些。

乔祖望把面前的牌一推：去去去！站了起来：在哪家医院？

二姨说了医院的名字。

乔祖望说：那么远？

二姨没好气地道：鼓楼医院近，住不起！

乔祖望说：叫辆三轮车。

二姨更气了：我姐快生了还走着去呢，你倒要叫三轮车！走走路不会走死人！

两个人一路口角往医院去了。

乔一成带着弟妹在家里等。傍晚的时候，他把中午剩下的饭用开水泡泡，跟弟妹们就着小菜吃了。吃完他收拾了碗筷，坐在堂屋的门槛上。

他看着青色的屋顶，瓦楞间有草冒出来，乱七八糟的一蓬又一蓬，青黄夹杂。初夏橙红色的落日挑在屋檐上，跟假的似的，好像伸手就能够到。

噩耗来的时候完全没有预兆，反而有一种异乎寻常的宁静。宁静使得不幸越发地猝不及防。

二姨突然奔了进来，一路跌跌撞撞地，一边气喘着一边对着乔一成说：你的弟弟妹妹呢？快点快点，锁好门跟我走！快点快点！

长大了以后的乔一成常常想起这一个傍晚的落日。

他还会想，那个时候，他年纪小，手也小，抓不住幸福。

而不幸，却由命运交到你的掌心，不要都不行。

2

  那一天，二姨拖着他们几个，老也等不到车。

  老旧的公交车哐哐地来了又走了，都不是到医院的那一趟。

  乔一成拉着两个妹妹，二姨拉着二强，二强个儿小，整个儿地吊在二姨身上，有点慌，有点怕，一个劲儿地眨巴着眼睛。

  乔一成眼看着二姨的脸色越来越沉，心里也怕起来。说不明白为什么怕，可是，总觉得有事儿不对头，恍恍惚惚的。

  又等了一会儿，还是没车。

  二姨突然下了决心，把二强往乔一成身边一揉，跑了几步，在街边叫了两辆三轮车。乔一成被二姨推着，急急地坐上了车，三丽与四美坐在他两边，三个孩子都瘦小，掉了毛的小猫似的抱在一块儿。三丽才六岁，四美更小，四岁，两个人都是头一回坐三轮车，却不见喜色，紧紧挤在一起。小孩子，就像小牲口似的，能最先最准确地感知不幸。

  二姨抱了二强坐了另一辆车，一路向医院奔过去。

  乔一成坐的那辆车稍后一点，他听见二姨急惶惶的声音：同志，麻烦你快一点。快一点。声音被迎面扑来的风打散了，七零八落地蹦进乔一成的耳朵里。

  赶到医院，二姨又拉着他们飞奔上楼，楼道里一股子闷闷的腥气，孩子们捯着小腿吃力地跟着二姨啪嗒啪嗒地跑。

  跑到一间病房门前，二姨一推门，乔一成正看见一幅白布一点点掩上母亲的脸。

  母亲的灵堂设在堂屋里，拉了大红的帐子。屋子里阴黑潮湿，因为停电，点着几盏煤油灯，火光一飘一飘的。

  街道的人说，丧事要新办，别弄封建的那一套。可乔祖望说，还是给挂一下吧，她一辈子一件好衣服也没穿过，死了，弄幅帐子，意思一下吧。

  堂屋里又添了几条长条凳，是邻居们从家里拿来的。乔祖望坐在桌边，他的爹妈死得早，有一个哥哥，多年没来往了，也不知是死是活，所以乔家没有旁人来。母亲家，长辈也都不在了，只有一个二姨，坐在另一条长凳上，眼睛早哭红肿了，有人来的时候，也会拍着旧的八仙桌大声地哭喊，声音尖厉凄惨。

那八仙桌上摆着母亲的一张照片，也不知是哪年的，照片上的母亲非常年轻，年轻得乔一成几乎不认得，还扎着两条板板的麻花辫子。照片很小，是临时去放大的，照相馆的人说，只能放这么大，再大，就模糊了。

乔一成缩在墙角，从医院回来，竟然不晓得哭，只大睁了一双黑黑的空空的眼睛。有邻居的妈妈把他拉过来，让他对着母亲的照片，轻轻地推他：你哭你妈几声吧。

乔一成哭不出来，他蒙了，脑子又空又轻，像个风干的葫芦。

见他没有哭出来，邻居妈妈又把三个小的拉了过来，跟乔一成站在一起：你们给你妈磕个头吧。这是要的，也不算是封建。

乔一成跪了下去，堂屋的泥地湿湿的、阴凉的。

先哭起来的是三丽，小姑娘尖尖的嗓子细细地像病中呻吟似的响起，接着四美也哭起来，奶声奶气的。

九岁的二强哭起来是哇哇的。

乔一成还是沉默。

他听见有女人在说：这孩子，心硬啊。

乔一成不大明白现在是在干吗呢？特别不能明白，这照片，这大红的帐子，这哭的人，这些都是为了什么？

我的妈呢？他想。妈怎么不在？

乔一成妈停在了医院的殓房里，明天会直接送到火葬场。

那一年，这个城市的火葬场还没有搬到郊区，竟然在清凉山，不算市中心，可也差不多了，高大的红砖的烟囱直入空中，会有烟冒出来，一大股一大股的，浓黑的，稠的，顺风一吹，会有极细微的黑色颗粒落在路过的人的肩头。孩子们提起来，会怕。

乔一成想不通妈妈为什么会被送到那里去。

乔一成和弟妹们被送进了里屋，坐在大床上，有帮忙的邻居阿婆塞了一点吃食给他们。二强三丽咯吱咯吱地嚼着小饼干，四美牙还没长齐，舔着，吃着。几个孩子凑在一堆，头也不抬地对付那些吃食。

屋里有不少人，原本就不大的地方更显得挤，都是帮忙的邻居。乔一成听见她们叹着说：留下小孩子就可怜了。

又有人说：他爸爸总会朝前再走一步的吧，才四十岁。

哪那么容易啊，一大家子，四五个孩子，条件也不好。

找个农村的也是可以的。

农村的也不见得愿意给四五个小孩子当后妈。

说者是无心的,都以为小孩子家懂什么呢。

那个人还没有来呢?

哪个?

不就是那个……声音愈加低下去。

哦,就是那个姨父啊,原先不是……

是啊,以前看过一个老戏,叫什么的?《姐妹易嫁》,这种事,也是有的。

怎么没有,多得很。我家的一个老亲,旧社会,坐月子时叫了自己妹妹来侍候,结果就跟姐夫搞上了,后来收了二房。

吓吓吓,那个两码事两码事。

那个人总要来的吧?不是复员了,分到汽车厂了?

那个厂子不错啊,老有东西发。

早些日子不是总见他来,说起来,这个最小的,才生的……

不要瞎说,不要瞎说,死都死了,说这个对死了的不敬。

我也就只是说说。

咣!乔一成用力地踢翻了床下的一个搪瓷洗脚盆。

阿姑阿嫂阿婆们住了嘴,看着乔一成那张干干的没有泪痕,绷得紧紧的小脸儿。

过了一会儿,堂屋里有人来了。

是一个高大的男人,拉了一个小男孩。

二姨见了,高声哭叫着,对着那个男人扑了过去。

男人抱住二姨,说了声,我才下夜班。

乔一成侧着身子倚着门看着男人与小男孩。

那小男孩与乔一成差不多年纪,并不胖,却圆头圆脑的,一脸忠厚相,拉了二姨,叫妈,又抽抽搭搭地哭着:大姨大姨。

乔一成突然地气愤起来。

那孩子是二姨的儿子,叫齐唯民,他的表兄,只大他两个月。都说是厚道的孩子,成绩又好,所有的人都这样说,包括乔祖望。他往乔一成面前一站,就好像遮掉了乔一成的光似的。

乔一成紧紧地巴着那木门。

二姨一家子的哭声,带起了更多的哭声,邻居里有专门帮人哭的女人,一边哭着,一边数落着死者生前种种的好,以及对她留下的孩子的痛惜。

哭声在小小的堂屋旋绕着,回荡着,像找不到出路的怪兽。

乔一成看着,那帮哭的女人里头,就有刚才说闲话的。

突然地,他就冲了出来,对着那女人一头撞去,啊啊啊,不成调地叫起来,像只疯了的小兽。

小少年乔一成泪流了满脸。

那女人一下子跌坐在地。大人们却圆场说，好了好了，哭出来了就好。真怕小孩子受了刺激脑子出问题。这回好了。

乔一成妈的丧事办完了。人火化了，成了一捧骨灰，乔祖望买了一个最便宜的骨灰盒，骨灰放在殡仪馆，一放就是二十多年。

妈妈的照片被乔一成拿走放在了自己与弟妹们的卧室床头的小桌子上。他记得老师说过，照片不能经太阳晒，一晒，就坏了。

那个挂在堂屋里的大红的缎子帐子，二姨说，很想要。乔祖望想：真是，能占一点儿是一点儿。

乔祖望说：那是你姐收了好多年的，说是留着女儿结婚给缝床被子的。

二姨说：等到那个时候料子都闷了。又叹了一声：我也忙了好几天了，钱也搭了不少。我姐……也是命苦。

乔祖望摆摆手说：拿走吧拿走吧。

乔祖望有几天丧假，为了安抚自己中年丧妻之痛，他连着打了两个晚上的麻将。第三天早上，摇摇晃晃打着呵欠去单位上班了。

下午的时候，医院给他们厂子打来了电话。

电话不大清楚，咝咝的电流声，有一个女声说：要去医院结账，还有，孩子该抱回去了。

乔一成的妈妈是生了乔七七以后突然大出血的，人一下子就不行了。孩子生下来还好，过了半天，出现了呼吸困难，医生把他给放进了暖箱。

这两天，就一直在医院里。

医院的人在电话里说：孩子也好了，要快点接回去，医院不是托儿所也不是孤儿院。还有，账还没有结呢，医药费，抢救费，来结一结。

乔祖望想了一想，先跑到学校，跟老师请了假，把乔一成乔二强接了出来，又回家领了三丽和四美，拖儿带女地跑到医院去了。

乔祖望看到医院的账单后吃了天大的一惊：这么多？

结账处的人说：大人抢救的呀，还有孩子这些天的治疗费。

乔祖望说：我哪有这么多钱？

那人又说：哪有看病不给钱的道理？

乔祖望把身后的儿子女儿向身边拉一拉，几个小的缩在他身前，四美抱着他的腿。

乔一成挣了一挣，想从父亲的大掌下脱身出来，却没有挣动。

乔祖望说：你看我们家这一堆娃儿，欠了钱我就只有带着他们一起去跳玄武湖。

那人说：你也不用吓我，又不是我问你要钱，是公家问你要钱。

乔祖望说：我真没钱。要不然你把才生下来的那个扣下来抵债。

那人火了，唰地立起身来：你要无赖是不是？

乔祖望说：我工人阶级，一向光明正大，我要什么无赖。

渐渐地围了人，成一个半圈，看着他们。

乔祖望索性拉了孩子一屁股坐下来。

乔一成想要跑开，被父亲狠狠一脚踢在腿弯，蓄了满眼的泪，不肯抬头。

到最后，还是打电话叫来了二姨父。

那个高个子的男人，掏钱付了账。

小小的婴儿也被抱了出来。

小东西裹在小薄被子里，乔一成搭眼看了他一下。

母亲去世的那一天，二姨抱了小东西出来的时候乔一成看过他。红兮兮的脸皱成一团，额上还有一摊黏糊糊的不知是什么的东西，像剥了皮的小老鼠，或是刚生下的猫仔，或是没皮的青蛙，就只不像个人。

可是现在，他的脸舒展了，那些皱巴全抹平了，满头乌黑的头发，闭眼睡得正香。

乔一成厌恶地看着这小东西，心里的恨意一跳一跳地，活像心头有一只恶劣的兔子。

乔祖望把小东西交到他手上，乔一成僵僵地抱着他，忽然想，如果一松手的话，会怎么样？如果一松手……

这念头吓了他一跳，反而下意识地把小东西往怀里紧了紧。

乔一成抱小婴儿是像模像样的，他抱过二强，也抱过三丽，曾经，抱着四美的时候，三丽还背在他瘦瘦的背上。妈妈看了，会心痛，把三丽拉下来，搂了他说，我的大儿子，怎么那么懂事？

二姨父伸手接过了小婴儿，小婴儿在他宽大的手掌下简直像玩具。二姨父看着他，表情甚是慈爱。

二姨也赶了来。把小婴儿接过来，看着，又叹气。又扯了乔祖望的衣袖轻声地说：我跟你说姐夫，那个钱，是要还的啊，是我们借你的，不是给你的啊！你要记得还啊！我们是至亲，不写借条无所谓，你记得要还。

二姨父叹了口气，张开胳膊，把乔一成他们全围住：回家吧。都回去吧。

乔一成轻轻一扭，从他的胳膊下钻了出来。

3

二姨说：那钱是要还的。

乔祖望说：那是自然，我还会贪你的钱不成。可是，你姐的单位是大集体，是没有公费医疗的，不说什么超生罚我们款都算好的了。你也知道，你要不宽限我些日子，那我只有带着你姐留下的这几个娃儿跳玄武湖去。

二姨心想：那么你跳去好了，玄武湖又没盖盖子，吓唬哪个嘛！

接下来的那些天，乔家的大人孩子都开始不好过起来。

让他们不好过的，就是那个小东西。

天热起来，小东西被从小包裹里解放了出来，穿了身四美小时候的粉色旧衣裤，扎手舞脚地睡在床上。这么小的孩子，其实还没有完全学会定睛看东西，可是这小东西一双圆溜溜的眼睛，黑水晶似的亮，眼光落到谁身上，都像是满含深情。

邻居的女人们一个个过来抢着把他抱在怀里，叹着说：真是个标致的娃儿。真是，乔家还没有长得这么好的娃儿呢。

乔一成与弟妹们都算是端正面孔，但都不出挑，落入人堆就看不见，像乱石堆里的几块细小碎石。二强因为有两道微微倒挂的眉毛而显得有些苦相，不那么喜落。

女人们一遍又一遍地说着乔家没有这么好看的娃儿这样的话，乔祖望是听不见的，她们不会当着他的面讲，而乔一成却常常听在耳朵里，他会躲在角落里，目光阴凉地穿过女人们的身体，落在她们胳膊弯里的小东西身上。无人的时候，乔一成让小东西躺在床上，自己撑着胳膊俯视着他，与他那水灵灵的黑眼睛对望，忽地伸出手去在他的身上随便一处用力掐一下。小东西好像反应有点慢，总是隔了几秒钟之后才哇的一声哭起来。乔一成又会急急地把他抱起来，让他躺在自己细瘦的臂弯里，把脸紧紧地贴着他哭得变了形的小小脸上。

看着这个漂亮的，可怜可爱的，又可恶的，身份模糊、夺走了妈妈性命的小东西，乔一成年少的心里，爱恨交加。

小东西回到家里，以很快的速度瘦下去，大腿上的皮肤都松得挂下来。因为没有奶

水，牛奶也不容易订得到，即便容易订，乔祖望也花不起那个钱。

乔祖望盼咐大儿子乔一成，每天煮饭时多放一些水，锅一开，先把米汤倒出来，放一点糖，喂那小东西。

热的米汤盛在小碗里放在八仙桌上，发出一种清甜的香气，三个小的围着桌子转来转去，眼睛盯在那碗上拔不出来了。乔一成像轰小鸡一样把他们轰开，吹凉了米汤，一勺一勺地喂到小东西乔七七的嘴里。

营养一定是不够的，小东西不仅瘦了，而且夜间也哭闹得厉害起来，一哭而不可收拾，直到把小脸憋得紫涨。

乔祖望一如既往想晚上是要出去打牌的。即便回家来，他也不把小东西抱回自己屋睡，小东西的摇篮就放在乔一成兄妹几个的大床边上，夜里他哭闹的时候，乔一成睡眼迷蒙地坐起来，束手无策。

乔一成没有东西给他吃，也不想抱他。

乔一成呆坐在床边的时候脑海里突地闪现出一个词：孤儿。

他还是有父亲的，可是，内心却跟孤儿一样地仓皇失措。

不，他觉得他其实比孤儿还不如，他还有一串子阶梯式排列着的弟弟和妹妹，最小的这个竟然还穿着粉花的娃娃衫，常常吃着自己的小拳头，一天要吃五顿，还要睡十六七个小时。

他没法指望爸爸把他与弟妹们的生活安排得井井有条，如同母亲在世时那样。

乔一成在黑暗里搂了母亲的照片，玻璃镜框冰凉地贴着他的肚皮。

十二岁上就明白了父亲的不可靠，乔一成觉得自己顶天才。

可是乔一成不知道，其实他还是有点冤枉了他爸爸，乔祖望也并非一点也没有想到他们接下来的日子。

白天，乔祖望要上班，乔一成与乔二强要上学，家里只剩下两个小丫头，是绝对看顾不了小东西的。乔祖望把他托给邻居家不上班的女人，可是不过两天，人家就意意思思的，乔祖望明白她是想要工钱和小娃娃的伙食费，乔祖望想，那伙食费到了她手里，多半是要变成吃的落入她自己的肚子里的，实在是太不划算。

乔祖望的心里有了一个主意。

二姨正好来看小东西，乔祖望留了她吃饭。

乔祖望把孩子们赶到里屋，叫乔一成领着他们坐在小桌子边吃饭，只剩下他自己与二姨。

二姨在饭桌上问：姐夫，这下面的日子要怎么过？你有没有个打算？

乔祖望说：打算是有，可是，不好开口。

二姨警觉地抬眼看了他一眼：你是什么个意思？直说好了。

乔祖望放下筷子：二妹妹，你看，你姐没了，我一个月的工资才二十三块五，我不能不上班，不然连这二十来块钱都拿不到，一成他们几个真的要饿死的，现在，我倒还活着，又不能把他们送孤儿院。而今呢，最大的问题是这个小的，这样养下去，是真的要活不成的。二妹妹，你不看我的面子，也要看在你姐死了的分上……

二姨说：你不用说了，我明白你的意思了。小娃儿才那么小，你现在情况是难，可是姐夫，你也知道，我们家老齐虽然厂子不错，但是一个月也就那么几个钱，每个月还要贴他老妈三块五块的，我又是没有工作的，我自己还有三个小孩……

乔祖望打断她说：这个你放心二妹妹，亲兄弟还明算账呢，我每个月会贴你钱的。你看五块够不够？

二姨没说够也没说不够，只把薄薄的嘴唇向下撇了撇：姐夫，你也不用跟我哭穷，俗话说鱼有鱼路虾有虾路，你每回在牌桌上也没少进账，哪个不知道你是有名的乔精刮子，最会算牌。

乔祖望马上反驳：我们是不来钱的，输赢也就买点花生瓜子小笼包子。

二姨从鼻子里笑了一笑，想，不来钱你每天熬油似的熬夜。

乔祖望看看她的面色，接着说：好了好了，八块行不行？再多我真的给不起了二妹妹。

二姨不说话了，过一会儿又说：那么姐夫，那笔医疗费你可不能忘了。

乔祖望说：那个另外算，我隔个三五个月总会还你一些，就算没有钱，我也会拿些粮票布票或是工业券去顶账，你放心，我不忘。乔精刮子又不是赖皮。

第二天，二姨就过来抱走了小东西。

跟她一块儿来的是她的儿子齐唯民，那个乔一成从不爱搭理的小表哥。

齐唯民欢天喜地的，争着从二姨怀里抱过小东西去，嘴里一迭连声地叫着：七七，七七，七七，笑一个，啊——啊，笑一个！

乔一成暗暗地骂一句：神经病！

这一年的夏天，又出了件惊天动地的大事情。

要地震了！

大街小巷都在传这个可怕的消息，政府方面也没有出来辟谣，似乎也肯定了这个消息。

每一个人的脑海中都还在想着前一年唐山的那场震惊中外的地震。但由于没有电视，只听广播与看报纸，其实那印象并不十分鲜明，人人都觉得，这种事，离自己是十分遥远的。可是一下子，原本以为永不会发生在自己身上的厄运却在一步步地逼近。

还好学校已放了暑假，乔一成每天像圈小猪仔似的把弟妹们圈在家里，三丽胆子小，

不敢乱跑，二强却改不了男孩子的淘气，一个没看住就要跑得没影，四美还小，根本不大懂地震的含义。

乔一成便发挥想象力，跟弟妹们描述地震的惨状，说得极其血腥黑暗，吓得弟妹们再也不敢乱跑。

二强每天带着两个妹妹，抱了装满凉白开水的水壶和那个生了锈迹的饼干筒，躲在八仙桌下面玩儿。那饼干筒里其实早就没有了饼干，只有一把变了味儿的饼干屑。

乔一成每天做完饭也躲进桌子下做暑假作业，翻看课本或是那几本早就翻烂了的小人书。

他们的爸爸乔祖望却完全不相信地震的传闻，充分表现了无产阶级的大无畏精神，说南京这块，是风水宝地，多少皇帝都看中了的，哪会随便乱震，如今的人，就会听见风就是雨。

他照旧从容地上班，从容地在单位里打瞌睡，从容地在晚饭时喝两杯小酒，再略有些鬼祟地钻进牌友的家。

又过了半个月，消息越发地紧了，老天爷也好像给出了一点预示，这号称火炉的城市，原本热得像下火似的七月，竟然时常地阴天，天空低沉得像要扑跌到大地上，天边还会有滚滚的乌云，隐隐的沉闷的雷声一声紧着一声。

越来越多的人家开始在街边空地上搭起了简易的防震棚，一般都是放上一张竹凉床，再把床板竖起来，遮起一小方天地。慢慢地，有人开始弄来大块儿的芦席，围成一间简陋的小屋，里面放上了居家必要的一些物什，有条件好一些的人家，居然弄来了大块儿的塑料布和竹竿，搭出来的防震棚就相当地像样了。

晚上，人们就住在这样的防震棚里，点着蜡烛，有人还带了小无线电，低低的歌声与播音员四平八稳报新闻的声音传出来。

乔一成家这一进院子几乎搬空了，到了晚上，就只剩他们这一家还在。四周黑黢黢的，又静，静得连躲在古旧的墙角的蟋蟀都不唱了，只有老鼠在梁上窸窸窣窣地来去。

乔一成想起老师说过，动物比人更能预感自然灾害的来临，吓得拖着弟妹干脆睡在八仙桌下。

那桌子实在太沉，他们没有办法把它搬到院子中间的空地上，央求了乔祖望几次他都不同意搬，因为"怕人偷"。

乔一成只好安慰自己，在院子的空地上也不见得更安全，要是真的地震了，四周的房子冲着院子倾倒下来，不是砸个正着！

他可怜的，甚至是错误的有关地震的知识，给了他一点点的安慰，支持他带着弟妹，勇敢地睡在桌子下面，熬过了好几个漫长的夜晚。

终于，乔一成还是请求爸爸把竹凉床搬到了街面上。他和弟妹们捡来一些纸板围在竹床边，活像是一个动物的窝，他们心满意足了。却不料当天晚上就飘起了毛雨，雨渐成了线，外面真的待不住了，乔一成只好带着弟妹们又回了家。

第二天一大早，二姨父来了，带着齐唯民，用三轮车载来了一大卷大塑料袋还有一些竹竿，还有工具。

他一言不发，把大塑料袋子一个个地裁开，铺平，再烧了烙铁细心地把两大张塑料布粘在一块儿，然后立起竹竿。到了傍晚时分，乔一成和他的弟妹们终于有了一间像像样样的防震棚，在乔一成和他的弟弟妹妹们眼里，这小棚子像个透明的仙宫似的，二强也学人家搬来了脸盆水壶，还包了一包衣服。

二姨父齐志强买来了烧饼，又烧了一大锅绿豆稀饭，一并端到小棚子里，跟乔一成他们一块儿吃。

小棚子一下子坐了这么些人，显得有些挤，可又显出一份格外的安全感。

乔一成看着蹲在地上吃饭的这个高大沉默的男人，脑子里想起那些三姑六婆们背后的议论，那些让他似懂非懂的传闻，让他不安不快，让他觉得屈辱，可是，在心底里，他想，为什么这个人不是我爸呢？

于是越发恨了，低头呼呼地喝着稀饭，偶尔抬起头来恨恨地瞧傻笑的齐唯民，仿佛，自己的好日子，是被这家伙给抢了。

二姨父带着齐唯民回家了。他们家也搭了防震棚。

这一天晚上，突然雷电交加，大雨滂沱。

乔一成的爸爸乔祖望却在厂里值夜班，还没有回来。

雨好像从空中倒下来的，世界只剩一片哗哗的轰鸣声。不时有闪电划过，把暗黑的天空撕裂出一个狭长的口子，伴随着巨大的雷声，让防震棚中乔家的四个孩子吓得魂飞魄散。

小小的防震棚里一下子淹起了水，水很快地漫过床腿，二强从家里拿来的脸盆漂了起来，一会儿就漂出了棚子。四个孩子身上几乎全湿了。乔一成拿出一把黄油布伞，用力地顶开，和弟妹们缩在伞下，像四只湿漉漉打着战的小狗狗。

乔祖望今晚倒真不在牌桌上，他在厂子里值夜班，防止坏分子偷盗国家财产，怕是要到天亮才能回来。

小棚子在风雨中摇摇晃晃，好像是汪洋中的一条小船。

乔一成的视力很好，透过半透明的塑料布，他看见远处有一团光亮，一点点向这一边移来。

他记得爸爸和二姨父都有一个大的手电筒，很亮，能在黑夜里划出一小条光亮的路来。

这一刻，乔一成格外希望来者是那个沉默的高大男人，有了他，就不怕了。

那亮光终于近前来,有人掀开棚子跨了进来。

是乔祖望。

三丽与四美立刻带着哭腔叫了起来:爸!爸!爸呀!

乔祖望穿着雨衣,浑身精湿。

乔一成说:爸,你不用值班啦?

乔祖望说:值屁班,哪有小偷这个天出来偷东西?走走走,都回家睡觉去!

乔一成惊道:爸,说不定今晚就会地震的,我们老师说,地震时常伴有雷雨。

四美哭出来,声音尖尖细细:爸!我怕!我怕死了!

三丽也哭了。二强叫道:不怕。反正我们不在屋里头。爸,你也不要回家啊!

乔祖望想想也是,这种糟糕的天,似乎真的会发生什么更加糟糕的事。

他在竹床上坐下来,竹床在一个大人四个小孩的重压下发出咯吱的声响。乔祖望说:都睡不成了,坐一夜吧。

四美艰难地挪到父亲的脚下,死死地抱着爸爸的腿,三丽见了也爬过来抱住了爸爸的另一条腿。乔祖望难得地,没有嫌烦地甩开女儿。

天地一片黑暗潮湿,可是一家子都在一块儿了,似乎也没有那么怕了。二强问:什么时候会震?

乔一成说:不晓得。爸,你说什么时候会震?

乔祖望没好气地说:震,震,你们倒巴望着震!真的震了,我们一家子住哪儿去,穷家破业就不是家啦?也有两三件东西呢!那房子倒了,我们就损失一大笔了!

正说着,乔一成抬眼看着小棚子的顶,忽然惊叫起来:爸,爸,你看!

小棚子的塑料顶上积聚了不少的水,把顶压得向里凹进好大一块,好像马上就要垮塌下来。

乔祖望骂了句粗话,用手顶了顶,无济于事。乔一成叫起来:爸,别顶,会顶破的!

乔祖望说:没办法了,将就吧,反正也淋得差不多了,天亮了就好了。

正说着,那凹着的棚顶忽然微微地倾斜了一下,里面盛着的水,哗地倒在地面上,接着又是微微的一个倾斜,又哗的一声。

二强惊叫起来:二姨父,二姨父来了!

乔祖望隔着塑料布叫:齐志强?齐志强!

现在,孩子们都看见了外面那个高高的身影。二姨父的声音传过来:是我哪。再来一下子就好了。

二姨父拉了门帘走进小棚子,赤了脚踩在汪起的水里,对乔祖望说:你回来就好了。我担心这几个娃儿自己在这里会害怕呢。要是再积水,你就出去这么弄一下,搭个棚子不容易,真破了,娃儿们没地方躲了。

乔祖望哼了一声算是答应，又说：也许积不起来了，这雨比刚才小得多了。

二姨父急着要回到自家的防震棚那里去，乔一成看着他要走出去，叫了一声：二姨父。

他其实是想说：不要走啊，二姨父。

可还是没有说出口。

二姨父到底不是他爸。

雨直下了一夜，乔家五口人到最后还是支撑不住，湿得落汤鸡似的，竟然在风雨中睡过去了。

乔祖望占了大半个床，两个女儿蜷缩在他的脚下；乔一成打横睡着，腿跟父亲的叠在一起；乔二强只有半边身子在床上，居然睡得呼呼的，也没有跌进床下汪着的水里。

天光大亮的时候，乔家人先后醒来。

二强终于跌到床下，还好水居然退得差不多了，他裹了一身的泥，像只小泥猴子，睡眼惺忪地傻笑起来。

雨停了，风挟裹着水汽吹过来，凉飕飕的，是一个从来没有过的凉快的夏日清晨。

这一天以后，大家又在防震棚里住了大约半个月，地震并没有来。公家终于发了消息，说是不会震了，请大家各自回家，恢复正常的生产和生活。

对于乔一成来说，生活远远不能正常。

在地震过后，乔一成真正地担负起一家子的日常生活的操持任务了。

他发现自己不由自主地，每天在转着同样的脑筋：到哪儿找点儿好吃的呢？

乔祖望每天给乔一成一些钱，叫他买菜做饭，如果有大钱的用项，必得要先问过他。

乔一成成了一个当家不做主的小丫鬟。

以前妈妈在时，也不是吃得多好，但好像妈总有办法安排好他们的饭食，周周到到。妈不在了，乔一成和他的兄弟姐妹们发现，肚子一天比一天饿了，像个填不满的无底洞，几乎每时每刻都在想着：吃啊，真想吃啊，什么都行啊。

母亲在时，肚子里不过有三两只小馋虫，而如今，肚子竟长出了一张小嘴，时时地细细地咬着啃着，让人不得安生。

长大以后的乔一成想，失母是刻骨剜心之痛，而挨饿则是肝肠寸断之苦，这痛这苦吃过了，什么都扛得住了。

开学以后，乔一成升了初一，可还在原先的小学里读书，这叫"戴帽子"中学。要读完一年后才正式升入中学。二强九岁了，读二年级。兄弟两个还是结伴上学。一路走时，路过早点铺子，二强总要奋力地吸着他的鼻子。

前一晚的剩饭要留做午饭，乔祖望上班的厂子离家远，他带饭在厂里吃，回不来。乔

一成做饭的手艺还不熟练,怕耽误了下午的课,总带着弟妹们用热水泡泡剩饭就着小菜胡乱吃一顿,每天的早饭就顾不上了。

有两次,乔一成把家里偷养的那只芦花鸡下的蛋捧在手心里,想着当初母亲私底下给自己做的溏心蛋,忍了许久也没有再尝一尝那滋味。

鸡蛋留着加些葱炒上一小盘是可以做晚饭的菜的。

二强每天在上学路上总是会央求乔一成:哥,买根油条来吃吧,买吧买吧。

乔一成其实也想吃,想得要命,可是他不敢买,钱倒够,可是粮票不够。

终于有一天,乔祖望多给了一两粮票,也许是他错拿了的,乔一成买了一根油条拆成两根与弟弟同吃。

二强几乎是吞下去的,吃完了还咂了好一阵子手指,说:哥,我刚才看见有人买了一套,一个烧饼包着两根肥肥的油条。我刚看见的,乖乖呀,他一个人吃一整套(一个烧饼包一根或两根油条,叫一套)。

乔一成被弟弟的聒噪弄得心烦:晓得啦晓得啦。

二强说:等我长大了拿了工资,我要每天买一套来吃!

二强高唱"雄赳赳气昂昂跨过鸭绿江"一路走去,怀着将来每日吃一套烧饼油条的理想。

乔一成每天放学后先回家放下书包再进菜场买菜,其实原本他可以直接上菜场的,完全用不着再多拐一个弯。但如果背着书包进菜场,他心里别扭得很。

菜再简单不过,青菜、包菜,碰得巧,有豆腐卖,又有豆制品票,晚上就可以吃小葱红烧豆腐。

有时乔祖望回家早,有兴致,会叫乔一成多蒸一个蛋,点上两滴麻油,蛋上桌时他用竹筷尖儿将蒸得嫩黄的蛋划成五等份,几个孩子加上他自己,每人只能吃自己的那一份儿。通常他的那份儿总会多一些,孩子们也不争,就是二强,会使点小心眼子,装作无意地把四美的那份儿挖去一小角。

有一回,乔祖望大约是头一天晚上多赢了几个钱,居然带回来一份盐水鸭!

坐上饭桌,孩子们眼珠子全粘在那一小盘白嫩的鸭肉上,乔祖望一人分了他们两块,剩下的放在自己面前,先捡了个鸭屁股就着酒,一顿饭足吃了一个多小时,几个小的吃完了全遛在门边巴巴地看着那青花的破了一个小口的碟子。

没有吃完的盐水鸭被放在了堂屋的窗台上吹着夜风,怕摆进碗橱里馊了。

晚上睡到半夜,乔一成听到二强小老鼠似的窸窸窣窣地跑了出去,一定不是去小便,他们这屋的床背后隔了一道帘子,就有马桶。

乔一成心中明白也不作声,等二强又老鼠似的窸窣着上了床躺下,才小小声说:你去干吗啦?

二强吓得差一点滚下床去，反应倒快，摸索着朝一成的嘴巴里塞了点什么：哥，别告我别告我！他央求着。

乔一成嘴里含了小半块鸭肉，不吱声了。他把那小块的肉含糖果似的含了半天，直到一点味儿也没有了才嚼着咽了下去。

乔祖望早起时望了望那碗鸭子，居然没说什么。二强喜得微倒八的眉都扬起来了，唱了一天的雄赳赳气昂昂。

而之后，乔祖望托卖肉的牌友，居然买了一块肉！

真正的，白花花的，大——肥——肉！

乔一成无师自通，小心地割下最肥的部分，放进锅里炼成猪油，炼完后的油渣，等不得它冷一冷，乔一成就捡了一个放进嘴里。

那个香啊，香得乔一成哆嗦了一下，一团孩气地在炉边转了几个圈，抬眼就看见三丽牵着四美站在面前，两双眼睛溜溜地盯着自己咀嚼着的嘴巴。

乔一成往她们嘴里塞了一小块油渣，两个小丫头嘴里发出唔咩唔咩的声音，陶醉极了。

剩下的肉，乔一成加进了许多的干菜，烧成一大锅。这干菜又咸又香，烧成的菜久放不坏。

干菜烧肉的香气传出来的时候，乔一成猛然想起，这干菜，还是妈去年晒的呢。也许上面有妈手上的香。以后吃不到了。

于是十分后悔放了那么多。

才想着，忽然醒过来，好一会儿没看到二强了。

这个家伙，一会儿不看着他，就有本事在家里翻东西吃，乔一成最怕他偷白糖吃。他们家的白糖是放在乔祖望屋里的，乔祖望相信糖开水养人，喜欢饿的时候喝一杯糖开水补一补。

乔一成急了，这糖是要糖票买的呀，可别给他挖得浅了一指，爸问起来，不仅这小馋鬼要挨打，大家都要跟着倒霉。

乔一成从厨房冲进屋子，正与冲出来的二强撞了个满怀。

二强大力把他推开，跑到院子里，冲着墙角的阴沟大吐起来。

乔一成惊得过去拍着他的背问：你偷吃了什么啦？啊？说呀，偷吃了什么啦？

4

乔祖望几年前得过一次胃出血，当时医生怀疑他是胃癌，着实吓了他天大的一跳，后来确诊为胃溃疡，开刀切了四分之一的胃。从那以后，他就格外爱护自己的身体。近来流行喝红茶菌养胃，他就想法子弄了来，养在一个广口的大玻璃瓶里，那瓶子是原先一成妈冬天用来腌小菜的。

那瓶子放在乔祖望卧室的五斗橱上，暗红色的液体中，漂浮着絮状的一团，像一个长着无数柔软触须的水母，看久了，会觉得它微微地游动起来。乔祖望每晚吃完饭后二十分钟，会倒上一杯这种暗红的液体喝掉。

乔二强一直觉得那东西的颜色跟酸梅汤十分相像，味道想必也一样好，要不，爸爸也不会宝贝似的收着，半点也不分给他们吃。他一直想尝一尝那东西的滋味，想得不得了，肚子里的那张小嘴哑巴哑巴地，搅得他不得安宁。偏偏大哥的眼睛成天像长在他身上似的，让他没有机会下手。

这一回，他终于有了机会。

但是乔二强实在是没有想到，那味道竟然是不咸不甜，不苦不涩，却又咸又甜又酸又涩又苦，丰富得近乎混乱，一到肚里，就让他反胃。

乔二强瘦得离奇，是所谓"三根筋挑了个头"的孩子，却有一个极强壮的胃，乔祖望说过：吃个石头下去也能消化得了。偏偏消受不了红茶菌，搜肝抖肠，连隔夜饭都要吐了出来。乔一成怕他吃了老鼠药，这会儿放了心，在一旁一个劲儿地恨声说：活该！活该！

乔二强从那以后，就很少乱搜了东西来吃，生怕吃了什么怪味道的玩意儿，害他把胃吐个空划不来，乔一成倒省了不少的心。

乔一成渐渐地对家事越来越熟悉，他知道什么样的青菜好吃，还学会跟菜场卖菜的大嫂卖乖讨好，以便多得一根葱；他学会了控制米饭的放水量，可以在饭将熟未熟时倒出一些浓稠的米汤来跟弟弟妹妹们分食；他还学会了在饭锅里放上一只小碗蒸菜，这样可以省时省煤。他甚至跟邻居大妈讨来一些菊花脑的种子，找来一个大的柳条筐，拿上小铁铲子，带上二强一起，去街心的花圃里偷土。

看花圃的胖子冲着他大叫，乔一成也不理，埋头苦挖，他知道这胖子是他一个院子的邻居，不会真的拿他们两个小孩怎么样。乔二强像只猴子似的跳来跳去对着胖子做鬼脸。不一会儿，乔一成就挖了满满一筐的土，跟二强两个一个拖一个推地弄回了家。

三丽跟四美听说哥哥要种菜，好奇地过来看。四美说：大哥，我们种一点肉吧，种一点肉吧。

三丽大四美两岁，要懂事得多了，说：那个是种不出来的。大哥，我们养一只猪吧。

乔一成低头往土里埋菜籽，一边说：城里连鸡都不给养，还想养猪。你们把鸡给看好啦！让它跑出去，给居委会的看见了就要叫我们杀鸡。

二强把那只芦花鸡抱在怀里，神气活现地说：谁敢杀我的鸡，我跟他拼了！

那只鸡是他从小养大的，买来的时候是一只毛茸茸的小鸡仔，二强在墙根的湿泥里挖了蚯蚓拌在菜叶子里一点点喂大的，到现在他还会从菜场里捡了别人扔掉的菜叶来喂它。芦花鸡毛色光滑，很是争气，隔天会下一个蛋，咯咯咯地跟在二强身后讨好似的报喜。

菜籽埋下去不久，真的发出了几丛绿莹莹的菊花脑，这种野菜十分好养，只要一点水便长成一大片，割了还长，一直会长到秋天，老得吃不动了，却会结出一球一球的种子，来年还可以种。

于是乔一成跟他的弟妹们喝了好多次菊花脑汤，吃了好多次清炒菊花脑，还不要钱，乔一成种菜的信心更足了，打算来年再种一筐韭菜。

秋风刮起来，卷了干枯的落叶打着滚地向前，冬天快来时，乔一成跟乔祖望要了钱，买了足足一百斤大叶青菜，晒了好几天太阳之后，他死活拉了二强，在井边逐棵地洗。

井水冬暖夏凉，然而洗得久了，手还是冰得生痛，手指尖的皮全皱了起来，二强受不住了，从井里打了水往菜上一浇，就把菜拨拉到一边，被乔一成看见了，一脚踢在他屁股上。

每棵菜都要把叶子扒开来洗干净！给我看见还有泥你就给我舔干净！乔一成已经有了当家的十足气势。

在二姨的帮助下，乔一成把菜全腌在了大水缸里，这样，整个冬天就不愁没有菜吃了。

二姨把菜在缸里码实，一层层地撒上粗盐，忽然说：你妈的手艺比我的好，她腌的菜到了开春还是嫩白的。以前她总是帮着我腌菜，你还记得吧？

乔一成现在极不愿意有人提起他的妈，那是一个刚刚结了痂的伤口，那个痂静静地伏在他的心口，掩护着下面汹涌的疼痛，对任何揭开它的企图无限畏惧而厌恶。

二姨又说：腌菜很费力气的，今年为了给你们腌，我自己都只腌了八十斤，回头我不够吃的时候，到你们家来拿两棵你不会不给吧？

乔一成哼了一声算答应，心想，这才像是你说出来的话！

在所有的家事中，乔一成最最难以接受的，就是倒马桶。乔一成几乎认为，自己一辈子也不可能熟悉这个活计。

每当马拉的收粪车夸嗒夸嗒地来到巷口，停下来，那个收粪的人哗哗地摇响大铃铛的时候，乔一成总要下极大的决心才把家里的马桶拎出去。

乔一成在同龄人中只算中等个头，够不着粪车，那收粪的是一个中年男人，粗壮结实，有一副软心肠，总是接过乔一成手里的马桶，替他倒掉，然后再递还给他。

拉粪车的马据说是部队里淘汰下来的老马，一对大眼睛温顺而忧伤，疲惫地喷着鼻，乔一成总觉得它望着自己的眼神非常慈悲，会让他无端生出哭的冲动。他总是用手抚摸马儿掉了毛的腹部，有时也会从口袋里掏出一块珍贵的、做菜用的方糖凑到它嘴边，看着它一点点地将方糖舔下去，手里一阵阵湿热酥麻。

乔一成拎了马桶去阴沟旁用竹刷刷洗，头一次刷完后，他足有两顿吃不下东西，尽管肚子在咕咕地抗议，还是一口也咽不下去。

然而，人身上的潜能总是超乎自己的想象，慢慢地，乔一成竟然也接受了这样的一件事，他甚至会把刷好的马桶放在墙根下在太阳里曝晒，并且自如地在做完这件事以后吞下大碗的饭菜。

乔一成觉得自己好像是稀软的泥巴，被放进什么形状的容器，便成了什么形状。

妈走后的第一个春节来了，乔祖望买了一些菜，年夜饭还算丰盛，二姨父也送了一条咸鱼来，还给了乔一成他们一人一点压岁钱。

年前，有许多人家炸爆米花，空气里全是甜香气，因为二强在别人家炸好的爆米花里偷抓了一把，乔一成跟邻居还大吵了一架。

邻居的女人家境也不太好，跳脚痛骂，乔一成只看着她，薄薄的嘴唇翕动着，一句是一句，冷冷地揭着她及她家人的短处，直骂得她脸红脖子粗。

乔一成如同一只小刺猬，懂得了张开自己的刺，刺痛别人，护卫自己及弟妹们。

冬天很冷，乔一成和他的弟妹们没能穿上新衣，二姨带着齐唯民来的时候，乔一成看见齐唯民穿着藏青色的新棉袄，还有一双新的棉鞋，也是藏青的鞋面，雪白的鞋边儿。

乔一成想，这都是用乔家的布票买的。

二姨带来了零头布，要替乔一成他们兄妹几个把旧棉衣短了的袖子接长一些。

几个孩子都顺从地脱下棉衣裹着棉被坐在床上等二姨接好他们的衣袖，只有乔一成坚决地拒绝二姨的好意。

他的棉衣袖子短得最厉害，直露出清瘦的一截手腕，但他依然不要二姨替他接长袖子，倔得像一头驴。

他也不要看齐唯民抱着的乔七七。

那小家伙七个多月了,比先前更漂亮,眼睛黑水晶一样,红嘴唇嘟着,头发越发地软而浓密。

齐唯民亲热地抱着他,嚼烂了蒸糕喂给他。

小家伙急急吞咽着,还舔着表兄的嘴,啧啧有声,然后又张了没牙的嘴笑,笑得真像一朵花一样。可是乔一成还是看都不想看他一眼,跑出屋去看那屋檐下结的尺把长的冰凌,伸手掰下一根来,像吃冰棍似的吮吸。

齐唯民抱着乔七七跟出来,说:吃这个不冷吗?又把乔七七举起来:你不想抱抱你的小弟弟吗?他是最漂亮的宝宝,乖得咪!

小家伙似乎受不了乔一成冰冷的目光,直往齐唯民的怀里拱,屁股撅起来,小掘地鼠似的。

齐唯民拍拍他:要是多吃一点营养,他很快就会长出牙来。然后会走路,我真想他快点学会走路。

乔一成冷笑了说:是啊,叫你妈多给他吃点好的,别舍不得,把好的都往你们自家人的嘴里塞。我爸每个月是给了你们家钱的。说着回屋去了。

留下齐唯民,被他的冷语与阴寒的表情吓得有点发蒙。

年过完之后,乔一成开学了。

开学之前,街道幼儿园的老师来过,乔一成对乔祖望说,老师跟他说,最好叫四美去上学前班,三丽过了年就七岁了,夏天一过就该上小学了,她上学前班有点晚了,四美五岁了,再不进幼儿园也晚了。

乔一成兄妹几个从来没有上过幼儿园,都是妈在家带他们,乔祖望说:上什么幼儿园学前班?这四周多少小娃儿不上不也挺好。

乔一成说:老师说,现在跟以前不同了,上过学前班的小孩跟没上过的以后上了小学就是不一样。

乔祖望说:有什么不一样,上过的多条尾巴没上过的少一块肉?

乔一成不作声了,他知道说不动爸爸。

当初二强七岁该上小学时,乔祖望原来打算叫他迟一年上,妈说人家的孩子都是七岁上学,硬是送二强去学校。读了一个月,二强依然只能从一数到十,过了十,恨不得把鞋脱下来扳着脚指头数,老师们说这孩子脑子不灵光,晚一年上也好,等"脑子再发育发育"。

乔祖望想,晚一年上也晚一年交学费,反正那小子也不像个能读书的,一副人头猪脑相,生他的那一年自己喝酒喝得特别厉害,那时也买不起像样的酒,只能喝自制的,怕是伤了这孩子的脑子了。

于是乔二强又回了家,到了第二年八岁时才上一年级。如今更是不能指望乔祖望会让

三丽四美上学前班了。

乔一成只能为妹妹们叹息。

三丽与四美继续在家里待着,满院子疯跑,一天天地长大。

到了夏天,三丽终于上了小学。乔祖望因为三个孩子一学期加在一块儿要八块多钱的学费而大大地着恼。

上了学没两天,二强和三丽就出了点儿事。

那天,二强跟三丽一起放学回家,才三点钟,可能是饿了,二强突然想出了个点子,跟三丽说:现在菜场后面有人偷偷地做生意卖菜了,我们也做生意去!

三丽问二哥:做什么生意?

二强说:我们卖鸡蛋去,卖了钱我们买点心吃。桃酥,还有油馓子。

三丽乐了。

兄妹俩把家里鸡下的蛋拿上出了门,一共四个蛋,一个人在口袋里装了两个。

5

二强带着妹妹三丽无畏地迈出了做生意的第一步，可是这一次勇敢的尝试不幸以失败告终。

两个小孩子一路偷偷摸摸，鬼祟地往菜场走，略看见个人影儿，二强就把妹妹往墙角一推，说：你先撤，我掩护。

他们想象着，自己是抗战时期的小八路。然而，小八路二强的肚子咕咕地叫了起来，口袋里藏着的鸡蛋被焐得温热了，小八路二强想，卖了鸡蛋买东西吃，还不如先吃它一个蛋，省下来一个再去卖，肚子也饱了，零花钱也有了。二强拍脑袋，这样的好主意，怎么早没想到呢？

于是小八路二强就把一个鸡蛋在墙角上一磕，磕了一个小洞，等不及地尖了嘴凑上去吸，吃奶的劲儿都用上了，也没吸上什么来。二强下决心把鸡蛋在墙角上又是一磕，再吸，这一回成了，那蛋清混着蛋黄呼溜一下顺着喉咙就下了肚子。

三丽见了，抓住二强的衣角问：二哥你吃什么呀吃什么呀？

二强说：没吃什么呀。

三丽尖细了嗓子说：骗人，我看见了！

二强说：肚子吃到了，嘴巴没吃到，真的，不骗你。

三丽说我也要吃。

于是二强就跟三丽一起分享了另一个生鸡蛋。这回两个人吃了一嘴的腥气。

剩下的两个蛋，两个孩子真的拿到菜场后巷去卖了。

不过没卖掉，被联防的给抓了。

联防的也是邻居，不会真的把两个小孩当投机倒把分子给抓了，就只送他们回了家，说，城市不能养鸡，小娃不懂事不追究责任，可是这鸡不能留。

有热心的邻居阿叔就帮着把鸡给宰了。

二强醒悟过来扑上去要抢他的芦花时已经晚了，芦花已经被割了脖子，大力地摔在墙角，痛苦地扑腾两下，扬起一点灰尘，终于不动了。

二强愣了一小会儿,扯着嗓子痛哭起来,涂了满脸的眼泪鼻涕,边哭边诉:我一把屎一把尿养大的芦花啊!

联防的和邻居听了笑得不得了,这缺心眼的孩子话!

乔祖望回来后听说了,倒也没说什么,叫乔一成把鸡炖一锅汤。

砂锅是用了好多年的一个,据说是妈结婚时从娘家带来的陪嫁之一,许久没有烧汤,落了寸许的灰。乔一成兴头头地将砂锅洗得干干净净,鸡汤啊,好像八辈子没吃过似的。

不一会儿,汤就开了,整个小厨房被香气淹没了。

乔一成和三丽四美觉得,这巴掌大的地方,就像是漂浮在香味的海洋里的一艘船。

乔一成在炉子上垫上一块铁隔板,把煤火封得小些,好让汤炖得更香更浓,这是二姨教他的。

终于还是忍不住,乔一成揭开砂锅的盖子,金黄的汤里,漂着依然青绿的葱段,还有一个鸡肫。

那个鸡肫上下浮动间带给乔一成和妹妹们无比的诱惑。

他终于下决心飞快地把手指伸进滚烫的汤汁中,捞起那个鸡肫,咬了一口,三丽过来也咬了一口,四美也咬了一口。

三个孩子极有默契地一声不响地就把那个鸡肫给分吃了。

几乎在咽下最后一口鸡肫的同时,乔一成就想起,坏了,闯大祸了!

爸爸是最爱用鸡肫下酒的。

乔一成被这个觉醒惊得魂飞魄散。

三个孩子达成一致,要是爸问起来,死不承认!

果然,鸡汤上了晚饭桌时,乔祖望先捞了一捞,又捞了一捞,没有找到鸡肫,问乔一成:是不是你偷吃了?

乔一成咬紧牙关说没有。

三丽与四美也都说没有。

没有。

乔祖望相信了,说肯定是帮着杀鸡剖肚的杜果子给顺走了!

乔祖望跳到院里开骂,邻居杜果子也跳出来回骂,说自己是好心喂了驴肝肺,一定是乔家几个馋嘴猫偷吃的。

乔一成也跳出来帮着爸一道骂,你才馋嘴猫,你们家一家子馋嘴猫!

为了这件事,杜果子一家跟乔家整有几年互不搭腔,来来去去乌鸡眼似的。

乔一成一边吵心一边扑通扑通地乱跳,原来吵架大声点儿竟然可以歪曲事实,这种认知叫他很怕,他心里暗下决心,以后决不做这种事。

乔祖望吵得累了也作了罢,一巴掌拍在一成的头顶上:回家去,把汤给我盛起一碗收好，留给我明天下面！吃吃吃！你们几个，有多少吃多少！

这一回乔祖望冤枉了他的二儿子。

乔二强一口鸡汤都没有喝。他缩成一团躺在床角，想念着他一手养大的芦花。

乔一成这一年十三岁了。

乔一成是个好学生。

整个学校从小学部到初中部公认的。

他是一个整洁的孩子，在这个三流的小学里，他是一个异类。

每天上课，他认真听讲，成绩好，功课做得漂亮，每天晚上做完家务就趴在饭桌上写啊写啊。那时候，孩子们也没什么娱乐，听听无线电而已。

乔一成爱听小喇叭节目，一边听一边做事，也就不大累也不大烦了。他听一个叫孙敬修的老人讲故事，听得入神，在脑子里想象着那是什么样的一个老爷爷，这样神奇。乔一成对自己的爷爷或是外公都没有印象，很多年很多年，一提到"老爷爷"三个字，乔一成想到的就是他想象中的孙敬修。

晚上，乔一成爱躺在床上听无线电，一遍一遍地听《绣金匾》这支歌儿。

听着听着，会有眼泪滑落，脸上靠近眼角的一小块儿皮肤就有一点绷紧的感觉，像伤口收口时的绷紧感。

乔一成家孩子多，爸爸又没什么儿女心肠，收入也有限得很，可是乔一成的衬衫总是干净的，而且，那居然是一件浅灰色的的确良的衬衫！是妈妈生前用爸爸的旧衬衣给改的。这使得乔一成在同学中显得更加卓尔不凡。

他表情严肃，眉头微蹙，眼神饱含忧伤。老师们说，乔一成这小孩，将来是会有出息的。

其实，仅在两年以前，乔一成并不是这样的。那个时候他跟这所三流小学众多的小孩子一样，放学后大街小巷跑着疯玩，背上背着小弟弟或是小妹妹，在小店里两分钱买上几粒糖，糖纸都与糖块儿粘到了一起，没耐心的孩子就忙乱地一撕，连带没撕干净的纸一块儿含在嘴里，等纸被口水沾湿了再呸呸地往外吐，从不会想到成绩的问题，能够上个离家近的中学已经心满意足了。

老师们也从不会想到要苛求孩子们怎样用功，他们长大了，也不过先待业，运气好的，进国营单位，运气不好，去大集体，或是干脆进街道厂子，再不用下乡插队就已经算是走运，生到好时候了。

老师们会趁着休息时间跑到附近的小菜场去买菜，然后在办公室里理好，以便下班后回家冲洗了就可以下锅，女教师们也会偷偷地掏出毛线来打，一起商量花样子。有时也读读报纸。

一九七六年，乔一成四年级的时候，他遇上了他人生中第一个重要的人物。

一个叫文清华的代课老师。

第一次见到文老师,那种感觉,让乔一成震撼得半天无法动弹,他这才明白,世界上真的有这样的男人。

与他所见过的所有的男性都不同的男人。

不像他的爸,每天以赌博为乐;也不像他的邻居,一到六月就打了赤膊,穿大裤衩趿着人字拖鞋,在院子里大声地说笑吵架;也不像他的二姨父,只知沉默地劳作;也不像其他的男教师们,灰扑扑的衣着,面容沉闷,时常抱怨,用方言授课。

文清华穿着白衬衫,和一件米色的列宁装,蓝布裤,半新不旧的布鞋,衣服裤子都磨得毛了,可是,却那么整齐妥帖。他的五官其实并不英俊,周身却洋溢着一种让乔一成感到陌生的奇妙的气息,慢慢地乔一成才明白,那叫书卷气。文老师戴着宽边的眼镜,温文地笑着,用略沙哑的声音跟学生们打招呼。乔一成觉得他干净得如同刚刚从井里汲上来的水,面对着他,也时常会有久久看着水面时微微的晕眩感。文清华让乔一成突然间明白,原来男人也可以是这样的。

其实乔一成不知道,文清华也许还算不上一个男人,他不过是一个大男孩,还未满二十岁。然而十八九岁对于当时刚过十岁的乔一成而言,还是一个颇遥远的年岁,他很少会想到自己长到那样大时会是什么样子。

从老师们私下的议论里,乔一成慢慢地知道了文老师的一些事。

文清华是来代回家生孩子的李老师的语文课的,他的父母都是留学回国的大知识分子,母亲性子高傲倔强,"文革"时被逼得跳了楼,父亲却性格绵软,终于熬了过来,他的一家被下放到不同的地方,只有他跟着父亲。刚回城时文老师的父亲曾在乔一成他们学校待过一阵子,大家都知道,那个衣着破旧褴褛的微驼着背扫操场、坐在食堂极矮的板凳上帮着摘菜的老校工是一个反动学术权威,可是却没有人知道他曾是常青藤学校的博士,某著名大学的前任校长。一年以前,老头子离开了这个小学,而他的小儿子文清华一直待业在家,现在到学校来代课。

文清华是这样一个特别的存在,每一天他走进校园都会有无数好奇羡慕的眼光追随,而他自己却浑然不觉。

文清华虽然学的不是师范,但是他的课讲得极为生动,极标准的普通话,声音低沉而柔和,从不大声呵斥任何人。他还给孩子们讲安徒生和格林童话,给他们讲长袜子皮皮和淘气包埃米尔,给他们读李白杜甫,大段大段地背艾青的《大堰河——我的保姆》,背郭小川的《团泊洼的秋天》,背普希金和莱蒙托夫,孩子们太小,其实并不明白他背的是什么,却无一不沉醉在他的声音里。

乔一成几乎每一堂下课都飞也似的跑到老师办公室,趴在窗台上看文老师。

没有课的时候,文清华总是捧了书在看,他坐靠窗的位置,侧身挡住阳光以免刺眼,在身体拖出来的一方阴影里，专心地看书。乔一成只能看见他挺直的背。他穿了件略有些褪色的青色衬衫，外面罩了一件很旧的浅色的毛背心。乔一成从来没有见过身边的男人这样穿过，他们多半穿着旧的卫生衣，他们的毛背心多半是杂色毛线织成，只穿在外衣里。文老师大约是看得累了，转过头来，看见把脸贴在玻璃上鼻子挤得扁扁的乔一成，开心地敲着玻璃跟他打招呼。还没等他打开窗，乔一成就跑了。乔一成的成绩慢慢地越来越好了，跃居全班第一，后来又成了年级第一。那个时候，他只是单纯地喜欢听文老师的课，打心眼儿里愿意跟文老师学东西。文老师说，你要好好念书，他便好好地念。

第二年，一九七七年，高考恢复，这一年的冬天，全国五百七十多万在动乱里挣扎过来的年轻或是不那么年轻的人参加了考试，二十七万多人被各大学录取。这里面，就有文清华和他的长兄与二姐，他跟他近三十岁的姐姐竟然是同系同班的同学。

文老师要走了，乔一成问他的数学老师：文老师去哪儿？

数学老师说：去上大学。

乔一成问：大学在哪里？

数学老师说：在南大。

乔一成问：那近啊，以后我也去，找文老师。

数学老师笑了：那是大学啊，全国有多少人可以进大学？那可是千军万马过独木桥啊，何况那是一流的大学，得祖坟冒青烟才行。

文老师走的时候，乔一成下了好大的决心，才走到文老师面前，嗫嚅地请求他说一点外国话来听。他听人说文老师连外国话都会说。

文老师果然说了，并且告诉乔一成，那是一首外国诗。

乔一成上了戴帽子中学以后，也开始学外国话：Long live Chairman Mao.

文老师说，他读的那首诗叫《雪夜林畔小驻》。

多年后乔一成找了来看。

And miles to go before I sleep.

And miles to go before I sleep.

文老师离开的那天半夜里，乔一成把小无线电贴在耳朵根子下，转了无数的台，终于找到一个电台，正在说外国话。

那种陌生的语言在乔一成的耳朵旁细水长流，乔一成看着黑影重重的屋梁，三角形的屋顶上，有一个很小的气窗，乔一成对着那一小块透进来的微光，在心里发誓，从今以后，他要更用功地念书，做一个好学生，将来像文老师那样，进大学，坐在阳光里读书，还要学会说外国话。

无论他家的祖坟会不会冒青烟，他都一定要做到，乔一成想。

一定！

6

乔一成的数学老师也算是他的邻居，在以后的几年里，乔一成都可以零落地听到文老师的事情。

文老师只用了两年的时间就读完了大学全部的课程，考上了研究生。

乔一成问：什么是研究生？

数学老师说：说是读完了大学再往下读。

乔一成才明白原来人上完大学居然还可以再念书。而且，文清华的父亲也恢复了职务，继续担任文老师所在的那所大学的校长。

数学老师说：世上能有多少人可以读研究生？人家这不是祖坟冒青烟，人家根本是祖坟修在了风水宝地，虽然倒过霉受过苦，可是苦完了依然能够有光鲜的人生。

在乔一成艰苦求学的日子里，文清华就是他前方的一盏明灯，引领着他忙忙地前行。文清华离他越远，他便越是要前行，乔一成想，无论这条路有多远，他得走下去。

他常常带着弟妹或是一个人到北京西路去，那里是国民党时期的使馆区，如今住的都是省级的高官和文化名人。

他在那绿树掩映的路上来来回回地走着，看着那一幢幢被高大的皂荚包围着，墙上爬满了青藤的小楼，看着那三角形的屋顶，屋顶上还有烟囱。很长一段时间里，乔一成一直以为那烟囱下面一定是厨房，后来才知道，那是壁炉的烟囱。那小楼的窗子总是关着的，偶尔有人影闪过。

乔一成想，长大了，成人了，读了很多书，然后，自己是不是也可以住在这样的小楼里呢？那个陌生的，因为不了解而无比诱惑的另一个世界。

在学校，他的成绩依然一路领先，回到家里，他努力地持家，必要的时候，化身为刺猬或是牙长齐了的小狗，护卫自己和他的兄弟与妹妹们。

老师们常说，乔一成是天，乔二强就是一领芦席，真是龙生九子，一个娘肚子里跑出两个天隔地悬的人物来！

乔二强反应迟钝，他弄不懂任何一门课老师讲的知识，体育也不好，一走一二一便同手同脚，甚至连唱歌都严重跑调，到最后不仅自己跑，还带着全班一起跑。温和善良的中年音乐女老师只好给了他一副小铃铛，请他替老师的风琴"伴奏"以便让班上其他同学们好好地唱完一支歌：春天在哪里啊春天在哪里？

乔二强坐在角落里认真地敲着小铃，叮叮叮，完全不在节拍上，可是，也只有这样了。

乔二强最大的特点就是有一个灵敏至极的鼻子，哪里有好吃的，他一闻就知道。

他常常向哥哥汇报他关于美食的心得：哥，粮站新出了一种东西，叫面包，软得跟棉花似的，一个要一毛钱，我们同学分给我一小丁点。哥，要是有清蒸鱼吃的时候，蘸点醋，吃起来跟螃蟹的味道有点像！

二姨父送了他们两个西瓜，乔祖望拿走一个自吃，叫乔一成带着弟妹们分那个剩下的，结果发现是生的葫芦瓜，几个孩子面面相觑，二强从乔祖望屋里偷出糖罐，把瓜瓤挖出来用糖腌了，果然好吃。

他还发明了一种新的米饭吃法，用开水泡饭，倒点酱油，撒点细盐，再挑指甲盖那么小的一块猪油拌进饭里，香得不用菜就能吃一大碗。

他带着三丽一块儿上粮站打油，甜言蜜语地叫：阿叔，阿叔，油端子多控两下啊，多控两下啊。

三丽很快就学会了：阿叔，油端子多控两下啊！

因为嘴巴实在馋，二强在学校里没少闯祸，有一回，他偷跑进食堂，把同学饭盒里的荤菜全拣出来吃了，被食堂阿姨抓了个现形。

老师们说，这个孩子，真是坏得老实，你偷嘛在不同班上偷呀，一个班偷吃一个饭盒里的菜，也看不大出来，乔二强倒好，只盯着一个班偷！翻得一竹筐子里的饭盒全开了盖，散乱着，一窝子老鼠扒拉过似的。

乔一成代表父亲站在乔二强班主任的面前听候处理，瘦小的脸上一派严肃，再感羞耻也没有用，谁叫乔二强是他弟弟。

二强心爱的芦花死后好长一段时间里，他连美食都不再关心，人变得更加迟钝，直到有一天，他在一片空地上发现一只猫。

他把那猫抱回了家，乔一成一看就炸了：这是什么鬼东西？

那猫掉毛，浑身癞痢头似的东一块西一块，还少了半截尾巴。

乔一成厉声叫二强把这东西扔掉，二强说：哥，我们养吧。养吧，它长得多像芦花啊！

虽然二强荒唐地把禽类与哺乳类动物相提并论，可不知为什么，乔一成没有再坚持。

乔二强管这只猫叫"半截子"，乔一成说：什么鬼名字！

二强跟"半截子"亲如兄弟，来来去去，形影不离。二强在垃圾桶里捡鱼骨头喂"半截子"，用剩菜的汁拌米饭给它吃，"半截子"竟然长胖了，身上的毛也不再掉了，半截

尾巴轻甩，安静地跟在二强身边，真的像当年的芦花。

这个星期"半截子"竟然跟二强跟到了学校，安静地躲在二强教室的窗户外，蜷得像一只球，晒太阳，等着二强下课带着它玩一会儿，再蜷成一只球，再等。

笨蛋乔二强的猫竟然通人性，这引发了孩子们的好奇与虐待欲。几个男生划了火柴去燎"半截子"的毛，揪它短了一截的尾巴，另有两个男孩架着二强不让他扑过来。

"半截子"被堵在角落，四周全是男孩子们细长的腿，走投无路，绝望地咪唔咪唔叫。二强心如刀绞，奋力脱身出来，向着人堆撞去，成功地撞倒了一个领头哄闹的男孩，那男孩跌倒在地，磕破了头。

男孩大叫：赔钱！赔钱！赔死你！

乔二强冷静下来，被尖厉的"钱！钱！钱！"的叫声吓傻了。

乔二强不敢不告诉大哥，告诉大哥总比让爸知道的好。

乔一成也不敢叫爸知道，人家家长真的要求他们赔医疗费的话，乔祖望会扒了乔二强的皮的。

乔一成怕极思变，决定先发制人。

他带着二强，拉着两个妹妹，抱着"半截子"，浩浩荡荡地上了那男孩家的门，堵在人家大门口，也不说话，似一场无声的控诉。

那男孩的爸爸出来问：你们干什么？

乔一成把"半截子"举到他眼皮底下说：你们家李强烧我们家的猫。

又拉过二强展示他手臂上的青紫与划痕：他还跟别人一起打伤我们家二强。

男孩的爸爸说：你想怎么样？你们家二强不是把我们家李强的头打破了一块？

乔一成说：二强是正当防卫，他不打二强，二强也不会打他，毛主席说人不犯我我不犯人，人若犯我我必犯人。

男孩爸说：你倒是一套一套的。

一成就不作声了，二强却抽泣起来，鼻涕眼泪涂满脸。几个孩子一只猫，堵着人家大门口，没妈的孩子本来就有几分可怜，这么一来，没理也变得有理，何况本来就有点儿理。

男孩爸只好说：算了算了，我们相互不计较了，以后你们也别在一块儿玩，省得麻烦。

乔一成用他年幼的智慧，成了二强和妹妹们心目中顶顶厉害的人物。

二强屁颠颠地跟在哥的身后，抱着他的"半截子"，三丽与四美一人一边扯着一成的手。

乔家的孩子没有妈，爸也不管，可也是不好欺负的，乔一成这小孩子不简单哪，邻居们这样认为。

只有一回，乔一成在弟弟妹妹们面前发了雷霆之怒。

那天，邻居妈妈家办喜事，前后两进院子摆了十来桌酒，特地请了永和园的厨子来掌勺。香味穿墙越户，像化了实形似的当头罩下来，二强坐不住了，趁着大哥不在家，带着两个妹妹溜进了隔壁的院子，找了一张挤在角落里的桌子坐了下来。来客很多，大圆桌子又颇占地方，大人小孩加上帮厨递菜的，场面热闹而乱哄哄，让二强和三丽四美很安心，一通猛吃。

新郎新娘挨桌敬酒，新娘穿着玫瑰红的春秋衫，头发梳得溜光，鬓角别了一朵粉色绢花，新郎是一套藏青的衣服，上面有刀裁似的折痕，格格正正，两个人都是一脸喜气，后面跟着的是新郎的妈。

二强一看那人，拉了拉三丽与四美，溜下座位，往墙边蹭去，可还是被新郎的妈一眼看见了。

她就是在乔妈妈葬礼上被乔一成撞翻在地的那位，姓吴，出了名的眼尖嘴利。

吴姨一把把二强四美抓过来，问：你们怎么来了？你们家随份子了吗你坐下就开吃？

话是带着笑问的，可是却不好听。

有邻居来劝：算了吧，大喜的日子，就算替你儿子积德，你能快快抱上孙子，看他们家困难，孩子可怜。

吴姨说：可怜也不能犯贱，他们要是没有爸我就让他们兄弟姐妹几个一起来吃，又有什么了不得。可是他有爸，他爸有钱坐牌桌没钱给儿女吃饱饭？

邻居又劝：他爸也挣不了多少，还欠着人家钱。

吴姨的尖嗓门儿说：他爸没钱吗？他爸在福利厂工作，属于民政局的，正经的国营单位，现在一个月也涨到三十来块钱了，咸干鱼埋在饭碗里吃，他不养儿子女儿叫儿子女儿跑到别人家饭桌上混饭吃吗？

乔祖望的老爸原先开了个剃头铺子，乔祖望很小就在里面帮忙，一解放，小剃头铺就成了合作社性质。乔祖望快出师的时候，一场大火把铺子烧了个精光，乔祖望往外跑的时候被砸烂了左脚的一个脚指头，由此算作残疾人，因祸得福，进了福利工厂。

吴姨的话越来越不好听，二强觍着脸，也不走也不答话。

邻居们来圆场：算了算了，快跟吴姨来说声恭喜，吴姨给你们拿包喜糖，回家去吧。

吴姨的口气也软下来：算了算了，我也只是说说好玩，哪能真跟小孩子计较，来拿糖吃。

乔一成却在这时一阵风似的卷了进来，扯了二强，二强又扯上三丽，三丽又扯了四美，四个孩子活像串在一起的一串蚂蚱似的，跑出了小院。

乔一成把弟妹拉回家，一个人脸上贴烧饼似的贴了一记耳光。

乔家的这几个孩子，这一下子可算是出了名了。

日子久了，乔一成也好，二强三丽四美也好，邻居们也好，好像都忘记了，乔家原本不是四个孩子，而是五个。

那最小的，寄养在二姨家的乔七七，乔祖望也就是在每个月二姨上门要生活费的时候才会想起来。

那小孩子有一岁多了，依然出奇地漂亮，却瘦成了一个大头宝宝，细脖子快要支不住脑袋似的，那脑袋因此就微微有点歪，大而圆的眼睛，目光总是低垂着，偶尔唰地抬起来看人，活像易受惊吓的小兔子。

他大表哥齐唯民也是初中生了，极心疼这个小弟弟，乔七七也特别黏他，乔七七开口讲话时发的第一个音不是爸，也不是妈，是哥，听起来像是打了一个嗝，齐唯民却高兴得不得了。

这些日子，这个小孩子常闹肚子，二姨父带他去看过一回医生，好像效果也不明显，吃了药好了，药吃完了没两天还拉。二姨说，医生说了不是菌痢，那就不要紧，别老往医院跑，用老法子治治就好。

于是把米炒熟了做了糊米茶喂他喝。

这一天像往常一样，乔七七一看见齐唯民放学回来就跑过来抱住他的腿，拿刚长出的细牙咬他厚的劳动布裤，咬出一小片湿来。

齐唯民抱起小表弟，却闻见弟身上有些恶臭，拉开小家伙的裤子一看，兜的尿布上糊了一块屎迹，都快干了。

齐唯民赶紧给小家伙收拾，也不过是十来岁的孩子，做得很细心，手又轻。

齐唯民对二姨说：妈，小七还在拉呢。弄脏了。

二姨说：脏也没办法，一天给洗了好几回，尿布都还没干，我也没办法，医院也去了，土办法也试了，冤枉钱花了不少，也不见效，也许是肠子还没长好，等大一点就好了吧。

齐唯民不好再说什么，替弟弟弄干净就抱他到一边去哄着。忽然看到桌上放着的七七的奶瓶奶嘴，奶嘴上一块黄迹子，奶瓶口也有一圈黏腻。

齐唯民说：妈，那个……我看书上说，小娃娃的餐具要洗得干净，最好用热水烫煮……

二姨说：我怎么没洗？不是洗过了？一天也烫过一次。

齐唯民说：其实要用过一次烫一次……

二姨重重地扔下菜盆：烧热水不要煤的呀，到老虎灶打开水也要钱的。你一个男娃家的，不要这么婆妈。

齐唯民再不敢说什么，却每天细心地记得帮小表弟用热水烫煮奶瓶奶嘴，过了两个星期，乔七七的拉肚子不治而愈。

二姨父为这事儿跟二姨吵了一架，两个人言语里把陈年的旧事也抖了片言只字出来，足有两三天互不理睬。

过后,二姨跑到乔祖望面前去,提出,菜呀米呀的都涨了价,乔七七的身体也不好,每个月是不是该加点生活费。

还有,那笔医疗费,能不能一次性还完?家里老二老三全上学了,花销大。不然,真的,怕是带不了这孩子了。

7

乔一成从来没有像现在这样深刻地认识到，钱是这样好的一样东西。

他每个月从爸爸那里领来十块钱，后来涨到十五块，薄薄的三张五块钱纸票子，他要靠着它们带着弟妹过一个月。现在，还要添上一个小的。

欠着二姨的那笔钱，乔祖望说了，真是没办法一下子还清，二姨也真的把乔七七给抱回来了。可没半天，齐唯民又赶过来把小七抱走了。第二天二姨又把小七送回来，因为是周末，不上课，齐唯民来得更快，跟他妈是前后脚，说什么也要把小七抱回去，二姨气得差点扬了巴掌打下去。

乔一成倒有点对齐唯民刮目相看，这家伙还真是喜欢小娃娃，他那两个弟妹就是他抱大的，看来长大了能当个男保育员。

最后还是二姨软下心来，可是再三叮嘱乔一成，提醒他爸赶紧还钱。

乔一成留二姨母子俩吃饭。

齐唯民抱着乔七七坐在屋檐下晒太阳，阳光黄黄儿的，有气无力地照在他们身上。这才初冬，已显出了八九分的严寒气势，今年冬天想必不好过。

乔一成看着他的小弟弟乔七七坐在齐唯民的膝上，晃着他的小腿儿，好像齐唯民的膝盖是天底下最舒适的地方。他身上穿的是一件改过的旧薄棉衣，领子可能有点儿硬，他时不时转着他的细脖子，这孩子有点招风耳朵，脸瘦得巴掌大，两只耳朵倒肉头头地支棱着。

齐唯民掰了手上的鸡蛋糕喂到他嘴里。那种鸡蛋糕是用白底红色图案的纸包着的，油浸出来，纸变得透明，有的时候，会吃到碎的蛋壳，是那个年头比较高级的点心了。

齐唯民细心地喂着那个小家伙，间或会说：呀，小牙咬我！逗得乔七七咯咯地笑。

乔一成忽地气不打一处来，冲上去质问齐唯民：一边喂他一边逗他笑，你想噎死他呀？

齐唯民被他突来的怒气吓了一跳，却没有生气，说：是的哦，吃东西的时候不能笑。

二姨出来看到他们，气哼哼地说：买这个给他个小人头吃，我看你是零用钱多了烧的!

齐唯民受了妈的骂,也只是好脾气地笑笑。

乔一成想,自己可不能做这样的软柿子,一个人要是没有命摊上好爹妈,再做了软柿子,总有一天是要被人捏咕死的。

乔七七听见二姨的吼声,就把小脸藏在他大表哥的怀里,乔一成有点心酸,凑过去捏了一下他肉肉的耳朵。

这个小家伙,比他更可怜,他好歹跟妈过了十二年,小家伙连妈长什么样都没有看清。

齐唯民看二姨走进屋去,小声地对乔一成说:不要怪我妈,最近我奶奶生了病,看病花了不少的钱,她心里也急。其实不是真的想丢下小七不管。

乔祖望不还二姨的钱,二姨三天两头上门来,多半也找不到乔祖望,乔一成只好用生活费还二姨。这下子,连买菜买米都快没有钱了。

乔一成知道他爸在哪儿赌钱,可是知道找他也没有用。

乔一成想了好几个晚上,翻来覆去地想,终于下了决心。

只有这一个法子了,不断了他那个根,他永远不会想到自己的儿子女儿们。

于是十四岁的少年乔一成做了这辈子第一件勇敢的事。

他跑到派出所,对警察说:有人偷偷赌博,你们抓不抓?

当天晚上,警察真的把乔祖望一伙偷偷赌钱的人给抓走了。

乔祖望跟他的难兄难弟们一起坐在派出所禁闭室冰冷的地上,一边懊恼一边想不明白,他们赌了这么久,藏在张老四家小院最里一进的屋子里,这样小心,大热天都关着窗,窗上挂着厚帘子,桌上垫毯子,怎么就叫警察知道了呢,除非是家里人自己告发的。

乔祖望是在值夜班的警察的闲聊中了解到原来是自己的大儿子告发他们的。

乔祖望一伙人给关了两天,罚了点钱,最后给放了出来。

乔祖望觉得在局子里待了两天,身上臭得简直像是掉进了茅坑,一回家就烧了大桶的水,痛痛快快地洗了个澡。

乔一成心里忐忑不安,巴结地帮爸爸烧水拎水倒水,巴结地替爸爸拿好干净的换洗衣服,偷眼观察爸爸的神情,好像还算平静,估计是不知道吧。

乔祖望洗了澡,又吞下一大碗炒饭后,把大儿子叫到自己卧室,吭地关上了门,解下自己的帆布裤带。

乔一成绝望地想:完了。

乔祖望半句话也没有,扬起裤带对着乔一成劈头盖脸地抽下去。

乔一成死死地抱紧脑袋,把整个脊背与屁股亮给爸爸。

如果不让他出气,他不会甘心的,背不要紧,旧夹衣虽然薄,多少能护着点儿,屁股

上肉多，挨两下也不要紧，脑子打坏了就不能上学了。乔一成对自己在这样的时刻依然能保持这样的冷静也很奇怪。

裤带带着轻微的呼啸声打在背上，要过几秒钟那尖利的痛才会沿着脊梁骨传到四肢，再传到心尖上。乔一成也不喊痛也不求饶，只跳得像一只青蛙，在不大的屋子里转圈儿，一会儿就累了，可是不敢停下来，一停下来，裤带在身上落实了，会更痛。

乔一成记忆里上一回挨打已隔了很久，乔祖望并不经常打小孩，就算扬起手来，没打两下子，也有妈妈赶过来护着。

乔祖望扬起的裤带狠狠地扫过乔一成的大腿根儿，乔一成只穿着两层单裤，这一下子太厉害，乔一成尖叫一声，叫得乔祖望也吓住了，停了手呼呼地喘气。

这一下子，打散了乔一成心里所有的关于如何将伤害与疼痛减到最小的算计，他蜷缩在爸爸的脚下，几乎蜷成了一个圆，开始痛哭。

二强带着两个妹妹一直在堂屋里，听得见爸爸屋子里传来的裤带打在肉体上的叭叭声，人跑过来跑过去的杂乱无章的脚步声，忽地听到大哥痛极的叫声与哭声，二强吓得一把拉了三丽与四美，像地震那会儿一样钻到八仙桌下躲起来。

三丽嘤嘤地哭起来，四美是吓得连哭都忘了，二强一手一个护着自己的妹妹们，其实他也吓了个半死，总觉得那呼呼作响的裤带随时可能落在自己的身上，他想出去看一下，爬出桌子的时候磕了头，半刻工夫就肿出了一个包来，又退回了八仙桌底下。

这一个晚上，乔一成没有回屋带着弟弟妹妹们睡觉。

第二天，乔二强和妹妹们也没有找到他们的大哥。

乔一成不见了。

乔二强倒也不急，他想，到学校总能找到哥，哥不会不去上学的。

直到在学校也没有找到大哥，他才慌起来。

乔祖望也慌了，才十来岁，虽是男孩子，出了事也不得了，听说大桥桥洞下面有死人，是睡到半夜不声不响地在梦里头被人弄死了的。

乔祖望真的跑到长江大桥桥洞下去找了一回，没有找到，乔二强领着妹妹也跑出去找。

二姨和二姨父知道了，也过来帮着找，还说最好是报个警，再到居委会汇报一下，大家一起帮忙会好找些。乔祖望觉得有理。

一伙人足足找了两天，最终是齐唯民想起来一处地方，带着乔二强兄妹，抱上乔七七，几个人摸过去一看，乔一成果然在。

那是一处工地，离乔家挺远，齐唯民和同学一起去玩的时候，碰到过乔一成，他和他的同学们到了星期天也爱上那儿去玩。

工地上堆放着许多水泥管子，一个挨着一个，一个连着一个，迷宫似的，有孩子抱了稻草在里面搭了个小窝子，权当作玩打游击游戏时好人的根据地。

乔一成就趴在那草窝子上，由得齐唯民带着二强他们叫着他的名字，不肯出来。

水泥管子里黑洞洞的，一端顶着墙，另一端的入口处横着另一个管子，只留下窄小的一个空间，天知道乔一成是怎么钻进去的。

三丽与四美蹲在那窄的空当处叫着：哥，哥。二强把妹妹们扒拉开，把胳膊伸进去想把他哥拽出来，可是没够着。

这个时候，奇怪的事发生了，那个一直站在旁边的两岁的小不点乔七七，忽然趴下来，像一只小小狗一样地，从那小空当里钻了进去。

乔一成趴在那里，听着弟妹与齐唯民的叫声，浑身痛得散开了一样，眼泪流出来，落到草上，刺得脸生疼，可是就是倔得不动。

他不想出去，不想看见任何人。

忽然有只暖乎乎的小小的手摸上了乔一成的耳朵，吓了乔一成一跳，可是这手太暖了，是几乎没冻死的乔一成这两天里接触到的，最温暖的东西。

乔一成抬起半个身子，正正地对上了乔七七的小脸。

小七的眼睛在暗暗的水泥管子里是那样的亮，乔一成看不清他的脸，只觉得他在笑。

小七果然在笑，咯咯地，也许他以为这是一场很好玩的游戏。他把脸朝着哥哥凑过去，嘴巴里噗噗地吐着，口水全喷到了乔一成的脸上。

三丽也爬了进来，可是只进来了半个身子，地方太小，挤不进来了。

齐唯民在外面和二强一起喊：乔一成，你出来吧，哥你出来吧。

乔一成慢慢地钻出来，齐唯民带着弟妹们用力推开挡着道的另一个水泥管子，乔一成的手脚快冻僵了，行动很迟缓。

他看见他的弟弟妹妹们，他们也一个个眼巴巴地看着他，就像几只绝望的灰败的小牲口。

只有乔七七在笑。唔咩唔咩地不知在说什么。他说话挺晚，也不清楚。

最后是齐唯民把乔一成背回家的，他比乔一成略高一点，但是要结实得多。乔二强抱着乔七七跟在后面，乔七七不太习惯自己亲二哥的怀抱，扭动挣扎想下来，一边咬着小拳头，涂了二强一脸的口水。

乔一成回家后病了一场，在床上躺了两天，人瘦了一圈。

这一场病也算是有点收获。

第一个收获是，二姨来看他时，给他做了许久没有吃过的溏心蛋，而且做了两回。

第二，在他生病的这段时间，乔二强开始负责做三顿饭了，倒还像模像样的，他自己也做得不亦乐乎，看来竟是很有当一个厨子的潜力。

第三个，也是最大的收获。

乔祖望不赌了，每晚回家睡。

他们的生活费也涨到了每个月二十块。

二姨那边乔七七的生活费也涨了两块钱。虽然乔祖望抱怨说，现在他一发工资两下里一给钱，口袋马上空了，一个一个全是讨债鬼，可是，日子到底好过些了。

乔一成再回到学校，坐在课堂里上课的时候，冬天来了。

这个冬天果然很冷。

乔一成神情冷冷地，理直气壮地跟爸爸提出，家里要装取暖的炉子。

乔祖望买来了白铁皮，二姨父替他们敲敲焊焊，做成了几条细长的管子，装在煤炉上。

这一个冬天，乔家堂屋不冷，偶尔还会飘出烤山芋的香味来。绵白的烟，从伸出窗来的一小截的细管烟囱里飘出来，散进冬天淡青的天空里。

第二章

他有这样自私的一个父亲，他只有学得比他更自私更无情才能生存下去。

1

乔一成大不敬地想，人家说的，狗改不了吃屎，大约说的就是自己爸爸这样的人。

被拘留了两天罚了点钱之后，乔祖望消停了一段日子。

他迷上了泡澡堂子。

离他们家不远，原本就有一家澡堂，最早，叫莲花池，"文革"时改成工农兵澡堂，现在，改了个新名字叫又新，重新开业前装修了一下。

说是装修，其实不过是重贴了白瓷砖，原本的水泥地全换上了防滑的小红砖，原先油漆斑驳的衣物柜新刷成了淡绿色，有淋浴，也有大池子。价钱由原先的一毛钱涨到了三毛。

乔祖望几乎每天晚上都要花上三毛钱在里面耗上一整晚，泡得通体舒坦了，喝点茶水，买一小碟水萝卜，听人聊，也跟人聊，然后在窄小的床位上直接睡过去。就这样，结交了三朋四友，日子过得滋润得很，脸色竟然不似先前的灰暗，神情间也平和了一些。

那些朋友闲聊时听说乔祖望身为五个孩子的爸，老婆又不在了，居然还这样清闲，言语间都羡慕得很。又新浴池也许是最早恢复修脚搓背业务的澡堂，乔祖望当然地赶了时髦，享受了一回又一回。

可是，到底还是烦了。

天越来越热，澡堂子快待不住了，热，闷，那时候也没有空调，只有高大屋顶上几个大的风扇，呼呼地猛转着，拖拉机似的轰响，吹出来的，都是热乎乎的风，身上的毛巾被也盖不住了，潮湿的，一股子沤出来的怪味儿。

这样闷热的夏天，让乔祖望心底那一点不安分又蠢动起来。

那一年，流行一幅年历画儿，画儿上，一个美女，高耸的发髻，齿白唇红，翘着兰花指，呈一个数字"三"状，澡堂子的墙上就贴着一张。大家都说，这个手势，意思是，没有三千块，别想娶我进门！于是大家跟乔祖望开玩笑，一个媳妇要三千块，乔家三个儿子，得准备万把块钱才成！

不要紧，有人说，他家还有两个女娃呢，嫁一个女儿收三千块财礼，嫁两个女儿就是六千，再添上些，够三个儿子讨老婆的。

又有人笑说：哪里够，你们没想，乔哥哥又不老，说不准哪天碰上合适的，他自己也讨一个老婆，那还得三两千的。

有人贼贼地说：也是，万一老婆再带两个儿子过来，那就更不得了。那是戴着草帽亲嘴儿，差老大截子啦！

乔祖望又笑又骂，说：讨什么老婆，儿子女儿，我养他们大，到十八岁，就跟外国人似的，全踢出去！我还管他们讨老婆嫁人！

三朋四友说：外国人不给儿子讨老婆吗？

乔祖望说：我们邻居，是海员，走南闯北，几个外国都去了。他说的，人家外国人，小娃都只养到十八岁，就什么也不管了，一分钱也不给，省心得很。

三朋四友们说：那是外国人心肠硬，我们中国人是做不出来的，别说儿子女儿，连孙子孙女儿都是要管到底的。

又说，以后中国人也发展到不管儿子女儿、孙子孙女儿，多挣两个钱，把自己的日子过舒服一点总是好的。

乔祖望深以为然。

他觉得自己这辈子，太亏了！缺嘴，缺穿，连南京城都没有出过，坐个三轮车还要盘算半天，活得真是不值！

于是他打算弄点钱，跟在澡堂里认识的朋友一起，做点儿生意。

听说，再往南去，有人开始热火朝天地做起了生意，发得厉害，有人在海边趁着涨潮的时候搂点发菜，就能卖个好价钱，简直就是无本万利！

可是，到哪里弄点钱呢？

乔祖望想起了家里的一件东西。

当天晚上他就翻箱倒柜地把那个东西找了出来。

东西是乔一成妈的，用细格布裹得好好的，年头久了，那布都闷了，一扯就一个洞。然而，里面的东西，是不怕老的，年代越久，就越值钱，乔祖望想。

他把东西拿着走出卧室的时候，迎头撞上了大儿子乔一成。

乔一成站在那儿看着他，刚才他在里屋里叮叮咚咚地找东西，想必这孩子也听见了。

乔一成盯着他爸看。

一成的睫毛短而稀疏，越发显得目光凛凛，没遮没拦的，直刺向乔祖望的脸皮，简直好像要在上面戳一个洞出来。

乔祖望发现，自从上次那事之后，自己竟然怵了这个孩子，这算什么事！天底下哪有老子怕儿子的道理！

乔祖望拿了那样东西托给那个朋友，算是生意的本钱，朋友满口应承，马上就去南方进货，也弄它一点海鲜过来卖卖，他还写了张收据给乔祖望。

乔祖望的发财美梦并没有做多久，很快，那个朋友就说，生意赔了。

那东西，因为换了钱做生意，也不可能拿回来了。那朋友说，几个合伙的人，就数他自己赔得最惨，反正大家当初都是说好的，有利大家分，赔了也算大家的，但自己终归是有良心的人，还退你一百块钱，你拿着吧。

乔祖望拿了那一百块钱，一个晚上之后才明白过来，自己有可能给人骗了。再去找那个朋友，找不着了，有人说他又去了南方，铁了心要在那边发财，几年以内是不会回来的了。

这可真是，狗改不了吃屎，狗改不了吃屎！乔一成恨恨地想着。

这事儿，还是叫二姨他们知道了。

这一回竟然是二姨父齐志强跑了来，关上门，跟乔祖望好一顿吵。

乔一成听见二姨父齐志强喝问乔祖望：怎么能动那个东西，那是淑英的东西，说好了不要动，将来留给两个女儿一人一只。你凭什么动那个！

淑英就是乔一成妈的名字。

乔祖望说：那对镯子是你家给淑英的不假，可是她带着它嫁到我乔家，那镯子就姓乔了，不跟你姓齐了，你要搞清爽。再说，你们家过去也不是高门大户住公馆的，老实说那对镯子也就是地摊货色，能卖个百十来块钱算是不错了！还好意思当传家宝传给女儿！

齐志强气得发抖：值不值钱是一回事，那是当年我妈给淑英的，淑英不在了，好歹给孩子们留个纪念，你，你怎么能……

乔祖望倒笑了：给孩子留纪念还是给你自己留纪念，这么舍不得当初你就干脆娶了她呀！吃着碗里看着锅里，挂着姐姐又惦记着妹妹！亏得是新社会了，由不得你三妻四妾，不然你还真当自己是皇帝，连锅端，两个都弄回家！

齐志强是老实人，气得只知道捏紧拳头喘气不知道反驳，半晌才磕巴着说：你，你，你还好意思说！你这个乘人之危的混账东西！要不是你，要不是你……

乔一成偷偷地缩回自己与弟妹们的卧室，手攥得紧，指甲掐得手心生痛。

原来真是这样！他想。

难怪二姨父从部队上复员以后就常跑到自家来，难怪二姨跟妈两个有时会别别扭扭的，难怪邻居们风言风语，难怪啊！

其实乔七七长得也不像齐志强，但是人家不是说了，私生子总是异常漂亮的。这种漂亮真是邪恶，乔一成这样认为。

少年乔一成自以为解开了家里的一个秘密，坐实了自己以往的一些怀疑，自此，他看着小小的乔七七那张与他及他的兄弟姐妹们都不大相像的漂亮脸蛋，更加地厌恶起来。

乔一成心里因为这个认知而结成的疙瘩，隔膜了他和乔七七，许多许多年。

日子流水一样地过去，乔一成进了正式的中学。

很一般的中学。

而只比他大两个月的表兄齐唯民却进了一所很不错的中学。

这与成绩无关，那时候，中学不需要考，就近分配。

齐唯民家属于那所好中学的学区，乔一成家隔了两条街，就被划了出去。

乔一成一直耿耿于怀。

凭什么齐唯民就有那样的好运气？那个家伙，比自己优秀在哪里？从外形到内里，无不像一颗土豆，还是像老话说的，笨蛋总是最有福气？

尽管学校不让人满意，好在，乔一成进的是这所不怎么样的学校里的一个快班，老师都还不错，教学认真，也颇有水平。

乔一成学习依然十分刻苦，深得老师们的喜爱。

其实他并不算十分聪明，可是他的勤奋足以弥补他智力上的那一点点欠缺。他没有钱买参考书和复习材料，就整本整本地抄书，很快，乔一成近视了，戴上了最普通的一副黑边的眼镜，被乔祖望唠叨了一顿，说是配眼镜费钱，又不是大知识分子家出来的，学人家人模狗样地戴眼镜！

乔一成只冷冷地横了他一眼。

乔一成为自己近视而欢欣鼓舞，他只想好好地存钱，以便在过年时重新配一副眼镜，像当年的文老师戴的那种宽边的眼镜。

他觉得他总有一天会从这个家、这个破学校、这个泥塘一样的环境里跳出去的。

会的。

老师们都挺心疼这个孩子，语文老师尤其喜欢他，有一回，看他抄书抄得晚了，还把给自己女儿买的蛋糕分了一小块给他。

那不是一块普通的鸡蛋糕，那是一块奶——油——蛋——糕！

厚厚白白的一层人造奶油，甜到腻，可是对乔一成，却是难得的美味。

他三口两口就吞进了肚子。

吃完了，乔一成才想起，这是头一回，他有好吃的，没有想到留一点给弟弟妹妹。

头一回，乔一成自私了。

他隐隐地觉得，自私有自私的快乐，所有的，都归了你一个人，饱满，富足，没有人跟你抢，没有人在一旁眼巴巴地看着你，那一种混合着罪恶感的满足，让乔一成有点愧，有点怕。

乔一成的妹妹们也都上了学。

大妹妹三丽性子有点儿像乔一成，文静，挺懂事儿，成绩不错，不用人操心，她还分担了不少的家务事，上粮站打个油买个面，买瓶酱油换瓶醋，洗洗她自己跟妹妹四美的小衣服什么的，做得有模有样。乔一成很喜欢这个妹妹，总觉得她将来会学好，会成为一个跟这四邻街坊家的女孩子都不一样的姑娘。

乔二强与乔四美就完全是另外一回事儿了。

这两个孩子也挺像，好玩，脑子不灵光，没心没肺，傻不拉叽的，在学校的成绩是马尾串豆腐，乔二强已经是留一级了，至今才上四年级，乔四美一年级，眼看着也要留级了。

乔一成成了他们的家长，替他们补功课，替他们去开家长会，替他们去领老师的批评，替他们丢人现眼。

乔二强近来迷上了一件事。

看电视！

邻居牛家爸爸是个海员，手里很有几个钱，虽然经年累月地不在家，可是一回来家里就添上好多好东西，这一回，他带回来一个神奇的物什。

一台九英寸的黑白电视机！

安好电视机的头一个晚上，牛家堂屋就挤了一屋子的人，惊叹声此起彼伏，所有的眼睛都盯着那小小的屏幕，没有人能搞明白，为什么活生生的人就这样被关在了小小的一方玻璃后面的一个匣子里头，吹拉弹唱，悲欢离合。

二强看上了瘾，每天功课也不做，死赖在牛家直看到人家撵人，还拉上小妹妹四美一块儿看，两块牛皮糖似的天天贴在牛家。乔一成很说了他几回，叫他不要太皮厚，不懂得看人家的脸色，可是没办法，这个东西对乔二强实在有太大的吸引力，乔一成没办法，就随他去了。

还好大妹妹三丽听话，天天跟在乔一成身边老老实实地做功课看书，乔一成很感安慰。

就在这个时候，家里又出了件大事。

就出在乔一成这个乖妹妹乔三丽身上。

2

这一年乔三丽九岁多了，她长得跟乔一成尤其像，都是瘦窄的小脸，微肿的单眼皮，嘴嘟起来，生着谁的气似的，因为是女孩子，五官显出一种柔和与安静来，头发却因为营养不好而黄，毛燥，编了两根细麻花辫子，真正的黄毛小丫头，并不漂亮，倒挺耐看。

乔一成一直认为这个妹妹很好看，而且讲究卫生，从不骂脏话，不逃学，不拖鼻涕，在邻居众小姑娘中可以拔个头筹，将来一定会跟她们都不一样。

与周围人不一样，是乔一成心中至高的目标。

三丽在学校安静地读书，回到家安静地做功课，安静地跟在哥哥身后做事，安静地带妹妹。虽然她安静得近乎隐形，可是乔一成却总是想着她，有好吃的，再不够分，也会留一份给这个妹妹。在乔一成年少的心里，从这个家、这个环境里能带出一个兄弟姐妹是一个，可惜那两个小人不够争气。

三丽有一个很奇怪的爱好，她最爱去粮站买东西，爱闻那里面粉大米闷而厚实的气味，特别爱闻菜油香，跟个小老鼠似的贪恋那股子味儿。所以她喜气洋洋地担当了家里买米买面买油的重任。米她一个人是扛不动的，总是二强跟她一道去，用一辆小小的玩具式的拖车把米拖回家。而买面买油的时候，二强会偷懒叫她一个人去。

三丽总拿家里的竹篮子装上那个油腻的瓶子去打油，顺便买上一斤面。

粮站已经不再用油端子打油了，换成了半机械的一种装置，高大的油罐，外接一个有刻度与扳手的长长细嘴，先将指针按顾客的要求调到某一刻度，再将瓶子对准了细嘴，向下按动扳手，清亮稠腻的油便缓缓地落入瓶中。三丽总是着迷地看着那个细嘴的出口，看着那一线缓缓流淌出来的菜油，凑得近近地闻那扑鼻的腻香，这样子让人看了不由得好笑。

去得多了，三丽跟粮站的那几个职工也熟起来。

有面相凶恶人却还不错的汪姨，有高大健硕的搬运工刘叔，最熟的是顶顶和气的李叔。

这李叔本来就是熟人，他是当年乔祖望的牌友，现在没有牌打了，他也常来三丽家坐

着，跟乔祖望喝上两杯。来的时候总不会空着手，有时带点杂粮过来，有时也给孩子们带点糖块，有一回竟然带了一些大白兔奶糖来，说是亲戚从上海带来的，乔家的孩子们都挺喜欢他，除了乔一成。乔一成不喜欢他爸的任何一个朋友，私心里总觉得能跟他爸做好朋友的必然不是好东西。

李叔很瘦小，用别人笑他的话来说就是，没长开似的，眼睛白多黑少，老穿着旧的厚劳动布工作服，身上一股子油气，头发也腻得黏成一缕一缕的，不干不净的脏相，可是爱笑，不笑不说话，尤其对小孩子。

三丽觉得李叔真好。

回回在他手上买面打油都稍稍多给那么一点点，三丽并不识秤，也看不明白那细嘴上的刻度，可是还是能明白他的确是多给了。何况，只要那大个子刘叔进货去，而那凶相的爱逃班的汪姨提早回家看她的小娃娃去时，李叔总会把三丽拉到里屋，给块糖，或是半块面包。

三丽吃东西的时候，李叔就和气地笑着，看着她，伸手摸她细黄的小辫子，从辫子上再摸到颈脖间，再摸到她瘦得像块搓衣板似的背上。

三丽并不讨厌这样的抚摸，爸爸从不这样充满感情地抚摸她，母亲的爱抚她差不多忘了，大哥对她好，可是，大哥生性有点冷，会给她吃的，会教她作业，会替她打跑欺负她的人，可是不会抚摸她。

这样深情款款的抚摸，是小姑娘三丽心里暖的、亮的、甜的那部分存在。她太小了，还不懂得分辨这抚摸里包裹着的成年男人那点脏的心思。

渐渐地，三丽也发现，李叔在摸她的时候，脸会凑得很近，近得嘴里的那一种不太干净的味道会扑在她的脸颊与脖子里，三丽觉得那味儿不大好，可是，李叔的笑脸足够和气，李叔给的吃食与小文具足以让她忽略这味道的不好。而李叔的手也越摸越往下了，在三丽的大腿根，在她的屁股上，飞快地掠过，像是怕烫着似的。

有一回，三丽来买面时，汪姨正匆匆地往外走，说是她家小娃娃发烧了，李叔一边称面给三丽一边很热心地叫她尽管放心回去，有他在没事的。

三丽叫声李叔，拿了面，要走，却又有点希望李叔会给点什么小东小西的。

果然，李叔拉了她的手，领她到里间去，居然送她一对扎头发的大红绸蝴蝶结。

三丽高兴得跟什么似的，拿在手上翻来覆去地看，那大红像团火似的在她小小的掌心里跳动着。

忽然，三丽发现李叔呼哧呼哧地在她耳畔粗声粗气地喘着，他的一只手伸进裤子里，缓缓地，动作着。

三丽的心忽地别地一跳，有点慌，有点怕，想挣开李叔搂着她的手，可是李叔的劲儿大，把她往怀里用力带了一下，三丽便再挣，李叔的脸忽地又不那么青那么憋着气儿似的了,手上也松了劲儿,气也不粗了,笑起来说:三丽,叔真欢喜你,我要有你这么个女儿该多好。

李叔有两个儿子,没女儿。

李叔站起身来,说:要不三丽你干脆给我做儿媳妇得了,来来来,叫我一声老公公。

三丽说:李叔你不老。

李叔就又笑:是不老。来,再拿块糖。

三丽就拿过糖,一块大白兔。

三丽复又高兴起来,李叔是真的欢喜自己吧,三丽想。

过了一天,李叔下午就到三丽家里来了。

三丽与妹妹放学比较早,二强是一放学就疯得没影儿了,家里只有三丽与四美。

李叔说四美三丽,你们家人都不在啊。

四美爱说话,小嘴呱啦呱啦地:我爸还没下班,我大哥还没放学,二哥出去玩啦。就我跟我姐在家。

李叔说:噢哟,那么乖呀你们俩,叔请你们吃豆腐脑好不好?四美能不能干?会去买吗?

四美尖声尖气地:哪个不会?我买过好几回啦!不就转两条街吗?只有那家卖,可好吃啦!上面撒了碎碎的什锦菜。

李叔说:能干能干,喏,钱拿去,慢慢走,不急,别把锅摔了,走快了会烫着。

四美说:好呀好呀。

四美跑出去。

三丽说:叔,我也认得路,四美还是我带她去买的呢。

李叔摸摸她的头:我三丽是最能干最乖的女娃啦。三丽,叔有点累,到你床上歇会儿好不好?

三丽说:好呀。叔你跟我进来。

三丽她们的卧房朝西,这会儿正是西晒,苍黄的一束阳光打在床上,亮汪汪的一块圆。

三丽跟四美已与哥哥们分床睡了,在靠窗的墙角新添了一张上下铺,三丽睡上面,四美睡下面,床上是相同的格子面的床单,有点脏了。

三丽说:叔,我的床在上面。

李叔说:噢,丽呀,叔年纪大,爬不上去,就睡在下面好不好?

三丽甜甜地笑:行啊。

李叔拉着她的小手,往床上坐,床陷下去一点,吱地叫了一声。

李叔说:丽呀,叔有点儿不舒服,你陪着叔歇会儿好不好?

三丽的细长眼睛吧嗒吧嗒地眨着，看着李叔：我们家有万金油，叔，给你拿来涂一点好不好？

李叔微喘着说：叔不要万金油，只要你替叔摸摸揉揉就好了。

三丽说：怎么揉？

李叔拖过三丽的手，往自己下身放去，说：叔教你。

乔一成多少年里都一直感谢自己的班主任老师，那个琐碎而好心的半老太太。

这一天，他上体育课时长跑扭了脚，其实也不算严重，可是老太太坚持叫他早点回家休息，伤筋动骨的事，马虎不得。

乔一成一拐一拐地回到家。

打开门，听见自己卧室里有奇怪的声音，一推，门开了。

乔一成像一只疯了的小豹子，冲到床边，把那个压着三丽的人撕扯开。

羞耻与愤恨像洪水一样直漫上少年乔一成的心窝，牙根都是酸痛的，心胀得像要呕出一口血似的。乔一成还不那么成熟的、不那么孔武的拳头一下一下擂鼓般地擂在那个男人瘦小的身体上，发出咚咚咚的声音，那男人也不躲，也不叫，只抱了头脸缩成一团。

乔一成马上改变策略，专对准他的脑袋敲下去捶下去砸下去。

那男人终于痛叫出声：哎哟哎哟。

乔一成也终于出声，低而压抑地，一连串地骂出脏话来，他把他发誓这辈子都不会讲的脏话像污水似的往这个男人身上倒。

三丽呆呆地站在一边，看着她疯狂的大哥与狼狈的男人，那男人看起来那么脏，活像堆在床角的一床破烂被窝。

这一可怕的剧目终于在二强与四美都回来后终结。

那男人飞快地掩着脸跑了。

乔一成狠狠地踢了二强一脚，还踢翻了四美手上拿着的小铁锅，热乎乎的豆腐脑泼了一地。

乔一成冷冷地站在爸爸乔祖望面前，眼睛红红地充了血。

他问：你朋友欺负你女儿，你打算怎么办？

乔一成想，如果他听了暴跳起来冲出去找那个姓李的算账的话，自己还能叫他一声爸爸。

乔祖望先是不能置信，听乔一成反复确认之后，真的跳将起来，拉开门要走。

乔一成心头一热，拦在他爸面前说：爸，你叫他不要赖得比狗舔得还干净，别以为我不懂事，我十五了，就是不懂也让这畜生王八蛋给教懂了。

乔祖望一直到晚上快十点钟才回来，乔一成眼巴巴地等着，可是乔祖望回来以后什么也没有说，就叫乔一成去睡。

乔一成叫：爸！

乔祖望说：滚回去睡，我还活着呢，轮不到你在家里做主。

乔一成呆呆地望着爸爸，忽觉心头沉而闷。

回到自己卧室，那几个小的早就睡了。

三丽也睡了，这小丫头一个晚上非常地奇怪，比四美还聒噪，她的喋喋不休比沉默或是哭泣更叫乔一成担心。

乔一成在黑暗里站在妹妹的床边，细听着她微不可闻的呼吸声，想摸摸她的脸，伸出手去，只摸到她那一把枯枯的头发。三丽是面冲里面睡的。

一连两天，乔祖望都不再提这个事儿，吃完饭就说：我出去一下。

乔一成拿不准他是去找了姓李的，还是去泡澡堂子。

其实，乔祖望是每天晚上到姓李的家去坐着，谈判。

李叔大名叫李和满，娶的老婆是乡下人，没有工作，有点傻，这傻女人年轻时倒有一副挺不错的模样，虽是乡下生乡下长，不知怎么，有一张雪白粉嫩的脸孔和一双水汪汪的眼，眼神有些木，但是无损她给人第一眼的惊艳印象，李叔相亲时一眼就看中了，直到娶来家洞房的时候，李叔才发现她不只是有点笨，她是傻，脑子有问题。然而也这样过了许多年。现在当然是全无了当年的水灵，是一个发了福的中年傻女人了，在院子里洗着大盆的衣服。

乔祖望说：你看怎么办吧这事儿！

李和满满脸的青紫尚未消退，说：乔哥哥我们私了吧。

乔祖望说：私了？我倒听听你想怎么个私了法？

李和满说：我赔钱。我给补偿。

乔祖望冷笑。

你打算赔多少？

李和满说：两百块，乔哥哥你看怎么样？

乔祖望说：我女儿可是才九岁，未成年，我要不愿意私了呢，送你到公安局，判你个十年二十年，判死你，就你这把瘦骨头还想走出牢门？你就死了烂在里头吧。

李和满哭了。说：那我赔三百吧。三百吧。

乔祖望说：你是国营职工，你家老头老太解放前做生意的，开着米店呢，死了总给你留了点儿吧？我给你一天时间，你好好想想。

第二天又去时，李和满说：乔哥哥，我给四百。真的没有了，我全部的家底子都掏出来了。

李和满又说：乔哥哥你要再不能接受，那我只好拼了这条命公了了，我实在没有办法了，可是，这事闹出去，你女儿也不好做人。她还小……

乔祖望用尽气力扇了李和满一个大大的耳光，打得他扑跌在地，半天没有爬起来。

你现在知道她小了吗？乔祖望说。

这一个星期天，乔祖望一大早单带着三丽出门了。

他们去了有名的同旺楼，这里的小笼包子是极有名气的，乔祖望点了两笼，放在三丽面前，叫三丽吃。

三丽开心地眯起眼笑：全给我？

全给你，乔祖望说。他看着女儿吃，隐隐地觉得这孩子，哪里不似从前了。

三丽狼吞虎咽地，也不怕烫，用力吧唧着嘴，吃得酣畅又放肆，到后来连筷子也不用，直接上手抓。一气足吃了十个小笼包子之后，三丽打了一个大大的饱嗝，忽然没头没脑地说：给我哥再买一笼。

乔祖望真的买了一笼包子，带了回家。

乔一成看着这情形，心里多少有点明白，认定父亲是得了什么大便宜了，才会这样不声不响的。

乔一成碰也没碰那笼包子，只有二强四美，什么也不明白，吃了个不亦乐乎，满嘴的油光。二强还频频地叫：哥，来吃啊，你不吃就没有啦。

乔一成怒喝他：吃死你个王八蛋！

二强委委屈屈：又骂我，又骂我。

乔一成想，从今往后，自己再不叫这个人爸。

他不配。

他不配！

以后的数十年里，乔一成果然没有再叫过乔祖望一声爸爸。

面对他时，乔一成不会称呼他。

背着他时，乔一成称他：那个人。

吃完了包子，一成带着弟弟妹妹们洗被子，洗好了，乔一成一个人抓一头，二强和三丽两个人抓紧另一头，用力地拧干，四美欢快地叫：大哥加油，二哥加油，姐加油，加油。

一切都好像没有变化。

乔一成说：三丽，你把头好好梳下，好几天没梳头，乱得像什么样子呢？

三丽不理。

被子晒出去不多会儿，邻居家把洗菜的水往院里阴沟里泼的时候，一不小心，把那污水溅了些在乔家的床单上，好大一块污渍，活像婴儿尿了床，还沾着一块黄菜叶。

乔一成不高兴地找邻居理论，邻居家的女人也不是好说话的，直说乔家的床单晾在了他们家的地盘上。

乔三丽突然跳将出来，对着那女人就骂开了。

乔一成吃惊地看着九岁的大妹妹,那个从前文文静静的小姑娘站在院子里跳着脚大骂,一串串污言秽语,哗哗地从她嘴里往外冒,她蓬着头,脸涨得通红,神情痛苦纠结。

乔一成感到从来没有过的孤独,他想着,他是没办法把这个妹妹拉出这个泥潭了吧。再也不能了吧。

乔一成带着乔二强,当天下午跑到李和满家外,用砖头把李和满一辆半旧的永久牌自行车砸了个稀巴烂。二强砸得上瘾,干脆往他们家的窗子上甩了块砖,玻璃应声而碎,隔天,李和满的小儿子脑袋上缠上了纱布。

乔一成晚上睡下的时候,心想,真是混账啊!这样的父亲!

他有这样自私的一个父亲,他只有学得比他更自私更无情才能生存下去。

很快,乔一成有了一个自私的机会。

3

三丽变得格外地爱说话，但却与四美的聒噪不同。四美是喜气洋洋的小喜鹊，三丽却像一只烦躁不安的小八哥。她的语速变得很快，一句赶着一句，一句叠着一句，话多得简直叫乔一成绝望。

乔祖望也偶尔用审视的眼光看着这个女儿，碰上乔一成的目光时，他会略带尴尬地一笑，说：还好还好，她还不怎么记事呢，也还好没有让那个王八蛋得手。

乔一成恨毒地看了他一下。

乔祖望被长子满是恨意的眼光盯得头皮都有点发麻，心里也气，但不知为什么，他不敢再打这个孩子，只压低了嗓子骂两句：想爬到老子的头上怎的？

过了阳历的新年，乔一成发现，二姨走动得勤了起来，似乎也不像是要钱的，有两回还带来了她的一个朋友，一个有着团团脸，戴着可笑的深度眼镜的阿姨。

她们先是与乔祖望在里屋轻声地神秘地交谈，后来，又把三丽与四美叫进去，也不知做什么。

乔一成晚上睡觉时问三丽：他们叫你跟四美做什么？

三丽说：不做什么，就看看我们。

看你们？有什么好看？乔一成不解。

看看我们的脸，看看我们的眼睛，看看我们的鼻子，看看我们的嘴巴，看看我们的耳朵，看看我们的头发，还看看我们的腿脚……

乔一成止住妹妹的滔滔不绝，替她盖好被子叫她快快睡。

三丽突然拉住大哥的手，叫：大哥，大哥，陪着我。

这声音不是那个聒噪的三丽的，是前不久还在的那个文静的小姑娘三丽的。

乔一成默默地在黑暗里站了好久，由着三丽紧抓着自己的手，满肚子想说的话，可是细一想，又不知说什么。

乔一成这个年纪，正是男孩子的心灵与思想最离群索居的时候，这个时候，他们往往拒绝与人有肢体的接近，再加上乔一成本来就是个有点冷淡的孩子，他不知该怎样去抚慰这个小小的姑娘，哪怕这小姑娘是他一母所生的亲妹妹。

　　站了好一会儿，乔一成觉得浑身像浸在冰水里一样地冷，微微一挣，三丽就松了手，乔一成想，她大概是睡着了。

　　乔一成躺回到床上，他有点不大好的预感，他怕再有点儿什么事。

　　其实，真是有点儿事。

　　可是，这事儿，似乎也不那么坏。

　　二姨在第二天晚上又过来了，这一回，除了上回那个团团脸的眼镜阿姨，她还带来了一男一女两个人，像是夫妻俩。

　　乔一成非常非常地奇怪，在他看来，这两个人实在不像是二姨会有的朋友。

　　他们温文安静，穿着朴而不简，一看便是受过良好教育的人。

　　这夫妻俩极客气地与乔祖望打招呼，那男的还伸出手与乔祖望握了握。乔祖望别别扭扭地拉着他的手晃了两晃，他实在不太习惯这样的招呼方式。

　　那女的从拎包里拿出糖果与画书，分给乔一成和他的弟弟妹妹们。

　　乔一成只从她的手里矜持地拣了一粒糖，二强与四美却像是闻着肉香的小狗狗一样蹭在了那位陌生阿姨的身边。

　　那阿姨的目光牢牢地盯在三丽与四美身上，梭子式地来去，又与自己的爱人不时地交换着眼神。

　　乔一成把一切看在眼里，但是还是不能明白，这状况是个什么意思。

　　几个人坐在堂屋里，有一搭没一搭地说着话。乔一成尽管还是个孩子，却也能看出来，那对夫妻实在只是在与乔祖望敷衍着，乔一成敏感的心为这种微妙的状态而微微羞耻着。

　　乔祖望倒全不在意，一个劲儿地开始介绍自己的两个女儿的种种好处，如何乖巧，如何嘴甜，如何能干，长得如何像她们的妈妈，秀气得很。

　　四美仿佛为了验证父亲的话似的，乖乖地一点一点挪到那女的跟前，讨好地仰头望着她，说：阿姨，你的头发烫得真好看。

　　那女的微笑起来，是一种极有教养的笑容，和气极了，却又不十分亲近。

　　她摸摸四美的细辫子，说：是吗？谢谢你。你的小辫子也很漂亮。是极温软的苏南口音。

　　四美得意地晃着脑袋说：我自己编的。我姐都没有我编得好。

　　那女的又笑，哦，这真好啊。她轻柔地说。

　　她忽地又加了一句：四美，那么你愿意以后让阿姨替你梳辫子吗？阿姨会梳很好看的辫子，四股的。好不好？

　　四美一连声地答：好啊好啊。

有那么一刹那，乔一成心头涌起一个模糊的念头，可是那念头太轻了，像水里沉浮的木塞子，一会儿上来，一会儿又沉下去一点，他辨不清。

又坐了一会儿，那女的向二姨与团团脸眼镜阿姨示意，他们一同站起身来，向乔祖望道了叨扰，走出门。那女的又回头看了四美一眼，对她和气地笑。

四美乖乖地叫：阿姨再见！

睡到半夜，乔一成想起了以前看过的一部朝鲜电影。

电光石火间，乔一成心头那浮木似的念头清晰起来。

那对夫妻，可能是要领养他们家的一个孩子的。

那个孩子，有可能就是四美。

果然，第二天，二姨与乔祖望一起，向孩子们宣布了这个消息。

那对夫妻是苏州来的，两个人都是高中的老师，家里以前颇有些底子，只是没孩子，想领养一个，看中了四美。

乔一成想，为什么不是三丽？为什么？

如果他们家要被领走一个孩子的话，乔一成更希望被领走的是三丽，虽然这意味着，他很难再见到这个妹妹，可是，他想，要是有可能的话，让三丽跳出去吧。

三丽这时却尖细着嗓子说：我不去，我才不要去，请我去我也不去的。

四美笑话她：哪个请你去哟。

三丽毫不客气地反驳：你去你去，他们都是老师，天天叫你写功课，写死你呀！

四美也不客气：写就写，我去了就天天吃大白兔，还烫头发！怄你呀怄死你！

不怄，我就不怄！

妹妹们的吵闹声让乔一成心烦意乱，心头突突地跳。

小喜鹊四美要走了吗？从此以后他再也看不到她了？

乔一成的眼光从弟妹们的身上一一梭过，他想着，他是否能够丢得他们中的任何一个？

收养手续办得很快，那对夫妻后来又来看过四美两次，每回都给她带了新衣服来，当然，其他的孩子们也都有小礼物。二强很快活，三丽则不以为然，常向那夫妻俩翻白眼。

四美穿着新衣裳在家里来来去去，嗲声嗲气地，居然说起了普通话。

她还有了个新名字，叫作沈静宜。

乔一成这些天心事重重，眉头结成个疙瘩，连最不长心眼儿的二强都看出了大哥的不对劲儿。乔祖望暗想，有可能这孩子是舍不得他的妹妹，这孩子，真是……挺不容易的。

没有人知道乔一成心里那一点黑暗的念头，只有乔一成自己，为之压抑痛苦。

再过两天，四美就真的要跟着沈氏夫妇走了。

乔一成躺在床上久久不能入睡，在深夜无人的时候，他心头的那点黑暗的念头像纸上洇染开的墨汁，那黑一点点地扩大泛滥。

他想起那对文雅的教师夫妇，想象着他们的生活，想着他们家里可能有的整齐宽大的书桌，成堆的书，那种生活是他向往的，可是却要属于四美了。

他忍得牙关酸痛，他下了一个决心。

弟妹们睡得香甜，床边的小柜子上放着四美的新衣服与新书包。她一直以为这一回也像是以前到乡下去走亲戚，玩上一阵子，还可以回来的。

乔一成想着弟妹们的样子，想着假如他以后再也见不到他们时，他心如刀绞。

但是痛归痛，那痛抵挡不了新的好的美的生活的诱惑。他前些日子曾想过，他要做一个比那个人更自私无情的人，也许可以活得比较好。

第二天，是一个星期天，乔一成一早就出了门。

他穿着自己最好的一件外套，去了沈氏夫妇住的宾馆，他听二姨说过那地方，他没舍得坐车，一路走过去，也是为了让自己多一点时间来思考，或是，后悔。

可是，他竟然没有后悔。

他走到宾馆，向前台打听了房间号，最终神情端肃地坐在了沈氏夫妇的面前。

沈先生望着面前的少年，瘦削的脸与微微皱起的眉头，和气地问：你是一成吧？你有什么事？

乔一成低头，久久不语。

沈先生很是奇怪，不禁看看妻子，她摇摇头，示意他不要着急。

乔一成猛然抬起头来，对沈氏夫妇说：请你们，收养我吧。我的成绩比四美好，我是团员，还是班干部，我，什么都会做。

沈氏夫妇这下彻底地愣住了，两人面面相觑，不知如何作答。

乔一成的话已经出了口，倒变得镇定而坚决起来。

他又重复：请求你们，收养我吧。

沈先生说：对不起，一成，可是，我们只想收养一个女孩子。

乔一成的眼中慢慢地浮上了泪光，他竭力地忍着，内心苦痛挣扎。

我，可以做得很好，我会争气，我想念许多书，我，可以自己挣生活费，我只想有个好环境念书。请求你们。

沈女士给乔一成倒了一杯水递过来：一成，我了解你的心情。有些事，你不知道。我们以前，有过一个女儿，可是她六岁的时候病逝了。我们看见四美，觉得特别投缘，她连长得都有点像我们女儿。所以，你看，一成，花中有莲，出淤泥而不染，人也可以的，你这么用功上进，将来一定会成为一个有用的人。

乔一成眼盯着小桌面，咬着牙关。

沈女士好意地拿来蛋糕给他吃。

乔一成嚼着蛋糕，慢慢地，眼泪流出来，一滴一滴地落在手背上。那么烫。

乔一成失声痛哭。

他不是因为被拒绝而伤心。

他流泪是因为心底的罪恶感。

不不不，乔一成想，不是所有的人都可以自私得那么心安理得，那么无所顾忌，那么厚颜无耻。

这罪恶感，噬心刺骨。

自己为什么会这么坏这么坏？真不愧是乔祖望的儿子啊，乔一成想。

沈氏夫妇束手无策，不知该如何安抚这个少年人。

乔四美终于跟沈家夫妻走了。

走的时候，是个半阴的天气，四美好像突然意识到了此一去的不同寻常，挣扎扑腾，大哭大叫，崭新的衣服就往地上躺，打着滚儿。

终于还是被哄走了，不断地扭过哭得稀脏的小脸儿，看着她的哥哥姐姐，走远了。

谁都以为，四美从此可以过上好日子了，谁都没有想到，仅过了两个月，四美就被警察送了回来。

八岁的乔四美从沈家跑出来，一路问人跑到了苏州火车站，请求车站的人让她上车回南京。到了南京我大哥会付车票钱的。她说。

乘警以为她是被拐的孩子，一路送她到了南京，又打电话给乔一成家所在地的派出所，把人送回家。

乔四美从小伶牙俐齿，把家庭住址与父兄姓名说得清清楚楚明明白白。

一成烧了大壶的热水，替四美洗头发。

一成发现她头发上虽有灰尘却并不油腻肮脏，她的衣着也齐整妥帖。沈家夫妇并没有薄待了她。

一成问妹妹：为什么不待在沈家生活？

四美说：我想你们。还想爸，还想家。

一成用力搓揉着妹妹丰厚的长长的头发，说她没出息，这个家有什么好想。

心里不知为什么，痛而快乐着。

三丽也过来替四美洗头，还帮她掏耳朵。二强在一旁跳着说：你肯定是不想写功课不想学习才跑回来的吧，呐呐呐，我猜得对吧，对吧。

四美咧开嘴笑得欢：我才不要天天念书，烦死了，二哥，你还带我玩去，啊？

一成也笑了，他还发现四美掉了一颗牙，问：牙呢？

四美从裤兜里掏啊掏了半天，摸出一颗小牙来：哥，这个是下面掉的牙，你给我扔房顶上去啊。

乔一成说：行，我给你扔，过些日子你就长一颗新牙出来了。

沈氏夫妻从苏州赶了过来。

沈女士流了眼泪，说：四美你怎么就不肯给我做女儿呢？我们待你不好吗？

四美说：好。

沈女士说：那你愿不愿意跟我们回去？

四美摇头。

这一年，在乔一成他们班的班级联欢会上，分组表演节目，全班八个小组，倒有六个选了同样的歌来唱。

乔一成夹在同学中间，神情冷淡而内心澎湃地唱着：

再过二十年，我们重相会，
伟大的祖国，该有多么美。
天也新地也新，
春光更明媚，城市乡村处处增光辉。
啊，亲爱的朋友们，创造这奇迹要靠谁？
要靠你，要靠我，
要靠我们八十年代的新一辈！

4

乔七七五岁了。

瘦，时不时地有点小毛小病，二姨弄点药吃一下也就好了。

齐唯民很疼他，按乔一成的话说就是，齐唯民这个怪人，到哪里都拖条尾巴，感觉好得很。

过团日活动时，齐唯民都带着他，在同学家里包饺子，看电视。

七七很安静，抱着哥哥的小腿或者坐在哥哥的双脚上，一坐就是老半天。

齐唯民的同学一开始笑得不行，跟齐唯民开玩笑，说他从现在开始学习做爸爸。后来，他们也都很喜欢这个小孩子，走过来走过去扯扯他的招风耳朵，七七就会抬起头看那个揪他耳朵的人，天真地委屈。

那天齐唯民放学回家，听妈说，七七不小心摔了一跤，好像扭了脚。

齐唯民去看时，发现七七坐在小椅子上，齐唯民蹲下来拍拍手，叫：七七过来，哥哥抱下。

七七竟然没有动。

齐唯民扶他站起来，他只站了两秒钟就又跌坐下去。

齐唯民说：妈，好像挺严重，要带他去看看。

二姨难得没有反对，也没有说在家里找点药膏贴贴的话，收拾收拾跟齐唯民一起抱着七七出门。

齐唯民说：去儿童医院吧。

二姨说：去卫生所吧，儿童医院人太多了，排队排死人。

齐唯民想想也就跟妈妈去了。

卫生所光线很暗，门口挂着厚蓝布门帘，人倒是真少，只一个卫生员，年轻得不像话，蓬了一头的乱发，刚睡醒的样子。

齐唯民把七七放在铺着发黄的旧床单的窄床上，卫生员走过来搬了下七七的伤脚，七七痛叫一声，卫生员说：你叫个什么呢小孩儿，我又没使劲。

齐唯民求他道：我弟弟很胆小，请你轻一点啊。

卫生员说：小孩子不能惯的。

略检查了一下,说没事,开了点消炎药,还有一管外涂的软膏就让他们回去了。

晚上,齐唯民替七七洗了脚,细心地涂上药,对自己妈说:看上去还好啊,并没有肿起来,为什么七七这么痛?连路都不敢走。

二姨低着头,说:小孩子,有点小毛小病的,发发嗲吧。

齐唯民又喂了七七吃药,药片特别大,只得弄碎了,很苦,七七乖乖地全吞了下去,喝了许多许多的水,齐唯民几乎可以看见水是如何通过他的细脖子流下去的。

齐唯民的妹妹也喜欢亲近大哥,所以特别不喜欢分去了大哥注意的这个小家伙,趁着大哥不在,揪起七七的一撮细发用力地扯。

七七含了一泡眼泪,咦了两声,没敢哭。齐唯民给了妹妹两毛钱哄开了她。

到了第二天,乔七七不仅没有好,连站,都站不起来了。

齐唯民说:妈,看上去不是脚的问题,怕是腿伤着了,我们带七七去儿童医院吧,不能耽误了。

二姨愣了一下,大约也觉事情严重,同意了。

儿童医院果然人多,大厅里挤满了人,病孩子被家长抱在臂弯里,大多哭闹不休,显得七七特别地安静,软绵绵地趴在哥哥肩头,像个布娃娃似的。

等了两个半小时,看病不过用了两分钟,医生的诊断让齐唯民和二姨都大吃了一惊。

有可能是小儿麻痹。

医生叫多运动,齐唯民大着胆子说:他痛,不敢走。

医生说:不敢动你就不让他动了?不想动也要动啊,治病要紧。

医生转过头去又对七七说:你不听话吗?会不会听话?

七七吓得乱七八糟地摇头点头,糊涂了。

医生倒笑了起来。

回到家,二姨找来一个玻璃盐水瓶,让七七坐在小椅子上,把盐水瓶放在他的脚下,让他踩着滚动。

这游戏起初吸引了七七,但他只滚了两下便不肯动了。

齐唯民说:七七,不怕啊,你慢慢地滚着,来。

七七说:阿哥,痛。

七七会讲话以后,一直叫齐唯民"阿哥",这样,齐唯民的亲弟妹们会觉得好过一点,因为"大哥"是他们叫的。

齐唯民又找来一个盐水瓶,坐在他身边跟他一起玩儿。

七七才勉力地踩着瓶子滚动着。

每天,齐唯民都会一边背书一边跟七七一道滚盐水瓶。

齐唯民他爸齐志强的厂子在郊区,每周六跟着厂车回来一趟,周一一大早又得走,这一回他回来，发现七七的腿还是没有好。

齐志强给妻子塞了一些钱，是他们刚发的奖金。

齐志强说：一定要给七七治好病，不行的话，去上海吧。

那个时候，上海象征着时尚与先进，一切的问题，到了上海仿佛都会有解决的可能。

二姨没有作声，心里七上八下地翻腾着。

晚上睡不着，想着，万一真的是小儿麻痹怎么办？要是残了，乔祖望那个邪头会甘休吗？真的要对这孩子的一辈子负责任的话，能不能负得起？自己还有大小三个孩子要抚养。

二姨睡不着了，下床去看七七。

七七还睡小时候的小木床，有点窄了，七七睡时要微蜷着腿，后来齐志强的巧手把床改了改，成了张像模像样的小小木床，七七那天特别高兴，居然对着齐志强叫了声爸呀。

虽不是自己亲生的，到底养了五年，便是养只猫养只狗，也有感情了，多少会心疼，会不舍。

可是，二姨很怕，很担心。

七七不是自己摔倒的，他跟在二姨身后，踩着了二姨的拖鞋，二姨没在意，往前一迈步，七七咚地就摔了。

留着他，就要搭上无数的精力、时间，与金钱，而且，什么时候是个头呢？

周末过后，齐家父子上班的上班，上学的上学，二姨给七七换了身新衣服，抱着他回了乔祖望那里。

乔祖望正好是周一休息，正打算出门的时候，被二姨堵在了家门口。

二姨说：孩子病了，你也该花点心思照顾一下，要是头痛脑热的，我也就算了，不跟你诉苦，也不跟你要看病的钱了，可是现在，孩子病得厉害，你不能不管了，这可是你亲儿子。

乔祖望说：我可是好好的孩子交到你手上的。

二姨挂下脸说：这话听着可就不讲理了。小孩子，不是个物件，你交给我，我就得给你保管好，多少年不变，这是孩子啊，孩子有病，你就只好认命。不瞒你说，我带孩子看病，前前后后贴了多少钱，我都不吱声，不管怎么样也是我姐留下的骨血，我不计较，但是姐夫，我是真没有精力带了，我也舍不得，但是你也要替我想想，我没工作，又有三个孩子，你也可怜可怜我。

乔祖望不答。

二姨又说：儿子是你的，你不养的话，国家也不容你，警察也要抓你的。

乔祖望正要说什么，乔七七突然在二姨的怀里对着乔祖望张开了手臂。

乔祖望愣住了，下意识地就把他抱了过来，二姨松了口气。

二姨替父子两个烧了饭，走的时候对乔祖望说，以后一有空就来帮着照看七七。

二姨对坐在床上的七七伸手，七七蹭过来让二姨抱了抱，二姨往他的衣袋里塞了饼干与糖，还有一枚崭新的两分钱硬币，二姨说：小七，别怪二姨，二姨也没有办法。

二姨把齐志强给的钱交给了乔祖望，说是给七七看病的，是一份心意。

乔祖望在二姨走后，马上就后悔了，看着手里的十来块钱，没想到一时心软，着了这个女人的道儿，想理论，又没理，又怕警察真的来抓他，问他个生儿不养之罪，足气了一天。

可是，接下来的日子要怎么办呢？这个小病孩儿一个人在家，他兄姐们都要上学，自己也要上班。

二姨回家后只对大儿子说，七七被他爸接走了，说要带他找老中医看病去，对自己的丈夫，二姨也是这个话。

齐唯民每天下了课便跑到乔家去看七七。

乔祖望把七七托给了同院邻居家的女人看管，付了钱。齐唯民去的时候，七七正坐在自家的床上，围着一床小被子。

不相干的孩子照顾起来，哪会那么精心，邻居家的女人不过上下午来看他一两回，喂点饭，抱下床尿个尿。

这一天，齐唯民发现七七拉在了身上。

齐唯民烧了水替七七洗刷着。

乔一成正好放学回来，看着这个只大自己两个月的男孩子，护理着五岁的小娃娃，那小娃娃手脚并用地缠在他的身上，齐唯民好脾气地拍着他。

他的笑脸砰地打在乔一成的心上，捶了一记似的，乔一成不由得过去帮忙。

这天晚上，齐唯民留在乔家住。

乔一成头一回跟表哥在一张桌子上温课，轮流把七七抱坐在腿上。

乔一成不得不承认，齐唯民长得憨憨的，脑子却灵光得很，代数做得尤其快，物理也很棒。

七七坐在一成的腿上时会显得比较小心，悬了半个小屁股不敢坐实，久了，放松下来，伸手去摸哥哥脖子后头的一个瘊子，小心地摸一下，又摸一下，以为哥哥会不知道。

乔一成在灯光落下的暗影里扯了嘴角笑了。

三个男孩带着小娃娃睡一张床实在挤，乔一成提议打横睡，他与齐唯民把七七夹在中间，二强隔着他对七七做鬼脸，逗他玩儿。

到底是十六七岁的半大小子，床不够长，齐唯民下来又搬了长条凳给自己与一成搁脚。

弟弟们都睡了以后，一成突然对齐唯民说：我们班有个同学，他妈在儿童医院做清洁工，她说有个姓卫的老医生，很有本事，专看骨科。

齐唯民一骨碌起来：我明天就带小七去。

第二天，齐唯民请了假抱着七七去了儿童医院。这里还是一样地人多，混乱而气味难闻。齐唯民没有挂号，在问讯处问一位护士，哪里可以找到卫医生。

护士冷声冷气地说：你找卫医生干什么？

齐唯民说：我想请他给我弟弟看病。

护士又掀了眼皮看了这半大孩子一眼：卫医生现在带学生，不给人看病的，再说，你想见谁就见谁，我们医院还要不要秩序？

齐唯民被她冲得不能言语，转而不死心地又问了几个医生护士，没有人认真搭理这个孩子。

齐唯民没办法，狠狠心抱着七七满大楼地找起来。

他好容易找到了指示牌，上面写着骨科在六楼，于是抱着七七一路走上去。七七从衣袋里掏了半天，掏了枚闪亮的硬币，亮给哥哥看，说：钱。

骨科人少些，齐唯民转来转去，忽然耳畔听到有人叫：卫老师。

齐唯民转过头去看，见一个雪白头发，高个子，瘦得简直惊人的上了年纪的人，一件医生的白袍穿得他仙风道骨的。

齐唯民抱着七七一下子挡住了老医生的去路：卫医生！卫医生！

齐唯民还真是找对了人，这位正是卫老医生。他是解放南京时被俘的国民党军医，"文革"时被批倒批臭，肋骨都被打断了两根，现在回儿童医院，七十多岁了，不坐门诊了，只带学生。

卫老医生看着眼前的半大孩子和他手上抱着的小家伙。

你有什么事？他问。

齐唯民未及开口，眼泪就哗地落了下来，耸了肩膀去蹭脸。七七没看过阿哥哭，吓得撇了嘴也要哭。

卫老医生把七七抱过来，对齐唯民说：你慢慢说。

齐唯民有点儿不好意思：我弟弟，腿不能走。求您给看看，求您啦！想了一想，又补上：我和弟弟会报答您的，一定！

卫老医生笑了一下，把七七抱进了一间挺大的房间，他身后的一群年轻医生们也跟了进来。卫老医生冲门口说：你也进来，少年人。

齐唯民走进去，看着卫医生把七七放在一张高高的铺了雪白单子的台子上，那台子大得活像个乒乓球台。

七七特别地不安，不断地扭着他的小脑袋。

卫老医生示意学生帮着按住七七，自己却从前胸的口袋里拿下笔，在左手拇指上画了些什么，把那拇指在七七眼前晃。

七七看见那拇指上一张滑稽的笑脸，立刻安静了下来。

卫老医生问：之前看过吗？

齐唯民赶紧答：看过，就在这里看的，说是……可能是小儿麻痹，叫多运动，可是我弟都滚了半个月的盐水瓶了，一点没好，反而连站都不能站了。

卫老医生把七七的两腿并拢来。

卫老医生笑了：不是小儿麻痹，来，大家来看。小儿麻痹，病腿会比好腿短一点，这孩子，病腿反比好腿长出一点来，这是典型的髋关节滑囊炎。

齐唯民被这个复杂的名称给弄得更加紧张：要不要紧的，要不要紧？

卫老医生说：不要紧。抱回家，用热水袋给他热敷，静养，可别再乱动了。个把星期就好了。

说着，又拿挂在脖间的听诊器先用手焐了焐，这才伸进七七衣服里听了听，揪了七七的招风耳朵说：小家伙，很健康，就是瘦点，摔跤不怕的，摔着摔着，你就长大了。

齐唯民抱过七七，也不知该说些什么，半天才说一句：我跟我弟弟将来一定要报答您的！一定的！

卫老医生呵呵笑起来：我还能活几年，等不得啰少年人。

齐唯民说：我一定报答，反正，我就是要报答您。

卫老医生看看他，又说：少年人，你很仁义，做兄弟是修来的缘，要珍惜。

齐唯民用力地点头：我记得。我会珍惜，也会报答您！

七七仿佛也知道自己没事了，快乐起来，趴在哥哥的肩头，只露了一双眼睛，眼里全是笑，忽地伸手对着卫老医生，亮出那枚硬币。钱！他快活地说。

一屋子的人都笑了。

齐唯民没问妈妈的意见，直接把七七抱回了家。

二姨见了，奇怪极了。

你做什么又抱他回来？我跟你说呀儿子，你可不能糊涂，不能叫他拖累一辈子。你要实在舍不得他，我们多少再贴他家一点钱给他看病。

齐唯民说：七七没事，是上回那个医生误诊了。

说着就灌热水袋给七七做热敷。

二姨觉得，一直忠厚的大儿子，今天颇有点没好气，正疑惑着，听得齐唯民又说：妈，您别老想着把七七送走，说了我们给带的，等爸回来了，晓得了，又跟您生气。

二姨被他这两句话震了一震，到底是不放心，过了一会儿又问：真的没事？

齐唯民弯下腰用胳膊撑在床上，看着累了一天似睡非睡的小家伙乔七七，他一直喜欢用这个姿势看着他睡着的弟弟与妹妹，还有七七，觉得他们好像是他在水里的倒影儿。

没事，齐唯民说。

乔七七果然没事，热敷了两天，疼痛就好了许多，又静养了几天，就下了地。十天以后，小家伙又能跑了。

一见齐唯民下课回家，冲着他就跑过来，手腿并用地猴在哥哥身上。

齐唯民抱起他，二姨在一旁笑：这下子可真是送不走啰。

齐唯民对着七七说：不送不送，阿哥养你。

七七奶声奶气地重复：不送不送。

5

一九八二年，乔一成是高二的学生了。

晚上《新闻联播》的时间是七点。这个时分，巷子里家家户户的收音机里传来播报新闻的声音，混合着炝锅的声响和油烟气，整条巷子浮动在声与气里，像一艘泊好的在轻浪里晃悠悠的船。

街上有人摆小摊，再也不会有人赶了，自由市场里，可以买到新鲜的蔬菜。

乔家只一人工作，经济条件一直不大好，可也就这么过来了，其实也不是没有快活的。

旧屋冬天有炉子再也不冷了，夏天却凉快得很，煮一锅绿豆汤，用井水拔了，吃的时候一股子凉劲儿，糖也不金贵了，重重地放，按乔二强的话说：好吃得挨耳刮子也舍不得丢啊。

二强这孩子，不过十三四岁，就把那一份读书的心完全地丢在了脖子后头。天天地跟在邻居牛家儿子那一伙大一点儿的孩子身后。牛野的爸爸年纪渐大，不再跑船，跟人合伙做起了生意，家道比以前更加殷实。都说做海员的在海上漂着，比和尚还苦呢，最是把老婆孩子当个宝，这牛野着实给他爸惯得不轻。穿了喇叭裤，头发长得可以扎辫子，成天拎着台三洋录音机在大街上走，听邓丽君刘文正，身后边儿跟着一群半大的男孩子，招摇过市的。二强是其中最小的一个，被大男孩子们瞧不上，常轰小鸡似的轰他。二强脸皮厚，嘴巴甜，赶而不走，管所有的人都叫哥哥，牛皮糖一块。

乔一成实在见不得自己的弟弟乔二强这么犯傻犯贱，骂过他几次，乔一成说：你能跟牛野比？他老子过去在船上当海员，一个月拿三位数的工资，现在做生意，哗哗地挣着钱，他当然可以逍遥自在。你呢？你跟他怎么比？就算读不了书，也学一门手艺，将来养活自己，做一个负责的男人。你还别不服，你要想过舒服日子，吃好的穿好的，闲来听音乐，看电视，在大街上闲逛也不是不行，下辈子记着睁着眼睛投胎吧！

给弟妹们当了几年的家长，里外操持，十七岁的乔一成面容还是青翠的扬州青，内里，活像腌过的雪里蕻。

二强这孩子，脑子慢性子赖，不管你气也好骂也好，一味地只是嬉皮笑脸，油盐不进的一块冻猪肉，乔一成也就随他去了。

他还像小时候那样好打听事，隔三岔五地，在晚饭桌上向爸爸、哥哥和妹妹们描绘牛野家里新添的一台香雪海牌的单门冰箱。

他们家把隔夜饭菜都放进冰箱里，摆个三天都不会坏，二强说。

乔祖望说：咱们家别说买不起那个东西，就是买得起，有你们几个吃货在家，哪里会有东西剩下来，冰箱空着能做什么，难不成来装棉花胎？

乔一成低着头，在听到父亲说"吃货"两个字时，唰地抬眼看向乔祖望。乔祖望正要指点上一成鼻子的筷子尖儿临空打了个转儿，落在了四美的鼻尖儿上。

二强还告诉家里人，在前段时间三伏最热的那几天，牛野他妈竟然把冰箱的门打开，让那凉气透出来，紧靠近冰箱的那块地方凉快得了不得，那电表上的指针呼呼地疯转，牛野妈一点都不在乎。

乔祖望说：那个女人脑子坏掉了。

这一天二强提出想要一条喇叭裤，或是一件香港衫（其实就是 T 恤），又被乔一成恶骂一通，二强看出这事儿的完全不可能性，有点儿灰头土脸的。

过了两个月，这孩子又出了点儿事。

他班上，有人丢了钱。

许多人都怀疑是乔二强，二强说他没有偷，老师把乔一成叫到了学校。

这一年二强刚初一，从三流小学跌跌撞撞地进了三流中学，成绩手册上，小学老师的评语言辞讥讽又无奈，唯一一条优点，写的是乔二强同学热爱劳动，因此中学老师便不大欢喜他。

乔一成面容严峻地当着老师的面问二强：你偷钱了吗？

二强说：没有！没有！

老师拉过二强的书包，从里面拉出一团布，淡蓝色，展开来看，是一件"香港衫"。

老师说：这个，是你们家里给他钱买的吗？

一成老实地答：不是。心里开始微微地震动且发着虚。

那么他是哪里来的钱买的？老师问。

你哪里来的钱？

二强开始吞吞吐吐，我反正没有偷钱，没有就是没有！

老师说：有同学反映，乔二强同学这几天突然有了这么一件时髦的衣服，每天早上出了家门躲进公共厕所里换好，下午放学再躲着换回原先的衣服，这样看来，他也不想家里知道这件衣服的来历，属于家里学校两头瞒两头骗对不对？

一成白了脸，又问二强：我再问你，钱哪来的？

二强说：我自己的。

香港衫多少钱一件？一成问。

十三四块吧，不便宜呢。

一成说：老师，我带我弟弟回去教育，把事情弄清楚了再向您汇报。

回到家，乔一成把母亲的遗像塞到乔二强的怀里说：你对着妈的在天之灵说老实话，你哪来的钱？是不是偷的？

年轻的母亲，隔了冰凉的玻璃，乌黑的眼睛看着盛怒中的大儿子。

二强说：不是偷的，不是。

一成说：我告诉你，没有人能拿我妈的灵魂开玩笑。

二强眼泪鼻涕一起下来了：不是偷的，我省了早饭钱和坐车钱买的。

上了中学以后，一成每月给乔二强一些钱零用。

一成问：这个月你没买月票？

二强说：没买，也没吃早饭。

乔一成隔天又带了弟弟找老师说明情况，看样子，老师似信非信。乔一成装了一肚子气，胆子也大起来，和二强一起，找那帮诬陷二强的人理论。

乔一成是文弱书生，乔二强也就只一张嘴能骂，兄弟二人被打得很惨，乔一成流了半襟的鼻血，二强的脸肿了半边。

然后二强转脸便把所有的事都抛在了脑后，放了学又蹭到牛野那伙大男孩的后面去了。

二强一直如小时候一样的瘦，肩胛骨耸起老高，用邻居的话说就是，小鸡头果儿，没长开。（注：鸡头果儿，即芡实，鸡头米，非常细小，故方言里用来形容一个男娃的瘦小、淘气。）

乔一成看着弟弟青紫的眼角、脸上讨好的表情、无知而无畏的笑容，心里忽地揪了一揪。

晚上，二强神秘地凑近大哥说：哥，给你看一样好东西，牛野借给我的，只借一个晚上。

说着，递过来一个盒式磁带里附着的歌纸，上面有歌星的照片。

她是邓丽君，你晓得吧？二强说。

一成目不斜视：你不要听那个，我们学校禁止我们听她的歌，全是靡靡之音。

二强表面答应着，可又偷偷地把那上面的歌词抄在小本子上，还弄了透明纸附在歌纸上面，偷着描那名叫邓丽君的专唱靡靡之音的女歌星的样子。

一成看见了，想说他，不知怎么又把话吞回到肚子里，说：快睡吧，明天要上课。

二强为大哥突来的温言细语而迷惑。

等他睡下了，乔一成忍不住拿出那张歌纸来看。

那女歌星有一张圆润的脸，水汪汪的杏眼，丝缎一样的短发，神情温婉，穿素色旗袍，拿着一柄宫扇，并不妖媚。下面有极细小的字：

你问我爱你有多深
我爱你有几分
你去想一想
你去看一看
月亮代表我的心

几年以后乔一成在音像店门口听到这支歌的时候，驻足愣了半天。

曲子婉转陌生，歌词却熟悉如皮肤上的烙印。

第二年，乔一成进入高三下学期。

乔一成的高三生涯是在疯狂的苦读中度过的。在这一年里，他黄瘦如小老头儿，眼镜度数增加了三百度。

最后那半个月，学校放了假，让学生回去自己复习，老师坐镇学校随时接待来提问的学生。

从小学四年级起，乔一成为这个跳龙门的机会等了快十年，努力了快十年。

这一年的夏天，出奇地闷热，乔一成在堂屋里复习，前半夜蚊子扑打在裸露的皮肤上，简直叫人无从躲避，点了两盘蚊香才好些。

那种蚊香脆硬易断，烟大，味道也冲，动不动还会灭掉，可是却是杂货店里最便宜的货色，两块钱可买上一大摞，实在划算。

乔一成最大的享受，不过是每晚复习到九点，起身拿一个大的搪瓷茶缸去巷口的那家小吃铺子里买上一缸回卤干，高汤打底，煮进黄豆芽与豆腐干，足足地浇上辣椒酱，呼呼地吃得一身大汗，温水冲个凉，接着再复习。

填报志愿的时候，乔一成并没有像他的同学们那样前思后想，而是一气儿在所有的栏目里填上了南京师范大学。不服从调配。

读师范不要学费，国家每个月还贴饭钱，是乔一成最好的也是唯一的出路。

乔一成想，不成功，便成仁吧。

老师拿了他的志愿表，直说按他的成绩，可惜了，可惜了。

黑色的七月，也就那么过去了。

没有人送乔一成进考场，也没有人在外面等着他。

他早上身背一壶凉白开，带上考试必备用品，进考场，考试。中午买两个花卷，喝凉

开水，再吃两块剥好的核桃补脑，下午接着考。

最后一门考完后，乔一成在考场门前看到了漂亮的晚霞，橙红色的云彩铺在鸭蛋青的天空中，颜色古朴而瑰丽。

乔一成看见乔二强，坐在街边的护栏上，头顶着一块湿毛巾，在等他。

八月中旬，乔一成接到了师大中文系的录取通知书。

这一片，街里巷外，都震动了，白天有小孩扒着院门往里看，看大学生。

这一天晚上，乔祖望下了夜班，忘了带钥匙，乔一成迷糊着替他开的门。

乔祖望望着大儿子，忽然问：你饿不饿，下碗面给你吃？

乔一成愣住了。

面条里居然还卧着两个鸡蛋。

乔祖望看着儿子挑面吃，说：真是没想到，我们家出了个大学生了，这是往上数三辈子也没有的事，真是祖坟上冒青烟了，回头要给你爷爷上上坟去，就是不晓得那坟还找得到找不到了，我记得在花神庙附近的。

乔一成没搭话。

乔祖望又说：要是二强他们也像你一样能读书就好了。唉，不过，我们家也供不起几个大学生，除非统统上师范。小七快六岁了吧？他们让他上了幼儿园了，现在不比早些年了，小孩子是一定要送到幼儿园的，老师说了，上过幼儿园的孩子跟没上过的，就是不一样。

乔一成还是不答。

乔祖望讪讪地，逗着儿子说话：我们马上拿奖金了，给你做一身新衣服，或者买也行，比做的更像样子，还是你想买块手表？

乔一成就是不说话，从碗里拨了一个鸡蛋出来，把那小碗往乔祖望面前一推。

乔祖望说：你吃你吃。

乔一成实在是忍不住了，终于抬眼看了父亲一下。

这些年来，乔一成想，他们兄妹几个活像一窝小猪，槽子里拱拱食就长大了，这个男人何尝有过温情与关怀？

很多年里，乔一成都认为这一个晚上充满了谜一样的色彩，许是老头子喝多了，或是哪根筋搭错了。

也或许，是因为，一个男人一辈子，不管活得有多无赖，多自私，多没有人味儿，总会有某一天，或某一个时刻，像一个人，像一个父亲。

这个夜晚，是乔一成心上的一个刺青，年代久了，模糊不清了，却也渗进血肉之中。

齐唯民也考上了大学，乔一成一直不知道他报的哪所学校，二姨爱面子，不肯在事情成真之前张扬，怕落人耻笑。

当乔一成最终晓得齐唯民的考试分数和他所上的学校时，又一次地，吃了一惊。

6

齐唯民是这一年南京的文科状元。

学校把大红喜报贴到了齐家小院门口。

为了这个，二姨在家里的小院里摆了三天的酒席，她说：把棺材本都拿出来请客了，高兴啊！将来死了没有墓怕什么，她这辈子有这个好儿子就够了。死了死了，将来有一个小木头盒子装了骨灰就成，死了也是个有福的鬼！

老师们却一个劲儿地替齐唯民可惜，这个成绩，足够上北大的。

可是齐唯民跟乔一成一样，在他的志愿表上，一溜全填的是：南大，南大，南大，不服从调配。

最终录取在南大的哲学系。

老师们说，南大，当然是好学校，可是，读书人都知道北大的文科是最棒的呀。

二姨完小尚未毕业，不懂北大南大，坚信状元儿子上的一定是好学校，北大就是北边最好的学校，南大当然就是南边最好的学校，儿子孝顺懂事，知道妈舍不得他，选了南边最好的大学，离家近，省着点儿车都不用坐，走二十分钟就到家。

乔一成知道齐唯民的成绩以后有一种说不出的憋闷，他永远也赶不上齐唯民。

他有好父亲，而他没有，他有妈而他没有，他有天生的聪明，而他也没有，他唯有苦读，不断地苦读不断地挣扎不断地煎熬。他们出身其实差不太多，都生长在这窄而小的一块地方，都是城市的疮疤上长出的新鲜皮肉，虽与疮疤血脉相连，却又有着无限的生机，但是为什么，他苦求不得的，却是齐唯民轻而易举得到的？他看过齐唯民复习功课，不是不用功的，可是他也看过齐唯民一直到临考都还每天带小七玩儿，给弟妹辅导功课，他甚至来约过自己看电影，说是放松放松。

齐唯民似乎永远站在乔一成的前方，他是无意的，可他落下的身影成了乔一成生命里的阴影。

可是，自从知道了齐唯民竟然并没有报考北大，而留在了南京上学，又有种说不出的感觉，意外，微微的震惊，混着些许的感动、些许的不屑，他没料到齐唯民可以为了乔

七七做到如此地步。

他问齐唯民：你为什么不报北大？你以前不是说想去北京的吗？

齐唯民干脆地说：以前舍得走，现在舍不得走。

你为了乔七七不上北大？你脑子进水了吧？他又不是你亲弟弟。乔一成说。

齐唯民乐呵呵，说：他觉得他就是我亲弟弟。

乔一成简直怒火中烧，齐唯民这个人，肉得唻徕，活活要气死人！乔一成想。

可是话又说回来，七七，到底是不是真的是……

这一个念头，在乔一成心头盘旋了好几年，像是飞机似的，轰轰地在头顶上，渐渐地远了，料不到这个时候又转了回来。

还不及乔一成把这个问题弄个明白，乔祖望倒上演了一出活闹剧。

乔祖望一直是在厂里任仓库保管的，这个活儿，闲时闲得很，忙时是要搬搬抬抬的，满厂子里看过去，也就乔祖望一个健全人，也略识几个字，账也写得明白，于是给他配了个人高马大的哑巴助手，帮着抬东西。乔祖望在这里一干就是二十年，一九七一年时还乘着国务院给企事业单位工作人员调级的东风涨了一级工资。除了要偶尔值个夜班没什么可挑的。

这一年，乔祖望的单位将乔祖望调离了原先的岗位，让他去了食堂，负责采购。乔祖望兴头头地去了，想着采购倒是一个肥差，却不料，到了新岗位才明白，原来他不是去当家的，是去当长工的。人家自有管账的，每天拿了钱，跟他一同去菜场，他只负责蹬三轮，人家进菜场经理室去付账，他在外边装货，那钱的毛都摸不到半根！他在这里混了二十来年，混成个勤杂工了！

乔祖望暴跳起来，找厂长论理，厂长说，现在不比"文革"时候了，根正苗红就行，要看工作成绩，你乔祖望的成绩在哪块呢？丢了几回东西了，说是遗失是好听的，没怀疑你私吞了就算是对得起你。况且现在是要讲效益的，像咱们这样的福利厂，也不比早两年是铁饭碗了，也要想法子找市场，也养不了那么多闲人。一通话说得乔祖望面红脖子粗，一时间想不出什么好的理由来反驳。

气哼哼地在食堂干了两天，回家喝了一通老酒，突然有主意了。他往怀里揣了一根结实的细麻绳出门了，跑到厂长家里，敲开门，二话不说，扯出了麻绳就往门框上扔，扣了个活扣儿，把脖子往里一伸，吓得厂长老婆和女儿尖叫哭泣。厂长个矮身胖，拉他不住，只好软下声来求他。

乔祖望如愿以偿，第二周便走马上任单位的门房，工资照旧。

在乔一成去师大报到前，乔祖望用奖金贴了几年的积蓄真的给他买了一块手表。本地产品，钟山牌。

那齿轮的咔嚓声，脆生生的。

二姨家，却出了一件天大的事。

齐志强病倒了。

在乔一成的概念里，世上有一种人，是百害不侵的，如铜墙铁壁，齐志强无疑就是这类人。

乔一成从没有看过他病，没有看过他露出疲态，齐志强似乎永远在可以坐着的时候，站着。

可是突然地，他就倒了，没有一点先兆。

在给大儿子办完了三天的庆祝酒席之后，他就在厂子里倒下来，被同事送到了医院，医院当天就扣下了人，不让回家了，说是要做活检。

活检的结果在三天后出来。

肝癌晚期。

只半个月的时间，齐志强的高大身躯就瘦成了一副骨头架子。他的肝部开始严重腹水，痛苦万分，齐志强一辈子没给人添过麻烦，便是到了这个时候，也都是咬牙在忍着，痛到意识迷糊的时候，才会出声呻吟。

他的脸上已开始出现濒死的人的可怕灰色，宽阔的额头萎缩了，五官因为突来的瘦削显出一种紧凑，完全地失了原先的样子了。那个高大沉默，面容周正的男人，在极短的时间里，不见了。

医生完全地束手无策了，二姨跟齐唯民商量着，把人接回家。二姨凑到齐志强耳边问他：带你回家好不好？

齐志强混浊的眼睛亮了一亮，喉咙里呼呼地，含糊地发一个音：好。

回来不过两天，齐志强就弥留了。

在临终的前一天晚上，他的神志突然清楚起来，声音清楚地说：想喝一点青菜汤。

这样的晚上，哪里去找新鲜的青菜去？

最后是邻居送来了一小把菜秧，二姨亲自做了端到齐志强床前。

乔家一家子都来了，一成站在床边，悲伤地望着这个男人，无论心里有什么疙瘩，一成还是承认，这个男人，对他们好，每回厂子里分东西，多少都会有他们兄弟姐妹几个一份，背着二姨，时不时地送两个钱来，逢年过节，压岁钱是少不了乔家的几个孩子的。

这个男人，对他们是有恩的。

乔一成为齐志强流的眼泪是真实的，点点滴滴在心头。

青菜汤齐志强只勉强喝了两口，他连切得碎碎的叶子也咽不下去了，齐唯民俯下身，细心地替父亲擦掉流至嘴角的汤汁，心一分一分地沉下去。

父亲的身上，是一种临近死亡的腐败气息，叫人胆寒心痛。齐唯民突然抱住父亲的脖子,像是要渡一口气给他,齐志强抬起枯瘦的手,阻了他一下。

清醒的齐志强忽地对乔七七伸出手,叫他:来呀。

七七挨过去,一根一根摸着姨父呈青灰色的手指头。

齐志强摸摸他的脸说:你真是像你妈妈。

小七抬眼看姨父,明净的黑眼珠里,跳着两点光,满是孩子对死亡的恐慌:姨父,你会不会死?

齐志强说:小七不要怕,我跟你讲个故事。

小七很迷惑,姨父是从来不会讲故事的,会讲故事的是阿哥。

小七说:好呀。

从前有两户人家是邻居,一家有一个男娃,一家,有两个女娃。

齐志强眼前的光亮渐渐地暗去,有很深很深的记忆在黑暗里浮出来,像井底映出的一方水天。

三十多年前,小巷深处有两户人家,一家有个男娃,叫齐志强,另一家有两个女娃,一个叫魏淑英,一个叫魏淑芳。他们从小一块儿长大,一块儿在小巷里疯玩,也一块儿做活,一块儿想尽办法喂饱辘辘饥肠。

两个小姑娘都很喜欢齐志强,因为他年青,高大,端正,厚道,能干,他身上凝聚着一个平民出身的女孩子对男人所希冀的全部的好处。

齐志强喜欢的是大姑娘淑英,淑英有一张尖俏而白净的脸,很腼腆,很安静,小姑娘淑芳却丰满活泛。三个人年岁渐长,在贫苦而寒涩的日子里,却生出一段戏剧化的故事来。

姐姐与妹妹都爱上了齐志强,齐志强与姐姐订了婚,齐家妈妈送给淑英一对玉镯子,可是妹妹淑芳在姐姐订婚后却大病一场,跪在姐姐面前,求她:你把志强让给我吧。乔祖望也是很欢喜你的,他家有个店子,条件不错的。

姐姐说:什么都可以让,吃的穿的,什么都行,就是齐志强不能让。

妹妹说:那么我就只好去跳长江了,姐。

姐姐说:你别死,你死了我怎么跟地下的妈交代?

在办喜事前不久,淑英竟然跟了乔祖望。

齐志强很久以后才知道原因。

妹妹如愿跟齐志强订了婚,齐志强参了军。

齐志强想起来,他与淑英,缺吃少穿的,但还是有过好日子。冬天往灶灰里扔一个山芋,很快就熟了,拣出来分着吃。夏天溜到附近的部队大院里去看露天电影,偷偷地坐在银幕背面的角落里,看到的人与景都是反的。在黑暗里悄悄地牵着手。

那些碎的、亮的、跃动的记忆在濒死的齐志强眼前出现,像是伸手可以捉到。

七七在一旁偎着他问：姨父，你笑什么啊？姨父你是不是要好了才笑的？

齐志强说：是哦，小七。转头对大儿子说：你好好待小七，我替你大姨多谢你！

齐唯民点头：我晓得的爸。

齐志强对小七说：姨父要睡一下子。

二姨对孩子们说：叫你爸歇一下，大家也都饿了，吃一点东西。

齐家与乔家的孩子们聚在一张桌上吃饭，齐唯民不时地看父亲一眼，忽然手中的碗咣地掉在桌上，齐唯民说：妈，我怎么看到爸好长时间没有吸气了？

二姨冲到床边，一摸，齐志强的手冷了。

二姨一个人给齐志强擦洗，换上一套新的春秋衫裤。

齐志强腹水，肚子胀大如鼓，上衣只能扣上两粒扣子，脚上穿上白布袜子，脚肿胀了，鞋子好容易才套上。

二姨一边做着一边说：你到底还是念着她，那么你当时为什么答应娶我呢？你看看你，对哪个都厚道，唯独对我不厚道，你一走，叫我们一家子女人小孩怎么办？你是不管了，急着跟她去团圆了。不过你还是给我留了个好儿子，我儿子会替你待我好的。

孩子们和乔祖望都进来了。

齐家的孩子们低低地痛哭。

二姨对齐唯民说：民啊，替你爸暖暖脚。

却见乔七七挨到姨父脚头，抱住姨父的脚，把脸贴在那雪白的鞋底上。

二姨终于曼声长哭起来。

这一年，这一个多事的夏季，幸福与痛苦，希望与绝望，明亮与黑暗，喧闹与死寂，笑声与泪水，纠缠交织，裹挟着齐唯民一家，也笼罩在乔一成的心头。

如同一台戏，有一老生，抖一把长髯，叹一声：苦——啊。然后，待要细说时，却还是不——提——它——了。

7

乔祖望说，齐志强是个好人。

不过好人都不长命，还是不要做好人。

乔一成对老爹爹的这种论调嗤之以鼻。

乔祖望永远不会明白替别人活着的人的心思。

他只替他自己活。

乔一成想，我也不能光替别人活。

我先替自己活，再替别人活。

齐家的顶梁柱倒了。还算好，齐志强是市劳模，厂子里给了一笔抚恤金，二姨说，坐吃山空总是不成的，这钱还得留给儿子将来讨老婆的。她央求居委会，给自己安排一个工作，居委会同意了。

二姨接下了打扫这一带三条街的卫生，包括一间公厕的清扫与保洁的活儿。

齐唯民说，他不会要家里给付学费，可是一年级生按学校的规定，是不能勤工俭学的，可以申请补助。齐唯民的班上，这一年考进了几个农村的孩子，刚开学没多久，就有两个退学了，家里太困难，上不起了。

齐唯民断了申请困难补助的心，每天一大早，赶回家去扫了街再去上课，下午下了课再跑回去帮着妈妈给公厕做保洁。

二姨对齐唯民说把他养大是要给家里争脸的，不是为了淘粪扫大街的，头一回齐唯民扫街，就被二姨用大扫把在背上狠拍了两下。齐唯民还是坚持着，每天帮母亲扫街冲厕所，他的小尾巴乔七七拖了根秃秃的旧竹扫把跟在他后面帮忙，那竹扫把的棍子实在太长，乔七七只及它一半高，齐唯民干脆用绳子把它拴在七七的腰间，七七拖着它唰啦唰啦神气地在小巷子来来回回。

邻居们都说二姨虽然中年丧夫，拖儿带女的，但有齐唯民这么个好儿子，也算是有福气的人。

也不知怎么的，有记者知道了这件事，脖子上挂着相机来采访了，是个颇标致的年轻女记者，烫了一头卷发，对着干活儿的齐唯民咔嚓咔嚓一通照，还追着齐唯民问问题，说是要写一篇"扫街的小状元"的社会新闻，被二姨看见，冲上去就是一顿劈头盖脸的恶骂。那女记者被骂得蒙了，待到回过神来，也骂开来。一个方言一个普通话，一个村俗语一个文明词儿，好一通大吵。

好容易被众人劝开了，女记者气呼呼地走了，二姨还赶上去，叫道：你要敢登到报纸上揭我家的短，看我不打到你们门上去，什么他妈妈的记"载"。

回头对无可奈何的大儿子说：这种女娃真要不得，将来你讨老婆，讨什么样的也别讨一个记"载"。

乔七七问：阿哥，记"载"是什么呀？

齐唯民摸摸他的头哄他：记"载"就是卷卷头发挂"咔嚓"的人。

这以后，二姨倒索性由得齐唯民替她做了那份工，自己摆了个报摊，兼卖香港明星的小画片。报摊正摆在一所中学的附近，那小画片倒比报纸好卖，一到放学时，女学生全涌上来挑挑拣拣，二姨没看过电视剧，倒把许文强冯程程霍元甲赵倩男认了个清清爽爽。

日子也这么过了下来，没有更好，却也没有更差。

乔家一家子，也是一样，可是近来，乔二强却叫乔一成更操心了。

这孩子，几门课加在一起才满百分，在把烧毁圆明园的人写成是日本鬼子之后，终于叫学校给劝退了。

他才十五岁，这么闲在家里，成天跟大男孩们混，乔一成急得头上长了这一辈子的头一根白头发。

这是一九八三年，严打开始，乔一成听人说，有的地方，是给了指标的，为了凑人数，有的厂子里把在厕所墙上写脏话的小青年都抓了，一判就是五年。还听说四川有个小伙子，跟同伴打赌去亲女孩嘴，结果真的去亲了过路的一个女孩，被抓后，还真的被判死刑，枪毙了。活跳跳的一条命，一个玩笑之后，就没了。还有十来岁的孩子抢张电影票也是十年二十年的判，十五年以上的都拉到沙漠的监狱里去了，根本没地方跑。进去的时候就只抢张电影票，出来的时候，啥都学会了。

这个二强，不争气，又没脑子，傻了巴叽的，万一真的出点什么事，妈妈的灵魂在地底也要不安的。

乔一成的眼睛几乎长到了乔二强的身上，家里的事儿太烦太多，两次晚上回家，被辅导员查到没在宿舍，很快就丢掉了刚刚到手的班长职务。气自然是气的，可是，总比让兄弟坐牢枪毙好吧，他索性以家庭困难弟妹小要人照顾为由，申请了走读。

事到临头，乔一成完全记不得那个先为自己活着的决心了。

二强起先跟大哥还有点偪头偪脑的，偶尔，晚上，还是磨磨叨叨地想到牛家看电视，可是一看大哥的黑口黑面，伸出去的脚又缩了回来。

乔一成也有点不忍，陪着二强到居委会小院里去看那台小小的十二英寸黑白电视。乔一成心里头存了个奢望，好好存点钱，自家也买一台电视机！

一个消息晴天霹雳一般地传来，牛家的孩子牛野被抓了，流氓罪，集体搞不正当男女关系。因为他伙着一群男孩女孩关起门来"跳光屁股舞"（其实就是贴面舞），也不知被谁告发了，警察来了抓了人，半个月的工夫就判了，牛家爸爸花了老多的钱，还是判了四年，给送到大连山改造去了。听说被抓的那天晚上，牛野家的录音机放的就是邓丽君的歌，叫《甜蜜蜜》。

乔二强吓坏了，做了半夜的噩梦。乔一成被他闹醒了，开了灯看，二强一额的冷汗，眼睛黑蒙蒙地失了光，盯着屋顶，三丽也被吵醒，掀了隔着的花布帘子伸头过来看。

女孩子们渐渐大了，这间卧室拉起了一道帘子，将她们的床铺与哥哥们的隔了开来。

乔一成扯起衣袖狠狠地替二强擦了汗，说：看你以后还敢不敢不听我的话。

二强从此安静下来，烧掉了抄的整本的邓丽君的歌词，不再出门。太闲了，就把家里存的几十本破旧的小人书拿出来，舔湿手指头翻书页，一本一本看了个滚瓜烂熟。

偶然的一个机会，乔一成看见乔二强拿着报上登的一则菜谱看得欢，还像模像样地学着做了。一成有了主意，跑到书店买了两本有彩图的菜谱，丢给二强，二强当宝似的拿去看了，遇到不认得的字，还晓得查查字典注上拼音。然后，拣着那原料容易找又便宜的学着做。

一天三顿油烟熏着，饱饭吃着，这孩子竟然还是瘦得麻秆一样，也不知那饭食都吃到哪里去了。好在，个子倒拔高了，眉目也展开了些，不那么缩头缩脑的倒霉相了，新留的稍长一点的头发，竟然是个像样的少年了。

一九八四年，乔三丽十三岁了，上初二。

这姑娘性子始终有点怪怪的，只有在她大哥面前，才有两分笑模样，对别人总是爱搭不理的，二强说她"死样怪气"。若惹着了她，她冷不丁地骂起来，口齿清晰语速飞快，钢刀削萝卜似的，吓人一跳。

一成那天下午没课，回家打算趁着好太阳把入冬的衣服被子晒一晒，天眼看着就冷了。

进了卧室，刚打开旧木箱子往外拿东西，忽然觉得角落里索拉索拉地响，一成的近视眼看过去，黑麻麻的一团，还在蠕动，吓了天大的一跳。

再定睛一看，好像是大妹三丽。

在哭。

乔一成心里咯噔一下，多年前带着腥臭味的记忆突地在心头一烫。

乔一成都不敢走过去，木呆着站在原地问：三丽，你……你躲在那里做什么？

三丽细小的哭声断断续续，喘不上来气似的。

乔一成心里急得泼了热油似的,但也不敢催她。

哭了一会儿,三丽突然说:哥,我要死了我不行了我流血了。是不是以前被坏人在身上做了坏事长大了就会流血流死?哥我冤死啦!

三丽说得太快,乔一成的思维好长时间陷入真空状态,然后才听见自己脑袋瓜子里咔咔作响,终于一点点明白过来。

十九岁的大学生乔一成,算得上是一个小小知识分子,可是却完全不知道如何给自己的妹妹讲解一点浅显的生理卫生知识。他的那点知识,是早两年挤在母校的生物教室里,拉了窗帘,分男女生两场,在老师的一言不发中鬼鬼祟祟地看了一场生理卫生影片得来的。

也没敢看仔细,时不时地转过眼去,看那四周一团团黑乎乎的动物标本。

再说他看的是男生场,跟女孩子怎么说?

他张不开这个口。

他只好跑出去,找一个厚道一点的邻居阿姨过来,也不说是什么事,就请她看看他大妹。

那阿姨进屋半天才扶着三丽一道出来,唏嘘不已,直说没妈的姑娘家真可怜。

乔一成自这一天后就没正眼看过三丽,心里说不上来为什么堵着一口气,鱼骨头似的上不来下不去,干脆连着五天没有回家,晚上就跟要好的同学在宿舍里挤着睡。

周六下午放了学,刚出教室门就看见二强带着妹妹们在外面等着,二强迎上来委委屈屈地说:哥你怎么不回家?我没惹你生气啊!

三丽跟在二强的后面,这一天她打扮得格外齐整,穿着略有一点掐腰的小棉袄,黄色灯芯绒洗得泛了色,成了米白,梳着两根粗粗的麻花辫,清新得像枝头刚打的一个花苞,笑得眯眯眼望着乔一成。四美尖嗓门儿叫:大哥,大哥,带我们吃馄饨去呀。

周围来来往往的同学们,都转头含笑看着这几个小孩,大约是觉得他们好玩。

这一排三个小孩,从高到矮地排着,是一个并不完整的音阶,拙而朴的,老祖母唱的童谣一样。

乔一成这一会儿觉得,兄弟啊姊妹啊,再烦心,哪里能躲得掉?

人躲得过初一,心躲不过十五。

第二年,乔三丽也该准备中考了。

她的成绩勉强还行,乔一成问她有什么打算,这十四岁的小丫头,主意明确思路清晰。

她说,按她的成绩,考大学得费牛劲,别说师大,大专也未必能考上,家里再供一个高中生也是个不小的负担,不如读技校,学费低,读两年就能出来工作。

于是中考时乔三丽报考了纺织工业学校，并且考上了。

四美也预备上中学了，成绩跟她二哥二强有的一拼，因为爱看电影，把《火烧圆明园》那片子看了五遍，好歹知道圆明园不是小日本烧的，是英法联军烧的。

齐唯民的二弟这一年也满了十八，他成绩一向不太好，料定自己是上不了大学的，进了父亲的厂子做了学徒，一个月可拿十三块钱，把二强给羡慕坏了，央求父亲也给他想想办法，找一个工作。

乔祖望说：你爸爸自己的饭碗都快端不稳了，你再等两年吧，反正是吃货，再白吃你爸两年，到你十八岁你老爹爹可就真的不管你了。

二姨坚决不许齐唯民再扫街，她的小报摊上明星小画片的生意越来越好，附近学校的女学生们都知道她这里的货色最全，都爱跑到她这里来买。

八岁的乔七七上小学了，放了学就跟着二姨一起守摊子，坐在小板凳上，下巴搁在摆摊用的长桌上，人一逗就笑，再一逗就躲到长桌下面去了，女学生们都喜欢他得不得了。

乔一成上了大三，学校里调来一位新老师。

是文清华。

文老师居然一下子就叫出了他的名字。

乔一成觉得，日子慢慢地好过了。

像窗上厚重的窗帘一点点缓慢地拉开，透了光进屋来。

第三章

也许人在十来岁二十岁的时候，总归会起一点糊涂心思。

1

  与文老师的再度相遇,再度成为师生,让乔一成觉得,生活里有光影浮动,他跟他一直敬佩喜爱的人慢慢地接近,也许就在不久的将来,他会成为像文老师一样的人。

  文清华在学生中很受欢迎,他不到三十岁,正是男人最好的年纪,学历好,家势好,性格从容温和,赢得了许多女学生与年轻女助教和讲师的爱慕。他没有结婚,似乎也没有任何迹象表明他有女朋友。慢慢地,有人会说,他多少有点怪气。他住在学校的教工宿舍里,周末也不见他回父亲那里,总是独来独往。

  但凡有一点点关于文老师的闲言碎语出现时,乔一成总是第一个板下脸来请人住嘴,他像维护自己的名声一样维护着文老师的名声,不能忍受一点点的污点迸溅在他心目中最端正而理想的存在上。

  学校严禁谈恋爱,然而,那种年轻的、丰沛的、旺盛的、躁动的生命力是无论如何也阻不了的,乔一成的班上已经有好几对了,还有几对是跟外系的同学。大家心照不宣,相互掩护,顽强得如同石头下的野草。

  相比较而言,乔一成是一个很闷的人,虽然他面孔周正,成绩也不错,但是女孩子们会觉得他阴沉沉的,不大跟他接近,他好像生活在一个夹层里,上下不靠。

  乔一成是班里最早在外找临时工贴补日常开销的人。大二的暑假,他就在一家小餐馆里找了个厨房打杂的活儿,每晚六点到十二点,隔一天上一次班,周末比较忙的时候,中午就要去,当然钱也会多一些。

  乔一成上大三的时候,他们学校的后门那儿开了一溜书店,乔一成常去蹭书看,一来二去,跟一家书店的老板混熟了,每周两个晚上替他看店子。这么一来,难免会碰见同学或是老师,大家这才发现,原来他离群索居的,是挣钱去了。因为钱来得不易,班里有时组织一些活动什么的,要额外交一些活动费,乔一成多半是不参加的,同学们觉得这个人有点儿抠,小男人气,再有活动,也不大叫着他了。

  尽管乔一成把自己划在了同龄人之外,他也还是快活的。

  他有点像热水瓶,内里滚热着,外面摸上去总是冷的。

文老师冷眼看着这个孩子,看着他与同学的那一点点隔膜,这孩子还像小时候一样,姿态别扭地守着自己的一方小天地。

文清华总是有意无意地在他看店的那两天去那家小书店找书,跟乔一成交谈两句。

有一个周末,文清华买好了书,随意地说起班上组织的远足,乔一成说他也知道,是要去阳山碑材玩儿,文清华问乔一成为什么不去,乔一成说,家里还有事。

文清华笑,说:你的弟弟妹妹们也不小了吧?

乔一成说:其实还小,小妹妹才十二。

文清华好像忽然想起来似的,拿出两卷胶卷递给乔一成:家里现成的,再不用,要失效了,正好给你们,你跟着一块儿去玩玩吧。人跟人,太近了固然不好,太远了,也不好。就像你看一幅画,太近了变形,太远了模糊,不远不近,才能看出明暗虚实来。

乔一成答应了,然而心底里,起了一点微妙的牵动,文老师似乎不该是这样一个小心拿捏的人。他一直都记得,小的时候,他在窗外看老师,老师转过脸来对着他时的那张笑脸,温和宁静,全无防备,无限接纳。

乔一成从这一天起,接受了文老师的建议,开始跟同学们一点点地接近,到学期过半,班里班委换届时,乔一成被推举为班级生活委员。

二强十七了,终于进了工厂做学徒,摆脱了待业青年的尴尬身份。

说起来,这一回倒真是乔祖望的功劳。

乔祖望偶遇当年父亲开理发铺子时收的一个学徒,这人算起来是乔祖望的师兄,结婚早,大儿子快三十了,居然混得很不错,在工商局工作,正经是一个公家人。乔祖望央求师兄给二儿子想个办法安排个工作,师兄拍胸脯答应了,一个月以后,果然给二强安排了。

乔祖望给乔二强虚报了一岁,把他送进了一家印刷机械厂,工种是钳工。

乔祖望为此得意不已,边喝着酒边说:看看看看,还是得靠你老爹爹吧?你老爹算不得有大本事,野路子还是有两条的。

十七岁的乔二强,当上了工人。

厂里给新近进来的这批小青年一人安排了一位师傅,二强的师傅是个女的,正式见面那天,她来迟了,看着其他人恭敬地跟着自个儿的师傅走了,二强孤零零地扎着手站在车间空地上,等着人来领他。

来来往往的师傅们问:这个小孩儿,你的师傅是哪个?

二强就答:是马素芹。

那些老工人们就笑,说:咦,这个娃儿蛮有福气嘛,给一枝花做徒弟。

二强正疑惑间,车间大门处跑过来一个女人,身材瘦长,背着光也看不清脸,只见她一边跑一边往胳膊上套着护袖,往头上戴着帽子。

跑得近了,那女人四下里看,就有人喊:一枝花,你的徒弟候你老半天了,快把人领走吧,看看小后生家等得脖子都长了。

那女人走过来,上下打量了二强一眼,低声说:走吧。

二强老老实实地跟在女人的身后往钳工车间去,都不敢抬起眼皮来看人,头一直低着,只看见女人穿着一双旧的黑面搭襻布鞋,挺干净,但鞋边绽了一点口子,穿了双紫色起暗花的腈纶袜子。

出乎二强的意料,钳工车间以女性居多。刚才已经有人领过来了两个新青工,都是年轻的女孩子,冷不丁过来一个男娃,车间里起了一阵喧哗,女人们纷纷围了过来,七嘴八舌地嘻哈着,声音又脆又亮。

马素芹,你好命哦,分到这么一个嫩相相的小徒弟,男娃头,以后重活你省事啦!

就是就是,马素芹你老牛啃嫩草啦!

哇哈哈地一阵笑。

乔二强新剪的头发,细长脖颈间青青的一片,细长眼,窄脸,白布衬衫蓝布裤子,还真是不难看。

又有男人插进嘴来:马素芹有了小伙子,更看不上我们老白菜帮子啦!

就是就是,眼皮子夹都不夹你!又是先前那个哇哈哈的女人声音。

二强从小在邻里间听惯了这样的俗话,可还是不好意思,躲没处躲藏没处藏的,觉得连手脚都多余,活像田里插着的稻草人一样任人参观。

马素芹也笑,声音却低沉许多:你们看着眼红吧?我告诉你们,这是羡慕不来的。

竟是一口的北方话。

二强鼓足了勇气偷眼看过去,看到一张白净的脸,瘦长,一双眼角微微上挑的眼,有了两分岁月的浅痕,然而看出来是曾经鲜亮过的。

二强倒抽了一口气。

厂子里按规矩发给小青工一人一身深蓝的粗劳动布工作服,二强兴奋不已,下了班也没舍得脱,直接穿回了家。

一回家碰见刚回来的乔一成就凑上来说:哥,我在厂里有个师傅,是个女的,你猜她长得像谁?

乔一成斜着眼跟他开玩笑:像刘晓庆?还是像李秀明?

二强说:像妈!

二强说完就笑,乔一成骂他看走眼了,在他屁股上踢了一脚,兄弟俩开心地闹了一会儿。

乔二强每天早早地起床上班,兴头头地,更叫他快乐的是,"半截子"回来了。

早些年二强从垃圾堆里捡回来的小东西,没养两天就不见了,现在,又回来了。

二强一眼就把它给认出来了，它已经长成了一只细长身条儿的大猫，缺了半截的尾巴轻轻地灵活地摇动。

青年工人乔二强蹲下来，摸着它有点脏兮兮的毛，说：你这个嫌贫爱富的东西！又回来了？

都说家有余粮才养猫，猫回来了，说明乔家的经济条件真的好了一点。二强每月可以拿十三块钱了。

这边乔二强高高兴兴地，乔四美却经历了人生中的第一次痛苦。

那天她一放学，便扑在床上呜呜地哭起来，把兄姐们都吓了一跳。

三丽问她：你怎么啦？

四美的头埋在枕头里，不清不楚地哭诉：蓉儿死啦！她怎么可以死！怎么可以死！

乔一成吓坏了：哪个死了？你同学？

四美不理大哥，捶着床板继续哭：那个浑蛋男人，那个浑蛋男人，他把蓉儿害死啦！害死啦！

乔一成急得头顶冒火：你在说什么呀？是谁害死了谁？

三丽拉住一成，说：没事大哥，你别管她，让她抽风。

乔一成问：到底谁死了？

三丽说：翁美玲死了。

乔一成一口气突地就松下来：翁美玲死了你哭什么？你哭得着吗？

四美继续哭：她是我的偶像，是世界上最可爱的人，怎么可以死呢？

兄妹三个成一排蹲在床边看乔四美趴着哭，憋着笑快憋成内伤了。

四美哭得情真意切，渐渐地感染了兄姐们，乔二强说：唉，其实我也喜欢翁美玲，她的兔子牙真可爱。

三丽说：演技也不错。

乔一成挥挥手，赶走一片惨淡乌云：算了吧，别想了，红颜薄命。

乔一成以为以乔四美的性子，转头就会把事情抛在脑后，可没想到，这丫头一连伤心了个把月，几乎每天哭泣。乔一成很不理解，但是又怕她出事，叫三丽多盯着她点。他在报上看到，还真就有小姑娘学着翁美玲自杀的，出了人命了。乔一成觉得自己又要长出一根白头发来了。

还算好，过了有两个月，乔四美自己缓过来了，把收集的翁美玲女士的所有照片包在心爱的丝绸手绢里，藏进了箱底。

她迷上了琼瑶小说，每天功课也不做，连上课都在偷看。

然后，乔一成发现这丫头不梳麻花辫也不扎马尾巴了，把一把头发全披散下来。

四美的头发从小就蓬松，这么披下来不见飘逸只见散乱，从身后看去，脑袋直大了

一圈。

她还变得爱穿白色衣裙，也不知打哪里弄来了一个细颈花瓶，每天在墙根弄点野花青草插在里面。说的话里多了许多的"哇、啊、呀"的感叹词。

那天是周末，兄妹几个坐在一起喝大骨头汤，放了新鲜的萝卜炖的，是二强的拿手好菜。

正喝着，三丽用勺在汤里捞了一捞，递到二强眼皮底下：二哥，你这里头放的是什么？鸭子毛似的。

二强细看了半天不知是什么。

三丽倒看出来了：别是芦苇吧？

四美前两天跟同学特地从近郊采了一大把芦苇插瓶，没想到这东西见风就飘，弄得家里到处都是。

乔一成说：四美你把那个东西扔了，到处飞，烦人。

四美说：你们不觉得它好飘逸好清雅吗？好美啊！好别致！

乔一成听她好来好去，胳膊上立刻起了一层鸡皮疙瘩，曲起手指在桌上咚咚地敲了两下：乔四美，乔四美！说人话！

二强哈哈笑：你酸死个人！

四美尖尖的嗓门儿叫：你们好俗气！好没有情调！

二强说：你最有情调，上衣和裙子不一样的白色，你知不知道这样是不能搭配的？

四美气得忘记好来好去了：总比你脖子上缠一根老干菜似的白绸布冒充许文强好点。

二强说：我现在进步了，早不搞那套了。

三丽出声，对二强说：咦？二哥，我发现你现在眼光比以前好多了！是不是受了什么小丫头的熏陶啊？

二强的脸居然红了一红。

乔一成乔三丽他们都没在意。

二强一直就那么糊里糊涂，没心没肺的，这样的人，脸红也只不过是精神焕发，若是黄了一定就是防冷涂的蜡。跟情啊爱啊什么的，大约是不相干的吧。

后来乔一成才知道，他错了。

四美才十二岁，发育得却不错，抽了个子，小胸脯挺挺的，打扮也有些超过她的年岁，远远看去，是个少女了。

少女乔四美，早恋了！

乔一成在接到老师请他去一趟学校的消息时，听见自己头顶冒白发的嗞嗞的声音。

2

老师面容板得像一块铁板，水都渗不进似的，乔一成意识到事情的严重。

乔四美小姑娘的"初恋爱人"是学校一个有名的男生。

他有名因为他是一个留了两级的男生。

是一个留了两级的漂亮男生。

连老师都说，他空有一副好皮囊，也就是说，这位严谨得铁板似的中年女老师也承认这孩子的皮囊好，何况那正值豆蔻年华被琼瑶阿姨弄得神叨叨的小姑娘乔四美？

那老师还特地把乔一成拉到窗边，指着操场边上一个显然是被罚站的高个子男生叫他看。

很少有孩子罚站也站得那样漂亮，他简直像一株挺拔的小白杨。

刹那间，乔一成在心里已经替妹妹四美找了一个脱罪的借口，虽然这借口上不得台面。

可是，接下来，乔一成听到老师说的事后，简直想过去把这株小白杨的树枝给撅折了。

老师从抽屉里两个指头捏出一本薄薄的旧而破的书来，乔一成一看脸就黄了。

老师说：他们不仅仅是放学后约会那么简单，这个，是那个男孩子给乔四美看的，被我看到了收过来了。我现在也不太清楚乔四美同学到底看了多少。这个东西，可是大大的毒草啊！害了多少孩子！但凡看过的，没有一个不变坏的！太严重了，这事。

乔一成只瞄了一眼那书，《少女之心》。

乔一成在心里叹：完了完了，我们家四美完蛋了。

乔一成怕极了，他想起听说的一件事，说有个年青的女孩子因为看了那本书，与十多名男子发生性关系而以流氓罪被判处死刑。

可怜他糊涂的妹妹啊！

那天以后，乔一成开始盯紧四美，他和二强三丽三个轮流值班，下午去接四美回家，中午，他硬要四美到自己学校来吃饭。一个二十岁出头半大不小的男孩子身后面总拖着一

个十来岁的小姑娘,这小姑娘还有点神叨叨的,多少透着点儿诡异,乔一成也顾不得了,他想,反正这张脸已经丢光了,索性随他去吧。

小姑娘四美如同一根弹簧,压力之下,有无限的创造力。饶是看得这样紧,她依然有办法跟她的小男友约会,有一回趁着上体育课的时间,两个人偷跑出去轧了半个小时的马路!他们还常常情书来往,乔一成从四美书包里搜出来看了之后,直拍着桌子骂"狗屁不通"。

乔一成差不多要绝望的时候,乔四美忽地"失恋"了。

那个漂亮的留级生,移情别恋了。

乔四美很是心碎。

乔一成一直跟在后面批评她,近乎谩骂。

有一晚,乔一成半夜起来上厕所,看见四美蹲在院子里烧着什么东西,火苗很小,在夜色里摇晃颤抖,映着十二岁失恋少女乔四美的面孔,上面泪痕与鼻涕糊在一块儿,像一块绸布,浸了水,皱了。

乔一成把想要喊出的声音咽回肚子里去,算了吧,他想,再不成样,总归是一点心思,由她去吧。

乔一成不知道的是,其实那本《少女之心》四美根本一页都没有看。

没有来得及。

那天是她刚从小男友手中得到这本书,按捺不住想上课翻翻时便被老师抓个正着。

可是不知怎么的,乔四美看过《少女之心》的风声还是漏了出去,传遍了全校。

乔四美在大家的眼里成了一个不干不净的女孩子。

她的名声这样地坏,以至于结婚的那天晚上发现自己是一个处女她自己都觉得有些恍然。

隔年,乔一成大四。

他继续着他的读书与打工齐头并进的生活。

他得到了一个很不错的工作。

文老师介绍的。

老师说,他姐姐有个女儿,小姑娘十六了,成绩不大好,尤其是文科,语文与英语,比较吃力,想请个人帮着补一补。

乔一成很是感激,他明白这是老师在变着法子帮着他。

文氏一门俊秀,哪里用得着他来替人家孩子补习。

乔一成诚惶诚恐地去了。

文老师姐姐在一家很大的报社工作,已经升了主编,家里住着单位分的房子,条件相当不错。

乔一成的学生是一个面目平常的女孩子，细而黄的头发，身材十分瘦弱。

女孩子有一个很优雅别致的名字叫居岸，文居岸。乔一成有一个奇怪的感觉，好像这女孩跟这个名字不顶配似的，却没有深想为什么她会跟着母亲姓。

文老师的姐姐家除了母女俩，还有一个男人。

乡下男人。这一眼望去便知。

可能是文家请的帮工之类的，家里只母女俩，没个男人，有时是要人来做一做粗活的吧，乔一成想。乔一成看过他给家里买过菜，换过煤气包，那年代，用煤气包的人还不多，乔一成看过他扛着上楼的，手撑着腰，看着挺结实的一个男人，年纪怕不小了，总归有五十来岁了吧。

文家阿姨很是客气，晚上如果下班早，碰上乔一成上完了课要走，总留他吃晚饭，小姑娘居岸闷声不响地陪着吃。那男人有时也在，盛了饭菜蹲在厨房里一个人吃，偶尔弄出点细小的声响。过了些日子就再也不见了。

文阿姨对居岸的要求很高，吃饭的时候都在纠正着她的坐姿，时常小声地提醒她不要发出声响。

小姑娘居岸看上去并不别扭，实则有一种暗地里的任性与倔强。

乔一成看她微噘起来的嘴，喝汤时故意发出的哧溜声，以碗遮脸，偷偷地笑。

好人家的孩子跟他们贫家小户的孩子，这个年纪里，原来都是一样的，刺猬似的，胆小却又时常立了满身的刺，却越发地暴露出他们的胆怯来。

起初，居岸这小姑娘与他的小老师乔一成并不亲近，她木着一张脸对乔一成，叫她写便嘟嘟囔囔地写，薄薄的嘴唇翕动着，趁着乔一成不注意就飞过来一个白眼。乔一成把目光藏在眼皮下，看了个清爽。

这孩子与他尊敬的文老师有着血缘关系，让乔一成对她有莫名的亲近感，都说外甥像舅，可惜这孩子与文老师没有半点相似处，似乎也并不太像她的母亲。

这一对年轻的师生却由于一点点小事而忽地走近了。

那天乔一成到文家，文阿姨还没下班，小姑娘文居岸正在洗澡，隔了卫生间的门，湿漉漉的声音叫乔老师等一等。

乔一成待在书房里，闲了，从书包里摸出点东西咔嚓咔嚓地吃起来。

小姑娘居岸洗好了澡，过来看见平日里总是一本正经的乔老师在啃什么东西，腮帮子鼓起来老大一块，撑得他的脸有点变形，意外地稚气。看到她时，下意识地把手里的东西往身后一藏。

居岸问：你在吃什么？

乔一成实在有点窘，他多希望他手里拿着的，是一个苹果，一个梨，要不是根甘蔗也

好啊。

乔一成脸微红。

居岸说：给我吃一点呀！

乔一成诧异地犹豫地亮出手里的一个生山芋，掰了一半递给居岸，居岸拿过去香甜地啃起来，啃着啃着，就对着乔一成笑起来，疏眉淡目一下子生动起来。

乔一成也笑了，问：你喜欢吃这个？

居岸含了一嘴的东西，咕噜地说：喜欢，妈不让吃，说不雅。

乔一成用手背揉揉鼻子，笑。

乔一成不时地会带一点小东西，在补课的时候送给小姑娘居岸吃，都是他的妹妹们喜欢的东西，居岸好像从来没有吃过，馋得像只小老鼠，飞快地把东西填进嘴里咕咕咕地嚼着。

她开始每次盼着乔一成来家上课，每逢妈妈说留乔一成吃饭，居岸总是很高兴，可又不愿把那份高兴露在脸上，抿着嘴低着头闷笑。

文居岸像许多十来岁的小姑娘一样，对年轻的异性睥睨又好奇，她们能敏锐地察觉一个男孩子是否是无害而温和的，答案显然是肯定的，居岸常会无缘无故地欺负乔一成一下子，打定了主意他是不会同她计较的，从中得到一点点莫名的快乐。

居岸在补课时会突然用笔戳一戳乔一成的手背，或是在他的指头上染一道墨水，或是啪地在他的头上敲一记。

但是她又会很真诚地等着乔一成来，埋头尽心地做他给她准备的大量的试卷，再不发出半点抱怨。而其实她也并不是一个很爱学习的小孩。

她有时对乔一成说：学这个有什么用？我是中国人，才不要学英文。声音里带着一点点骄纵与哀求。

乔一成说：大家都觉得英语重要，都在努力地学。

居岸问：你也是哦？

一成说：我也是。

居岸轻快地说：那么你是笨蛋。啊，你是一个笨蛋。

乔一成沉重烦闷的日子因为这个小姑娘变得轻快起来，有时候，他觉得她像他的妹妹，有时候，又觉得不像。

居岸过十六岁生日的那天，乔一成应文阿姨的约去她家里吃饭。却发现，居岸躲在房间里哭。

文阿姨的脸色有些阴沉，一盘盘好菜与一个很大的蛋糕兀自在桌子上炸开一团热闹。

文阿姨敲敲居岸的门：居岸，出来吧，乔老师来了。

居岸开了门，红着一双眼坐到桌子旁，却不动筷子。

文阿姨问：你做什么？

居岸说：我要去。

文阿姨说：不可以。

居岸倔道：我要去！

文阿姨说：你快吃，等下我们要到疗养院看外公。

居岸说：先去叫他再吃饭！

文阿姨说：我觉得不必。

居岸的脸绷得紧紧的：那是你觉得，你总是替我觉得，从来不让我自己觉得！

文阿姨端起碗来默默地吃饭，乔一成看见居岸也拿起饭碗，大颗大颗的眼泪落入碗中。一成尴尬极了，又不由得替居岸心酸，也不知道这女孩子要做什么。她表情执拗痛苦，仿佛有天大的心事，乔一成是看不得小孩子有心事的，他愿意看着他的弟弟妹妹们没心没肺，所以他才会格外地心痛三丽。

吃完饭，乔一成把带来的一套优秀作文选送给居岸作礼物，递到她手里的时候，乔一成觉得她塞了个什么东西在自己的手里。

背了文阿姨展开来看，上面有一排极细小的字：请你明天想办法带我出去一趟。

明天并不是补习的日子。

乔一成在临走的时候对文阿姨说：对了阿姨，明天在少年宫有一个作文讲座，请的是市里的一位很有名气的老师给大家做免费辅导，我想带居岸去听。

文阿姨答应了。

隔一天是周末，乔一成带了居岸出来，问居岸要去哪里，是不是阿姨不准去的地方。

居岸说：一成哥哥你要相信我不会做坏事的，我向你保证我不做坏事。

乔一成说：那么你两个小时后一定要回来这里跟我碰面。居岸我相信你是好女孩子。

居岸说：我是好女孩子。

居岸跑出去两步又转头回来，扯扯乔一成衣袖，递一个金色的大橘子给他。

以后乔一成回忆起来，对居岸的那一种情怀，也许就始于她拉过他的手，把那橘子放入他的掌中的那一刻。他看见居岸飞跑起来时扬起的头发与衣角，她背着一个水壶，是鲜艳的蓝与红，在她跑起来时敲击着她的身侧。

不知为什么乔一成觉得她似乎不是赶赴一场约会，好像是在赶赴一场告别。她没有跟他说，但他就是这样觉得。

乔一成觉得他们俩好像两粒孤独的水滴，在各自的一方天地里滚动，或许会交汇，也或许不会。

这以后，居岸常央求乔一成找了借口带她出去。渐渐地，乔一成心里有点不托底了，他想，万一，居岸结交了什么不好的人，或是出了什么事，他真的是对不起文家一家子。

于是，终于有一天，他偷偷地跟在了居岸的后面。

居岸去的地方，乔一成并不陌生，那是与乔家所住的那种窄而小的巷子差不多贫败的一处地方，离市区有一点距离，一成跟着居岸坐了十来分钟的车。

居岸穿行在小巷里，一成悄无声息地跟在她身后。

居岸进了一户屋檐低矮的屋子，那屋子的门冲着巷子，是那种打开门就是屋外的简易小屋。

乔一成太疑惑了，凑近了窗玻璃往里看。

居岸亲亲热热地扑在一个男人的怀里，那男人摸索着她的头颈。

那个男人就是文家的那个帮工。

乔一成脑子里轰地炸响了一片。

3

　　乔二强又长高了，超过了他大哥。

　　他还长胖了一些，乔一成又气又笑：在家里吃了这么多年的饭瘦得跟猴似的，把饭带到单位里吃就变味儿啦？特别有营养啦？

　　三丽咬着筷子尖儿调侃二哥：单位里是不是有大师傅给你开小灶？吃了什么好的？二哥说一说，我们吃不着听听也是好的。

　　二强不答，呼噜呼噜地喝汤。

　　在单位里给二强开小灶的不是大师傅，是女师傅马素芹。

　　马素芹每天多带一点菜到单位，分一些给二强。大多是北方的炖菜，二强以前还真没吃过，觉得特别的好吃。

　　师傅的确是个好师傅，二强力气并不大，并没有像同事前辈们想的那样，把分给师傅的重活儿都能包下来，有时候去拖材料，男的老师傅们总爱叫上乔二强，马素芹多半拦着不叫他去，说他小男娃家，身子骨还没长好，累猛了将来会落下病。

　　男师傅们就打趣：一枝花疼小徒弟像疼儿子。

　　又有的说：不像疼儿子，像疼小男人。

　　马素芹——有力地驳回去，骂人的声音脆而响快，夹杂着许多北方的土话，二强不是很能听懂。那些男人们却像大夏天喝了冰水一样地爽快，爆发出响亮粗嘎的笑声。

　　二强臊得脸上喷火，低头做活不敢说话。

　　人走远了，才偷着问师傅：马师傅，那个，他们干吗叫你一枝花？

　　马素芹斜他一眼：小娃子家家的，不要问这个。

　　二强挺愿意师傅斜着眼看他，马素芹细长的单眼皮眼常会挑上去看人，总像是对人斜飞过来一个眼风，可她的神情却又是端肃的，两下里合在一处，在二强看来，有点特别的滋味，很好看。

　　师傅待他也是真好，除了会多给他带一份菜，教活计也很尽心。马素芹是老师傅，技术算好的，经验多，她在厂子里工作了快十五年，手脚不算快，可次品出得少，二强脑子不大灵，手也还算巧，马素芹多费一点口舌，他也就学会了。

厂子里的人，多半欺生，倒没什么太大的坏心，有时那做检验的难免会挑挑小学徒的刺，马素芹总是护着二强。

她在男人中很吃得开，他们喜欢挑逗她，却又无形地回护着她。女人们于是多了几分酸意地待她，时不时地会背着她说些闲言碎语，偶尔一两句飘到二强的耳朵里，似乎说她的男人怎么怎么，二强当着人面不敢出声叫人家住嘴，转过脸去狠狠地呸在地上，觉得女人真是世上最难缠的一种生物。这么想着的时候，他忘记了他师傅也是女人。

二强在那到处堆满了东西的车间里，呼吸着混合着铁锈味道的空气，觉得自己自在如小鱼，池塘小是小，然而有足够的养分，岸上还有风景，乔二强觉得自己找到了一辈子安身立命的地方。

他跟工人师傅们越来越熟，大家都觉得这小孩没心眼，听话，嘴甜，怪讨人喜欢。男师傅们渐渐地会叫上他一块儿去厂里澡堂洗澡，跟他开着粗俗的玩笑，在他裸着站在花洒下时笑他活像只白斩鸡。

洗完了澡，是最放松的时候，师傅们问二强：你晓得你的马师傅为什么叫一枝花不？

二强久久牵挂的问题终于要有答案了，心快乐紧张地怦怦跳，老老实实地答：我不晓得。

那大块头的师傅就说：你师傅进厂的时候，跟你现在差不多大，那可真是标标致致，两根长辫子拖到屁股头儿，一走三摇，个头还少见地高，说是有一米七，吓，真是没有见过小女娃高得那样，还高得漂亮的。有一回她给人家当伴娘，胸前戴了朵粉红花，倒把新娘子给比下去了，所以以后就叫个一枝花。

一旁的师傅凑上来说：一枝花当年在我们厂里不要太招眼啊！走到哪里都一窝一窝的人看，眼睛都陷在她身上拔不出来。现在，当然是不能跟以前比了。

大块头说：不能比你还眼馋肚饱的？你是吃不着葡萄就说酸！

你不也没吃着葡萄？假惺惺做什么？依我说，要不是她嫁了那个人，也不会老得这样快。才三十二三嘛。你看我们厂长的老婆，快四十了，还搽粉，前些天来穿了件玫瑰红的衣服，真是非洲人跨沟，吓人一大跳！（"吓"这个字在南京话里念"he"，与南京话中的"黑"同音）

大块头嘴里发出嘘嘘的声音：少说她家的那一个，少说，要叫那个邪头晓得了，不好开交。

乔二强懵懂地听着，师傅们的话里，似乎藏着玄机，他解不开，听不懂，然而这没什么，他愿意从别人的嘴里听见对马师傅的赞美，那让他心里暖洋洋的，有几分得意。

那个漂亮的、明媚的、被大家时时念叨着的女人，是他的师傅，并且，长得像他妈。

男人们在一块儿，话题多半离不了女人，谈女人的时候，总免不了抽上根烟。

乔二强人生里头一支烟，就是大块头给的，他们拍着他瘦削的背，手劲儿大得让他直打晃，以此来鼓励他，试着抽上一口。

那烟低劣，冲劲儿极大，二强只吸了一口，便咳得快要断气。

就在他觉得自己不行了的时候，有人在他背上有力地抚着，替他顺气。那么有力，做钳工的，手上的劲儿都大，连牙刷都比别人要费些。

二强眼泪与口水齐下，好容易睁眼看了，是自己师傅，一下子羞得恨不能钻地洞。

马素芹大声地喝骂男人们作死，把那么冲的烟让一个小孩子抽。

二强一把眼泪一把鼻涕地，万分羞惭地跟在师傅身后回自己的车间。

马素芹给他一块糖蒜，叫他去去嘴里的臭味。

马素芹说：小孩子，别不学好，我告诉你，一辈子，别抽喝嫖赌，有了这几样毛病，你过不好日子的。没事多看看书，学习学习。

二强有点委屈地说：我脑子笨哪师傅。

马素芹说：那你就读读报，也是好的。

于是二强就常读报。连最枯燥的社论都读上好几遍，读不懂，还读。

马素芹教他用细盐洗掉衬衣领上的黄汗渍；教他手指甲要常剪，以免里面积了黑垢，伸到人前去好难看；教他不要驼着背，走路时不要晃肩膀；教他夏天无论多热也不要打赤膊；教他吃饭的时候不要吧唧嘴；教他在男人们说荤笑话的时候躲远一点，别没皮没脸地凑上去听。

她一点点地修正着这个男孩子，她愿意看他一天天地干净起来，一天天地更加正派，懂礼数，一天天地，甚至连模样都周正起来。

她也纵容他，给他很多的疼爱。

有一个阶段，厂子食堂里总爱进一种小毛鱼，油炸了，用糖醋烹，吃得大伙嘴边都发着微腥的气息。

毛鱼的肚肠被抛在食堂的垃圾里，顶风能腥三里地。

二强高兴了，偷偷地把"半截子"藏在怀里，带到厂里，午休的时候，让它吃鱼肠拌饭。

被马素芹看见的时候，二强有点不好意思，下意识地要扑过去把"半截子"抓起来，往怀里藏，马上发现藏不住，就傻笑。

马素芹看见那只断了尾的猫，刚吃饱，懒洋洋地蹲在男孩子的脚边。

男孩的脚上是一双半旧的球鞋，洗得发了黄，大约是哥哥穿剩下的，有点大，一走就扑嗒扑嗒地响。

马素芹就不响了，想着这小孩儿，才十八，就出来做事，瘦得小鸡仔儿似的，脑子也不大灵光，多么不易。

马素芹嘱咐二强：看好它，别让它乱跑，回头让那些家伙看见了，他们有本事给它剥了皮烤着吃！

于是"半截子"就常在车间属于二强师徒俩的小天地里慢悠悠地踱步，渐渐地吃得胖了，就更懒，不时地趴在工具箱上呼呼地睡。

夏天来的时候，二强满了十八。

因为从小营养不是很好，他的初次遗精来得晚。

那是一个初夏的早晨，二强醒来时，发现自己身体上的异样，乔一成也发现了，踢了呆呆的二强一脚，拣了短裤叫他换。

换好以后，二强才突然醒悟过来是怎么回事，在床背后那块阴暗的终年不见天日的小角落里，大张了嘴，脑子里空白一片。

然后他忆起，他似乎是做了一个长而乱的梦，梦里有团团的白影儿，像长长的树藤那样纠结成一片的头发，面目模糊，却仿佛是有气味的。

花露水的香味，上海产双妹牌，碧绿的颜色，藏在师傅的工具箱一角。

二强从此不敢正眼看师傅，马素芹着实奇怪，这孩子怎么别扭起来了。

直到有一天，吃过饭，二强抱着"半截子"，躲在阴凉处歇汗。

有一尾蜻蜓从窗外飞进来，翅膀在盛夏的阳光里映成浅金。

玛令。马素芹说。

什么？二强转过头来看着师傅。

玛令。我们那旮旯管这个叫玛令。是满语。

玛令。二强跟着重复，这个奇怪的新鲜的发音。他对着师傅笑起来。

马素芹忽然觉得，在她无趣的、怨气重重的生活里，这孩子的笑脸，像是一道光，透过木栅栏门漏出来的那种。

夏天热得要人命，钳工车间西晒，一到下午阳光让人无处躲藏，明晃晃地招人烦。工人们互相打掩护，轮着去澡堂里冲凉，开始只是那两三个男人去，后来女人们也受不住了，也偷空跑去。

二强不敢，浑身大汗缩在巴掌大的阴凉地里，一把一把地擦汗。

大块头冲了澡回车间，看见热得蔫头蔫脑的乔二强，问他：你干吗不去洗一下，用凉水，舒服一会儿是一会儿啊。

二强说：我不敢，怕主任知道。

大块头说：毛主席教导我们，一切反动派都是纸老虎。哎哎哎，你真不去洗？有好东西看。

二强实在好奇了，问是什么。

大块头神秘地叫他明天跟他一块儿溜到澡堂里去。

原来，那男女浴室只间隔了一道墙，墙上有一扇极小极高的窗户，全是脏灰，二强一直都没发现。

　　大块头说的好东西，就是用一架梯子爬上去，凑到那肮脏的窗子被刻意清理出来的小小的一角，往女浴室那边看。

　　二强很奇怪，这种地方为什么会有窗。

　　大块头不怀好意地笑：可能是当初造这个澡堂的家伙就存了一肚子坏水，故意弄的吧。

　　大块头又笑：小毛孩子，没开过荤呢吧？正好先过过眼瘾，真上战场的时候，不会晕。你不想看看你家师傅一枝花吗？

　　二强一下子气得心内血气翻涌，恨不得在大块头的脸上扇他一巴掌。瞧那宽脸，巴掌打上去，一定结结实实的。

　　第二天，偷着来冲凉的男人们发现，那一角窗玻璃不知被哪个厚厚地涂了一层黑漆上去，刮都刮不动，都气得骂咧咧。

　　二强得意地想，他可不学他们厚皮老脸。

　　他不能对不起那个美丽而和气的好女人。

　　要喜欢，他就正正经经地喜欢她。

　　他喜欢她！

　　二强被自己吓了一跳。

4

忽然之间，乔家的两个男孩子，一成和二强，同时陷入了爱情里。

爱情在一天天的日子里聚沙成塔，却以一种突如其来的姿态出现，砰地一家伙打在两个男娃头的脑袋瓜子上，叫他们且乐且晕。

所以在乔一成看到那个男人用一种极亲密的手势爱抚小姑娘居岸的时候，才会觉得那样地愤怒，与多年前相似却又完全不一样的愤怒。

乔一成想都没想，向那屋门抬脚踹去，第一脚没有撼动那门，反而踹得脚生疼，乔一成嘴里嘶哈嘶哈，又抬脚踹了一下。他多希望自己像电影里那些男人那样，一脚下去，门哗啦散架，威风凛凛，杀气腾腾。

其实门不是他踹开的，是从里面打开的，那个男人诧异的表情让他看起来更加苍老，居岸紧张地躲在男人的身后，看到乔一成时，脸上的表情有点放松也有点奇怪。

乔一成把那老男人用力往里一推，那男人一个趔趄，乔一成的拳头随着就招呼上去了。

居岸惊叫起来，扑过来挡，这叫乔一成很为难，他怕误打到居岸，收了手，却也不见那男人打回来，乔一成想他一定是做坏事心虚，更气，抬脚踢过去。

居岸从身后抱住一成，细瘦的手臂把一成箍得紧紧的。

一成叫：居岸你放手，你不要怕，我替你打死他！

居岸也叫：你不要打不要打，不要打我爸爸！

乔一成呆住了。

他是你爸爸？

是我爸爸，是我爸爸，亲爸爸。居岸的声音里已带上了哭腔。

那个男人用力把乔一成推开，乔一成跌坐在椅子上。居岸哽咽着说：你不要跟我妈说，好不好？

乔一成有点茫茫然地抬头看看居岸，又看看那男人，想从两个人的面孔上看出相似的地方来。

他发现这父女俩样子真的有些像。

像的是一种隐隐的感觉，某个动作，转头的样子，皱眉时的神情。

乔一成坐不下去了，站起来说：那我走了。

居岸赶上来，拉住他，她的掌心湿漉漉的全是冷汗，她说：一成哥哥，我跟你一起走。爸呀，我走啦！

一路上，居岸都没有放开乔一成的手。

居岸细而淡的眉一直拧着，越走越慢，一步一蹭。乔一成心里的不忍在加强，他的手心也开始冒冷汗，他们的手湿而黏地缠在一起，乔一成舍不得放开。

他安慰居岸：你不要怕，我不会告诉文阿姨的。

居岸的眼中马上蒙上了一层泪光，她勇敢地忍着不让眼泪冲出眼眶。

快到居岸家时，居岸忽地停住了脚步，说她不想上楼去。

乔一成就陪她坐在楼下的小花园的角落里，天很热，阳光火热地铺在两个人的背上与头顶上，两个人都是一头的汗，他们的手还牵在一起，也许是忘了也许是不想放开。

他们像傻了似的一直坐在阳光里，渴得嘴唇都粘在了一起，没有中暑真是奇迹。

快黄昏时一成才送居岸上楼。

走到二楼时，居岸忽然说：我爸每回都扛着煤气包上七楼，她都不让他上桌吃饭。

居岸哭起来。

乔一成拍着她的背，有点怕，这是楼道，随时会有人上来，可是他不能不安慰她。她让他的心突突地跳着痛，他想着，原来人家常说的心绞痛是这样的。

居岸和一成的第一次拥抱，因为是在公共的楼道里，应该是短暂的，可在乔一成的记忆里，它漫长得离奇，长得像电影里的停格。乔一成觉得那是他们俩最最接近的时候，最接近，也许他一辈子也不会再与任何女孩这样接近。

居岸在以后的日子里慢慢地告诉乔一成，她的父母是在农村结的婚，那时候她爸是村革委会主任的儿子，她妈是插队的知青。爸爸告诉过她，其实多年以来妈妈一心想回城，做梦都想，从来没有踏实下心来跟他在农村过日子。后来妈妈终于回了城，参加高考，成了文化人，这是很可以理解的，外公一家子本来就都是文化人。妈妈把她接过来，留在身边读书，爸爸被丢在了村子里，实在忍不住了，找了来，妈妈不肯再接受他，拿他当个外人一样。爸爸早些年其实是很有些脾气的，这两年，在妈面前越来越不自在，人家说矮三分，他矮了十分，心甘情愿地供妈妈驱使，一个人住在外面。妈妈不让自己去看他，最好是越少接触越好，妈妈想跟爸爸离婚，爸爸还没有答应。

居岸说：我晓得他们不般配，但是不般配他也还是我爸爸，他脾气不好，但是对我好，省下钱给我买衣服，但是妈不让我穿，他带来的那些土产放得烂了妈也不让我吃。

居岸说着的时候，把脑袋轻轻地靠在一成的肩上，她总是喜欢用力捏紧一成的手，把

自个儿手心里的汗蹭一成一手。

妈是嫌爸是乡下人，我也是乡下人，居岸说，你嫌不嫌我是个乡下人？

一成说：我不嫌，永远不嫌你。我们俩互相不要嫌。

接下来每一个补习的日子，都是乔一成与文居岸的节日，他们在居岸的卧室里相对读书，居岸在做功课时习惯地抓着一成的手，功课都做完了，居岸就把下巴搁在一成的手背上想心事。

乔一成觉得自己对居岸的感情澎湃却又安详，每当居岸握住他的手时，他都会觉得自己又多爱了她一分。他对她的爱，像慢慢堆积起来的细沙堆。

文居岸让乔一成想起少年时喜欢过的一个小女孩子，叫作刘芳的，她们有一样细苗苗的身体，干净的眼神与害羞的笑容。那个后来被他气跑了的小姑娘，这么久远的记忆叫乔一成微笑起来。

然而离别还是来临了，与爱情来临时一样地让人猝不及防。

居岸的爸妈终于离了婚，文阿姨要带着居岸上北京去了。

文阿姨在走前约乔一成到家里，居岸不在。

文阿姨给乔一成一个信封，说：这是最后这一个月的工资，小乔，谢谢你给居岸补课，她的成绩进步了很多。

停了一下文阿姨又说：我们要去北京了，连我父亲我都带走，我们多半是不会回来了。我弟弟一直都说你是个好孩子，我也是这样认为，所以请你一定要保证，再也不要跟居岸联系了。

乔一成吃了一惊，他与居岸都认为他们的保密工作做得是极好的。

文阿姨竟然还笑了笑：傻孩子，你觉得我看上去像一个糊涂人呢还是你认为我就是一个糊涂人？如果我不信你是个好孩子我会容忍你跟我女儿接触这么久？我的女儿也是好孩子，她小时候吃过苦，她值得更好的日子，她会有更好的生活。你说是不是？

乔一成把双手紧紧地绞在一起：阿姨你认为我配不上居岸？

文阿姨没有正面回答这个问题，却说：我知道居岸跟你说过我和她父亲的事，她认为我是看不起她父亲的，但是我可以告诉你，很多事，不是外人看到的样子，我受过的苦，经历过的事，不足与人道，不是一句忘恩负义可以概括的。爱别离怨长久，现在我可以不让怨长久了，我有权利掌握自己的命运。小乔，你长大以后会懂的。

一成说：我不是孩子了。

文阿姨说：所以你更应该有清醒的头脑。你跟居岸不会有结果。居岸还小，她要读书。路长得很。

居岸却还相信她与乔一成是有未来的，她抓紧走前的所有可能的时间来见乔一成，她要乔一成把家里的地址写在她的日记本上，小心地收起来。她说她一到北京就写信来告诉他地址，读完书就回来找他，或者等乔一成毕业了也可以上北京去找她，如果有地址就绝对不会失散。

她说：我们是不会像电影里演的那样失散的对不对？那些都是编出来赚人眼泪的。

居岸在走前的一晚对乔一成说：一成哥哥，我会一直想着你。

乔一成想说：不用了。

可是最终什么也没有说。

居岸走的时候乔一成没有送，其实他是去了火车站的，不过没有进站台。

他坐在候车大厅里，听着火车长鸣，载着他的居岸离开，然后起身回家。

夜里睡不着时，乔一成起身躲到小厨房里去抽一根烟。

他是在打工的小饭店里跟伙计们学会抽烟的，不过抽得很少。

乔一成看着手中的烟那一点红光，觉得它像一只眼睛在眨。

乔一成觉得脸上作痒，原来是流了泪。

乔一成记起自己很多年很多年没有流过眼泪了，上一回是在母亲去世之后。

他一直认为男人流泪多少有点羞耻，不过，这次的泪如同为母亲流的一样，没什么可耻的。

他为他最初的爱人，流着最真实的眼泪。

乔一成现在能体会四美在黑夜里焚烧旧日信件的心情了。

也许人在十来岁二十岁的时候，总归会起一点糊涂心思。

那一点痛而痒的、蠢而真的心思，在一天一天的日子里，注定地，灰飞烟灭。

文老师知道了全部的事情，他并没有怪乔一成，依然像过去一样地帮他。

很快，乔一成也听到了有关文老师的新的流言。

说他念研究生那会儿，似乎是跟自己的师母有点不清不楚的，后来他老师带着师母回无锡去了，发誓永不会再认他这个弟子。

过了不多久，在乔一成大学毕业前夕，文老师也调走了。

走之前，文老师对乔一成说：其实有些事，远不是外人眼中看起来的那个样子。

这话文阿姨也说过，不约而同地。

乔一成花了不少的钱，给文老师买了临别的礼物，文老师不肯收，说都还在同一座城市，为什么要弄得这样生离死别似的。这羊毛衫还是你自己留着穿吧，颜色很适合你。

乔一成大学毕业了。

他做了一个新的决定。

他没有服从学校的分配去一所中学教书，他拒绝去报到，他不想做一个清苦的老师，都说搞导弹的不如卖茶叶蛋的。

他打算在家里准备考研，当然，同时也打打零工。

乔祖望气得大骂他，他有很多年不敢骂大儿子，不过这次是真气了。

他认为做老师是很体面的工作，工资也还算好。

乔祖望说：你看人家齐唯民，人家也毕业了，马上进了一家杂志社做"编鸡"，下个月就要拿工资了。你呢？供你读了这几年书指望你出来挣钱带着我们过两天好日子，你倒好！读完大学继续做待业青年！你是够自私的！

乔一成说：是你供我读大学的吗？我怎么不知道？我自私？好啊我承认，那不是跟你学的吗？

乔祖望哑了。

二强问大哥：你还要读书啊？你会不会读得脑浆子疼啊？

乔一成面无表情地答：脑浆子是不会疼的。

四美问：大哥你打算研究什么？

全家只有三丽支持乔一成，她笑话二哥和小妹：人头猪脑是不会懂得欢喜读书的人的心的！

齐唯民工作了，在一家不入流的杂志社，不过他还是满怀热情地去上班了。

他家里，最近起了一场风波。

5

齐唯民的妈，乔一成的二姨，要改嫁了！

乔一成听到这消息的第一个反应就是仰头干笑了三声。

好好好，乔一成想，让她看够了我们家的笑话，现在也轮到她来娱乐大众了。

齐家的孩子们，年岁都相差得不大，齐唯民大弟也二十了，小妹妹十八，这两个孩子为母亲的这个决定暴跳如雷。

二姨想要嫁的人，是常来买她报纸的一个老男人，就住在二姨报摊的楼上，听说还是个老童男子，过去是好人家的少爷，也不知怎么的，被女人伤了心，跟家里也断了关系，后来就再也没有结过婚。一直没有正经工作，以前曾给人写信，过年的时候写点春联赚点零花，倒是写得一手好字，满肚子没什么用处的生僻学问。后来渐渐地也没有人找他写信了，春联也不是日常买卖，也不知他靠什么活着。有人说，他继承了一笔遗产，是他那逃到台湾去的有良心的大哥给的，看样子还不少。也不知这传闻是真是假，因为他依然旧衣布衫，面容苦涩，人人都欠着他钱似的。就是这么个人，每天下楼来在二姨这儿买一份报纸，后来买了报纸会站着和二姨说两句话，一来二去地，两个人竟然都觉得，一天没见面说上两句就好像有什么重要的事没做似的。前些日子，老头子忽然跟二姨说，想跟她凑在一处过日子。

齐唯民二弟说：也不知老妈妈是怎么想的，怎么就答应了那个老浑蛋了？要是他再敢来找我家老太，看我不打断他的狗腿！

齐唯民的妹妹齐小雅刚刚考上大学，读中文，是个文学女青年，冷笑着说：如果半老徐娘还要思春，那少女何必再讲贞操！

齐唯民止住妹妹：妈平时对你们怎么样，你们这么大了应该晓得记恩了，她要是想再往前走一步，她觉得那样好，我们就该随了她的心。还有，二弟，真的把人打伤了，是犯法的，要受到法律制裁！

齐家二弟说：大哥你就会充好人，你就是一个和稀泥的性子，将来有你的苦吃。我怕什么？老头老太丢脸都不怕，我还怕坐牢？我坐牢也是老太丢脸，反正她也不要脸了！

齐唯民这个老好人第一次拍桌子发了火。

吓坏了他的小尾巴乔七七。

十岁的乔七七长成了一个细瘦标致的少年，眉目如画，只是面色略带青黄，时常不自觉地微皱了挺直的鼻子以期掩饰鼻梁处的几粒零落的小雀斑。他依然像一小块牛皮糖一样地黏着阿哥齐唯民。齐唯民大学四年，仍像中学时一样，常把小七带在身边，他面相比较老成，小七又尤其地弱小乖巧，冷不丁看去，像是父子，再细看，才看出来不是。二姨为这个说了齐唯民无数回，这样，太亏了，容易让人误会，会找不到对象。

现在好了，齐家老二说，儿子没找对象，老妈先找上了。

隔了一天，那个老男人竟然找到门上来了，还没跨进屋门，就被齐家老二推搡了一把，踉跄至门外。

齐家老二说：不要让我再看到你，不然，看到一回打你一回。

二姨在屋子里，沉默得很，像是事情全不与她相干。

老男人出奇地倔强而胆大，第二天再来时，知道避过齐家老二下班的时间，早早地进了门，坐在堂屋的八仙桌前，齐唯民回来时，他说希望能和淑芳女士的子女好好谈一谈。

齐唯民给他倒了水，老头子双手接过，正襟危坐，再一次表达了想与"淑芳女士"结秦晋之好的意思。

齐唯民说：你们二老这种事虽然少见，也不是没有，时代在进步，慢慢地大家也可以理解的。就只是，我母亲吃过不少的苦，如果你真的想跟她走在一起，希望你可以给她一点好日子过。

老男人说：那个是自然的，自然的。

正说着的时候，老二回来了，看到老男人，什么也不说，拿起桌上的茶杯就砸了过去。

青花的茶杯擦着老头子的额头飞过，蹭掉了一层油皮，见了血。

齐唯民抱着二弟叫老头快离开，老头子仓皇地逃走了。

院子里已是聚拢来一些邻居，伸头伸脑地看着齐家上演的这一出，低声地说着什么。齐家老二抱不着冬瓜抱瓢子，冲着人堆乱骂起来。

二姨慢吞吞地从里屋走出来，几天不见天日，她的脸色灰败，脸上却涂着一抹奇异的微笑。她款款地关上大堂屋的门，把一院子看热闹的人关在了外面。

齐家的孩子们心里都有点惴惴的，齐家老二住了嘴，大家各自回房。

齐唯民从摆得高高的木箱子后面的空隙里，把吓得半死的乔七七抱出来，哄着他睡了，走进母亲的卧室。

二姨在打一件毛衣，给女儿小雅的，低着头，手上飞快地捣着针，发出细微的嗒嗒声。

小雅也在，她对母亲说：你不用打了，我不会穿的。

齐唯民对妹妹示意让她离开，对二姨叫了一声妈。

二姨抬眼看看他，拍拍床边叫大儿子坐下，说：民啊你别怕，你妈精神还没出毛病。

齐唯民诧异地抬头，二姨笑了一笑说：儿子，你是妈生的，你从小老实忠厚，七情上脸，什么心思妈看不出来？你不要怕，我不糊涂也不疯，这些年，我苦也苦过，难也难过，现在想过一过不一样的日子。我不是冲着他的钱去的，外头人都说他有什么遗产，其实狗屁呀，什么也没有。他也就吃那几个老本。

齐唯民说：妈，钱不是问题，我们会养你的。就只是……你是不是看准了人，要是看准了，我总是向着你的，妈。

二姨不说，继续嗒嗒地捣着针。

忽然二姨说：我一辈子巴结着别人，现在也让人巴结我一回。心里头是不一样的。

齐唯民躺在床上想了半夜，七七迷糊着趴在他身上叫：阿哥阿哥，你给我签字了没？

齐唯民知道他说梦话呢，拍拍他。刹那间，想明白了母亲话里的意思。

没过多久，二姨真的搬去跟那老头子住了。

齐家老二也并没有能打死那老头子。

因为两个孩子的反对，二姨跟老头子并没有领结婚证，老二说，我们就是不答应，叫他们一辈子姘着，恶心死他！

文学女青年齐小雅有很长一段时间不肯回家，住在学校宿舍里。

齐唯民也没有去过母亲的新家，只把母亲约出来，给过她两次钱。看母亲的样子，似乎过得还不错。

慢慢地，齐唯民了解到，那个老头子，为人真的是很古怪，但也还算得上是一个本分的人，对母亲是好的。

一个家，四个孩子，齐唯民的工作挺忙，齐家老二常不回来，齐小雅也不在，常常只剩下乔七七一个小孩子，放了学就把一张小桌子搬到院子里，一边写作业一边等着阿哥，等到天黑了，再看不清作业本上的字了，七七才一步一拖地回屋去，一定要开了所有的灯才敢待在屋里，等着阿哥回来。这个没有朋友的小孩子，变得越发地沉默而黄瘦了。

日子一天天地过，邻里间的闲言碎语也渐渐地散了，像是太阳出来了，雾也就散了，人这几十年的日子里，事这样地多，谁能记挂着别人的家长里短一辈子呢？

齐家的这一场风波，没有影响到乔一成。

他没有那闲工夫，他在备考。

他一共有四个多月的时间，他的每一天，都缩成了一张计划表上小小的一格，每过一天，他便划掉一格。

早上他七点就起床梳洗好了，早上头脑比较清楚，他攻最难的英语和专业课，下午背政治和时政，晚上做试卷。周末打工。

同学里要考研的并不多，他没个可以讨论的人，资料也是千辛万苦才找来的，有些还是手抄的，文老师送给他一整套的试卷，那个成了乔一成的宝贝，舍不得直接在上面写，总先另抄一份来做。

大家都说，这孩子快要读傻了，看他那样子像个纸片人，披头散发，脸上半丝人气也没有，晚上出来，要是没路灯的话，活活吓得死人。

乔一成有一天早起，多花了两分钟时间照镜子，镜中是一个看不明白年纪的人，异常黑瘦，神情怨愤，胡子拉碴。乔一成原本毛发就软，胡子长了也不成个雄壮的气候，只塌塌地拖在口唇间，显得邋遢而落拓。

乔一成觉得自己活像个范进。

在一片昏天黑地中，乔一成接到了居岸的来信。

一封又一封。

那些彩色的，巴掌大小的，芬芳的小信封，上面是熟悉的极细小的居岸的字迹，乔一成先生亲启。

乔一成一封也没有拆开，他把它们塞在枕头下面，睡时枕着会有沙啦沙啦的声音。

过了不久，居岸的信断了。

二强在这段时间里显得特别懂事听话，喜滋滋地做饭。三丽对一成说，二哥有点不对劲，他老是一个人呆笑，是不是谈恋爱了？

一成没有往心里去，说：我们家哪个谈恋爱了二强也不会谈，他知道什么呀？开窍晚，傻了巴叽的。倒是你们姐妹俩，女孩子要小心，不能在这种事上犯错误。

三丽笑了一笑：我不会出错，我会找个老实人。

乔一成是在一个寒冷的冬天的早晨接到研究生的录取通知书的，本地的一所大学，新闻系。

之前他幻想过无数次这情景，想着自己是不是会兴奋得热泪盈眶或是跳起来，或是干脆真的像范进那样疯头疯脑。他甚至跟三丽开过玩笑，如果自己真的那样了，就让三丽给自己一记响彻云霄的耳光。这事不能交给别人，就只能交给你。一成跟妹妹开玩笑。

三丽说：你才不会疯呢，你比谁都冷静。

乔一成想，三丽果然很了解自己，他真的没有疯，他冷静得有点不像话，把看过的那些书做过的那些试卷捆捆扎扎，丢进杂物堆，开始筹划上学的东西和学费。

他想，总得替自己庆贺一下，于是买了一瓶洋河大曲。

一成的酒量其实不错，因为当年母亲在世时很会做酒酿，又醇又香，后劲儿不小的米酒一成四岁起就喝了。

但他还是喝醉了，东倒西歪地在院子里转了一个晚上，高声吟诵苏轼的《念奴娇·赤壁怀古》，被二强扶回家。

二强说：哥我替你刮胡子吧，看起来真吓人。

这其间，三丽从纺织中专毕了业，分到一家纺织厂工作。有一天她忽然对大哥说，她交了一个男朋友，是她的同学，学机修的，叫王一丁，人很老实，他们分到同一家厂做同事。

一成想三丽也快十八了，如果她觉得好，一定还说得过去。三丽心不高，懂得自己要什么，要不到的，决不会去奢望。一成没有反对。

同时，四美的学校不许她毕业，乔一成颇费了一番劲儿去恳求交涉。老师说，四美成绩实在差，补考都没有及格，实在是没有办法发初中毕业证书。一成请求学校给她第二次补考的机会。学校说办学这么多年，从来没有听说过二次补考的话。

一成明白成绩是一方面，另一方面，这丫头也实在不讨学校和老师的喜欢。

一成也没有什么门路，只得花水磨功夫跟学校慢慢地磨，磨到八月，学校终于答应给四美再一次补考，如果再不成，那就再不能通融了。

一成甚至替四美写了几篇作文范文，叫她背下来，数学题也是一样，叫她下死功夫背。四美大约也知道了一点利害关系，总算老实地在家复习了几天功课。再考时，终于通过了。

四美毕业后不再升学，成了乔家唯一的一个待业青年。

乔祖望在听说大儿子还要读三年书时，气得成天嘟嘟囔囔，指桑骂槐，一成很跟他吵过两次。

他不怕他，他翅膀够硬了，他会有极广阔的天地，他一定会从这小院里，从这种生活里，飞出去的。

家里事儿多，好的不好的，快乐的烦心的，乱七八糟。

就在一片混乱当中，乔二强跟他的师傅的感情有了质的飞跃。

6

二强对马师傅说：我大哥想请师傅吃饭。

马素芹说：你哥为什么要请我吃饭？

二强有点忸怩地说：谢谢你待我好，教我好多事。

马素芹哼一声，逗这小孩道：你大哥咋会知道我教你的事儿，你回家说的吧？

二强摸头：嗯哪！

马素芹大笑：这没几天，跟我把乡下的土话都学会了。

二强觉得师傅笑起来真的是很好看，在他贫乏的语言库里，二强只知道一个词是形容一个女的很漂亮的——如花似玉。

但似乎，师傅也并不完全是那样的。

二强想着，轻轻地哼着一支叫作《拉网小调》的歌。

这小调轻松诙谐，是一个衣食无忧的人在劳作时唱的，他的家里，想必有贤淑的妻在等着他回去。

二强每天唱《拉网小调》，唱得大哥乔一成不厌其烦，说：我的妈妈呀，我实在是受不了了。你能不能换一首歌唱？

二强傻笑，住了嘴，过不多一会儿，又唱起来，不由自主地。

一成于是转向三丽调笑道：你晓不晓得你二哥的网什么时候拉到头？

三丽忍笑道：我哪里晓得？

师傅并没有到二强家里来吃饭，说是不好意思打扰，以后有机会，再去也是一样。二强微微有些失望，想到每天上班都可以看到师傅，又高兴起来。

四美一向对这个二哥很轻慢，觉得他傻头傻脑的，又不够英俊，她为自己的哥哥们都不够英俊而深深地遗憾着。

四美喜欢漂亮的面孔，看到模样端正英武的男人，小脸会放出光来，说话的声音也变得腻腻的。

她开始对那个相当疏远的小弟弟乔七七感兴趣起来，那可真是一个漂亮的小家伙，无奈七七并不亲近她,她也不耐烦哄小孩子。说起来,亲戚们中间,真是半个好看的年轻适龄的异性都没有,乔四美想,都是遗传不大好的缘故,四美决定将来一定要找个漂亮人物结婚。

这是十五岁的小姑娘乔四美的至高理想。

三丽的男朋友王一丁来过家里了。

三丽说,彼此年纪都还小,这回王一丁来家里,也不算是正式的上门,只做要好的同学来玩儿。这样,无论怎么样也都还有个退步。二十一岁之前,她是不会考虑成家的。

乔一成听了这话,吐出一口长气,想,三丽这丫头,总算不要自己再操心了。

一丁真是很老实的人,拎了四色点心,给乔祖望带了酒,头也不敢抬起来看人,任由一大家子各色眼光在他的身上羽毛似的扫来扫去,一味地将手放在膝上擦着。饭量倒大,饭桌上埋头一气儿吞了三碗饭,菜只吃了一点点,要不是三丽给他夹,怕是要吃白饭的。

一丁在中专里学的是机修,手很灵巧,老师特别喜欢他,这一回,是他们那厂子的厂长亲自把他挑了去的。刚去没多久,就担任了厂里团支部的生活委员。

一成觉得这孩子还不错,就只是,有点儿委屈了三丽了。

三丽并不美,身材还算匀称,因为年轻,肤色虽暗些,不白嫩,但总还是有年轻的洁净的女孩子那么一股子灵秀劲儿。在做哥哥的乔一成的眼里,觉得妹妹值得更好的。

一丁吃完了饭听乔祖望说小厨房的顶坏了,直漏雨,二话不说,拿了工具,架了木梯爬上去修了起来,发现是油毡子烂了,又跑出去买了新的来换上。干活的时候,他似乎更自在些,平凡粗笨的面目也生动起来。

乔祖望捧了小茶壶站在院里看他干活看了足有大半天,末了闲闲地说:这个男娃还不错。荒年饿不死手艺人。

乔一成很迷惑,一个不成器的爹,在看着女儿渐渐长成时会是怎样的一种心境呢?

午后的阳光,碎金一样揉进人的眼里,微微地刺痛。

乔四美捏着一角一丁带来的奶油蛋糕小口小口地吃,吊着眼角看着姐姐的小男友。

王一丁走后,乔一成跟妹妹说:你们就好好地处吧,可得记住了,不到二十一不能结婚的。

三丽说:我记得呀大哥,你放心。

一成拍拍妹妹的头,笑笑,亲热地说:我是放心,不然,你们这可也算是早恋了吧,我会什么话也不说吗?

四美尖尖的嗓子插进来说:大哥你那心是偏到胳肢窝里去的,怎么我以前早恋你就劈头盖脸地骂,轮到姐,你一句话也不说。

一成说:你怎么跟你姐比?你姐比你有分寸得多,长着一双会认人的眼。

四美气得直翻眼睛,故意气姐姐道:你们这位一丁同志啊,身材还算及格,腿蛮长,长得嘛，就比较困难，有点对不起人民对不起党。

三丽哼一声：哪个是人民哪个是党？

我们是人民大哥是党。四美反应极快，利利落落地答。

乔一成是党员，在学校时入的。

一成喝住小妹妹，叫三丽不要跟她一般见识。

四美又翻翻眼睛，接着跟姐姐逗趣：这位一丁同志啊，两片嘴唇切切够一盘子下酒菜的。

三丽气得飞红了脸：你懂什么？嘴唇厚的人性子忠厚。

四美拍着巴掌笑道：啊呀啊呀，那老母猪不是世界上最忠厚的？

三丽气极而笑：你呀，你要知道，人好看不能当饭吃，长得再好一肚子花花肠子有什么用？

四美说：你怎么知道长得好就一定会有花花肠子，就不兴像费翔哥哥那样，人美心灵也美？

三丽转过身不再理她：你就这么作吧，将来有的苦给你吃呢！

四美顺着蓬松长发：我才不怕。将来我就要找一个比费翔哥哥还漂亮的人做爱人！哦？二哥？喂喂喂，乔二强，你又发愣。

二强这两天的确常常发愣。

他想着前天发生的事儿。

那天他一上班就发现，师傅显得特别的欢快，热情地与男人们说笑，笑声比哪天都清脆。二强隐隐地觉得有点不舒服。

二强闷闷地从食堂里把自己与师傅的饭盒端到了车间来。

这个中午，说是隔壁的商站里来了一批最时髦的小立领衬衫，女人们全跑去抢购了，连大块头他们几个也颠颠地去了，要买来讨好自家老婆。

二强低着脑袋走进来，车间角落里的屏风后影影绰绰有人在。

这是扇旧的屏风，木制的，上面蒙一层粗织的白纱，厂里的女工休息室十分窄小，离得又远，就有图省事的师傅捡来厂办淘汰的这玩意儿，在车间的角落里隔出了一个小角落，平时供女人们换换衣服。

合该着乔二强与马素芹之间要有点子什么，也不知怎么的，有风从窗口灌进来，那屏风后面的人，似乎是急着套好衣服，胳膊肘碰倒了屏风。

二强正说着师傅吃饭，就一下子住了嘴。

他看见马素芹裸着的肩，一弯浑圆的乳房，更惊心动魄的是，马素芹肩背上大片的青紫，只一瞬，马素芹便快速地用衣服遮住了。

马素芹对呆住的乔二强叫道：干啥呢？站那旮旯，吃饭！

等她把饭盒接过去，二强才发现，因为忘了倒手，手心被烫得发红，麻麻地痛。

二强叫：师傅，师傅……

马素芹笑道：干啥师傅师傅地叫，孙猴子似的。

二强说：师傅，师傅。忽地，这孩子竟哽咽起来，唰地流了一脸的眼泪，鼻涕也掉下来。

二强傻，可傻子有傻子的心窍，厂子里不会有人这样待师傅，平日里的闲言碎语拼凑起的那一点事实，忽然在这一刻鲜明而残酷地展现在眼前。

马素芹被这孩子突来的眼泪弄得有些蒙，她坐在木箱子上仰视着这个为她哭泣的年轻的孩子。

他哭得脸皱在一处，又不好意思大声，憋得打起嗝来。

马素芹头仰得脖子都酸痛起来，这孩子他那么年轻，傻而真的，马素芹听见自己极暖的微抖的声音问：傻孩子你哭什么？

二强抽搭着说：师傅，他待你不好，我给你报仇。

马素芹说：孩子话。有些事，不是你想的那样。不要哭了，二强。你要记得，笑是给人看的，哭咱要放在心里。

为什么？二强问。

因为没有人会在乎的。

有人会的。二强坚决地说，有人会。

是啊，马素芹笑了，稀罕你的人会。

二强想说：师傅，我稀罕你！结果没有说出口，只大声呜咽了一下。

就只隔了一天，二强就亲眼看到了马素芹的爱人是怎么样在她身上留下那些伤痕的。

那是个极高大的北方男人，有极宽阔的肩，五官很端正，却留着深重的烟酒的痕迹，像地上不干净的大拖把横拖过去留下的一片污迹。

男人的口音比马素芹更重，冲头冲脑地叫她：拿钱来。

马素芹说：没有钱，有也不能再给你。

男人突然对着马素芹扑过来，那样庞大的身躯，敏捷得不可思议，小钵似的拳头一下子捣在马素芹的背上，咚的一声。

四周的师傅们都吓了一跳，都顿了一顿才晓得过来拦。

但是男人太强壮了，熊一样，有无穷的劲儿，一下子就把大块头推搡到一边去了。也没再有人敢上来拦，有师傅去叫厂里的干部去了，男人大声地说：我管我自个儿媳妇，哪个敢管着我！

有个瘦小的身影，从角落里弹出来，冲着那男人就去了，勇敢地，像一颗无畏的炮弹

那样，义无反顾。

是乔二强。

男人只用胳膊拐了一下，乔二强就向后跌坐下去，几乎都能听见他的那把瘦骨头磕在砖地上的咔嗒声。

二强爬起来，又扑上去，却又跌坐下来，这一回，爬得勉强些，再扑再被摔出去时，二强是横着跌下去的。

马素芹抱住男人的腰，大叫：你要打要杀冲我来，别拿旁人出气。

男人说：哟，你那么护着他，是你的相好？

马素芹踢在男人的小腿上：睁睁你的狗眼哟，那是个孩子！

男人看看跌在地上起不来的二强，真也不过是个孩子。

男人一把薅住了马素芹的头发：要么你拿钱来，要么我打死你，你选！

马素芹在男人的熊掌下挣扎，哎哟哎哟地叫，最终从口袋里抓出一团钱，砸到男人的脸上：拿去败吧。

男人得了钱，松了手，蹲下来一五一十地数起来。

数好了，忽然做了个奇怪的动作。

他搂住马素芹，哭将起来。

这回我一定要挣来大笔的钱，给你和儿子过上好日子。

他痛哭流涕，感情真挚，手势夸张，如戏中的痴情种子。

马素芹背对着他蹲着，散着一头的乌油油的头发，头发盖住了脸，看不见她的表情。

你看着吧，男人说，我马上就找人去进货，这回咱倒点儿水果，咱东北的香蕉梨，南方人没见过，我倒过来，卖个好价钱，要不了多久咱就成万元户了。

男人伸巨掌抚摸了马素芹的头发一下，马素芹没有动，他飞快地跑走了。

二强是后来才知道，像这样子的戏码，隔一阵子就要在厂子里上演一回的。

这一回，倒是隔了很久，听说是前不久男人小挣了一笔，可是太贪，又赔了。

马素芹在给二强擦红花油的时候，对二强说：下回别犯傻。

二强浑身一片着火似的痛，却说：我才不怕他。

马素芹没有作声，过了许久，慢悠悠地说：他跟我在老家，是一个村子的。年轻时好的呀。他不是坏人，就是心气儿高，命却不好，想什么什么不成，做多少赔多少。

二强艰难地翻一下身，面对着师傅，躺在木箱子拼起的床上，直直地看到师傅的眼睛里去。

我稀罕你，师傅。

马素芹说：什么？

我稀罕你，马素芹。

7

乔七七这个小孩升了五年级了。

成绩一直不好。

他安静乖巧,可惜一上课总是不能集中思想,老师说他"神游天外",批评他时,罚他站,他就低着头,双手撑着课桌,悲哀而沉痛地站着。那副样子很惹人怜惜,老师心一软,叫他坐下,他便继续神游天外。记性似乎也不大好,很费力地记住一篇课文一些生词,隔天默写时,又忘得差不多了。

于是成绩便提不上筷子,自上了四年级以后就再也不能及格,到后来,老师便不再在他身上多花气力,把他的座位调到最后一排的角落里,有点儿由得他自生自灭的意思。

齐唯民为此非常着急,一有空便替他补课。

这孩子趴在桌上,凑着灯光,写得一头细汗,目光散漫,吃力地捏了块小得只剩指甲盖大小的橡皮一遍遍地把错题擦去,终于,擦破了。

齐唯民说:七七,那橡皮太小了,用不了了,扔了吧,哥给你买新的。

七七抬头,羞惭地看着阿哥,说:不要不要。

齐唯民摸他汗湿的头发,也不知怎么办是好。

有一回齐唯民出去采访时,碰见一个老同学,在一家教育报社工作,人很是活络,言谈中说起来,跟市里教育部门的大小领导都熟稔得很。齐唯民动了个心思,鼓足了勇气请求老同学帮忙,给小七转一所好一点的小学,小七快六年级了,这是顶关键的一年了。

齐唯民想起来,过去在学校时,因为个性并不相投,自己与这位同学并不亲近,现在贸然地提这么个请求,怕也叫人家为难了。齐唯民于是花了两三个月的工资,托人从南京烟厂买了两条内部的好烟,打算送给老同学。

齐唯民这个老实人,把那烟里三层外三层地包了个严实,那样鼓鼓囊囊的一包,也看不出是个什么来,藏着掖着地,塞到老同学手中,送礼的反比收礼的还要不好意思。

老同学还算是帮忙,过不多久,果然给齐唯民送来了确实的消息。

在乔七七升六年级时,齐唯民终于把他从原先那所学校转到了省实验小学。

多年以后齐唯民时常会想，也许这是一个极错误的决定。

可是此时的齐唯民却无比高兴，对乔七七说：七七，这可是个挺好的小学，你看那大楼房，喜欢吗？阿哥以前没有能力，只好让你进普通学校，所以你才成绩不好对不对？这回可好了！我们小七要腾飞了对不？

可是乔七七并没有如齐唯民所希望的那样"腾飞"起来。

进校第一天，老师给他做了摸底测验，这么一摸，七七的那点底就让老师摸了个通透。

老师拿着试卷叹气说：转来个麻烦啊。

数学老师尤其不喜七七，觉得他是个榆木脑袋，便委派了一个小男生来帮助七七。

那小男生是全年级最高大最聪明最英俊的小家伙，身边有一群拥护者，是个小小的领袖人物，是一个极阳光的，像健壮的小马驹一样的小孩子。

也不知怎么的，这小家伙看七七特别不顺眼。头一个星期，就在七七的座位上涂满了胶水，毁了七七的一条新上身的裤子。

头一个月的测验，七七照例地不及格，影响了全班的平均分。

那个叫作顾军的优生约七七放学后跟他一块儿走，说是要替他补习，七七傻头傻脑地跟着去了，被带进了一条僻静的小巷里。

那里，早就有一伙小孩子在等着。

顾军说：这些都是要帮助你的同学。

小家伙们面对面站成两行，形成一个通道，顾军叫七七从通道里走一遭，让每个小孩给他一巴掌。

顾军说，这样，可以把七七身上的笨气给打掉，打掉了笨气，人就聪明了，就会及格了。

这就是我们帮助你的方法！顾军神气地说。

七七再迟钝也明白这一步不能走出去，可是却被大力揉着推进了那个"通道"里。

男孩子们一人在他的头、颈或是肩上大力地拍一巴掌，七七跌跌撞撞，都忘了用手护着自己。一回走下来，七七傻了。

顾军个子要高出七七一个脑袋，他弯下腰，打量着七七，黑亮的大眼睛闪着兴奋的光，饶有兴趣地笑。哭了，要哭了。他说。

七七的眼睛里包了一泡的热泪，费劲地忍着，还是叭叭地落了下来。

顾军摸摸七七的头：小心哦，要是叫别人知道，还会有更厉害的帮助的方法呢。

这样的事，老师自然是不会晓得的，也没有人会为了七七跟老师揭发。

七七也不敢说，说了，也没有人会相信。

他也不敢告诉阿哥，阿哥好不容易才把他转来的，他怕阿哥会失望。

七七的成绩当然没有可能进步，数学更是一败涂地，于是被一堂课一堂课地罚站，站到腿都抖。

班上，开始有人叫乔七七"漂亮的小白痴"。

渐渐地，年级里都有人这样叫。

七七变得像一只吓破了胆的小耗子。

新学校离家挺远，齐唯民只要有空就会送他去，近来，回回走得快到学校门口时，七七都是脸色煞白，死死地抓着他阿哥的手，生离死别似的。

齐唯民挺着急，以为他是不适应新环境，还想着，也许等过一两个月就好了。七七从小就是这样，生人生环境总叫他怕。

慢慢地，齐唯民觉得事情有点不对劲儿。

一个晚上，齐唯民迷迷糊糊地，觉得耳边有窸窸窣窣的声音，蒙眬睁眼一瞧，吓了一跳。

乔七七站在床边，大冬天的，只穿了薄薄的棉毛衫裤。

齐唯民一把把他揽到怀里，问他怎么了。

七七说：阿哥，我睡不着。

齐唯民说：闭上眼睛一会儿就睡着了。

七七浑身冻得冰棍似的冷，说话时上牙碰下牙，咯嗒咯嗒的：我听见有人叫我。

齐唯民说：没有人叫你，小七，是风，你好好听，是西北风。

七七说：他在叫我。还在叫我。

这一年的冬天，南京出奇地冷，才进十二月，就上了冻。在一个稍稍回暖了一点的午后，齐唯民接到学校打来的一个电话，说是乔七七在课堂上晕倒了。

齐唯民到的时候，七七已经醒了，坐在学校卫生室的小床上喝一杯葡萄糖水。

老师说，也许是没有吃饱。

齐唯民把七七背回家，路过一个花鸟市场，齐唯民说，七七，阿哥给你买个小动物吧。

七七伏在阿哥的背上，不说要也不说不要。

其实市场的小动物品种也不多，小猫，小鸟，小乌龟。

七七一直安静地趴在哥哥背上，忽地一动，说：老鼠老鼠！

原来是有人在卖一笼小白鼠，毛乎乎的，雪白，扒着铁笼子，小细爪子把铁丝抓得簌簌地响。

七七从哥哥背上蹭下来，蹲在笼子前，看那些小白鼠。

卖者笑着哄劝：叫你爸给买一只。

又转而对齐唯民笑：这个不值钱，可是挺少见的，给孩子买一只吧。

七七有了一个新伙伴，一只叫绵白糖的小白鼠。

有了绵白糖，七七夜里不大起来了。

齐唯民多挤了时间出来陪他，给他补课，可是依然没有办法使他的成绩提高。更糟糕的是，他发现七七越来越黏他，好像这小孩子的世界里，只剩下了他。

七七把自己关进了一间小屋里，没有门，只留一扇窗，那窗子就是他。

乔七七在又一次的考试中败到不可收拾，他不敢隐瞒阿哥，齐唯民也不敢当着他的面叹气，安慰他说：没关系，将来上不到好学校，找不到好工作，也没关系，哥养你一辈子。

二姨多少也知道些情况，有点看不下去了，偷偷地跑过来，跟齐唯民谈心，叫他不要为乔七七耽误了自己的前程。

二姨说：我听乔家的老大说，你的那个工作没有什么前途的，你比他聪明，他能考上那个什么研究生，你也能的。你继续读下去吧，不要在这个三流的杂志社混下去了，妈供你，你有本事的，你就是读到博士，妈也供你。

齐唯民不知如何回答，只跟妈妈玩笑道：妈现在学问好，连博士都知道了，那个时候，你还管记者叫记载，嘿嘿。

二姨拍了一下大儿子：你别把话题子扯远了，说真的，不是妈自私，小七也快小学毕业了，老在咱们家，也不是常事，总还是要回乔家去的，落叶还归根呢，总不成乔家的儿子在齐家成家立业，生儿育女。

齐唯民说：他还小。

二姨说：他小你不小了，过完年二十五了。民啊，你不想读也行，也可以考虑成家了。你看中哪个妈都不反对。

母子俩说着话，听见外间的门响了一下，二姨怕是齐家老二或是小雅回来了，抬了腿要走。齐唯民走到外屋一看没人，忽地看见七七的书包丢在堂屋的地上，狠拍了下自己的脑袋，就要往外冲。

二姨在后面叫。

齐唯民第一回觉得自己妈对七七真是不厚道，急慌之下，想说又说不出，只叫道：妈！你……你可……啊呀真是的！

小巷子里并没有七七的踪影，齐唯民急得一头一身的汗，只恨自己是个大小伙子，不能当街呼天抢地。

万幸的是，七七一跑出巷口就撞上了刚刚回家来的齐家老二，老二看着这小孩面上颜色雪白，不大对劲儿的样子，把他给拦住了带回了家。

连着三天，七七没有上学，齐唯民在单位请了假，一刻不离地陪着他，整夜整夜地抱着他睡。

这一闹腾过后，乔七七真变得怪里怪气，除了齐唯民，见谁都会怕，也怕去学校，一考试便昏厥，到医院查了好几回，都说不是羊角风。

七七最怕的，还是阿哥不要他了。醒时梦里，都会问：阿哥你会不会丢下我？会不会不要我？

新学期，乔七七的班换了一位新的班主任，听说是个先进，齐唯民的心头又涌起了希望。

齐唯民费了点劲，打听到这位老师的家庭住址，厚着脸皮找上门去了。

这是一个挺幽静的地方，独门小院，青砖二层楼，在一个小小的山坡上，邻近三所大学，是个闹中取静的地方。

齐唯民按响窄窄前门上的门铃，过了不多会儿，有人来开门。

是一个女孩子。

美丽的女孩子。

女孩子问：你找谁？

齐唯民二话不说，恭恭敬敬地给人家鞠了一个九十度的躬。

女孩子往后跳了半步，笑，脆脆地说：年过了江了，我没有压岁钱给你哟！

第四章

这一年乔一成离开了家，对弟弟妹妹们来说，是一场家里的大地震。

1

齐唯民在多年以后还一直记得第一次见到妻子常星宇时的情况,她笑着,用清脆的声音说:年过了江了,我没有压岁钱给你哟!

两个人有时回忆起这件事来,齐唯民会笑着打趣道:你可真是鬼精灵,白让我叫了你半天的老师。

常星宇笑答:是你自己误会的。

乔七七的新班主任其实是常星宇的大姐。

那天,齐唯民跟常老师细谈了很久。

偶尔,齐唯民透过书房开着的门可以看见一个穿着大红色毛衣的高挑身影,在客厅里轻轻地来去,那女孩子在吃一颗很大很红的苹果,突然伸头往书房里看,眼神与齐唯民对上了,她忍不住地笑。

那天,是常星宇送齐唯民出小院的,齐唯民礼貌地说:再见,常……呃,同学。

常星宇忍住笑说:再见,小七他哥。

齐唯民的记忆里,每一回见到常星宇,她总是看着他笑,这个美丽的女孩子,使齐唯民惊讶地发现自己竟然是这样一个充满了喜剧感的人。

常星宇的姐姐是一位非常有爱心的老师,果然不愧是先进,她任教之后,很快地发现了顾军小朋友玩的把戏,狠狠地批评了他。乔七七慢慢地变得不那么自我封闭了,虽然他的成绩并没有很大的起色,他依旧是一个懒洋洋对学习没有什么兴趣十分黏齐唯民的孩子,可是,到底,算是个正常的孩子了。

他这样漂亮安静乖巧,足以让人原谅他的散漫与疏懒。

有一回乔七七有点不舒服,齐唯民去接他时发现他靠在改作业的常老师怀里,学着"绵白糖"的样子用门牙啃着一块饼干时,齐唯民彻底放了心。

所有发生在乔七七身上的事,乔一成都不大关心。

不过,需要他关心的事还是一件接着一件。

乔四美自作主张地离开了家，跑得无踪无影。

乔一成细问了三丽二强，也没有得到半点线索。

乔一成觉得，也许他是九命猫妖投胎的，要不然，为什么这么许多年被家里这些乱七八糟的事缠得心力交瘁，然后收拾起残骸来还够凑成个囫囵的人。

正在一家子急得晕头转向的时候，三丽在四美的床下发现一封信，雪白的信封上蹭着蜘蛛网。

大概原来是塞在褥子下，后来掉到地上去了。信很短，四美歪七扭八的字迹写着：我跟几个老同学去一下北京，去见我们至亲至爱的费翔哥哥，他在那里开演唱会，我很快回来，不要担心。

乔一成气急败坏：她哪来的钱买火车票？

二强支吾着说：我我我……我给她的。

乔一成朝着二强吼了一声：你钱多烧的是不是？你每个月都给她钱？

二强委屈地说：她问我要，不给就偷偷翻我口袋拿。还有三丽，三丽也给她钱的，你怎么不说三丽？

乔一成唉了一声，心里头已经决定马上买火车票赶到北京去。一天一夜的火车，得在学校里请上两天的假，再凑上个星期天，希望够时间把四美找到并带回来。

就在他准备起程的时候，他听到一则社会新闻，说是在北京有个女孩子，因为向费翔求爱被婉言拒绝而卧轨自杀了，说这个女孩是千里迢迢特地跑到北京去找费翔的。

乔一成一听腿一软，差一点在教室里就跌在地上。好半天脑子才转过来，打了好长时间的电话，请北京的老同学先帮着打听一下新闻中提到的女孩子是哪里的叫什么名字，一边跑到火车站把车票换成最早一班去北京的票，连行李也来不及拿就上了路。

一路上连牙刷都没有，下了火车时人快散了架子，自己都闻得着自己身上的臭味，躲在火车站厕所里对着那模糊不清的镜子用冷水洗了两把脸，出站的时候，还好有老同学接他。

老同学告诉他说，那个自杀的女孩子是从山东来北京的，其实人也并没有死，给人及时地救下了，而且费翔的演唱会昨晚就结束了。

乔一成当然没在北京找到四美，因为四美自己回家了。风尘仆仆，精神亢奋，眼睛像夜里的野猫似的亮。

等到乔一成回到南京，见到四美时，那丫头多少有点惭惭地迎上来说：大哥，我给你烧好了洗澡水，你休息休息。

乔一成竟再没精神跟她发火，疲惫地摇摇手说：你别管我了，你去嫁你的费翔哥哥吧，只要他肯要你，你明天就嫁吧，有多远你给我嫁多远。

乔一成足有大半年没有搭理乔四美，乔四美也不以为意，每天依然厚着脸皮大哥长大

哥短的。

她在接下来的很长一段时间里，都如同祥林嫂似的对周围的人描述她在北京见到费翔时的情景，说那个有着一半中国血统的高大英俊的歌星如何在台上卖力地演出，现场是如何沸腾，她又是如何费了九牛二虎之力挤到最前面把一朵玫瑰扔到费翔的怀里并跟费翔握了手。

三丽嘲弄地说：你这手有半年没舍得洗了吧？是不是打算一辈子再也不洗了？

哪里能一辈子不洗。

乔四美对费翔的无限热情随着小虎队的到来渐渐地降了温。

乔二强笑话她：好家伙，这回三个，你可以慢慢地选，看嫁哪一个。

日子在鸡毛蒜皮闲扯淡中过得特别地快，乔一成依然一边读着书，一边打着零工。

不过这一回，他不再做在饭馆里打下手端盘子的事了，他开始给报纸杂志写稿，还当了电视台的特约通讯员，专门负责写一些社会新闻的稿子，收入比起过去来，相当地不错。

乔二强依然老老实实地在工厂里上班，并且享受着与师傅马素芹之间的隐秘而微带着罪恶感的快乐。

他们在没有人的时候，偷偷地躲在角落里吃东西，亲热地你喂我一口我喂你一口，膝头碰在一处，打着战。

他们在看电影的时候借着黑暗的掩护，把手紧紧地握在一起，握得两个人都是一手的汗。

马素芹的丈夫依然拿着妻子的辛苦钱做着各种生意，不断地赔着钱，不能实现的发财梦使得他越来越像一只困兽。

乔二强依然是家里不被重视的那一个，这个瘦长的年轻人，有着极微弱的存在感，因为这两年他变得比过去沉默一些而更加地减弱了存在感。

然而他还是快活的。

他甚至把每个月的工资交给家里一部分之后留下一些交到师傅的手上，马素芹替他在银行开了个户，帮着他存起钱来。

二强想着，有一天，存上足够的钱，他就能跟师傅过上全新的日子。那全新的日子是什么样，是什么地方，二强的心里其实很糊涂。他从小想象力贫弱，那日子只是一团暖的五彩斑斓的光，在他的前方不远处，如果他一直一直地走过去，也许在明天，就可以走到。

三丽依然跟她的一丁安静地和睦地相处着，他们像两只相亲相爱的小蚂蚁，一点一点地经营着他们未来的日子。

三丽跟人学会了钩针，买了许多的棉线来，白色与牙黄色，开始钩她的嫁妆，窗帘、台布、杯垫，放在沙发上的枕巾。一到星期天，两个人就一家一家地跑家具店，一丁暗暗地记下那些家具的样式，回到家里画下图样，准备自己买来木料打制。每一次，他们的钱只够买一部分木料，堆在王家的搭出来的小披房子里，等着有一天凑够了料，就动手打家具。

也正是这段日子，乔家添了一件稀罕物。

乔祖望跟儿女们提议，现在日子好过了，说什么也得买上一台彩电。

不是齐唯民家那种黑白的、蒙上一层涂了淡彩的透明塑料的那种土制彩电，是真正的彩电。

乔老爹向儿女们提要求说，每个人拿一部分钱出来，不够的自己添一点。

二强三丽都出了钱，老头子也出了，四美还是待业青年，理直气壮地一分不拿，算起来还有三百多块的缺，等着乔一成来补上。

这笔钱，乔一成是拿得出来的，可是，拿得不大情愿。

他有了一个想头，想着存钱将来结婚用，他庆幸自己还好没有把给电视台写新闻稿拿稿费的事儿告诉家里，他用的是笔名。

一家子人眼巴巴地看着乔一成，乔一成还是把钱拿出来了。

怀揣着厚厚一沓票子的乔一成带着弟妹们去商场选彩电，乔祖望也远远地跟在后面，如同很久很久远前，过年时的情景。那个时候，母亲还活着，他们一家子上街玩。

乔二强看着大哥的脸色，担心地问：大哥，你不舒服？

乔一成没好气地说：肝痛。

四美没心没肺咋呼着讨好：要不要去医院看下啊大哥？

只有三丽听懂了，吃吃地笑，笑得乔一成也笑了。

到商场时一丁早就借好了三轮车坐在那儿了。

乔家有了第一件贵重的东西。

那现代的、喧闹的、光影纷飞、声色俱全的东西，使得乔家人的生活有了翻天覆地的变化，使他们眼界广阔起来，举止文明起来，关系和睦起来。

乔老头晚上不大出去了，守在电视前看新闻看戏。他的嘴里渐渐地有了一些新名词：改革开放，搞活经济，砸烂铁饭碗，引进外资。

四美会看到很晚，有一次她独自一个人看至深夜，甚至把一个湿乎乎的吻印在屏幕上，那上面，正有一个她喜爱的明星在卖力地演出。

新鲜的东西来了一件，其他的便接踵而来。

到了第二年，乔家又买了一台电冰箱。

单门的，苏州厂，香雪海牌，是齐唯民给帮忙找人买的，他的一个朋友有办法买到，并且说，如果买两台的话，可以便宜不少。

这一回乔老爹爽快地出了大头的钱，但凡享受的事，他不会错过的。

那淡绿色的冰箱被放在乔家堂屋的一角，发出低低的嗡嗡声。

乔祖望在每次吃完饭后都会极郑重地大声交代，剩菜记得放冰箱，不要浪费。

其实并没有什么好放的，乔家的孩子向来饭量大胃口好，几乎顿顿饭菜吃个精光，有没吃完的，等到半夜四美看电视看饿了也会热热吃掉。实在是没有什么东西好放时，乔祖望把豆腐乳和五香大头菜放了进去，每天早上用冰豆腐乳或冰大头菜下早饭。

一九八九年还算没有大的波折，过去了。

一九九〇年来了。

九〇年的春节，在乔家人心里，是很难忘怀的。

正是这一年的元宵节那天，乔家的大门被人踢散了，乔家的锅被人砸了，乔家的彩电若不是乔四美奋不顾身地扑上去保护也是要被砸个稀巴烂的。

乔家的二强，被打伤了，断了两根肋骨，鼻青脸肿，躺在医院的病床上，把年送过了江。

2

元宵节那天晚上,乔家一家子聚在堂屋里吃元宵,乔祖望边吃边盯着电视看《打龙袍》,四美不敢跟老爹抢电视,嘟囔着吃着东西。三丽正小声地问一成,生的元宵还有没有,可不可以留十个给王一丁。乔二强埋头在大碗里吃得欢。

忽然间,堂屋的被大力地踹开,那力道太大,门哗的一声,散了,半扇门轰然倒在地上,扬起一层灰土,四美尖叫:地震啦!

一家子全呆掉了,门口站着一个男人,高大健壮如一堵墙,遮住了一片光。

那男人高叫:乔二强出来!

二强跳起来,先退了半步,又跨前半步。

那男人上前伸出长长的胳膊往八仙桌上一捋,桌上的锅碗盘碟一股脑儿全砸到了地上,碎了个稀巴烂,元宵全粘在地上,唯一幸存的旧钢精锅被男人的大脚踩上去,立刻扁了。

乔一成喊:啊,你干什么干什么?你你你你是哪个!

男人气冲霄汉:我是哪个问你家乔二强!

一边说着一边手上也没闲着,椅子被砸散了架,墙上的镜框被扫到了地上。

乔家一家子男的老的老,文的文,还有两个都是年轻姑娘家,那男人的气势又太足,动作又快,直到这会儿,乔二强与乔一成才猛地冲上去,想要制止男人,可是两个完全不是个儿,兄弟俩的胳膊绑一块儿怕也不及那男人的粗。乔一成一下子被揉了出去,腰磕在桌脚上,一下子就散了劲儿。乔二强从后面抱住那男人,差一点被横着抡出去。男人只一转身,便抓住了二强的脖颈,扬手就是两个大嘴巴,再一推,二强跌下去,吐出一颗牙,混着一口血沫子,在白炽电灯下吓人地鲜红。

那男人抬脚对着二强踢下去,一脚又一脚。乔祖望大叫:杀人啦!三丽大哭着冲出门去叫:救命,救命,哪位帮叫一下派出所人来啦,求你们啦求你们啦!

男人拎起一条椅子腿冲着堂屋里摆着的电视机就去了,四美尖叫一声,合身扑在上面,把乔一成急吓得魂都要出窍了。

邻居终于有胆大的男人站出来，冲上去一左一右拉住男人的胳膊：你凭什么打人！叫警察啦！我们！

男人一边挣动一边叫：叫警察来谁怕？谁敢管我？乔二强睡了我老婆！我打死他，我今天一定要打死他。

这么一句，如孙悟空的定身术，把所有在场的人定在了当下，乔一成只觉耳中嗡的一声，在那数十秒中，他失聪了似的。

乔二强从地上艰难爬起：我没有！我们清清白白的！

男人听了这话，甩开本就松了手劲的两个邻居，上去冲着二强的脸又扇了一巴掌，二强趔趄倒地。

男人说：你们电影也看了，床也上了，还说清白！

二强叫：我不像你浑蛋！我不像你！我喜欢马素芹，我稀罕她！

男人不再说话，一下子骑在还没能爬起来的二强身上，拳头像雨点一样地招呼上去。

一成扯了半条椅腿，砸在男人的肩背上，把他打得一歪身，一成举起椅腿再打，男人用胳膊一格，木条应声而断。

派出所民警终于来了，把那男人制住，反剪了双手推到墙角。男人兀自骂个不休。二强早就躺在地上动弹不得。

一成和三丽四美一起把二强抬起来，有人说叫救护车，可急救中心的电话一直打不通。警察叫人找来了一辆三轮，总算把二强抬了上去。二强满脸是血，直挺挺地躺着，嘴角还不断地涌出血沫来。

乔一成骑上三轮一路七扭八拐着把二强送进了医院。

这工夫，警察带走了那个男人。

只剩了乔祖望，看着一片狼藉的屋子，地上的元宵被无数双脚踩得稀烂，一块一块地粘在堂屋的砖地上，玻璃碴子在灯光下闪着碎光，像一双双惊恐的眼睛。

窗外，有爆竹炸响。

乔祖望颓然坐在唯一完好的椅子上，觉得这一个晚上折了他十年的寿。

乔二强在医院足昏了两天才清醒。脸肿得他的大哥与妹妹们都认不得他了。

乔一成几次想要问他事情的究竟，终还是把话咽下去了。

二强的脑子像是锈住了，只剩下一股子痛感，铺天盖地，像一张大网叫他没处躲藏。

医生说，他断了两根肋骨，还好断骨没有插进肺里，不然，是救不过来的。脑袋上挨的那一下子，是一定会留疤的，因为伤口太深。还好藏在头发窝子里，不会显眼。掉了两颗牙。身上的青紫看着吓人，散了瘀血倒不要紧。

差不多十天以后，乔二强才能完整地说上几句话，可病房里全是人，乔一成有话也问不出来。

他嫌丢人。

生活作风问题啊，比偷东西打架都丢人。

这事儿的严重性，与杀人差不多了。

杀人要赔命，这种事，要赔上脸。

乔家一家子的脸面。

乔一成被心中的疑问折磨得寝食难安。第一次，他害怕再跨进那个家，那个满是麻烦的，拖得他死不得活不得的家。

可是他又不能不回去，家里有老而无用的爸爸，妹妹们又是弱小无助的，再也经不起出任何事了。

这种日子过了一个月多，二强终于可以下地了。

乔一成把他偷带出来，找了个背人的地方，问他：到底是怎么一回事，你今天不给我说清楚，你就再也不要叫我大哥。

二强头上的绷带拆了，但仍贴着块纱布，前额的头发被剃掉了大块，只冒出星点青色的发茬子。他低着头，只把那青色的一块脑袋对着哥哥。然后，下了大决心似的，把事情一五一十地讲了出来。

二强说：我要跟马素芹在一起。

乔一成大大地一口呸在乔二强的头脸上，指着他的鼻子压低了嗓门儿叫他趁早死了这份心，那个女人有男人还在勾引小青年，不是什么好人。

乔二强唰地抬头，直直地盯着大哥的脸，目光无畏，火一样地烫，把乔一成吓了一跳。

乔二强说：乔一成你不准这么说她，不准你这么说她！

乔一成后退半步：好，你这么护着她，真叫情深义重。只是这情义用错了地方。乔二强我清清楚楚地告诉你，你也给我清清楚楚地听好了：你——休想，休——想——跟——她——在一起！除非你有本事杀了我！

二强抬起眼，眼泪如断线的珠子，成双成对地往下掉：大哥，我们是有爱情的。

乔一成年轻的声音里有着无限的沧桑：爱情，爱情是最奢侈的奢侈品。

乔二强出院以后才发现，在这短短的两个月里，他的世界被颠覆了。

他被厂里除了名，重新成为一个待业青年。

马素芹的男人被关了半个月，又放出来了。

听厂子里的师傅们说，马素芹因为跟男人提出要离婚，被打得也在医院里躺了一个多月，头发都被揪掉了一片，头顶秃了，也从厂里退了职，连家也搬了，谁也说不上她去了哪里，也许是回了东北老家。

乔二强蹲在院子里的泥地上，看着"半截子"吃一盘鱼汁拌饭，这些日子没有管它吃喝，它已是瘦得皮塌，脖颈间的皮软软地叠在一处，一拎老长。

来往的邻居们眼光在二强的身上梭来梭去，二强全不在意。

从小就是这样，他一有不开心的事，便爱蹲在院子里，仿佛是希腊神话中的安泰俄斯，那块泥地能让他恢复元气似的。

半个月后，"半截子"死了。

在巷口，被飞驰而来的一辆汽车碾得肠子都出来了，血淋淋地涂了一地，引了一群绿头苍蝇轰轰地飞。

再过了一些日子，那块血污的痕迹也就淡得看不出来了。

一九九〇年，人们的生活中出现了一个新名词：留职停薪。

乔祖望这一回赶上了这一辈子的第一个潮流。

在临近退休之际，光荣，留职停薪了。

乔祖望拿了细麻绳，打算故技重施，到厂长家门口去上吊。

可是居然完全不起作用。

厂长说，厂都卖掉了，我自己都没得干了，也要没饭吃了，老乔你要死不如我这个曾经的领导陪着你一块儿去算了，也算是对老工人的一个交代。你看好是不好呢？还是你觉得我一个人陪你死不够本，我家里还有一个老伴儿，两个女儿，是不是也陪着你一块儿走？

乔祖望邪的碰上了不要命的，铩羽而归，认命地接受了留职停薪的命运。

过不多久，乔祖望得知，他们的厂子卖给了外商，生产卫生纸和卫生用品，新翻盖了厂房，并且，他发现厂长又回去做了干部，不过不叫厂长了，叫经理。

中方经理。

乔祖望在家里大骂他修了，由红色领导退化成了黑色的资本家。

还好家里有件天大的喜事，冲淡了元宵节以来一直笼罩着的愁云惨雾。

一九九一年，乔一成终于研究生毕了业，通过考试，进入电视台成了一名记者，他这两年的通讯员生涯着实给他加了不少的分。这叫乔老爹多多兴奋得忘乎所以。

电视台那是什么地方？那是政府的嗓子眼儿啊！

老乔家在电视台有人了！

妹妹们也十分兴奋，三丽说：大哥终于出人头地了，我就知道你有这么一天的。大哥你要不要买件西装，还是做一件？一丁的妹妹男朋友的表弟他爸是李顺昌的老师傅，叫他给你量着身子做一件吧。

四美尖着嗓子说：以后电视台要办晚会，大哥你可一定要带我看现场啊。又扭捏着说，或者你们电视台的导演要找群众演员的时候你介绍我去呀，演个女三号女四号都可以，有一点点台词就行。啊，大哥，你会认得那个主持人吗？白净脸庞笑起来喜欢微微歪一点嘴角的那个？

乔一成也是快乐的，他终于走出来了，走到了一片更为广阔的天地里来了，在他二十六岁的这一年，他终于活成了一个自己理想中的人。

第一次跨进电视台宽阔的大厅，四周十分透亮，映着他的身影。他没有坐电梯，结结实实地一步一个台阶地踩上去，上了六楼，进了办公室，那里有一张属于他的空空的办公桌，很快，他会把那张桌子填得满满的，用纸用书用他全部的青春与热情。

有个女孩子闯了进来，身后背了一个很大的双肩包，噔噔噔地走进来，把包从肩上拿下来，咚地很大声地蹾在乔一成对面的空桌上。

那是一个漂亮的女孩子，五官不见得有多美，凑在一处，就很亮眼。她穿了件极宽松的毛衣，蝙蝠袖，那袖子在她伸展了双手做个深呼吸时，让她像一只五彩的蝴蝶，马上就要飞起来似的。

然后，女孩子对乔一成绽出一个灿烂的笑脸：我叫胡春晓，你呢？

乔一成。乔一成听见自己踌躇满志的声音在作答。

乔二强失了业，不过也并不急着找新的工作。

他跑到马素芹曾经租住过的家去，那里空着，门上贴着招租字条。

窗上的玻璃碎了一角，可以看见屋里空空的。

门上还挂着冬天时的厚蓝布门帘，师傅说过，你们南方的冬天可真冷啊，又阴又冷，被子里都是潮的，冬天门上一定要挂个厚布帘子，不然风直钻进来，骨头里面都冷。

二强久久地盯着那布帘子，盯得那么厚的帘子无风摇动起来。

原来是眼睛里的一泡泪水给晃的。

3

　　电视台的工作并不像乔一成想象的那样全是光鲜明亮，其实也挺琐碎，并且，异常地忙碌，常常被派给最麻烦的活儿，而那些所谓的"好口子"多半被资深记者占据着。

　　乔一成他们这帮新进的小记者，简直与实习生的待遇差不了太多。

　　乔一成在自己的第一篇报道被执行编辑改得面目全非之后，已经认识到了一件事：要重新审视自己的工作并适当地调整努力的目标。

　　他打定主意，用三五年的时间在电视台站稳脚跟，然后再争取做制片人，能够有一定的权力握在手上，做自己想做的节目，按自己的意思去写报道。

　　总体说来，这个工作还是给了乔一成很大的精神上的满足的。

　　老百姓对于电视台总是怀有十分的好奇，好奇里又混合着艳羡与一点的畏惧。乔一成外出采访时将话筒递到别人鼻子下边儿时，内心总是踌躇满志。当有人拉着他的袖子，哀哀地哭诉着生活的不公，希望记者同志给他做主时，乔一成心里又充满了正义感，那种迫不及待要伸张正义的冲动在他的心中鼓胀得如一面帆。这些拉住他衣袖的人，都来自与他同样的阶层，生活中的烦恼是最多的，可是也是最没有门路的，他们在面对电视台的话筒时，会生出无比的希望，会觉得有靠了，有法子了，哪怕面对的是乔一成这样年轻的小小记者，他们都有一种古代平民遇见青天时的呼天抢地，他们让乔一成非常非常地动容，他们总能拨动乔一成内心最真诚的那一根心弦。

　　乔一成想着，有朝一日，他能够出人头地的时候，一定会多多地为他们做一点好事。

　　乔一成的刻苦与懂事，给前辈们留下了很不错的印象。能够进电视台的孩子，大多家里有一点门路的，像乔一成这样的很少。他的知趣与进退得当让他在新进来的一群孩子里很显眼，他的极普通的出身又使他在平辈人中间显得很安全，不具备太大的竞争性，所以，在不长的时间内，乔一成赢得了几乎所有人的好感。

　　而胡春晓，却完全不一样。

　　春晓一进台，在新闻部，就被当作小公主一样地对待，也不知是谁先传出来的小道消息，说她有个什么叔叔在市里做着不小的官，很有办法，她本人家庭条件也很好，是独养女儿，爸妈的宝贝，娇惯着呢，从她的穿着打扮上就能看出来啊，说是家里还有外国亲戚呢。中心上上下下都宠着她，一个漂亮的女孩子，总是容易成为中心，更何况她还有那样的背景。而胡春晓自己，对所有针对自己的传言与议论都不做明确的回应，因而显得越发神秘起来，传闻便传得更神乎了。

几乎每一天，办公室里总能传出春晓银铃一样的笑声，敲在除了乔一成以外所有年轻的男人心坎儿上。

乔一成对胡春晓是敬而远之的，他本能地觉得她与他不是一类人，是不该凑得太近的。像他这样平凡的人，与胡春晓这样的女孩子太近，无非是被当成仆役一样地去使唤，乔一成觉得犯不着。

电视台现在所在的这座大楼，是租用的，环境条件都不错，只是不够大，新闻部一个部门就占据了大半的楼层，所以有几个部门，比如影视部和后勤部，是分出去另租了别的地方办公的。

有一天，影视部的一个叫柳小萌的女孩子来这边办事，在新闻中心掀起了一场轩然大波。

柳小萌一来便找胡春晓，春晓正好不在。有年轻的记者偷偷地问柳小萌，是不是跟胡春晓很熟？柳小萌说，也不算，只不过她们是大学同学，知道她在这边就来找她一块儿吃中饭而已。

于是大家好奇地打听：这位胡小姐，家里到底是个什么来头？

柳小萌不以为意地答：有什么来头，还不是跟你我一样的，小人物呗。

大家纷纷表示不信，有人就说：看看，越是不平凡的人就越懂得隐藏自己的身份，这也是一种保护嘛，那古代皇帝出巡还要微服呢不是？

柳小萌又笑说：真没什么来头，唉，还不如我呢。

有人就拖长了声音说：哦——？不会吧，都在传呢，说是家里很有办法的。

柳小萌于是问：她跟你们说她家里是什么来头？

有人就答：其实也不是她亲口说的，也不知怎的就都在传，说是家里有钱有地位，在市里工作，很有点办法呢。

柳小萌就微撇了薄薄的嘴唇笑。

这么一笑，大家便觉出了其中有什么奥妙，围着她更问个不休。

乔一成这一天正好做早班，做完了晨间报道，坐在办公桌旁正小歇着呢。

柳小萌笑说：唉，她怎么还是这样，上学时就这个毛病，哈哈。不过呢，她姑且这么一说，你们也就姑且这么一信，别问我，我可是什么也不会说的。

跟乔一成一样刚做完早间新闻报道的年轻摄像死活要拉着柳小萌说个清楚，乔一成知道，他是跟在胡春晓后头最积极的几个人之一。

小摄像说：我的姐姐，说话别说半句，吊着人的胃口，说吧说吧，我们不带你告诉去，谁也别说是柳姐姐说的啊！

柳小萌嗔道：要死啦，你看你那个样子，你叫谁姐姐呢！

小摄像说：我原本是想叫你妹妹的，可是又觉得不配我叫，唉，说吧说吧。

柳小萌于是玩笑般地说：也没什么，她也没坏心，就是有点小虚荣，上学那会儿就是，老是有意无意地让人觉得她家有来头。其实，她爸是跑长途的司机，妈妈也没工作，家里还有两个小兄弟在念书，跟咱们一样呀，都是平民子弟。现在咱们电视台也平民化了吧，像咱们这样的人也越来越多了，总要有人在基层做苦力是不是？

说着笑眯眯地走了。

胡春晓是个极聪明的女孩子，很快地，就察觉了同事们对她态度的变化。

叫乔一成惊讶的是，这样的变化完全没有打倒这个女孩子，她依然穿着光鲜，抬头挺胸地在新闻部来来去去，名声倒了，那架子却不倒。

又是一天，乔一成刚采访完回台，上了电梯，正碰上胡春晓也从制片的办公室里走出来，搭电梯回六楼。这部电梯一直不大好用，这一回，隆隆地上升了五秒钟之后，咣地晃了一下，停了。

乔一成连忙按了救急的电话，师傅说，很快来修。

窄小的空间里，只有乔一成与胡春晓两人。胡春晓手里拿着一篇稿子，乔一成偷眼看去，一片鲜红的圈点，再看胡春晓的脸色，不是太好，想必刚才受了那个特别挑剔的执行制片的批评了。突来的电梯故障，让胡春晓的脸上出现了少见的惊慌与害怕，在电梯的暗暗的光线里，这表情让她看上去格外地脆弱无助。

乔一成咳了半声，安慰道：你别怕，很快修好，听说这电梯这么停着有几回了，没关系的，我们很快能出去。你……你别怕，啊？

胡春晓忽地笑了：怕？我才不怕。我什么也不怕！

乔一成有点尴尬：哦哦，那就好。

他转过身去，对着电梯壁发愣，上面模糊不清地映着他自己与胡春晓的身影，像水里的倒影儿似的。

忽地，乔一成听到低低的抽泣声，他转过身，发现，真的是胡春晓在流眼泪。

胡春晓说：我什么也不怕，我一定要混好。你知道吗？我们家，房子老挤的，转个圈儿都会碰着人腿，不过那又怎么样呢？我们姐弟几个照样个个学习成绩优异，照样都上大学。我从十岁就学会把破的内衣穿在里面，省下钱来买好的外衣。我妈教我的。她还老对我说，什么也不怕，大不了打回原形。我们的原形就是那样，再差也不会差哪儿去了。

乔一成不知说什么好，掏出手帕子递过去，半旧的蓝格子大手帕。

胡春晓接过去，大力地擤鼻涕，递回手帕的时候，胡春晓突然对乔一成粲然一笑：我知道，咱俩的情况差不多的，对不对？

这笑容太像乔一成的妹妹们了，有点傻，有点偏头偏脑，叫懂得的人疼爱。乔一成的心为胡春晓的这个笑容而微微一动。

胡春晓说：我看得出来，你跟他们，是不一样的。你，我，我们将来都会好的，比他们谁都要好。

这个奇特的电梯里的三十多分钟，让乔一成与胡春晓有了一种隐秘的亲近，他们时常会隔着人群交换一个会意的眼神，乔一成也常会在自己的办公桌上发现一份早点，冒着热气，乔一成也会回敬一些女孩子们喜欢的小零食，塞进胡春晓桌子乱堆着的书与报纸、稿纸下面。

他们神不知鬼不觉地一天比一天亲密着，可是，都没有捅破窗户纸。

胡春晓大约是不想捅破，而乔一成是觉察了她的那点不想的心思，于是自保似的，也不去捅破。

乔一成想，也好，不捅破也好，至少，还有个退路。

她有，他也有。

失了业的乔二强二十三了，开始在各处做临时工，每份工都做不长。这两年，用人单位都越来越看重一纸文凭了，这恰是二强最缺的。一成也想过送他去电大再读点儿书，弄个大专文凭，奈何二强实在是读不进书去，也作了罢。

乔二强成了职业临时工，他甚至在一所小学里任过一段时间的临时校工，负责浇花、打扫、分发信件书报杂志，偶遇停电时摇着一个大大的铃铛。

年轻的乔二强，像被雹子打过的小白菜，颜色还是青的，只是内里冻伤了。

乔三丽二十岁了，与王一丁顺利地在发展着。一丁也顺当地满了师，成了厂子里小有名气的机修工，很有几个小女工对他抱着相当的好感，然而一丁的眼里，只看得见乔三丽，发工资时，左手拿进来，右手就交到三丽的手里。三丽替他安排好，交家里多少，存起多少，一丁连零用都不要，说是反正天天与三丽在一起，要买点什么都有三丽做主。三丽成了厂子里年老年少的女性们羡慕的对象。唯一叫她有点焦心的是，他们厂的光景不像早些年那么好了，工人们之间传着，似乎是有什么台湾商人要买下厂子。

然而这也没什么，三丽想，她有一丁，就什么都够了。

乔四美十八岁，也有了一份工作，在街道的一家印刷厂，说是做印刷，其实并没有印刷的机器，只是从大的印刷厂里接了活儿，把一页一页的书稿折好，装订。乔四美成天混迹于家庭妇女当中，变得更加嘴碎，常要惹乔一成生气。

那天四美从厂里回家，正碰上难得早下班的乔一成，乔一成一见她，不大的眼睛瞪得如铜铃一般：乔四美小姐，请问你穿的这是什么？这个不是内衣吗？你如今就穿着这个

上班？

三丽在一旁冷笑道：可不是，穿了好些日子了，就避着大哥的眼，欺负大哥早出晚归。

四美不敢与乔一成顶嘴，只冲了三丽道：你懂什么？这叫内衣外穿，最新潮的，你不懂就别乱说，跟你的出前一丁过好小日子吧。

这一年，商店里有一种方便面，叫出前一丁，是四美常拿来打趣三丽的。

一成说：我不是卫道士，也不是老古板，但是我告诉你乔四美，你要再穿着这么伤风败俗的衣服招摇过市，我就打断你的腿！

四美不敢顶嘴，只一个劲儿地翻眼睛。

乔四美依然坚持着一个老主意，将来，一定要找一个最英俊的男人做男朋友，那英俊的男人必定眼界宽阔，剑胆琴心，绝不至因为她的稍微新潮一点的穿着而大惊小怪。

乔七七十四岁了，勉强上了初中，齐唯民在前一年也离开了那家杂志社，考入了母校读研究生。报到的那一天，他正弯着腰填表，忽地有人在他的背上拍了一记。

齐唯民回头，看见一张美丽的灿烂的笑脸。

是常星宇。

常星宇笑得弯腰说：你好啊，小七他哥。

常星宇丰厚的长发是天生的微卷，在脑后扎成马尾，她面色红润，皮肤细腻光洁，眼睛乌黑明亮，嘴唇如同花瓣。她是齐唯民从小到大见过的，唯一一个可以用花来形容的女性。

那一年，常星宇也是刚刚从大学毕业，考上了这所大学的研究生，与齐唯民不同系，勉强也算得上是师兄妹。

齐唯民从此时常帮常星宇做一些重活，两个人起先是在食堂不期而遇，后来就约好了一块儿吃饭。齐唯民替她打饭，她就替齐唯民打汤，两人总拣一张靠窗的桌子坐着吃饭。常星宇说自己热爱肉食，总是让齐唯民替她吃掉蔬菜。后来齐唯民便替她准备一个饭后的水果，一个苹果或是梨子或是橘子，说，既然不爱吃蔬菜就要多吃水果，以免缺了维生素。常星宇有一床极厚实的棉被，里外全新，水红色的苏州真丝被面，漂亮得不得了，拆了洗过一次之后，常星宇把被面重新缝上，可是睡了没两夜，被子全散了，裹了一头的棉絮。齐唯民见了奇怪，常星宇说，她不好意思把被子拿回家，会被姐姐笑话。拉了齐唯民到她宿舍里，齐唯民一看那被子就乐了，那被面只被粗针大线地浅浅地缝在棉胎上。于是齐唯民说要替她重新缝过，并且告诉她，针脚要下得深，得和棉胎牢牢地缝在一起。

常星宇看着这个年轻老成的男人低着大大的脑袋，熟练地替她缝着一床被子，他的领口洁白，半旧的外套上散发着洗衣粉与阳光的味道，手指甲剪得短而干净，裤子也是半旧的,却有清晰的裤缝,常星宇知道那是用一个大的搪瓷茶缸灌上热水烫好的,他也这样替她烫过衬衫与裙子。常星宇又想起,她曾经有一盘好不容易翻录来的英语磁带,可是就在第一次用时便被她粗心地弄得绞了带,那天她急着去上课,就把那卷得乱七八糟的带子交给齐唯民,等她下了课时,他递给她的,就是重新整平卷好的一盘带子了。他是这样一个妥帖的人,仿佛日子里所有的皱褶都可以被他熨平了似的。

起初,齐唯民对常星宇好,大半是因为想感谢她的姐姐常老师对小七的照顾,渐渐地,齐唯民觉得,有什么东西不一样了。只是,他也有点犹豫,所以,把那两张排队买来的电影票几乎在手里攥出了水,还是常星宇拿了过去,她用轻快的语调说:你是不是想请我看电影?好的呀!

齐唯民与常星宇相恋了,他们的约会非常奇特,两人中间,常常夹着一个小少年,十四岁的乔七七,他管常星宇叫阿姐,在常星宇与齐唯民一起复习功课时,他坐在一边安静地吃一盒冰激凌。常星宇也很喜欢他,可是乔七七的成绩仍然与小学时一样的糟糕,这让常星宇有点着急。齐唯民替他辩解说是因为七七小时候经常发烧抽筋,身体不好自然学习会吃力一点。

背了乔七七,常星宇有一次对齐唯民说:我说一句话,你可别生气。

齐唯民说:我不会生气。

常星宇说:你对小七,保护得太好了。

齐唯民怔忡了半天,才说:七七生下来就没有妈妈,我妈把他接过来养,可,到底不是自己的孩子,隔了一层,我总想着,能多疼他一些。

常星宇说:我明白的,可是,大树底下,长不出小树来,只能长草。

然而齐唯民对乔七七,总还是脱不了"舍不得"三个字。常星宇想着,兴许,再过两天,等七七再大些,就会好点。

常星宇一天比一天喜欢齐唯民,他学习刻苦,与人为善,老实但不愚笨木讷,言之有物,厚厚道道。她最喜欢他不卑不亢的态度,他对她好,并不是刻意的,而是与生俱来的温和与体贴。

有一天,常星宇又约了齐唯民带上乔七七一起出去玩,常星宇说想要教七七骑自行车。

那一天,天突地转凉,乔七七穿了件深灰的厚外套,围着齐唯民的一条厚的黑色毛线围巾,衬得他脸孔雪白,乌眉俊眼,兴奋得小脸通红,连耳朵都红到半透明。在扶着他坐在车座上时,常星宇发现七七的衣服袖子上有手工接过的痕迹,那是齐唯民的针线。看着七七在齐唯民的帮助下摇摇晃晃地向前,常星宇站在初冬的寒风里,闻着风中隐隐的雪气,从嗓子到胸口这一路都是透爽的。

她觉得自己找对了人。她对齐唯民说:这个周末,你上我们家来吧。

那个周末,是齐唯民第一次正式去常星宇的家。

他按响门铃,听见有嗒嗒嗒的脚步声,好像跑过来的,是一匹小马驹。

门开处,齐唯民看到一个六七岁漂亮得像洋娃娃似的小男孩,扎着个标标准准的马步,比了两根手指直指向齐唯民的鼻子尖儿,响亮地说:呔,此山是我开,此树是我栽,要打此路过,留下买路财!

小楼上的一扇窗忽地被推开,常星宇堆了满头雪白的肥皂泡冲着那小娃娃说:常有有,你要小心,我待会儿把你后脑勺上几根反毛给揪了!

那洋娃娃似的孩子转头便绽出满脸甜蜜蜜的笑,对常星宇喊:二姐,二姐,小七他哥来啦!

齐唯民无声地打心眼儿里笑出来。

他真爱他们。

真的。

他的生活,很圆满。

不过,齐唯民还是有点晕,他实在是被常家那一屋子的漂亮人给晃得眼晕头也晕。

常星宇的母亲,年轻得不像话,身姿轻盈,步履快捷,齐唯民听常星宇叫她作兰姨。

后来齐唯民才知道,常星宇的母亲早逝,这一位是她的继母,原先省歌舞院一位出色的独舞演员,自嫁了常星宇的父亲后便不再跳舞,做了编导。常星宇的父亲是一位十分庄严的漂亮老人,花白了头发。按常星宇的话,我爸年轻时比王心刚还漂亮呢。

常星宇家人也非常喜欢齐唯民,也很怜惜乔七七,叫齐唯民没事多把七七领家来玩,这院子后门出去,便是大学校园,地方大,安全,正适合孩子玩。

在与这些温暖的人相处的过程中,乔七七的轻微自闭症终于好了。齐唯民看着他跟常有有在大学校园里疯跑,拢着手放在嘴边冲着常星宇大叫:阿姐阿姐!那是齐唯民心中极致幸福的一刻。

常星宇与齐唯民订了婚,许多的同学都不解,以常星宇的条件,何以找一个家势极平常,又其貌不扬的男人,何况这男人都快二十七了,研究生尚未读完。

常星宇说:你们知道什么,这个人我要是不抓牢了,将来会后悔一辈子的。

常星宇与继母兰姨竟比亲母女还亲,还有一种姐妹般的情分,兰姨在看过齐唯民之后对常星宇说:星宇你要抓牢他,千万别松手。有的男人,你是可以安安稳稳放心地跟他走一辈子的,不过这种男人少,遇上了,就别放过。

常星宇笑问:那我爸呢?他是怎么样的男人?

兰姨又笑,笑得狡黠:你爸爸,是不一样的。他不是让人放心或是不放心的那两种类型,他是让人敬佩的那种男人。他的学问范畴对我来讲,高深莫测,像武林至尊似的,越是不懂,越是佩服他。同样,我的专业对他来说也是高深莫测。兰姨像年轻姑娘那样快活地笑起来。

常星宇觉得，自己果然是有福的。

与齐唯民相比，乔一成的恋爱之路走得就要磕绊得多。

他与胡春晓的情分一直不明，乔一成实在不知道这个女孩子打的是什么样的主意，当他走近两分时，胡春晓的态度里便会突地多出两分矜持来，他若是后退两步吧，胡春晓却又扯了他的衣袖把他拉上前两分。乔一成被她的推搡拨弄弄得心烦意乱，下了决心，一定要捅破窗户纸，干脆把事情说明了，成不成的，都比现在半吊在空中好些。

然而，还没等他找胡春晓要一句明白话，胡春晓闪电一般地，结婚了。

那个男人，是省里的十大杰出青年，做生物工程研究的。胡春晓是采访时认识他的，那场采访持续了四个小时，之后，胡春晓便把电话打到了那个杰出青年的实验室去了。

从认识到结婚，不过一个半月，结婚那天，作为杰出青年的夫人，胡春晓受到了市长的接见与祝福。

整个新闻部有一半人惊掉了下巴，说什么的人都有，最多的议论集中在新郎的长相上，胡春晓怎么说也算个美人。按小摄像的话说：新郎官长得真有特色，人家要么是镑儿头，要么是地包天，他是两头翘。有人立刻凑趣地接上：这新郎官想要跟夫人接个吻得搬把梯子吧？

然而，再怎么样，也抹杀不了胡春晓飞上了高枝这个事实，杰出青年的父亲原本就是全国很有名的一位医学专家，胡春晓婚后便搬进了公婆给准备好的一大套婚房里，他们并没有大摆酒席，只在新房的小院内办了个小型的酒会，十分地时尚，小院摆了一溜长桌，铺着雪白的台布，放置着当年十分少见的鲜花，各色西点、西餐，玻璃缸里盛着琥珀色的鸡尾酒。新闻部的年轻人基本都去了，去了回来，有小姑娘便发议论说：这样的条件，别说是两头翘，就是他两头翘得都搭在一起了也值啊！说完便咯咯笑。

胡春晓也请了乔一成，没有给他请柬，是特地跑到他面前请他的。

乔一成咬着牙去了，去了之后，胸口一直堵着的那口闷气倒扑地全吐了个干净。

他输得心服口服。

并且，他彻底明白了胡春晓要的是什么，他与她，不过是两条挨得极近的平行的线。

胡春晓不是他的菜，剜不到他乔一成的竹篮子里。

仅仅三个月以后，乔一成也站在家里的堂屋里向全家人宣布，他要结婚了。

说起来，他与他妻子的相遇倒是挺有趣的，可谓不打不相识。

那天市里有个新闻发布会，乔一成早早地跟搭档过去占位置，好容易架好了机器，这边主持人刚宣布发布会开始，那边，乔一成搭档的镜头便被一个留着蓬松短发的脑袋挡住了。

乔一成小心地拍拍那脑袋主人的肩膀，请她让开一点。

那人轻轻一甩肩，把乔一成那只手给甩开了，那蓬松的脑袋依然把镜头挡了个严严实实。

乔一成的搭档脾气不好，上前就要动粗，乔一成挡开他的手，轻声说：算了，跟人家女孩子计较什么，也不容易，我们往那边移下就好。

前面的人闻言转过头来，是与她娇小的个头极不相称的粗眉大眼。

发布会结束时，乔一成发现，话筒套不见了，那不过寸把长的东西，足是乔一成半年的工资，乔一成惊得起了一身的细毛汗。

那个把话筒套还到他手里的，就是后来成了他第一任妻子的，市晚报记者，叶小朗。

4

叶小朗是北方姑娘，来自一个很小的北方小镇子，十分钟内可以走遍全镇，路上遇到的每一个人都有可能沾点亲带点故，物价倒是低，日子不难过，只是闷得人身上要生出霉斑来，无端地失了志气。所以，在叶小朗考上了大学，第一天跨进这座城市，站在华盖一般遮天蔽日的梧桐树下时便下定了决心，这辈子决不再回家去，不仅不回去，她还要在这个城市站稳脚跟，有自己的一方天地，然后，把父母接出来。再然后，也许会去往一个比这座城市更大更美更现代更新潮的地方去。归根的是叶子，叶小朗不是叶子，叶小朗是一棵蒲公英，好风凭借力，要一直一直地往更好的地方去。

叶小朗能够留在市晚报社是一个极偶然的机会，那是一家新兴的报社，正在招人，许多人看到他们窄小的办公环境，便打了退堂鼓，那可真是三五个人七八条枪。叶小朗不在乎单位小，小有小的好处，灵活，上头管人的婆婆少。叶小朗采编摄影一把抓，连跑印刷厂这种杂事也照样干，倒也做得有声有色。

两人都在新闻单位，难免的，也就有了常碰见的机会，或者，也是缘分吧。

有时碰上了，便在一块儿吃顿饭，两个人闲聊起来，小朗提到她的家乡，乔一成笑着说：真看不出你是北方姑娘，这么小个儿的一个。

小朗斜起眼来瞪了一成一眼，笑笑，一成心头突地一跳。

这一笑，仿佛是像着什么人，不过很久很远的事了，乔一成不大愿意想起来。

小朗又笑起来：算了，遗传罢了，我妈妈就是小个儿，比我还矮半拉脑袋。

这么一笑，那一点点的像，不见了踪影。

偶尔有回在一块儿吃饭，就那么巧让同事看见了，于是便说：乔一成有了个女朋友，也是我们新闻界的人，挺能干的，是晚报的顶梁柱。乔一成想否认，却发现是越抹越黑，索性不说了。

胡春晓依然坐乔一成的对面，趁着没有人在的时候，低了头带笑不笑地问：有女朋友了？听说挺漂亮。

乔一成说：一般人，跟我一样。

胡春晓撩起眼来看看他，短促地笑了一声：别这么说，依我说，你是这个新闻部里头最有良心的人。

乔一成没有接她的话，心里冷笑一声，转了话题说：我听说你现在正在争取做晚间播报的主播，是不是真的？

胡春晓也冷笑一声：是啊。

乔一成倒有点不好意思起来，略有些结巴地说：那很好，说不定以后你上街就要戴上墨镜了，会有人找你签名，呵呵。

胡春晓的头越发地低，额发落下来挡住了眉眼，忽然说：一成，咱们别这样，我们是一样的身份，彼此多多照看些对方，好不好？要不然，在这里的日子真不好过。你以为电视台是什么高尚的地方吗？我告诉你说，一群小人，上上下下几百双势利的眼睛。有几个是真正在做节目的？我争主持人的位置怎么啦？要惹得他们人前背后地议论，说我靠着夫家的面子往上爬。我是名牌大学毕业生，当年拿奖学金的，十几岁就在杂志上发表文章，至少我不会把作茧自缚读成作茧自搏。

乔一成悠悠地说：你现在可不是一般人了，我们不再是一样的身份。

乔一成起身逃也似的出了办公室的门，他不喜欢跟这个女人再做这样有一点私密性的对话了，好不累人。

相比较之下，乔一成倒慢慢地喜欢上了叶小朗的直爽与粗线条来。同样是想着要改变目前的生活环境，他乔一成是埋头苦熬，叶小朗不过想凭自己的努力站牢脚跟，胡春晓想的却是怎么样最快最省力地飞上高枝。

道不同不相为谋啊，乔一成想，还好，自己跟胡春晓曾经只有那么一点点的暧昧而已。

乔一成与叶小朗，就那么自然而然地交往起来了，叶小朗好动，像是有无穷的精力，两个人难得有空过一个周末，小朗带着一成游遍了这座城市的每一个角落，一成笑说：你一个外来妹，比我这个土生土长的南京人还要熟悉这里。

小朗说：我喜欢这个城市，大气又有点愚钝，说现代吧还有点儿土，说土吧还有点不凡，让人觉着好，容易亲近。

一成开玩笑地说：是这个地方好还是这个地方的人好？

小朗顿也不打一个地说：都好！

她那样全无防备地把心思摊出来，让乔一成颇为感动。

叶小朗跟一个朋友合租一套房子，厨房与卫生间都是共用的，小朗时常说什么时候能有一个真正属于自己的空间就好了，这话她常说，每说一次，就在乔一成心口上撞一次。

他何尝不是这样想。

从小到大，他生活在一个窄小的空间里，至今与弟弟妹妹同住一间卧室，只不过各自长大了,那卧室被用薄的木板隔成了两间,妹妹们在里,他与二强在外,旧的大床换成了上下铺,除了床只搁下一张书桌一把椅子,屋子里就满满登登的了。

他实在受够了与这么滴滴答答一大伙人住在一块儿的日子,这种夏天要排着队在木盆里洗澡,早起要端了尿盆去倒的日子。

在与叶小朗相处三个月的纪念日,他约小朗出去。原本想在饭店里好好吃一顿饭的,也偏凑巧那天不知犯了什么邪了,走了大半天,像样一点的地方全是人,两个人在路边摊上随便吃了点,沿着街道慢慢地没有目的地走着。那些天他们都挺忙的,都觉得走得腿酸。四周黑黢黢的全是笔直的水杉,地上铺着旧年落的针叶,厚而软的一层,踩在脚下像毯子。

忽地前方出现了几幢楼房,窗口亮着灯,灯光毛茸茸的,一团又一团。

叶小朗叹了口气,说:我真希望那里有一个窗口是属于我的。

乔一成也看着那一团团的光亮,他们家,冬天也爱用这种灯,三丽说,黄色的光看上去暖和,夏天用白炽灯就清凉些,她不厌其烦地按季节更换着灯泡。

他们兄妹几个,在那样的房子里住了二十来年,在小披屋里做饭,烟熏火燎,在院子的水龙头下洗衣服,为了抢一点好太阳晒被子与邻居口角,四美与三丽轮流倒马桶刷马桶,四美那丫头,做着做着就怨声载道。

二十年,是很长很长的日子了,便是再好的日子,二十年,也很长了。

乔一成握了叶小朗的手,对她说:要不,我们结婚吧。

乔一成回家对乔祖望和弟妹们宣布他要结婚了,要搬出去住,一家人都惊呆了。

还是乔祖望先反应过来,放下手中的筷子说:结吧结吧。我早说过,十八岁以后你们各人顾各人,自存自的钱,结婚我没有意见,我可是没有钱的。有一点存款这两年买家电我都贴在里头了。

乔一成于是忙碌起来,上着班时都会偷跑出去看房子。

终于看定了一套两室一厅的,在五楼,八十年代的房子,还算新,有点儿西晒,所以要的租价不高,倒很整洁。

乔一成和叶小朗租下了房子,开始布置他们的新家。

按乔一成的意思,家具电器什么的,按目前的经济能力买,暂时买不起的,就留着以后慢慢地添置。小朗却有不同意见,想要一步到位,说她有两个要好的小姐妹,可以先借一点,结婚以后再慢慢地还上,反正两个人都有固定工资,不怕欠一点儿。乔一成坚决不答应,说他一辈子最恨的就是欠人家钱。两个人忙碌得都有点上火,言语难免磕绊,还好小朗懂得退步,乔一成心一软,把原本打算买的二十一英寸的彩电换成了二十五英寸的,让小朗高兴得抱着他脖子,吊在他身上像个猴似的。

结婚前两天,三丽与二强都包了个红包给乔一成。四美说:大哥,我是没有什么存款的，你也晓得，送你个花瓶吧，你不要嫌弃，对了，我可以给新娘子当伴娘，不要红包。

说着疯头疯脑地笑。

乔一成把二强的红包偷偷地又还给了他，叫他自己存起来。

二强生了气，死活不肯拿回去，乔一成只好收下了。

打开三丽给的红包里，乔一成吓了一大跳，深更半夜地，再也睡不着，轻敲着板壁叫三丽到院子里。兄妹两个在冬天的寒风里直打哆嗦，一边说话。

一成说：你自己不打算跟一丁结婚了吗？给这么个大红包。

三丽说：我还有。我顶会存钱你又不是不知道。

一成说：我知道，你要是再成天地吃素炒雪里蕻，很快你自己就要变成一棵雪里蕻了。听话，哥拿一点儿，剩下的你收起来。

三丽突然地偎上来：哥，我真是想不到，你这么快就结婚，我这么看着你，好像回到妈刚死的那阵子。我那时候年纪小，也不懂得伤心，看见人家哭，就跟着哭，倒没有现在这会儿伤心。

一成身体有点僵，也许是太冷了。

他们兄妹之间，从来没有这样抱着贴着的，三丽似乎也不习惯这样的亲近，只贴了一会儿就缩回去。

乔一成说：你听我的话，把钱拿回去。要不我结婚也结不安，你不想我好日子里心里不安吧。

三丽打着冷战说：那么你多少拿一点。

一成答应了。

第二天，三丽拉一成到她的房里，打开她平时放衣服的箱子，指着那箱子里满满的各色钩织品，说大哥，你挑两样放在新房里。

一成说：我就拿块台布吧，小朗就想要这么一块，可是她手笨，不会钩。

三丽不作声，埋着头，在箱子里挑拣了半天，拣出一幅牙黄色的窗帘和一幅花样细密繁复的台布给乔一成包了起来。

小朗见了说：真好看啊，这得花多少工夫，就是不大挡光。

乔一成说：不挡光也要挂起来。

他们没有办酒席，一方面是乔一成嫌麻烦，一方面，也的确是没有多余的钱了。

小朗的父母也从北方过来了，两家人合在一处，在一家川菜馆里吃了一顿饭，连王一丁一共九个人，连二姨他们都没有请，只送了喜糖。二姨还是送了份子钱来，只是脸色略有些不好看。

齐唯民和常星宇商量送点什么，常星宇说，红包是要送的，最好还要送点实用的东西。她竟然给一成弄来个煤气包，一成颇为感激。

小朗的姐姐们没有来，也随了礼。

小朗的爸妈都是极老实的人，说是不要住女儿家，小夫妻总希望独处的，别把他们的新房弄乱了，在招待所里住了两天就回去了。倒是乔一成不忍，托人买了卧铺的票，送他们走了。

当乔一成终于在新房的床上安安稳稳地躺下来时，他的存折上的数字已变为两位数。

不过，他想，总算是，有了一个属于自己的家了，也算是有产阶级了。

乔祖望终于接受了下岗的事实，并且，开始享受起这个事实来。

这么一闲，他的老毛病犯了，白天也开始外出打牌了。

这两年，管得也松了，儿女们也大了，跟他更远了，没有人再管他干什么，乔祖望觉得日子这么过着也挺滋润的。

老牌友们重新聚在一块儿，也不知怎么兴起的，都开始喝一种补酒，乔祖望喝得上了瘾，自觉身体好了很多，嗞嗞地往外冒劲头。

牌友兼酒友在牌桌上说起来，说是要集资一起去做生意，买卖钢材，他家的亲戚有路子能弄到盘条，只在中间做个转手的人，就大把大把地来钱了，搞活经济嘛，让一部分人先富起来，政府都这样号召的。乔老头动了心，问怎么个集法。牌友说，这事儿，越多人参与就越好，大家把闲钱集在一起，买卖做得大自然赚得多。

于是乔老头牌也不打了，成天游说别人一起集资，真还就给他说动了一些人，乔祖望第一次觉得自己很有做生意的天分，把多年前老本都赔光的事忘了个精光。

这一年，乔四美离开了街道小厂，考入一家新开的涉外宾馆做了服务员。

这是多年以来，乔家小幺女四美在考试上取得的唯一一次胜利，这胜利还很辉煌，听说考试的有千把号人，最后只录取了三十个。

乔四美并不十分漂亮，但是身材很好，匀称、苗条而挺拔，穿着饭店统一配发的制服，雪白的衬衫，紫红的小马甲，同色的一步裙，把一头蓬勃的头发束成一个髻，露出光洁饱满的额头，一下子，成了个大美人。

她又迷上了《汪国真诗选》，天天下了班就读，不上班时便穿白衬衫，格子长裙，放下头发来，梳得整整齐齐，扮淑女。文静地笑着，迎上婚后头一回回家的乔一成，三丽在一旁笑着说：大哥，你晓不晓得这是什么风格？我说给你听——啊，怕只怕，爱也是一种伤害！

乔一成微笑地调侃：明白明白，感情的债是最重的呵，我无法报答，怎能忘记。

待业青年乔二强重又找到了一份比较稳定的工作。

他接替了妹妹乔四美，进了街道印刷厂。

这个作坊式的小厂子，多半是街道上闲散的家庭妇女，冷不丁地来了个小伙子，那一群闲得发慌的女人们，对着这个突然出现的年轻的面孔，兴奋得像炸了窝的喜鹊。成天拿二强打趣，说笑到兴头，还会动手动脚。

也有大嫂子们私下里议论：他就是乔家那个跟老妇女谈恋爱的小男娃。于是，有人应：噢哟，作孽。

厂长是个腿脚不大好的老头子，看出二强的不自在，索性派他出去送货，二强就常骑了三轮车将装订好的书本运到客户那里，再装了新的待装订的书本回来。

这座城市冬天潮冷阴湿，夏天闷热如火炉，明晃晃的太阳水银似的铺一地。这两季，都长得叫人绝望。二强踩着三轮，那车的一个轮子不大好，总发出吱呀的声音，二强就踩着这样的车子，一天天在大街小巷里吱呀着来去。人被太阳晒着，风吹着，更加地黑瘦，倒练出了点瘦筋骨，只是脸上的孩子相全不见了，看上去竟然比乔一成老相，眉间一个浅浅的川字。

黑黑的乔二强，不大说话的乔二强，总微皱着眉头的乔二强，在厂子里的小媳妇大嫂子眼里，倒颇吃香，有人就说，喜欢乔二强那种"高仓健"式的表情，比奶油小生耐看。

二强听了这种评价，脸上起了一种茫然，这么一来，似乎又不大像高仓健了。

只有乔一成，暗地里看起来，总觉得二强像个被催熟了的果子，他更情愿他像以前似的没心没肺。

二强工资不高，一成时常也塞些钱给他，二强也就拿着。后来有一个偶然的机会，一成发现那些钱还有他平日里的多半工资，都被二强存进了那本旧存折里。

存折被二强小心地夹在一本旧日记本里，压在箱底。

那本子还是当年母亲在厂里得的奖，黄色的纸面，扉页上印了个"奖"字，年代久了，颜色褪得差不多了，不知二强从何处找了来做这个用途，还郑重地被压在箱子底。

一成看了，站在二强身后说了句：痴情的人是可耻的。

二强不作声也不回头看，只给了哥一个倔倔的后脑勺。

那天乔二强踩着三轮送完货，难得一个秋天凉快的天气，他慢慢地沿着街道骑着，想混过上午去，不那么快回厂子。

有一辆五路公交车从他身边经过，路窄，车开得不快，车窗玻璃咣咣地震响着向前。

有个女人向车外探了探头，又极快地缩了回去，大约是被售票员骂了。

二强忽地一歪把，差一点摔下三轮去。

立刻又坐正了，紧赶慢赶地踩起脚踏。

那车上了大路后开始加速，二强拼命地蹬着追在后面，赶得太厉害，嗓子眼紧紧的，像被一只手攥着似的，每一口呼吸都生痛的。

好容易到了一站，车门开处，那女人下了车，下得急，歪了一下，刚刚赶到的乔二强几乎滚下三轮想扶她一下,没扶着,她略转脸看看满面是汗的二强,走了。

那么一转脸,先前那一会儿隐隐的一分相似完全没有了。

二强把车停在路边,坐在马路牙子上。

旁边有家店子,门前摆了个冰柜在卖冷饮,这一夏最后的存货了吧。

二强歇过劲儿来,走过去,买了十支"白雪公主",一气儿全吃了,吃到反胃,吐了一地,被戴红袖套查卫生的老太太罚款两元。

乔一成婚后的小日子过得还算不错,如果不算上一些小而碎的不如意,乔一成基本上觉得自己是一个幸福的人,至少是一个近似幸福的人了。

那些小不如意,说穿了,不过鸡毛蒜皮,简直拿不到台面上来说,可是,就像是眼里的沙,小,没有危险,然而落进眼里就叫人不舒服,眼睛不舒服,有时候,就是天大的事似的。

结婚后两个人一直是轮流做饭的,从小都不是娇生惯养,这倒也不是难事。

两个人都在新闻单位,都是最基层的记者,一忙起来,跟刑警差不多,接到电话就要外出的,所以,一个星期七天倒有六天两个人不能坐下来一同吃个饭,平时都是各自在单位的食堂里混上一顿两顿。电视台的伙食相当不错,也有餐费补贴,可是乔一成从小节俭习惯了,总觉得食堂里的菜贵得叫人肉痛,一个人做饭又犯不着,宁可在外面的小店里买点包子馄饨。小朗却不在乎,每天在报社食堂买上两个菜,呼啦啦一气儿吃个干净,她从不挑食,加上在这座城市总算是有了一个家,心一宽,胃口更旺,所以,结婚两个月,叶小朗一下子胖了十斤出来,个头本来小,这下子,有点像只饱满的白胖饺子,乔一成却瘦了有五斤,面色青黄,惹得同事们打趣调笑。

好容易有个周末,两个人都休息,乔一成说好好做顿饭吃,叶小朗主动说她去买菜。

乔一成看着小朗买回来的一堆荤素菜,挑着拣着一堆绿色叶子说:小朗,你这买的是什么?

小朗说:韭菜啊,这你都不认得了?

一成笑说:我当然认得,可是你看啊,这韭菜都皮了,摸在手上都发黏,这怎么吃?

小朗问:怎么不能吃?

一成说:这样的韭菜味儿冲,不好吃。

小朗把水龙头开得极大,哗哗地冲着手:好吃的。

乔一成说:你是北方人,从小爱吃葱蒜,不怕冲,才会觉得好吃。

小朗不耐烦起来:喂喂,一成,大男人,吃不得葱蒜怎么行?你们南方男人就是穷讲究,怪不得人家叫你们小男人。

说着咣咣咣地切肉。

一成笑了，揉揉她头发：你这话可有点地域歧视啊。

一瞥眼，看见叶小朗切的肉：喂，你这是什么？打算做个什么菜？

叶小朗白他一眼，笑了：肉片炒青椒，不是你说爱吃我才买的吗？

乔一成说：我说的是肉丝炒青椒。

那不一样吗？

我习惯吃肉丝炒青椒，我们家从来都是吃肉丝炒青椒。

那我们家还从来都吃肉片炒青椒呢！我们家买来的肉都片成片的。

我们家的肉都切丝。小朗咣地把刀扔下，气呼呼地看着乔一成：我说你，大男人家，琐琐碎碎你烦不烦。

乔一成也觉得自己有点儿小题大做，看她瞪圆了眼睛挺可爱，不由得软下来说：行行行，我不琐碎了行不行？你愿意片就片吧，干吗把毛都乍起来，跟个小野猫似的。

叶小朗得意地笑了，拿起刀来冲乔一成晃晃，继续片肉。

两个人的口味也着实是南北相差太远，乔一成做的饭菜叶小朗嫌淡，叶小朗做的饭菜乔一成觉得咸；叶小朗爱吃面食，动不动就包饺子，总觉得好吃不过饺子，乔一成却是打小就不大吃面食，喜欢热乎乎的小炒就米饭。两个人便时常为了饭桌上的吃食菜色而叮叮当当的。

然而到底还是新婚燕尔，吵两句，只当是调情逗乐，转眼又黏糊到一块儿去了。

比起吃不到一块儿去，乔一成对叶小朗的另一个缺点更为不满一点。

在乔一成看来，叶小朗实在是太乱糟糟了。别的不说，单就她的一个衣柜，那天乔一成无意中拉开，哗，一团衣服满头满脸地向他扑来，吓了他一跳。平时家里，但凡有东西沾了小朗的手，十有八九就会不见了。起先乔一成还打趣她有一双魔手，实在不该当记者，做魔术师倒是好的，后来，在从沙发扶手的夹缝里把久寻而不见的一把切菜刀找到之后，乔一成受不了了，也没心情跟小朗逗乐子了。

乔一成说：叶小朗啊叶小朗，你可真是乱鸡毛似的。

小朗不高兴了：乱点怕什么呀，我的观点是乱而不脏。

乔一成从被子底下扯了双穿过的团成了团的袜子出来，送到她鼻子底下说：这也叫不脏？

小朗脸一红，往后一让：哎哎，这个是我忘了。

乔一成说：这可是非正常范围内的乱了。

小朗鼓起腮帮说：不是非正常范围的乱，只不过不是你能容忍范围的乱，你不是说会待我好吗？这一点都不能忍？

乔一成叹气：你可真是乱得不像个姑娘家。

小朗真生了气：你那碎嘴，可也真是不像个男人！

两个人就这么都起了毛了，竟然为了这事儿足有两天互不搭理。

到第三天，小朗回家，端了桌上的冷水就要喝，乔一成恨恨地抢过来，兑了热水给她递过去，小朗不接杯子，人倒蹭到一成的怀里来了。

一成笑起来：下回不准说我不像男人，听见没？咬着牙笑着补充：我是不是男人你不知道？

小朗用力啪地在一成的背上打了一掌。

晚上，躺在床上的时候，乔一成忽地起了个念头：从某种意义上来说，他似乎爱上的是这种日子，而不是叶小朗。

这个念头叫乔一成打一个哆嗦，侧过身去看睡在一旁的小朗，看她蓬了一头的短发，窝在枕头里，睡得正香。

乔一成为这个念头惭愧内疚，这个女孩子，在这城里举目无亲，她能依靠的，不过是自己，而自己也是下了决心要跟她好好地过的。

一成搂搂熟睡的小朗，闻着她头发上淡淡的发香，日子才刚开始，一成想，磨磨就好了。

日子还长着呢。

隔天小朗回来时，挺高兴的，对一成说：哎，今儿我可是给你办到了件事。好事！

一成问：什么好事？

小朗拍着手说：哎哎，我要给你家二强介绍个对象，我们单位，有个后勤做杂务的方阿姨，她有个侄女，今年二十二了，小二强两岁，在新华书店站柜台，听方姨说人长得也不错。我一听，条件还真不错，就托她问一下，看能不能给二强牵个线。方姨说明天就给我回话儿。

这消息的确让乔一成挺欣慰，二强一时犯糊涂，真要正正经经地交个同年纪的女朋友，兴许那点糊涂心思也就烟消云散了。

第二天，一成在单位就接到了小朗打过来的电话，小朗在电话里喜滋滋地说：人家姑娘愿意见面呢，我跟他们说，择日不如撞日，就今晚吧，人家答应了呢。

一成赶紧溜出来，回了趟家，在街道厂子找到二强，可巧二强还没有出去送货，一成想，这可不是天意吗？

一成把事情跟二强说了，二强愣愣的，不说好也不说不好。

一成捣捣他的肩膀，叫他给个态度。

二强低着头用脚踹地上的土：我不想见。

一成说：二强，我跟你说，你心里的那事儿，你放不到台面上说的，不管怎么样，也是你不对，也是你没理。她是有家有孩子的。于情，于理，你都嘴短，你明白吗？这事儿不成的。哥不会害你，你固然不怕流言蜚语，可是，你的路还长呢，不能为一时的感情冲动错失了一辈子幸福的机会对不对？听话，晚上去见见，成不成都不要紧。

二强微微一点了头。

见面安排在一个小公园里，叶小朗陪着二强去了，一成不放心，偷偷地躲在角落里看。

要说看，也没什么看的，公园里一到晚上，黑灯瞎火的，什么也看不清。那女孩子的样子，连二强都没有看清楚，只觉得中等个头，适中的身材，连介绍人四个人在一片昏黑中站了半天，小朗与方姨寒暄着，那两个当事人低着个头，像两朵开在黑暗里的向日葵，竟然有两分喜剧效果。

一成听见小朗清脆的声音，对二强与那姑娘说：那么我和方姨先走啰，你们俩再聊聊，二强，回头送小茉回家啊？对了二强，你不送送方姨吗？来吧。

小朗拉着二强陪方姨往小公园门口走，那叫小茉的女孩子自然也跟了出来，躲在一边的乔一成忽地明白了小朗的意思，那小公园门口，有唯一的一盏灯。

事后一成跟小朗说：你个鬼精灵！

小朗说：我要不把她往亮处带，你那个傻弟弟有本事一个晚上都看不清人家的长相，你信不？

一成说：我信我信。

这事儿成了就好了，一成想。

5

　　与二强相亲的姑娘叫孙小茉,在新华书店站柜台,她们的那个柜,是专卖儿童书籍的,孙小茉也很爱看那些简单的有许多图片的书,尽管那图片大多印刷得不是很精美。

　　乔二强在相亲的那晚很沉默,孙小茉比他更沉默,两个人隔了一肘的距离围着小公园的外墙推磨似的转了一个多小时,小茉说了这一晚的第一句话:我该回去了。

　　二强倒松下一口气来,这口气一松,二强就笑了一下,黑暗里露出的牙特别的白:那我送你。

　　二强以为这事儿多半是不成的,谁知道过了两天,二强就被大哥叫到家里去了。

　　嫂子告诉他,人家姑娘和姑娘的姨对二强都还挺满意,说是愿意处处看。

　　二强结结巴巴地说:我、我、我……我没有文凭,工、工、工……工作也不好。

　　小朗吧啦吧啦地说:二强,你没有必要自卑,完全没有必要。你没有文凭,对方也没有文凭,听说也只是初中文化,就是运气好一点,到了新华书店,她是卖书的,又不是写书的,你干吗要觉得自己配不上她?呵,对了,方姨还说,乔二强长得还算端正,个头儿也好,男人嘛,要么漂亮做什么,又不当花瓶供在家里,人一漂亮就长花花肠子,倒是不漂亮的好。哦对了,我跟她们说,你很会做饭,又能吃苦,人家喜欢得不得了呢。二强,你放心地谈吧,你还记不记得那个《冰山上的来客》里杨排长的话:阿米尔,冲!

　　一成也挺高兴的,在一旁说:你看你看,叶小朗跟乔四美不像姑嫂,像嫡嫡亲的姐妹,一样的健谈。二强,你好好的,啊?

　　二强笑笑,没有回答大哥。

　　二强难得来大哥家一趟,一成不肯叫他做饭,二强执意下厨,一成给他打下手,问:你是不是嫌你嫂子做得难吃?

　　二强抬眼看看大哥脸上快活的神情,待要说点什么,却又没说出来。

　　乔一成在二强背后站了半天,忽地说:二强,别再想着以前的事了,人这一辈子,结婚不过是相互扶持着走上一段日子,就是感情再好,也不过那么几十年,再说,感情啊,会变的,刀是越磨越快,感情是越磨越薄的。这世上,只有变数,才是永恒的东西。

二强干涩地笑了一下，说：大哥，我念的书少，脑子笨，你的话文绉绉的，不过老话说听话听音，我还是能明白的。我就觉得冤，怎么就不能在一起？

一成也笑：你冤什么？你们一天也没在一起过，怎么就知道能过得好？

一成转身走出厨房，回头又对二强说：我告诉你一件事，你要想永远地记住一个人，最好的方式就是远离她。

二强吃惊地看着大哥的背影。

乔二强到底还是听从了大哥的劝告和孙小茉处起了对象。

孙小茉是个老实姑娘，老是羞惭惭的，二强话也少，两个人谈了一个多月，竟然连彼此的一些基本情况还没有摸清楚。慢慢地，二强发现，小茉很爱看电影，两个人坐在一片黑乎乎中，都自在了许多，自在是自在了，话更少了。

乔二强与孙小茉的恋爱进程极其缓慢地向前迈进。

终于有一天，孙小茉觉得，与其这样闷着，又提心吊胆地处着，还不如分了算了，回归以前的日子，一个人过，其实也没有什么不好吧。

在认识两个月后的一天，孙小茉与乔二强照例在周二的晚上见面，这一天，孙小茉说她不想看电影了，乔二强便陪着她沿着大街慢吞吞地走，两个人之间依旧隔着一肘的距离。

孙小茉这一天其实是打定主意来跟乔二强说，以后不要再见面了的，可这种话无论在家里练习过多少遍，事到临头，总还是很难出口，一句话堵在喉咙口，不上不下的，孙小茉憋得快要喘不过气来。

二强问：你怎么了？是不是不舒服，我陪你去医院看看？

孙小茉只是摇头。

二强说：要不你坐一下，你是不是走得累了？

道路旁街心花园里的长凳上早坐上了人，黑黢黢的好大一团黑影儿，听到一点动静后微微分开，是两个人。

二强看到这情景，没由来地觉得好笑，他低低地短促地笑了一声。

孙小茉偷眼看到乔二强的这个笑容，心里恍恍惚惚的。

乔二强算不得英俊，不大笑，但是笑起来，露出一口白牙时，会叫人心软。

好容易找到一个空座，乔二强伸手抹一抹石凳上的灰，在裤腿上蹭蹭手，示意孙小茉坐。

孙小茉一坐下便说：我们别再处了好不好？

她把这句话说得飞快，好像怕心口的那一股子酸痛要追上嘴里的这句话，拦住它不叫它出口似的。

二强一时没有听明白：你说什么？

孙小茉突然地就哭了起来，哭得乔二强大张了嘴，手足无措。

我们以后还是不要处了吧，孙小茉大声地抽泣了一声又说。

孙小茉说着，捂着脸，趴在膝上呜咽。

二强结结巴巴地劝：你……你要不想处，我，我，我是不会……勉……勉强你的，你，你，你不要哭吧。

孙小茉一味地埋头哭着，无限委屈。

好容易等到她不哭了，二强说，送你回去吧。

孙小茉像被粘在了石凳上似的不肯动弹。

这种情形实在叫乔二强摸不着头脑，只好坐在那儿陪着她不动弹。

过了好一会儿，孙小茉的情绪好像平静了，站起来朝前走。

乔二强莫名其妙地失了恋，但似乎，也算不上失恋，乔二强也没跟大哥大嫂说。

这么着过了约莫有半个月，有一天，孙小茉的姨又打电话找到乔二强，问二强，他跟小茉是不是闹意见了，如果是，请他让让步，男孩子的心要宽一些，让一让女孩子不丢脸的，小茉其实也后悔得什么似的，可是女孩子脸皮子薄哪，不如你先服个软，说两句好话，主动一点也就好了。都不小了，觉得还算合适的话，大家都互相多原谅原谅。

乔二强站在单位那唯一一台电话机跟前，沐浴在大姑娘小媳妇们的目光里，听着方姨一番没头没脑的话，自己也没头没脑起来，不知道怎么回答。

方姨在那边却已替他约好了下次跟小茉见面的时间，二强挂上电话时忽然很恍惚，记不得自己到底是答应了呢还是没答应。

二强还是在约定的时间到达了约定的地点，到的时候，孙小茉居然已在那里等着他了。

于是，乔二强又莫名其妙地与孙小茉接着谈起了恋爱。

这一回变故过后，二强发现，小茉变了很多，走在一起时，竟主动地挽起了二强的手臂，话也多了，神情也见活泼起来，偶尔还会撒个娇，看在乔二强的眼里，不知为什么总有一种她豁出去了的感觉。

八月份，乔一成过生日，虚岁二十八。

三丽打电话到一成单位没找到他，只好把电话打给了小朗。

三丽说，他们兄妹三个凑了份子，想给大哥做生日，因为南京风俗里男人是不作兴过三十岁整生日的，不如提前一点，过二十八，八比较吉利。三丽在电话里笑说，其实就是想找大哥吃顿饭啦。

小朗挺抱歉地说：实在对不住啊三丽，我已经订好了饭店给你大哥过生日了，要不，你看，你们一块儿来，一起吃饭怎么样？

三丽在那头沉默了小会儿,说:这样啊,那不用了。我们改天好了。

小朗觉得有点过意不去,说:要不真的,三丽,你们一块儿来吧。

三丽说:不用了,你们过二人世界吧。我们改天。

生日那天,小朗约了一成到一家档次不错的饭店,谁知又临时接到电话,出了趟任务,一成一个人在大堂一角的桌子上等了一个多钟头,小朗气喘吁吁地赶来,看他坐在角落里,说,自己其实订了个包间。

一成说:订包间做什么,就我们两个人,花那个冤枉钱做什么?

小朗亲亲热热地挽住他:怎么就冤枉了?我们结婚后你的第一个生日,不该好好地过吗?享受一下也应该的。

一成心里头不是不感动的,可是话到嘴边,不知怎么的就变了味儿:你呀,就会乱花钱。

小朗推着他进包间:你就是这点不好,碎!

看到小朗订的菜单,一成等服务员走出去传菜,跟小朗说:喂,就我们两个,你点那么多菜!退两个好不好?

小朗有点生气了:你这个人!人家好心好意地替你安排生日,想请你吃顿好的,还做了恶人替你推了三丽他们,不就是想跟你两个人享受一下的吗?

一成诧异道:怎么三丽他们约了我们吗?

小朗说:我跟他们说请他们改一天,我想我们两个人过。

一成想说什么,看看小朗的脸色,侧过头凑上去,赔了笑说:你生气了吗?哎,我可没别的意思,你的心意我当然是明白的。

小朗伸出手指点着他的额把他的脑袋推远一点:我怎么就觉得你心里面还是看兄弟妹妹们更重一点,我跟你说,现在咱们才该是最亲的人呢,兄弟姐妹哪能跟你过一辈子?

一成笑问:那么你会不会跟我过一辈子?

小朗歪了头,极认真地想了一会儿,说:我还真就答不上来,想来是会的吧,可是,在没有白头到老以前还真的很难说。

乔一成拖着声音"哦——"了一声。

小朗绽开笑容移了个座位,几乎要靠到一成的怀里来:生气了?不是你自己说的,只有变数,才是永恒的东西?

一成斜着眼看着小朗:我说过这话吗?

小朗说:你没跟我说过,但是我听见你跟你兄弟说过。

一成安慰地拍着小朗的背:小朗,我是打算跟你好好过一辈子的。

小朗坐直了身子笑:不过你也没有说错。

这一顿饭吃了乔一成大半个月的工资,吃得他心跳肉痛的,心里暗想,都是差不多的家庭出来的，怎么小朗就这么想得开，用钱比自己那是潇洒得多了。

谁知这以后，叶小朗竟然认真地存起钱来了，乔一成高兴之余又有点疑惑，忍不住就问小朗：你是不是有什么特别想买的东西？

小朗神秘地对一成说：哎，我现在有个想法，我们努力个两年，存点钱，再把英语好好复习一下，考个托福，争取出去好不好？我们单位，走了两三个呢，这两天总编正在招人。咱们将来也出去吧，去美国。

乔一成愣住了。这我可没有想过。他说。

干吗不想？小朗用肩碰碰他：人家能做到我们也能啊，又不比人家差，你英语不是挺好的？再捡起来嘛，容易啊，考个托福，上了五百多分的话，可以拿奖学金的。

一成说：我一个学中文的，到美国做什么呢？

小朗挺兴奋的，脸红红的：干吗非要做跟专业有关的事？做别的也一样，另外读个专业就是了。你们单位就没走的？肯定有吧，只怕比我们这里多得多了。

乔一成想起来，这些日子，台里的确走了好几个人，都说是去国外留学，有去美国的，有去日本的，听说有一个去了毛里求斯，说是那里是英属的，将来转地方也容易。平时大家闲聊时，嘴里的话都换成了签证、奖学金什么的。

就在上个星期，胡春晓闲闲地无意似的在办公室里说，她爱人去了美国，在麻省理工学院，读博士去了。

有人问，托福分一定考得很高吧。

胡春晓说：不，他考的是 GRE。

乔一成从来没有想到过这些事跟自己有什么关系，现在叫小朗这么一说，勾起了点心事。

他哪里是能离开的人呢？他还有许多的牵着绊着的东西。再说，他喜欢这座城市，熟悉的人与事，一成不变的日子，叫他安心，给予他很大的安全感。

一成对小朗说：算了吧，我们别乱动了，这种事，羡慕不来的。

可是，小朗却没有改主意，反倒真的开始复习起英语来，每周上三次托福课，看来是有点当真了。

乔一成有点担心，回过头来又想想，随她去吧，到时候，被拒签两次她自然会死心的。

说有牵绊，这牵绊还真的又来了。

多少日子不见的二姨突然过来找乔一成，非常严肃地说，她在街上看见乔四美跟一个黑胖老男人一起在逛马路，那老男人对四美一脸巴结的样子，看上去，他至少大四美二十岁，穿金戴银的。

二姨说：其实我也是多嘴，可是又觉得不说是不行的。要是真的正经谈谈对象也就算了，岁数大点就大点，老夫少妻古来也不是没有。可是，我听说现在好多做老板的，都拿小姑娘当玩意儿呢,再闹出点什么,真要叫邻居笑死了,你妈在天之灵也不得安生!

乔一成得知消息,当晚就跑回家去了。

他想,以前他以为自己是九命猫妖,其实不对。

他简直就是上辈子欠了他们的。

6

乔一成着急忙慌地回了家，兄妹几个围着八仙桌坐下来，由乔一成带着他们，开家庭会议。

乔祖望晚上又开始很少待在家里了，电视已经吸引不了他了。

四美嘎嘣嘎嘣地吃着油炸花生米，吃得一嘴喷香，完全不知道这次的会议直是冲着她而开的。

乔一成把眉头皱得成一个疙瘩，问：花生谁炸的？

二强被一成气呼呼的语气弄得蒙了：我炸的，四美要吃。

一成挥手：端走端走！

四美委屈地叫：大哥，一点花生米也不让人吃了吗？人家从小就缺嘴，好容易现在条件好点儿了，可以想吃什么吃点什么，大哥你干吗呀，这么严肃？

乔一成朝她翻翻眼睛：你当是开茶话会哪，吃花生！我就不知道你没心没肺地怎么吃得下去！

四美尖声道：我又怎么啦？大哥你好容易回趟家，一回来就拿我开刀，我挺好的呀。她低下头去看看自己的装束。

乔一成冷哼一声说：你现在不读汪国真啦？不装淑女了？

四美不高兴了：哪个装了？人家本来就是淑女。

一成更气：哪个说你是淑女？是不是哪位老板？吃得脑满肠肥，没事儿拉着你轧马路消化食儿对不对？他老人家高寿啊？

四美呱嗒呱嗒地眨着眼睛，像个小傻子似的，那表情叫乔一成心里一软，仿佛是那一年里，四美从苏州独自跑回家来，蓬着头发，露着缺了一颗牙的憨笑，叫大哥大哥时的样子。

乔一成说：四美，我跟你说，一个女孩子不自重，男人就会觉得可以在她身上占点儿便宜！你明白吗？

四美摇头：我不明白。

乔一成在弟妹们间的权威受到了前所未有的挑战，不由得抬起眼来认真地看了看这个小丫头一眼。

灯光里的乔四美半倚在桌边，身姿苗条修长，面目与小时候比起来变化并不大，不算好看，可是不知为什么，一点天真一点傻，一点厚脸皮一点无所谓，使她看上去有一种粗嘎嘎的吸引力。

乔一成叹一口气：乔四美乔四美，你叫我说你什么好呢？非要我把话给点穿了有什么好？想给你留点面子你都不要。你说说，那个跟你一起逛马路的大黑胖子是谁？

四美一愣，转转眼珠子想了一想，突然哈哈地笑起来。

不仅乔一成，连二强三丽都给她笑呆了。

四美笑了半天，喘着说：大哥，你今天带我们开会就为了这个事儿啊？大哥，你放一百个心吧，我可是"外貌协会"会员，我是打定了主意要嫁一个漂亮人物的，不说像费翔小虎队吧，最起码也要大差不差才行。那个黑胖子，三分像人七分像猪，别说这辈子，下辈子我也不会嫁他，除非我下辈子投胎做猪。

说着，又笑，笑得又快活又放肆，满屋里泼着她的笑声。

乔一成被她说得将信将疑：你不想嫁他你还跟他到处走？不怕人家看见了说闲话？

四美立起眉来：哦，我晓得是谁在大哥你面前下蛆了，是二姨对不对？那天我们碰上了，我就知道她要多嘴！我怎么啦？我一个尚未婚配的女孩子，交朋友不是正大光明的事吗？她几十岁了还找了个对象呢！再说，陈老板又不是只请我一个人，他请了我们好多同事呢，大家一起出去吃饭的，她哪只眼睛看见我跟人家单独逛马路的？添油加醋！

四美气得脸红红的，抓了把花生泄愤似的咔嚓咔嚓地嚼。

乔一成说：有风有影才能让人捕风捉影，你若做得正，人家怎么会说到你头上？人家怎么只说你乔四美，不说乔三丽？

四美咚的一声在椅子上坐下，生气地说：大哥你就是一天到晚拿我跟三丽比，都是一样的亲妹妹，干吗不一样地待？你从小就偏心三丽，这么些年我从来没说过，不代表我就没有上心！

说着，眼里竟然涌上了泪水，在灯光下那两眼的泪一汪一汪的。

乔一成说：我哪里偏心过。

一直没出声的三丽突然插嘴道：大哥，我可以给四美担保，她才不会看上什么黑胖子呢！她的心思，一眼可以望得到底，就是想嫁一个美男子。大哥你放心好了，我会看着她的。说着，三丽抿着嘴笑起来：乔四美也就是看上去傻，其实她不傻。

四美也噗地笑了起来，嘟了嘴冲着乔一成说：大哥，你冤枉我，要补偿我。

乔一成到底没忍住笑，说：你又打什么主意呢？

四美凑到大哥跟前，脸几乎贴到大哥的胳膊上：大哥，我想买件羊毛衫，嗯，还差一点钱。大哥……

一成往后仰着脑袋：离我远点，像个什么样子！

走的时候，终究还是塞了些钱给四美，四美心满意足地拿着钱走开了，一边还笑说，以后这样的家庭会议要多开的好。

话说明了，兄妹几个也都觉着饿了，二强张罗着做了饭，大家随意地吃了点。

熟悉的饭菜的味道，身边弟妹们十几年来看惯了的模样，一点一滴在心头，让乔一成心眼儿里哆嗦了一下，一度他那么急于逃离的生活，在这一刻含情脉脉地包围着他，他觉得自己好像一条游回到旧日水域的鱼那样。他突然想，他的兄弟与妹妹们，究竟是不是他唯一可以抓住的东西。

他这辈子，就想抓住点儿什么在自己手心里，抓得牢牢的，贴心贴肺，永远不离不弃。

吃完了，二强在洗碗，一成悄声地问他：跟孙小茉处得怎么样？

二强半天才答：还好。

一成笑道：这两个字实在是太笼统了。

二强支吾着，说：她……有点问题。

一成说：哦，问题？你是说缺点？缺点谁没有？要学会辩证地看问题。

二强淡笑了一声：大哥你话里头全是学问。不是那个意思啦！

一成说：那是什么意思？

二强慢慢地一个一个把碗从水里捞出来擦干：她就是……身体上有点问题。

一成一时没有转过脑筋，忽地脑门儿上那根筋突地一跳，压低了声音问：你……你是不是……你们是不是……那个啦？你这小子，等不及了吗？没出息的东西。不过，要不，还是，你们马上结婚？

二强抬头看着大哥，眼睛扑闪着全是问号。

一成在他后脑上拍了一掌：你还装傻，还非等藏不住掩不住了才结婚是不是？

二强嘎嗒嘎嗒费力地转着眼珠子，好半天好半天，才唰地红了脸，像一只给丢进开水锅里余了一下的龙虾似的：哥，你你你，你说什么呀！不是那个，是，唉，她有病。有一种病。

一成不笑了。什么病？他问。

二强吞吐着说了。

一成问：那，你跟她约会时，她犯过吗？

二强说：犯过，第一回，把我给吓了个半死，我以为，她中了什么毒了呢，后来送到医院抢救过来后才晓得不是中毒。

一成心思转得快，在话里听出了苗头：第一次？那么就有第二次了？到底她犯过几次病？

二强嗫嚅着说：三次。

一成在家里再待不下去，一肚子的气，越来越胀，胀得他像只气球似的要飞上天去。

一成气冲冲地回了家，叶小朗刚下班没一会儿，正端着一碗饺子呼啦呼啦地吃着。

乔一成劈头盖脸地直问到她脸上去：叶小朗啊叶小朗，你可真是，你看你干的好事，把什么人介绍给我弟？

叶小朗被他突如其来的怒火烧得晕头转向：怎么啦？你说什么？是不是你家的二强跟孙小茉吵架了？

乔一成实在是没好气，出来的话自然也不好听起来：你别装没事人，避重就轻！叶小朗啊叶小朗，我说你收了人家什么好处了，这么害我弟弟？

小朗听了这话也动了真怒：乔一成，你把话说清楚！我害你弟什么了？我收了谁的好处？

乔一成也微觉自己的话有点过分，可是此时此刻又不能收回来，只好梗了脖子坚持：那个姓方的，她给你什么好处了？她家那个侄女儿，是有病的！你就把她介绍给我弟？你不是害了我弟一辈子？

小朗惊讶道：你说孙小茉有病？有什么病？我可不知道！

什么病！乔一成把声音又拔高了些：羊角风！还是挺严重的那种，她跟二强两人这才处了几个月啊，都发了三回了！你敢说你一点也不知道？

小朗又惊又气，喘气都不匀：我要事先知道叫我活不过今晚！

一成看她气得脸红脖子粗，额角的筋都爆了出来，声都变了调，便说：哎哎哎，说话就说话，别咒自己啊！犯不着。我就是要跟你确认一下，你到底事先不知道这女孩子是有病的？

小朗听到一成的话音软下来，突地涌上满眼的泪来：我要知道我还给你弟介绍？我还不知道你？平时看上去和言细语的，碰上你兄弟姐妹的事儿，你就翻脸不认人，我要真知道我还敢老虎口里拔牙？

乔一成说：行行行，我信你是真不知道。不过你可得把事情问清楚，趁早叫他们算了吧！

小朗也不再答话，套了件外套拿了包就往门外跑。乔一成一把抓住她：你你你，你上哪儿去？

小朗恨恨地拨开他的手：我上方姨家里去，我现在就问个清楚，我可不背一个收人好处欺瞒家人的罪名！

说着，旋风一般地卷出了门。

留下乔一成倒愣愣地，觉悟出自己的过头来，像被孙猴子施了定身术，足在门旁站了半天才慢慢地踱回卧室。

158

过了一个多小时，叶小朗又旋风似的卷了回来，把包往沙发上一扔，看也不看乔一成，没头没脑地说：我问清楚了啊！孙小茉是有病！癫痫。方姨也说了，不是先天的，是小时候有一回跌伤了脑以后留下的后遗症。反正情况就是这样，要分手还是要怎么着，你们兄弟自己商量着办，别跟我说，我也再不问你乔家兄弟的事，你们尽管去兄弟情深，就当我白做了一回二百五。

乔一成讪讪地笑了一下，道：别这么说，咱们不是一家人吗？我也是急昏了头。我们家二强是个三不着两的傻孩子，这一回要不是我问着他，他还这么稀里糊涂的呢。

小朗恨声说：乔一成，我可算是认得你了。

说着，拿了一本托福的语法书，躺在沙发上看，再也不理乔一成。

乔一成隔天又回家跟二强商量了一下，叫他自己拿主意，最好是分手算了，二强没有作声，半天说了四个字：她也可怜。

乔一成好好地看一眼这个弟弟，这一两年里，他似乎越来越不大认得乔二强了，好像二强的样子都变了不少。一成怀念他的倒八字眉，怀念他满院子疯跑的样子，怀念他像个小老鼠一样到处寻摸着吃食的神情。

幼年时的乔二强，坐上岁月的慢车，渐行渐远，甚至没有跟乔一成说一声再见。

也许诗人说得对，乔一成想：青春必得愚昧，爱，必得忧伤。

二强原是打算跟孙小茉说分手的，可是几次见面都开不了口。

没等他开口，孙家的人倒把事情挑明了。把二强叫到家里去吃饭，说是小茉的病起初隐瞒是不对，可是这毛病真的不是天生的，是摔跤摔的，不会遗传，而且，孙家就这么一个女儿，各色的嫁妆都齐备的，结婚时不用二强操一点心，重要的是，小茉挺喜欢二强，说他老实可靠，懂得心疼人。最好呢，还是希望他们两个好好地相处下去，不过，孙家也说了，要是真的想分，决不勉强。

孙家妈妈说：以我们女儿的条件，也并不是找不着，至少我们女儿工作不错，又是独养女儿。

二强回去转述了孙家人的话给一成听，一成想了半天说：那么你自己拿主意，看你能不能承受她有病这种事实，如果可以，就处下去，不能，就趁早，别耽误了自己，更别耽误了人家女孩子。

二强到底还是跟孙小茉继续处了下去。

乔一成可算是把妻子叶小朗大大地得罪了。

7

乔一成费了好大的劲儿，才算哄得妻子叶小朗有了点儿笑脸儿。

不过小朗说了：我以后得学个乖，再也不管你们乔家的闲事了。

一成赔笑道：你不是北方姑娘吗，你们北方姑娘最豁达了，你不会记我的仇吧？

小朗说：不记仇可记得教训，豁达并不是缺心眼儿，我可真的跟你说清楚了，现在是你弟自己决定要跟人家谈下去的，这里面可没我什么责任了，以后，好坏都别找我理论。

乔一成在心里叹了口气，他也想不通为什么二强竟然答应了跟孙小茉继续交往下去，兴许二强觉得自己的客观条件不好，能找到像孙小茉这样的，算是不错了。想想，也的确是这么个理，可是，在乔一成看来，二强到底还是委屈了。

这可真是能叫人愁白了头。

乔一成揽镜自照，镜中人面目凝重，年纪模糊，快三十的人，有四十的颓丧，五十的无奈。

风从窗口吹进来，吹得那镜子微微地晃，人与周围的事物都像水中的倒影。有一刹那，乔一成油然而生一种"我这是在哪里"的念头。

风吹过，镜子定了，念头也就过去了。

三丽跟一丁一直感情很稳定，结婚的东西也备得差不多了，三丽省吃俭用地给一丁买了一台汉显的BP机做订婚纪念，把厂子里的小姐妹都给镇了，谁都说，乔三丽，你可真是舍得！

三丽骄傲地含笑不语。

终于，三丽要正式拜见公婆了。

为了三丽的终身大事，乔家的兄弟姐妹们又坐在一起开了个家庭会议。

这一回，提出要开这个会的，竟然是四美。

四美跟一成说：我听说王一丁的妈是一个厉害货色，在他们家那一带有名的。大哥，我们可得好好地坐下来商量商量，别叫三丽没进门就矮了气势，被那个老女人欺负了去，以后过日子就别想抬头了。

乔一成道：不至于吧，我看一丁挺老实。

四美哧地一笑：大哥，我看你是书读得多了有点忘本，你忘记出前一丁家是哪里的了？水西门的！水西门的女人，是好惹的吗？水西门的老女人就更不好惹！

二强插嘴：四美，你可别挑着三丽跟婆婆吵架。

三丽笑道：你别瞎操心，四美，我也不是好惹的。

三丽嘴上这么说，心里也在打小鼓。

她也听说一丁的妈是个厉害的人，嘴皮子不饶人的。一丁私下里也跟她嘱咐过许多回，要是他妈有些言语不到，叫三丽不要往心里去。

这位未来的婆婆三丽其实也不是没见过，去一丁家时见过两次，不过没有留在一丁家吃过饭，三丽还是比较守旧的想法，总觉得没有定下来的时候，女孩子不好总上男孩子家去，显得不金贵。

一丁的妈是穿得格格正正的一位瘦巴巴的老太太，脸上的线条极硬，腰板笔直，言语客气，神情疏远。

三丽对哥哥妹妹们说：我见过他妈几次，印象还算好。

四美又哧了一声：我告诉你三丽，这种老太婆最会装了，假模假式的，等你一嫁过去，马上就会撕下温情脉脉的面纱。

这话把乔一成都讲乐了。二强正喝水呢，闻言喷了一地的茶水，咳着说：我的妈妈呀，那个汪国真是什么人呀，真了不得，把四美都教得会讲成语了，老师教了多少年都没有教会，不得了不得了！

四美扑过去在二强背上咚咚地捶。

一成看着他们笑，一边小声地跟三丽说：四美说得也不无道理，你自己放机灵点，要懂礼数，不过真有矛盾也别示弱。

三丽说：我晓得的大哥，重要的不是他妈，重要的是一丁跟我一条心就行。

这一回，乔四美显示了她在婚恋家庭问题上难得的敏锐性，她没有说错。如果三丽知道一丁妈在她背后说的话，一定会气炸了肺。

一丁他妈说：这女娃子可不简单呢，还BP机，哼，当我们都是傻子，羊毛出在羊身上，还不都是我们家王一丁的钱？我也不好说什么，谁叫儿子不争气，还没结婚就被老婆牵着鼻子走，不拿老子娘当一回事，工资统统交到老婆手上，八字没一撇的时候就认不得妈了！

话是这么说，三丽上门时，老太太还是挂了一脸的笑容，做了一桌子菜，一丁的爸爸和一个弟弟一个妹妹一大家子团团地坐了一屋子，一顿饭吃得倒其乐融融。

一丁的爸爸沉默得几乎让人怀疑他是个哑巴，不过，三丽还是能看出他在家里的地位。一丁的弟弟，完全是被惯坏的孩子，饭桌上活跃自在得近乎放肆，他的妹妹倒比较安静，借着碗的遮挡偷偷观察三丽的表情举动，偶尔含义不明地笑一下。

饭桌上的主角当然是一丁的妈，卷了衣袖给三丽布菜，说：既然要是一家人了，就不要见外，有东西就吃，有话也要说，婆媳婆媳啊，难处也好处，大家心眼放宽些就行。我是个爽快人，丽呀，你日后就知道我的脾气了，再好说话不过的。你妈妈死得早，不过我听一丁讲你是很讲理的小孩，住在一个屋檐底下，在一个锅里吃饭，你让让我，我让让你就行了，夫妻间婆媳间姊妹间都是这样。

说着就笑。

这顿饭让三丽把一丁家的情形摸了个大概，一丁的爸与弟倒是不要紧的，妹妹是友是敌还不明朗，那个妈妈可真是一个人物。

果然，过不多久，三丽就跟未来的婆婆打了一场没有硝烟的战争。

三丽与一丁的厂子这两年的效益一年不如一年了，这半年多来奖金也发不出了。厂子里人心浮动的，不少小青年嚷嚷着要走，可真走的，是大家都没有想到的，王一丁。

厂里一直挺器重一丁，差一点就给他报了市劳模，只是一丁的资历尚浅，厂长说了，再过两年，拿个市劳模，再上个中层，连当上厂长都不是没有可能的呀！

谁知道一丁竟然向厂里提出了辞职。

三丽的主意。

三丽在报上看到一则大幅的招聘启事，一家合资厂在招技术工人，三丽毫不犹豫地替一丁报了名。

一丁有点儿拿不定主意。三丽说：没什么好犹豫的，你别听厂长说的，他那是在驴子鼻子上挂胡萝卜呢，国营厂啊，哪是你想当什么就当什么，想做什么就做什么的？里三层外三层的婆婆管着呢，我们又是一点门路也没有的小百姓，他那么说，是想稳着你给他干活呢！什么资历不够，书记的小舅子有什么资历？不照样上了中层。有机会就不要放过，你有技术在身，为什么不找个好地方待着，一定要一辈子窝在一个小厂子里？

一丁原本就听三丽的，于是就去参加考试了，报的是老本行，机修。

录取的通知在一周内就寄到了一丁的手上。

王一丁在厂里办了辞职，惊掉了一厂子人的下巴。

也叫一丁他妈大为光火。

一丁进厂的时候，跟厂里定了个五年的合同，如今还没到期，厂里说要一丁赔钱。

一丁妈得知情况以后，极其不高兴，当着三丽的面就挂下了脸皮，对着一丁说：你现在是人大心大，不把娘老子放在眼里了，就算你觉得我没有文化，不配掺和你们的事，你好歹跟你爸商量一下啊，就自己把这么大的事给定下来了！厂子再不好，也是国营企业，有劳保的，这个外国人的厂子，说不定哪一天他们就卷卷东西跑到太平洋那头去了，你哭都找不到坟头！

三丽说：国家引进的外资，不会那么容易就卷东西跑的。

一丁妈冷哼一声：做女人的，男人心眼子活动的时候，就要做个定海神针，哪有撺掇他做危险的事的！

三丽利落地接道：这年头，心眼子不活动些只有等着喝西北风了，怕什么，我不还在国营吗？一丁就是闯不出名堂还有我呢！

一丁妈光火地拔高了声音道：你的意思是我儿子是吃女人软饭的命啰？

三丽赔了一点笑说：怎么您误会成这样，一丁是有技术的，怎么会吃软饭？荒年饿不死手艺人，我们一丁什么时候都不会叫人看扁了。

一丁妈把手上的洗菜盆重重地掼在水池里，咣当一声脆响：上人说一句你有三句在等着，我不晓得这是哪家的规矩！这还没结婚呢，就撺掇得我儿子跟家里人离心离德了！

一丁瓮声瓮气地说：妈你不要说了，也不要生气，我们决定了，就是定了。以后，会好的，你放心，我也没跟家里离心离德，三丽将来是我老婆，我也不会跟她离心离德！

从此老太太见了三丽也就不再费劲地挂上一张笑脸，三丽索性在婚前不踏进王家的门了，婆媳两个，还未真成一家就僵住了。

三丽一赌气，自己拿了存的钱出来赔了厂里的款子，这么一来，结婚的钱也不够了。原本打算跟一丁在外面租房子的，一时也办不成了。

三丽的婚事，又耽搁了下来。

好在，一丁一到新厂子，他的一手好技术马上就在一群人中显现出来，老板相当喜欢这个年轻人，一丁的工资比原先涨了一倍多，三丽挺欣慰。

有邻居给四美介绍了个对象，竟然是个大学生，在一家工厂里做助工，一成三丽他们都觉得挺好，希望四美跟人家见个面处处看，找个有点学问的人，读书多的人总要讲道理些，以四美这个脾气，要是找个一样要强的，还不得成天地鸡声鹅斗的。

四美对于大学生这个名头倒不以为意，可是捺不住好奇，又有点期待，想看看那是怎么样的一个人，于是打扮了一番去了。

没料到不过一小时四美就回来了，兄姐们问她怎么这样快的，四美说：不能再待下去了，隔夜的饭都要吐出来了！

只有三丽一下子明白了四美的意思，问道：长得不好吗？

四美说：不是不好，是非常不好！圆滚滚的一个头，眼睛像手指甲掐出来的一道缝，个头五短不说，简直是三个等份！三分之一上半身，三分之一腰，三分之一是腿，走在他身边真是呕！

一成不高兴地批评她：你这张嘴就是刻薄，哪里就差成这样了！男孩子要那么漂亮做什么，又不是花瓶，人家可是正经名牌大学出来的，不嫌你文化程度低你就该烧高香了！

四美翻翻白眼，撇了嘴道：大哥，你就是这样，你以为知识分子有多了不起，我告诉你，知识分子要是坏起来，可比文盲坏多了。你们谁也别劝我，我这一辈子，非漂亮得像白马王子的人是不嫁的！

三丽说：我就知道你是这个心思。

乔一成劝四美：人嘛，五官不就是一双眼睛一个鼻子一个嘴巴，只有一种排列组合，再好看能好看到什么程度？再英俊，他也得是一个人样儿，难不成会漂亮得不像人？

乔四美斩钉截铁地说：得看一辈子呢，当然得找一个看得特别顺眼的。

兄姐们只有叹气，倒是二强说了句：大哥，你随四美的意吧。

谁知那相亲的男孩子倒是对四美念念不忘的，时常在四美工作的饭店门口徘徊不去，足有两三个月，弄得四美自我感觉更加的好，以后有人给介绍对象，越发地挑拣起来。

第五章

一成干脆把老屋的门窗都钉死,领着弟妹们在租来的房子里继续他们的日子。

1

这一年，二强也找到了一个相对固定一点的工作，在一家合资公司做后勤，说是后勤，不过是打杂，就是外国人所谓的 office boy。但是按公司的规定，着装也必须稍规整一些。二强第一回穿了齐整的衬衫西裤时，别扭得手脚像不是自己的，支棱着，衣服尴尬，人也尴尬。

慢慢地，他习惯了衣服，也习惯了这份工作。

这里的环境是他过去不曾接触过的，安静、清洁、封闭，室内恒温，充斥着厚重沉闷的、混着空气清洁剂香气的味道。这里的人也是他从没有相与过的。他们神色略有点倨傲，谈吐文雅，男人女人无不微呈四十五度角地仰着头走路，彼此称呼英文名字，二强花了好长时间才把那些古怪的发音与真人对上号。在二强看来，他们姿势多少有些怪异，人也多少有点怪异，讲话的内容极其高深而无趣，却又带着莫名的神秘。

这个工作，是乔一成有一次在该公司采访时，结识了这里人事部门的主管，正巧谈到要招一个勤务人员，一成便推荐了自己的弟弟。

慢慢地，公司里的人也觉得乔二强这个人挺勤快，人也厚道老实，二强算是在公司里站稳了脚跟。

孙小茉家里人对二强的工作变迁非常地满意，也越发地对二强这个人满意起来，更加频繁地叫二强到家里去吃饭。

二强开始总是不大愿意去，后来，被叫得多了，觉得不去也不大好，去了，孙家人的热情叫他感动而难受，他觉着自己好像被一股大力推着搡着，一路向前向前，可是前面是什么地方，他完全没有主意。

这一年过旧历年的时候，孙家叫二强年三十就过去，二强推却了半天到底还是推不掉，最后说定，二强先在自家吃年夜饭，八点半再上孙家去。

年三十晚上，乔家老爹和几个儿女，外加大儿媳妇，团团地坐在旧得像文物一般的八仙桌前，吃团圆饭。

一成他们电视台年终分了不少的东西，居然有海南的大对虾，一成给家里带了点儿，一人只摊到一只。

四美飞快地把自己的一份儿吃掉之后,又拣一个,一成说:那个是二强的,你从小就是这样,大了还没改!

四美的声音充满了整间屋子,语速飞快,一字一句都好像在半空中打着转,快活地在飞:人家二强还要赶二场,孙家有的是好东西等着毛脚女婿,这个就让给我吃算啦!哦?二哥?

二强埋着头,吃着,头也不肯抬。

一成若有所思地看着他,提醒他:二强,回头去孙家,别喝多了。

二强抬眼看大哥,眼睛里的茫然无措使他看上去突然像个孩子,然后,他点点头。

可二强还是喝多了,醉了。

他没想到孙家这一次是要把他介绍给所有的亲朋,当然是作为小茉未来的爱人。

二强不知道孙家原来有这么多亲戚,挤满了小茉家的三间屋子,每间屋里都摆了桌年夜饭。孙小茉的妈妈牵着二强一间屋一间屋地介绍,这个是大姨,这个是二姨,这个是三舅,三舅妈,这是小叔叔,那边的是大伯和二伯。

这个就是我家女婿。小茉妈说。

二强不知道说什么好,只得一杯接一杯地陪着孙家的亲友们喝着白酒,小茉的表姐对小茉说:你家那个人快喝醉了,你不管管?

小茉坐着动也不动,微斜了眼远远地睨二强一眼,说:管他!神情矜持又带着女孩子对男朋友十拿九稳的一种得意。

二强喝多了,眼前的东西开始像水里的倒影儿在漂。小茉妈和小茉两个把他扶到小茉的卧室。这里也摆了一桌酒,坐着孙家亲友中的一些年轻的女人,小茉让二强睡在她的床上,把帐子放下来。

二强在帐子里安静地睁开眼睛,盯着眼前的一片朦胧,耳边有外面女人们清脆爽利的声音,咯咯叽叽的笑声,在说着他。

很瘦。女孩子的声里藏着压得扁扁的笑。

还好个子高,有点倒八字眉,呵呵,生气了小茉,不过看上去还蛮舒服的。

看上去就好欺负,是不是小茉?

二强心里奇怪的一点点闷气在一片说笑声中慢慢地饱胀起来,胀得他喘气都困难,他不晓得他在这一片陌生中干吗呢?刚才拼命喝酒对着人傻笑的,是不是自己?

有人掀了帐子伸头进来看他,带着一星凉风,二强闻到小茉惯用的面霜的香气。

小茉的手手心是热的,手背却凉,她就把那凉的一面贴在二强的额头上:你怎么样,还好吧?

二强觉得更奇怪了,明明他心里是清楚的,可是听到小茉的声音,总觉得那声音远得很，还带着点执拗，要唤醒一个渴睡的人似的。

二强轻轻地拨开小茉的手：让我静一下子。他说。

过了年不久，小茉妈就提出，让小茉跟二强把证给领了。

二强也就答应了。

照老规矩，领了证还得准备个一年半载的，才正式办酒。

领证的过程，有点儿不顺。二强找了现在公司人事处想开一个证明，可是人家说，还得是原单位，因为乔二强的人事关系并不在公司。

可是，二强当初是被工厂除名的，最后才想起，可以在街道开。

两个人去领证的那天，孙小茉总觉得眼皮子跳，她妈说，弄点白纸粘在眼皮上，这叫"白跳"，算是破了这个邪。小茉贴了以后又觉得这样的一个日子弄个白不拉叽的东西贴在脸上太不吉利，又抹掉了，于是眼皮又跳上了。小茉紧张得满手是汗，问妈妈：二强他不会不来吧？

小茉妈安慰女儿：他怎么会不来？我们家这条件，蛮配得起他了，我们待他又好，女儿，你就把心放在肚子里吧。

二强果然来了，可是两个人坐车去民政局又反了方向，终于到地方的时候，发现排了好长的一溜队。

好容易排到了，二强把准备好的喜糖递上去，再把介绍信、户口本和照片也递过去。

正待缓过一口气，那办事员突然说：哎呀，这照片好像不行呀！

小茉紧张地问：怎么不行？我们在正规照相馆照的呀！

那微有些斜视的办事员细细地看那照片：这底色不对呀，不是正红，有点偏玫红。

二强结巴地问：是……是正红吧？

办事员把照片对着灯光细看，伸长了胳膊拿着再看，又递给一旁年长一些的另一位办事员看。

小茉像等待宣判似的，求助地看着那年长的办事员。

那位阿姨终于说：是有点儿偏玫红，不过还行，给他们办吧。

乔二强听见孙小茉长长地吐出一口气来，乔二强因为她的这一口长气，心忽地微微痛了一下，一下子就原谅了她及她家里人的步步紧逼，却又发现，自己原来是有点儿怨着他们的。这念头叫二强吓坏了，在他的年轻的有些糊涂的混沌的日子里，他从没有怨恨过谁，哪怕是从前马素芹的男人，他也并没有恨过，就像大哥说的，不管怎样，他有不对，所以他不恨。

他的心思简明直白，像一本打开着的大字幼儿读物，喜怒哀乐，一览无余，却这样地，无知无觉地恨了待他真的不错的人。

二强以无比恭敬的态度接过大红的结婚证，表示出了无比的欣喜，连那斜眼的办事员都打趣他：快要高兴傻了吧。

小茉很快活，二强的欣喜有点陌生，因而格外地叫她欢喜，她用力地挽着二强的胳膊走出民政局，几乎像是吊在他的胳膊上，她步履轻快，喋喋不休，直说了一路。

二强把结婚证给父亲与大哥看，乔老爹老生常谈：结婚是好事，只是，我是没有钱的，我的钱早几年都贴给你们了。你们各人顾各人。

乔一成冷冷地打断他：用不着一而再再而三地说，我们早知道了，并不想揩你的油！

这话由儿子对父亲说多少有点过分，然而乔老爹并不在意：这就好，识相是好的！

一成悄声地对二强说：二强，你这可就算是已婚了。

这话如同一个闷雷打在二强的头上，因为还没有正式地办酒，二强的意识里并没有这样鲜明确实的认知，他好像一个知道期末是一定要考试的孩子，只因了那考试还远，就可以不当真，暂时能混便混上两天似的。

已婚人士乔二强慢慢地认清了现实，在接下来的日子里，开始一点点地筑起他与已婚女子孙小茉的家。

小茉是独女，她妈留她在家里住，小茉也愿意，她说自己不能干，有老人靠着总是省心得多。

也许乔二强是可以跟孙小茉和和美美如一般的夫妻那样，办酒结婚，安稳地过一辈子的。

如果不是有那么一档子事的话。

如果乔二强那天上街买东西不是挑着近道走的话。

那就碰不见那几个人。

那也就没有了后来的故事。

那天二强碰上的，是以前工厂里的几个青工，当然，现在的他们早就满了师。

大家都知道二强是被除名的，不过日子久了，也没有了当初的好奇与一点轻蔑。

相互招呼过后，大家问起来，才知道二强现在在合资公司里做了，无不艳羡，说他是从糠箩跳到了米箩里，有人插嘴说：其实该叫因祸得福才对。

当初的那祸事终于跳了出来，像个恶作剧的小魔怪在一众人之间蹦跶，有人圆场：反正你现在是真的不错了，还好你有个好大哥，多有出息，乖乖呀，在电视台工作！

又闲扯皮了两句，正在分手时，忽地有个青工小声地含笑地对二强说：哎，你知道吗？你的师傅，现在好像在菜场里卖菜呢。

二强的心就像书上常写的那样，真的漏跳了一拍，大约那心沉得太久，忽地可以急跳一下，却有那么一刹那不会跳了似的。

二强问：在哪个菜场？

声音里是全无掩饰的急切。

另有一个年纪稍长的厚道些的工人说：乔二强你别听他瞎讲话，没有的事。

可是那青工还是说：哪个瞎讲？我亲眼看见的。就是科巷菜场，我舅家住那边，礼拜天我是要上我外婆家去住的，亲眼看见的还有假？

二强也不知自己是怎样的一种心情，在与这伙人分手之后东西也不买了，就直奔科巷菜场，里里外外找了好几遍。

并没有找到人。

这是这个月的月底。

乔二强不知道的是，他师傅马素芹头一天刚从这里退了租，她觉得这里的租金太贵了点儿，一个月下来赚头太少，搬到另一个菜场去了。

三丽与二强一样，也在积极地准备着自己的婚礼。

三丽是喜气洋洋的，连带着看见她的人也喜气起来。

说起来最高兴的，是一成。

一成想，他的大妹妹，乔三丽，居然长大了，要嫁人了。

他还记得那一年她去大学里找自己，绑着粗粗的麻花辫子，布衣襟衫，却那样新鲜可爱。

好像花儿开在春风里。

如今要嫁人了。

三丽给自己和一丁一人做了一套毛料的衣服，四美觍着脸，说自己要给姐姐做伴娘，也要请姐姐姐夫给做件新衣裳。

三丽叫她自己挑料子，她居然挑了极艳的玫瑰红色。

一成说：那天你姐穿粉你倒穿玫瑰色，你不怕人弄不清谁是新娘？你个大姑娘家家的，人家结婚你穿个什么红。

四美嘟嘟囔囔地重挑了蛋青色的衣料。

乔家的孩子一下子又有两个要结婚了。

喜事尚未来临，乔家出了大事了。

2

这一年，是一九九三年。

乔家二十五岁的二强与二十二岁的三丽正准备着要结婚。

三丽他们因为赔了厂子里的钱，所以手头多少有点紧，就商量着说，不办酒，两个人旅行结婚，去外地玩一圈回来，也不能跑远了，就苏州好了。一丁觉得有点委屈了三丽，三丽笑说：苏州不错了，听说园林很漂亮，门票要五毛钱一位呢，我们这里，玄武湖那么大，才两毛钱门票。

听说他们要旅行结婚，一丁家里倒是答应得异乎寻常的快，叫三丽有点奇怪。

乔一成偷偷地塞给三丽一本存折，三丽打开一看，就马上要塞回给一成。

一成说：这是我从你十五岁就开始存着的，起先我每个月只能存十块，积少成多，你也不用推，二强四美都会有一份，我也不瞒你，钱数不同罢了，大哥也实在是没有那么大的力量。谁叫我们没摊上个好爸爸。又笑起来，说：你可别让四美看见了。

三丽说：嫂子不知道吧？她要是知道了，会不会生气？

乔一成想了一想：那就一直别让她知道。

三丽沉默一会儿，张了几次口，终于吞吐着说：大哥，有一句话，不该我说的。可是，我总想你过得幸福。大哥，两个人过在一起，就是要一条心，要不然，怎么能过一辈子那么长的时间呢。

怎么你觉得我跟你嫂子不一条心吗？

三丽红了脸：不是的，我只是想……

只是想，你的心，除了放了大半在家里，还放在了哪？

放在了哪？交给了谁？

一成温和地说：你不用操心，过好你的日子。老头子不是说了吗，我们这家子，各人先顾好各人吧。

三丽他们不办酒，孙家是一定要替女儿办酒的。

可是，小朗跟一成说，她可能不能参加二强的婚礼了，她要去上海办签证的事儿。

一成有点意外：不是这次的托福考得不大理想吗？我以为你还会再考一回，不是说，考得好一点有奖学金拿吗？

小朗说：考得是不大好，不过也可以选个二流的学校先上着了，没有奖学金先打工，总能混过去的。

一成叹口气，说：二强的婚事不会那么快的，孙家人挺重视，一家子忙得人仰马翻呢，年底能办就不错了，总还是有时间的。

小朗定定地看着一成的脸说：要是我这次签成了，说不定很快就要走的。

一成心突突乱跳：你说真的？

真的。

小朗看着不作声的乔一成，心底说不清的情绪涌上来，涨了的海水似的：你不吱声吗？你不留留我？

一成说：我早说叫你不要出去，我们就留在国内，也不是过不了日子，多少人没有出国不也过得好好的？

小朗叹口气：可我就是想出去开开眼界，不走到更广阔一点的地方，我会觉得憋气。小朗突然地伤感起来，靠着一成又说：你看我的眉毛，跟眼睛离得远吧？从小我妈就说了，长这样眉眼的姑娘，是要远嫁的。我可是从北方嫁到南方来了。

一成摸摸她的短头发，粗而硬的，说：嫁得不算远，走得远。

小朗去了上海。

还有一个人，也要走了。

是齐唯民。

他研究生毕业以后，分到市级机关，做办事员。

那个时候，机关还算是个清水衙门，不过二姨倒是满意极了，毕竟是公家的单位，儿子现在是一个真正的公家人了。

分到单位不久，市里有文件说，年轻的干部都要下到贫困地区锻炼个三两年，齐唯民是第一批要下乡的人员之一。

齐唯民把常星宇约出来，问她：星宇，你愿不愿意等我两年，我回来后，咱们就结婚好不好？

常星宇脱口问：干吗要等？

齐唯民笑起来，把常星宇的手包在自己的两只手里暖着，开玩笑说：傻丫头，这事儿，你得拿拿架子，得让我求着你才行啊！

常星宇朗声笑起来：我才不要搭这种空架子，我想跟你在一起，什么时候结婚都行。

齐唯民大笑着说：准备着，为共产主义事业奋斗终身！

常星宇把拳头举在耳朵边，脆脆地接着：时刻准备着！

两个人都大笑起来，常星宇亲热地趴在齐唯民的肩上，快活地隔着衣服咬了他一口。

齐唯民说：说真的，是我想再多存一点钱，我们好好地办一个婚礼。

常星宇笑说：不要紧的，简单一点也无妨。拿腔拿调地又说：会有的，面包会有的，一切都会有的！突然又凑过来，神秘地说：嘿，我爸有钱，他会给我一份嫁妆，咱们去天涯海角玩儿。

齐唯民温和地说：我爸去世得早，他一直跟我说，男人，是不可以用女人的钱的。男人是要替女人撑着一间屋子，把老婆呀，孩子呀，团在屋子里，不受风不受雨。星宇，你爸给你的嫁妆，你自己留起来，我自己会存钱，然后我们结婚，我带你去天涯海角。

齐唯民要走，最舍不得的，不是常星宇。

是乔七七。

十六岁的乔七七，初中毕业了。

可是他没有能考上高中，中考那几天，七七发起高烧，从小的毛病，一考试就要出点问题。中考头两天，齐唯民就做好了准备，药品营养品接连不断地喂给他，那段时间他身体还真不错，成绩没有大的提高，好歹没有再差。可是，防不胜防，临考，七七还是病了。

可以说毫无意外地，七七落了榜。

阿哥要走的消息，比落榜的事儿更叫乔七七沮丧。

齐唯民告诉乔七七，他给他联系了一所夜高中，读个三年，国家一样承认文凭，又不像正规高中那样辛苦。

七七把脑袋低得快到第三颗扣子，小小声地说不想读，阿哥，我想跟你一起去下乡。

齐唯民说：小七你别缩在角落里，天凉，地上不能坐。不是阿哥不带你去，那边条件真的挺艰苦的，孩子上学都要走几十里的路，你从小体质就不好，不适合去。我跟你阿姐说了，她会照顾你的，你阿姐说，你可以住到她家去。

七七说：我不要。我就待在这里。阿哥你什么时候可以回来？

齐唯民犹豫了一下，说：要走个两三年呢。七七，等你毕业了，阿哥就回来了。

乔七七突然把头埋在膝盖上，呜咽起来。

齐唯民心痛不已：七七，我常常有假的，一放假就回来看你。你在家，要听二哥和姐姐、阿姐他们的话。

齐唯民走的那天，常星宇带着七七还有常有有去送他。

有有长成了一个十四岁的挺拔少年郎，已经在少年宫练习舞蹈有两三年了，走路时腰板儿笔直，双腿修长得夸张，略有些外八字，雄赳赳的，一路上都在笑话愁眉不展的乔七七：乔七七，淌猫尿，羞羞脸。说着，就来了个跟头。

火车缓缓开动，巨大的轰鸣声里，七七忍了一路的泪，终于掉了下来，真的淌了猫尿。

齐唯民下了火车又坐了一天的汽车，在飞扬的尘土里颠簸了大半天，才到地方。

这里，真的是贫困县，整个县城，只有一座稍像样一点的房屋，是"文革"时修的县礼堂。

两个月以后，齐唯民下到下面几个村刚回到县委，就有人告诉他，南京有人来看他。

齐唯民飞跑回宿舍，看到站在一棵高大的槐树下的常星宇，围了条鲜艳的红围巾，戴着同色的手套，捂着嘴，只露了一双亮晶晶的眼睛看着他笑。常星宇的身后慢慢地又走出来一个人，摇摇晃晃的，脸色不大好，是七七。两个人的头发都灰扑扑的，落了一层的灰。

齐唯民在县委干部宿舍的小院儿里，打了热水，趁着午后的好太阳，帮常星宇洗头发。晕车刚好的乔七七躺在廊下的长椅上，在一方太阳里舒服地晒着。

常星宇顶着一头的泡沫，歪过脑袋来，冲着齐唯民，嘴里的泡泡糖吹出一个大大的泡泡来，"扑"地破了，粘了她一脸。

齐唯民心中柔情万千。

又过了两个月，齐唯民休假回南京，拉了常星宇上街，在宝庆银楼买了一只朴素的金戒指。

常星宇与齐唯民结了婚，他们商量好了，把婚假攒起来，十一还有三天假，加在一块儿用，去天涯海角玩儿。

乔家的两个孩子也在筹备着他们的婚事。

一个晴天霹雳咣地打下来，打破了他们的日子。

那领着乔老头他们几个搞集资的头儿卷了一笔巨款跑了，那剩下来的几个糊涂蛋，就成了替罪羊。

这一两年里，集资的风，吹得周围的人们昏了头，有好些人把一辈子的积蓄都押了进去，一下子，全没了。

大批的邻里拥到乔家门口，两扇薄薄的木板门根本无法挡住疯狂而愤怒的人们。

乔家几乎被他们给拆了。

家里稍值钱一点的东西都被搬走了，连同三丽做好的两身结婚的衣裳。

乔一成接到信儿赶回家的时候，看到的是一片的狼藉。

堂屋里被搬走的冰箱在地面上留下一块微微压塌下去的正方形，屋里的箱子床铺都被掀开了，茶杯与碗碟全部碎在地上，到处是瓷片，踩在脚下嘎吱地响，像地在叫痛似的。

三丽与四美抱在一块儿哭，二强与乔老头儿都青头肿脸的。

乔一成心里的愤怒烧成一把火，直扑了乔老头而去，他竟然举了椅子腿儿向父亲直冲过去，被二强拦腰抱住了。

愤怒归愤怒，做儿子的，没有看老爹被人砍死的道理。

乔一成与弟妹们连夜把乔老头送上了火车。车厢里昏黄的灯光映着乔老头的脸，又苍老，又绝望，像一块不成样子的抹布。

火车拉出一声长笛，裹着冬夜冰凉的空气，罩着乔家的兄弟姐妹们，他们排成一行，同样地，在这个黑夜里，重新体味出多年以前母亲去世时的仓皇与不安。

乔老头说，要去投奔乡下多年前的一个拜过把子的干兄弟去。

二强与三丽的婚事只好先搁了下来。

还好一成给三丽存的那笔钱被三丽藏在旧日的书本里没有被搜了去。

家里仍然每天拥了成堆的人，再没什么好拿好搬的，他们便再不肯走，一定要讨一个说法不可。乔家的大门上被人贴了大幅的白纸，黑字写着：欠债还钱！还我血汗钱！浓墨油亮，字迹全无章法，张牙舞爪的，像是随时要冲出纸面扑将下来的怪物。

家里是肯定住不得的了，乔一成狠狠心，把弟妹们都接回了家。

叶小朗从上海回南京，一跨进家门，看到的便是，小小的家里挤了一屋子的人。

3

小朗心情很坏。

她被拒签了。

大使馆的那位胖胖的签证官甚至都没有耐心听完她结结巴巴诚惶诚恐的答话，便给了她一个"有移民倾向"的结论。那盖章的啪的一声在小朗听来几乎是恶狠狠的。小朗想起，在使馆外排队时认识的一个女孩子告诉她，如果是一个女的面试官的话，千万要扮得灰头土脸，笨里笨气一点，如果是男的，那就要楚楚可怜一点。

小朗想，她甚至还没有机会在这位肥胖的女官员面前表现出一点笨里笨气，她凭什么连一个扮傻充愣的机会都不给她?

小朗的被拒签，在乔一成看来，倒不失为一件好事，乔一成想的是，给她碰一回钉子，她也许就会知道，什么事都不容易，慢慢地会死了出国的心吧。

可是安慰的话也是不能不说两句的，乔一成说：算了吧，被拒的人成千上万呢，没事没事啊。以后有机会再说吧。

小朗哭得眼红红的，挂拉个脸，像只沮丧的小兔子：你倒说得轻巧，你知道我在使馆外排队排得有多辛苦吗？天没亮就去排了，差点儿没冻成冰坨子！排了六个多小时啊！腿都快站断了！

说着，委屈得又要哭。

乔一成拍拍她劝说：真是受苦了！

小朗一扭肩让开他的手：我看你言不由衷，其实你挺高兴的是吧?

乔一成道：小朗，这你可就有点儿不讲理了，你不痛快我干吗要高兴?

小朗用力吸了吸鼻子：你不就是不喜欢我出国吗？就想一辈子跟你一样，待在国内，为乔家的一家大小操心受累！

乔一成变了变脸色：小朗，小点声啊。

小朗于是更气，不过声音倒真的是小了起来：我知道呀，你弟弟妹妹来了嘛，我是不该多话的。不过，我也奇怪，你们为什么要替你们的父亲担责任？大可以理直气壮地对要债的人说，谁欠你们的找谁去！新社会，不兴连坐的！何况，你们那个不负责的父亲你们本来就不该护着！还送他逃走！

乔一成冷了声说：行了吧，老头子再不好，也是爹，我们能怎么办？眼睁睁看他被债主砍死？谁叫我们投胎时没有睁眼睛，摊上这么个爸爸，就得认命！

小朗看一成脸色全变了，也知话过头了一点，缩了缩头。我也是好意，她说，不是怕你出事吗？

一成扯扯脸皮笑笑：唉，会出什么事呢？他们，也不知道我现在家的地址。所以我才会叫二强他们过来住一段日子，事先也没跟你商量，实在也是没有地方可去，到底是我的亲弟弟亲妹妹，我不护着他们，谁还会管他们死活？

小朗说：我也没有怪你呀，我知道你最疼弟弟妹妹了。住就住吧，不嫌这里挤就行。

乔一成赶紧赔笑：不挤不挤，小时候挤惯了。

歇一下又说：小朗，你要是还不死心，干脆再好好复习，再考一回吧。这一回把分数考得高高的，叫他美国佬上赶着请你到他们国家去念书。

小朗扑哧一声笑出来：说得那么幼稚，美国佬真那么好骗就好了。

又叹气，依偎着一成说：那，一成，我真就去考了哦？再考一次，我保证，再考一次，再不成，我就死心塌地地在国内好好过日子。咱们生个大胖闺女！

一成听到"闺女"两字，倒是一愣，半天才缓过来说：儿子女儿的事儿，再说吧。

小朗说到做到，真的玩命似的看念起书来，家里的每一处角落里都贴了英文单词和词组，每天晚上不做题做到半夜三更不睡觉，单位的事儿也怠慢起来。她们报社给记者只发基本工资，奖金什么的，要跟发稿量挂钩的，小朗常借故不上班在家复习，难免就影响了工作量，每个月的收入大打了折扣，乔一成也不好说什么。

别的倒还好，只是，过不了多久，小朗就跟四美起了冲突，这事儿，挺让乔一成为难。

四美是个电视迷，每晚不看到每个台都打出白亮亮的"再见"二字是不会罢休的，而且，她看起电视来，声音总要开得老高，看到兴头上，四美还会跟着唱起来。这叫小朗不大高兴，忍了两天，终于忍不住了，在四美看电视时从卧室里出来，顶了一头的乱发，对四美说：四美，请把声音调小一点，太吵了。

四美待要回嘴又把话吞回肚子里，鼓着嘴把声音调小了。

谁知第二天小朗便在客厅的电视机旁边的墙上贴了张小纸条，上书：请将看电视时间控制在晚八点至十一点之间！

四美不高兴了，嘟嘟囔囔地跟三丽抱怨，就那么不巧，全叫小朗听了去。

两个人终于叮叮当当起来。

还算好，小朗让了步，两人没起更大的冲突。

这以后，四美算是跟小朗结了怨了，话也不说了，慢慢地，连招呼也不打了。彼此相

看两厌，小朗嫌四美闹腾，不学无术，四美觉得小朗酸，自以为是。

四美跟三丽说：我就看不出她有什么好，我觉得她配不上我们大哥，看她穿的那是什么呀，好好的踩脚裤，叫她的萝卜腿一穿，要多难看有多难看！还老是觉得自己有学问，三句话里头有两句带洋字儿，她大学生，我哥还研究生呢！

三丽打断四美的话：我告诉你乔四美，你可给我管好你的那张嘴！大哥成个家不容易，你要是把他的家给搅散了，我拔了你的舌头你信不信？

四美缩缩脑袋不敢再说，她有点儿怵三丽。

小朗复习了不久，听说因为报考的人多，托福加考了一次，忙不迭地上阵，谁知，又砸了，连上一回的分数都没有考到。

小朗多少都有些怪乔四美，话里话外的意思，如果不是晚上看书时太吵不能集中思想，是不至于失败得这样惨的。

四美也不是笨人，听了小朗的弦外之音，嗤笑道：睡不着觉怪床歪，自己没有真本事，就不要出去碰钉子！

乔一成略一劝，四美尖牙尖嘴地说：大哥你就护着老婆，由着她欺负你妹妹。小朗又说：乔一成，你不要头脑不清，兄弟姐妹的，还能陪你过一辈子？当然还是要对老婆好！

乔一成里外不讨好，一生气，不管她们了。

姑嫂两人，算是结了仇了。

二强几乎跑遍了全市所有的菜场，但是没有找到他想找的人。

二强对婚事的准备越来越不上心，这叫孙小茉有些不安。

在婚事准备期间，或许是太劳累了些，小茉的病发得更加频繁，住了两回医院了。小茉更加不安起来。

可是二强毕竟没有说什么，孙小茉咬着牙坚持着，故意地拖着二强买这买那，买得二强肉痛极了，不由得劝小茉：东西不用买那么多，也不用买那么好的，留着钱，以后还要过日子的。可是小茉根本听不进去，她工作这几年的积蓄全部搭了进去。二强实在是看不下去，发狠说：再这样花钱，这婚不结了！

小茉马上变了脸色，铁青的脸叫二强吓了一跳，忙忙地道歉，小茉倒缓了过来，恨恨地推开二强的手，说：你不用拿这个吓唬我，不结就不结，谁怕谁？说着，哼着歌儿，满不在乎的样子去了。

乔一成知道了，劝二强主动一点去找小茉赔礼，一成说：小茉有小茉的难处，有这样的病的女孩子，格外敏感些。

二强嗫嚅地说：大哥，我不是嫌她的病，我是……

一成立刻打断他的话：我不要听！你趁早别打别的主意！

二强到底还是去小茉家赔了礼，小茉倒是爽快地原谅了二强，可是，自此以后，准备婚事也不那么积极了，两个人都有点懒懒的，这懒懒里面，似乎又有什么东西紧绷着。

二强跟小茉，像一辆别住了链子的自行车一样，费力地向前驶着。

同样，三丽的婚事中也出现了一些不愉快的事儿，主要的问题来自三丽婆婆。

一丁的妈好说歹说，非叫一丁把三丽送他的那台汉显BP机给一丁的弟弟用，说是他弟弟新近交了一个条件很不错的女朋友，人家女孩子家里颇有点钱，弟弟多少得要点儿东西撑撑门面，总不能叫人家女孩子一家看扁了。一丁起先死活不肯，可是架不住妈妈天天叨叨着这事儿，于是说要跟三丽商量一下，谁知一丁妈等不得了，没跟儿子说就拿走了东西。那天一大早，一丁到了公司以后，才发现，BP机被换掉了，变成了弟弟那台用得半旧的数字的，并且，马上就响了。一丁回了电话，听得自己妈在电话里解释说：今天你弟要去老丈人家，所以赶着换了，你不是也答应了吗？你就先用这个吧，也是名牌呢，号码是……

一丁急了，说：妈，我还没跟三丽商量呢。

电话那端一丁妈没好气起来：跟她商量做什么？商量是五八，不商量是四十，反正是用你的钱买的。

一丁连忙解释：可不是这个话，钱真的是三丽自己存的。再说，这是我们的定情信物……

那边早呱嗒一声挂掉了。

三丽得知了这事儿，果然气得不得了，马上就要过去要回来。一丁吓得一身的汗，一边拦着一边不住地求三丽原谅。

三丽头一回结结实实地生了老实人一丁的气，三丽说：你就是这样耳朵根子软，你家的弟弟，什么本事没有，就会吹吹牛搞倒买倒卖，头上顶着什么公司总经理的头衔好吓人，其实就是个皮包公司！我们的钱来得太不容易了，可不喂养这种寄生虫！

一丁急得几乎在要大庭广众之下抱住三丽了：别去别去，我可不想你跟她淘气。

三丽看着一头大汗的一丁，又不忍起来。

一丁说：我们不跟她计较，我再存点钱，告诉你三丽，我很快就给你挣回个BP机来，最好的，汉显的！

三丽回身啐他一口道：呸，给我挣！我要那个做什么！那个是我送你的呀！说着说着，话音里就带了哭腔：我头一回送你个贵东西，咱们怎么就不能用点好东西，不是有门路家出来的小孩就不能用好东西吗？

一丁听得心酸，也顾不得周遭人来人往的，就把三丽抱在怀里拍着哄着。

三丽在他的怀里呜咽一声：你是不是你妈亲生的呀！

一丁一僵，答：自然是自然是。可是十个手指头伸出来也有长短的，妈也不容易，大弟人聪明，多疼他些是难免的。

三丽不好意思地从他怀里挣出来，吸吸鼻子说：什么聪明！我看他不及你一个零头！

一丁乐了，瓮声瓮气地笑。突然想起什么来似的说：三丽，有人说我们俩是一对幸福的小蚂蚁呢！

谁说的？三丽问。

你表哥。

三丽也笑了：哦，齐家老大，一个憨头。

三丽与一丁的定情信物到底叫一丁妈给了他弟，三丽看在一丁的面子上没有要回来，不过一口气是要出的。再一次去王家吃饭时，三丽说：那 BP 机就叫弟弟用吧，没事的。不过呢，现在的小姑娘眼光好高的，得有真才实学，不然，别说挂高级 BP 机，就是弄一个电话机随身挂着也是没有用的。

一句话惹恼了一丁妈，当场就咣地放卷帘门似的放下脸来，差一点儿就发作起来。

三丽也不管她，慢条斯理地吃她的饭。

吃完了走了，才觉得一口闷气全出来了，狠狠地把口里的泡泡糖嚼了两嚼，吹出一个巨大的泡泡来，笑了。

4

小朗又一次参加了托福考试。

这一次的成绩，相当令人振奋。

第二年的上半年，小朗一下子收到了两所美国大学的入学通知。

小朗快活得拉了一成跟他的兄弟姐妹们到饭店大吃了一顿，席间跟每个人都碰杯喝了一杯，包括许久连话也不说、见了都抬着眼睛鼻子各走各路的四美，倒把四美弄得有点儿不好意思。

好事儿的余波还未过去，新的问题来了。

这两所学校一所给了全额的奖学金，另一所则没有。问题是，给奖学金的是一所三流大学，不给的是一流大学，小朗拿了入学通知跟一成商量。

一成说：你先说你的主意。

小朗笑道：要我说呢，要上就上个好学校，宁撞好钟一下，不敲破鼓三千！要不然，费力地读了几年，文凭拿出来不像个样子，亏老鼻子了！

一成也笑：这么说你是想读没有奖学金的那所啰？会不会太辛苦？我可听人说，头一年学校功课太紧，还有语言关，打工可不容易呢！

小朗低了头，好好地想了一想，慢慢地开口道：一成，我是想，能不能，把咱家这几年的积蓄，然后，再借一点，换成美金，等我在那边安定了，找到工作，很快挣回来的。

一成听了，半天没言语，只点起一根烟来，用力地嘬两口，又掐了，夹在指间翻来覆去的。

小朗等了一会儿不见他的动静，推推他道：整个动静儿啊！

一成被她推了两下，心里的燠躁越发地升了上来，说：我跟你说过，小朗，我这辈子，顶不喜欢跟人借钱。不借钱再穷也穷不到哪里，借了钱过得再好也不安生，偷来的锣敲个什么劲？

小朗赶忙说：我爸妈说先拿一点钱给我，本来我姐她们要给我一点的，可是你也知道，现在东北那边的国营单位效益不比从前了，我姐她们又不是什么大厂子，好在我的老

同学家庭条件不错，答应借我一些，你也认识的，就是李慧慧、许婷她们俩，都不是外人。将来又不是不还的。

一成有点急，话冲口而出：拿什么还？跟外国人洗盘子还？还是做保姆还？小朗，你……你怎么这么不懂事？

小朗气了：我怎么不懂事？乔一成，你不觉得自己迂腐吗？洗盘子做保姆怎么啦？人家以前的电影明星出国了还端盘子呢！自食其力不丢人，你又不老，哪来这么多等级观念。

我说的不懂事不是指这个，一成烦躁地在屋内来回踱步，你爸妈能有什么钱？还不就是一点老本，你也忍心全搭在里头？

小朗听到一成提及父母，一下子哑了口，半晌才说：我不会白拿他们的老本的，过个两三年，我翻倍还给他们，将来我还会把他们接到国外去过好日子。

你真天真！不过你这种天真是有害的，一成说，你把国外的生存想得那样容易？你怎么知道你轻易就混得出来？

你怎么知道我混不出来？小朗答。

三丽早在他们各自拔高了声音的时候就拉着四美出门看电影了，二强在小茉家。

四美半路上忽然跟三丽说：姐，我怎么觉着大哥的这个婚，到不了头似的。

三丽打断她：别瞎说！

四美笑了：我也就是说说，大哥那么好，不跟他过她想跟谁过，就凭她的小萝卜腿？

后来，三丽回想起四美的话，想，四美就像是某种小动物，脑子糊涂，嗅觉灵敏。

小朗终究没听一成的话，找朋友借了钱，等到一成知道时，那人民币已换成了绿票子。

一成突地觉得，心灰意冷的。

当初觉得爱上的那些日子，像突然地被推到了哈哈镜的前面，全然不是那么回事了。

单位里也出现了新的八卦话题。

话题的女主角还是胡春晓。

春晓平时话里话外透露出，她爱人说过，在那边定下来之后接她过去，可是这都快三年了，全无动静。春晓心底不是不打鼓的，可是外面还得撑着架子不倒。她想着，再有人变，那人也是不会变的吧，凭他那副长相。

那人的长相从前是她心中的刺，现在仿佛倒成了一张保险单，鲜红地戳上两个字：安全。

然而怕什么来什么。

胡春晓的爱人，从美国委托律师寄来了离婚协议。

春晓离了婚。

得了夫家一笔赔偿,但是那令人艳羡的房子,却住不得了。

离了婚的胡春晓,衣着却更加光鲜,姿态也越发地挺拔,有一种决绝的气势,她的结婚与离婚都是这样浓墨重彩,全市新闻单位的记者都知道。

春晓自从做了新闻播报的主持人之后早搬离了乔一成他们办公室,她现在甚至有了自己的化妆间,每个月都会有赞助商送了衣服来叫她试。虽说在一个单位,可乔一成有不少日子没有碰上她了,就在她离婚后不久的一个下午,乔一成难得早下班,就在电梯里不期遇上了正往录播间去的胡春晓。

小小的电梯间里,只有他们俩,好像多年前的场景重现,不过这一回的胡春晓没有半点软弱的姿态,很矜持地与乔一成点头示意,说:好久不见。

乔一成与她并排而站,在四周明净的反射里看着胡春晓,忽然有一种兔死狐悲的情怀涌上心头,不由得对这个女子产生了一种奇妙的敬佩,他不知道自己如果走到这一步时是不是有这种打掉牙和血吞的劲头。

叶小朗正在积极地办理着出国留学的事宜,她又去了一趟上海,这一次,她拿到了签证。

小朗从上海回来以后,就开始大量地采购日用品。自从因为借钱的事,她与乔一成两人有了矛盾之后,他们之间的交流就很少,基本上各忙各的,叶小朗看着乔一成冲锋陷阵似的采编新闻,乔一成也看着叶小朗冲锋陷阵似的购物。那天正巧,刚回家又接到台里通知他外出采访的乔一成和拎着大包小包回家的叶小朗在楼梯口碰上了,两人一个在上一个在下,都愣了一下,像是放录像带,突然卡了一下,画面一个停顿。

乔一成问:准备得差不多了吧?

叶小朗答:差不多了。

乔一成点点头,两个人侧身而过,一下向下一个向上。

乔一成一步下心就一步沉,他知道,他的这个小家,是要散了。

叶小朗是在六月初走的,这个季节,天还没有真正热起来,早晨起来,会有水一样凉的风。

小朗说,要早一点去,赶在美国那边的大学开学前,有好多的事要准备。

乔一成托朋友借了一辆车送她。

在此之前,他们去办了离婚的手续。

说不上来是谁先提出来的,在这件事上,他们两个人有着悲哀的一拍即合。兴许是因为在内心深处都觉得,是该断了,不然,耽误了彼此。

那一年,去机场的公路还没有修得那样宽,机场也是旧的,完全不气派,头一天晚上刚下过一场大雨,车一路开过去,泥一直溅到了车窗上,司机多少有点不高兴,乔一成塞

了他一条烟,他的面色才缓和些。

小朗的行李那样地多,乔一成不由得替她担心,到了那边,她拿得动吗?但转转心事又想:这可真是隔着千山万水,他心有余而力不足了。

只有一成一个人来送小朗,小朗的家人没有过来,他们还不知道两人离婚的事儿,小朗说,到了那边,她会慢慢地告诉他们。我会告诉他们,全是我不好,你没有任何一点责任的,小朗说。

一成说:随你怎么告诉他们吧。

一成的弟妹们多少是怨小朗的,尤其四美,一提及她与大哥离婚的事儿便咬牙切齿的。小朗出门碰上她时,她的下巴绷得紧紧的,像是齿间咬着块牛筋,他们全都不肯来送小朗。

一成帮着小朗托运了行李,还有那么一点点的时间,一成对小朗说:实在难的话,回来也行。

小朗说:开弓哪有回头的箭哪,人哪,走到哪步说哪步的话,不过是打回原形重新开始,怕也没用的。

又说:一成,你是个好人,以后,多顾着点儿自己,兄弟姊妹不能陪你一辈子,再过个三五年,就各人过各人的日子去了。

入关时,小朗从衣袋里拿出一个东西塞到一成的手里,转身就冲着那关口走了过去。一成看着小朗走远,有那么一瞬他很希望小朗能回头,就像他们初次见面时一样,让他看见她那与小小个头极不相配的粗眉大眼。

可是终究没有。

一成低头看手上的东西。

是一本存折。

离婚之前,一成把家里的积蓄全打在一张存折上,交到小朗的手里。

这会儿,小朗还了回来。一成打开来看,钱,小朗拿了一小半儿,还留了大半给他。

一成干脆把老屋的门窗都钉死,领着弟妹们在租来的房子里继续他们的日子。

七七上了夜高中,有一搭无一搭地念着书,总是很孤独的样子。

步入青年的七七,长得越发地好,眉间一抹忧郁,让他显得别样的动人,在班里,结结实实地吸引了一堆小姑娘。这孩子还完全不自知,常一脸茫然地来去,落在小姑娘们的眼里,那就是一种冷冷的魅力,无意的吸引。

家里没有了阿哥,七七的温暖源便被掐断了。

二哥与姐姐一直待他淡淡的,仿佛他不是一个十七岁的大小伙子,而只是一抹稀薄的影子,何况齐唯民的这两个弟妹也正在忙自己的事,一个在忙婚事,一个在忙考研,也顾不上七七，七七常常一天只吃一碗面打发着肠胃。

那一天七七在课间正趴在课桌上发呆，忽地有一个精巧的饭盒伸到眼前，里面是两块极精致的奶油蛋糕。七七抬眼看时，有一张美丽的脸映入眼中，原本就很端正的五官被有点夸张的妆弄得有点惊人的效果，七七认出来，是班花杨铃子，常被老师训斥不要浓妆艳抹的小姑娘。

杨铃子笑颜如花地说：请你吃。

七七犹豫了半晌，耐不住辘辘饥肠，终于伸手拿了一块。

饿极时有美味入口，会生出一点幸福的错觉来，七七因为这一点点的错觉微笑起来。

小姑娘杨铃子转过头去，对着女伴们送过去一个得意的眼风。她觉得自己真是勇敢极了，被许多同伴明里暗里惦记着的乔七七，现在只对着她一个人笑。

杨铃子问：你平时爱不爱看录像的？

七七说：我不常看。

杨铃子笑起来：下回我带你一块儿看。好多好片子，都是香港和老美的。

结婚第二年，常星宇发现自己怀了孩子，高兴得脚底都生着风。

她这时已在报社里做了记者，发表了不少有影响力的报道，电视台新闻部的头头看中了她，正在挖报社的墙脚。

常星宇的生活里铺满了阳光，可是，生活偏跟她开了个黑色的玩笑。

四个月的时候，孩子没了。

常星宇大病了一场。

巧的是，齐唯民所在的那个县，这一个夏天遭遇了百年不遇的大水，齐唯民每天踩在齐腰深的水里走村访户，安置灾民。常星宇没有告诉他这件事。

阿姐病了，乔七七更落了单，也就是在这节骨眼儿上，这孩子出了事。

5

齐家老二在家宴请老丈人丈母,十分郑重其事。他给了乔七七十块钱,打发他出去吃饭,上完课可以和同学玩一玩,并且,可以晚一点回家。

七七拿着钱,只在街边吃了一碗面疙瘩似的小馄饨,便沿着街道慢慢地走。

今天他尤其不想上学,到底是胆子小,还是去了,半睡半醒地上了一节课。课间休息时,杨铃子过来,笑模笑样地挨着他坐下了。

这小姑娘在夜高中读了两年才好容易升到二年级,家里花了点钱,想着好歹混个高中文凭,将来找对象说出去也好听些。论起来,她比七七还要略大一岁多。

杨铃子一张脸粉扑扑的,薄粉下透出天然的青春的肤色,一点闷闷的香,被热汗蒸腾出来,直往七七的鼻孔里钻,七七马上就红了脸。

杨铃子笑着凑到七七的耳朵根子下,细声细气地说:下面是老古板的历史课,怎么样,逃吧,敢不敢?

小姑娘一边说着,一边斜了眼,撩着眼风去看身旁的同学的反应。她总是做出与乔七七十分熟稔,关系很不一般的样子来,与班上最漂亮的男生这样地亲密,让她有一种得意,何况这位漂亮的少年还那样地害羞,一逗便要脸红,让人想不欺负都不行。这种隐秘的快乐,像气体,在杨铃子小姑娘心里一点点地膨胀,想藏,却怎么也藏不住。

她把一张微微出了汗的油光水滑的脸凑得与乔七七吓得有些青白的脸更近一些:走吧走吧。我家有好片子,一起去看呀,看吧看吧。

七七胡乱地摇头,他的拒绝让杨铃子有点难堪,她自己讪讪地,赌了气似的说:反正我在外头等你。

接下来的课,七七便上不下去了。

有个漂亮的、年轻的异性在外面等着他,这个漂亮的小姑娘每天每天地对他表示好感,他知道班里有好多男生明里暗里喜欢着杨铃子,下课了总觍着脸非要和她一块儿回家,甚至还有外班的人,据说连年轻的数学老师都对她有意思。

就像外国人说的,心里头跑进了蝴蝶,这群蝴蝶就在乔七七的心里胡乱地、失措地飞啊飞啊，撞在他的五脏六腑上，慌不择路，没头没脑。

乔七七终于在第二节课下课铃刚一打响时拎起书包溜出了教室，他清楚地听到教室里传来的一片哄笑声。

乔七七在一片哄笑声的护送下仓皇地、逃窜似的跑出校门，他那一点点好容易积聚起来的勇气，像气球里的气，哧哧地全跑光了。

杨铃子在大门口拦住了他，七七知道她在等他，可是真看到她还是意外，拔腿就要跑开。

杨铃子眼睛也不望着他，只看着天上的一弯月，天气不好，那月细幼的，毛毛的，像天幕上晕开的一笔写意，只略有些月意而已。

杨铃子说：我等了你好久好久。太久了。

声音与神情里是拙劣的引诱，但在乔七七眼里，简直就是幽怨，衬得乔七七好像一个负心人。

乔七七低着头用脚尖把地上的一块土块儿踱得稀碎。

这以后，全班乃至全校的人都知道，夜高二班的乔七七与杨铃子是一对。

尽管老师三令五申不准早恋，可是学校里还是小情侣一对一对的，这其中，乔七七与杨铃子无疑是最引人注目的一对。他们这样地漂亮，这样地明媚，阳光落在他们身上，照得他们透明了似的，连大人都要软了心肠，想着，随他们去了吧。

这一年的夏天，出奇地闷热。乔七七的阿姐病了，病得很重，乔七七每天放学会去医院看阿姐，后来阿姐回家休养了，他觉得天天跑到人家家里去不是太好，可周末总是要去的。阿姐说，不准告诉阿哥她病了的事。乔七七的心情郁郁的，铃子拉他回家看录像。

铃子说，今晚家里没有人，爸妈回老家吃喜酒了，她一个人害怕。

两个人坐在昏暗的室内，铃子说，好热，热死了，不准七七开灯，只留了电视机后面一盏小小的灯，洒着浅黄色的光。这微微的光下，七七的脸像淬玉一样，铃子忽地脸热起来，腾腾的，好像要喷出火来。

铃子小小声说：要不要看点特别的东西？

七七傻傻地问：什么叫特别的东西？

铃子家经济状况还算不错，可录像机到底还算是个金贵的东西，是铃子爸耐不住独养女儿软磨硬泡狠狠心买的，那带子多半是借来的，有的质量难免不大好。

乔七七天真地想：一定是好带子，画面不会卡住的那种。

铃子忽然又说：算了，不给你看了。

小姑娘的一会儿一变叫七七摸不着头脑，茫茫然地看着铃子，无辜地眨着眼，坐得近，铃子几乎听见他睫毛扇动的声音。

铃子说：好吧好吧，还是给你看吧。

乔七七对这一个晚上的记忆十分地模糊，按道理来说，人总会对自己生命里第一次的性体验记忆深刻，可是，许是七七对这一段选择性遗忘了，他无论如何也想不起事情是如何发生又是如何经过以及如何结束的。

许多年以后，三十岁的乔七七，在一个春天的长夜里，忽地梦到了那一个晚上。

杂乱的场景，铃子说她热啊热啊，脱得只留了一件背心。七七从来没有看见过女孩子穿背心，白色的，小而短的，被饱满的身体撑得鼓鼓的。七七陷在一片柔软里，背后是沙发背，前面，是女孩子软而香的身体，铃子抹了花露水，混了淡淡的汗气，是一种奇怪的香，熏得人喝醉了似的，眼神都不济起来。

七七梦见铃子挤过来，亲热地像一头小母牛那样地拱着他，惹得他几乎要笑起来，铃子的手指和他的缠在一起，她的手引领着他的，在她软而香的身上蹭过来蹭过去，铃子的呼吸扑扑地急促地打在他脸上，他觉得自己背上的汗唰唰地淌着，像一道小瀑布。

后来，他梦见铃子的身上在流血，梦里的他落荒而逃，梦外头的他，惊醒了。

太糊涂了，三十岁的乔七七想，怎么就这么糊涂啊！

像两棵树，被人劈头盖脸地泼了化肥，哗，绽了一树鲜红欲滴的果子，诡异地，那果子落了地，地上一片红色。

乔七七的一切，从来都是与乔一成无关的，他甚至记不起他还有这么个小弟弟。

离婚后的乔一成，心情十分灰暗，要说悲痛欲绝实在是有点夸张，只是心里空得慌，他甚至偷偷地跑到城南七里街找那个有名的算命瞎子算了一个命。

那老头子虽双目紧闭，却意外地满面慈悲，雪白的眉毛，乔一成报上八字之后，他略一掐算，便用哑哑的声音说起来。

他说乔一成年少失母，命中本无兄弟姊妹，却因上一世命犯孤鸾，这一世，便补他兄弟姊妹成群，说他半世操劳，原本是要孤老的，好在，会有贵人相助，老来倒是好的，很好，很好。

乔一成听得一身燥热，之后又化为冰凉，不由得长叹了一声。

瞎眼老头忽地说：年轻人不要叹气，老来好比什么都好。

乔一成想，他不过三十，离好，还远得很。

人一郁闷，脾气也坏起来。

乔一成跟单位的同事第一次起了激烈的冲突，他把人给打了。

这几年来，乔一成在单位与人关系比较淡薄，他自己解释为一种德行，所谓"君子不党"，其实是怕花钱，多出许多无畏的开销，份子啦，相互请客吃饭啦，是，他的工资是不算少，可是他觉得犯不着。

可是，倒还一直是与人为善的，兴许是心里头太闷气了的缘故，才会为了别人的一句两句话大打出手。

起因还在胡春晓身上。

胡春晓从主持的位子上下来了,台里自然是说因为还希望她做回记者、编辑,台里还是想多一点她这样专业的新闻人才,实则是因为她主持的那个节目收视率一路下跌,本身她一人身兼策划与主持就有些力不从心,再加上对节目定位的不准,想弄个曲高和不寡,结果成了个四不像。

台里撤下了她,让她还回新闻中心,她负责的那个节目交给外省新引进的一个策划人,另找了个年轻的男孩子主持。那孩子才二十三岁,年轻俊秀,活泼却又不过分,口才也好,一下子便赢得了从十五到六十五的女性收视群的喜爱。

胡春晓重新坐回乔一成对面的位置,她依然漂亮,因为妆容的精致更显出几分少女时代没有的韵味来。她像个活动的发光体,来来去去吸引着新闻中心绝大多数男人的眼光。

那年头,离婚还是挺丢人的一件事,当事人多半藏着掖着的,唯有她,全不当一回事似的,越发地让她有一种无畏的动人。

离了婚的胡春晓像是一道春雷,让新闻中心的男人们如同惊蛰后的虫子一般地蠢动起来。

不过胡春晓对哪个都是冷冷的,只待乔一成是不同的。

她知道了乔一成离婚的事,不时地带一些做好的菜来分给乔一成,也并不避众人的眼。乔一成推了两回没有推掉,想着人家的一片好意便也接受了,不时地买些水果留在她桌上。

偶尔,办公室里只剩下两人时,胡春晓脸上的光彩便会黯淡了下去。她似乎并不在乎把最颓丧的一面显露给乔一成看。

这些日子里,流感在这座城市里蔓延,胡春晓第一个中招,天天喷嚏不断,鼻头被拧得通红的。褪去细致的妆容,头发毛毛,病得黄黄脸还得上班的胡春晓,看在乔一成的眼里,一点点回归了初见时的可爱。

乔一成露出了离婚后第一个笑容。

胡春晓瞪他一眼道:人家这个样子了,你还笑。说着打一个脆嘣嘣的大喷嚏。

乔一成这一回大笑起来,却不料自己也打了个大喷嚏。

胡春晓也咯咯地笑了。

乔一成隔天就弄了一大搪瓷缸的糖蒜来给胡春晓,他记得她是喜欢吃这种有浓烈的酸甜味道的小菜的。

胡春晓果然很高兴,伸手就拈了一个塞进嘴里咯吱咯吱地嚼起来。又拈了一个硬要塞进乔一成的嘴里,乔一成笑着让:得了得了,酸倒人的牙!

也就那么巧,叫门外刚进来的人撞见了。

那人"哟"了一声，说了声：来得不巧来得不巧。

乔一成心里一惊。

他不是怕。

只是意识到一件事。

乔一成想，自己与胡春晓，彼此裸露着他们的伤口，彼此安慰与被安慰。

但是，乔一成心里头明镜一般的。

她与他，是走不到一块儿去的。

乔一成记得，几年前，自己似乎是爱过她的。

可是，他们太相像，都在不断地挣扎，以期在人生的长路上上去一个台阶，如果他们愿意，也许是可以携手向前的，只是，他们都无法对彼此隐藏住自己的本质，他们来自哪里，想往何处去，彼此都清清楚楚，这样也便意味着与他们想挣脱出来的那个世界息息相关。

他们都不想要这种相关。

所以注定不能携手。

胡春晓想必也是这样想着的，他对她，不过像一个同命同病的兄弟。

她坐在他对面。

距离很近，然而爱情很远。

可是，有谁会信？

是不会有人信，不多久便谣言满天起来。

于是乔一成一时肝火旺盛，便与说酸话说得最厉害的那位打了起来。

确切地说，是乔一成打人。

乔一成中等个头，偏瘦，不过从小劳作，瘦得颇有筋骨，拳头竟然十分厉害，一拳上去，便把那个人的一只眼打得灯泡似的肿了起来。

打了人的乔一成，长久以来的一口闷气全喷了出去，体内浊气下降，清气上升，睡了许久以来第一个好觉。

过了没有半年，胡春晓再婚。

这次她嫁了个生意场上的新贵。

光头，足一米九。

乔一成红纸包了一个饱鼓鼓的份子，当着众人的面递了过去。

春晓利落地接过去，脆生生地说：我老哥的钱，当然要拿着，到时候你坐主桌啊！你结婚时，妹子双倍还礼！

乔一成暗想，好好好，总算没有白认得你一场！

乔家四美，也在这一年里，在人来人往的大街上，邂逅了她的白马王子。

6

天真是热,初夏就已经热到三十度,刚下过一场雷雨,却又出了个大太阳,地面上的热气全被黄豆大的雨珠子给激得泛了上来,一洼一洼的积水,明晃晃地反射着阳光,像碎了的镜子,东一块西一块的碎片。

乔四美后来常想,她的一见钟情,竟然发生在这样一个闷湿得心里都要长了毛的季节里,真是终身的遗憾。

那天四美约了小姐妹逛街,被一场雨阻在了新街口百货公司里,好容易雨停了,刚走出来不久,四美的裙子便被飞驰而过的一辆车带起的泥点给毁了,四美气得忘记装淑女,冲着远去的车影尖声骂了一声,转过头去再找小姐妹们,也不知她们钻到哪家店铺里去了。

四美嘟嘟囔囔地往前走,然后,她看到一个人。

一个男人。

一个英俊的年轻的男人。

那个年轻男人穿了一身夏季的军服,脸被晒得黝黑,帽檐遮住了他的眼睛,只看得见一个线条清楚的下巴,下巴正中微陷下一个小窝,西洋人似的。

乔四美从十四岁便下决心,将来要嫁一个英俊得有如王子的男人,这个少女时代的梦幻将她的思维固定在一个狭小的模式里,固执得像焊在了她的脑子里。

不知为什么,乔四美每每想象起未来的爱人时,那梦中的人总是穿着一身绿军装,宽肩细腰,挺拔苗壮。

未婚夫或是丈夫在边疆守卫祖国,自己则在家里无怨地守望,就像歌儿里唱的:军功章啊有你的一半也有我的一半。每年快过年时得到政府赠送的一张年画,卷得紧紧的,细长条儿,用窄条儿的红纸粘好,打开看,上面有金色的烫字:光荣军属。这是那个年代少女乔四美心中最绮丽而又最纯洁的春梦。

那个男人走到一家店前歇脚,摘了帽子扇风。

乔四美叫道:戚成钢?你是戚成钢?

那年轻的男人看着乔四美，努力地辨认了一会儿，笑起来：乔四美。

四美轻快地走过去，微微仰起脸来看他。

离得近了，那人的眉目越发地英俊，简直有点迫人，乔四美几乎听见自己心花绽放时细碎而喜悦的声音。

你还记得我？四美问。

哦，记得的，你，变得不多。戚成钢说。

可是你变得真多，四美微侧起身，想藏起半扇裙幅上的泥污，其实戚成钢并没有注意到。

他是乔四美小学及初中的同学。

不过，那个时候，乔四美完全没有注意过他。

那个时候的戚成钢，又脏又瘦，虽然长得端正，可是那端正全被邋遢寒酸遮盖了，成绩也不大好，有点傻里傻气的。一到中午，他的母亲便拎了一个"猫叹气"来给他送饭，母子俩一样的旧衣旧裤，一样黄瘦沮丧的面孔，没有人注意过他，也没有小姑娘喜欢过他。

可是到了初三那一年，戚成钢开始拔个子，面容也日渐英俊，像泥里拔出一个萝卜，洗净了泥，突然显出水灵来。可惜，女孩子们没有足够的时间来细细欣赏玩味他的英俊，因为他们毕业了。

这一分别便是这么多年。

乔四美细声细气地跟戚成钢在闷热的六月的街头聊着天。

你当兵了呀？她问。

当了几年了。

那么在哪里当兵？四美伸出尖尖的食指点住下巴，歪了头，不由自主地天真起来：我猜猜，是西北？看你晒得。

戚成钢闻言笑了，露出雪白齐整而有力的牙齿：不是，在西藏。

乔四美睁大了眼睛，这一回是真的惊讶了：你在祖国的边疆？

戚成钢说：离边境线还有点距离，不过，海拔高，所以晒黑了。

黑得很好，我最讨厌奶油小生了。乔四美点头，用脚踮着地。忽地又抬起头，扑闪着眼，接二连三地问了许多的问题，并且，开始回忆起小学与初中时的往事来。

她碎碎地说着，发自内心地笑着。

戚成钢看着她，听着她说，不大搭话。

这个女孩笑得连牙龈都露了出来，戚成钢的心里有一种微妙的喜悦与自得升上来。他清楚地知道这女孩为什么突然对自己这样热络，好像他们之间从未有过漫长的、数年的不相干似的。

戚成钢直到上了高中，才开始长个，模样也一天比一天英俊周正，就如同一片茶叶，在岁月的温水中一点点舒展开，成为一个完整的青翠诱人的形状。他开始从异性的、爱慕的、打量的眼光中得到快乐，那快乐像蛰伏的小虫在温暖的阳光里苏醒，在他周身慢慢地爬着。这种快乐在他当兵以后，便享受得少了，四周几乎看不到一个异性，全是半大小子，与自己一样的汗臭的身体和黝黑的面孔。

戚成钢笑得咧开嘴。

话说得差不多了，可是四美舍不得说再见，她突然说：哎，你等我一下。

说着她快速地跑开了，戚成钢诧异地望着她轻快的、跳跃的背影。

不过三两分钟的工夫，她又跑了回来，急促地喘着气，把手里捏着的东西塞在他的手里。

是一支新买的钢笔。

喏，四美说，送给你，我们通信吧。你后天就回去了吗？

是的，噢，好吧。戚成钢说。

你给我留个联系地址，我也给你留一个。

可是，没有纸。

四美懊恼极了，刚才为什么没想着买一些信纸。

那我们写手上好了。

四美拿新买的灌了墨水的笔在戚成钢的手心里写下了单位的地址，核对了好几遍。

戚成钢看着这女孩扳着他的手细细地看着那些写好的字，有点奇怪也有点兴奋，他也在四美的手心里写下了地址。

不过，他说，我们那里一个月才会有人送一回信来。

那没有关系，四美忽地羞涩起来，那么我多给你写两封，你攒起来慢慢看好了。

两个人终于互道了再会，四美其实是很想说后天去送他的，到底还是没有说。

太热络了也不大好，是吧，四美想。

四美用力地把手攥紧，像攥住她自此以后的生活里全部的快乐幸运与希望似的。

戚成钢回到家里，太热了，便洗了个脸，等他"哎哟"了一声想起来时，才发现，手心里的那两排小字全部糊掉了。

戚成钢遗憾地"嗐"了一声。

可是不要紧，在他休假满了回到驻地后，只过了一个月，信使便送来了来自乔四美的三封信。

粉色的小信封，抽出来看，是折法十分复杂的一页纸，好容易展开来看，四美写：

戚成钢，你好。真没有想到，那天在大街上遇到你。我简直觉得这是命运的

好意，让我们老同学隔了这么久还可以见面。

接下来的日子，乔四美每个月给戚成钢写三封信。
乔四美这一辈子都没有写过这么多的字。
戚成钢的第一封回信是过了许久才到的，久到四美几乎要绝望了。
四美为久久未至的回信而消瘦沉默了。
这种沉默在收到信的那一天消失不见，乔四美又是那个爱说爱笑，热情到有点十三点的姑娘了。
戚成钢的来信里说：

当你收到这封信的时候，可能已经距我写信给你的日子过去了好久，因为路途遥远，条件也不是太好。

这有什么呢？四美想，这算得了什么呢？天涯海角也情愿跟了你去呀！
四美被自己的想法激动得热泪盈眶。
尽管他的信里并没有过什么过于亲近的词语，更没有任何表明心迹的蛛丝马迹，可是，乔四美心满意足了。
她理所当然地，把自己当成了戚成钢的女朋友，以及，未婚妻。
她跟饭店的小姐妹说：我有男朋友了，我未婚夫是守边疆的军人。
小姐妹说：你脑壳坏掉啦？现在人家都找美籍华人，或是商人，再不济也找个有出国机会的大学生。你找个西藏的军人？那里连空气都紧缺。你当是在演电影啊？
乔四美白了她一眼。不不不，她不懂得自己，乔四美想，那样英俊的人，那样好，空气紧缺要什么紧？就是仅剩了一口空气，想必他也会省下来让她呼吸。
乔四美对自己的选择坚信不疑。
因为那些信件都是寄到她单位的，所以，兄姐们竟然一直没有发现她的事。
直到有一次，无意间，二强知道了她的秘密。
乔四美一直与戚成钢通信了整整半年。
她忽地想起，手里竟没有一张戚成钢的照片，她太想他了，想到几乎想不起来他的样子了，这让她有点焦急，他到底是什么样子来着？
四美决定向戚成钢要一张照片，在要之前，她先寄去了自己的照片。
那其实是乔四美第一次照彩色的照片，她穿了白色的衣服，站在莫愁湖畔，她的身后就是莫愁女雕像。
可是戚成钢的照片并没有按预期到来，并且，他只字未提照片的事。

四美想，怕是那信丢失了吧。

信的确是到了戚成钢的手里，他还没来得及细看，战友开玩笑地来抢照片，戚成钢一个没拿住，那照片被风吹走了，悠悠地飘远了，再也找不到。

南京女孩乔四美的美丽照片，永远地、静静地躺在了西藏的山谷间。到了冬天，便被厚重的雪覆盖住了。

戚成钢不好意思提及此事，含糊而过。

四美因为他的态度不明而焦急。

这是一九九五年的秋天，齐唯民家里闯进了几个人。

乔七七已经有很长时间没有理会杨铃子了，其实是杨铃子先不理会他的。

那一晚过后，他们忽地疏远了，彼此连看也不想看对方。

他们这一对小情侣，悄没声息地，就分开了。

晚上上课，课间休息时，杨铃子离乔七七远远地坐着，小女伴奇怪地问：你们七七呢？

杨铃子带笑不笑地说：别乱说，哪个是我的七七？我才没有什么人呢，什么人也没有。我妈妈说，女孩子急什么，且得好好地挑一挑呢。

七七低着头胡乱地翻着一本书，他听见了杨铃子的话，心里不知为什么松快却又伤感。

这两种不搭调的感觉在他年青俊秀的脸上染上一道奇异的悲伤的色彩来，杨铃子偷眼看着，忽地觉得自己还是爱着七七的。

可是，假如没有那么个夜晚有多好，这里头夹着这么个尴尬别扭的夜晚，毁掉了一切。

假如，这两个孩子的生活真的可以这样交会一下，然后便如岔道一样各自伸展向自己的未来，便也好了吧。

可惜没有。

暑假的最后一天，杨铃子的妈和几个姨闯进了齐唯民家里，尖厉着嗓子，质问：乔七七在哪里？

七七被这阵势吓得呆住了。

齐家老二上前一步问：你是哪个？

铃子的妈上下打量了他一眼，确定他不是乔七七之后便伸手把他推开：我找乔七七理论。

七七从角落里蹭出来。

你就是乔七七？铃子的妈问道，惊讶于这个孩子的好相貌，他那画中人一般软而顺的

头发与忧伤的黑眼睛不由得大人不心软。

可是铃子妈知道这可不是心软的时候,她上前一步,以极其利落、力道拿捏得当、准头十足的一记耳光,把乔七七扇得跌在地上。

7

铃子她妈和几个姨呈半圆形把乔七七围在当中,七七晕头转向,口鼻间有温热的液体缓缓流下来,耳朵里嗡嗡的,飞进了一群苍蝇。

铃子妈问:你做的好事!不看你还没成个人早找人弄死你了!说,你打算怎么办?

七七慢慢地从地上爬起来,摇摇晃晃地站着,脸上一片茫然,然而看在铃子妈的眼里,就是那么一股子的满不在乎。

说呀!你装死是不是?铃子妈一个耳光又扇过去,七七躲都没躲,又挨了一下,脸颊早鼓胀起来,显得他一副极稚嫩的气呼呼相。

你还不服气?你还有理啦?铃子妈质问。

七七这才晓得回一句:我没有……

后面的半句话未及出口便被铃子妈的又一巴掌给截断了,这一回的巴掌拍在七七的脑袋上。

齐家老二实在看不下去了,到底是从小在自家长大的孩子,这么一巴掌一巴掌地由着人拍小枕头似的拍打,他挺身站了出来,拦住铃子妈,把那气得眉眼挪位的女人发力一推,推得她跟跄两步。

铃子妈暴跳起来:你们还有理啦?我告诉你,真把我们惹火了,一拍两散,我报警抓你这个小赤佬去吃牢饭。

齐家老二听出了点不对来,问:有话好说,做什么打人?

说什么说?比铃子妈稍年轻一点的女人站了出来:有什么好说的?叫乔七七有本事站出来把事情担起来,不要做缩头乌龟,敢做不敢当!

他到底做了什么?老二问。

你问他!你问他!铃子妈的手指直指到七七的鼻尖上来。

齐家老二于是转过身来问七七:你做什么啦?

七七茫然地看着二哥,隐隐约约地,他知道,大约是那件事败露了。

做错了事的小孩子,找不着借口,呆站着,惶恐得像是世界末日即将来临。

他到底做错了什么？你告诉我，我们来处理，看是给你赔礼还是……

赔什么哟？怎么赔呀！铃子妈终于撑不住了，一屁股坐在地上，拍着两腿号啕起来：我的女儿一辈子就给他毁了呀！你这个死不掉的小王八蛋哟！

齐家老二终于知道，大事不好了。

铃子的姨看见姐姐哭了，也放声哭诉起来：他搞大了我们铃子的肚子！你说你才多大哟，毛还没长齐呢你就祸害人啦！

齐家老二转过脸问七七：是不是你做的？是不是？

七七只知道大睁了漆黑的眼睛看着二哥，眼珠子浸了泪，越发地黑，扯得人心一个劲儿地往下沉。

我不晓得……七七说。

这一回，连齐家老二也给了他一巴掌：看你干的好事！你去死吧！

七七看看盛怒下的二表哥，又看看铃子的妈与姨们，然后就直挺挺地往后倒了下去，重重地跌在了地上。

齐家老二只得把妈妈找了来。

二姨与铃子的妈妈与姨妈们坐在了谈判桌上。

二姨说：要不，赔你们一些钱，带小姑娘把孩子做掉吧。

铃子妈哭道：能做掉还用你说？早就把那块肉给弄掉了，可是医生说，我们女儿怀的孩子位置不好，手术危险大，弄不好要送命的呢！

二姨犯了难，想了好一会儿才说：其实不瞒你说，乔七七这小孩，也不是我亲生的，要是我生的，做出这样的事，随你们拖出去，要杀要打都行。他其实，是我姐的孩子，可怜我姐命不好，生下他就死了，这孩子，唉，也是命硬，我是可怜他是没妈的小孩才抱来养到这么大的。现在出了这种事情，我们齐家，也实在是担不起这个责任。不如，你们去他们老乔家理论？他家还有管事儿的大哥，他大哥还是在电视台做事的，知识分子，不会不讲道理。他就住得不远，他爸也在，虽然现下不在南京，也不是千里万里的不能回来。

第二天，杨铃子一家子真的拖上乔七七到了乔一成家里。

乔一成完全摸不着头脑，被那几个女人哇哇哇的一通吵吵得七荤八素。

还是二姨把他拉到一边，一五一十地把事情说了。

乔一成气得手脚冰凉，一是气乔七七，这个不争气的小孩，火上浇油，又给他添一件事，二是气二姨，明摆着是想脱身，不管一丁点儿事。

乔一成冷冷说：我不管，我也管不了。

那边杨铃子家的女人们一听就炸了，就连二姨也极不高兴：你不管？你是他的亲大哥，难不成乔家的孩子做错了事，要我们老齐家来负责？

一成脸板得如同一块木板：您放心二姨，连累不着你，你就叫她们把人拖走，爱怎么处理怎么处理。

　　七七藏在人堆里，脸白得吓人，全身软塌塌的，像散了骨架的小木偶，他是被二姨从床上架起来走过来的，整一天一夜没吃没喝了。

　　乔一成说他不管，二姨当然也不管，杨铃子一家人倒也干脆，转身去了。

　　不过个把小时工夫，哗啦又打了回来。

　　这一回，不仅人来了，连同躺椅被褥牙刷脸盆都搬了来，也不说话，几个女人利利索索地打开躺椅，在地板上铺好被子，把脸盆牙刷往卫生间一放，在乔一成的家里，摆开了野营的阵势。杨铃子妈头上扎了块格子围巾，睡在躺椅上，痛苦地呻吟着。

　　就只一个晚上，乔一成便扛不住了，觉得自己真的快要崩溃成一块块碎片了。

　　一成一步一挪地走出卧室，刚下脚便觉得踩着个什么东西，低头一看，是乔七七。

　　七七半睡半醒，一只手腕上死死拴了根绳子，绳子的一头，系在杨铃子姨妈的裤腰带上，她们怕这孩子跑了。

　　七七抬眼看着踩痛了他的这个哥哥，几乎是个陌生人，然而，这是他亲哥，是他没见过面的妈的孩子，与他是一样的。

　　一成替他把绳子用力地扯下来扔在一边，看着他的脸色不对劲儿，伸手探一探他的额头，吓了一跳。

　　一成回身找来了退烧药，递给乔七七。

　　乔七七有点儿迷迷糊糊的，转头让一让，不肯吃。

　　乔一成揪了他的耳朵给他把药灌下去，七七火烫的脸贴在乔一成的手背上，他大约是有点儿烧糊涂了，不清不楚地说：救我呀，阿哥！

　　乔一成明知道他叫的不是自己，然而，也不由得心尖子颤了一下。

　　就像很多年前，二强抱回小猫"半截子"非要养活，他不同意，然而敌不过小猫那微弱的一声咪唔，就软了心肠。

　　更何况这不是只猫，是个活生生的半大的孩子。

　　是他的小弟弟，漂亮得不像他们家人的孩子。

　　乔一成觉得一口热血直涌上来，若不是他还提着口气，早一口血直喷出来了。

　　一成终于和杨家一家子坐下来协议。

　　铃子的身体，胎是不能打的，只得生下来，但是，没结婚，才十八九的女孩子，在娘家生个孩子算怎么回事？街坊邻居一人一口唾沫就把杨家一家子给淹死了。

　　乔一成长叹一声，说，要不然，就给他们俩把婚事定下来吧，要不怎么办呢？

　　杨家人沉默了许久许久，最后还是杨铃子她妈拍的板。

　　她看着缩在一角的那个叫七七的孩子，她不是笨人，也看得出来这不是个坏孩子，生了一副好相貌，可惜没什么大用处。可是自己那个不争气的女儿，拖着个没有爹的孩子将

来能找什么好人呢？眼前这个孩子至少脾气是好的，自己的女儿受不了气。

于是，两个孩子的婚事便这样定下来了。

两个人都还没到适婚年龄，铃子的大姨路子挺广，不知从哪里给打了介绍信，瞒了两个人的岁数，把结婚证给办了下来。没有这一纸婚书，孩子的准生证也是拿不到的。

铃子从学校里退了学，没办法，肚子快藏不住了。

七七也退了学。

他病了。

去医院也查不到什么大毛病，就是发烧，打针吊水吃药全不管用，到后来，所有人都担心这孩子会不会烧坏了脑子。医生说，可能是神经性发烧。

杨铃子妈一听，倒过意不去得很。老百姓，也分不清神经性疾病与精神病的区别，只觉得别是逼坏了人家孩子，也害了自己女儿一辈子。于是拎了水果去看这个小小的毛脚女婿。

七七正瞪着天花板发呆，脸瘦得额角的青筋都清清楚楚，像个小纸人似的。

铃子妈伸手摸摸他冷得冰块一样的手，倒了杯热水叫他暖手。

乔七七甚至说了声谢谢。

杨铃子妈叹了口气去了。

常星宇终于接到消息是在七七结婚的头两天。

常星宇也是瘦成了一把骨头，跌跌撞撞地被自己大姐扶着找到七七。

常星宇说：小七，这婚你不能结。

七七叫：阿姐。

常星宇看着他，满肚子责备的话一句也说不出口，眼泪扑簌簌地沿着因生病而显得干燥的脸上往下淌：小七，对不起，我对不起你。你叫我怎么跟你阿哥交代啊。

乔七七说了数日以来第一句清清楚楚的话：不要告诉阿哥，不要告诉阿哥！

乔七七他们的婚礼很简单，铃子一心想穿白色的婚纱，长长的裙裾，穿上了像云雾缭绕周身似的，被铃子妈一口否决：肚子大成这样还穿他娘的婚纱！

铃子气得哭，然而自己理屈在先，只好哑了口，想着生完孩子以后再补穿一次。

但终究是没有穿成。

七七穿了套西装，大家都想，幸好没办酒席，不然谁会看得出这个孩子竟然是新郎官儿。

乔一成在七七结了婚后突然如醍醐灌顶，自己做了件大错事。

可是，晚了。

乔家小七的这场莫名而来的婚事，让所有人跌破眼镜。

只有一个人对这件事漠不关心。

因为她有更为重要的事要做。

这个人就是乔四美。

四美一直坚持每月给戚成钢写三封信，她读到初中，九年里写的字儿不及这八个月里写得多。

在最近的一封信里，戚成钢给了她一个电话号码，说，他们那儿通上电话了。

乔四美兴奋得一夜未睡，第二天便打了那电话。

可惜一直一直不通，四美就一遍一遍地打着，一直拨到手指头都抽筋了，终于听到电话接通的信号声。

四美突然紧张起来，她想不起来要说些什么了，心里头那些话突突地往外冒，油井井喷似的要喷发出来，可是，在接近喷发的那一刻，却无声无息了。

乔四美拿着电话的手都发着颤，好半天好半天，那边才有人接了电话。

是四美完全听不懂的方言。

乔四美对着话筒叫：我找戚成钢！

那边问：喂喂喂，你找谁？你找谁？

戚成钢，戚成钢。请找戚成钢听电话。

那边仿佛在嘶声地叫喊，可是那声音听起来却又远又低。接着，咔的一声，电话断了。

乔四美心里梅雨天似的长了毛，腻答答的，又闷气，让人简直恨不得在这一片湿闷的有了形体一般的空气中狠狠地戳破一个洞，好让新鲜干爽的气息透进来，透进来。

戚成钢不明了的态度叫四美焦虑不安。

那个英俊的年轻人，好像完全不明白四美的明示暗示，每回的信总是大而潦草的字，只一页，轻描淡写地写些部队上的事，偶有一次热情一点，接下来又是更加含糊的轻描淡写。

乔四美决定自己去改变这一切。

她向单位申请了一个月的长假，起先单位不肯批。乔四美说，我是要请婚假。

但是婚假只有十三天。

乔四美找到人事部，对部长说，十三天假太少了，我要一个月假，因为我爱人是守边疆的军人，路很远，请你们一定要批准。

于是乔四美真的拿到了一个月的大假。

她偷偷地收拾了行李，带了一套新衣服，一包化妆品，还有近来存的一些钱。

四美买的是半夜的火车票，她八点上床，没敢睡熟，十点钟起来，一成在单位值班还没回，三丽睡沉了。

四美摸黑下了楼，迎头撞上二哥乔二强。

二强沉默地站在一片黑暗里,像根树桩子。

二强问:你去哪儿?

四美答非所问:你拦也没有用,我定了要走就一定会走。

二强在黑暗里笑了一笑:我送你。三更半夜,你一个女娃家的,也敢一个人赶火车!轮到四美惊讶得傻了似的张着嘴。

第二天,乔一成便发现,他的小妹乔四美不见了。当发现四美连牙刷毛巾都带走了时,乔一成觉得大事不好了。

乔一成手里若有惊堂木早就啪的一声拍响了,然而拍也不会拍出戏里头老爷升堂时的威风,有的只会是气急败坏。他问三丽与二强:你们哪个知道乔四美去哪儿了?

三丽说:大哥,我真不知道。

一成转向二强:乔二强,你妹去哪儿了?你说!

第六章

这是他少年时向往的地方,他曾牵着弟妹或是独自一人无数次地在这些小院外徘徊,想象着院子里的另一重生活。

1

乔四美终于到了拉萨。

在五天五夜的火车与长途汽车劳顿之后。

四美觉得自己活像一张皱纹纸，浑身都是疲惫的褶子，每一道褶子里都写着一路的辛苦与不易。

可是，四美的精神却异常地亢奋，一颗心几乎要蹦出腔子。

拉萨的天空，蓝得简直叫人想流泪，空气纯净，有无限的透明感，一景一物无不色彩明艳，建筑雄伟壮丽。乔四美站在这样的蓝天下，踩着这一片陌生的土地，足足傻了有十分钟，慢慢地才回过味来，自己，是真的来到了西藏了。

离家几千里地，便是四美这样不管不顾，莽莽撞撞的人都生了几分怕意来。

不过不要紧，四美想，这里有戚成钢。

那个她一见而钟情的人，就在这里的某一个地方，某一个角落。

她离家远了，可离他却近了。没什么好怕的。

四美找了一个很小的邮局，给大哥一成挂了一个长途。

那边好半天才有人接起来，是大哥的声音。

四美在乍一听到哥哥的声音时，不是不慌不怕的，可是出乎她的意料的是，大哥并没有骂她。半句也没有骂，大哥的声音里的倦意从细细的电话线里传导过来。

一成说：你也不必跟我讲你去了哪里，要干什么，我随你。

四美突然心酸起来，眼泪哗的一下铺了满脸：大哥，我对不起你。可是我真的有很重要的事要办，我办好了就马上回去，大哥你放心……

那一头乔一成打断她的话：我没有什么好不放心的，腿长在你身上，别说我只是你哥，我就是你老爹，也只顾得了你一时顾不了你一世。四美，你大哥也是三十多的人了，青春呀好日子呀，也没几年了，他顾不了你了。你自己好自为之吧。

那边电话嗒的一声挂了。

四美觉出，自己这一回，真的是伤了大哥的心了。

乔四美又呆了好一会儿，才想起来给戚成钢打一个电话。

这一回，信号清楚了很多。

戚成钢不在，接电话的，是他们的连指导员。

乔四美说，自己是戚成钢同志的未婚妻，这次特地来找他结婚的。

指导员非常地感动，说是戚成钢出外检修道路，要过些天才能回来，他会派人来接乔四美。

来到拉萨的头一夜，乔四美住在一个很小的招待所里，夜里的寒冷几乎把她冻得半死。她缩在硬得硌痛她骨头的床上，把带来的所有衣服都穿在身上，依然冷得不停地发抖，只得起来倒上一杯热水暖着手。就那么坐在黑暗里，从来没有那么孤独过。乔四美打小就是没心没肺的，神经粗如老树桩子，可是在这个异乡的漆黑的夜里，她的手里只得一捧水的温度，这么一个时刻，她想的却不是她千里追寻的那个人，而是她的兄姐们，还有他们一起度过的那些日子。

四美捧着杯子呜呜地哭起来，一边哭一边叫：大哥，二哥，姐。

第二天，乔四美便开始出现高原反应，头疼得像是要裂开。

乔四美后悔了，她想回家了。

第二天一大早，几乎一夜未睡的乔四美便收拾了东西，付了招待所的费用之后，剩下的钱够不够回家她也拿不准。

但是在招待所门口，有人在等她。

两个穿军装的人，风尘仆仆，脸色黝黑疲累，上前来问：请问你是不是乔四美同志？

四美这才明白过来，是那位与自己通过电话的指导员派来的人。

两个战士都极其年轻，怕是比四美还要小上三两岁，不住地用目光打量着四美，看这个似乎连脸都没有洗的女孩子，疲惫之下露出的那两分秀色，在刚才的一刹那，她的眼睛里涌上的一层薄泪，就好像看见了久别的亲人似的神态，让衣着随意神色不安的她显出一种柔弱无助来。

这两个年轻的士兵在心里叹一声：戚成钢走了什么狗屎运，有这样的一个女孩子千里迢迢来寻亲。

他们其中一个热情地对四美说：我们指导员叫我们来接你，车就在外头，还要有个把小时的路。对了，我们指导员还说，你们刚来西藏的人，会有反应，让我们先带你去这里的部队医院看一下再出发，不急的。

在医院检查了，四美的高原反应还算好，吸了氧之后她便觉得舒服多了。

四美跟着两个战士出发了。

越前行便越冷，四美披上了那位稍健谈些的小战士的军大衣，一路上昏昏欲睡，错过了路过的所有风景。

终于到了目的地时，四美觉得人清爽了一些。营地很安静，一个黑脸大汉早迎了出来，自我介绍说是那位指导员。他握住四美的手直说不容易啊不容易，现在只听说我们的士兵被对象甩了的，像你这样的好姑娘真是不多见啊，不多见啊！

快两点了，指导员带四美去食堂吃饭，伙食并不好，可看得出来他们已经倾其所有了。四美吃了这几天以来的第一顿饱饭，困意便上来了，指导员又安排她在专门接待军官家属的宿舍里休息。说是戚成钢还在外执行任务，信号不好也没联系上，好在，明天他们就返回了。

直到第二天的下午，四美才算见到了戚成钢。

戚成钢与他的一个战友在外检修保养公路，那段路路况还算不错，只是人烟稀少，几乎是与世隔绝了几天，从天而降的乔四美让他觉得头顶上正正打了一记响雷。

四美呆望着戚成钢，在那一瞬间，她觉得她这一路的风尘与辛苦都值了。

戚成钢比大半年前略黑瘦一些，可是更加挺拔，斯时斯地的他有一种在大都市里待着时没有的气势，他站在那里，尽管神情惊诧，但是却英挺如松，真是剑眉星目，正是男人最好最光鲜的年岁。

四美对着他微笑，继而无声地大笑，笑得牙龈都露了出来，这正是她肖想了那么多年的一个人，这正是她肖想了那么多年的一个时刻。

然而戚成钢并没有如四美想象中的那样，飞奔而来把她抱入怀中，当着那么许多的年轻士兵的面紧紧地拥抱她。

他只是呆站着，好像在思考着一个什么难题，一个超乎他的理解力与接受力的难题。

是指导员解的围，他拍着戚成钢的肩说：高兴傻了吧？

四周响起一片笑声。

那一天的傍晚，来了个部队上的宣传干事，是专门来报道南京姑娘乔四美千里奔波，来嫁边防军人的事迹的。

乔四美不知道的是，戚成钢与指导员私底下的一番谈话。

戚成钢说：指导员，我我……我不能跟她结婚。

指导员大惊：你说什么？你这么快就变心了？你起了什么花花肠子？

戚成钢说：我，她，我跟她并不是那种关系。我们以前是同学，半年多前只在街上见过一面。

指导员怒气冲冲道：你跟人家通了那么久的信还说不是那种关系？

戚成钢觉得有点儿委屈：可是我信里头什么出格的话也没有写，我以为就是老同学通通信，没想到她误会成这样。

指导员气疯了：误会你个头，我听说人家还给你寄了照片。

我看都没看就给风吹跑了。

我看你还是脑子放清楚一点，现在部队领导都知道这个事儿了，要不怎么连宣传干事都来了呢。我实话告诉你，首长要给你们做证婚人呢。

戚成钢呆若木鸡。

指导员拍拍他的肩安慰道：你不如就将错就错，这女娃子也没什么不好，有模有样，身条子也好，人也不傻，上赶着来了，连结婚证明都打好了来，一定可以跟你踏实过日子的。你也不要眼光太高了，你长得是人模狗样的，可是凭你的水平，军校是考不上的，现如今，没有文凭就提不了干。再干个两年，领章帽徽一摘，回家还是个平头老百姓，你指望能找个什么样的人？现在的小丫头，精得汗毛孔上都长心眼，口袋里没有文凭没有钱哪个肯跟你？你还以为是我们那年代呢？人家正经也是大城市里的姑娘，叫你像我似的找个农村娘儿们你肯不？

一番话说得戚成钢心里七上八下。

然而事情的发展，也由不得他犹豫不定了。

部队的首长第二天就来了，要亲自给这一对新人证婚。连拉萨电视台都给惊动了。

乔四美与边防战士的婚礼，就这样，被树了个典型。

当一切的热闹都消停了之后，乔四美才有机会与戚成钢独处。

他们对视的一刹那，心里都有一种恍若梦中的感觉。

两样心思，一处闲愁。

乔四美在这里也不能久待，三天以后，连里特批了戚成钢两天假，让他送四美回家。

他也只能送她到拉萨。

长途车开动的时候，戚成钢终于如四美所愿往前追跑了两步，四美唰地拉开窗子，伸出半个身子来，冲着他大喊：成钢！成钢！

这是她第一次如此亲近地叫他的名字。

她英俊的，英姿勃发的，白马王子。

她的爱人。

他挺立的身影一点点地远了。

四美回到了南京。

风尘仆仆，头发蓬乱，皮肤干燥，人消瘦得如同一把一夜之间失了水分泛了黄的青菜，脸颊两块高原红，眼睛倒是亮得很，目光灼灼。

成了一个已婚妇人。

军属。

七七与铃子的孩子也出生了。

常星宇终于把事情在电话里跟齐唯民说了。

齐唯民很快就要回来了。

乔七七听常星宇说阿哥要回来了,扑通一声就跪了下来,吓得常星宇一把要把他拉起来,可是她病了许久,没有力气了,七七人又一个劲儿地往下坠着,常星宇只得说:七七,你起来说话。七七,七七!

乔七七呜咽着像是喘不上来气:阿姐,我不能见阿哥。求你不要让我见阿哥,我没脸见他。你就告诉他……

常星宇拍着七七的背,这孩子像是要窒息了似的。

七七缓一缓又说:你就告诉他,我病死了。我,我这辈子,都没脸见阿哥了。

常星宇也哭了。都是我的错,她说。

七七回手拥住常星宇。阿姐,他说,不怪你。怪我自己。还有,我想,兴许这都是命里注定好的。

十九岁的乔七七,早早地,认了命。

齐唯民在两个月以后回来了。

常星宇见到他的第一句话就是:老齐,我对不起你。

齐唯民伤心地抱住消瘦得脱了形的妻子,两人都流了泪。

乔七七躲了起来,没有在齐家。

齐唯民回来后一直没有看到过他。

乔七七其实一直在杨铃子家,白天在铃子爸开的小工厂里帮忙,晚上就住在他们家里。

乔七七那天下班以后,迎面就看见了等在外面的齐唯民。

七七下意识地拔腿就要跑,被齐唯民一抓拉住。

齐唯民叫:七七。

乔七七放声大哭:饶了我吧阿哥,求你原谅我。

齐唯民抱着这个吓坏了的孩子,笑着说:自然,我是原谅你的。我跟你阿姐,都原谅你。不是说了吗,年轻人犯错误,上帝都会原谅的。

齐唯民想,上帝原谅你,是因为你年轻。

我原谅你,是因为你是我兄弟。

这是一九九六年年底。《大话西游》这部电影从大陆火回了香港,周星驰成了星爷。

在八三版的《射雕英雄传》中,他演了两个小角色,一个是宋兵乙,有两句耀武扬威的台词,另一个是囚犯,出场不到两分钟,被梅超风的九阴白骨爪拍死。

这一年,一个叫H.O.T的韩国组合风靡中国。他们穿着裤管异常肥大的超级"水桶裤",戴着亮闪闪的首饰,耳朵上挂着耳环,少年们无一不争相模仿,满大街晃悠的都是这副打扮的年轻人。

时间一晃,就到了一九九七年。

2

一九九七年年初,一成对大妹妹三丽说,要不,你跟一丁把婚事办了吧,你们也处了这么些年了,有比较深的感情基础,一丁那个人我看很诚恳,值得托终身。

三丽想一想说:最近家里出了这么多的事,而且,爸还在外面。

一成说:就是因为有这么多事,你看四美的婚事,叫人看着就悬。还有二强跟孙小茉,也说不明白他们在黏糊个什么劲儿。你还是把婚结了吧,咱们家兄弟姐妹几个,就你跟一丁的感情是正常态的,哥相信你们将来必定也好。结吧结吧,冲冲家里头这股子邪劲儿也好。

三丽还有点犹豫:大哥,那爸,咱们通知他一下吧。托人带个信过去?

一成挥挥手:不要提那个人。这么许多年,有他没他,有区别吗?

三丽终于和一丁结婚了。

按照一早说好的,他们没有办酒,只两家人在一起吃顿饭,等一丁拿了假,他们两个去旅行一趟。

一丁说了,这两年在公司这边做得不错,也存了些钱,可以走得远一点了,去深圳吧,听说那里现在建得可好了,隔着海能看到对岸的香港。可是三丽说,她想去北京。

一丁豪爽地说:先去北京再去深圳!

三丽笑道:你疯了,一南一北隔好几千里路呢,那得花多少钱?

一丁说:三丽,我挣的钱花在你身上是花得最值的了。

三丽笑了,笨笨的人讲起情话来,老实里头带了三分硬邦邦,可是听起来格外暖,熨斗似的从心上烫过。

三丽到底是比一成要会做人些,这一回,她顺带着请了二姨一家子,加上一丁的一家子,也团团坐了整两桌。

一成那天单位临时有急事,急得他简直头上要冒出火苗来,还好,终于没迟太多,到饭店时,迎面就看见了三丽,站在大门口张望着,看见他,直扑了过来。

一成略略把她推开一点看看,三丽今天穿了大红的羊毛套裙,化了新娘妆,头发高高地盘起，簪着两朵玫瑰骨朵，平时里有些黄黄的面色全不见了，脸被照亮了似的，非常漂亮。

一成笑起来说：这套衣服果然比前两年找裁缝做的那套洋气多了。

三丽笑起来，亲亲热热地挽着一成的胳膊，抓得紧紧的。

一成跟着三丽一起上到三楼，快要进包厢的时候，三丽突然停下脚步，有点怯怯地说：大哥，嗯，先别进去，先来见个人。

说着拉了一成拐上楼梯，一丁租了间客房今晚要住这儿的。

三丽打开门，兄妹两个进了屋。

一成一眼看见那个坐在小茶几边的沙发上的人。

三丽看看一成的面色，劝道：大哥大哥，你可别生我的气。

一丁也走了进来：大哥，是我的主意。我跟三丽，我们一辈子的大事，还是想有爸在场。是我托人去通知爸的。

乔祖望站起来，慢慢地走过来。

他老了不少，两鬓花白了，显得又可怜又有点脏相，这几年他在乡下的日子也不好过。

走得近的时候，乔一成看到他的脸上有一丝丝惭惭的神情一闪而过。

一成对三丽和一丁说：不早了，还不赶快开席？走吧。

三丽松了口气，跟一丁一人一边挽着乔祖望，一起回到包厢里。

乔祖望在大女儿乔三丽的结婚家宴上，坐了主桌。

那一天的家宴，气氛一直还算不错。

就只是，有个叫人想不到的人，喝得多了点。

孙小茉。

二强自然是要把小茉送回家去的，不知为什么二强心里有些惴惴的，这样子的小茉叫他感到很陌生。

送了小茉回去时，小茉还有些糊涂。

小茉妈说，你要照顾照顾她，喝醉的人，都死沉死沉的，我可弄不动她，你们也是领了证的夫妻了，说起来也不要紧。

二强给她擦了脸，让她脱了外衣睡下。小茉突然伸过手拉着二强，把一张热扑扑的脸全埋进去，便一动也不动了。

二强不知她怎么了，也不敢动，站到腿都酸了的时候，小茉才说：二强，你不要走。

三丽跟一丁本来打算是结婚后单过的，一丁妈老早放出话来，家里的房子是有，可是，是给二儿子结婚用的，老大要有老大的样子，谦让一些。谁知道一丁的弟弟自找了一个条件不错的女朋友之后,对对方巴结得了不得,那女孩子在来过王家一次之后,就挑明了说,以后是绝对不会在这里结婚的,连抽水马桶也没有,怎么过日子?而且她也不能在披屋里烧菜做饭,染一身油烟蹭一身老灰。于是一丁弟弟自订婚之后就搬去了女方家里,差不多就是一个倒插门了,一丁妈气得仰倒,却没奈何。一丁爸说,那就把家里的房子给了一丁吧,一丁妈起先不答应,说还有个女儿呢。一丁爸说,就算你女儿肯住在家里,你未来的女婿也不一定肯,不是每个男娃都跟你儿子似的,上赶着做倒插门。

三丽想着,在外租房也是一笔大开销,也就跟一丁商量了,把新房安在了王家。

从此两个女人开始了漫长的艰苦而卓绝的斗争。

等他们俩旅行回来的第二天,一丁妈在晚上三丽下班时,便舒服地坐在堂屋的一张扶手椅上,说:唉,这下子可好了,媳妇熬成了婆,我也可以吃吃现成饭,享享儿子媳妇的福了。

三丽明白她是叫自己去做饭,略略有些为难,还是系了围裙往披屋子里去了,出去时对一丁丢了一个眼风,一丁也就跟了出去。

三丽把水开大,在哗哗的水声里跟一丁窃窃私语:你妈说做糖醋排骨,叫不要做得水叽叽的,炒出糖色来,怎么个弄法呀?

一丁笑着也不答,自顾就做了起来,三丽看他动作娴熟,笑啃一个西红柿在一旁看,又把西红柿递过去叫一丁啃一口。

菜饭都上了桌,一丁妈却笑说:哟,想吃媳妇的饭,吃的还是儿子做的。

三丽脸一红赔笑说:我是不大会做饭。

一丁妈便说:哪有天生就会做饭的人,谁又是二十四个月养下来的。

声音里全是紧巴巴的怨气,听得三丽心里不高兴,这还是她的新婚里头呢,到底还是看着一丁的面子没有作声。

一丁妈看三丽没出声,像是一方挑战的没得到对手的回应,叫那鼓着的气势白白地散了实在不甘心,便堆了笑出来问:三丽啊,原先你在家里不做饭的啊?真好命哦!

三丽垂了眼微笑答:哎,我们家都是男的做饭,我大哥,我二哥。

第一顿饭就吃得哽在心口,一丁妈背了人老大的不高兴,跟老伴嘀咕:又不是大干部家出来的,又或者是世代书香家的小姐也就罢了,不过是跟我一样的平民丫头,摆个什么谱!

一丁爸干咳两声止住她的唠叨,没有理她的话头。她自己讪讪地说:算了吧,王一丁要做老婆奴也由他吧,反正他也……

下面的话,被一丁爸大力的一声咳嗽给压得吞回了肚里。

乔祖望回到了老屋。

事情已过去了几年，原先的那些个债主也灰了心，而且也渐渐想通了，乔祖望也的确在里面没有捞到多少油水，而且也一把年纪的人了，再过来闹的话，万一他出了什么事，岂不是要弄出人命官司来。

乔祖望在家里深居简出了一段日子，见一切风平浪静，慢慢地，也恢复了往日的神色来。

他先是叫二强把家里钉死的那些窗子全打开，三丽和四美一起把屋里屋外好好地打扫了一番，添了些新东西。四美又住回了老屋这边。

乔家老屋里终于装上了电话，乔一成出的钱。

乔老头对这个新玩意儿产生了浓厚的兴趣，就像当年对电视那样，时不时地要打两个电话到儿子女儿单位去，叫乔一成后悔得要死，不该给家里添这么个东西。

乔老头慢慢地走出家门，开始与旧日的牌友们恢复了往来，又开始常聚在一处打牌了。

他自从出了那回事以后，原先的厂子里便把他给开除了，过去是"停薪"，现在连"职"也留不住了。现在他想要买断工龄，也找不到门路，原先的厂长也退了，家也搬了，老工友一个也找不到了，乔祖望气得大骂社会主义要饿死人了。

乔老头于一个春天的傍晚召开了一次家庭会议，把儿子女儿通通叫到身边来，提出，现在各人都结婚成了家了，条件也好了，可是眼看着老爹爹却潦倒成这个样子了，要他们每个人每月贴自己一些钱过日子。

乔一成先冷哼了一声，弄得三丽也不好开口了。

倒是乔二强先开了口：你要我们每个月贴你多少？

乔祖望说：那要看你们的良心了。

乔一成打断他的话：不要提这两个字，你给个数，我们也斟酌一下。

乔祖望心里其实早想好了一个数字，自己暗地里算过，老大的工资不算低，老二差点儿，三丽没什么钱，可是她男人公司是不错的，好像王一丁新近升了什么主管，想必也不差，四美的饭店上了四星，应该也不差，四份儿加起来，可以让他过上很舒服的日子。

可是，看着大儿子脸上的神色，不知不觉地，乔祖望就有些胆怯，自动地把心里头各个人要摊的数目减了些说出来。

乔一成听了笑了一笑：好好好！是吃了一堑长了一智，现在终于明白做人不要太贪心了。好吧，我给你这个数。

乔一成说的数比乔祖望说的又少了些，不容得乔祖望开口，乔一成说：要就要，不要，就算了。

乔祖望被儿子话里连着的三个好字震得不敢吱声了。

结果，弟弟妹妹们要给的数当然也一样少了些，乔祖望在心里飞快地算了一算，这一回真吃了亏了!

　　四美突然说：对了，说起来，咱们家，应该是兄弟姐妹五个的，那个小的，他也成了家了，女方家是独女儿，听说还做了点生意，他不要也算上一份儿吗?

　　一成打断她的话：算了吧，不要算上他。

　　那个孩子，一成想，那个孩子啊，那份仓皇的日子。

　　一成接着说：钱我们会按月按时给你，一分不会少，我可以替弟妹们保证。但是，你要是拿去赌输了，我们可不给二回，这个，也要先说下，谁要偷着给你还赌债，以后你的生活费用全由他一个人承担!

　　一番话，丁是丁卯是卯的，乔祖望被大儿子的气势给震倒，只剩下听着的份儿了。

　　过了不多久，三丽便怀上了孩子，一丁高兴得跟什么似的，忙完了公司的事，回到家更是把三丽侍候得直手直脚，一丁妈更气了。

　　过了五月，一成的单位开始大忙起来，为了迎接即将到来的香港回归。

　　乔一成也在采访中结识了某区宣传部部长，年轻的女干部，项南方。

3

一九九七年,是电视台大忙的一年。这一年,台里在人员安排上来了次改革,开始实施搭档制。

算起来,乔一成也是资深记者了,这几年,在台里,他虽不是样样拔尖,可走的是稳扎稳打的路子,倒也有了不错的口碑。

搭档制一开始实行,有人忙不迭地询问是否可以自由组合,比较处得来的人在一块儿工作,也顺心些,可是乔一成因为平时跟同事们比较泛泛,所以反倒没有那么急惶惶的,安心地等着领导分配。

正式组合那一天,乔一成正巧外出采访一个突发新闻,回来的时候,听说人员已安排定了。有人告诉他,他的搭档在食堂吃饭呢,是个新引进的摄像,年纪不大,可是听说挺牛,原先是电影厂拍电影的,姓宋。

乔一成想,既然将来要一块儿工作,总得有个好开始,便往食堂走去,要会会这位新搭档,打个招呼。

迎面,却看见一个熟悉的身影。

瘦削了许多,可是身姿挺拔优美,面容姣好,一头卷曲的长发,竟是常星宇。

乔一成隐隐听说新闻部从报社挖来个文字记者,原来竟然是常星宇。

常星宇目不斜视,打乔一成身边经过。说起来也是亲戚,可是常星宇一直不大看得上乔一成,自七七的那件事之后,对他的意见更大。

乔一成在心里苦笑半声,想,行,不理就不理。你命好会投胎,投个教授做老爹,若你有我这样的命,你清高得起来再说吧。

一走进食堂,便听见有人高声谈笑,声震四野,气势浩然。

那人一把好听的亮嗓子,一口略带东北口音的普通话:你看,看我这边侧脸,人家都说像年轻时的寇振海儿,再看,看我这边的侧脸,像谁?像不像那个歌星林依轮?你再看我的嘴这部分,像谁?像不像电视上经常看到的那位领导×××?我跟你说,我将来老了,越老会越像。

乔一成朝天花板翻翻白眼，我的天。

正说得热闹，有人叫：宋清远，你搭档来了，乔一成，这边。

宋清远一站起来，便带出一派气宇轩昂来，衬得南方人乔一成又缩小了一轮。

宋清远用手在短得恨不得贴在头皮上的头发上用力一擦，伸过来与乔一成极短促地一握。

从此，乔一成便与宋清远开始了数年的搭档生涯。

处了一段日子，乔一成发现，宋清远此人，的确如他人所传言的，自视甚高，不过他也有资本，这人技术一流，身大而腹不空，颇有点灵气，到底是拍过电影的人，画面感特别好，做了几档专题节目，一下子就把人震住了。虽说有时言语夸张些，人倒实在，敬业得很，有两次，乔一成看着他一身旧衣，为取一个好的拍摄角度，随地就跪下，趴下，甚至仰面躺下，不由得生两分欣赏的心。

宋清远起初却是一万个看不上乔一成，嫌他黏糊，不爽快，看到乔一成钱包里的钱都是按票面大小齐齐整整地排着，早从鼻子里扑了一大阵子凉气。

让宋清远对乔一成看法有所改善的，是之后不久的一些事。

新闻部搞改革，说是各栏目的人员不应该固定，应该大家轮着制作不同栏目的节目，比如早新闻、八点新闻、时政报道、专题节目、投诉类节目等等，以期历练队伍，培养一批全才。

乔一成与宋清远搭档的第二个月，就被派去拍一个月的投诉类节目，叫《热线700》，宋清远一听就大声嘲笑：我呸，还007咧！我一个拍电影的沦落到搞电视也就罢了，还他娘的家长里短来！老娘们儿打架咱是拍还是不拍？

乔一成倒只笑笑，什么也没有说，照样干活。

有一回，他们俩一起去采访一个制假水泥的窝点，装成水泥贩子，被一个线人领着，去找造假者买水泥。

去了以后才发现，那是一个像西北窑洞似的地方，往里走了约莫一百米才看见人，四壁上点着一两根火把，火光摇曳，把人的影子拉得长而扭曲地投在地面与石壁上。宋清远的手拎包里装了个针孔式的偷拍机。直到暗访结束，乔一成他们走出老远了，才发现，那线人的后背衣服全湿了。

怕的。

两个人这才后怕起来，那制假者面目可怖，身材高大，身旁还站着两个同样高大的男人，若是一个不小心叫他们发现身份，说不定把乔一成他们杀了，就地埋了也没有人知道。

还有一回，乔一成跟宋清远去暗访卖黄色光碟一条街，结果就露了馅儿，被人追出去老远，起先宋清远还不肯跑，气势十足地说要跟他们干上一仗，被乔一成死拉活拖地，才

跑了。那领头追的人，边追边从怀里摸出一柄明晃晃的东西，可不就是一柄西瓜刀！两个人直跑了有半里地才甩开那伙人。

乔一成喘得不行，惊恐地摇着手，半天才说出话来：老宋，你你……你这个人……样子……样子……实在……实在太正，架子太足，恨不得……恨不得脑门子上嵌上几个金光……金光闪闪的大字，实在，不适合做暗访。

宋清远笑问哪几个字，乔一成恢复了正常呼吸，面无表情地说：我是卧底。

宋清远放声大笑。

宋清远慢慢觉得，乔一成这个人，虽然有点小男人，但倒是能屈能伸，衣着规整地采访市长时，言谈得体，穿上件半旧的夹克，腋下夹一个人造革小包，活脱脱一个私企小业主。有一次去暗访一家所谓的"男科医院"，他穿了件有黄渍的衬衫，扎了条皱巴巴的领带，外罩一件过时西装，竟然真有三分猥琐，也难怪那庸医诊断他有"二期淋病"。

按宋清远做电影的专业评价，他自己是偶像派加实力派，而乔一成就是那演技派。

在了解了乔一成离过一次婚时，宋清远说，有些好茶，那头一道水，是要倒掉的。

乔一成对他的态度心存感激，同时也略微有些奇怪，宋清远虽说面相比较成熟，其实不过二十五六，比自己小着好几岁，怎么就这么成熟呢？慢慢地才知道，那不过是假象，就像小孩子偷穿大人衣服，装得再像，也免不了要露一点马脚。

有一次乔一成开玩笑地问宋清远想找什么样的爱人，宋清远没有正面回答，而是说：我半生的理想，是在郊外盖一座小小的二层楼房，有落地大窗。我的爱人来看我，走到花园时便抬头，正好看到立在窗边等待的我，仰起的脸上，天真与喜悦交织啊。乔一成噗的一声把口里的一口热茶喷出去，说，老宋，你真是伟岸身躯玲珑心。

从此明白一个真理，所谓成熟，的确是与年龄有关系的，没到该熟的年龄就熟和到了该熟的年龄还不熟一样是变态，而非常态。

两个性格天差地别的人，倒认真地做起朋友来，说起来，乔一成的第二段婚姻还是宋清远给成全的。

随着七月的来临，电视台越发地忙碌起来。那一天，宋清远跟乔一成去本市某大区采访，接待他们的是该区新任的宣传部长，一个三十岁左右的女子，那就是项南方。

乔一成的两个妹妹多少也能算有些姿容，前妻叶小朗也有可人的地方，他的表嫂常星宇更是大美女，电视台上上下下漂亮的女孩子也多，所以在他看来，南方长相颇为平凡，眼小而嘴阔，肤色也暗。可是，一成却承认，南方是他看见过的，气质最端正的女子，利落而大方，很是能干的样子却又懂得收敛锋芒，言语得当又无官腔，使得采访十分顺利。

让乔一成惊讶的是，南方与宋清远十分熟悉，见了面南方便叫"小远"，一成以为她在叫别人，却不料叫的就是宋清远，宋清远还张开双臂开玩笑地问南方要不要拥抱一下。之后乔一成问起这件事，宋清远说，两家的父母原本就是认识的，一成见宋清远没有明说，便也没再问，他听说宋清远家好像是有点名望的，想必南方家也一样是干部。

那天采访工作结束后正是午饭时候，南方提出请一成他们吃午饭，一成以为还是那种公家的请吃，不料却是南方私人请客，还特地问乔一成能不能吃得辣。

南方带他们去的是一家小小的风味馆子，她说这里虽小，但是川菜是极正宗的，吃饭时，南方还给一成他们布菜，显得温静而体贴，并且请一成不要叫她"项部长"，像宋清远一样，叫"南方"就行了。一成对这个年轻的女干部的印象好极了，不由得便在宋清远面前多赞了南方几句，宋清远朗声笑，然后说：哎，很少听你这么夸一个女孩子，怎么样，追追看？

一成一下子红了脸，连连说自己绝没有那种心，不过是看给人这样好印象的年轻女干部比较少，才多夸了两句，没有别的意思，再说这是再也不可能的事。要追吧也是你去追才合适。

宋清远说：没有可能，她比我还大几岁，不过关键不是这个问题。

乔一成问：那关键是什么呢？

宋清远叹一声说：太熟啦！又说：南方现在还没有男朋友，三十了，家里也急。我说老乔，你真可以试试，你们两个，个头也挺配。

乔一成连连摆手。说：一领芦席一片天，怎么可能联系到一处？

宋清远不以为然地冷哼一声，说：老乔，你这人就是这点最不可爱。

不过，乔一成说的也是真心话，他真的是一点也没有往那方面想，叫宋清远这么一说，倒仿佛心里藏了点儿鬼似的。

南方所在的，是全市第一大区，是电视台经常要采访的地方，所以乔一成与南方在工作中见面的机会就多起来，常常在工作结束后三个人一同去吃饭，偶尔南方到电视台来的时候，也总顺便看看乔一成和宋清远。

乔一成觉得，与宋清远项南方相处着，自己倒开朗了些，自嘲地想，是与年轻人接触多了，自己便也多了两分青春朝气。

有个周四，四美吃坏了东西闹肚子，又懒得动弹不肯上医院，乔一成便替她去市级机关医院用自己的名字开点药，才拿了药出门，就看见南方了。

南方脸色黄黄的，像是不大舒服，自注射室里走出来。

乔一成忍不住出声叫她，南方回过头来看见乔一成，眯了眼笑。

一成说：脸色这样差，怎么了？

南方说：没事，就是累了一点，发了两天烧。你呢？也病了？

一成把手中的药对她晃晃：是给我妹开点药。忽地想起，用的是公费来拿药，也算是占了公家的便宜，多少有点不好意思。

一成看南方像是撑不住的样子，说：看你这样，自己怎么能回去，有车接你吗？

南方略一停顿答：没有。

一成看看阴得像要落下来似的天空，说：干脆我送你吧，看这天。

南方点点头，报了个地址，一成知道那是市级机关宿舍。南方说，家里是舒服多了，可是宿舍离单位近，平时她多半住这边，周末会回去的。

一成果然送南方回去，他不知道，其实南方是坐了车来的，南方自己也不知道为什么宁可乔一成来送她。

一成送南方回了宿舍，发现她这一小套房，舒服整洁，到处齐整地码了书报，很少女孩子的小玩意摆设。南方周到地请他不必换鞋，一成还是小心地换了双鞋，这地板真是太干净了，让一成不忍心就那么踩两个鞋印上去。

厨房里冷锅冷灶的，一成想，总得吃点儿什么才好让病人睡觉，便快手做了一碗热汤面，淋了点麻油，不至于太油腻，看南方吃了面和药，才走了。

南方躺在床上，裹了被，回想着。乔一成不英俊，但是五官搭配舒服，气质也温和，想必脾气不错，能力也不错，几回的报道写得极为精彩，那些新闻套语俗话下面，总有一点他自己的东西渗透出来，不激烈，但是很执着坚定，有滴水穿石一般的韧性，这让南方相当欣赏。

而且，南方微笑起来，做饭的手艺还真不错。

药性上来了，南方渐渐睡着了。

4

七七与铃子的孩子一岁多了。

是个小姑娘,叫乔韵芝。

乔七七也算是结了婚有了小家的人了,也不好再住在阿哥家里。齐唯民一直不放心,看着突然空出来的七七的床铺,很长一段时间里无法接受七七已离开的现实。

七七还有许多东西丢在阿哥家里,他的衣服,他喜欢的漫画,他从小到大的小物什,七七从来没有提起来要把东西拿走。起初常星宇怕他用得着,想着替他收拾收拾送过去,可是被齐唯民拦下了,宁可买新的衣物送过去。

常星宇叹一口气,也明白齐唯民的心,好像东西没送走,也就等于七七没有走。

铃子生女儿的那一天,是一个极晴朗的五月天。

预产期过了二十天,可杨铃子还没有生,杨家人把杨铃子送进了妇产医院,孩子还没有动静,一家子急得不得了。

说来也怪,进了医院的当天下午,铃子就要生了。

齐唯民和常星宇陪着乔七七和杨家人一起送铃子进了产房,一干人在外面等着。

原本,齐唯民看乔七七脸色刷白的样子,简直舍不得他去妇产医院。可是常星宇说,得让他去,自己做的事情,后果也要自己去面对,谁也替不了。

七七说:阿哥,我很怕,可是阿姐说得对,我还是要去的,怕也没有用是不是?

因为胎儿的位置不大好,杨家人挺担心,巧的是常星宇认识这家医院宣传科的一个干部,连忙找了她来,请她一定关照一下。她进产房交代了一下,出来说,接生的是一个很有经验的老助产士,一家子这才稍稍放下心来。

三个多钟头以后,杨铃子顺产,生了一个七斤二两重的小女娃。

铃子被推了出来,睡得很沉,头发蓬乱地落在枕上。那个小小的婴儿,被助产士抱着,铃子的妈妈冲上去小心地抱在手中,一个劲儿地说:是漂亮娃。又招呼乔七七:过来,看看你女儿。

七七觉得,好像自己的魂魄慢慢地从自己身体里抽离了出来,悠悠地飞到半空,俯

视着肉身的自己。他慢慢地走过去，从铃子妈的手里接过小婴儿，用一种古怪别扭的姿势抱着。

七七看着手里的小娃娃，那小娃娃的眼睛闭得紧紧的，鼻子小嘴都皱在一起，脑袋是一个奇怪的形状，像是一只酱油瓶子。七七说：头。

铃子妈倒是懂他的意思，笑说：不要紧，才生下来的孩子头都是这样，过一夜就好了。

七七又说：血。

铃子妈用手中纱布口罩做成的小块抹布轻轻地抹去小娃娃额角一小块凝住的血渍，看七七抱得实在别扭，忍不住又笑：得了得了，我抱吧。

齐唯民走上来揽住七七的肩，七七说：好小。

齐唯民笑起来：你刚生下来的时候，比她还小，我第一次去看你，我吓了一跳，跟妈说，小弟弟是真的还是假的，你看上去就跟我妹玩的洋娃娃差不多大。

七七忽地反手抓住了齐唯民的手，一手的冷汗。

铃子自然是在母亲这里坐月子，那小婴儿自然也是由铃子的妈妈带。

那段日子每天中午，铃子妈总要歇一个午觉，这段时间，就是七七在看着孩子。

小娃娃睡在一个木头摇篮床里，这摇篮可真是有年头的东西了，睡过杨铃子自己，还有她的几个表弟表妹们，是铃子妈当年陪嫁的一张木床改的，那扶手已磨得水滑温润，竟然有了皮肤的质感，床板上依稀可见一段红字：毛主席语录，世界是你们的，也是我们的，但归根到底是你们的。

七七一直都不大敢接近这摇篮，可是这一天，天气极好，是春天的阳光灿烂的午后，四周又是这样的静悄悄，滋长着人心底里所有的、微小的、隐藏或覆盖着的迷梦。七七踮着脚走过去，歪着头看着那个小娃娃，她被紧紧密密地打在一个蜡烛包里，脸上的五官已舒展开来，可是七七还是看不出来她到底像谁。她睡得正香，一头浓密的黑发，倒是像足了铃子，发丝扫到脸上，可能让她痒痒，她微微地扭了扭头，皱一皱鼻子。七七小心地伸一个手指头替她拨开那碎发，她扇了扇鼻翼。

忽然，小娃娃睁开了眼睛，七七下意识地往后一缩头。

他不知道，这个时候的小娃娃，其实视力还不能看清他的脸。

他就是觉得她在看着他，审视着他，慢慢地拧起了眉头，似乎对这个小爸爸极不满意，张大了嘴，奋力地打了一个哈欠，又睡了。

七七把她从摇篮里抱出来，对着阳光认真地看，试着把她贴在怀里，她被小爸爸折腾得发出细微模糊的哼声，七七吓得又把她放了回去。

到底年轻，铃子的身体恢复很快，胃口极好，能吃能睡，不出几日便养得饱满粉嫩如一颗蜜桃，穿了那样肥大的棉衣也不显丑怪。她完全不肯听母亲的话，早趁着母亲不在的时候偷偷地洗了头洗了澡，还威胁七七绝不可以告诉妈，不然就不理他。

有一天，三丽和四美来看小娃娃，还送了个红包。三丽在一成二强和四美面前说，不管怎么样，七七也是我们家的老小，这种时候，是该上门看看去的，一成也没说什么，就塞了点钱给三丽，二强三丽四美他们也添了些，一并交到杨铃子的手里。铃子挺高兴的，红扑扑的脸，嘴里起劲儿地嚼着泡泡糖。今天她没有穿大棉袄，大约是知道大姑子小姑子要来，成心要显一显她的鲜艳与饱满似的，穿了件粉色的兔毛毛衣，整个人像一团甜蜜软和的棉花糖，兴高采烈，热腾腾的。七七奇怪地看她一眼，又看一眼，不由得红了脸，露出了这许多日子以来第一个微笑。

这时候的三丽也怀了孩子，刚刚验出来，一丁高兴得简直晕了头，按一丁妈的话，好像怀的是龙胎，把三丽要捧到天上去了。

三丽看到那粉嫩的娃娃不由得喜欢起来，抱在手里舍不得丢下，用嘴唇去碰那水豆腐一样的小脸。

四美倒是不怎么上心，想着自己的心事。

原本，四美是打算再去西藏探一次亲的。戚成钢的连队调回了拉萨，应该比上次方便得多了，戚成钢又刚升了排长。可是，戚成钢却一口就拒绝了四美。不要来，他在电话里和信里都这样说，你当我一个芝麻大的小排长家属说来就可以来吗？上次？上次不过是他们想要弄一个噱头，我们给人家当木偶耍了一道了。

戚成钢对他们婚姻的这番评论让四美不大舒服，她觉得她自己可是对这段经历贴心贴肺的，珍惜得不知怎么是好呢。

戚成钢似乎很沮丧，说反正自己再也升不上去了，现在这个位子，是他在外头执行任务差一点儿把命搭上回不来了赏他的，也许很快就转业回地方了，到时候，有的是见面的日子。

一九九七年，二强与小茉也终于结婚了，小茉家办了酒席，请了许多的亲朋。

婚后，二强与小茉还是住在小茉家里。

小茉妈说，小茉的身体不好，要过两年再生孩子，并且来不及地加上了一句：我们小茉这病是绝不遗传的，二强你也不必存心病，想着我们孙家高攀了你，其实谁又高攀了谁呢，只要你们两人安安生生过日子，其他的，谁都不要计较。

小茉家人的态度叫二强迷糊又有点不舒服。小茉背了人对二强说，不要理他们，生小孩的事，咱们顺其自然吧。

二强与小茉的婚礼过不多久，三丽生了一个儿子。

一丁的工作一直挺顺，这一有了大头儿子，更是高兴得不知怎么是好，他觉得自己是世界上最走运的男人，人家说，狗屎运狗屎运的，他王一丁可不就是走了狗屎运。

一丁的大头儿子叫王若轩，乔一成给起的名字。

乔家的几个孩子都过了平稳的一段日子。

他们的大哥乔一成也迎来了他的第二春。

这一年，忙完了香港回归的报道，南京开始狠抓素质教育，打击课外辅导班，也不知是什么原因，电视台的那些有孩子的记者们都对教师与学校抱有一种恨意，提起老师来便牙痒痒似的，一听要去给课外补习班曝光，一个个跟打了鸡血似的，就只乔一成和宋清远抱着无所谓的态度，偏偏这年八月份，轮到他们做热线栏目，第一档片子，就是去一所小学，采访关于暑期补课的事儿。

虽是放假的日子，天又热得着了火似的，可是学校门口还真是一点儿不冷清，全是等孩子下课的家长，一伙伙地聚在树荫里头，男人抽烟，女人则闲话家常。

宋清远原本想采访几个家长，可是乔一成拉了他一把，说，算了算了，人家当爹妈的也不容易，这么热的天。

宋清远嘲笑乔一成：老乔，你可真是妇人之仁，他们不容易，我们这么热的天就容易了？我看这什么破班是该取缔，我小时候，没补过一天课，不是照样成才？还很优秀咧！现在的小孩子，恨不得生下来就聪明得长出山羊胡子来！

乔一成也笑，道：这话一听就是没做父母的人说出来的！

宋清远大笑：难道你拖儿带女的啦？

乔一成叹道：没有，其实也差不多啰。

结果两人径直去了校长室，校长一看宋清远扛着的"大炮筒"一下子脸上就变了颜色，被乔一成的几个问题一追问，简直有些磕巴起来。

乔一成正打算见好就收，便在提问时故意地露个破绽，给了那校长一个台阶下，校长也机灵，一下子接过乔一成的话头，那话题正往风平浪静上去的时候，半路杀出个程咬金来。

是一个来访的家长，在一旁听了个零零落落，一下子就冲上来，大声道：我顶犯嫌（方言：极讨厌）你们这些记者，狗腿子样！你凭什么不让学校办补习班？学校不办补习班，我儿子到哪块去补习？找家教？你贴我钱啊？

宋清远也大声"哧"笑一声：我贴你钱？你长得漂亮咋的？

那女人火了：老娘长得漂不漂亮关你屁事？

宋清远放下摄像机，对擦着蒲扇似的大手掌：你是谁老娘？想做我老娘？你不撒泡尿照照你自个儿？

那女人暴怒起来，上来便要抢放在校长办公桌上的摄像机。

宋清远是最恨人家动他的机器的，一个肘拐把那女人拐到一边，乔一成赶紧拉住他。

打人啦！女人大叫起来。

谁打你了？我告诉你，你动这机器，六十多万你赔得起不？

机器动不得，人动得！那胖大女人撩起裙子，一脚朝宋清远踢过去。

踢偏了，正踢在拉架的乔一成的要害处。

乔一成一下子就矮下去半截。

乔一成采访中被强悍妇人踢进了医院，也算是工伤，医疗费台里自然包了。

宋清远来看他的时候，竟然塞给他一个鼓鼓的大信封，乔一成一看，一沓钱，吃了一惊。

宋清远说：别怕，收着收着。是那打人的老娘儿们赔的。

一成结巴起来：赔……赔的？

宋清远得意扬扬的：我去找了派出所，她这可算是民事伤害了，叫她赔钱是便宜她，了得了，敢打政府喉舌？

乔一成摸摸那沓钱：这也太多了吧，我看那女的，也不像是有钱人。

宋清远摸摸头：也是，要不，咱还回去一半儿？

结果，宋清远果真托警察又还回去一半儿。

宋清远跟乔一成开玩笑说：都不容易啊！还好没踢坏，真踢坏了，才三十来岁儿，这辈子怎么过？

两个人正说笑着，有人来看乔一成了。

是项南方。

5

这一年过了十月，天就冷起来。巷口那几棵有了年纪的老白杨经秋风一吹便哗哗地掉叶子，一阵又一阵的枯叶雨，衬着碧天窄巷，灰墙青瓦，一派深秋景致，引人一脉愁肠。

这一天乔一成回家去腌菜。

现在他住的地方太小，没地方放那口大水缸，所以还是按多年的老规矩回家腌菜，腌好了，兄妹几个谁家要吃就回老屋来拿。三丽与四美给他打下手。

一成有轻微的洁癖，入口的东西总要洗上好多遍才放心。三丽说：大哥，现在腌腌菜的人真是越来越少了呢，你看隔壁，以前他们家一腌就是两百斤，现在只腌三十斤。

四美往手上呵气说：好冷。大哥呀，现在还有谁自己腌菜吃？想吃腌菜排骨汤就去菜场买上两棵。自己腌多麻烦，冻得人手生疼的，一点不划算。

三丽白她一眼：你懂什么！你看大哥的手，三十几岁的人的手，糙得像个老头子，还不是为了咱们能吃上自家腌的菜。大哥十二岁就学会腌菜了，不是大哥操劳，你跟我两个平民丫头能养得小姐似的，连饭都做不好？快闭上你那嘴！

一成笑道：行了行了，别说她了，人能糊涂快乐一辈子也算是福气。

一成用大青石把菜压实，兄妹们把缸移到堂屋里去。屋子里散着湿漉漉微咸的味道。这味道里，唰的一下，就过去了那么多年。

三丽忽然笑眯眯地问一成：大哥，上一次你住院，就是夏天那次，来看你的那个女的，是哪个？

一成一愣，还没等他回答，四美接上来说：哪个女的？噢，我想起来了，来看过大哥两次的那个，气质还好，长得不怎么样，皮黑眼睛小。

三丽呸了她一口：你知道什么？你看什么人都只关心一张脸，总有一天叫你在这上头栽个大跟头。大哥不要理她，就说说她是谁？一看就是很规矩很有教养的人，是不是你的女朋友？

一成说：这可不敢说，人家条件好得很。

三丽说：那有什么？大哥你本人条件也不差的，样子也配得起她。

一成不习惯与妹妹谈论自己感情上的事情，微有些尴尬，没有答话。

隔了一小会儿，三丽突然低声说：大哥，实在是我们拖累了你。

一成小声温和地说：说这些没头没脑的话做什么？

一成出院之后，找过南方几次，给自己找的借口是，人家还探过伤，回谢一下也是应该的。一成说，想请南方吃个饭，南方答应得也挺爽快。

那是他们俩第一次单独吃饭。一成见了南方便说：我原做好了准备是碰一个钉子的，知道你们都忙得要命。

南方笑笑说：再忙吃饭的时间总是有的。再说，南方低而飞快地说，要是想出来，总归是能找到时间的。

可不是，一成心想，他想起少年时读过的一本书，上面说，如果一个女孩子跟你说，对不起，我晚上不能跟你出来，妈妈叫我早早回家。那不是原因，那不过是个借口。

一成心情不由得好起来，口气里便带了两分宠来：想吃什么自己点，这里是湘菜馆，也是你喜欢的辣口味。

南方抬起眼来看看他，以往乔一成跟她讲话都很和气有礼，可是总觉得隔着点什么，这一回大不相同。南方为这一点不相同，心情也没来由地好起来。

没隔两天，宋清远嬉皮笑脸地来探问：听说你跟人家单独吃饭来着，总算知道把我这个大灯泡甩开了，啊？

一成笑道：好灵通的消息。

宋清远得意地晃晃大脑袋：我就说你们俩有戏，我第一次就有这种感觉，你别说，人的第六感还是挺准的。

一成摆手道：八字没有一撇，我现在还发着蒙呢。

宋清远说：你这个人就是缺乏行动力，有感觉就上，先下手为强，老娘儿们似的犹豫什么？

看乔一成没答，他又说：我听说你以前爱过一个美女，就是我们台里的。你不会还惦记着那位吧？

一成笑出来：有这回事？我自己都了不记得了——这可是句真话。

那就上吧，向着新的未来。宋清远开玩笑地说：我可以保证，南方是个好姑娘啊。人是长得磕碜点儿，可架不住人家心灵美。

一成连连说：老宋你可真是。

南方与一成都是大忙人，可是，就像南方说的，只要想，总会有时间。两个人这之后倒像像样样地约会起来。有时南方晚上开会，一成也会在区委办公楼底下等她，带她去吃夜宵，再送她回家，不过短短的十来分钟的路，两个人来来回回地，足能走上五趟。南方

与一成都不是多话的人，但是在这样的来回里，并不觉无话的焦躁，反而有一脉平静，两个人都挺满足的。

一成一直以为南方是一个简洁明了，不那么小女儿气的人，加上她工作的性质，难免会有一些少年老成的样子，一直也不太敢冒撞地跟她说过于私密的话。

有一回，两个人周末到南京博物院看展览，彼此这才发现，都是对博物院感兴趣的人。

那是一个清代家具展。一成随口说：比较起来，我还是更喜欢明代的家具风格，比较简洁，清代的式样太复杂了，一张床弄得像小房子一样。

那会儿他们正站在一架清代南方人常用的拔步床跟前。

南方却说，她更喜欢清代的，比如这样的一张床。

南方说：我父亲是军人出身，从小，家里就好像军营一样，女孩子跟男孩子一样睡硬木板床，用军被，一点装饰品也不让放，天天早上要到院子里去跑步，老大老二老三老四排成一队。我大姐直到结婚的前一天还跟我们一起跑步。那时候我就想，什么时候，有一点私密的空间，就要那种什么都可以放进去的床，就像大房子里套个小房子。真正像个女孩子的样子，也穿穿花裙子和有花边的衣服，吃吃零食，睡睡懒觉，看看言情小说什么的。说起来你可能不信，我从未看过完整的一本琼瑶小说，那时候班上的同学看疯了，我借过一回，只看了半本就给爸扔出窗去了，叫什么《聚散两依依》的。

一成看着南方脸上的那一点点遗憾与落寞，不由得伸出手去牵住她的手，轻声说：这也不是难事，现在也是可以做的。

南方微叹了一口气：我不小了，也不大好意思像小姑娘那样了。

一成安慰她：我们这里的规矩，只要没结婚，都是孩子。

南方祖籍河北，她提过家里一直还过不惯南方的习俗。

之后一成便送了南方两件特别女性化的衣服，颜色柔嫩，样子却并不太抢眼，约会时南方会穿出来，果然与平时大不一样。两个人看电影时，一成买了大捧的零食，再后来居然送了南方整套新版的琼瑶小说，笑说：给你补补课。不过我是不大喜欢，酸得唉。

南方笑了。

两个人算是正式地确立了恋爱关系。

不久之后，南方回家，母亲趁着父亲不在场，问南方，是不是在跟一个电视台的记者约会。

南方大方地承认了。

母亲尚未说什么，南方的哥哥项北方在一旁开口了：是认真的吗？我可是听说，那个人家庭条件不大好，而且，还离过一次婚的。呵呵，当然现今离婚也不算什么，不过，说出来到底是不大好听。你虽然年纪不小了，可条件摆在这儿，怎么着也可以放手挑一挑的。

南方不高兴地说：他人很好，学问工作也都不错。我觉得这个很重要。

母亲接口说：这倒也是，人好是很要紧的。出身低一点也没什么，只是这离婚的事……

南方打断母亲：妈，我有分寸的。

项家的孩子，婚姻一向自主，南方异母的大哥与大姐，找的也都是平常人家的孩子，就是南方同母的这个哥哥项北方，两年前结的婚，找的也是省里的一个干部的小女儿。

母亲说：你心里有准星儿是好的，你从小就有分寸，自己拿捏好了再做最后决定，这种事，也不急。

项北方在一旁哼笑了一声。

又过了两天，乔一成去摄像科找宋清远一块儿出新闻，忽听得有人提及自己的名字，便住了脚听。

楼梯间里两个男人在小声地说话，其中一个是宋清远，另一个的声音很陌生，听了不出三句，乔一成便明白，这是南方的哥哥。

项北方说：其实呢，最可怕的是那些苦大仇深，混得高不成低不就的男人，他们从小到大的一切都要苦苦拼才能到手，还有太多的可望不可即以及太多的欲望，得到了时时担心失去，处心积虑，精打细算，"吃相"难看得很。

宋清远扑了一鼻子冷气，说：俗话说了，不到深圳不知道钱多，不到北京不知道官大。你家是一块肥肉不错，可是也肥不到哪里去。乔一成这个人还有两分骨气，在我们台是资深记者，新闻中心的台柱子，这么多年也见过些市面，不至于那么穷凶极恶。再说了，英雄不问出处，项伯伯还不是农民出身？小时候我们不是常听他忆苦思甜，说他十来岁上穷得连鞋也没有，大冬天的光着脚，跟在牛屁股后头，看见老牛拉了一泡屎就赶紧把脚伸进去借那热乎气儿暖和一下？

项北方声音里带笑不笑地：得得得，打住打住，谁不知道你平民意识重，你没有等级观念。我也是多操心，南方跟这个什么乔一成，也不知能不能成呢，我就是路过这里找你了解了解情况，你说这么一大通理论。

乔一成闪身进了宋清远的办公室，约莫等了五分钟，宋清远一个人进来了，看见乔一成，嘿嘿一笑：你刚才听见了吧？

一成也不否认。

宋清远说：甭理他。我跟你说，项家一家子，人都好得不得了，老爷子前一位夫人去世后，后娶了一位，就是南方跟项北方的妈，老太太人也挺好，和气善良，那上面的那两个哥姐人也好，比南方大得多，人特别质朴。就只这个项北方，妈的，羊群里跑出这么个骆驼来！在中央党校混了张文凭，娶了个省委常委家的姑娘，嘚瑟得不知道自己是谁了！派头架子足得很！身上的泥巴味儿才去掉几天？他奶奶的，我家老子才正经是资产阶级后代，家族里的小少爷，我爷爷当年可是满洲国商会会长，我都没摆谱儿，他倒摆起来了……

一成打断他的滔滔不绝：老宋你是好人。其实这位项北方先生也并没有错，我想……

宋清远大力摇手：你不用想，你想什么我也知道。只要南方没有这种想法，就够了，你再磨磨叽叽就不像男人了！

有宋清远从中鼓励，乔一成才会在南方邀请他去自己家里见见家人时，头脑一激动，答应了下来。

那是个星期天，一成跟着南方上门了。

一成没买什么东西，拿了一幅颇有名气的画家的水墨画，是有一次他采访国画院时那位画家送他的，老僧入定图。他送出去好好裱了一下，南方说过，他父亲很喜欢国画。一成想，南方家自然会有这位画家的画，可是，这位画家从不画同样的画幅，这样的礼，总还是得体的，不塌了面子，也不至于太伧俗。

可是，当进了南方家院门，站在那大树与藤蔓掩映的三层小楼前时，乔一成的脑子还是嗡了一下子。

6

乔一成上南方家的第二天，宋清远就兴致勃勃地来问他：怎么样？你们南方人怎么说的，毛脚女婿，第一次上门感觉如何？

乔一成喏喏。

宋清远依然好兴致：我说的没错吧，项家人都好得不得了。老头子的脸是吓人了一点，可是不碍事的，他顶疼南方。宋清远忽地孩子似的咧了嘴傻笑两声：他们家的红烧肘子不错。

乔一成又干笑了一下，宋清远终于发现问题：喂，别是碰到项北方了吧？不跟你说了吗，你别理他。

乔一成连忙说：不是不是。项北方不在。项家人，是很好。

那不就成了，宋清远大力地拍在他肩上，好事近好事近啊。

乔一成整个人显得特别没有精神，拖泥带水的腔调说：老宋，你跟我说过南方她家是干部，可是你没有告诉我是那么大的一个干部。

哪么大的干部？宋清远不以为意，你是没见过真正的大干部。

对我们这种小老百姓而言，南方家已然是太大了。太大了。

你啥意思？宋清远瞪起铜铃般的大眼。

你知道她家住哪儿吧？你当然知道。乔一成说，可是你知不知道，我小的时候，没事儿就带着弟妹跑到那条街去，看那小洋房。对我们来说，那是另一个世界。

宋清远对乔一成的话显见地不屑：没人不待见你的出身，你犯不着自个儿老提起来说！大家还不都是一样，干部家的咋的？多长两个鼻子眼儿？

一成勉强笑道：老宋，你跟南方这样熟，想必你们家的官儿也小不了。

宋清远大眼白丢过来，道：我家官大官小与你有何相干？你又不娶我！

乔一成心情再不好，也给他逗乐了。

这之后，乔一成下意识地，远了南方。

南方心头明镜似的，可是，她也不知道怎么去跟乔一成说明白。

南方想，自己怎么给乔一成一个保证，保证她以及她家人没有等级观念？保证日后永不会嫌弃他？这算什么？如果乔一成是这样一个怯懦的人，也就罢了，这世上，多的是擦身而过的男女。只怪他们缘分不够。

乔一成其实也舍不得南方，撇开两人之间出身的那道鸿沟不说，南方是个好女孩，难得的，不琐碎不计较，本分又温柔，工作能力也强。

这两个人，正应了那句话：欲近还远，却藕断丝连。

打破这种僵局的，是件极偶然的事情。

那天乔一成本来跟宋清远要去采访市里头的一位领导，可是那领导临时有事，两人想着偷得浮生半日闲，商量着去洗一个桑拿，还未出电视台的门，新闻中心的主任就叫他们去抢一个新闻。两人匆匆地去了。

原来是采访一对年轻男女，那男的双腿残疾，自学成才，书法绘画都不错，开了一片小小的工艺品店，那女孩子倒是十分娟秀，家庭条件也好，父母拼死了反对女儿嫁一个残疾，女孩子逃了出来，死活要嫁。现在女方家跟她脱离了关系，这一天，正是两个年轻人结婚的日子。

乔一成看着新娘年轻美丽，平静而幸福的脸，突然地，觉出自个儿的胆小与狭隘来。

忽地觉得，也许一切，也没有那样可怕，没有那样困难。

宋清远说：你看，这世上的事就是这样，怕就不要爱，爱了就不要怕。小姑娘都不怕，你怕个屁！

宋清远忽地很狡猾地笑了：老乔，你以为，皇帝的女儿她就不愁嫁吗？我告诉你句实话吧，也难！学历啦，工作啦，相貌啦，地位啦什么的都容易，不容易的是，人家公主的心里要进得去。你当每个干部家庭都拿子女的婚姻做交易哪？老乔你是书读多了，人倒糊涂了！

乔一成这一回算是真笑出来了，那云也开了雾也散了似的。

不过，谁知道呢？乔一成想，也许人一辈子，总要有脑子一热，觉得人生一片光明的时候。

那一天，项南方结束了一天的工作之后，走出区政府大楼时，看见乔一成站在路灯下，看见她出来，笑着却没走上来。

项南方是第一次看见乔一成笑得这样天真，这样热情。

一成跟南方平静而快活地相处的这段日子，三丽却过得极不顺。

原因还在她那个婆婆身上。

那天南方跟一成约会，半途，接到王一丁一个电话。

三丽受了伤进了医院。

三丽有了孩子之后，跟婆婆的关系越发地别扭起来。

三丽的孩子一直是她和一丁自己带的，婆婆早在她怀孕的时候就宣布她身体也不大好，还要做一大家子的饭，是不能带的。孩子生下来后一丁请了个保姆，孩子两岁后保姆再也不肯干了，想出去打工。三丽和一丁忙了家里忙单位，着实苦了一阵子。

三丽从来不是迟钝的人，早看出婆婆并不稀罕孙子，过年里头连个红包也没有，只给孩子买了顶小瓜皮帽。一丁生怕三丽生气，三丽说：我们原本就没有指望她对孩子怎么好，看她对你就知道了。我也就奇了怪了，人家都说大儿子小孙子，老太太的命根子，怎么在你们家就完全不是那么回事？

一丁抓抓头说：我怎么记得那话说的是小儿子大孙子，老太太的命根子？

三丽也笑了：是吗？是我记错啦？反正顺过来倒过去放在你妈身上都不对。

一丁咧开嘴笑了一笑说：我记得我小的时候，那几年，她待我是真的好。那时候家里那样缺钱，她手里略有点毛票，就带我出去吃小笼包子，一两四个，全给我一个人，自己就用筷子蘸点醋咂一咂，那年月小笼包子多贵啊。

三丽听了也不言语了。

一丁是个傻子，三丽想，为了那么远的日子里那么一点好，就什么都不要紧了。

三丽的主意是，凡事多忍一忍，他们总归是要搬出去住的。三丽想，到时候我们搬得远远的。

可是，一丁妈却不领三丽的情。

一丁的爸是个邻里间出了名的闲散人，家里油瓶子倒了都是要迈过去的。天天早上拎了鸟笼子出去遛鸟，晚饭后捧了茶壶出去遛人，一把宜兴的小紫砂茶壶养得水光润滑的。遇上个雨雪天气出不了门，便躺在床上唉声叹气。一丁妈年轻的时候为了这个跟他吵过也闹过，全无一点用处，便也认了命。现在他有了孙子，脾性依然不改，倒是比一丁妈看起来要喜欢小孙子，可是事也还是不会帮着做的，连口水都没喂过孩子，做得最多的，无非是用手指头戳戳孙子软软的小脸。

可是一丁与他爸是完全两个样子，公司里的工作再累，回到家便帮着三丽做事，两个人有说有笑地做饭。家里虽有洗衣机，一丁妈总认为那个东西洗不干净床单，一丁便让三丽把床单被面全留到星期天由他来洗。三丽单位的效益越来越不好，一丁说，干脆别干了，也指望不了那么一点劳保，退下来待在家里专门照顾小孩，再好的保姆也比不上自己妈妈尽心。三丽也心动过，可是实在是怕天天待在家里面对着婆婆。这事儿也就算了。一丁就更加觉得三丽不容易，平时也就更疼她一些。

一丁妈冷眼看着，心似绞汁的青梅，免不了闲言碎语地敲打儿子。

有一天，又是星期天。一丁一大早起来便出去买菜，买完了菜又回来泡了一大木盆的床单准备洗。虽是做事，还是轻手轻脚地，怕吵了三丽睡觉。

快到十点时，一丁妈看三丽还没起身，便咣地把洗菜的铝盆攒在水池里，好大的一声响。

三丽蓬了头发从房里出来，急急地去洗漱。一丁妈用肩膀把三丽撞开，气叨叨地：人家说懒婆娘懒婆娘，也没见懒成这个样子的，太阳都晒屁股了，还睡在床上。公公婆婆倒成了小二了，忙前忙后，侍候完老的小的还要倒过来侍候媳妇，不是笑话吗？

一丁赶紧过来赔笑道：不是的妈，三丽昨天着了点凉，吃了感冒药，那种药一吃就犯困。

一丁妈越发地没好气：我还没说两句呢，你就护在前头，你老婆连说都说不得了。

三丽也咣地攒了一下脸盆，板着脸说：就睡一会儿懒觉又怎么样？我享我男人的福，又没碍着别人。

一句话生生戳到了一丁妈的痛处，立刻跳脚骂起来。

这一顿吵，婆媳俩足有两个月互不搭理。后来还是三丽借着儿子说：我们表演一个儿歌给奶奶看，算是给婆婆赔了个礼。

婆媳两人不对盘，平日里小吵小磕碰的不断，可是要说真正冲突得怎么厉害也没有。然而，三丽受伤的这一次，可真是闹得大了。

事情起因却也不大，一丁的儿子跟在奶奶身后要糖吃，一丁妈给了他两粒，小孩子一气儿塞到嘴里，流着黏黏糊糊的口水跟在她身后还要，搅得一丁妈手里的毛活儿全塌了针，一丁妈一气，推了小孩子一下。谁知就那么巧，孩子没站稳，咚地摔了，大约是摔得重了，愣了一下才拉长了声音哭起来。偏又那么不巧，三丽在一旁看了个正着，过来抱起孩子，一个巴掌甩到儿子的小脸上，说：不争气，叫你不识相。那眼泪就下来了。

一丁妈看孩子跌了其实也吓了一跳，原本也要来抱，却被三丽挥手挡了一下，又听到三丽的话，也动了气：谁也不是有心的，说这种话做什么？

三丽把泪渍麻花的脸转过来叫：不是有心的推这么重？

一丁妈拍着大腿赌咒：谁要是有心的谁出门就让汽车撞死。

三丽说：少来这套。

就这么，你来我往的，双方都上了火动了真气，结果，不仅吵，还动了手。三丽的头在墙角处磕破了，血一下子就涂了一脸。

一成接到一丁的电话，跟南方道一声对不起，南方说，干脆我陪你一起去看看你妹妹吧。

到医院时，三丽头上的伤已经缝了针包好了。一看到一成，原本不哭了的三丽又抽搭起来，一成也不大好意思当着人面哄妹妹，只由得三丽扯了他衣襟呜呜地哭。

倒是南方上前来把三丽劝开了，还说：我问过医生了，他说伤口缝合得很好，不会留疤的，可是不能哭，哭了伤口不是更痛？

一成与南方送了三丽回家，一成忽地攥紧了南方的手。

南方的手暖和干燥，食指指腹间有小小的硬茧，是长期写字留下的。一成说：我这个妹妹，从小受过苦，她不容易……突然就说不下去了。

南方小声地说：你也不容易。

乔一成在以后的几年里一直记得南方的这句话，他想，无论如何，无论如何，他都会为南方的这句话而感激她。

三丽和一丁这一回算是彻底下决心要找房子搬出去另过了。

说起来，这两年他们多少也存了些钱，不过，一丁打算以后自己开一家修理铺，所以那笔钱两个人一直不敢动，这一回，也是没有办法了。

可没想到，人算不如天算，就在他们到处找房子的时候，一丁爸出了点事。

那天晚上他照常出门去逛，老马本识途，可是偏偏老马被一个摆得不平的窨井盖子给绊倒了。

这一下摔得着实不轻，一丁爸人斜着飞了出去，躺在地上动弹不得。有路过的女人马上上来要扶，却被同伴拦住了，说是这种年纪的人摔了，女人是万万扶不得的，一定要个年轻力壮的男人来扶。好心的邻居马上飞奔去找来了自己的儿子，一丁爸早已站不了了，被众人抬回了家，一丁妈吓得立马哭了起来。

一丁一边忙着叫救护车，一边安抚妈妈，一丁爸满面是血地躺着，那边三丽赶紧又找红纸封了个红包给扶起一丁爸的小伙子。

人一送到医院就住下走不了了，老头的腿里打进了钢钉。

一丁跟三丽商量，现在这种情况，妹妹嫁到外地，弟弟是倒插门，也顾不了家里多少，他们一时半会儿是不可能搬出去了。

三丽也同意了。

可是她没想到，这一耽搁，就是好多年。

此时的四美也下定了决心，再去一趟拉萨。

这一次，她没有再打电话给戚成钢询问可不可以探亲，直接收拾好行李，买好了车票。

正当她要踏上行程的时候，戚成钢回来了。

没了领章帽徽，重新成了一介平头百姓，灰溜溜地回南京来了。

7

戚成钢是被部队给开了的。

他在拉萨，与驻地附近的一个藏族姑娘谈起了恋爱，被部队上给发现了。这里头还牵扯到国家的少数民族政策，原本是要军法处置的，考虑到他曾立过一次功，再加上那女孩子跳出来，把所有的责任都揽到了自己身上，拼死拼活地护着戚成钢，说若是处置他，自己也要跟着一块儿死。

戚成钢算是死里逃生，可是部队待不下去了，当了五年的兵，别说转业，连复员也没算上，卷了铺盖，趁着夜色，连夜离开了拉萨。

那藏族女孩子在军营外苦守了一夜，没有见着戚成钢最后一面。

戚成钢这一走，逃也似的，仓皇如鼠。一半儿是逃离了部队，逃离了耻辱之地，一半儿，是逃开了那段露水情缘。

他实在是被那叫达娃央宗的藏族小姑娘给吓坏了。

戚成钢记得自己第一次见到她，是一个周日，正值休息，他去集市，在她的摊子上买了一把藏刀。

达娃的汉语说得不错，挺流利，可发音多少还有些古怪，配着她那清脆的声音，有一种热辣喜庆的趣致，戚成钢不由得对着她笑了起来。

达娃的皮肤与当地人一样，黝黑而略有些粗糙，颊上两块红，目光却灼灼闪动，仿佛眼睛里藏着两轮小小的太阳。达娃额头宽阔，骨架匀称，浓密的头发油光乌亮。她看着面前对着她笑的年轻军人，高大英俊，比康巴汉子还漂亮，笑得越发地热烈起来。

第二个周日，戚成钢没有出营地，到第三个周日时，他又遇到了达娃。

达娃说：我好久没有看见你啦！语气热络，仿佛他们已认识了很久。她带来了热滚滚的酥油茶，一定要戚成钢喝。

戚成钢想，自己可以算是被达娃诱惑了的。

达娃主动邀约戚成钢，每逢周日集市，达娃把摊子交给嫂子，便拉着戚成钢飞跑到一片无人的草地上。他们在这里拥抱着打滚，热烈地接吻，达娃用力地扯住戚成钢的头发，狠咬在他的唇上，然后呵呵地笑，摊手摊脚地躺着，裹了一头的草屑。

戚成钢可以感觉出其实对男女情事十分生疏，可是她那一种急切放肆像是天生的，它潜伏在她丰满的身体深处，一旦觉醒，便成燎原之势，无可阻挡。

达娃抓住戚成钢的手，塞到自己的藏袍里。

达娃的胸厚实温腻，极有弹性，戚成钢的手略一动作便能闻到她身上很重的体味，戚成钢并不喜欢那味道，然而，那味儿与那触感混合在一处，好像一把火，轰的一声，与他自己心里的那把火烧在了一处。

达娃就像是某种软和多汁而鲜嫩的食物，这样地丰厚肥美，惹得人忍不住一口咬下去，那一刹那，戚成钢不由得想到了四美。

与达娃相比，四美要清瘦得多，小姑娘似的小而紧的乳。

戚成钢想着他们匆匆的、忸怩的、别扭的那么几次，戚成钢忽地对远在千里之外的那个叫四美的女人生了气，她就那么任性地勉强他与她做了夫妻，难道他欠她的不成？不然，他大可以搂着眼前这个女孩子更加尽情地翻滚，在享受她肉体时不必有微妙的愧意，这感觉像蚂蚁似的啃着他的心，不大痛，可是总叫他不舒服的。

忽地有一天达娃说：我们结婚。

彼时天那样蓝，让人非得做点什么才能不负这一片圣洁的蓝色，戚成钢不假思索地开口说：好！

戚成钢很快忘记了自己的这一个"好"字，可是达娃却认了真，在又一次的幽会时，一定要戚成钢去她家里提亲。戚成钢这才发现事情的严重性，吞吐着告诉达娃，自己是已经结了婚有家室的人，是不可能跟她结婚的。

达娃勃然大怒，当天就把戚成钢给告了，说戚成钢强奸她。

戚成钢立刻就被关押了起来。因为事情牵涉到民族政策，戚成钢是很有可能被判死刑的。

达娃几乎一下子就后悔了，她没有想到事情会有这么严重，又跳出来，说不是那么回事，是自己愿意的，要死要活地保护戚成钢。

这件事足足调查了一个多月，最后，戚成钢被部队上给开了。

戚成钢先是坐长途车，后来坐上了开往内地的一列慢车，刚出了西藏他便病了，烧得头目昏沉，嘴上起了一溜燎泡，一天一夜，只喝了一点冷水，戚成钢很怕，怕自己死在路上。还好，烧退了，然而火车上的饭并不适合一个病人吃，戚成钢觉得似乎已经在行进的列车上待了一辈子了，可车窗外，还是延绵不绝的北方的景致，一片一片收割过的高粱地，单调得叫人生了绝望的心。

当列车终于到站，戚成钢踏上家乡的土地时，他打了一下趔趄，秋天的南京依然燠热，戚成钢的棉衣在一群轻衣薄衫的人中间显得突兀怪异，许多人回头看他。

戚成钢在生活了二十年的家乡成了一个异乡人，宛若这个城市的额头上突然长出来的一颗热疖子。

他就是这样一副样子出现在了四美的面前，四美有一瞬间几乎不认得这个瘦得麻秆一样，满面病容的年轻男人，待回过神来以后，哇的一声扑到戚成钢身上，抽泣个不停。

戚成钢推开她，扔下背上的包，一头栽倒在床上，一下子就睡了过去。

四美满心疑惑得不到解答，又舍不得叫醒戚成钢，便烧了大壶的水灌进四个水瓶里备着，又去翻拣戚成钢带回来的包，想找两件干净的替换内衣，却没有找到。戚成钢离开拉萨时扔掉了大部分的东西，现在这包里的几件衣服，无不散着一股怪味儿，四美没法，出门去现买了两套衣服。

戚成钢一气睡到晚上九点钟，醒来后痛快地洗了一个澡，埋头吃了两海碗的小煮面，四美并不善做饭，面条糊了，猪肝也硬得像小石子，戚成钢依然觉得无比美味。从回来到此刻，他一句话也没有说过。

四美实在沉不住气了，问：你这次回来，是探亲吧？有多长时间的假？

戚成钢不答。

四美从来不是一个灵光的人，可是这情形太诡异，她还是嗅出一点不太对的味道来。

四美又问：你，你怎么啦？

戚成钢说：我不回去了。

不回部队了？

一辈子都不会回去了。

那，那你回来，部队上给你安排了什么工作吗？你，你不是排长吗？是算复员还是转业？该算是转业吧？那应该能分到一个好一点儿的单位。四美絮絮地说。

我没有工作。戚成钢打断她的话。

四美的脑子里轰地响了一声。

怎么会没有工作？啊？怎么会？你，你到底怎么啦？说话呀！四美看戚成钢不说，扑上去摇撼着他。

戚成钢被她晃得浑身骨头咯吱作响，甩了肩膀把她的手晃开：我犯了错误。

什么错误？什么错误？你怎么会犯错误的啊？啊？不是以前还立过功吗？咱们还上过电视……

不许提上电视的事，不许你提！戚成钢爆发起来。

那，那你跟我说，你犯的是什么错啊？那么，你这算是……算是被开除了吗？什么样的错误要开除？

因为四美一直是住在自家的老房子里，戚成钢这次回来，也是先回到这边，他知道乔老头在另一侧的卧室里，他下巴绷得紧紧的，从牙缝里挤出四个字：作风问题。

四美一腔子的话全被吓回了肚子里。

隔了半天,四美说:他们冤枉你了吧?是吧,是吧?

不像是问着戚成钢,倒像是在说服她自己。

不是。戚成钢说,不是。没冤枉。

一时间,四美用心体会到了一个词:悲痛欲绝。

四美觉得自己是悲痛欲绝的,连哭都忘记了,然后又想着,不能哭,别给人听见了。

下意识地,她就想替他盖住这件事,他与她,是一条船上的,她若让别人知道了他不好,就等于说她自己有眼无珠。

而且,她爱他。

乔四美看着戚成钢略显憔悴但是依然英俊的脸,她是爱着他的,这毋庸置疑,爱到,在听到他犯错的最初,就已经打算原谅他了。

乔四美还是伤了许多天的心,伤心让她变得跟戚成钢一样的憔悴。

戚成钢说:你要是,不能原谅我,我也是没有办法的。

四美问他:是不是再也不回拉萨了?

我不回去了,我死都不会再回去了。

那个人,她在拉萨吧?四美小声地终于问出了几天以来一直想问的话。

嗯。

戚成钢想起达娃饱满黝黑的面孔,那面孔无限放大,对着他压过来。

我是真的不会回去的。

过了两天,邻居们问戚成钢,马上要到哪个单位去报到?

戚成钢没有答,倒是乔四美答了:倒是安排了个单位,可是我们还没决定要不要去呢。现在这社会,还是自己给自己打工最划算。

戚成钢看四美一眼。

她原谅他了,戚成钢知道。

戚成钢病好了之后,去找了他以前的一个朋友,那人在开出租,正巧想找个二驾。

戚成钢开上了出租车。

他们还住在乔家的老屋里,戚成钢家里住房紧窄。他答应每月付给乔老头房租。乔老头说了,这钱是该他拿的,他养女儿到这样大,而且,若是不给房钱,将来戚成钢和四美若是在乔家老屋里有了孩子,那是要抢掉乔家子孙的聪明和福气的。

乔四美替戚成钢盖住了所有的事情,人前人后,总是碎碎地一遍一遍说着,戚成钢不要安排好的工作,是为了自己做事,多挣点儿钱。

自己开车,一个月能挣这个数。四美细长的手指比一个数字,在朋友与小姊妹们面前晃着。

说得多了，连她自己都快要相信的确是这么回事了。

而且，似乎连戚成钢发生在遥远的拉萨的那一场风花雪月的事，也不存在了。

南方与乔一成终于决定结婚了。

项家因为是最小的女儿出嫁，把婚礼办得挺隆重。

乔老头在得知亲家的身份后，被巨大的惊讶与喜悦冲击得目瞪口呆。他简直想不到，大儿子会取得这样了不得的成功，让他也跟着尊贵起来，夜里睡觉的时候，他几乎听到自己骨节里嘎嘣嘎嘣拔高的声响。

婚礼上，乔老头竟然十分庄重，穿着新买的中山装，看见亲家公穿着一件羊毛衫外套、一件夹克十分诧异，在他的概念里，干部都穿中山装。

他在中山装的包裹下，语言也庄重起来，在婚礼上当着一众来宾发言，说感谢政府感谢党，自然有人在下面微笑。

乔老头儿的表现，有些捉襟见肘，一个角落里生存的市井小民面对高官时的畏惧，如同装在麻袋里的菱角，藏不住形的。

然而，也就不容易了。

项妈妈舍不得小女儿住出去，收拾了自家小楼二楼朝南的一间大卧室给他们小夫妻做了新房。

乔一成拎了一只皮箱跨进这座小院。

冬天的皂荚树落光了叶子，枝丫直戳向灰蓝色的天空，小楼墙上的爬山虎此时也枯着，春天想必又是一层新绿。

屋顶依然有烟囱，小时候乔一成总以为那是厨房的烟囱，其实不是。

是壁炉。

这是他少年时向往的地方，他曾牵着弟妹或是独自一人无数次地在这些小院外徘徊，想象着院子里的另一重生活。

现在，他竟然进到了这院里来了，他往后的日子居然能与这院内的生活相重叠，这是他做梦也没有想过的事。

乔一成心里百感交集。

第七章

重生的哪吒在莲花里睁开眼，看见师父太乙真人，扑过去叫：师——父，师——父。

1

　　一九九八年年底，乔一成与项南方结了婚，小洋楼里自然是极舒适的，家里还有一个用老了的保姆孙姨，做得一手好菜，洗衣收拾又很利落，乔一成竟然过上了饭来张口衣来伸手的日子，他过得多少有点诚惶诚恐。

　　人享了点福，气色便也好起来，乔一成的面色有了从未有过的滋润，五官都明朗了起来，穿着舒服妥帖，看上去是一个英俊的男人了，引得宋清远高声艳羡，说乔一成是有福之人。乔一成很感激他没有说自己从糠箩跳到了米箩，宋清远外粗内细，是个好人。

　　乔家的其他几个孩子就没大哥这样好了。

　　乔七七和杨铃子两个半大孩子，原先有铃子妈妈帮忙，小日子倒还算顺，渐渐地，铃子便又恢复到了做小姑娘时候的脾性，玩心重，时不时地要跑出去玩，一去，不到半夜两三点不着家。孩子的奶是早就断了的，铃子妈原本打算让孩子吃到四岁再断，话才出口就把铃子吓得尖声叫唤起来：喂到那时候我不成了老妇女了？坚决不肯，好容易喂到孩子七个月大时，铃子坚决地把她的奶给断了。铃子妈把她好一顿骂，说，我不是把你喂到五岁才断的奶？要不你能长这么好？铃子说妈妈是老古董，想法真吓人，简直是要把她带回到旧社会，把她当奶妈使。

　　生过孩子的铃子愈加地如同一颗鲜艳饱满的果实，她成了她那群玩伴里的小女王。她最爱引了男孩子献殷勤，然后一甩长发说：有没有搞错哦，我女儿快会打酱油啰。那一刻，看着男孩子紫涨了面皮，一脸的不能置信，铃子心情便无限地充胀而快活。

　　她并不真正在意或喜欢这些男孩子们中的任何一个，在她看来，他们没有一个能有七七那样的好相貌，也没有七七那样软如橡皮泥任她搓圆捏扁的好性子。

　　铃子常想，她是爱着七七的吧，七七身上总是有一种恍惚，这使得他老有点迷迷瞪瞪的，仿佛待在某个铃子不知道的空间里，这让铃子觉得没着没落的，越发认为自己爱他，爱他爱得心酸意痛的。

　　然而这悠闲的日子忽地有一天过不成了。

铃子她妈一直以来关节都不大好,她说是年轻时插队落下的毛病。孩子大一些了,能走了,会跑了,她的腿也不能动了。

这一躺倒,可真是不得了,铃子与七七,大孩子带着个小孩子,就已经手忙脚乱,一团糟糕,再加上一个半瘫的老人,真是雪上加霜了。

那晚,七七的小女儿不知为什么哭闹得特别厉害,抱着哄着都不行,摸着也不热,就只说肚子痛。

铃子妈躺在里屋实在是急得不行,唤了好几声,七七抱着女儿韵芝进来了。小姑娘看见奶奶倒不哭了,扑到铃子妈怀里,掀起自己衣服,把奶奶的手塞进去贴着自己的肚皮,铃子妈问:这样就好些吗?小姑娘满面的泪还没干,点点头。

铃子妈问七七:铃子呢?

七七说:出去玩了。

铃子妈气得抬高了声音,拍着床板道:真是没心没肺啊。

七七看着铃子妈气得脸上颜色都变了,回身倒了杯茶递过来,简短地说:别气,妈。

这一声妈叫得这样清晰,这样自然,铃子妈忽地心痛起来。

在结婚后很长一段时间里,七七都不习惯叫她妈,总是错叫成阿姨,叫错了,这孩子的脸上就有点惭惭的,可是下次依旧改不过来。

铃子妈缓缓地说:七七,你过来,我跟你说个事。我想,下个礼拜就搬到你小姨妈家里去住,她家的儿子出国念书去了,你姨父去世得早,现在家里就她一个人,铃子爸爸也长年在外跑来跑去地做生意,我跟你小姨妈两个人都孤着,我过去住,她可以照应我些,顺便我也陪陪她。拜托你,这两天有空时替我把我的东西收拾收拾,你小姨妈会来接我的。

七七安安静静地听着铃子妈说,突然伸手摸摸她的胳膊。你别走呀,七七说。

铃子妈与他玩笑着说:不走你养着我呀?

七七略一想,答:好!

铃子妈柔声说:不要担心,是你小姨妈自己提出来叫我过去的,我也不白住白吃,也给生活费的。

七七把女儿抱过来,慢慢地说了句:总归是在人家家。

铃子妈还是留下了。杨铃子还是常常在晚上出去玩,她习惯了那样轻松的生活,只觉得家里老的老小的小,让她透不过气来,只有七七,是她生活里的一点点明媚,然而,这是远远不够的。

杨铃子是一条大鲸鱼,乔七七不过是一池浅水。

七七的女儿还是病了,肚子痛得厉害。快十一点了,铃子还没有回来,铃子妈挣扎着说,你揹她一下吧。

七七打完电话，发现床头柜里的 BP 机嘟嘟地响。

铃子没有带走。

七七一个人抱着女儿，半夜也叫不到车，一路往前走。

入冬的天气，孩子不能再受冷，包得像个小棉球，越往前走，抱在手里就越重，小孩子已经哭不动了，趴在七七肩头，小猫似的唔唔地哼。

七七错觉中觉得，这路好像一辈子也走不完了似的，心里头好像有把大蒲扇，一下一下啪啪地，掀了一阵又一阵的凉风，心都缩成一团。

路过一家深夜还开着的小店，柜前一台公用电话。

七七一步一步过去，把女儿往上托一托，打了个电话给齐唯民。

齐唯民和常星宇双双赶到医院，七七抬头望着他们，大眼睛里全是水光，到底还是没掉下来，说：阿姐为什么也来，小咚呛不要人看吗？

齐唯民在头一年里也得了个儿子，叫齐咚呛，是个白胖小子，肉乎乎的，七七很喜欢他。

常星宇说：丢在外婆外公家呢，大姨和小舅舅玩他玩得上瘾，不肯还回来呢。

七七看着常星宇焕发的容颜，想，她真幸福啊，多好，她一点儿也不糊涂。

常星宇过来坐在他身边，齐唯民赶着问：小姑娘怎么样？

七七说：医生说是肠炎呢，要打吊瓶，还要留院观察。

齐唯民摸摸七七的头：你自己这一身的汗，会着凉的七七。你去我家吧，洗一下先睡，我替你看着孩子。

七七摇摇头，不肯。

等着孩子病平稳下来后，齐唯民和常星宇把他们接回自己的家。

齐唯民问起七七，以后有什么打算，是不是一直在杨玲子家的小工厂里帮忙。

七七说他也不知道，没想过。

七七说话不肯抬头，只给哥哥一个头顶儿，一头软的黑发。

齐唯民叹一口气：不要紧，慢慢来想办法。

过后，齐唯民跟常星宇商量：这两年，我也存了点钱，我想……

常星宇打断他的话：你不用说了，我知道，你想拿来投资，让小七做点什么。我是没有意见，咱们又不等着钱用，只是，你看给他做点什么呢？这孩子，做什么都好像要受人家欺负似的，再说，我说句实话，他也没什么技能。

齐唯民苦笑一下：这话也没错，想起来，你当年说得没错，七七现在这个样子，不能不说我有相当大的责任，小时候，我太宠着他，生怕他受委屈，反而弄得他依赖性很强。但是，这孩子的本质是好的，我想着，现在游戏厅的生意不错，我们凑点钱，帮他开一个游戏室，也不必太大，我有朋友在工商局，帮他尽快办一个执照，我家有个远亲的孩子也待业在家，那孩子机灵，可以叫他过来帮帮七七。

常星宇说：这说得好好的话你自我检讨做什么？其实我也挺疼七七的，从小没妈妈的孩子自然是可怜的。再说，常星宇笑起来，你这个弟弟呀，也是天生受女孩子气的命！换了是我，早把那个杨铃子给治得服服帖帖的了！

夫妻两人果然在几个月后就帮着乔七七弄了一个小游戏室，铃子妈也很赞成，说自家的那个倒霉小厂子也是不大景气，铃子爸爸年纪也大了，过了这一年也打算不做了。这样，七七带着铃子也多一条过日子的路。老太太还偷着投了些私房，小游戏室挑了个好日子正式开张了。

七七对这个行当相当地好奇，开张前的那一天他自己先这台机子那台机子地玩了大半天。

齐唯民说：七七，咱们做生意可要规规矩矩，千万不能让小孩子进来玩。

七七认真地点头：我知道的阿哥，我小的时候就没好好念书，我绝不会害人家小孩子也念不成书的。

七七原本自己弄了张硬卡纸，写上小孩子免进的，一不小心写成了兔进，而且自己看看字迹难看，涂了涂扔了，还是常星宇给写了块告示牌，白底上面漂亮的颜正卿体。

乔二强又失了业。

这个事来得可太突然了，原本二强就是托了关系进那个外企公司做勤务的，可公司上层一改组，从上到下换了一批人，二强这样原本就无足轻重的，是第一批被请走的。

南方私下里跟一成说，可以给二强安排一个相对好一点的工作，可是乔一成坚决地拒绝了，他早在跟南方结婚前就跟弟弟妹妹们开了个会，叫他们尽可能少在项家的小院子里出现，若有事，只跟他说，别跟南方说。别让人家看低了我们，一成说。

当时四美就挂下了脸，没好气地说：晓得了晓得了，你是怕我们给你丢人现眼。你放心好了大哥，我们将来就是穷到饿饭也不上你的小洋楼那块地面去要！

一成大惊：你怎么误会到这种地步？

三丽也骂四美：真是不懂事，大哥根本不是那个意思！

四美更不高兴了：你们两个从小穿一条裤子，姐你当然不会误会，你有什么事大哥总会站出来替你扛着，他当然不是说你，他就是说我跟二哥，我们两个都是不上档次的，最会丢大哥的脸！

半天没开口的二强突然插话：我不会丢脸的。我也没误会大哥。

四美摔了门就走了。

姊妹们闹了个不愉快，四美险些都没去吃一成的喜酒。一成婚后，她不仅没去过项家小院，连电话也不打了。

后来，还是一成自己托人，把二强安排到邮局去做了临时工。

这一年快到清明的时候，项家的保姆倒是接了一个乔老头子打过来的电话，说是他们家要去给一成的妈上坟，想麻烦"项领导"给安排辆车。

这事儿一成不知道，保姆是老人了，自然也不会嚼舌头，直到上坟的那一天，一成看到项家派来的一辆依维柯车才明白是怎么回事。

一成塞给司机一条烟，麻烦他把车开回去，自掏腰包叫了两辆出租，把一家人带到了母亲的坟上。

乔四美一个劲儿地对大哥丢着白眼，一成只装没看见。

说起来，乔家已经有许多年没有一家人一块儿给母亲上坟了。每年，兄弟姐妹们各有各的事，也难约到一块儿，一成多半喜欢一个人来。

乔老头看着那小小的一个土丘，说：也该给你们妈重修坟头，立个石碑了。

乔一成觉得多年以来这老头子第一回讲了句像样的话。

大家凑了点钱，一成拿的大头。一成说：要不干脆也别修了，好好地给妈买块墓地吧。

乔老头有一天晚上，老晚了，给乔一成打来个电话，说：要是买地，就买个双穴的吧，把我的名字也给刻上，将来，我总归是要跟你妈埋在一起的。

乔一成挂上电话，一个人在黑乎乎的阳台上站了半天。

给母亲迁坟那天，四美终于在隔了几个月之后跟大哥说话了。

那个时候，戚成钢已经回南京来了。

一成用毛笔一笔一笔地把雪白的石碑上母亲的名字描黑。

其实母亲的骨灰盒早就朽得收掇不起来了，乔一成用红布连土带着朽掉的盒子一同捧了出来，另买了好的骨灰盒装进去，这事儿他没跟弟妹们说。

在回家的路上，二强跟一成偷偷地说：我看四美脸色不好，她不是有什么事吧？

一成犹疑了一下，答：可能还在跟我赌气。

二强张张口，还是没说出什么来。

这事儿做完了之后，弟妹们真的很少跟一成接触，一成偶尔也回去看看，可是，还是觉得，他们之间，是远了点儿了。

2

　　一九九九年夏天,项南方被派往某县城做县长,这是市里的一项培养年轻女干部的工程,也就是让这些女干部有些实绩,以便回来提拔的意思。

　　偏巧电视台新闻中心有记者去采访这件事,回来便笑着叫乔一成请客,说乔老师简直是红运当头。

　　乔一成说:我爱人是下乡锻炼,还是挺艰苦的。

　　于是有人便说:先苦后甜先苦后甜,乔老师你不也是一样吗?

　　一成现在已不再是普通的记者了,一九九九年伊始,电视台搞了改革,通过竞聘,提拔了一批基层资深记者做制片人,乔一成通过了竞选,当了某九点档新闻专题栏目的执行制片。像他这样的也颇有几个,可是大家还是会暗地里笑说:果然是朝里有人好做官,想不到乔一成离婚之后竟然有如此成就,看来男人还是要离一次婚,离离婚,转转运。

　　一成当上了执行制片,不用天天外出了,但需要坐班,反而不像过去,可以自由地支配时间。他跟宋清远也拆了伙,宋清远另有了新的搭档,竟然就是乔一成的表嫂常星宇。

　　常星宇一直对乔一成不冷不热的,却与宋清远极对脾气,刚开始时乔一成看他们俩在一起便马勺碰锅沿的,以为他们必合作不长久的,慢慢地看出来,原来这两个人相处的模式就是那种吵闹知己,一边惊奇,一边也有点不是滋味,笑对宋清远说,这么快就"另寻新欢"。宋清远朗声大笑,说衣不如新人不如故,老朋友还是好的。

　　乔一成也跟他开玩笑说:我的这位表嫂是位大美人,你不要迷上才好。

　　宋清远说:她是大美人没错,然玫瑰多刺,内心比男人还强悍,我还是爱天真温婉的那一类。

　　谁都看出来宋清远对常星宇是另眼相看,极为照顾的,可说来也怪,在电视台这种口舌是非之地,竟无人传二人的任何闲言碎语。乔一成私下里想,怕是这两个人的气场都太正了的缘故。

　　他自己就没有这样的好运气。乔一成常想,以自己这样平凡的毫无背景的人,走到如今这一步,是活该要叫人说的。

渐渐地，大家说些酸意十足的话时也不背着乔一成了。有一天，几个人吃中饭时在一块儿闲聊，有人说：哎哎哎，现在有一句话大家听说过没有？成功的男人背后，都有一个成功的女人，成功的女人背后都有一个哀伤的男人。

又有人接过话头说：是这样吗？怎么我听到的是另一个版本，说，成功的男人背后，都有一个成功的女人，成功的女人背后都有一群成功的男人。

还没等乔一成有任何表情言论，宋清远先大声哧笑起来，那人便转过来问宋清远：宋老师笑了，宋老师想必有什么高见。

宋清远爽脆地说：你奶奶个腿儿，这是什么狗屁话！

哦，大家于是说：宋老师是一个极其尊重女性的好人。

宋清远又大声嗤笑一声道：我为啥要不尊重女性？只要女性不把长头发掉得到处都是，我就尊重她们。你奶奶个腿儿的，长头发真让人烦，掉在地上捡都捡不起来。

常星宇说：不是说男人都爱女人长头发吗？

宋清远老气横秋地拍拍她的脑袋说：不错不错，我就很爱你的长头发。

常星宇面无表情地说：你奶奶个腿儿的，宋清远！咱们这里有些人就合该挨这句骂！说着就与宋清远昂首挺胸地走出饭厅，采访去了。

乔一成在一旁听了，想，就为了常星宇这句话，她对自己怎么冷脸子都没关系了。

这些话听得多了，乔一成每每要生一场闷气。

有时静下心来，乔一成知道自己是过于小家子气而心窄了，然而没法子，他学不来宋清远那样的洒脱，宋清远是那种穿一条皱巴巴的旧军裤也气势十足的人，他却做不来，他活到这样大，每踏出一步，无不小心谨慎，不敢错了半步路。

乔一成一个人留在了项家小院里，实在是有些不自在，南方怕是要一两年才能回来，乔一成动了平时出来住，周末再回去的心思。

乔四美怀孕了。

一开始四美完全没有感觉，不呕吐不头晕也不懒得动，只是胃口出奇地好，再粗淡的菜色也要吞下去三碗饭才算完。

直到肚子里的孩子快四个月时，她才突然醒悟过来，有可能是怀上了。到医院一查，医生都好笑，怎么有这样糊涂的人，怀了四个月的身孕竟然不晓得。那医生是一位面目挺和善的大姐，拍拍四美的肚皮说：这是个没心没肺的小娃娃啊。

医生的话叫四美一愣，她的小孩子，跟她一样没心没肺。

在这一瞬间，四美觉得跟肚子里的这一块血肉有了某种深切的、难以言表的感情。它让她禁不住地疼惜起来，怜爱起来，四美温柔地摸着自己的肚子，觉出一种与世隔绝的幸福来。

四美怀孕后，迅速地胖大起来，活像猛一口气吹饱起来的气球。

戚成钢的妈妈倒是个老实人，因为家里地方窄小而只能让儿子媳妇住在乔家老屋，本来就有点过意不去，现在就更是殷勤周到，天天做了好吃好喝的大老远地送来，还包揽了乔家所有的家务，越发养得四美白胖起来，惹得三丽笑说，四美是傻人有傻福，摊上个好婆婆。

三丽早早地把自己儿子小时候的小衣服小鞋袜找了出来，包了一大包送了过来，说小孩子穿旧衣容易养活，不过到真用时一定要洗了烫了，还给四美送了大包的旧棉毛衫裤，将来好做尿布。

四美说：我听我们饭店的人说了，人家外国有一种纸做的尿布，用完了就扔，根本不用洗。

三丽斜她一眼，说她不会过日子，还说，尿布又不用你洗，叫戚成钢洗，我们家都是王一丁洗的。

戚成钢这一年多来完全恢复了过去的样子，回到家乡，水土适宜，他的肤色完全褪去了暗淡黝黑，变得红润起来。发型剪成了时下流行的式样，夹克与牛仔裤衬得他身形修长，比例十分漂亮。到底是当过几年兵的，身姿十分挺拔，正像他过去曾吹过的，当年，原本是选了他入国旗班的，临了名额叫有门路人家的孩子给占了去了。他与四美同年，竟然显得比四美年轻不少，猛一看去，简直就是一个刚过二十的小后生。

他全然已经忘记了当初的落魄与仓皇。

乔四美说，我们家戚成钢不要部队上给安排的工作，我们戚成钢只想自己做自己的主，自由自在地挣钱。

乔四美说，我们家戚成钢啊，在部队上可是个人才，正经一个"才貌"系统的，人家部队死活要留着他不让转业呢。可是现在这个年代，谁还要在部队上待一辈子啊，早回来挣钱要紧。

乔四美说，我们家戚成钢啊，真黏人，一天几个电话，烦死人了。天天先开车送我上班再去挣钱，活像尾巴似的。

乔四美说，我们家戚成钢，我都不高兴跟他走在一起，活活把我衬得老了，都以为我是他大姐，真是的。

说谎话的是乔四美，可真正信的却是戚成钢。

他觉得自己是一株在新土里重新发新叶长新芽的植物，苗壮饱满，迎着阳光，不停地拔高向上，大把的好日子与好享受在前方等着他。

戚成钢觉得自己如初生的孩子，有的时候，竟然会忘记了妻子忘记了老父老母，忘记了周遭的一切，只想向那更暖更漂亮更自由的地方去。

乔四美是在怀孕七个月的时候发现戚成钢外面又有了人的。

乔四美从小爱看言情小说，爱情电影，可是她心里头却总是觉得，书上与电影里的事，好的是可能在生活中出现的，那不好的，一定不会。

她从来都这样相信着，一直到那个晚上，她在离家不远的街口看见一个女人搂着戚成钢的脖子，依依惜别。

那个时候四美的身子已经相当笨重了，班是上不了了，早早地请了假在家里待产。那两年，开出租还算是挺挣钱的行业，戚成钢也算是个勤快人，又年轻，精神头好，每月钱不少挣。

四美成天待在家里，老屋的光线不大好，她对着乌秃秃的四壁，看电视看得眼珠子都快掉出来了，撑了腰在屋里屋外走来走去，自己都觉得自己笨得像只胖大的母鹅。

那天也不知怎么了，到了七点多，家里怎么也待不住，乔老头在客厅看电视，一边一个劲儿地打着盹，半张着口，拖了口水，四美实在是闷得受不住，想出去逛逛。戚成钢一般这个钟点会回来，他那朋友最近失恋，晚上睡不好，跟他交换了晚班。

四美挪到巷口，发现戚成钢的车就停在不远处。

戚成钢总是把车擦得干干净净，开车时他还要戴一副细纱手套，是个干净人。

从车里先钻出来的，是一个女人，四美以为是戚成钢的客人。

那女人年纪似乎比四美与戚成钢都大着几岁，一头卷发，高高盘在头上，是那种理发店里盘了，可以几天不洗的样式。女人身材丰满高大，屁股挺翘，身子鼓胀结实得像随时会从紧绷的衣服里蹦出来。

女人趴在车窗边，与戚成钢说着话，神情愉悦，略有些轻佻，让四美有种怪怪的感觉，说不上来哪里不对。

接着，女人把手伸进车窗，拉着戚成钢的手，退后一步，笑着，那意思是要拉戚成钢出来。

戚成钢大约是别着手，也丢不开女人的手，只得开了车门出来，那女人劲儿不小，一把把戚成钢拉向自己。

四美像被孙猴子施了定身法，站在原地，想动，可是手脚不听使唤，眼见着那女人与戚成钢紧紧地贴在一起，女人在戚成钢身上蹭着，像是要把自己挤进他的身体里去。他们躲在一棵高大的梧桐后面，戚成钢靠在树上。他的新夹克上一定蹭上树上的青苔了，四美心里突地冒出这么个念头。

戚成钢在那女人胸前摸了一把，活像个顽皮的孩子，那女人发出低低的兴奋而短促的叫声，佯装推开戚成钢，戚成钢顺势推开她，跟她一同走出树的阴影。两人似乎是道了个别，戚成钢走在女人身后，忽地在女人的屁股上用力地拍了一巴掌。

即便是做这样猥琐的动作，他还是姿态漂亮的，好像他不过是个孩子，孩子是可以这样无赖的。

乔四美撑着腰，觉得这腰真的是快要断了，重新一摇一摆遮遮掩掩地挪回家去。

当晚，四美睡得不好，半夜时，突然，她觉得，肚子里的孩子好像不动了。

四美盯着暗黑的天花板，好半天，突然惊恐地大叫起来。

3

戚成钢把乔四美送到了医院。

到了医院，医生说要留院观察，可病床很紧，要住的话只能加一张床，条件嘛可能是要差一些，不过也没办法了。

直弄到快天亮，四美才得以在病床上躺下来。

望着天花板上斑驳的水渍，四美觉得无比地燠热，满心烧着一团火似的。戚成钢给她盖上被单却被她忽地掀了去，全堆在床脚，她用脚一下一下地踢着那裹成一团的床单，踢得床栏咯噔咯噔地响。

戚成钢问：你怎么啦？是哪里不舒服吗？

四美不答，过了一会儿叫：戚成钢你过来一点，我问你句话。

戚成钢坐到四美床边来，在渐渐亮起的晨曦中，四美牢牢地看着戚成钢。

戚成钢看她半天没问出话来，心想或许她也没什么要紧的话，只是使一点小性子，怀了小孩子的女人总有点怪里怪气的，她们面目浮肿，胃口大得吓坏人，时不时地要耍点性子，得了不讲道理的特权似的。不过也难怪，那肚子里塞那么个重东西，睡都睡不踏实，走路也累，坏了脾气是挺正常的吧。

戚成钢想着，就冲四美微笑起来，问她：要不要喝豆浆？多多地放糖，再加四根油条？现在早点有了吧，我去买。

四美觉得那些争先恐后要冲出喉咙的话一点点地在往肚子里退缩，她乔四美又不是宰相，肚子里怎么能装得下这口气去？然而，为什么看着戚成钢的笑脸，她就又生了把气吞下去的心呢？

乔四美简直觉得自己果真是个二百五。

到了这一天的上午十点来钟，四美的肚子里突地动了一下，四美惊喜地大叫：医生医生，快来。

医生说四美的孩子没事了，不过看产期也近了，也要多加小心。戚成钢说干脆你就住在这里等小孩出生吧，四美不肯，坚持要回家。她受不了病房里那股子味儿，每天到了下

半天，有护士进来给产妇们冲洗下身，那种全无遮拦的丑陋叫四美几乎要尖叫出来，她知道自己不久也要过这么一关，然而少看一眼还是好的。

不过半个月的工夫，乔四美就真的要生了。

那天她就蹲下去捡了个东西，肚子便开始痛起来。家里只得乔老头子一个人，四美分别给戚成钢和三丽打了个电话。

四美到了医院就立马给送进了产房，医生说都开了十指了，要早产了。

四美被抬到活动床上往产房里送。

她忽地一手死死地拉住戚成钢的手，一手把他的头也往下拉，嘴巴凑上去，咬牙切齿地说：你要称心了吧，要称心了吧，我就要死了，我告诉你，我过不了这关的，我妈就是生小孩死的！

戚成钢被她低而绝望的声音吓坏了。不会不会，他只懂得说这两个字。

四美继续咬着牙说：你要再娶的话，要等到我骨头冷了以后，别等不及！你别等不及！戚成钢，我……

来不及再说了，四美已被推进了一扇门里，戚成钢只得丢开手，他看着四美张开的手，冲着他，听见她凄楚的哭叫声：成钢，成钢。

在戚成钢的生命里，常常有对着女人脑子轰地一热的时候，这热的烫的浓的刹那里，他相信，对那个女人的感情真的是真的。然而哪一次，都没有这一次真。

尽管乔四美以一个极其悲壮的姿态被送进产房，然而她生产的过程顺利得叫人难以想象，前后不过一个半小时，孩子就落了地。那一股子激痛忽的一下从身体里流出去了，五脏六腑都松快了，四美还傻乎乎地问：医生，生下来了吧？

助产士因为这一回工作的轻松而心情大好，跟四美开玩笑：你说呢，傻丫头？

四美生了个女儿，叫人颇感安慰的是，戚成钢虽是独子，他爸妈对这小姑娘的来临却是无比欢迎，打心眼儿里高兴。戚成钢妈说：我们钢子的小娃娃，哪会不漂亮？

那可真是一个漂亮极了的小东西，出了月便眉目清晰，雪白的粉粉的，乌发红唇，眼睛是一味的黑，瞳仁外隐隐一圈碧蓝，竟然是天生的一头卷发，这点像她奶奶，便格外赢得了祖母的宠爱。

四美打心眼里惊奇着，自己居然能生出这样漂亮的小孩，白雪公主似的，这一团的快活使得她几乎要忘记了前些日子里看到的令她痛到绝望的情景。直到有一天，中午，戚成钢接了个传呼。

四美好像有某种奇异的本能，那哔哔哔的声音响起来，戚成钢还没来得及把传呼机拿出来看，她就预感是那个女人打来的。

乔四美劈手从戚成钢手里抢过那台汉显的呼机，上面一行字：好长时间没见你了，出来吗？老地方？

四美用尽全身的力气把机子往戚成钢脑袋上砸过去，咚的一声，戚成钢立刻捂住了额头。

四美扑跌在床上，大声地哭叫起来：啊，你安生点吧安生点吧安生点吧！

戚成钢一下子被打得蒙了，他并没有看到呼机上的字，晕头转向的，只拿手捂着额，那里火辣辣地痛。

外面堂屋里的三丽与戚成钢妈都跑了进来。

事情是裹不住了。

戚成钢被他妈恶骂了一场，三丽冷着脸把两人给请了出去。

戚成钢他妈还是一天三顿地给四美送饭来，帮着给小婴儿洗澡喂奶。四美只仰躺在床上，动也不动，眼泪顺着眼角往下流到耳窝里，微微地痒。

戚成钢妈妈拧了热手巾来替她敷眼睛，一边和气地劝着，叫她千万不要哭坏了眼睛，眼睛坏了是一辈子的事情。

她慢慢地跟四美说着话，我们家钢子小时候挺老实的，可过了十八岁，人长开了，就开始招女孩子了，我也是气得不得了，打过骂过也劝过，后来他年纪大了些，我也不好再说了。上一回在部队上的事，他后来一五一十都告诉我了，他从小就是这样，做错了什么都会觍着个脸说出来，也不怕丢人现眼。他没什么坏心的，委屈你了，我叫他跟你认错，赔罪，如今你们有了孩子，还是好好地过吧。我也不怕丢脸，告诉你说，钢子他爸爸，年轻时也是这个毛病，老了老了，就好了，收心了。

四美呜咽着说：我怕我等不到他老了收心的那一天。

戚成钢妈俯下身来，理着四美乱蓬蓬的头发：不要紧的，我跟你说呀，我给我们钢子算过命，那算命的瞎子说，他人是规矩的，就是命不规矩。会好的，有一天会好的。

第二天戚成钢就过来给四美赔罪了。

他蹲在床边，如一条温顺的可怜的大狗，说着对不起，可神情里却有一些委屈，就像在大人的威逼下不得不认错的小孩。他说，我根本不喜欢她。

天知道，戚成钢这话是真的，对达娃，他还脑子热过一热，这一回他不过是，被那个女人引诱了一回。戚成钢满心委屈，真是的，那女人，跟头发了情的母豹子似的，还比他大上那么多。

戚成钢看四美半天没理他，自己站起身来，抱过小女儿。

小女孩子刚醒，戚成钢轻抱着她在窗边踱着步，孩子睡得脸红是红白是白，眼睛落进一片金色的阳光，挥舞着小手一下一下地拍着父亲刚刚刮过的趣青的脸颊。

戚成钢目不转睛地盯着女儿的脸，那种专注的神情在四美的眼里显得极其动人。四美想，有一天这漂亮的父女二人会比肩地站在自己的面前，他们全是她的，全是的。

在乔一成终于知道了戚成钢的事，跑过来找四美的时候，四美已经原谅了戚成钢。

四美看着乔一成暴怒的样子，心里颇有点怪三丽为什么要告诉大哥这件事。

乔一成扇了戚成钢一耳光，啪，好响亮的一声，戚成钢的脸上立刻文起五条指痕。

四美叫：大哥，大哥。

一成瞪着四美，四美心虚，絮叨地说：大哥，他改了，他答应了他改，他会改的。

一成伸出一根手指点了四美的鼻子，说：乔四美，我真是多余管你的闲事！

乔四美扑过去，抱着一成的腰，不让一成走。戚成钢灰溜溜地挨着门边儿走出去，还替他们带上了门。

四美也不哭也不说，就只抱着一成的腰。

小床上的小婴儿哭起来，一成挣开四美的手走过去抱起她。

小姑娘一经人抱起马上止住了哭声，密密的睫毛沾了泪水，越发显得黑长，洋娃娃似的，粉粉的小舌头伸出来一下一下舔着大舅舅的手指。

一成叹一口气：四美，戚成钢这个人也许是天生的不安分，你多长个心眼，给自己留个后路。别一个猛子扎进感情的旋涡里，到时候爬不上岸来，淹死了自己。

四美喏喏地说：他保证会改的，我们算过命的，他人是规矩的，就是命不规矩。

一成从鼻孔里大声地哧了一声。

四美贴过来，头枕在一成的肩上。

从小她就觉得他喜欢三丽多过喜欢自己，总觉得他是偏心的。然而这一刻，四美想，到底他还是自己的亲哥，这种时候也只有靠他，也只有他会跳出来替自己说一句公道话。

三丽私下里问一成：大哥，戚成钢的事，就让他那么算了？

一成没好气：不算怎么办？四美死心塌地地爱他，叫我们怎么办？

三丽显得忧心忡忡的，一成劝她：随她去吧。日子总要往下过，生活总在不断地前行。乔四美啊，一向就糊涂，总归会有变聪明的一天。糊涂过的人，一旦醒悟了，比谁都聪明。

这话传到四美耳朵里，叫她愣了半晌。

二强在邮局里的工作不是送信，是搬运邮包，挺累人的，还好二强吃得苦。

不过他的日子有点不大顺心。

孙小茉在书店的工作一直挺稳定，书店这种地方，这些年的效益一直不错，听说很快店面还要扩大，扩成书局。小茉所在的柜台是卖教材与教辅的，这年头做家长的都望子成龙，各种参考书习题册进多少货卖出多少，那些做爸妈的都一摞一摞给孩子抱回家，跟不要钱似的。孙小茉一个月的工资比二强要多好几倍。

孙家人看着二强逐渐走低，颇有点瞧不上他，话里话外，有点后悔把小茉配给了他，言语行动间不免颐指气使起来，连小茉都受了她妈的影响，跟二强说话都有点没好气。

二强心里有说不出来的委屈，然而家里一件事接着一件事，乱哄哄的，他能跟谁说去。大哥管他自己的事还要顾着妹妹们，还要替他操心找工作，二强觉得自己要识相点，吞了所有的气。

这一天，二强按习惯去菜场买了菜回家，小茉妈掂了袋子里的豆腐说：这种豆腐水叽叽的，还没下锅就全烂了，一点豆子味也没有，叫你不要买这种你总是记不得。重买吧。

二强问：哪家的好？

小茉妈说：转两个街口，新开了一家豆制品店，做的北方老豆腐特别好吃，你去买几块来，动作快点儿，我等着烧汤。

二强拿着小铝锅转了两条街总算找到那间门面很小的店子。柜上有大圆匾，盖着洗得雪白的薄纱布。

二强说：师傅，你给拿四块老豆腐。

有人闻声从柜台下面抬起头来，伸过手来接二强递过去的小锅。

刹那间乔二强想起了少年时看的那部动画片。

《哪吒闹海》。

重生的哪吒在莲花里睁开眼，看见师父太乙真人，扑过去叫：师——父，师——父。

乔二强热泪盈眶。

4

那天二强买豆腐足买了一个多小时，回到家的时候，小茉妈的脸色极不好看，足足把二强数落了一晚上，说他不仅正事不足，连买块豆腐这样的小事也做不好，叫他买两块，竟然买了这么一锅，不会挣钱也不会省钱。

骂到后来，连当年他跟小茉分手的事都牵扯出来说了。说早知道二强是这么一个没用的人，当初分了也就分了，再怎么也不至于把女儿嫁这么个人，让小茉跟着他吃苦。

怪的是，二强似乎完全没有把她的话听进耳朵里去，神情里却有一些平日里没有的不屑与鄙夷。小茉妈不爱看他的这副样子，越发高声地骂起来。最后不高兴的，是孙小茉，她大声地叫她妈不要再说了，母女俩也拌了嘴。

晚上睡下，二强想起小茉刚才气得眉眼变了色，便劝了两句。小茉沉了个脸，沉默半天突然说：我妈也没说错，要不是你这样没用，也累不到我受这份气！

说着，用力翻了个身，给了二强一个脊背。

夜深了，小茉睡熟了，二强却不能睡。

马素芹原来还在南京，原来她一直没有离开，这太好了，至少她还一直在他身边，她在，他就好像什么都可以忍，什么都不怕了似的。二强想。

马素芹终究还是跟她男人离了，是那男人主动提出来的，那个时候，他已经败光了家里最后的一点积蓄，连儿子的学费也搭进去了。孩子足停了一年的学，等马素芹终于借到了钱把儿子重又送回到学校时，十三岁的儿子跟小他近两岁的孩子们一起坐在六年级教室里，那孩子足比其他人高出一个头去，小同学们已经学会了用轻蔑的眼光看待异己的人了。

马素芹的男人知道儿子恨毒了他，他的身体也垮了，当他再一次对老婆举起拳头时，儿子也不再是躲在妈妈身后的小可怜了。他梗着脖子站在他面前，额角的青筋暴出，拳头捏得死紧，似乎只要他敢动一动，他便要扑上来跟他拼个你死我活，眼神小豹子一样。

马素芹的男人是在第二年的春节过后向马素芹提出离婚的，儿子跟了马素芹，那个男人很快离开了这座城市，回东北老家去了，听说跟他同走的还有一个东北女人。

马素芹也没有想到会在这样一个极平常的日子里与乔二强重逢。

那一天，两个人面对面足愣了有五分钟。

二强先开口叫了一声：师傅！

马素芹看着眼前的人，他长大了，脸上不再有当年那一团孩子气，也拔高了不少，肩膀宽了，人结实了。

他不再是一个孩子，只是眼睛里还有当初那种孩子一般的渴望，叫人忍不住想要拍拍他的头。他还是像以前一样的老实，老实得有点傻，就只会一声一声地叫着师傅师傅，其他的话，半句也说不出来。

马素芹问：二强你还好吧？

二强说：师傅……

马素芹笑了一笑：我挺好的，现在有了这个店子，生意还不错。

乔二强还是说：师傅。

马素芹突然觉得满腔的苦水全涌上来，然而，也是说不得的。

她回身给他盛了满满一锅豆腐，递了过去。

二强把锅子接过来。马素芹说你快回去吧，这都快吃晚饭了，你还没吃吧。回去吧，啊？

二强应了一声：噢。端了锅子傻子似的转过身要走，突地又打了个转回过头来，一口气地说：师傅你去哪儿了？我哪儿都找不着你，我找了好多家菜场，他们告诉我你在菜场卖菜，南京菜场那么多，我都要跑遍了也没找到你，你怎么不告诉我你去哪儿了呢师傅？师傅我好想你。

二强像小孩子似的哭了满脸的眼泪鼻涕，全被他蹭在袖子上。

马素芹解下围裙递过去叫他擦一擦，说：怎么还像小时候那样不爱干净？

马素芹问：二强，成家了吧？有孩子了吗？

二强点点头又摇摇头。

马素芹说：回去吧。

二强老实地应：噢！

走了两步又回头：师傅，我还来，行不行？

马素芹点点头，二强快活地去了。

第二天一大早，马素芹骑了三轮拉着起早做好的豆腐来开店，就看到店门口蹲着乔二强，那缩成一团的样子还像从前一样。然后，乔二强抬起头，快活地说：师傅，你来了？

乔二强突然觉得日子明亮起来，快乐起来，像大冬天里出了好太阳，晒得人浑身暖烘烘的，暖得叫人想叫出来。二强就真的叫了出来，骑着三轮，看前后无人，双手脱了把儿，直身起来，噢噢地叫唤着，仿佛被年少的自己附身，那个时候的他，真是快活啊，满心满眼只想跟那个女人在一起，想不到未来过去，眼睛里就只有一天一天跟她在一起的日子。

二强每天一有空就来帮马素芹做事。

马素芹上午卖一个早市，发现有的双职工早上来不及买菜，她又开始卖晚市，是比以前更加辛苦，但却使得她的小店生意越来越好。乔二强工作的邮局恰巧与马素芹的小店相去不远，一天里，只要有一点空，二强便会过来帮她做事。中午也带了饭来与师傅凑在一块儿吃。

马素芹看到他的饭盒里总是些不大新鲜的菜色，看起来是头天晚上的剩菜，就每天多带一点家常的菜来。二强吃着师傅给他准备的红烧肉，抬头看着师傅笑，嘴巴吃得油光光，嘟起来，时光仿佛倒流。

二强在孙家不再感到气闷，不时地，在做着家事的时候，翘起嘴角笑起来，笑得小茉妈疑疑惑惑的，背了人跟小茉讲，乔二强最近有点不对劲，别是有什么毛病了吧？

小茉妈觉得二强的情状太奇怪了，竟然忘记了"有毛病"三个字是小茉心头的那一点疼痛，提不得的。小茉恨恨地把手里的杯子往桌子上一蹾，说：我哪里知道他，他不是从来都是傻乎乎的吗？有毛病也不是一天两天的事，当初我们这两个有毛病的人为什么就凑合到一起了呢？

那一天下了这一夏最大的一场雨，那简直就不像一场雨，像从天上倾倒下的大盆大盆的水。

乔二强与马素芹一起被阻在了小店子里，马素芹急得了不得，怕儿子一个人在家，店子里又没个电话，二强说他出去找个小店打个电话叫小孩子先睡，关好门窗不要怕。马素芹一个没拉住，二强真的跑出去了，劈淋淋的大雨一下子就把他的身影给吞了。

过了好一会儿二强回来了，淋了个透湿，浑身上下滴滴答答地往下淌着水，连睫毛都被雨珠给糊住了。

二强用力地眨巴着眼睛，冷得牙齿咯咯撞，声音里却透着快活：打过电话了，我敲开人家店门打的，那小老板还真是好人，我也打了个电话回家。

马素芹叫他赶紧脱了湿衣服，店子里也没换的，就只好拿了平时垫在竹匾下的一块粗毡子给二强裹在身上。

马素芹用毛巾帮二强擦着头发，二强像一只乖乖的大狗似的蹲在她跟前，低了脑袋由着她摆弄着擦拭。

马素芹扳起他的头，看见二强的一张笑脸。

马素芹说：你怎么还像个小孩子似的，笑得傻不傻？

二强紧紧身上的毡子，那粗粗的毡子蹭着他的皮肤，痒嗦嗦的。

二强把双手放在马素芹的膝上，仰起头来看着她，说：师傅，我想跟你一块儿过。

马素芹愣住了。好半天才回过神，摸摸二强依旧湿乎乎的头发：你现在成家了，成了家的人要好好地过日子，你别跟师傅学，把日子过得一团糟。你该好好地过。

二强索性把脑袋也贴在马素芹的膝上：可我想跟师傅过，咱们俩凑成一家子，我觉得我才能好好地过呢。

天空突地炸了个响雷，那雷就像从他们的头顶上滚过，一直轰轰地滚出去老远老远。

马素芹捂了脸说：这不成的，这不成。当年闹了那么一场，你连工作都丢了，现在再来一场，你还得要遭什么罪？

二强说：师傅，我什么也不怕。

乔二强觉得他这一辈子都没有这么勇敢过。

二强向孙小茉提出要离婚时，孙小茉呆愣愣地看着他，好像不认识他了似的。

尖叫着冲过来在他身上拍打的，是小茉妈。

你什么意思？她没头没脑地扑打着二强，就凭你也敢说离婚？就凭你？

就凭我！二强也叫，就凭我，就是要离！

那么你就滚！光身子出户，我们孙家的便宜，你半点也别想占到！

二强从孙家搬回了乔家老屋。

乔一成赶回家去，斥问他为什么突然提出这个事，脑子坏掉了不成？

二强说他脑子没有坏。

二强说他的脑子比什么时候都聪明。

聪明着呢！

乔老头冲上来一巴掌轰到二强的头脸上：你聪明！你是吃屎糊住了心窍！你要离了你老婆跟那个老女人过去，我告诉你，门儿都没有！

一成冲过去挡住乔老头儿再一次落下的巴掌：你不是一向不管儿女事的吗？什么时候看见你这样对儿子女儿负责起来了？我告诉你，他们几个可都是我一个个拉着扯着养大的，要打要管，我比你更有资格。

乔老头一口浓痰吐在地上：呸呸呸！你问他，他自己说的，他要离，要跟他那个师傅结婚。我今天把话说死在这里，我不许她进门，我是一辈子也不会把一个外姓的人算作是乔家的孙子的，乔家就是断了香火也轮不到一个外姓的野种来充当孙儿！

一成问二强：他说的是不是真的？你什么时候找到你那个师傅的？

二强直着脖子，坚决地说：我就是找着她了，我就是要跟她结婚！谁也拦不住的大哥！

乔老头跳起脚面来，骂了两句极脏的话，又说：你休想，门儿都没有，门儿都没有！

二强擦擦嘴角的一线血渍，居然笑了，从来没有地幽默了一把：门儿都没有也不要紧，门没有我走窗户好了！我就喜欢捡个现成的爹来当怎么着？

呸呸呸！乔老头在自己的脸上啪啪地打着耳光：好不要脸！

二强又笑：用不着你替我害羞，你自己背着我大哥干的那些不光彩的事才是不要脸，把我们乔家的人丢光了。我就是打算自己为自己活一回，不丢人！

二强终于还是离了婚，这里头不能不说孙小茉的妈起了极大的促进作用，她几乎不让女儿开口，一迭连声地叫着：离离离，离了这个窝囊废，还怕找不着比他好的？

乔二强果然净身出户，所有的一切都留给了孙小茉。

孙家说了，叫他马上滚蛋，只准带走自己原先的那些破衣烂衫，凡是孙家给他置的衣服物件，一丝布一颗螺钉也别想带走。

二强只收拾了一个瘪瘪的包，包里就只装了他的两件旧衣服。

还是小茉偷偷地又塞了件羽绒服在他的包里，眼看着就是冬天了。

乔二强就背着这么个包，走进马素芹的小店子里，坐下来吐出一口气，咧了嘴笑着说：师傅，这一回我真的跟你凑成一家子过！

5

二〇〇〇年，世纪之交。

这一年里，乔家发生了几件比较要紧的事。

第一，乔二强跟孙小茉离了婚，跟比他大十四岁，拖着个儿子的马素芹成了一家子。几乎让所有的人惊掉了下巴。

更让乔家几个兄弟姊妹们惊掉下巴的是，他们的大哥乔一成对此事居然采取了睁一眼闭一眼的态度，令人费解。乔四美叹了口气对此评价道：人家现在日子过得顺心，有权有势，有头有脸，犯不着管我们小老百姓这点鸡毛蒜皮提不上筷子的事。

依着马素芹的意思，干脆不要打结婚证了，就这样凑在一起过，以后二强若是后悔了也不要紧。可是乔二强坚决不同意，正正式式地跟马素芹领了结婚证不说，居然还办了两桌酒，请了兄弟姐妹们与马素芹当年在厂子里两位要好的师傅，酒水是薄了点，到底也是结了场婚。

乔一成在开席五分钟后到场了，坐下来就喝，话少喝得不少，三丽四美她们都带了各自的老公孩子来吃了酒。

马素芹穿了件新的颜色衣裳，她这几年过得不好，却并没有老到不堪，眉目里依稀仍有旧时的一点俏丽，依然整洁利落。乔二强穿了件新的夹克，理了发，刮净了脸面，神色间一派安稳满足，也居然像模像样。

第二，王一丁又从公司里辞职了，自己开了间小小的机修铺子，从乡下老家找了个小伙子来做帮手，忙是忙得了不得，也很少再有时间帮三丽做家务，然而，毕竟是自己的生意，三丽与一丁都觉得颇有奔头。

第三，戚成钢也不再开出租了，与人合伙做起了书店的生意，号称"五元书店"，生意居然不错。

第四，乔家老大和乔老头又翻天覆地地大吵了一通。

虽然四美认为现在家里最得意的应该是她大哥乔一成，可事实上，乔一成打心眼儿里觉得有点儿郁闷。

他和项南方聚少离多，南方一心扑在工作上，为所在的贫困县争取到了发展的投资，电视台不断地报道她的事迹，相比之下自己虽是执行制片，可也不过是个看人眼色办事的，要说做主的，那还是制片，上头还有频道主任和新闻中心主任，说不失落那是假的，但一成想，南方终归是自己的妻子，她的荣光未必就不是自己的荣光。可是，二强在跟乔老头子为了马素芹的事闹得不可开交的时候，无意中说漏了嘴，捅出一件事来，叫乔一成好不生气。

原来，乔老头背着他，常常向项家人提着各种各样的要求，而项家人也一一给安排了。现在的乔老头，居然挂名在一家效益不错的单位里，开始每月拿起退休工资来。乔一成知道了这事后暴跳起来，也与老头子大吵一通，死活叫他从此不要再领那份工资，可老头子却也是死活不肯，父子俩几乎反目成仇，愈加地断了来往。

一成为这个事又气又愧，心想，怪不得项北方这么多日子来话里话外总是含沙射影的，让人极不舒服。一成一直以为自己够尊重够识相，项北方不过是小人之心，不必理会，却原来还有这么些个他完全不清楚的事夹在里面。自己的老爸不要脸面，厚皮老脸地赖着人家项家，项老爷子当然不便为了这些事亲自去找人打通关节，多半是叫项北方悄无声息地做了，难怪项北方这副嘴脸。

乔一成觉得简直没脸再在项家小院里待下去，也没有脸面面对妻子项南方，可又没法在项老爷子面前刻意地澄清自己，更不能跟项北方去解释，只好跟南方通电话说明情况，叫南方有机会跟家里说明一下。

南方在电话里叫乔一成不要介意，说既然已经是一家人了，这种事也没有关系，到底这些事也算不得违法乱纪，老爷子也是有分寸的人，真不能办的事一定会跟爸说明的。

这一通电话分了三次才说完，一成就听得那边不断地有人找南方请示，南方也是急匆匆地与一成说上那么两句，最后一成有点无精打采地说：那你忙吧，以后再说。

南方听出一成的不自在，叫他等一等不要挂上，似乎是找了个僻静的地方，声音立刻清晰温柔起来：你生气了吗？别介意了，真的，你以为老爷子真的不明白是怎么回事哪？他人老了可不糊涂，心里头清楚着呢，我们都知道你不是那样的人，别委屈了。

这一头一成笑出来：我没委屈，对了，我想……

一成话未说完，听得那头又有人叫"项书记项书记"，就把未及出口的话咽了回去。

其实他想说，想从项家小院搬回到原先的旧房子里，项家小院离他台实在是太远，他每回回去得又晚，一回去阿姨就要起来殷勤地替他弄夜宵，有时弄得项老爷子都睡不实，实在不好意思。

乔一成把这番意思跟项家人说了，并且强调主要还是为了工作方便，真的从项家小院里搬了出来。

乔一成回到当年的那小套房子里，这套房子他已经买了产权，原房主要得并不高，他索性买了重新装修了一下，也算是有了一处自己的真正意义上的窝。

一转眼，又到了绿荫满树的初夏。

乔一成原本打算把今年的休假给用了，去南方那里看看她，他们夫妻实在是分开来不少日子了。

可是人算不如天算，接连下了一个星期的大雨，长江的水立刻涨到警戒线。

说是今年会有大水，乔一成他们电视台又一人发了一双高筒的雨靴，所有人都随时待命，一旦有险情马上上堤坝报道。像乔一成这样的，倒是不用出现场，可是在家的编播任务也轻不了。

宋清远每天就穿着这直高到膝盖的靴子来上班，一边笑骂道：这破靴子，年年发，跟党卫队似的，一边穿得有滋有味儿，不亦乐乎。他的搭档常星宇也与他做同样打扮，天天T恤牛仔裤加长筒雨靴，这样不伦不类的衣服居然给她穿出两分英姿飒爽来。她与宋清远两个人天天拖着大靴子扑踏扑踏夸嗒夸嗒地在台里来去，一个威武一个美丽，是一道好风景。

乔一成看了一边笑一边眼热，决定等天一凉快就下乡去看南方。

真的得了空下乡的时候，已经快入冬了。

乔一成事先没跟南方说，一是因为南方实在是太忙，两个人电话里也说不上几句话，有时说着说着南方就睡着了；另一个是，乔一成想给南方一个惊喜。南方的生日也快要到了。

乔一成在没来南方所在的县以前，想象着这地方一定相当地落后，断瓦颓垣，土地贫瘠干枯，人人面有菜色。到了以后才发现，也并不这样。虽是贫困县，到底也没破败到那种程度，一路上的风景也还不错，听人说，这里也有一些物产，只是当地人特别地懒惰，习惯于冬天农闲时结队成群地到大城市里要饭，并不以为耻，而是当作一种谋生手段。乔一成细想想也想通了，项老爷子怎会让自己的女儿到真正贫困得不堪的地方去吃大苦处。

乔一成微笑起来，笑的是自己果然还是脱不了那一点点的天真，竟到现在才明白过来。

乔一成坐的是长途汽车，颠簸了十来个小时，又倒了一次车，路渐渐地窄起来，尘土在初冬干燥的空气里飞扬，一股子异乡的味道，天空呈一种灰蓝色，因为四周完全没有高大一些的建筑，看得久了，那一片天空对着人直逼下来，乔一成的心里有一种新奇的感觉，不知为什么也有点忐忑。

终于到了县委，原来是座半旧的三层楼，南方在这里办公，也住在这里，就在三楼的最边上一套房子。

因为事先没跟南方说好，门房竟然不让他进去，一成想与他说明情况，可是那位大叔一口当地土话，与乔一成鸡同鸭讲，谁也听不懂谁的话。

乔一成想想也算了，就在县城里逛一下，看看当地的风土人情也好。

一路走着，满心地想找个小花店订一束花给南方，转了大半天也没找到，自嘲糊涂，这里是贫困县哪，自然吃饭是顶重要的事，哪里会有人开花店。

实在也是累了，就慢慢踱回县委附近，坐在隐蔽处，等着南方回来。

过了没多久，见一辆宝马开过来，乔一成好不惊奇，这地方居然有这样的好车出现，还没等他惊奇完，车就停在了县委门口，下来的是一位衣着光鲜却并不扎眼的男人。

乔一成想，哟，好一位人物！

那男人绕到另一边拉开车门，以手遮住车顶，迎下一位女士来。

是项南方。

南方倒没有太大的变化，略黑了一点，不瘦，精神特别好，这许久不见，在一成看来，她更添了一分利落干练。

那男人对南方低低地说着什么，态度里有一种不经意的亲近，南方微笑着听他说话。

两个人似乎要话别的时候，那男人打开车子的后备厢，从里面捧出大得出奇的一捧浅粉的玫瑰，递给南方。

南方似乎也是一愣，终于还是接过了花。

那个男人也微笑起来，跟南方又说了句什么，开车走了。

乔一成在角落里呆站了许久，等南方进了小院，又等了一会儿，才打电话告诉南方，自己来了。

乔一成觉得晕乎乎的，好像眼前有一层窗户纸，可是，比谁都怕戳破这层纸的，正是他自己。

可是南方，一成想，南方怎么可能是这样的人呢。看刚才二人的态度，其实也是正常的，只是，一成想，只是，世上的事啊，是半点也由不得人的。

一成还在胡乱地想着，就看见南方急急地奔过来，四下里张望。

一成迎上去，叫她：南方。

一成跟着南方进到她的宿舍时，一眼就看到了那一大束花，放在南方的办公桌上，几乎铺满了整个桌子。

南方说：刚一位朋友送的，就是我们这个县的主要投资商，也不知他从哪里打听到了今天是我的生日。

一成哦了一声，笑道：我也是赶着生日来的呢。

南方笑起来：那么我们上街吃饭去，这里的食堂饭食真的不合胃口呢。

一成突然说：那位投资商先生，要不要一道请了去吃饭？

南方微愣一下，答：不用了，他已经赶回南京去了。

一成微微拉长了一点声音说：哦，特地从南京赶过来送花给你贺生日？

南方看他一眼，转了话题：要吃什么呢？这里也没什么好的有特色的菜，就是狗肉还不错，我也吃不惯那个东西，不过你难得来，总要尝一尝吧。

南方拉了乔一成往外走，走到门口处低下头去换鞋。

一成看着她乌黑的头发，离得这样近，一成想，是不是要拥抱一下。然而南方很快地抬起了头，笑着看向一成：你胖了一点。

一成突地热了眼眶。

一成在这里陪了南方一个多星期，南方实在是忙，一成每天做好了饭等着她回来。县委小院后面有一片菜地，是门房开辟出来的，种了各色蔬菜，一成就塞给那位大叔一些钱，在地里现摘了菜回去做。

完全是有机肥种出来的菜，特别地肥美鲜嫩，是一成这些年来吃过的最好的菜了。

一成走的那天，南方直把他送到汽车站。

依然是灰蓝低沉的天空，飞扬的尘土，车站人不多，挑着担子的农人神情疲惫，有那似乎是出门走亲戚的女人带了很小的孩子，那孩子扬着手，在车站跑来跑去，尖声地叫着，快活得很。

一成忽然问：南方，你什么时候可以回去？

南方说：总还要过个一年半载。

一成"哦"了一声没再说话。

车开时，一成从窗口伸头出去对南方说：多注意身体。

半截车身糊满了泥巴的半旧的车子发出巨大的轰鸣声，扬起一阵黑烟，开动了。

南方的身影渐渐缩成一点，乔一成心头的那一点不安却越来越扩展开来。

6

在乔一成的记忆里，二〇〇〇年到二〇〇一年这段日子，过得草率而缭乱，时间也越发显得快，糊里糊涂地，二〇〇一年已过了大半。

一成与南方依然聚少离多，一成一直住在自己的那小套的房子里，偶尔回项家小院去一回，有的时候，他似乎都忘记了自己是一个已婚的男人，好像还是个单身汉，一个人吃饱全家不饿。可是，却又不是，他的背上还有他的兄弟姊妹那一大伙子人，他还得扛着他们，替他们操心，为他们受累，这几个孩子，还真是没一个叫他省心的。

二强跟马素芹结婚后，人真的是精神了不少，来来去去总笑模笑样的，捡了钱似的。三丽开玩笑说，二哥好像真的遇上第二春了，这梅开二度，倒还真是挺美。

二强也有一点点的不顺心，不顺心的源头，是马素芹那个已经十六岁的儿子。

马素芹与前夫离婚后，怕那男人又回头来寻她，便离开了原先住的地方，在城的另一边，城乡接合处租了一间平房，带着儿子一块儿过。

在与二强结婚前，二强说，那个地方离马素芹开店的地方太远了，而且周围环境也太差，两个人商量着，另找个地方住。

这两年，这城市发展得挺快，不少人买了商品房，租房的人也不少，租金相应地也就在涨，离市中心越近，价钱便越高。二强与马素芹颇费了一些工夫，才在一片新开的小区里找到了一处住房。

这片小区挺僻静，原先竟然是一片坟地，周围还有大片的菜地，这两年，那坟地迁了，菜地也被房地产商收购了，盖了大片的商品房，还盖了一些拆迁安置房，给被收了土地的菜农居住。谁也想不到，又过了两年，这里竟变成了高档住宅区，俨然成了白领阶层的聚集地，简直寸土寸金。

二强与马素芹当然没有那个经济能力租商品房，他们租的是很小的一个单室套的拆迁安置房，全无装修，只有一间卧室和一个小客厅，还好阳台被封了一个小小的房间，正好给马素芹的儿子住。

那少年叫智勇，已长得身高马大，个头快赶上二强了，眉眼与他的父亲十分相像，浓眉间紧紧地凝了一个疙瘩,使得那张年轻的面孔怒气冲冲的。自从马素芹与二强婚后,这孩子就一直是这样一副表情,基本上他是不搭理二强的,对二强的问话只当是没听见,或是打鼻孔里哼一声。马素芹背地里劝一劝,这孩子连他妈也恨上了,居然一夜未归,二强跟马素芹找了他一夜,才在一家游戏厅里找到了他。

那以后,智勇稍稍安静了一段时间,二强心里也安慰了一些,想着,自己掏真心好好地待他,过个一两年,他长大了,能够了解自己的诚意了,兴许两人的关系会好些吧。

有天二强做饭,做他最拿手的排骨汤。怪的是,那炖在火上的砂锅总是温暾暾的,老也不见开,二强有些纳闷,把火开大了些,出了厨房。过了一会儿再回去看那锅汤时,发现智勇正拿了一个杯子往汤锅里兑着凉水。

二强一下子愣了,尴尬地笑笑,说:我说怎么汤老是烧不开呢。

那孩子倒大大方方地把手里的杯子一扔,哼一声,转身要走。

二强忍不住出声道:咱们……咱们说一说话吧,你……你对我这么有意见?

智勇大咧咧地坐在餐桌角上,瞪着二强:有意见,怎么啦?

二强说:有意见你就说!

少年把嘴里嚼着的口香糖呸的一声吐在地上:我不跟勾引别人老婆的不要脸没有道德的男人说话!

二强觉得自己脑子轰地热了一下:谁没有道德?

智勇没有答,大大地嗤了一声,抬起腿,用肩狠狠地撞了二强一下就要走出厨房。

二强说:我对你妈是真心的。不是勾引,我也没破坏你们家庭。

智勇理也不理他,摔上门走了。

二强智勇之间的关系一直都没有缓和,两个人基本不说话,马素芹在中间也挺为难。

除此之外,二强的日子再没有什么不好的事,有时马素芹为儿子的事觉得怪对不住二强的,可是二强说,他知足了。

没过多久,马素芹儿子上了初三,这孩子提出要住校,马素芹想想,如今他跟二强这样僵也不是办法,兴许,住校也未尝不是个缓解的办法。

新学期开学后,智勇真的捆扎好了被子,拎着一只旧箱子住校去了。

智勇头一个周末就没有回家,也没有给马素芹打电话,可叫他想不到的是,乔二强居然到学校宿舍来找他了,同学告诉他,他"叔叔"来看他,智勇还微愣了一下,脑子一时没转过弯来。

一下楼便看见乔二强拎了个大保温桶,站在树下,看在智勇的眼里总觉得这人有点呆头呆脑的。

乔二强看见智勇走出来,连忙迎上来,说:我给你送一些菜来,学校伙食不好吧?

智勇不答。二强只好自说自话:我晓得一定不好。我大哥以前上大学也住过一段时间

学校宿舍的,我跟妹妹们去找他玩,他带我们到食堂吃饭,乖乖,真是难吃。

智勇原本想说:你话说完了没有?说完了就赶快走。可是看到乔二强那副巴巴结结的样子,傻傻的笑容,不时地飞快地瞟他一眼的那副样子,到嘴边的话也出不了口了。

乔二强把保湿桶塞到智勇手里,小小声地说:其实你妈也来了,在学校外头,怕你不高兴我们一起进来就在外面等着。要不,你出去看看她?

那以后,乔二强隔三岔五地给智勇送一些菜过去,也把那孩子换下来的衣服拿回去洗。有同学问起,这人到底是谁,智勇答:是我叔。

乔二强从小到大没过什么特别好的日子,倒是养成了一副随遇而安的性子。他想着,毕竟自己不是人家的亲爸爸,小孩有点别扭是正常的,等日子久了,会好的。话又说回来,二强想,什么事都扛不过日子去,这世上,就是这一天一天的日子,最叫人没奈何了,最后的赢家终归是它。

乔老头自始至终没承认过这个二媳妇与这个外姓的孙子,不过这并不妨碍乔二强觉得幸福。

然而这幸福的日子里总要有一点点缺憾,二强做临时工的邮局这两年的效益大不如以前了,如今的人,都用电脑发电子邮件,真有急事,打电话就行了。别人不说,就是自家人,大哥一成、大妹夫王一丁、二妹夫戚成钢,都用上了手机,连乔二强自己,也用上了一部大哥淘汰下来的旧款诺基亚,虽然不到急事时二强舍不得用,但好歹也是有手机一族了。寄信的人越来越少了,邮局的业务清淡了不少,已经裁了好几个临时工了,乔二强还能留下来不能不说是乔一成的关系与面子。

二强明白这一点,在单位里越发地小心勤勉。

可没过之久,二强还是被通知,除去做搬货的工作,要想留在邮局,还得"做业务"。

所谓"做业务",就是拉人参加一个什么书友会,邮局给每人定了指标,不拉满人数,要相应地扣除工资,甚至要被辞退。

在乔二强三十多年的人生经历里,只晓得要买书去书店,从没想过原来买书也可以打一个电话叫人家送上门来再付钱,这让他觉得很困惑,一个念头一闪而过,将来要是大家都不上书店只坐在家里打电话买书,那小茉他们不是要丢了工作了吗?

乔二强直到做了这个新工作之后才明白自己原来并不是一个厚脸皮的人,他不好意思跟别人张口,求人家参加书友会,他认识的人里,似乎也没有什么爱读书的人。只好从自己妹妹那里入手,四美是第一个被乔二强劝说着加入了书友会的,四美问入会以后除了书以外还有没有别的便宜东西可以买,二强仔细地想了想,好像可以买一些小首饰、包包和居家用品什么的,就老老实实地答:有。于是四美便痛快地入会了,谁知从此每个季度要买一次书,弄得四美冤声不已,二强也怪不好意思的。

三丽知道了打趣二强说:怎么想起来的,二哥?四美这丫头从小人头猪脑子!语文数学外语加在一起才能满一百分，才会上这种当！她以为打折就是有便宜可以占！赶不及地入了会，生怕晚了一步便宜都叫别人占完了！二哥你叫她入会不如叫我，好歹我小时候成绩比她强些，还当过红领巾小队长，我儿子眼看着也要念书了，对了，你那个书友会有没有小学生的教辅材料打折卖？

二强红了脸老实承认：没有。

哦，三丽又笑：那卖些什么书？

二强想了一想，吞吞吐吐地说：小说，哦，还有散文。

三丽笑弯了腰：言情小说？散文？我二十岁一过就没看过琼瑶了！

四美被三丽打趣得恼羞成怒插嘴说：哦哟，你成熟你高雅，你不是天天抱着《还珠格格》看！

三丽又笑：那个我现在也不要看了，我看日剧，可以买盗版光碟来看，大街上，二十块钱能买三四十集！

乔二强很是不好意思，汕汕地说：那四美你要是不想买书就不要买好了，那边来信叫你买你也不要理他。

四美气呼呼地说：我是不想理他们呀，可是我隔了三个月没有买书，人家把书送上门来了问我要钱！我长这么大就没遇到过这种事情。

二强涨红了脸，支支吾吾地说不出话来。

三丽把话接过去：得了得了四美，你不要买干脆把那个什么卡让给我好了，我儿子上学了反正也要看些书，我看看有什么好的小孩子可以看的书买给他好了。

四美这下子高兴起来：我晓得现在你家一丁生意做得不错，果然有钱了人就爽快了。有钱就是好！有派！

三丽呸了她一声。

乔一成回家的时候，就听见这一屋子杂七杂八的说笑声，心里头突地一松，没来由地心情好了起来。到底是自家姐妹兄弟，再不成器，再活得不容易，只要可以开心笑得出来，也算他做大哥的没白操心受累。

乔一成回到老屋来，是因为王一丁要请兄弟姐妹们吃饭。

一丁的生意上了轨道，的确挣了些钱，一丁一高兴，趁着周末，非请大家到饭店里去吃饭，说是订好了包间，叫大家都到老屋来集中一块儿出发。

不是年不是节也不是结婚，乔家人这还是第一次在极平常的日子里一块儿在饭店里吃饭，大家都有点莫名的小孩子气的兴奋，三丽四美还换了新衣服化了妆。马素芹也被叫了来，她来得迟些，犹犹疑疑不敢跨进乔家老屋的院子。

乔一成想了想说，我去叫她进来。

马素芹跟在乔一成身后进来了，乔老头看见大儿子带了这女人进来，想要骂的话全不

敢出口了。他年纪越大就越怵了这个大儿子，这叫他觉得自己越老越窝囊，然而这儿子是越大在他面前越有气势，早已是压过他不止一头了。

一丁开了辆旧旧的依维柯过来，把一家子接到早定下的饭店，竟然是挺高档的地方。四美一下车便整了整衣服，道：好家伙，亏我们穿了两件体面衣裳，姐，你现在真的不得了了，享福了！说着亲热地挽着三丽走进饭店。

席间大家一团高兴，乔一成借着酒劲儿，跟一丁说：好好过日子，千万记住一件事：无论何时何地，不要忘本。

一丁敬他一杯答：一定，大哥你放心！

二强的指标也终于完成了，是他的表嫂常星宇帮的忙。

二强想了半天才想起表哥表嫂正经是读书人，要他们入书友会可能会有点指望。可惜大哥一直与他们不甚来往，关系淡淡的，二强实在觉得不好开口。

眼看着要到日子了，要是再完不成指标，二强在邮局就待不下去了。实在没法子，二强去找了常星宇。

常星宇二话不说入了会，齐唯民也办了一张卡，常星宇还动员了她的朋友们一起入会，大家拿了宣传资料觉得坐在家就可以买到书挺不错，都是爱书的人，也舍得花那个钱。加上齐唯民的朋友，乔二强一下子就完成了指标，还略超了点额。二强自然是感激不尽，常星宇笑说：一家人谢什么呀，就只一点，你别在你大哥面前说，我呀，看他那张不咸不淡的脸就不舒服。可也怪，你们兄弟姐妹几个个个都是血肉丰满的性子，怎么就他阴阳怪气的！

齐唯民笑对二强说：不要怪你表嫂，我们常星宇快人快语，看到慢性子沉稳一点的人就会有一点误会。别往心里去。

那个被常星宇称为阴阳怪气的乔一成近来更加有些阴阳怪气，他隐约地听到了一些流言，说是一个很有钱的年轻商人正在热烈地追求着项南方。

7

这小道消息是乔一成台里一个记者传出来的，这人是专跑市里宣传口的，与市里宣传部的人打得火热。宣传部的人说是项南方很快就要回南京了，这一回回来，可是要升了，现在都在提拔年轻的女干部，况且人家项南方那背景在那儿摆着呢，当初下乡去锻炼本也是带着提拔她的目的。

那记者便说：这下子，我们台的乔一成更要抖起来了，夫凭妻贵，说不定他也要再往上升一升，照这势头坐到新闻部主任甚至是台长也是指日可待的事。那宣传处的干事便笑得十分暧昧，说，要我说呢，人总得有所舍才能有所得，舍了老婆换一个高位也是划得来的。那记者听得这话里有话，便缠了细问，这才知道，市里新近有一个极重要的投资商，正在追求项南方，不仅给贫困县投了大笔的钱，也在本市买了极大的一块地皮，要建一个最大的商业中心。那记者便把这闲话在台里传开了，及至乔一成耳朵里，已经差不多是尽人皆知了。

事已至此，乔一成反倒奇怪地说他看开了。他对宋清远说，如果命里真的不该他跟南方有长长久久的缘分，那也只好认命罢了。这一想法，为宋清远所不屑，宋清远大大地呸了一口说：谁要是敢背后这样叽歪我的私事，瞧我不一个大耳刮子打得他找不着北！你呀，就是天生受气的命！

乔一成看着宋清远气得红红的热腾腾的面孔，想着那个他曾想过无数次的问题，如果娶了项南方的是宋清远，也许什么样的闲言碎语也不会有，谁说血统论已然作古？谁说婚姻里不需要门当户对？可是，宋清远却说过，他与项南方，太熟了，同质的人不会相互吸引，却有可能是极般配的，异质的人往往相互吸引却如同小脑袋顶了顶大帽子，说不出的别扭与不适。所谓爱情婚姻家庭，不过是一团乱麻，需终身的时间去解开，抑或是被这乱麻套死。

罢罢罢，乔一成颓然倒在自家的床上，由他去吧。况且，南方也应该不是那样的人吧。

然而人，乔一成想，人是会变的，并且最善变。

乔一成把自个儿的日子真的过成了一团乱麻。

未等他把这乱麻稍理出一点点的头绪，南方真的回到了南京。二〇〇二年年初，南方便接到了新的任务，真的升了。

这一年的年三十，南方走访低保户，乔一成也在台里值班，两个人都弄到凌晨才回到项家小院里，孙阿姨死活给他们弄了一桌子的新鲜菜色，一定要叫他们小夫妻俩吃一顿团圆饭。两人吃着吃着，便听见窗外细微的簌簌声。

落雪了。

南方的雪，每每下起来也不成个气候，细小单薄的雪花，夹杂着冻雨，啪啪地打着窗玻璃。

南方走到窗边去看，回头对乔一成说：这一下雪，又得要忙起来了，要是下像九六年冬天那样的一场大雪，一些低保户的房子可就危险了，这年，我们也别想过好了。

乔一成看着项南方。

这两年，南方比婚前略丰腴了一些，眉眼没有太大的改变，气质却愈见沉稳大气。

乔一成忽地觉得一股子话自肺腑里热热地冲出来，直冲到嗓子眼儿，冲得他眼眶也温热起来，乔一成冲口说：南方，我们生个孩子吧。

南方的手机忽地响了，她急急地接了电话，说了足有半小时，挂断电话后南方问一成：你刚才说什么？

一成说：算了，过了年再说吧。

谁知南方的一句无心之语竟然成了真，在大年初一这一天，雪便大了起来，到了初一的下午，那雪花大得宛若小婴儿的手掌，看那势头，一时半会儿是停不了了。天地一下子变成白茫茫的一片，地上积了厚厚的雪，一些老树的枯枝受不住那雪的重压，断裂了，民居也有被压塌了房顶的。因为年前天气一直很好，这雪来得实在是突然，交通、民生全受了重大影响，南方与一成都大忙起来，直忙到初八，天完全放了晴，才算是松了一口气。

南方与一成都突然瘦下去好多，面色疲惫，嘴角与眼角都耷拉着，一成脸上的法令纹都深了许多。南方受了寒凉感冒了，又过给了一成，两个人都发起烧来，并排躺在床上，摸着对方身上瘦得突出来的肋骨，都有着说不出的劳累感。就这么，过了一个年。

立春一过，出现了这座城市特有的倒春寒天气，大堆的被扫起的雪堆在路边，上了冻，落了脏，呈一种灰黑色，乌突突的，破坏了早春该有的清丽。

对乔一成而言这真是一个糟心的春天。

对乔四美而言，这简直就是一个黑色的春天。

戚成钢的老毛病又犯了。

这一回，可犯出事来了！

戚成钢跟朋友合伙搞的那间小书店生意一直还算不错，挣不了大钱但也不缺钱了，四美倒也挺知足。

　　他们的女儿戚巧巧也满地跑了，小姑娘越大越漂亮，爷爷奶奶简直爱得不知怎么是好，恨不能四只眼睛就长在她的身上，两个老人包办了孩子的吃喝拉撒，乔四美这个妈妈当得清闲得不得了，戚成钢更是成了家里的甩手掌柜，每回见到女儿最重要的事不过是把小姑娘抱起来向上抛，再接住，惹得小姑娘尖声地又叫又笑，连口水都笑出来，滴在爸爸的头发上。

　　戚成钢的那间小书店半年多以前请了一个安徽来的小姑娘看店，那女孩子原本是到南京来做小保姆的，可是干了没三个月倒换了三四户人家，直说侍候人的事真不是人做的，再也不想干了，在劳动力市场找活儿干的时候，碰上了正去那里找伙计的戚成钢。

　　戚成钢看这女孩子伶牙俐齿的，生得也干净，也不是瘦弱到不能搬东搬西，觉得挺合适的，便把她带回来了。

　　女孩子叫孟桂芝，人果然伶俐得很，自她来了之后，店里的销售额也增长了一些，店面也被她打理得清爽了许多。这孩子也颇有些小聪明，说是看到有不少的学生来店里，不买书光看书，把好多书都磨得卷了边，便提议不如辟出一两个书架来租书给他们看，钱也别收贵了，多少是一项进项。戚成钢跟朋友一合计照办了，果然效果很不错，戚成钢一高兴，说是要给桂芝涨点工资，可是桂芝竟然说不要，说如果戚大哥真的有心要照顾她的话，不如把店后头那巴掌大的一个小隔间让她住，她也省了一笔租房的钱。

　　那小书店的最后面原先有一个小隔间，是用来堆货的，不知什么时候被孟桂芝收拾出了巴掌大的一块空地，戚成钢过去看了，正好放下一张行军床和一个小床头柜。

　　戚成钢尚有些犹豫，说你一个姑娘家一个人住在这里，实在有点不安全吧。

　　孟桂芝满脸含笑，利利落落地说：不要紧的成钢哥，反正晚上店子要落下铁门的，我从小胆子大，不怕的。

　　孟桂芝果真在这巴掌大的地方住了下来，自住下后，她对戚成钢更加地亲热起来，人前人后成钢哥成钢哥地叫个不住，一个青春饱满的女孩子一声声地叫着自己"哥"，叫戚成钢通体舒服。前些年的事在他的记忆里还有些淡薄的影子，在他满心热乎乎的时候，那稀薄的影子便飘出来，鬼魂似的，戚成钢并不怕，那鬼影不过是银幕上的鬼，伤不到人的，然而，多少总还是有点吓人的效果。麻烦哪，戚成钢想。

　　孟桂芝却并不了解戚成钢的心思，也不知从什么时候起，她一见到戚成钢便笑模笑样的，自己都管不住自己的眉眼。这个把她从劳动力市场一堆乡下女孩子中拔萝卜似的拔出来的男人，实在是英俊，是她眼前耀着的一团阳光，她喜欢看见他，喜欢闻到他身上的味道，他大大咧咧的，也时常与她开个小玩笑，讨点嘴头上的便宜，欢欢喜喜的样子，像她中学的同学，那些年轻的热气腾腾的男生们，却又比那些男生懂得温柔与体贴。他常帮她一起搬那死沉死沉的一堆堆的书，从她的手里抢过书去，手指从她的手背上蹭过，一种隐

蔽的接触，飞快地，像某种小虫的触须，让人心里莫名地痒起来。他会给她买点小零食，偷塞到她手里，好像在说，只有你的，没有别人的。那种孩子气的亲密，叫孟桂芝在暗夜里一个人回味了许久许久。

那天，下了一天的雨，戚成钢傍晚的时候过来说，今晚早点关门吧，这个天气也不会有什么生意，说完了，却待在店里没有走，笑眯眯地说想看看桂芝的"小闺房"。

孟桂芝被他的这种说法逗乐了，鬼使神差似的，就在他高卷了袖子裸着的胳膊上啪地打了一掌，说他乱讲。

可还是把他让进了那块巴掌大的地方，戚成钢高大的身架把那块小空间一下子撑得满当当的，他笑哈哈地说：哟，你居然还塞了一个简易的衣柜在这里，我可要瞧瞧里面有什么时髦的衣裳。

说着就拉开了那塑料的衣柜前面的拉链，迎面便看到挂着的一个粉色的胸罩。戚成钢轻轻地呀了一声，把拉链重又拉上，一个转身，正与进来的孟桂芝撞在了一处，两个人错身你让我我让你，却如同书里说的，"黄鹰抓住鹞子的脚——两个人都'扣了环'了"。

戚成钢见没有让开，忽地伸出手指头，在孟桂芝脑门儿上弹了一记，孟桂芝一下子红了脸。

这一晚，孟桂芝觉得，这小小的空间里，全是戚成钢身上的气味，这气味凝成了实体，徘徊在孟桂芝周围。

自这一天之后，孟桂芝看戚成钢的眼神完全地变了样子，看得戚成钢身上一层热浪一层细毛。戚成钢不是不快活的，然而他还是有点惴惴的。麻烦了麻烦了，他快活又不安地想。

第八章

人这一辈子,真难说,好事可以变坏事,坏事也可以变好事,好好坏坏,坏坏好好,人就长大了,就老了,小一辈儿的也慢慢上来了。

1

乔一成再一次见到那个曾在乡下见过的男人,是在南方回城工作的三个月以后。

听说某个谣言与亲眼看见谣言中传播的情景在眼前上演,是完全的两码事。

乔一成可以肯定那男人在追求南方,如果那样的眼神那样的举止还不叫追求,乔一成便不知道该如何定义这样的行为了。尽管他自己并没有用这样的态度来追求过一个女人,但是,有句话怎么说来着,乔一成想,只有女人才了解女人,那么,也只有男人才真正了解男人了。

这一天乔一成纯粹是无意地路过南方的单位,他和制片一起与公安局的人一起吃的晚饭,他们的车路过南方所在的市政府办公大楼,乔一成微微有点喝得多了,突然想到南方这些天来一直加班到挺晚,便请司机停了车,想接南方一块儿下班。

然后他就看见,南方从那男人的车里出来,与那男人握手,在路灯的阴影里,那男人将双手交握在南方伸过去的手上,低低地说着什么。

乔一成看见南方挣了一挣,没有挣脱。

一成看不清南方脸上的表情,但是从南方的姿态上,他可以看得出,南方并不喜欢那样的一种亲近。

然而,乔一成想,南方也并没有用一种完全的拒绝的姿态来对待那个男人。

那么要他怎么说呢?叫他做丈夫的对做妻子的南方说,小心那男人,他也许不过是想利用她,他不过是冲着她的家势地位,他是有所图的?乔一成觉得,这种说法太讽刺了,用在他这样一个身无长物,攀了高枝的人身上倒是恰如其分。

乔一成觉得刚才喝下去的酒突突地往上涌,实在忍不住,吐了出来。

第一口吐出来以后,乔一成突然有一种恶作剧的报复的快感。他故意地把污物一口一口全吐在市政府四周这一片齐整优雅的植物上面。

这些个矮冬青,这些个常春藤,因为生在市政府的门前,显得格外的苗壮,连叶片都是鲜亮的,它们扎根在这里,仿佛几百年来这里就是它们的地盘,它们生气勃勃,耀武扬威,把衣着普通的过路人,把尘土满面的市井小民远远地严严地隔离在那明朝建筑的办公楼之外,仿佛它们就是那不说话也不挪地儿的看家的狗儿。

乔一成把胃里的东西吐了个干净,抬起腿来,狠狠地踢在那些矮而齐整的植物上,踢得那些叶子簌簌地落。

呸!乔一成一口啐出去,转身,一路走回自己的那一小套屋子,倒头大睡了一觉,没有听到手机铃声。

隔天,等他接到南方的电话时,乔一成若无其事地回答南方:昨晚我加班太晚了,又跟市局的人在一起多喝了点,实在困得不想回去了,睡过去了,不知道你打电话过来,对不起啊。

事实不完全是这样,可也差不多是这样。

婚姻啊,乔一成想,不过是一点真一点假。

这件事之后没多久,南方又有了一次出国考察的机会,一走就是三个多月。

南方在国外打来过电话,乔一成每每嘱咐她,记得加衣服,记得吃胃药,食物再不合胃口也要吃饱,多喝水,少喝些饮料,多拍些照片回来,就当是我也去了一趟欧洲十国,呵呵。

南方也在电话里嘱咐他,记得别天天熬夜,记得有空回爸妈那边喝孙姨的汤,雨季快来了,记得把衣服被子晒一晒。

在距离遥远的时候,南方于一成,是妻子,是一个属于家的符号,妥帖地安放在乔一成心里,每一回他把手捂在心口时,可是感受到它突突的跳动。

然而,距离近的时候,乔一成不知道把项南方放在哪里,也不知道把自己以一个什么样的姿态放在南方面前。

在距离近的时候,南方于一成,一直是项南方。

乔一成自觉是一片烧过的灰烬,温度还有,火星暗藏,只是失去了再次燃烧起来的力量。

但是,他不得不再烧上一把火,因为他的小妹妹又出问题了。

四美打来了电话,在电话里哭得几乎背过气去,乔一成听了半天也没弄清楚到底是什么事,只听得四美一声一声地说:大哥,我活不成了。大哥,我不想活了。

乔一成赶回老屋去,三丽与二强已经在那里了,乔老头子意外地也在,端了杯茶呼呼地喝出一片声响。

乔一成在堂屋的椅子上坐下来,那把椅子吱地响了一声,真是有年头的椅子了,那扶手把光滑得有皮肤的质感了。

乔一成也不说话,就坐在那儿静静地等乔四美哭完。

三丽拍着四美的背:你别紧着哭,你说话,你把事情的前前后后说出来,说给大哥

听,说给我们听,我们总会替你想个办法出来,哭有个什么用?

四美慢慢地收了哭声。

乔四美发现了戚成钢与孟桂芝的私情,不是因为她发现了什么蛛丝马迹,顺藤摸瓜进而知道一切,而是因为,孟家人闹上门来了。

孟桂芝怀了孩子。

戚成钢的。

乔四美呆若木鸡,有那么一瞬间,她完全听不懂这一群人在她面前说的是什么。

孟桂芝与戚成钢之间的那一层窗户纸,蒙了有些日子了,戚成钢始终没有捅破它,孟桂芝有点闹不清他的意思了,若说他无意吧,他又是那么暧暧昧昧的,得了空便挨挨擦擦,若说他真的有心吧,他又似乎总在门边儿徘徊,进一步又退一步的。

如果不是那一场夏夜的豪雨,孟桂芝真不知道这个英俊的她热心热肺地喜欢上的男人要跟她耗到哪一天去。

那天的雨真大得吓人,哗哗地从天上倒将下来,戚成钢被阻在了小书店里,一切就这样发生了。

戚成钢与孟桂芝一同挤在那窄小的单人床上,两个人湿乎乎的身子贴在一起,贴出了一点相依为命的意思来。孟桂芝喜欢这种意思,她往戚成钢怀里又拱了一拱,仿佛要钻进他的身体里才满意。

戚成钢呼出一口气,心里有一点鄙夷又有点松快,孟桂芝并不是姑娘了,这似乎省了一点麻烦。

等雨略小一些,戚成钢坚持回家了,乔四美迷糊着起床给他弄洗澡水,戚成钢忽地觉得自己挺不是个东西的,暗下了决定,这件事,绝没有第二回了。

但是,也不容他说了算了。

因为孟桂芝告诉他,她怀孕了。

她拉了他的手,按在她依然平平的肚子上,说:我给你生个儿子吧。不过,你可以慢慢地跟你老婆说明白,我总是等你的,会一直等。

戚成钢几乎又要拔腿逃开了,不过,这一回,不是他从西藏逃回南京这样简单了。

孟桂芝家人找上门来了,他们说,孟桂芝还不满十八岁,还差一个月。戚成钢大吃一惊,结结巴巴地说:她、她……她跟我说她二十二,她、她身份证上也、也是二十二。

孟桂芝的爸爸是一个粗壮的男人,看上去极老相,戚成钢不知道,孟家爸爸其实只比他大几岁。

孟桂芝爸说:那个身份证是假的,不信我们看户口本子。

孟家人提出来,要孟桂芝把孩子做掉,并且,要求戚成钢赔一笔钱。

乔四美在木木地听完孟家人冗长而繁复的叙述与要求之后,终于醒过神来,跳着脚,从小厨房里抓了把菜刀出来，歇斯底里地哭叫着，把孟家人和戚成钢都赶走了。

孟家人说了，如果不拿出钱来，就到法院告戚成钢强奸，叫他吃牢饭。

孟桂芝后来也赶到了乔家小院来，神情哀怨而坚决，双手虚虚地护着小肚子，说是一定要把小孩儿生下来，我是爱戚成钢的，他也爱我，这是我们爱情的结晶。我要生下来。这个女孩子站在那破败的老旧的小院中，那破败与老旧忽地成了她的背景，她好似是一出戏里的苦情的忠贞的命运多舛的女主角，她好像也意识到了这一点，圆脸上浮现出微微的做作的笑意来。

叫乔四美意想不到的是，孟桂芝的苦情戏是被乔老头子打断的。他跳起来，呸呸地吐着，啪啪地打着自己的老脸，用一个极其下流的名词来称呼孟桂芝并叫道：好不要脸！好不要脸！

四周全是赶来看热闹的邻居，人群里发出了一阵哄笑声，这哄笑声打破了孟桂芝给自己营造的浪漫而悲情的戏剧氛围，她被孟家人撮弄着，从乔家老屋里退了出去。

乔一成听着乔四美断续的叙述，料不到他们在把他这个大哥找来之前已经闹了这样一场戏，乔一成气得嘴唇都麻了。他什么也没说，看着乔四美，心里忽地一惊，他不知道四美是什么时候变成这副样子了，她脸上还有没有卸干净的妆，遮不住的衰败的颜色斑驳地透了出来，他又看着那把四美拿出来就忘了放回厨房去的菜刀，忽地操起刀来就往门外走。

三丽吓得魂飞魄散，一下子抱住他的腰：大哥，大哥，你要去哪？

四美也吓愣了，叫：大哥？也上来抱住乔一成。

乔一成说：你拦着我干什么？我出头替你把那个死不悔改的男人给砍了，我犯罪我坐牢，免得你因为自己当初的糊涂搭上一辈子。

三丽哭得都叉了声：大哥，大哥。

乔一成心里的那股子怒气也不知是冲着戚成钢还是冲着乔四美抑或是冲着别的什么人，这怒气叫他力大无穷，一下子把两个哭天抢地的妹妹甩在一边，冲出门去。

二强蹲在院子里，看到冲出来的乔一成，慢慢地站了起来。

我陪你一起去，大哥，咱们两兄弟一起犯法坐牢去。二强说。

乔一成愣了。

三丽趁机夺走了乔一成手里的菜刀：大哥，你值不值得为这种人搭上自己的前途和幸福啊？

幸福，啊幸福，乔一成想，原来他疼爱的妹妹还一直坚信他是有幸福的。

孟家人还坚持着要赔钱，乔四美说。这时，他们兄妹几个总算是都回了屋子，关上了屋门。

我是不会借钱给他的，乔三丽乔二强你们听好了，也不许借钱给戚成钢！乔一成说。

乔四美泪花花的眼睛望着乔一成：那……那戚成钢就要坐牢了。

那就让他坐牢吧，坐回牢，学回乖，阴曹地府那翻花滚开的油锅里过上一回，去去他身上的那股子邪气。

乔一成说完，走了。

乔三丽留下来陪着乔四美。

四美一直在哭，哭着诉着，声音里充满了委屈与惊恐，还有更多的不能置信和想不通。

他怎么能这样对我？她尖叫，啊？你说他怎么能这样对我！我对他巴心巴肝，他要我的命我都舍得给！

哭着哭着，四美又滚着热泪唱将起来：最爱你的人是我，你怎么舍得我难过。

三丽在一旁冷笑，她的小妹妹依然这样天真而戏剧化。

近乎愚蠢。

三丽把四美的脑袋扶住不叫她乱晃，咬着牙说：我来告诉你他怎么舍得你难过。

因为不爱，所以舍得。

世上还有什么事比这码子事更简单？你怎么就瞎了眼看不出来？他要是爱你，你的命比他自己的命都值钱，他要不爱你，他要你的命做什么？有谁肯白担一个人命官司？

他怎么能这样对你？

简单得很，因为他不爱你！离婚吧四美！

四美傻乎乎地瞪大了眼睛看着姐姐近在咫尺的脸，心里的痛更升上来，她觉得自己是在把自己的一颗心按在一丛荆棘上，激痛中竟然也生出两分快意来。

四美说：我不离，死也不离！戚成钢！他这辈子别想甩掉我，我就跟他耗上了，看谁耗得过谁！

2

乔四美说她决不跟戚成钢离婚。

死都不离!

这点戚成钢与他一家人都是极同意的。

戚成钢倒也从未想过与乔四美离婚,正如他当初从未想过与四美结婚一样。

他只是一直一直都很迷惑不解,结婚这档子事,在他的心目中曾经一直很遥远,他热爱女人,丰美温热的女人的身体,是他极迷醉的。他也爱与她们打情骂俏,眉目传意,约会逛街,在黑暗的电影院里温柔而紧张地亲热,直到最终把她们抱在怀里,所有这些,就是戚成钢心底里有关爱情的一切。然而结婚,啊结婚,戚成钢想,这件事以后再想。

然而容不得他再想,乔四美风尘仆仆,倔头倔脑地出现在他的面前,把婚姻唰的一下推到他的面前,好像是她拉着他,咚的一声跳进了一个深坑,从来也没有人肯坐下来听一听他说,要还是不要这样一个深坑。

不过结了,也就这样了,戚成钢想,离婚是一件多么麻烦的事情,要调解,要单位或是街道证明,要财产分割,要争子女的抚养权,要从住惯了的地方搬出去,要把那已成形的一切啪地打破,然后,最重要的是,还要重新来过。然后,人生就这样地过去了大半,戚成钢只是略想一想便觉脑袋大如斗重如铁了。

但是孟桂芝要结婚,她被她家人锁在家里,可还是想法子跑了出来,找到戚成钢,面上是她父亲抽耳刮子留下的青紫痕,这个年轻的女孩子像突然脱了水的果子,还有鲜艳的色彩与甜美的气味,可是干巴了,连个头似乎也缩小了些。她捧着已经显了怀的肚子,站在戚成钢的面前,哀怨倔强地请求戚成钢跟乔四美离婚,跟她结婚。翻来覆去就这么两句话,说得多了,嘴唇都干了,她就坐在一边一言不发。

戚成钢不敢答她也不敢拉她起来,他不明白为什么女人都这样地想结婚,这样不顾一切地想跟一个男人过一辈子那样长的时间。

到最后,戚成钢没法子了,便说,离婚怕是不可能的,我家里人,我父母,都不答应。

他这话也并没有说错,戚家老两口坚决不同意儿子与儿媳离婚,说四美是个好媳妇,也没做错事，凭什么给那个乡下丫头让道？再说，巧巧也只有四美这一个妈，其他人是不成的。

四美看公婆都向着自己，心里略略好受一些，对劝自己的姐姐三丽说：姐，我是不打算离婚的，你别劝了。世上都是劝合不劝离，哪有亲姐姐巴望着妹妹离婚的！

三丽听了气得脸都青了，愤然离去，放言说再也不管乔四美的事了，要是再管，就让自己出门给车撞！

四美看三丽气得眉眼挪位，又连忙赶过来拉姐姐，三丽扭挣着不叫她拉着，姐妹俩都跌跌撞撞的。

四美哭得眼泪一把鼻涕一把，连声说：姐，姐，你说我要是离了，我怎么办？

三丽说：怎么办？凉拌，离婚自己一个人带着孩子过的女人多了，哪一个像你这样没有骨气？

四美还是哭：她们是跟老公感情破裂了，心死了。

三丽气得倒笑起来：你觉得你跟戚成钢的感情还没有破裂吗？

四美一时没有答话，呆愣愣地看着电视，为了遮掩说话声，四美一直把电视开着，声音还放得山响。

屏幕上一个明星正在做广告，告诉人家那饮料如何如何地好，喝了以后仿佛人生都变得光明幸福了。

二十年前，一个老牌的电影明星在电视里做了三十多秒的胃药广告，遭到全国人民的非议；二十年后，如果哪个影视明星从不曾做过广告，那就只能说明他或是她在娱乐界连"混了个脸儿熟"的程度都没有达到。

时间时常会用一种冷幽默的姿态主宰着人们的日子，让人偶尔想起来，慨叹不已，哭笑不得。

欢快的音乐声充满着整间堂屋，姐妹俩木头人似的站着，听着电视里的一切声响，看着那晃动变换的光影，一时间好像把什么都忘记了。

四美低声地说：姐，我的心，还没死呢。

三丽慢慢地点头：我晓得了，那你放手，我回去了。

四美含了一泡眼泪，人也贴过来，几乎要伏到三丽的身上，问：姐，那你还来看我吗？

三丽笑笑说：不来了，从今后，各人顾各人吧。

戚成钢的麻烦远远没有完，孟家人一定要戚成钢拿出一笔钱来作为赔偿。孟桂芝肚子眼看着大起来，再不做手术，孩子真的要生出来了。到那个时候，孟家人说，戚成钢不仅仅是赔一笔钱这么简单了，他是必须要养孟桂芝母子一辈子的，不然，就一拍两散，大家都不要好过，你家里不也有个小丫头吗？你信不信我们横下一条心来弄死她？

戚家老两口吓坏了，连夜带着戚巧巧躲到亲戚家去了。

连着几天躲在父母家不敢见四美的戚成钢终于出现在四美的面前。

戚成钢说：四美，我们怎么办？

四美几乎是咬牙切齿地：什么我们？谁跟你是我们，是你自己犯的事！你自己想办法弄钱来赔他们！我是没有钱的，那存的一点钱是女儿的，存着给她将来择校交赞助的，谁都不能动，你要敢打那个钱的主意我跟你拼命！

戚成钢忽地上前拉住四美的胳膊，四美挣扎着，戚成钢把她抱住，额头抵着她的头顶：四美，你救救我，他们说了，拿不出钱来就要给我放血，四美……

他明亮的大眼睛忽闪着看着四美，好像他不是她的丈夫，而不过是她的一个犯了错的儿子，一声一声地叫着四美，额角的青筋暴起来，突突地跳着，一头的热汗，顺着脸颊流下来，于是他耸了肩去蹭。

四美绝望地想，这是没有办法的事，她是爱着他的，这真没有办法啊。

乔一成这一天下班以后，刚出电视台的门就被小妹妹乔四美拦住了，一成把她带到离电视台不远的一家咖啡店里坐下来，四美也不拐弯抹角，劈头就说：大哥，借我一点钱。

乔一成没有作声，就那么看着四美，看得四美觉得浑身凉冰冰的。

四美只低着头，她觉得只要再看一眼大哥那种冰凉的眼神便会连舌头都冻上，半个字也说不出来：大哥你要帮我，你一定要帮我，咱家除了你没人能帮我也没人肯帮我，我姐是恨透了我说我不争气，连看也不想再看我，二哥是没有那个能力的，大哥，除了你，除了你……

四美呜咽起来。

乔一成顿也不打一个地说：我不会借给你的。戚成钢自作自受，他要还有点男人的样子就叫他自己赔钱，卖血也好哪怕卖肾，不要再把所有的责任叫老婆背着，丢尽了天下男人的脸！

四美这一回到底没有问大哥借来钱。

孟家实在是狮子大开口，说要二十万。

乔四美给他们回了话，那么多钱，我们家没有，也没地方借，你们干脆把我和戚成钢一道杀了吧。

四美原本是赌了一赌，赌的就是孟家人不敢真动人伤人性命，谁知闹到后来，孟家的远亲又来了一堆人，都是些精壮的半大小子，四美与戚成钢真吓坏了。

孟桂芝肚里的孩子再也拖不得了，她被家人押到医院里做了引产手术。

那是个男娃娃，当然是死的，然而手指已成了形，血肉模糊中，细小的手掌张开，似乎要抓着点儿什么。千不该万不该，孟桂芝偷着看了一眼。

她尖叫一声。

孟桂芝没有疯，只是不肯说半句话，医生说像是抑郁症。

这个古怪的、陌生的、可怕的名字完全激怒了孟家人，他们真的对戚成钢动了手。

戚成钢被一棍子打在脑门儿上，一脸的血，他就那么跑了半条街然后跌在一个泥坑里。

有人报了警，戚成钢好歹保住了一条命。

乔四美冲到乔一成家里，那一天，正是南方从欧洲回来的日子。

乔四美不管不顾地说：乔一成，你称心了吧，戚成钢自作自受了，快要活不成了。你满意了吧？

南方被四美的样子吓了一跳，忙问什么事。

然而一成不肯说。

在一片静默里，乔四美忽地也意识到自己的不妥来，她觉得自己站在乔一成这间整洁的满是书香的屋子里，对面站着的是衣着雅致妥帖、神情端庄的项南方，自己简直地就像一柄突兀的拖把，肮脏的湿乎乎的，理应缩到墙角里去。

乔四美从来没有对自己这样厌弃过。

等好容易安慰好了乔四美，项南方把乔一成叫到一边，问他为什么家里出了这些事他一点也没告诉她。

乔一成用力搓搓脸皮，觉得嗓子眼儿里干燥得冒火似的，话语艰难：都是些摆不上台面的事情，不值当跟你说起，你有你的正经事业。

南方不知该如何回答乔一成，她看着他，看着看着，恍然间乔一成的身形都远了起来。这个男人啊，南方想，他总是这样，要划出灵魂的一角，那一角，从来没有对着她裸呈过。

南方说：不说那个了，不是说要赔钱？家里还有，拿得出来的，先准备好，我再找我的一些法律界的朋友们咨询一下。

没有等她说完，乔一成便打断：不用。钱我自己有，千万不要找人问情况，对你影响不好。

南方说：这有什么，怎么会有不好的影响？

乔一成停了一歇说：或许人家背后会议论你，本人哪里都好，只是嫁得不好。

南方愣住了。

隔了一天乔一成约了四美出去，交给她一张银行卡。

不要犯傻，找个时间跟孟家人坐下来谈清楚，不要人家要多少就给多少，他们不是也把人打伤了吗？这种事，也是可以告他一个蓄意伤害的。

四美真的像一个傻丫头，抓了一成的手说：大哥，谈也还是要求你帮我跟他们谈，我是没那个本事的。哥，我晓得，我晓得你从小就不喜欢我，嫌我没有出息，可是……

乔一成挥挥手：不必说这些。

最后他们与孟家人达成共识，互不追究，戚成钢赔孟桂芝八万元，从此各不相干。

等事情终于平息后，乔一成对乔四美说了一句话：借给你的钱，是要还的。叫戚成钢还给我，三年。还不出来别怪我不念着亲情伦理。

四美连连点头：会的会的，大哥，他改了，大哥，他说他这次真的改了。吃了这么大的苦头，还不改吗？你放心吧大哥，钱我们一定还。

放心？乔一成笑了，我有什么好不放心的，你们也不是小毛孩子了，自己对自己的事负责。他又不姓乔，我管他不过是看你面子，你无论如何都是我一母所生的妹妹。不过你呢？你要硬在这摊烂泥里打滚也由得你。反正妈死得早，看不见她女儿自轻自贱。我呢，我也不欠你们的，记得还钱就行。

为什么不呢？乔一成觉得心里宛如数九寒冬喝了杯冰水，透凉的，凭什么白给他们钱？这样滴滴答答的一大家子，他乔一成只不过是一床窄小紧巴的棉被，盖住了头，盖不住脚。

南方给乔一成打了个电话，说要跟他好好地谈一谈。

却没有谈成。她开了一晚上的会。

南方又升了。

3

在乔一成三十八年的人生里,再没有比一九七七年与二〇〇三年更惨淡的记忆了。

一九七七年他失掉了母亲,那个在他生命里与他靠得最近,最让他牵挂与热爱的女人。在那短暂的一年里,他由一个孩子一下子长成了一个男人。那是一种极其痛苦的成长,他不得不褪去身上的保护壳子,然后被生活磨砺得鲜血淋漓。

一晃眼,二十六年过去了,乔一成身上又长出了新的壳,这壳一天比一天结实坚固起来。

乔一成几乎是没有朋友的,宋清远算得上一个,可是乔一成常觉得,甚至连宋清远也不能完全地了解他。因为宋清远总说他老是有点儿端着,浑身散发出生人勿近的气息,固然是隔绝了可能的伤害,也隔绝了可能的关怀。

一成与南方的关系的僵化让宋清远对乔一成很是不满,当着面指着乔一成鼻子骂过他两回,说他太作了,有好日子不懂得好好过。话是不好听,可是乔一成并不怪宋清远,因为他不懂,乔一成想,懂得才会慈悲,不懂,自然是要刻薄一点的。

宋清远大大地呸他一声:你成天冷着个死人脸,叫哪个能懂你,你弄个壳子把自己罩上,谁能真正懂得你?

乔一成叹一声:老宋,你以为我为什么要背着个壳子?因为我生来是只蜗牛,老天给我个壳,自有他的道理,不要也不行的。

宋清远无语了。

乔一成与项南方,几乎是半分居的状态。他们并没有争吵过,可是,不吵并不是一种幸福的状态。

乔一成来不及想着他自己的难题了,家里的弟弟妹妹们接二连三地出了事。

四美赔了孟桂芝一笔钱之后,跟戚成钢继续地过着日子,因为这事,三丽跟四美几乎断了来往。

二强的继子智勇中考,成绩出来,距省重点高中的分数线只差了两分。若是要上这个学校也不是不可以，需得交五万块钱。夫妻俩人犯了难。这两年他们也存了些钱，可是还差得远。

智勇二话不说，自己理了行李铺盖，打算到第二志愿的一所普通中学去报名。马素芹也同意了。

二强也不知哪里得了点消息，背地里跟马素芹商量，说是那所学校这两年校风不大好，升学率也低，二强跟马素芹说：智勇成绩一直不错，到了那里，说不定会退步，到时候考不上好大学，一辈子就糟蹋了。

马素芹叹一口气说：不要紧，好学校也有坏学生，坏学校也会出好学生。

二强傻笑了一声，接着又说：问题是，我听说那学校，男娃与女娃小小年纪就谈恋爱，弄大肚子的都有，我就怕，一不小心，我们早早地当上了爷爷奶奶可怎么好？我的那个寄养在姨妈家的小弟弟你知道吧？他就是十八岁跟人家小姑娘有了孩子，当时闹腾得，差一点儿出人命。

马素芹被他说得也担心起来，可是，钱是个大问题，二强知道乔一成刚借钱给四美，不好再朝他开口，可是夫妻俩盘算来盘算去，也想不起周围还有什么亲朋愿意借给他们这笔钱。

最后，二强咬咬牙：我去找三丽吧。

三丽借了二强两万元。

二强和马素芹陪着智勇一起去省重点报了名。

这一天的晚上，二强睡不着，天太热，他们的屋子没安空调，智勇住的封闭阳台更是热得如同一个蒸笼，这两天这半大小子一直在二强他们的卧室里打着地铺。

二强摸黑到厨房里喝了一大杯凉水，坐地瓷砖地上，似乎要凉快些。二强搓着脸，想着他那本一下子只剩了百十来块钱的存折和他屁股后头新拖上的一笔债。

有人窸窸窣窣地摸了进来，蹲在了身边，朝他的怀里塞了个长条的东西。

是智勇。

智勇说：我打工的钱买的一条烟。给你的。

二强慢慢地摸索着拆开，拿出一包，点上一支，黑暗里亮起一点红光，忽明忽灭。

好烟！二强说。

智勇低低地短促地笑了一声：红南京呢。

二强也笑了一声：我的个娘哎，你真舍得！

隔了好一会儿，智勇说：你晓不晓得昨天我跟我妈到哪里去了？

昨天早上这母子俩出去了一趟，也没跟二强说去干吗了，神神秘秘的。

智勇接着说：妈说过两天等你生日的时候再告诉你，让你高兴一下。喏，我先跟你讲了吧。

哦，二强应了一声。

我妈带我去派出所申请改姓了。我跟着你姓乔。智勇说，以后，我孝顺你。我给你养老。

智勇趿着拖鞋扑踏扑踏地出去了。

二强自在黑暗里又坐了好一会儿，起身也睡去了。

九月开学，智勇住了校。二强跟马素芹一个在邮局，一个继续开着那家小豆腐店。

一过了十月，日子便快得不像话。一转眼，到了二〇〇二年年底。快要过年了。

乔一成是在二〇〇三年元旦过后正式与项南方分居的。

南方提出来的。乔一成也觉得这样是最好的法子。他下不了离婚的决心，可是，他也找不到什么突破口。

这样也好，彼此都有时间与空间好好地思考一下，以后的路怎么往下走。

乔一成对南方说：要是你遇上了什么适合的人，千万不要为难，明白地跟我说就行了。我不会耽误你的，南方，只要你好。我已经耽误你这么几年了，其实，我的的确确是配不起你的，南方。

南方说：事到如今，我也不能再说什么你不要这样想的话，但是有一点，你一定要相信，我们到现在这样的一种状况，绝不是我想着你配不上我，或者是我在外面有了别的什么人。一成，别的不说，这点自信我是有的，我还不至于是那样的人，我的家庭我所受的教育也容不得我有这样的品行。

乔一成说：我那样想过，求你原谅我，南方。

项南方把脚边的一个箱子拖过来，里面是她帮着乔一成回项家小院收拾的一些东西。

南方说：这个箱子还是我们结婚的时候一起去挑的，当时我说太大了，上飞机都不方便，你说大的好，实用，装得多。你还记不记得？

乔一成忽觉热泪冲上眼眶，他想说点儿什么，然而南方没有允许他说出来。

这个男人，到底还是伤了她的心了，用一种并不尖锐的方式，伤害却是同样的。

南方的脸冷了一冷，但还是说：一成，就像你跟我说的，你也是，要是遇到什么合适的人，尽管明白地跟我说，我也不会耽误你。

乔一成与妻子分居的第二天，请了假没有去电视台。这十来年，他还是头一回这样地不想上班不想见人。

乔一成睡到十点多，是被一个电话吵醒的。

乔一成接了电话，里面是三丽哭得不像话的声音：大哥，大哥你快来，一丁出了车祸了！

乔一成跌跌撞撞地赶到全市最大最好的医院。他觉得即便是战争时期逃难的人也不见得比他更仓皇。

他的最不让人操心的妹妹跟妹夫，怎么就遭了这么大的祸呢？乔一成简直不明白老天爷是怎么一回事。怎么就看着两个人好好地过日子那么不顺眼呢？

一到手术室门口，三丽便扑上来，死死地拉着他，像拉着救命的稻草。

大哥，要是一丁有个三长两短，我就跟他一起去。三丽抬起泪眼决绝地说。

胡说，一成斥她，你还有儿子呢。

三丽头发全散了，披在脸上，她也顾不得，三丽说：我什么也不要，我只要一丁好好地活着。瘫了残了都不要紧。我要一丁。

你看，你跟一丁这样好，一丁不会死的。一成搂着三丽，把心里属于自己的那一点疼痛逼到灵魂最不起眼的一角，这个时候，他顾不上那痛。

人哪，一辈子难得把另一个人看进眼里拔不出来，存在心里无论如何也放不下。爱别离怨长久，等一丁好了，你们也学个乖，以后有空也吵吵架闹闹矛盾什么的，省得神仙眷侣叫老天爷都妒忌。一成劝着三丽。

三丽埋头在一成的怀里放声大哭。

一丁的妈也赶到医院来了，还有一丁的弟弟，一丁的爸自从早些年跌伤了腿一直就睡在床上再没站起来过。

一丁妈说：早上还好好的，一下子怎么就这样了呢？日子才好过一点啊！

一丁在手术室里抢救了六个小时终于被推了出来。命是保住了，人进了加护病房。

四美也来了，大家排了一下值班的次序。一成说头一班他来值，一丁总要等第二天早上才可能醒，这一晚上医生说了，不会有生命危险。他叫三丽回去休息一下，把孩子安排好，接下来的日子还长，三丽肯定是要吃一段时间的苦的。

三丽死活不肯走，还是四美把她拉起来了，叫着：姐，姐，以后一丁还要靠你照顾的，我陪你回家一趟，也替他收拾点住院用的东西。

一丁妈说家里老头子也离不了人，也先走了。

四美把三丽的儿子接回了自己家。这是姐妹俩隔了这许久第一次见面说话。

三丽对四美说谢谢，四美说：我再不争气总还是你妹妹，我落难的时候也只有兄弟姊妹是靠得住的。你跟我说谢干什么呢。

王一丁是在第二天早上十一点多钟醒的，醒的时候就看到趴在床头的三丽，肿得像桃子一样的眼睛，散着头发，胡乱地套着半旧的军大衣。

这是他一向整洁的爱美的利利落落的三丽。王一丁很想对三丽笑一下，不过没有力气。

一成二强轮流值班，三丽干脆住在了病房，一刻也不肯离开，马素芹天天做了饭送过来。戚成钢也赶了来帮忙，看到一成，他的面上多少有点惭惭的。

齐唯民和常星宇也过来看过几次，齐唯民私底下给了三丽一个信封，说是他们两口子的一点心意。齐唯民说：一家子亲戚，也就不买什么补品啦水果什么的，实用一点，一丁的医疗费想必也不少。

齐唯民看看乔一成，很想告诉他，其实他的小弟弟乔七七这两天也住在这同一家医院里。可是看着一成他们现在这样子，到底还是没有说。

乔七七的游戏室被几个流氓捣乱，都是些十七八二十啷当岁的半大小子，狂妄嚣张，在那一条街一向横行霸道。七七被打伤了，断了两根肋骨，齐唯民把他送进了医院。

杨铃子并不在南京，她在两年以前便去了上海，去那里学习美容美发，说是想学成了回南京来开美容院，有时周末回来。

七七受伤以前两个人刚拌过一次嘴。因为七七跟铃子说，开美容院其实也挺不容易的，投资大，竞争也大，满大街好多的美容院，好像蘑菇那样多。铃子不满地说：你就是个小男人，没有魄力，守着那间小游戏厅，一年能赚多少钱？还得给你阿哥分红。

七七从来就说不过铃子的伶牙俐齿，一急就磕磕巴巴地：那……那开店的钱……是我阿哥拿的呀……再说，再说阿哥从来没有催过我要钱，以前有段时间生意不好，阿哥一分钱也不……不肯叫我还。做人总……总是要讲良心的，阿哥待我好……

铃子甩了长发打断他：你就一辈子在你阿哥的翅膀底下躲着吧，我就看他能不能护你一辈子周全。我怎么就跟了你这么个没有出息的人呢？你要真像上海小男人一样的，把老婆侍候得像公主也算了，其实你又做不到，恨不得我来侍候你像王子那样呢。这么多年了，饭也还是做不好，家务也还是做得不成个样子，哎呀你还会些什么呀！

铃子说着说着便烦躁起来。

一无是处的男人哪，铃子看着七七想着，便是再好的相貌，看上十来年，也实在是够了。

铃子真的开始觉得自己嫁错了人。

整整两个月，一成一边工作一边帮着三丽照顾一丁，人很快地把这两年养起来的那点肉全瘦了回去。宋清远看不过去，一轮到一成在台里值班便来替他。

一成跟宋清远说，人哪，生活给了你一个壳，不管壳里头你有多么煎熬，壳子总得要保持坚固的样子来。

4

一丁在医院里整整住了两个月,终于出院回家了。

乔一成把三丽拉到一边悄悄地问她,钱还够不够用。这次,三丽几乎用掉了这几年全部的积蓄,为了照顾一丁,三丽买断了工龄,工作没了。

三丽说,还可以应付得过来,一丁的爸爸做主,叫一丁的弟妹们也拿了一笔钱出来贴补医疗费,机修铺那边,一丁说打算再开,可是,我还想让他多休息个一年半载。

一成点点头。

王一丁还是没有能像三丽说的,在家休息一段日子。一个月以后,他就重开了机修铺。三丽也拗不过他,可死活找了一个退休的老师傅做帮手,叫一丁只做半天工。花费是大了点,可是三丽说这样她才能放心,不然索性关了店不做生意。一丁也就答应了。

二〇〇三年三月开始,一个奇怪的名词闯入人们的生活。非典型性肺炎,简称非典。

其实头一年年底就传在广东有这种离奇的病了,忙于生计的市井小民们起先并不以为意,生命里那些浓墨重彩的事似乎都与他们无关,除非那事情响雷一般落在他们的头顶上,否则,生活便要照旧地过,日子也还要照旧地熬,饭照旧要吃,酒照旧要灌,架照旧要吵,鸡毛蒜皮依然是生命的主题。

四月份,北京正式宣布中国的首例非典病例,那一天听到这消息时,乔一成正在台里自己的办公室里,喝新闻中心新发的一种叫脉动的饮料,不知为什么心突突地乱跳。

自那一天起,大街上来来往往的都是戴着口罩行色匆匆的人,超市门前挂着"白醋到货"的牌子,药店里的板蓝根被抢购一空。

每一个办公室、每一个车间、每一间教室、每一个商场里都飘散着消毒液的气味。

乔一成的单位发了无数的口罩与免洗洗手液,他拿回家去分给弟妹们。还买了几盏紫外线消毒灯,给南方送了一盏过去。没见到她人,给她放在了传达室。

日子在缓慢地重复着行进着,乔家一家子都没有想到,响雷真的炸响在他们的头顶上。

戚成钢三月份的时候去过一次安徽，他的姑姑病危了。戚成钢的妈有点犹豫，报纸上广播电视里天天都在说尽量少出门少去人多的地方，可是戚成钢忆起小时候姑姑待他十分亲厚，还是打算要去见她最后一面，戚家爸爸也说该去一趟。

等办完了姑姑的身后事戚成钢才坐长途回南京，一路颠簸，回到家的第二天戚成钢就觉得有点不舒服，略咳了两声。接着开始发热，他自己弄了点药吃了，也不见好。四美说，还是去医院看一看，毕竟家里老的老小的小，戚成钢就去了。

这一去，就被留在了医院。

乔家一家子全慌了。

兄弟姐妹们聚在老屋，乔一成跟三丽一遍一遍地在家中前前后后地消毒，四美完全傻了，抱着小女儿只晓得说怎么可能呢怎么可能呢。

三丽安慰她说，现在不还没确诊吗？也许就是普通的肺炎，住两天医院就好了。戚成钢平时身体那样壮实。

乔一成心里头却不这样乐观，这些天来他的眼皮一直扑扑地乱跳，心神不宁的，把藏在皮夹深处多年的一个护身符也给丢了。那个符还是初恋情人居岸替他求来的。

这一个晚上，乔家小院里来了一个叫人想不到的人。

一成带着弟弟与妹妹们，还有乔老头正在家里枯坐等消息的时候，听见门上传来细微的扑扑声。像是有人敲门，二强说。

三丽说：怎么会，这个时候？

一成开门，看到门外站着一个人。有一瞬间，一成居然没有反应过来这个年轻的男子是谁。他手上拿了一大袋的水果，眉目俊美，神色却十分地局促。

二强在一成身后看见了，上前来把那年轻男人拉进了门。

大家伙儿一同看着那男子，一室沉默，是四美最先开口叫一声：七七？

乔七七站在堂屋当中，窘迫得手足都不知放在何处，低头看着自己的鞋尖。

还是三丽过来从他的手中接过东西，拉了椅子叫他坐。

乔七七嗫嚅着说：我听我阿哥说的。戚……四姐夫生病了。我过来看看。阿哥他们明天也要来的。

乔七七觉得"四姐夫"这个词儿从嘴里冒出来有一种极陌生的滋味，他仿佛是吃了某种从未吃过的食物似的舔了舔嘴唇。

乔老头子也是一脸的讶异，在明亮的灯光下用一双老眼细细地打量眼前这个孩子。

他的儿子。

他的。

一成想着，这孩子在这个小院在这间堂屋在这个家里出现的事好像是上一辈子那样久远的事了。那个时候他有多大？还是个奶娃娃呢，穿了四美小时候的衣服，一件粉色的小罩衣，嘴上糊着米汁嘎巴，有点脏，可还是漂亮，还不会走，那样地安静，放他在床上他就一个人不声不响地躺着，身边一有人走过便巴巴结结地咿咿呀呀，像在招呼着人理他一理，或是躺着躺着就睡着了，或是自己将小脚捧到嘴边去啃，那么柔软，没骨头似的一个小人。

二强在一旁站了一会儿，回身倒了杯水给乔七七递过去，乔七七连忙站起来半弯着腰双手捧了。

他实在感激这一杯水，至少使他手上有个东西拿着，不至于空落落的整个人无处躲藏似的。

又坐了一会儿，一成叫三丽先回去，一丁身体不好，家里还有孩子。可是三丽说她想今晚留下来陪陪四美。

一成转过脸来又对七七说：也不早了，早点回去吧。

可是，任谁想走也走不了了。

电话来了，医院来的。

戚成钢被确诊为南京第三例非典疑似病例。

市防疫站来人了。

乔家老屋被封了，小院被封了，整个一条街都被封了。

乔家一家子被隔离在老屋里。

这是这十来年里，乔家一家大小重在同一个屋檐下过日子。

四美在听到戚成钢确诊的消息之后就睡倒在床上起不来了，倒是没有哭，大睁着眼睛看着天花板，一整夜也不合眼，也不知道她在想些什么。

三丽看着实在是怕，偷着在她喝的水里放了碾碎的舒乐安定，四美才闭了一会儿眼睛。

乔一成在小妹的床前站了好一会儿，看着四美的睡颜。

这丫头这两年老了这么多，眉心一道极深的川字纹，头发是新烫过的，可惜烫得不大好，显得她比三丽尚要老相一点，鼻翼处微微有点油光，整张脸睡着时也依然紧绷着有一股哀怨相。

这个妹妹啊，醒时是轻佻，然而睡时却沧桑。

乔一成想，这个世界，人走上一遭，无不千疮百孔的，一个没有伤痛的人倒是异类。可是，为什么，他的兄弟姐妹，他的至亲骨肉，会这么难，这么难？

到第三天上四美才在大家的力劝下喝了一点米汤。

医院那边并没有确切的消息传来，然而每天的新闻报道中，可以看出事态的严重，以及这病的可怕。也许，戚成钢过不了这一道坎了。这是乔家每一个人都会想到的。

每天的菜蔬由警察送进来,还有些日用品,三丽与二强每天给家里打两个电话报下平安。一连几天一家子都是啃点面包点心喝点水对付着一天的三餐。

到第四天,情绪稍稍平稳了些,三丽说这样下去不行的,别再躺倒两个,那可真是不得了了。二强便说,他去做饭。

二强去厨房,在一堆菜中翻拣了一下,扔掉了一些黄烂掉的菜叶,拣出新鲜的一段春笋,加上冰箱里的排骨,炖了一锅好汤,香气一下子扑了一屋子。

那香气一出来,多年前的日子好像也回来了似的,一家人围坐在八仙桌旁,由一成给每人盛了碗汤,那时家里条件差,有一口好的都是分了吃的,老头子自然是占了最好的那一份儿。

这一天的最后一碗汤是给七七的,乔七七简直不敢抬头看一成,含糊不清地只知道说谢谢。这两天他一直在堂屋里搭床睡,一大早他便收拾了床铺,人也躲到一角,淡薄得如同一抹影子,从不主动与父亲和兄姐们说话,对一成更是躲得厉害。

吃了饭,二强又捧了碗去洗,一转脸,七七跟了过来,也不说话,愣愣地站着。二强以为他要拿什么东西,侧身让他,他也侧身,二人你让我我让你,在狭小的厨房里转不开身,碰到一处,二强笑起来,突然伸手摸摸七七的头发。七七也笑起来,神色慢慢地活泛起来,从二强手中接了碗过去就洗起来。

二强问他:你怎么只给你丈母娘打电话,不给你老婆打?

七七微红了脸说:她在上海。

二强说上海也是可以打的,她总有手机的。

七七埋头洗着,说:上海的是长途。

二强咧开嘴乐呵呵地:你四姐不在乎这一点点钱的。要不你打,这个月你四姐家的电话费你二哥哥付。

七七也咧嘴无声地笑起来。

二强忽地觉得自己的这个小弟弟真是个漂亮人物。不过他的漂亮与戚成钢的不同,透着一种理不直气不壮,仿佛他的存在,欠了所有的人。

二强觉得心里怪疼惜的,不由得说:你小的时候,才几个月大吧,有一回,大哥叫我看着你,我一下子睡死了,醒来才发现,你尿了我一头一脸,咱们俩一起泡在你那泡尿里,呵呵,一下子就二十来年了。

七七有点忸怩,转了个话题说:我在担心,四姐夫要不要紧。

二强也皱了眉说:我也是在想呢,谁晓得会怎么样啊。现在这怪里怪气的病可真多,我们小时候,生活条件差,要吃没的吃,生个病也不看医生,自己喝点姜糖水板蓝根。有一回你大哥,切菜把手切了,骨头都看得见,那血流得,就自己涂了点金霉素软膏,纱布包包,也就那么长好了。

这天晚上，二强就把自己的铺盖搬到堂屋里去了，陪着七七，乔一成半夜起夜的时候，还听见兄弟二人叽叽咕咕在说话。

第二天，寻了个空，一成问二强：你跟小七怎么一下子就那么亲热起来？

二强憨笑道：我发现我们这个小兄弟怪招人疼的。

一成哦了一声。二强忽然放低了声音耳语似的说：大哥，你是不是还在怀疑小七的身世？

一成微惊：你怎么说起这个？

二强说：我也是好多年前听三丽微微提过那么一句，哥……

话未来得及说完，一成摆摆手止住他：妈死了那么多年了，姨父也死了那么多年了，不提了。以后，也别提。

二强哦了一声，其实他心里也暗想，以大哥的脾气，嘴上不提，心里是要记一辈子的。真的是，二强想，也没什么。人死了，活着时好的坏的对的错的，都一并化成灰了，活着的还计较个什么呢？大哥这个人，样样好，就只是心窄，好多事，道理懂可是放不开。

乔一成不再说话，往堂屋里看。

乔七七正与四美的女儿巧巧玩，这个漂亮的洋娃娃一般的小姑娘看样子很喜欢这个忽然出现的软脾气的小舅舅。七七坐着，她趴在他身后，揪着他头发，替他扎了个冲天辫。七七似乎是被她扯痛了头发，笑着皱鼻子，很快活的样子。

下午，二强烧了大量的热水，一家子像小时候一样用大木盆轮流洗了个澡。

四美拣了件戚成钢的旧外套给七七换，七七穿得略显大，拖了袖口也不知卷一卷。

四美愣愣地看了他许久。

三丽心里有些怕，她觉得四美不对头了。

乔家一家人被隔离了二十天，终于可以解禁了。

在老屋的最后一个晚上，乔一成睡到半夜，蒙眬醒来，听得有窸窣之声，半睁开眼，看见床边立了一个人，瘦长，披头散发。

乔一成吓得全身汗毛唰的一下全站立起来。

5

乔一成定了定神，大着胆子细看，借着窗外的一点微光，才发现，那个披着头发站在他床前的人，是四美。

一成立马坐起来，起得猛了，太阳穴处一阵抽痛。一成用手指按压，哑着声音低声问：这三更半夜的，你不睡觉站在这儿干什么？差一点给你吓死。

一成作势要开灯，四美叫：大哥，别开灯。别开。

你……你怎么啦？一成有点慌了，他怕四美这丫头这两天急得脑子出了问题。四美却说：大哥，你就让我在黑地里说两句话吧，在亮处我说不出口了。

一成心里的慌意像落在纸上的墨滴似的越发晕染得大了，下意识地就说：你姐呢？你不是跟你姐睡的吗？

晚上睡前我给三丽的水杯里放了点舒乐安定，就是她这两天老偷着喂我吃的，我想她今晚睡得沉一点。大哥，我现在要跟你说的话，就只能说给你听，我怕她又骂我，骂我不争气。

你说。一成在黑暗里冲床边的一把椅子抬抬下巴，示意四美：你坐下说。

四美走过来坐下，双手放在膝上，一成看不清她脸上的神情，四美转脑袋看看四周：大哥，这屋子你多少年没有住了吧？

这间屋子是乔家老屋最大的一间，然而朝向不好，会西晒，没有太阳时却又一向是阴冷的，又潮，当年母亲在的时候，一直想把孩子们挪到南面的屋子去，可是乔老头子一直不肯答应，说家里地方小孩子多，等儿子女儿们都长大了，南面的那间屋一定是睡不下的，还是北面的好，到时可以一隔为二，男孩子住外头半间，女孩子住里头半间。再说，小孩子筋骨壮，屁股上有三把火，冷点儿潮点儿怕个什么？

也算是老头子有点远见，兄弟姐妹几个长大之后的那几年里，这屋子果然被隔成了里外两小间。后来，这屋又成了四美的新房，这才把那隔断又拆了。这些日子，屋中间又拉起了一道布帘，三丽与四美在里，一成在外，而二强与小七住在了堂屋。

四美的眼光停在黑黢黢的天花板上，声音恍惚像叹着一口悠长的气：大哥，你还记得不记得,原先这屋子,是没有天花板的,一抬眼就能看到屋梁。小时候,我一个人根本不敢待在屋里,老是怕那上面吊着个吊死鬼。我结婚的时候,戚成钢说,这样子太难看,而且灰尘又大,就自己做了个天花板,在四周墙上钉上粗号铁丝,糊上厚纸板,外头再上糊上几层厚纸,再涂上涂料,弄得还像那么回事,来看新房的人,个个都说好,都以为是找装修的做的一个吊顶。

一成不知四美情形,心里急得什么似的,可又不好表现出来,敷衍着说:你们家戚成钢倒也是个能干的人。

黑暗里四美轻轻地笑了一声:那倒是。人是能干人物,也是漂亮人物,只要他愿意,他可会哄人了,小殷勤比谁都会做,也不大撒谎,钱上头也不计较,我要多少,只要他拿得出来,总是爽快地给。我生孩子那年,同病房的一个女的,她老公一看生的是女娃娃,气得掉过脸就回家了,临到他出院也没来看母女俩一眼。可是戚成钢,半句话也没说,高兴得什么似的,那样子,倒不是假装的,小娃娃他一直抱在手上,都舍不得丢下,同病房的女人们都说我命好。戚成钢啊,人不是坏人,就是这心哪,就是那么的不规矩。有时候我想啊,兴许这就是一种病,就跟心脏病似的,有先天的。从小我就想嫁一个漂亮人物,果然就那么有运气,让我在大街上遇着一个可心可意的人,老天待我不薄,但是可能他觉着不该太偏爱我,就给了戚成钢这么个天生的毛病。

乔一成静静地听着,在这五月温暖的春天的夜里,觉得手脚阵阵地冰冷,一直冷透到心肺里。

四美转过头来冲着他,那样子像是要靠到他的肩上去,终究还是没有靠过去。

大哥,她说,我晓得你从小就不大喜欢我,嫌我不上进,人头猪脑,不爱学习,长大了又嫌我着三不着两,我也晓得你不满意我跟戚成钢的婚事。四美的声音突地俏皮起来:我晓得你不满意什么,你是不满意我送上门去,我晓得在你的心里,好姑娘的标准就是要自重,端着架子等男人跟在屁股后头求,轻易不松口,对不对?

四美终于欠身子挨过来,坐在床上一成的身边,双手撑着床板,双腿像小时候那样微微地晃着,那时候一成总是会纠正她:大姑娘家家的,坐在那里不要晃腿!

四美接着说:大哥,我求你个事儿。我知道你再不喜欢我,心里总还是拿我当妹妹的,你也总是我嫡嫡亲亲的哥哥,我有事,就只有求你,大哥,你肯不肯答应我?

答应你什么?

四美低下头,头发披下去,完全遮住了她的脸:求你替我照顾我女儿。大哥,我明天要去医院,我要去求他们,我要跟他们说……

不要说了!乔一成猛地拔高声音止住她的话,又压低了声重复:你不准去。听见没?不准你去!我不准!

大哥,你小点声,别吵醒他们。四美说,大哥,我想了好久,这个时候,我不能丢下

戚成钢，我要跟他在一起，因为……我去医院守着他。要是……大哥求你替我照顾巧巧。她不可能一辈子跟着爷爷奶奶。有饭你赏她一口吃，冷的热的都不要紧，我们巧巧不挑嘴，有穿剩的衣服给她一件半件，生活条件不要好不要高，够活就行。可是，求你给她多读两年书，读到大学，将来，给她找个好一点的对象，找个厚道踏实的人，像你，像齐唯民。女人哪，嫁得好太要紧了！别跟我似的，糊涂了一辈子。要是找不到，不嫁也行，自己凭本事吃饭吧。

知道自己糊涂，你现在还要糊涂下去吗？一成抓着四美的肩，恶狠狠地问她。

是啊，大哥。四美又短促地笑了一声。是啊。

乔一成想，过去只听说过有愚忠，看到乔四美，才知道原来世上还有愚爱。

第二天，乔家的兄弟姐妹们各自要回家了，乔四美新换了件外套，头发梳得齐齐整整，从小厨房端了稀饭与蒸好的包子来。

四美趁大家吃早饭的时候，宣布：我今天要上医院去，去找戚成钢去。我守着他，他好了自然好，要是好不了了，他咽气的时候总该有个人在他身边，我不能让他那么孤零零的一个人走。我得给他收尸去。

乔四美的话好像在屋里扔下了一颗重磅的炸弹，炸得每一个人魂飞魄散。

三丽先跳起来抓住四美的胳膊，拿她当一个布娃娃似的摇晃，她以为她疯了。

然后是二强，然后是乔老头，统统跳了起来。乔七七吓得躲在一边，好半天才想起来拉住乱蹦跳着的老父亲。

你是疯了，疯了，你不要你女儿了吗？三丽说。

乔一成从里屋出来，手里抱着戚巧巧，大叫了一声：行了！

一屋子人被那样的一声喝震住了，全看向他。

乔一成说：让她去吧。谁也拦不住的。巧巧，我带走。我养着她！

四美突然说了一句话：多谢你，大哥。我的女儿，我总不想她没有爸爸，别的事情，统统以后再说。

一成诧异地看了四美一眼，似乎有点明白，又似乎不能明白。他终究还是不太懂得这个妹妹。

乔四美终于要走了。

临走四美自己关在里屋收拾了一点东西。戚成钢的衣服，自己的衣服，虽然兴许根本用不上。还带上了相册。那一两件首饰四美给塞在了衣橱底，放了提前写好的条子，写着，要是有什么意外，这些东西三丽、二强老婆还有大哥，一人分一件。留个纪念。

戚成钢自己有一个小皮箱，是结婚之后从他家里带过来的，装了些他自己的东西，平时四美也从没想着要打开来看看。那个时候想着，有时候不看还好。眼不见的东西，就可以当它不存在。这会儿，四美却打开了。

却也没有什么,一本存折,是四美不知道的,打开来,原来写的是戚巧巧的名字,钱不多,四美拿出来给放到首饰盒里。还有些旧时的书与衣服,戚成钢收集的一些零碎玩意儿,玩意儿下面,压着一摞信,大概有十来封。四美打开一封来看,是安徽来的,落款是桂芝,看日期是前两个月。

四美把信按原样扎好,从床下拉出个小铁簸箕,一把火全烧了。

乔四美作为非典感染者家属赶到医院,是乔一成送她去的。乔一成不许三丽与二强他们去,叫他们看好四美的女儿。

乔四美郑重提出要跟丈夫在一起,她要去看护他,她说她可以跟政府签下生死状,一切出于她自愿,生死不与政府相干。

她的要求并没有立刻得到应允。其实她一开始根本没有办法进到隔离区。

乔四美在医院苦守了三天。

到第四天,她才得以穿了全套的防护服,进入戒备森严的隔离区。

乔一成没能送她进去,他甚至也是连隔离区的屋角都没能看见。

乔一成一直不知道在那隔离病房里,乔四美见到戚成钢是一个什么样的场景,四美后来也从未与任何人提起过,好像那不过是她的一场梦,没有什么好多说的。

哪个人不做梦呢?就算是祥林嫂也不会逮着人就说她做过的一个梦的。

但是还是会有消息传出来。

情况慢慢地好转起来,戚成钢清醒了,虽然还没有过危险期,可是他醒过来了。

戚成钢用了一种新药了,疗效似乎还不错。

乔四美倒一直身体不错。

她没有染上病。

然后,是戚成钢过了危险期了。

一晃眼,四个月过去了,国庆一过,眼看着就到了年底。

那天乔一成去医院,他跟二强三丽他们约好的,这段时间大家都要不时地上医院查一查身体,以防万一。还算好,一家大小一直都还平安,连个小感冒都没有得过。

乔一成把他们一个个地送走,自己留下来跟相熟的医院医生说了一会儿话,从他办公室出来,下楼的时候看见有勤杂工刚拖了地面,到处湿漉漉的,一股子消毒水的味道,地上放了个"小心地滑"的指示牌子。

有个女人在他前方不远处,脚下猛地一滑,人就要向后倒去,乔一成眼疾手快,一把把她给扶住。

那女人转过头来向他说谢谢。

两个人打了个照面，一下子全愣住了。

那女人试探地缓缓地叫出乔一成的名字。

乔一成脑子里嗡嗡地响着，像是全是声音，又像是一片空茫茫，那种空到极处静到极处的声响弥漫了他整个脑袋。

乔一成也慢慢地慢慢地绽出一个笑容来：是的，是我。这些年你好吗？

好。那女人回答。

你怎么会在这里呢？

啊？哦，你怎么会也在这里呢？

乔一成拉住她：你要是不急着有事，我们坐一坐。

女人微微笑了一下：我没有什么急事的。

乔一成和女人一起来到医院外的一家挺有名的茶吧。顺着台阶一级一级地上去，小桥流水亭阁幽径，转过一道回廊，是茶室了。白天，人很少，屋内装修得相当别致，清一色古色古香的木桌椅，隔成小间，垂着细竹的帘子，有着汉服的女子在轻轻拨弄着古琴，乐声喑哑缓慢。

在茶室外，隔着长廊与小桥流水的一道矮墙外，宽阔的街道上奔驰着各色车辆，街那边就是全市最著名的医院，街这边是极宏伟的银行大楼。

一边是生死一线，一边是红尘万丈。

然而这里，好像世外幽境。

等到茶水送来了，服务生就悄无声息地退了下去。

小小的酒精炉子上坐着一个透明的样式简洁而美丽的玻璃水壶，细细地升起一缕水汽。

水汽里，乔一成好像看见年轻的自己，坐在旧的后来在一场大火中遭到毁灭的市火车站候车室的一个角落里，孤独绝望，听那火车长鸣，带走他年轻的、初次的爱人。

水开了，乔一成提起水壶，在对面女人的杯子里注上水。

女人把细长的手指取暖似的捂在白色骨瓷的杯子上，虽然是十月天，完全不冷。

乔一成隔了十七年的岁月，第一次叫出女人的名字。

居岸。

6

在喊出这个名字的一瞬间，乔一成才明白，原来当年，文居岸这个名字离去了，可是这个人并没有离去，从来没有。

她就藏在他的心底里，藏得那样的深，甚至都没有让他自己发现。

她是他心底的一个伤疤，他用了漫长的时间来让这伤疤愈合，可是他没有想到这伤疤这样固执，仿佛它有了自己的心智，执拗地成长为一粒种子，在一个他做梦也想不到的时候就这样地发了芽。

一成于是再叫了一声：居岸。

居岸说：啊？

一成快活地笑起来，这笑容让他看起来年轻了许多，神情里有了难得的轻松与欢愉。他为居岸的这一声"啊？"而快活着，觉得身上都松快了，日子也回去了，居岸依然是小时候的习惯，好像他们还坐在书桌前，他替她改卷子，有许多的错误，他不忍大声责备她，轻声喊：文居岸？

居岸抬起头来答：啊？

如今这对面的居岸也说"啊？"然后，下意识地摸摸自己的脸，笑笑说：我变了好多吧？

一成说：略长胖了一点点，头发厚实多了。

居岸有点瑟缩，又笑了一笑。

其实居岸还是瘦，可的确是比小时候丰满了一点，头发丰厚，很长，烫成细卷，全披在肩上，只挑出一缕用一根青色泥金的簪子别住。因为不像少女时那样瘦得可怜，眉目便也不那样地紧窄，肤色仍旧白皙却有了干涩。茶室里暖和，她脱了外面的厚实外套，是乔一成记忆里的削肩薄腰。

你长大了。一成说。

居岸一时低下头去，过了好一会儿说：是老了。

一成大笑出声：你这么说我老脸往哪儿搁呢？

居岸抬起头来，出神地看了乔一成一会儿，突然说：你也并不比我大多少。你……好像倒是变了很多。比以前，嗯，开朗了，笑得多。

一成不知如何回答她的这个问题，居岸又在眼前了，可是他们中间隔着这许多的年月。

乔一成于是又笑笑。

居岸的神色明亮了一些：看看看，我没说错吧。

一成说：我这么看着你，觉得你比起小时候更像文老师了。果然是外甥像舅。文老师还好吧？

居岸说：还好。我舅舅这个人，学问是顶好的，只是性子太软了，我们家人好像都是这样，男的性子绵软，女的全是强硬好胜的脾气，两种人活得都累，一个为别人累，一个为自己累。

他，一直没有结婚。居岸又说。

一成想起那个干净整洁，书卷气十足的男人，他少年时的榜样。人不过是这么回事，你这也好那也好，但并不代表你可以幸福。

你知道吗，居岸说，我父亲，没了。

一成一愣。

我好多年没有见过他。居岸说，是他病了我才来照顾他的，他想见我。拖了一年多。

文居岸其实也不明白为什么自己会跟这个久不见面的人说这些：不过我觉着他去了也倒好，活着，太受罪了。他得了肠癌，扩散了，脏器全坏了，最后血都吐干了。

居岸的眼里突然涌出了泪来，大颗大颗，滚将下来，沉重地砸在竹面的桌子上。她努力地睁大眼睛，想阻止眼泪的坠落，样子活像一个惊恐的孩子。

一成想过要替她擦一下眼泪，最终还是没有行动。只替她重新斟了一杯茶，放在她手里。

居岸极快速地擦干了眼泪，笑起来，像是什么也没有发生：死了死了，死了就了了，也没什么可说的。

你母亲还好吗？一成的这个问题差一点儿就出口了，可还是咽下去了。

居岸像是通了读心术似的，说：我母亲倒还好，还在北京，工作也很不错，在新华社，早些年常常出差，现在快退了，待在家里的时间也长了。父亲治病的钱，也是她拿的。

文居岸和乔一成在茶馆里又坐了一会儿，居岸说她要回去了，一成下意识地问道：你现在住哪里？

居岸说了一个地址：这是我母亲给我父亲买的一套房子，是给他养病用的，我现在还住在那儿。对了，居岸像是突然想起来了，你结婚了吧？有孩子了吗？

一成说：结了，没有孩子，你呢？

300

居岸神情暗了一暗，却又有点无所谓地说：结了，又离了。

居岸的这种语气叫一成心里缩了一缩，像是有一枚小针，在他心上刺了一点。

他的耳边似乎有火车长鸣，他的居岸，在长鸣声中离去。然后过了许多年，再回来时，已然沧桑。

两个人起身时错身而过，一成叹气似的说：你长了这么高了。

居岸回头看向乔一成，眼睛里有一刹那的诧异，然后变得那样的温柔。是的呢，她说。

接下来的时间，一成并没有机会再见到居岸。

家里接连着的事儿，先是四美回来了，然后是三丽走了。

在戚成钢入院后的第二个月，他便从死亡线上挣扎出来了。之后又治疗了一个多月，又在医院观察了一个月，就出院了。

乔一成跟四美商量好了，叫她先跟戚成钢到这边来，这里条件好些，他们两口子先在这里住一阵子，而他自己，则回到老屋去跟老头子住上一段。

四美简直不知该说什么，乔一成不等她开口，便斥道：戚成钢一个死了半个的人，我看他可怜，而且巧巧又小，谁知道这病有没有后遗症，大人没事，别过给孩子！

出院那天，乔一成把弟妹们都叫到自己家里，二强去医院接他们，二强临走对一成说：大哥，你说要不要把小弟也叫了来？

一成没好气地说：你当过年三十哪？二强瞪了他一眼，乔一成转过身说：那你叫上他吧。

谁知乔七七竟然得了重感冒，怕这时候戚成钢抵抗力弱，万一传染了不好，就没来。

戚成钢一进门，一成、马素芹还有三丽两口子都吓了一跳。

戚成钢完全脱了形，面色如土，目光散淡，瞳孔的颜色都浅了，脸庞刀削过似的瘦，颧骨高耸，好似要戳破脸皮，头发极短，两侧与额头还青着，留着扎针的痕迹，整个人简直就是一副骨头架子。

乔一成不由得就把原本想给戚成钢看的脸色全收了回去。

四美也瘦得不行，穿了一件军大衣，里面一件厚毛衣，外罩着一件男式的大格子衬衫。精神倒挺好，而且，乔一成觉得这个小妹妹似乎有哪里不一样，乔四美从来就不是这样沉静的，原本她身子的重心是在脖子以上，三丽就曾开玩笑地说她脑子里装满了糨糊，是沉的，骨头却轻，整个人是飘着的，现在，这重心好像下移了。

戚成钢夫妻在乔一成的房子里住下了。

没过两天，乔四美回了老屋一趟，收拾些用得着的东西。

四美在旧的樟木箱中的一堆杂物里发现了一本老旧的数学簿子，上面铅笔写的名字几乎看不清楚了，翻开来看，连老师红笔的批改都变得黯淡不堪，可是依稀可辨，一个叉，

一个叉，又一个叉。

是她的没错。

四美坐到地上，慢慢地把那本子翻开来看。

乔四美从小最讨厌数学，她不善分析，不善思考，不善列式，不善计算，她不善所有需要理性思维的东西。

老师用红笔打着叉叉叉，力透纸背，一边说：乔四美，你脑子里都是糨糊吧，乔四美你到底有没有脑子？乔四美你怎么不开窍？

乔四美不是没脑子，只是她的脑子里是一马平川，没有任何高低起伏，更没有沟壑纵横。

四美隐隐地记起，她曾经似乎是很喜欢画画的，铅笔草草地勾了个轮廓，便迫不及待地捏了短小的蜡笔，重重地涂上去，红是红蓝是蓝，鲜明深刻，淋漓尽致也一塌糊涂。

太傻了。

与数学本子塞在一起的，还有一堆明星照片，都是当年费尽心力收罗了来，宝贝似的藏起来的。人真傻啊，四美想，藏得这样密实，自己都找不着了。

照片都褪了色，那些年轻的鲜艳明媚都留在方寸之地出不来。

四美想起那时看疯了的言情片，总会有天灾人祸或是疾病苦难拯救濒临绝境的爱情，背叛者皈依了最初的爱人，两人一起走向幸福的结局。

但是，四美知道，自己的爱情故事并没有这样梦境一样的走向与编排，亦不会有那样的收梢。

也好。

将养到年底，新历年来的时候，乔四美头一次带戚成钢去饭店吃了顿。然后两人回家。

四美替戚成钢洗脸，给他按摩肩背。躺得太久，戚成钢的背常常会痛。四美问：这一下，病应该是好清了吧？

戚成钢点头说：我觉得又跟从前一样了。

戚成钢突地转过身来，看着乔四美，看得很专心。

这个男人，四美也看着他，想，他终于也老了。

的确，这一场大病，让他骤然老了，脸上的皮也挂了下来，嘴角现出了深深的法令纹。

戚成钢慢慢地把头埋在四美温暖柔软的怀间，说：四美，这回我死过一次了，我会收心安分，我要跟你好好地过日子。四美，四美，你相信我。

四美摸他的头，看他抬起的铺着热泪的面孔。

那眼泪让他的脸一点点地明净滋润起来，充满了孩子般的讨好和忧伤，好像还是当年她在街口遇见的那个年轻英俊的人，让她抛了一切也要嫁的人，让她掏心掏肺爱了这么许多年的人。深眉俊目，挺拔标致，迷惑了她一整个的青春岁月。

起初她不过爱上了他的好皮囊，后来竟然爱上了他不那么美好的灵魂。

然而，都过去了。

四美说：戚成钢，我看到那些信了。我也是，陪着你死去活来了一回。

什么？戚成钢一时没有明白过来。

四美也并不做解释，却说：你想跟我好好过日子吗？

戚成钢热烈地点头。

四美说：可是，我不想跟你过了。

二〇〇四年即将到来的时候，乔家的几个孩子中有两个离了婚。

四美跟戚成钢两口子离了。

是四美提出来的，态度极其坚决，没有丝毫缓和的可能。公婆的苦劝，小女儿巧巧的哭泣，都没能劝阻住四美。并且，四美说，在离婚后，希望戚成钢赶快搬离乔家老屋。

女儿戚巧巧判给了乔四美。因为法院考虑到乔四美工作稳定，收入尚可，且身体健康。

孩子临走那天，戚家老两口老泪纵横，戚家老太太说，这是活活地要了她的命，摘了她的心肝儿去了。

乔四美抱过女儿说：您可以来看她，天天来都行，您住我那儿去都行。可是我不会过来。

老太太这才缓过一口气来。

乔四美的生活在离婚后反而顺当起来。

她并不拙笨，他们的宾馆发展得也相当不错，在戚成钢生病以前，乔四美已做到客房部的部长，现在回去，单位也还是欢迎的。

她搬回了老屋，搬前把大哥的屋子收拾打扫得比她们宾馆的客房还要干净，连床铺都铺好了，折了一角，压了新洗好烫好的睡衣。

乔四美变得寡言少语起来。

一成与南方的婚姻也在这一年的年头走到了尽头。

南方成了邻市的一名副市长。赴任前，南方与一成两人见了一次面。

两个人的分手相当地平和。平和得就好像太阳在早上升起，又在傍晚落下去一样。

南方说：一成，以后，无论你有什么不如意的地方，你答应我一定要让我第一个知道。

一成点头，一直把南方送到项家小院。

南方进门前一成突然高声叫她：项南方，以后有人敢欺负你，你告诉我，我帮你揍死那个×样的！

声音嚣张如同一个年少的市井混混。

南方回头看到一成在街对面望着她笑得张狂而松快，这样的一个陌生的乔一成，忽地引得南方很想问上一声：一成，我们以前，是不是没能好好爱过，没能认真地让你看看我，也让我看看你？

话南方没有说出来，南方想，反正也不是千万里之遥，有一天，她总是要问的，不论那一天，两个人会是何等的境况。

也不是没有好事的。

一件好事是，二强与马素芹这两年的生意做得不错，两个人一商量，下决心开了一家小小的饭店，卖南京本地的家常菜与东北水饺。饭店就开在他们租的房子附近，这两年这里陆续地搬来了一些大专院校，还有两家外企公司，饭店的食物简单但是胜在家常入味，马素芹又是个极干净的人，灶台都被擦得亮闪闪的，每天一个中午一个傍晚，生意相当地红火，很快地有了个小伙计，智勇周末也会来帮忙。

另一件好事是，乔一成做了电视台新闻中心的副主任。

宋清远说他是情场失意，官场得意。当然啦，宋清远也由衷地说，老乔也并不是那种只有官气没有本事的人，正经是自己的真才实学加上努力才有这么一天的。并指明乔一成一定要罩着他，他打算从此以后在新闻中心横着走路。

一成与他开玩笑说：老宋你现在已然是横着走的了。

那么就再横一点。甩着两膀子横。妈的，我是副主任的前任小舅子我怕谁？

对于一成与南方的离婚，起初一成简直不敢跟宋清远提半个字，提心吊胆地等着他的一顿好骂。怪的是，宋清远别有深意地看了他一眼，点点头，说了声，离了也并非坏事。

宋清远在之后的一次午饭时对乔一成说，我有个预感，你跟我南方姐，没完呢。

一成怔忡了半晌。哪会有这种事，他说。

这天晚上，乔一成接到一个电话，是他二妹妹三丽打来的。

她说她要和一丁去北京。

一成问：去干吗？

7

　　三丽与一丁在二〇〇三年的年底去了北京，一成在他们走之前，曾跟三丽谈了许久，可是这丫头就是咬紧了牙关不肯说出走的原因来。一成不免越发地觉出事情的严重性来，三丽一向是什么也不瞒着他的，这么多年来，他们俩如此地亲近，一成的心里，三丽永远是那个躲在乔家老屋阴暗的卧室一角，缩成一团的小姑娘，待他去发现，待他去救赎。他们共享着生命里所有的苦楚、绝望与不多的珍贵的快乐，彼此都认为对方是最好的男人与女人，觉得对方是最应该得到幸福的，他们如同在黑暗的风雪夜里挤作一团相互以体暖取暖的羔羊，他们各自的婚姻也不能阻隔他们的血脉亲情。

　　然而这一次，三丽竟然什么也不肯跟一成说。三丽给一成留了件新织的全毛高领毛衣，她每两年会给一成和一丁分别织一件厚实的毛衣，衬在羽绒服里穿，极其暖和，开春以后外头换上件休闲外套也是好的，三丽爱沉一点的颜色，藏青、深灰、黑、棕、墨绿。乔一成长到三十多岁，没穿过爱人织的毛衣，给他织毛衣的不过就是这个妹妹。

　　一成最后也不再问她，想必她有什么为难的事，不愿意出口，只嘱咐她要是有难处了就打电话回来，另外又写了几个自己比较要好的如今在北京工作的老同学的联系方式给三丽，叫她万一有急事可以向他们求助。

　　三丽把儿子托给了四美。

　　这起初也颇叫一成有些诧异，可是当他看到四美左手牵着女儿巧巧，右手拉着三丽的儿子的时候，不知为什么，心里突然地有了底，一颗心像是扑地落到了实处，一双脚也好似刚从一摊烂泥中拔了出来，踩到了实地上。

　　四美剪掉了一把长发，如今她留了短发，那样短，街面上稍微时髦一点的男孩子的头发都比她长。

　　一成慢慢地笑起来。

　　就像那首歌里唱的，我剪短了我的发。他的这个妹妹乔四美，无论到了何种境地，总还是要略微的那么戏剧化一下子的。然而这又有什么呢？人总得想法子给自己找点安慰，生活里的乐子无非是一点点的戏剧一点点的真实，一点点的爱恨一点点的释怀，一点点的

真以及一点点的假。

三丽走了,四美安稳些了,二强日子好过了,他总算是有一点时间来给自己找一点幸福与安慰了。

文居岸。

这个名字使得乔一成夜晚躺在床上,对着一片灰黑的虚空笑起来。

乔一成再一次见到文居岸,是在二〇〇四年的元旦。

节日是一个与人相聚的好借口,一成给居岸打了好几次电话都没有人接,便下决心按居岸给的地址去看看她。

居岸的家并不难找,因为电话关机,一成还担心居岸不在家。

其实居岸在。

乔一成在看见居岸时吃了一惊。居岸头发散乱,目光涣散,扑面的酒气,显然并没有认得是乔一成。

乔一成第一个念头是,怎么这么糊涂,喝成这样谁来敲门她怕是都会开门,实在是危险。

一跨进居岸的家门,乔一成便闻到一股子味道,这味道厚酽酽的,微微的腐臭里混着一点点年轻女人的脂粉香,还有摆了许久的食物闷闷的酸。

乔一成叫:居岸,是我,你怎么啦?

居岸没有回答,摇摇晃晃地往屋子里走,乔一成不得不在一旁扶她一把,以免她绊倒。走到沙发前,居岸微微用力挣脱一成的搀扶,重重地倒在沙发里,脑袋在沙发扶手上磕了一下,居岸扭扭头,找一个相对舒服一些的角度枕好头,腿也缩到沙发上去。

乔一成看她一时半会儿清醒不了,只好从地上捡起一床毛毯盖到她身上,居岸立刻把毯子紧紧地裹在身上,哼哼两声,几乎是立刻就睡着了。

一成走不得,四下里看看,便脱了外套,找了半天,在客厅冰箱的后面拖出一柄颜色发灰了的拖把,先摸到卫生间好好地把它洗净了,开始替居岸打扫起来。

居岸的这套房子面积不大不小,九十来平方米,三室一厅,格局相当不错,朝南,即便是冬天,大中午时也有很好的阳光,装修也简洁,颇具品位,家具不多,显得地方格外宽敞。两室的门微开,可见一间是居岸的卧室,一间像是书房,另有一间房门紧闭,门上不太协调地贴着一纸花色喜庆俗艳的年画,烫金的福字已脱了色。

屋里不算太脏,只是乱。一成把四下里乱堆乱散的东西逐一收拾好,也不敢随便给收起来,怕居岸万一找不到,一并归在墙角。地拖净了,桌椅窗台擦净了,外飘窗上搁着几盆植物,早就枯得发了黑,一成统统都给拔了出来,放进垃圾袋,空的花盆也给它堆到墙角。

到快下午四点，居岸醒了。

一成弯着腰看她睁了眼，半天她的焦距落到一成身上，忽地笑了一笑，很随意带一点小女孩子的娇憨，问：你来啦？

乔一成居然有一点脸热心跳，"啊"了一声，也不知再说什么。

居岸慢慢地坐起来，拍拍身边空出来的一块地方：坐我这里来。

一成坐下来。居岸把双手握在一起，夹在自己的膝盖间，接着说：好冷。

一成说：还是冷吗？空调温度不算低，大概是你刚醒的缘故。

居岸忽地把手塞到一成的腋下：给焐焐呀。

一成被她孩子气的举动弄得稍稍一呆，接着又笑起来，攥了她的手给焐着。居岸喃喃地说：暖和！

居岸把头靠在一成肩上，好一会儿，突然说：你有太太的，怎么办哪，怎么办哪？怎么办哪？

她要赖似的把头在一成的肩上揉来揉去，揉得原本就乱的头发越发地乱成一窝，全粘成一绺一绺的，微微有点酸臭味。

一成说：居岸，我们洗个头发好不好？多好看的头发。

居岸没有回答，继续在一成的肩上揉她的脑袋。

一成把她拉起来，到卫生间，打开热水器烧好了热水，一成让居岸坐在浴缸边上，拿花洒替她洗头。居岸有点不老实，把脖子扭来扭去，一成耐心地哄着她。

居岸的头发长且丰厚，打着细小的卷儿，抓了一成满手，从手缝间钻出来，一丝一丝粘在一成的胳膊上，痒痒的。

终于洗好了，一成拿了干的大毛巾兜头把居岸的脑袋包住细细地擦着，居岸似乎有点闷住了，发出唔唔的声音。一成拉开毛巾，露出居岸的脸，沾了水汽，居岸的脸色好了许多，眼角眉梢绷得紧紧的，清秀动人。

一成看着她，低低地说：居岸，我其实已离婚了。

居岸大约是没有听清楚。什么？她说。

一成笑着拉开毛巾：你有吹风机吗？

居岸说：你说过的，用吹风机不好，伤头发。

一成觉得心里柔情弥漫，是五月的熏风吹过了。

你还记得呢？一成说。

你跟我讲的所有的话我都记着呢。居岸说着，依然站立不稳。一成扶她回到客厅，让她坐在黄昏的一片阳光里，这是这一天最后的一点阳光，客厅里还有空调，很暖。一成用宽齿的梳子替居岸梳好头发，松松地绑了一根麻花辫。

居岸摸摸辫子：你居然会编辫子？

一成拍拍她的头：你忘了我有两个妹妹啦？小时候我不是也替你编过，不过你那时头发太短，又软，编好不一会儿就散了。

居岸听了这话，慢慢地把脸转向一成，好好地好好地把他看了又看，叫：一成哥？

一成又笑：呐，终于酒醒啦？

居岸这才看看周围整洁清爽的一切：多谢你。真是不好意思。

一成又替居岸做了稀饭，居岸这里除了米面几乎什么菜蔬也没有，只有一瓶辣椒酱，一成用来炒了一大盘鸡蛋，居岸吃得很香。

一成在居岸家一直待到晚上九点多，居岸送他下楼。他们一同在黑暗里站了好一会儿，竟然都没有说话。

一成离开的时候，居岸还站在原地，一成看着她在黑暗里显得更加细巧的身影，觉得老天爷好像真的在关了他的一扇门之后又给他开了一扇窗。

乔一成最近心情好，最先发现的自然是宋清远。他现在是台里的摄像总监，也不常跑新闻了，不过也是忙，这天难得有空在乔一成的办公室里说着闲话。

有年轻的小记者推门进来送来两包红鸡蛋，说是有同事刚生了孩子。

宋清远说：咱们台里大肚子实在是一道风景了。上一回，新闻中心的那个谁，去采访市长，挺着个大肚子，拿着话筒，连市长都看不过，说人都这样了怎么还让人家出来跑新闻。还有那天我上电梯，电梯门一开出来个大肚子，等我上到七楼，电梯门再一开，迎面又是一个大肚子，我当时还蒙了一下，怎么开个门关个门，肚子还在人变样儿了！说着大笑，问生的是男是女。

小记者殷勤作答道：是个大头儿子，听说是三代单传，喜欢得疯了。

宋清远大声嗤笑道：什么狗屁封建思想！这年头，儿子哪有女儿好，男人找个对象还得低三下四的。前两天，社会新闻里头报的，有个大学男生，为了追同系的一个女孩儿，捧着一大把花在人家姑娘的窗根儿底下灰溜溜地站了一个晚上，这大冬天的，那姑娘还不乐意，把他的花扔垃圾箱了。你说做娘老子的该多伤心啊？自个儿捧在手心里长大的儿子给人家这样糟践，这要是我儿子，我打折他的腿，叫他再跑出去给我丢人现眼！

小记者在一旁咻咻地笑。

宋清远立起眼睛来冲他道：谁让你在这儿乐滋滋地听的？能学个什么好儿？干活儿去！

小记者偷笑着一溜烟地去了。

乔一成说：做女孩子现在果真是讨不少便宜，地位是越来越高，看到喜欢的男人，也会毫无顾忌地倒追了。

一句话说得宋清远老脸一红。

前阵子新闻中心新来了个大学生，女孩子，才二十二，来的头一天就碰上宋清远在训一个小摄像，说那人的画面没有质量，镜头明显地在晃动，要端不稳机器为什么不用三脚架，训到激动处，宋清远哗地甩开外套，抢过那小摄像的机器扛上肩做示范，那派头一下子就把小姑娘给吸引了，从此见到宋清远就叫宋老师宋老师的，声音甜得滴得下蜜来。宋清远起先没在意，以为不过是小丫头在大男人跟前发发嗲，谁知没过多久有一天，小姑娘对他说，同事们商量了下班一起出去玩，邀请宋老师也参加，宋清远没过脑子想傻呵呵地便去了，发现只有小姑娘一个人，这才明白小姑娘的心思，从此唯恐躲之不及。说，兔子尚不吃窝边草，我是总监又不是禽兽老不休！

乔一成现在又提起这事儿来，还说：其实也大不了几岁，算不上梨花压海棠，老牛吃嫩草的。为什么不考虑一下？

宋清远说：不是年纪的问题，你就说像我这样的，要人才有人才，要相貌有相貌，要家势有家势，七老八十走出去也是一堆人围上来，乌泱乌泱的，轰都轰不走。

乔一成忍笑忍得肚子抽筋，便问：那是什么问题呢？

宋清远极其认真极其深沉地回答：她，很明媚，很忧伤。

乔一成终于纵声大笑。

宋清远歪过头来细打量他一下，说：老乔，这么多年来，你这是头一次真正地笑，以前都不过只是扯扯面皮。

宋清远啪地一拍桌子：我知道，你动了。

什么？乔一成问。

宋清远伸出一指在乔一成胸口处用力一戳，走了。

这个时候，乔一成的手机响了。

一个陌生的声音问：请问你认识文居岸吗？

第九章

孙猴子取经九九八十一难,人哪,没孙猴子那本事,可一辈子,为难事比孙猴子可多得多了,说到底,人比孙猴子还厉害,什么都得扛。

1

乔一成把居岸从派出所送回她自己的家。

居岸喝多了，滚在路边，被联防发现了，人家问她话，她也答不上来，醉得实在厉害，联防只好把她送到了附近的派出所。

居岸的手机上正好有一成刚打过去的通话记录，警察便叫了他过去。

居岸看见一成时依然没有清醒，满身的污渍，一件薄外套揉得稀皱，可怜那种牙黄最不经脏，居岸缩在墙角，头发纷披下来挡住了脸。

一成快速地办好了手续，扶起居岸，居岸仍然不是很清醒，歪在一成身上，脚下自己给自己使着绊子，一成差一点儿让她带着一同跌倒。

一个年纪稍长的民警帮着把居岸扶出去，一成站在路边等着出租。

那老警察小声地说：这位小姐是你朋友？

一成点点头。

老警察意味深长地说：这样的人我们见得多了，这还没三更半夜呢，喝成这个样子，这个毛病跟吸毒也差不太多，很难改的。她刚才就睡在马路边上，皮包早叫人顺走了，亏得人没给带走，还真危险，年纪轻轻，长得也不错。她没家里人吗？叫他们看好她啊。

一成心里莫名地烦躁着，不高兴听他絮叨，有车来了，一成谢过警察，声音生硬冷淡得不应该。那警察望着扬起一阵细尘远去的车子，鼻子里哼一声：有你的苦吃呢。

不过乔一成没有听见。

一成带居岸回到她的家，一进门，一成便发现，居岸的屋子比先前还要乱，到处都是换下的衣服，报纸四下里散着，还留有一丝汤底的纸泡面碗翻在茶几上，窗子紧闭，屋子里气味复杂腌臜。

醉酒的居岸好在没有吐，也不闹腾，就是不大认得人。一成只好帮她脱了外套，让她暂时躺在沙发上，在厨房里找到食材利落地做了一碗醒酒汤，也顾不得烫嘴，给她灌下去，居岸呛着了，伏在沙发上大咳，一成才觉出自己因着肚子里的那股子急与气，太莽撞了些，又回身拿了干净毛巾替居岸洗了把脸。

毛巾温热的触感大约叫居岸很舒服,她像小动物那样哼哼两声,突然一拍沙发,把一成吓了一跳。

居岸高声地说:痛快!好痛快啊!

声音陌生粗嘎,气势汹汹又透着一股子放肆的乐呵劲儿。

喝得好啊,真好!你不让我喝是不?我偏喝给你看。你叫我学文,我偏学个商,你叫我嫁谁我就嫁谁?美得你!我高兴嫁哪个就嫁哪个,你看这楼底下……居岸从沙发上弹坐起来,摇摇晃晃地走到窗前,你看这王府井大街,回头我就弄个抹布扎成个彩球,从这儿扔下去,砸到哪个我嫁哪个,砸到个麻子我嫁麻子,砸到个秃子我嫁秃子,哪怕来个瘫子给人推着上街,砸到他脑袋上我也嫁!

居岸咯咯地笑着,上前搂了一成,歪歪倒倒地转圈:爸爸,我们来跳个探戈。探戈,你知道是什么吗?你不会吧?我妈跳得好,我告诉你……她凑到一成的脸上,爸,我告诉你……她怪腔怪调地说,探戈就是趟啊趟着走。

一成紧紧地抱着居岸,叫着她的名字。我们不跳了好不好?一成哄着居岸,我们跳得累了,歇一会儿,来,居岸,来。

居岸忽然把头贴在一成的脖颈间,像一个小小女孩子那样细声细气地说:我知道,爸,你累了,你病了,身体不大好,跳不动对不对?没有关系,我带你去看病,我给你找最好的医生,反正她有的是钱,我们用她的钱来看病,你不要不好意思。这没有什么,没有什么的,男人也是可以用女人的钱的。

乔一成觉得脖子里慢慢地濡湿一片,居岸的眼泪慢慢地顺着他的脖子流到他的脊背上,他不记得曾经有谁把这种温暖潮湿的感觉赋予他。

除了文居岸。

多年以前,以及今天。

乔一成觉得非常心酸。如果可以,他愿意把这十多年重新来过,把他以及居岸的生命以一种新的方式走上一遭,或许他们都不会那么痛也不会那么煎熬。

一成轻轻地拍着居岸的背,告诉她:你爸爸很好,现在他很好了,居岸。

居岸平静了一点,她伏在他的肩上,侧着头看着那扇一直关着的门。

居岸说:其实我是知道的呀,你不是我爸爸,我爸爸没有了。他病了,后来死了。

居岸伸出细长的食指,指着那扇门:就死在那个屋子里头。他病的那一年里头,除了住在医院里的那几个月,他就一直住在那间屋里,一直到医生说他没得救了,他也是想要回来的,他喜欢那间屋子,说是死也要死在家里头。你不知道他有多喜欢那间屋子,他说他一辈子都没有想到可以住在这样四四方方、规规整整的房子里,脚底下踩的是光光滑滑的木地板。

你不知道,居岸抽抽鼻子,你不知道,我爸爸是多么自觉的一个人,恨不得把自己弄

成一个隐形人，他不要给人添麻烦，病得那样重，还要自己洗内衣，吐过了，也硬撑着要把地拖干净。有一个阶段，治疗得还不错，他能下床走动，甚至能出门散步，那段时间，他居然天天给我做一顿饭，摸着蹭着帮我收拾东西。

居岸把手指搁在唇上"嘘"了一声。你听，她说。

乔一成竖起耳朵听了一听，问：听什么，居岸？

居岸神秘地压低了声音说：我有的时候，晚上，还可以听到他在屋子里拖着腿脚走路的声音，刺啦——刺啦——走过来，又走过去。只要仔细听，就可以听到，你说他是不是其实还没有走？我爸爸，他还没走？

乔一成只觉汗毛倒竖起来。那紧闭的灰蒙蒙的门后边，似乎真的有人，步履蹒跚，因着一念不舍，踟蹰不去。

一成不知道居岸到底有几分真醉几分糊涂，他只知道一件事。

居岸不能再在这里住了。

他不能叫居岸陪着一个已经死了的人一同死去。

虽然此时他并不知道，居岸的悲痛里有几分是为了父亲，还有几分是为了什么，但他认定了，居岸是不可以再在这里住下去了。

一成从地上捡起一件稍干净的衣服让居岸套上。我们走，他说。我带你走，我们不在这里了。

居岸终于伏在他肩上放声大哭。不成的，她说，这是不成的，你有太太。你有太太。

一成耐心地等着居岸的哭声渐渐地小下去，然后说：没有，我现在没有太太了。

只有你，居岸。这话一成没有说出口。

乔一成把文居岸接回了自己家，暂时住了下来。

居岸酒醒后还是想搬回自己家，一成坚持说，即使要搬，也要等你彻底戒了酒以后。至少，在单位工作时你不可能喝酒，在我这里，你也找不到一滴酒。

一成终于留住了文居岸。居岸真的开始在一成的帮助下戒酒。一成抓到过两次她偷喝，被抓现行的居岸也不狡辩，只是怔怔地看着一成，一成心软，不过不会妥协。

居岸身体好了一些，不过精神时不时地会有些恍惚。一成想，会好的吧，当然还是需要时间的吧。

居岸住进来三个月以后，三丽跟一丁从北京回来了。

一成发现王一丁脸色比走之前更加差了。

差的不是气色，是精神气。

三丽倒还好，衣着依旧整洁，人瘦了些，但也不至于嶙峋憔悴。一成知道他是不可能从三丽嘴里问出什么来的，不过看他们夫妻俩的样子，不像是有矛盾的，一丁虽然不如从前那样笑模笑样的，还是那样体贴，拿三丽当宝似的，这是装不出来的。

三丽去四美家接儿子时，四美也问过她，这一趟去北京那样久到底是为了什么？三丽不肯说，并且严厉地跟四美说，叫四美不准到大哥那里去挑着头来打听她的事。大哥够操心的了，现在他刚刚好一点。

四美半天才说：姐，你看这个文居岸，她跟大哥会不会有结果？

三丽想了好久，说：我也不知道，不过，大哥似乎对她……很不一样。

哪里不一样？四美笑着问。

我说不好，三丽皱了眉头，大哥这个人，他在心里头，有意无意地，总要把人划一划分一分，他觉得是跟我们不一样的人，就算做了夫妻那样亲近的人，他也会客气里头带着一点疏远，只有他觉得跟我们是一样的人，他才会对人家掏心掏肺。

跟我们一样的？哪种人是跟我们一样的？

三丽微不可闻地叹了一口气：说不好，我们都没读过多少书，哪能弄得那么明白？可能就是，得使出吃奶的劲儿才能过得好一点的人吧。

可是那个文居岸她妈不是很有钱有地位的人吗？四美说，她哪里会过得不好？

三丽看着四美，突然伸手摸摸她的头发：你这个丫头啊，你真是……

四美低了头，自嘲地笑笑：可不是，天生的缺心眼子，跌多少跤也明白不了。

三丽忽地做了一个从不曾做过的动作，她伸展胳膊，把妹妹紧紧地抱住。

四美不习惯这样的亲昵，却又打心底里依恋那一刹那不可名状的暖意。她们都是这样琐琐碎碎地干巴紧凑地活着，一直都是，乔四美从小就渴望生活里有那么一点戏剧化，然而她的戏剧化只与爱情连在一起，她未曾想过亲情里也会有一念的戏剧化，这感觉陌生美好，又有点让人不好意思。

这一年十月中旬，南方托人给一成捎来了两竹篓的螃蟹，一成原本想几家分一分算了，可是二强说，螃蟹这个东西要一伙子人聚在一起，弄一点酒，吃得才有趣，所以把兄弟姐妹几个全招到他店里去，二强三丽夫妻带着孩子，四美与一成是落单的，加上巧巧，一起到二强那儿吃螃蟹。居岸没有去，一成也觉得居岸去了似乎也不太合适。

那螃蟹真是肉肥膏美，一成后来给南方也捎了大包自制的干菜、点心，都是南方爱吃的。

分开了以后，一成倒觉得，与南方的相处轻松起来。不再小心谨慎，也就不再觉得吃力。

二〇〇五年一转眼就到了。

乔一成的兄弟姐妹们难得在一起一大家子过了一个年。

居岸也来了，这是她第一次跟乔家人在一块儿吃饭。

年过完没有多久，大家发现，乔老头子开始一天比一天显出老态来了。

说起来，他也是近七十岁的人了，瘦且干，精神头也有些不济，最大的问题是，他没有记性了。

起先不过是丢三落四，有时明明拿在手里的东西他还在到处乱找，偏偏他又在家里待不住，动不动就要往外跑，有两次把钥匙就那么插在门上人就走了，幸好邻居看见了，没起什么坏心，替他收了起来。平时白天兄弟姊妹们各人都要上班、做事，实在没有人能过来照顾他，他们几个商量着，请一个保姆来看着他，二强说，保姆费由他一个人出就行了。可乔老头子并不领情，大发雷霆说，一成他们是变着法子想害他，弄个来路不明的人，一个不在意给他吃的东西里下点药什么的，把他弄死了，好把老屋卖了换钱。

他不敢当着一成的面说这种话，只骂住在家里的四美，弄得四美委屈又生气，干脆随他去。

可是不久之后有一次，乔老头在厨房里自己弄东西吃，煤气没有关好，气罐口着了火，还好火没成气候，救得快，等火给扑下去时，小厨房已烧了半间，整个灶台一片狼藉。邻居也怨声不断，说他这样糊涂下去迟早是要把整个院子的人都害了，说不定连这条巷子都保不住，都知道这一片全是老房子，木头的房梁，又老旧，沾火就着，烧起来没的救的，要是乔家人再不想点办法，那么他们只好找居委会来评评理了。

于是，保姆曲阿英来到了乔家老屋。

她五十多岁，安庆农村的，乌发，扁脸，略有点龅牙，看着还算干净爽利。

过了年，有一天，有个人来找乔一成。

2

乔一成看着眼前的女人，惊讶于她在岁月面前的无敌。

她依然是多年以前那副衣着整洁雅致极其妥帖的样子，头发是由黑变白之前的麦色的黄，愈加衬得她的脸色白皙。脸部略微有点松弛，却使她的五官显得比从前柔和，完全掩盖了原本的那一点点凌厉。她还是那么苗条，长至膝下的大衣服帖地勾出她修长的体态。她在这个年纪依然是一个引人注目的女人，她的年纪只使她的韵味更加丰厚起来。

乔一成看着她想，有的女人是这样的，她们永远有本事把自己的命运握在掌中，她们还要把别人的命运也一并地握住。

乔一成在她的面前忽地觉得自己变回了那个二十岁的毛头小伙子，在这样的女人面前，总有一份隐隐的惧怕，怕她轻而易举地于一派闲适优雅中就摧毁了自己苦心经营的一切。

事实上，乔一成有点过虑了，居岸母亲开口说话时，态度是那么的诚恳温柔。

她说：居岸现在住在你那里吗？

是的。乔一成下意识地就挺了挺脊背，倔强地，示威地。

居岸母亲伸手在乔一成的手背上轻轻地拍了一拍：不要误会，我是真心地，想感谢你为居岸做的一切。我想不到她还会遇上你，这是她生活里最终出现的阳光。

乔一成笑了，哦，原来他现在成了一片阳光了。当然，现在的他，有学历，有一份不错的工作，这一切似乎使他这个出身贫寒的小子周身光鲜了起来，入得了人的法眼了。而过去，在这位女士的眼里，他乔一成不过是一片乌云，悬在文居岸的头顶上，好像随时会给她带来一阵阴雨。

乔一成越想越生气起来。

居岸母亲继续说：居岸她这些年，很吃了一些苦楚。她过得并不好。她，有过一次极不如意的婚姻。那个男人，对她很不好，有一年，我去看她时，发现她被那男人打得躺在床上动弹不了。小乔老师，她沿用了过去对乔一成的称呼，小乔老师，居岸她，能走出那场婚姻真的很不容易，能再遇到你，得你这样待她，我做母亲的，真的很欣慰。可是，有件事我得跟你说明白，居岸她，有一次在怀孕时遭她前夫暴力对待，身体上受了很大的伤害，她可能这一辈子都不会有孩子了。如果你介意，我想，你们还是现在就画上一个句号的好，如果你不介意，我做母亲的，祝福你们。

可是，兴许您也已经了解了，我也并不值得您这样欣慰，我是个离过两次婚的男人，我的生活也不如意，我还是拖了一群弟妹们，含辛茹苦，我的条件还是和二十年前一样，并不符合您的要求。

乔一成的言语渐次尖刻起来：二十年前我入不了您的眼，您一定要把我和居岸隔开，二十年后您却以这样的低姿态来施舍我们一个新的机会，说到底无非就是您觉得居岸有过这样的经历，她在您心目中的价值打了折扣了，所以可以与我这样的男人凑合了，对不对？乔一成凑近居岸母亲，声音里有压制的愤怒，哪有您这样做母亲的？哪有母亲可以这样看自己的女儿？一个做母亲的，就算女儿零落成泥也依然会把她当一个宝。

居岸母亲的脸色微变：居岸一直是我的宝贝，从前是，现在是，将来也会是。

可是你却从来不懂得怎么样好好地爱她，乔一成说。他拿起自己的外套，穿上，他发现自己在发着抖，完全没有办法拉好外套的拉链。你不许她见亲生父亲，你逼得她嫁一个自己根本不喜欢的人，现在你又用这样施舍的态度来污辱她，乔一成说，你放心，我会待居岸好的，我什么也不会介意，我要居岸，不是因为她现在可以屈就我了，是因为我一直都把她放在我心里头。而且，乔一成笑起来，有几分骄傲，而且我们现在，也不需要得到你的允许才能在一起！把你施舍的姿态收一收吧。

乔一成愤而离去，只听得居岸母亲极低的一句话：你不明白，不是你想的那样……

乔一成不想再听她的任何一句话，他甚至觉得跟她出来见这一次面都是极大的错误。

乔一成到家时，看见文居岸正在厨房里做饭，穿了一成的一件围裙，长大得一直拖到小腿上，背影看来格外的单薄。她发着愣，直到锅里水开，才手忙脚乱地揭开锅盖。

居岸回过头来的时候，看见乔一成呆呆地站在厨房的门那儿看着自己，居岸讶异地发现一成满眼是泪。

居岸试探地问：你回来了？你……你见过她了？

一成点点头。

居岸低了头：她说了什么让你不开心了吗？

不，她没有，我也没有不开心。一成说。

居岸扯了围裙一角，显得特别紧张：她还告诉你什么没有？

她的眼泪开始大颗大颗地落将下来，乔一成走过去把她抱在怀里。不，这没什么居岸，这个不成问题，乔一成说。居岸的眼泪反使他的心境平和，使得他觉得自己的周身充沛着一种极度的温柔。他接着说：这没有什么的居岸，真的，我十二岁就带着弟弟妹妹们，我这辈子，实在是带够了小孩子了。

居岸在一成的怀里抬起头来，微微有点诧异：她就说了这个？还说了别的什么吗？

一成笑起来：没有。哦对了，她还说祝福我们。可是我告诉她，我们不再需要她的允许，不需要她的同意了。

居岸也笑起来，脸色复又暗了一暗：其实她这么多年来也是不容易，她为了我操了好多好多的心。当年，她给我介绍她的学生，说那是一个很优秀的人，可是我一心只想着怎么样做才能让她生气，我说我要自己选一个人嫁，我要像她一样，我要嫁一个她眼里的下等人。我要嫁没有学历的，没有体面工作的，出身也不好的，来自农村的，我说，只有这样的人我才嫁，我就喜欢嫁这样的人。后来我就跟我的前夫结了婚，他是我们单位的勤杂工，我回家去告诉她我要结婚了，我知道她很痛苦，可是她还是给我准备嫁妆。我过得不好，是我自找的，与她，没有关系。

四年前，我离婚后，回到南京来找父亲。一年以后父亲重病。但这几年，我还是快活的，她没有拦过我，我要在这里找工作，也是她帮的忙，她给父亲治病买房找医生……她没有爱过我父亲，她这一辈子，没有得到过一个爱的机会。她也很苦的。

居岸从一成的怀里挣出来，回过身去盛汤，厨房里很安静，只听得勺子碰上碗沿的轻轻的叮当声。

一成在一片寂静里对着居岸的背影说：居岸，我们结婚吧。

在之后的一段日子里，一成与居岸开始慢慢地做着结婚的准备。

一成的快活里有一丝丝不安，因为他发现他自己拿不准居岸的意思，居岸也不是不快乐，只是她的快乐总会让一成觉得有一些伪装的成分，似乎她总在告诉自己，一次又一次地提醒自己：我是应该快乐的，应该快活，苦尽而甘来，原本就是人生的一件乐事。一成觉得可能居岸还是有心结需要时间来一点点地打开，直到有一天，一成发现居岸其实还在偷偷地喝酒，更加肯定了自己的猜想。

居岸是需要时间的。而乔一成也愿意给她时间。

乔一成的婚姻大事其实呈现出一种胶着的状态，而乔家却有一个人，积极地做起了结婚的打算。

一个让人猜破了脑壳儿也想不到的人。

乔祖望，乔一成他们的老爹。

乔祖望被他的保姆曲阿英照顾得相当不错，乔老头子一辈子生活困顿，从来没有过过什么特别富裕的日子，可是倒是极挑嘴的，就算是最艰苦的那几年他也想尽一切办法使自己能吃上口好的，合口的。他在过去的四十年里，先是挑剔他的老婆烧的菜不够好吃，后来是挑剔他的儿子女儿们。他总觉得他这一辈子都没有享到他想要的口福。料不到在近七十岁上头，他得了这样一位保姆，她做的饭菜极对他的胃口。

也许那句话说得对，抓住一个男人的心是从抓住他的胃开始的，曲阿英渐渐地，在乔祖望的心目中成了一个不可或缺的人，有一次她家大儿子结婚，她不过回去了一个星期，乔祖望便打了无数的电话过去，催着她回来。

渐渐地，乔家的儿女们发现乔祖望竟然白胖起来，因了这点白这点胖，他的面目也不似过去那样可憎，有了一点上了年纪人的慈眉善目样儿来，平日里也会在晒着太阳心情极好的时候摸出一些零钱给外孙女巧巧买一点吃食，极有耐心地喂到孩子的嘴里。

慢慢地，曲阿英对乔老头的态度有了微妙的变化，她不再叫他"东家"，却叫他"乔大哥"，她会在他抽烟时呵斥他，抱怨他弄脏了她刚换好的床单，又给她添了麻烦，他让她买什么菜她常常驳回，这个你不能吃，这个是时新菜，你知道多少钱一斤吗？她甚至每晚跟他面对面坐着小酌上一杯。而乔老头，也开始不让四美支使曲阿英做事了，每回四美叫她帮着晒一晒衣服或是看一会儿孩子，乔老头子都大声地阻止，说请的这位保姆不是为了照顾她。你二哥给的钱是为了让她来照顾我的，人家没有义务替你做事情，除非你肯再添人家一份工资。乔老头子说。

四美偶尔在兄姐面前笑言：老头子对这个保姆比对自己儿女还心疼呢。

可终究谁也没有把这些事放在心上，老头子能有现在这个样子，舒舒坦坦安安生生，身体精神都不错，也的确亏了这位保姆。

终于有一天，四美着急忙慌地给乔一成打了个电话，四美在电话里尖着嗓门儿哭声哭调地说：不得了了大哥，我们家要出大事了！

乔一成有不少日子没有听到四美这样尖声尖气没头没脑地说话了，乔一成想：摊上这么个家，就是只猫，他都得短命！

他问：什么大事？

四美说：爸，他，他要结婚了！

什么？乔一成几乎要长声大笑起来，他要什么？

结婚，四美重复，他要跟保姆结婚。

我的天，乔一成叹，我错了我错了，真是折寿啊，这种家庭，这种老子，那得是乌龟命才能对付！

乔家兄妹几个没有想到他们再一次聚在一起竟然是为了老父亲的婚事！这事儿，真是叫人又好气又好笑。简直就是一场笑话！

四美气得眉眼挪位，说：老头子一辈子吃喝抽赌，就只一个优点——从来不嫖，说女人麻烦得很。谁想得到，老了老了，反而把这唯一的优点丢掉了，多生出一段花花肠子来！

三丽本来也气呼呼的，听到这里倒扑哧一声笑了出来，二强也笑了。四美拍拍巴掌说：你们还有心思笑得出来！

二强安抚小妹妹说：你也别急成这个样子，兴许他只是一时的念头，不当真的。

四美说：怎么不真，他都开始看日历找日子了，居然还要定酒席！

二强犹犹豫豫地说：其实吧，曲阿姨呢，的确对老头子照顾得不错，现在时代不同了，老年人结婚，也……也算不上特别奇怪的事，也不怎么丢脸的，如果老头子真的要结婚就让他结去算了，天要下雨娘要嫁人，我们当儿女的也不好太过阻挠。

四美利利落落地反驳二哥：你是老二，但是你不能二，现在不是我娘要嫁人，我娘早死了，骨头都能敲鼓了！现在是人家要嫁到我家来做我娘！我长这么大，连老婆婆的气都没受过，哦，现在反而要弄个后妈来折磨我？

三丽说：我倒是不担心她磨折我们，我们都大了，她怎么可能欺负得着我们？我倒是怕，她有什么别的打算呢？她可能想着人财两得！

二强噗地笑起来：三丽，你从来就不是这样的人，而且，老头子有多少钱我们还不清楚？他这一辈子，少爷身子穷小子命，有一点点钱就吃喝赌掉了！

四美加入进来：说你二，你不光二，还弱智起来！老头子是没钱，可是有房子！别看这一进老旧的房子，可是冬暖夏凉。现在正在搞老城改造，已经拆到前街口了，明后年这里一拆，政府有补助的，还不少，那不就是钱！

二强说：不是说这一带属于文物，要保护传统民居，不会拆的吗？

四美说：狗屁！保护是保护人家以前大户人家的公馆，里里外外好几进的大宅子！这里一定是要拆的，拆了好跟那些个大宅子连成一片，弄成个旅游点收钱的！况且我也真不是为了那些钱，我有工作，养得活自己，我只是替我死去的妈不值，我妈一辈子跟着老头子没有过过好日子，凭什么让这个女人来把什么都占了去？大哥，你说句话吧！

乔一成一句话也不说，就只冷笑。

3

乔老头子要在近七十高龄的时候结婚,在乔家的几个孩子中间掀起了轩然大波,与乔老头子争吵最激烈的是三丽。三丽说乔老头子一辈子自私,是不是打算自私到死?

乔老头子勃然大怒,顺手拿了桌上喝水的杯子就朝三丽头上砸去,若不是一成拉了三丽一把,把她护到身后去,三丽的头铁定要被砸破了。

水杯砸在乔一成的背上,隔了冬衣也觉得闷痛,水溅到一成的发角上,顺着直流到一成的脖子里,在脊背上划出一线冰冷。这天,已进入四月,来了寒流,居然冷成这样。

三丽看老头子竟然下了狠手,大睁了眼看着老头子因为生气而紫涨的面皮,三丽恨声地说:你砸我?你又为了你自己恨不得害死我?

只有乔一成听出三丽话中的含意,多年前不堪的旧事扑面而来,带着陈腐的气息,拉了人直往过去里沉下去沉下去。一成看着三丽抖着的双唇,赤红的眼睛,才明白一件事:能忘却的人,都不是亲身经历过的人。

乔一成把三丽拉过来,冷眼看向父亲问了这一天来的头一句话:你真的要结婚?

要结怎么样?你做儿子的再有本事也管不到老子结婚。老头子梗了脖子答。

乔一成却又笑了:我不管你,我就问你一声,你可想清楚了?

一成的态度叫乔老头莫名地心虚,眼皮子扑地跳了一跳:想清楚了。我把你们养到这样大,也该我自己去过两天有人侍候的好日子了。

一成扯了脸皮,喉咙里发出呵呵的声响来,二强知道,他哥气急时才会有这种表情与动静。一成笑说:哦,这我倒是头一回听说,原来这么多年都是你在照顾着我们,侍候着我们。真是父恩难忘。行,你要结婚,我们没人拦你,你尽管结好了,可是,男人成了家结了婚就要自己养家糊口,从这个月起,生活费我们都可以不给你了,多谢你老爹爹体贴儿女们的不易,二强三丽四美,老爸给我们省钱了,以后,我们可以不用拿一分钱来贴他了。

一成边说着边往门外走:走了走了,我们都走,不要耽误着他老人家跟爱人商议终身大事。

转过头来又对乔老头子说：您老要不要借辆车接新娘子？我有朋友，有辆加长凯迪拉克，我替你开口借，他一定会给我这个面子。

乔老头气得要疯，从这日起不与几个儿女们来往，并勒令四美趁早找了房子搬出去，说乔家老屋是他的，从此半寸地面也不叫不肖子孙们占了去。

一成叫四美先搬到他那里住，乔四美犯了牛脾气，死活不肯走，说是就要留下来跟后妈斗争到底。一成打了几次电话叫她从家里搬出来，他有办法治那个老头子，可是四美说她是绝不会走的，这屋子是老头子的不假，可是这房产前两年买下来的时候，可都是他们兄妹几个出的钱，老头子半毛钱也没有拿，现在凭什么把出钱的人赶出去？把这一进三间房子给外人占了去？况且她乔四美在这里生在这里长在这里结婚在这里过日子，三十来年了，离了这地方就像橘子树移了窝，是要死的。

乔四美在电话里对自己大哥说：我就不信斗不过他们了，我告诉你大哥，我现在才明白毛主席他老人家说得真对，一切反动派都是纸老虎，老头子敢把那个女人往家里娶，我就在他们办喜事的那天大喇叭给他放《贾宝玉哭灵》！

乔一成被乔四美逗乐了，她依然还是他那个啥也不怕气冲霄汉的小妹妹，没头没脑，想到做到，爱憎分明，勇往直前。

乔一成并不怕乔老头子真的赶四美出去，他有他的撒手锏，几十年他早就学会对这个做父亲的留一手，他只是怕四美在家里受气，看这情形，四美也吃不了大亏，乔一成便由得她去了。

因为有儿女们的这一场闹，倒真的让乔老头子熄了那高调办婚事的念头。老头子想，反正现在已住在一起了，办不办的，以后再说吧，也好，省两个钱。

曲阿英在这一场吵闹中却一直是保持着一种低姿态，她不参加争吵，不发表任何意见，她温顺地隐在一角，低眉搭眼，连声息都是轻的淡的，影子也是薄的稀的，做事也是轻手轻脚，利落劲儿还是照旧，待老头子却格外地温厚了。

对乔四美的挑衅、冷眼与指桑骂槐，她也只一味地装聋作哑，这么个小小的家，同一个大门进进出出，抬头不见低头也见，说不难过是不可能的，曲阿英在乡下这许多年，远近的人都知道，那也不是个好相与的角色。不过，管他呢，曲阿英在水龙头下哗哗地放着水冲着一把红梗菠菜，管他呢，只要老头子不开口叫她走，她便有机会在这家里站住了脚，扎下了根。她抬头望望青得发黑的屋脊，是好地方啊，她想。她不过三十便丧夫，生活里所有的一切，都要她自己给自己挣来，也没什么不好，她总做得了自己的主。

她知道她现在最要紧的，是笼络好老头子，所以格外地对他照顾得周周到到。

那天乔老头子与儿子女儿们大闹了一场，等乔家的几个子女都走了，乔四美也抱了女儿出门逛去了，曲阿英弄了两样小菜，拉了乔老头子对坐着喝起来。天冷，曲阿英说，我给你温了点米酒，刚有人从老家那边带过来的，自己酿的，分了一点给我，尝尝。

乔老头子这一晚上足多喝了几杯，一张脸红里透出了紫，颧骨处泛着油光，松塌的两颊上老人斑格外地鲜明，眼眶红了，眼角有浊黄的黏液浸出来。曲阿英想，到底是大了自己近二十岁的人，他的的确确就是一个糟老头子了，凑近了时，可以闻见他嘴里喷出的老人的气味儿，那种沤烂的东西发出的味道，再细看时，新换没两天的内衣领口上一圈老油渍。人哪，曲阿英想，人老了，不就是这么个东西，年轻时再光鲜水灵，也都会有这么一天的，谁都经不起日子的磋磨。

曲阿英拿掉乔老头子手中的酒杯，换上一小碗的浓汤，乔老头子端起来喝，淋淋沥沥地泼了一襟口。曲阿英拿来干净毛巾替他擦了之后，干脆就把那毛巾给他掖在脖颈间。

她对他是没有什么感情的，然而这么面对面地坐着，对着灯，喝着酒，看他露出老态来，听寂静里那一点自心口传出的闷闷的心跳声，总还有一点点怜悯一点点不忍，这感觉碎木屑浮出水面似的浮上心头，轻飘含混。

三丽这些日子却没有精力来管自家老爹爹要结婚的事。

一丁的父亲自摔了腿以后在床上躺了好些年了，前不久，老爷子走了。

原本病了多年的老人，这也是正常的，只是事情来得太过突然。那天晚上，一丁他爸还跟一丁的儿子玩了一小会儿，然后说有点累了，想早点睡，睡前还让小孙子替他把收音机调到新闻频道，说是听一会儿新闻就睡了。隔了十来分钟，一丁他妈说：你的收音机怎么开那么大声？

却听不到一丁爸的回答，一丁妈又说：睡了吗？走过去替他关了收音机，细一看不对劲，老头子的脸孔突地塌了下去，伸手指到鼻端一探，鼻息全无。

一丁妈愣了一下，蓦地大声哭叫起来。

一丁从房里冲出来，看到这情形，赶紧打电话叫救护车，车子到后医生检查了一下，确认老人已经死亡。

一丁妈这一回拉长了声音号啕大哭起来。

这一场丧事尽管尽可能地从简了，还是让一丁与三丽忙乱了一场。弟妹们都不在身边，隔了两天才赶回来。

一丁爸突然离世，一丁妈哭得很凶，亲友与来宾们都苦劝，说一丁爸也是拖了好多年的病人了，这样一走，没有再受多一点的苦楚，也是他修来的福气。一丁妈只是拉着来人的手，反反复复喋喋不休地说：太突然了啊，太突然了啊，一点准备也没有啊，前十分钟我还和他讲话的，后十分钟就去了。

一直到葬礼过后好几天，一丁妈依然是见人就重复着这几句话，她女儿听得烦了，上前阻止说，妈不要跟祥林嫂似的，那么几句话总颠过来倒过去地说。

这么说了几次之后，一丁妈果然不再对人说了，话也渐渐地少了起来。

小儿子和女儿又回了自己的家，日子又照常地这么往前过。天越往热里去的时候，一丁妈开始咳嗽不止，有一天一丁发现，妈妈痰里带血，吓了一跳，跟三丽说要带妈去看病。

一丁和三丽把老太太送到医院，医生叫拍了片子，说是肺气肿，一丁和三丽都放了心。虽说病也不轻，可到底不是什么绝症，慢慢吃药调养着会好的吧。

这么拖到了五月，有一天三丽偷偷地跟一丁说，我看还是再找个好医院好大夫替你妈再看一次吧，这药吃了这么久也不见好转，还是咳，现在越到了晚上越严重，我怕……会不会是上次那个大夫误诊了？

一丁听了心里就是一拎，口里说不会吧，心里却也想着这是很有可能的事。

三丽说：我看她不大好呢，吐出来的痰带着紫黑的血，我听人说，如果是鲜红的血还不要紧，要是紧黑的血，多半不是好病，得趁早再查一下。

一席话说得一丁也怕起来，便跟妈妈商量着再去医院看一回，一丁妈坚决不肯，瘦得塌下去的脸绷得紧紧的，一丁劝了半天，她突然说：我是再不要去医院的，这一回进去了，我就出不来了。我晓得的！

一丁一点办法也没有，老太太原本就倔，现在添了病，更是没法讲理，这一句"出不来了"生生砸在一丁的心口，是了，她待他不好，可是，总还是他的妈。他不能看着她在家里等死。

最后还是三丽想出了办法，她把上一回老太太拍的片子拿到乔一成那儿，求他给找个相熟的好医生给再看看，到底是什么毛病。正巧宋清远说他的表嫂就是军区医院放射科的，陪着乔一成把片子拿去一看，医生断定是肺癌。

一丁一听到消息整个人就委顿下去，拉了三丽的手只晓得问：怎么办怎么办？

三丽也是怕的，怕的是老太太这次可能真的是逃不了一劫了，然而更怕的是这一场一场的变故，怕的是把她这一家子老的老小的小放在手里拨弄着的命，半点也不由人。

乔一成对一丁说：什么时候了你们还在犹豫，没头的苍蝇似的，还不赶快把老太太弄到医院来，是化疗还是放疗，先治病要紧。

可是，没有人能劝得动一丁妈，老太太躺在床上，紧裹了一床新制的里外三新的棉被，被头一直拉到下巴处，水红色软缎的面子，衬得她的脸更加苍黄，额头隐隐的一道阴影。

她往被子里又钻了一钻说：享福啰，新里新面新棉花，什么也比不了在家里的床上睡觉舒服。死了也值了。

一丁本来想趁着她睡着之后把她抬到医院，可是老太太精明了一辈子，到了这会儿也不肯糊涂一点，说了，有谁敢把她往医院抬，就等着给她收尸算了。

一丁与三丽完全没办法，真真应了那句话：病急乱投医。听邻居说，用枣树的枝子煮水喝可以治这个病，老实人王一丁生平第一次趁着夜色在离家不远的小花园里偷摘了几捧枣树的细枝，三丽给煮出水来，淡红色的一小碗，捧到老太太床前，哄小孩儿似的哄着她喝了。一天三次，一次也不落。又听说有个老中医有个什么治肺癌的偏方，一丁在城南曲里拐弯的街巷里，破房旧舍间穿梭了大半个上午，才找到那老中医的小诊所。一看那地方，一丁的心就凉了半截，硬着头皮进去见了老中医，要来了偏方，那人倒也没要一丁太多的钱，他说，这年头孝子少见，他算是替自己积德了。

这么又拖了一个多月，夏天来了。

这座城市的夏天最难熬，湿闷酷热，长得令人生了绝望的心。一丁家是老房子，密封得不好，空调不大管用，一丁妈也不让用，说是那冷气直往骨头里钻，长了牙似的，啃得她浑身痛。

她在这样的天气里竟然还裹着那床棉被，死活不叫人把被子拆了洗晒，捂得脖子上都长了痱子，挠破了，血红的印子看着怪吓人的。

三丽怕她生了褥疮，只好一天几次打了温水替她擦身，内衣一天一换，饶是这样，老太太头发里还是生了虱子。三丽头一次在老太太的头发里看见那细小的灰白色蠕动的小东西时，忍不住吐了一地。

三丽发了火，一声不吭出门去，买回一把亮闪闪的推子，按住老太太的脑袋，一推子把她稀疏的灰白头发推了个精光，又不由分说地替她洗了个澡，撤换掉了那床厚被子。

老太太其实已瘦成了一把骨头，身子两侧的皮挂塌着，一层叠着一层，即使是热水洗过了，皮肤还是呈一种可怖的青色，仿佛她整个的人未死而先成了灰。

三丽的态度强硬，老太太倒温顺了起来，靠在三丽的怀里，小孩子一样地因着洗净身体后的舒适微叹着气。光脑袋使她看上去很丑陋，固然是难看到了极点，但不知为什么，褪去了脸上原本的那一股子尖刻与精明，此刻的她，倒显出一点老人的温和良善来。

她突然抓住了三丽的胳膊，哑着声说：我死的时候，你记得，给我把那床水红帐子张挂起来。

什么？三丽没听清。

老太太微笑了，略提高了一点声音：我是对不起一丁的。

他不是我养的。

4

一丁妈跟一丁他爸结婚之后一直不生，不管她怎么做小伏低，老婆婆还是横挑鼻子竖挑眼的，那意思叫一丁他爸离了她再寻一个能生养的。幸亏一丁他爸还是个有良心的，他不肯离婚，说，他大姐家在乡下，孩子多，养不起，不如抱一个过来吧，抱个孩子来养说不定就怀上了。

一丁抱过来的时候，才四岁，生了一头的头癣，瘦得像猴子，一个劲儿就吃着手指头，话也说不周全。那个时候，一丁妈是真疼一丁的，舍不得吃舍不得穿，钱全花在他身上，小孩儿很快长高长胖了，一迭连声地叫爸叫妈，一丁从小是懂事的，好带得很。没过两年，一丁妈居然怀上了，全家都高兴得不得了。过了一年又生了一个小的。多了两张嘴，老婆婆老公公又病，一丁妈又没工作，全靠一丁爸一个人。人哪，骨子里头都是狠的。一丁妈对三丽说，没事的时候你好我好大家好，一遇上事，就把那一份心横着长了。

当年，一丁妈就说，把一丁送回去吧，他大了以后也是他家里的一个壮劳力，可是一丁他爸死活不肯，他舍不得，他是拿他当亲儿子的。一丁妈嘟哝着：这么多年，我待一丁不好……我待他不好。

三丽蓦地恨声打断她：一丁知道这事吗？

一丁妈惶恐地看着三丽：不，他不晓得，他从来就没往那上面去想。他是老实孩子。

三丽的声音拔得尖尖的：他老实，他老实你还欺负他，他老实你还待他不好？他不到二十岁就出来工作替你养这个家，你还是对他没张好脸，你的心不是横着长的，你根本没有心，你这个恶毒的老太婆，你现在有报应了吧有报应了吧？

三丽趴在床上号啕大哭。

她不为自己哭，不为一丁与她的现在哭，也不为一丁与她的未来哭。

就只为了多年前那个孤苦的孩子，突然间被丢到一个陌生之所，诚惶诚恐地承接一份有目的的好意，然后突然间失去一切，举目无亲，四顾茫茫，他心里的绝望与害怕是与多年前躲在樟木箱子背后的暗地的她一样的。

一丁妈竟然微笑起来，伸了手去拉三丽的胳膊。三丽抬起头来，露出哭得通红的

眼睛。

一丁妈说：你说得对，我的报应来了。你看我病得这个样子，我的亲儿亲女各自过他们的日子，过得舒舒服服，没有一个出来管一管我。三丽，你跟一丁是好心人，你们会有好报的。我下了地狱也念着你们的好。

一丁妈忽地在床上挣着坐起来，把头磕在三丽的手背上，一次，又一次，抬起头来说：我求你个事。

三丽满目厌恶，但见老太太光头瘦脸，眉目浸在一片痛苦之中，连耳朵也缩皱成小小的一团，紧贴在脸侧，骨瘦支离，旧衣旧衫，更显得垂垂老矣，整个人就是一副濒临死亡的状态。这么一细看，三丽倒吃了一惊，忘记了哭也忘记了心里的怨恨，半天说了句：有什么事，你说。

一丁妈似乎支撑不住了，侧躺下来，在木板的床上磕出好大的一声声响，听起来怪吓人，三丽赶紧塞了两个枕头在她身下。

一丁妈喘了喘说：丽啊，我知道你是好心人，正派人，你，你看在一丁多少年来对你好的分上，你别跟他散了，你别跟他分开，你，你跟他一辈子，他会对你巴心巴肝的，你给他一个家，你积德，老天看得见的。

三丽一时怔住了，她不知道老太太知道了一丁的事，可能是无意间听到了，老太太从来都没有糊涂过，她那样的一个人，精明，会盘算，万事不肯吃亏的，任家里有什么事，若她想知道，便一定会知道吧？若她想装聋作哑也一定会滴水不漏吧？

三丽说：你放心，我不会跟一丁分开的，我们一辈子都是一家人。这辈子能遇上一丁，是我的福气，没有把福气往外推的道理。

三丽边说边快手脚地收拾了东西往外走，忽地回过头来说：就为了你替一丁说的这番话，我给你送终，你放心！

三丽走出去之后，老太太努力地翻了一个身，望着灰扑扑的天花板，老脸上挤出一个笑来，喃喃道：你得给我挂上那床水红的帐子，多好看哪。

半个月后，一丁妈去世。

一丁与三丽足等了两天，弟妹们还没赶回来，天太热，遗体不好再在家里放下去了，一丁做主，把老太太火化了，火化之后，弟妹们终于回来了。

一丁主张替老太太买上块墓地，将她与父亲合葬，可是弟妹们不大赞同，说放在安息堂内也是很好的，从环保的角度看也不必买地。

一丁气得了不得，可是嘴笨人拙，也说不出个道理来，三丽怕他们兄弟间再有什么冲突，出来打了圆场。

日子就那么到了这一年的冬天。

曲阿英这一年的阳历年是在乔家老屋与乔老头子两人过的，四美是早早地跟兄姐们过节去了，乔老头子一个劲儿地说自己养了一群的白眼儿狼，曲阿英劝了半天，老头子的神情才放柔和了些，往曲阿英的碗里拣了些菜，叫她也多吃。

这年头，儿子女儿的全靠不住，靠得住的就自己喉咙口的这一缕气，好东西多吃些，把那个什么白金黄金的也买来吃些，养好身体比养儿子女儿强。

曲阿英笑道：那好，明天我就给你买两盒脑白金来，听说那个东西吃了大补，睡觉好，胃口好，人活着不就吃好睡好最要紧吗？吃好了睡好了，自然就长寿了。

曲阿英的脸上忽地闪出一点羞意来：有个事，想叫老爷子你给说句话。我的大儿子，你晓得的，原来在家里弄大棚种菜的，可是，也艰难得很，现在化肥贵死人，运到城里卖又不值当，运输费都不够，给贩子吧，也太吃亏。过了年，他想上城里来打工，跟同乡一道来，听说工资还可以，能不能，在这里住个个把月，等存了点钱，再租房搬出去。

乔老头子多喝了两杯，舌头有点大了：这有什么不行的，叫他来吧。你待我好，我不会亏了你的。

谁知第二天，曲阿英的大儿子就背了个大包来了。乔老头微微愣了一下，斜了眼看了曲阿英一眼。曲阿英淡笑着迎上来，拿下儿子肩上的包，嘴冲着乔老头子努了一努：叫伯伯。

待四美在三丽家住了两天后回来时，发现家里多出了一个人。彼时曲阿英正和她的大儿子晒被子。曲阿英跟乔老头子说，儿子出来得匆忙，连床厚实一点的被子也没带，于是现拿了乔家的一床薄的羽绒被，套上被套给他盖着，不然万一要挨了冻，病在这里可怎么好，不是给人添麻烦吗？

四美一下子就炸了毛：谁许你拿这个出来的？这是我大哥单位发的太空棉的被子，他送我的，我都舍不得用的！

曲阿英赔笑说不晓得是贵重的被子，以为是普通的羽绒被呢，要不，她说，我赔点钱给你？其实我也没有弄脏，这就替你收起来吧。

四美气呼呼地把被子卷巴卷巴往屋里去了。

乔老头当场甩出两张红票子来，一迭连声地叫曲阿英出去买一床新被子来。

四美在屋里听到了，气哼哼地自鼻子里扑着冷气。

这以后，乔家老屋的局势更加复杂并戏剧化了。

四美是进出都没个好脸色，看到曲阿英儿子堆在桌下的东西便要踢上两脚，乔老头子就要跟着骂上两声。四美从小就爱漂亮，在家里也爱收拾，堂屋的地原本是泥巴的，也是她结婚时给贴了大块儿的瓷砖，假大理石的，以前每天被四美洗擦得光洁，那天，四美在上面看到一块又一块的痰迹子，有的已干巴了，粘了灰，呈块状灰泥，粘在地砖上，四美想抠又恶心得不行，气得又骂起来。

曲阿英听了也不高兴，赶着拿了拖把与小铲子进来，说：就吐口痰也犯不着把话说得这样难听，何况这地现在还是我天天在擦。

四美说：这位大妈，你要晓得，我家的堂屋不是你们家的自留地，可以随便吐痰！传播细菌的懂不懂？

曲阿英忽地红了眼：我知道呀，你们城里人总觉得我们乡下人身上全是细菌。说着便要流下泪来。

四美嘴里发出不屑的咻咻声：入乡随俗懂不懂，叫你儿子改掉这个坏毛病，吐到我家地上事小，在大街上也忍不住到处乱吐，一罚就是五十块，别打工钱没挣了多少，全交了市容那里了！

日子便在这鸡吵鹅斗中缓缓前行，行得难，听得见年轮吱吱呀呀的声音，是京戏里头过场的那一点点热闹。

转眼二〇〇六年的春节到了，然后，到了十五，上了灯又落了灯。这一年是鞭炮解禁令颁布后的第二个春节，整个春节被包裹在一片喧嚣中，空气里全是硝石刺鼻的味道，小街小巷里一地的鞭炮纸屑，全被行人踩进泥地里，点点碎碎的红，不干不净的。大街上倒是光洁的路面，一天两天的春雨过后，鼻尖可以闻到新草微涩的香了，柳条不知什么时候悄悄地点上了绿，梧桐树干巴的枝丫上，一夜之间冒了新芽，遥遥看去，若有似无的新绿，是国画里的小写意。今年的春天来得格外早，且暖，一入三月便再也穿不了棉衣，老话都说吃了端午粽才把棉衣送的。今年，二月里就热得让人恨不能全换上了单衣，真是世界变了，老天爷都得转性跟着变。

这大半年里，乔老头子果真与那三个儿女没有任何来往。曲阿英在乔家老屋越来越显出一种女主人的派头来，悠然自得。她早就搬进了老头子的卧室，橱子里挂着她的衣服，堂屋的一角摆了她儿子的床，厨房的角落里塞进了她腌菜的瓶瓶罐罐，院子里晾着她的被子与她儿子的衣服，她不动声色地一点一点地在这个家里建立着自己的一方领土，缓慢而执着。

近四月的时候，曲阿英忽地又对乔老头说，她大儿子打工的地方老板不厚道，听说净欠民工的工资，等干完这个月，儿子不打算干了，趁早脱出身来反而好。只是以后在城里没了事做，这样大的男人，白吃饭也难看，可不可以，能不能，让我家大儿在你们二强的店子里先做一阵子？听说他的饭店做得很不错，总要个帮手吧，就算你儿女们不承认我，我总当他们是一家人的。一家人不是该相互帮忙吗？

乔老头着实为难起来，咳了半天才说：你是知道的，我跟他们几个，全闹翻了。如今，反倒是我做爹的去服软不成？

曲阿英安抚道：我是知道的，我知道你这都是为了我，我一辈子都记着你的情。

这不是情不情的问题……乔老头子没说完呢，曲阿英接了话头去：我看你这几个儿子女儿，二强是个最好心的，最软脾气的人，你去跟他好好说说，他不会不答应的。儿子跟老爹哪有隔夜的仇？何况也是相互帮忙的事。

二强这两年，饭店生意倒的确是不错，智勇考上了外地的一所不错的大学，二强夫妻俩真觉得知足得不得了。

于是二强被他爸一个电话叫回了老屋。

又歇了两天，曲阿英的儿子正式到乔二强的店子里做事了。

5

乔一成算是跟文居岸求过婚了。

可是，他们的婚事筹备事宜进行得有一搭没一搭的。一成起先虽觉得当时那句冲口而出的求婚的话多少有点心热之下的冲动，但是因为那冲动的对象是少时心心念念的人，也便觉得冲动中有一种执着，自己把自己感动了，所以满怀热情地想好好地办一次婚礼。这婚礼并不需要请多少人，宁可与居岸两人安安静静的，但是，所有的生活细节都要顶好地，顶用心地去购置、安排、打算。

很快，一成就发现了居岸的那一种怪，她不是别扭，一起去家具店看家具，问她什么都说行，没意见，好看，一成真的打算买的时候，她总会悠悠地说声再到别的地方看看吧。

一成心里觉得那也不是推诿，然而是什么呢，一成也找不到合适的词。他只觉得，他看不透身边的这个女人，有时一起逛店累了时，他们就在随便哪家茶吧里坐下来，一人叫上一客简餐，对坐着慢慢吃，一成望着居岸，看着看着，她就远起来，人也变得更瘦小，是视觉上的错误，却足够叫乔一成越来越不安。

隔了一天一成上班时，无意间听得有结了婚的中年女同事在电话里教训她成绩不大好的孩子：你总是不能全身心投入学习中去，老是那么心不在焉的！

乔一成在那一刻恍然大悟，是了，是这么个词儿，心不在焉。细细想来，从头到现在，居岸都是心不在焉的，那么她的心，在哪里？

乔一成这才发现，他一面对着居岸，他的心就年轻成了二十岁。四十岁的男人，用二十年前的心来对着二十年前的人，全然忘记了中间二十年的日子。

乔一成想着，要问一下文居岸，用一个四十岁男人的心态与眼光重新审视一下他们之间的关系。

总还是惴惴的，吞吞吐吐地问宋清远意见，宋清远这一回倒是没有嬉笑嘲弄，认真地想了想说：我的立场是不能作数的，你也知道是为什么。我总是觉得，你这个人，万事精明，到了自己的感情问题上，智力就退化，好像你在别的事上头心神费得太多，留给自己感情的智慧不多了。打个不恰当的比喻啊，就跟当年的陈景润似的，离了哥德巴赫猜想的领域，就是个最糊涂的。总之，老乔，你也别为这个就觉得自己笨，这世上，各人有各人的糊涂！

乔一成听了深以为然，感叹不已，说：老宋你果然是明白人。

宋清远也笑笑说：你可别这么说，我也就是隔岸观火才显得明白。我也会有糊涂的一天，说不定哪一天，我就糊涂了。

与宋清远的谈话没过两天，一日，居岸回自己的房子取东西，然后给一成打了个电话说太晚了，今天就住自己家了。这以后，她便渐渐地住了回去。

这个时候乔一成才蓦地想明白一件事，当时说结婚的事，是自己单方面提出来的，居岸没有回绝。

但其实，她也没有说，好。

乔一成惊得头皮一麻。

宋清远说得没错，他糊涂了。而且，糊涂得这样儿了。

乔一成从这一天起把结婚的准备停了下来。

一成没有主动地去找居岸，居岸却也没有主动地来找一成。

回想起来，乔一成好像做了一场梦。

关于初恋，关于未来，关于爱情，关于重续前缘。乱蓬蓬一场梦境，无声地喧闹了一回。

乔一成接下来的日子都懒懒的，日子好似灌了胶水，拖拉着勉强地前行。

在一成最灰心的日子里，一丁向三丽提出了离婚。

一点兆头也没有，那天还像以往一样，三丽煎好了药，倒出来晾一下端给一丁，一丁没有伸手接，三丽亲热地用胳膊肘碰碰他：接着。

那汤汁浓黑黏稠，散发着一股子怪味儿，一丁拿过来，只盯着看，那汤汁凝成一面乌黑的镜，里头倒映着一个大男人的瘦长面孔，眉眼因了这汤汁而一味地浓黑起来，像是一辈子都要这样浓黑下去，没了亮起来的时候。

三丽疑惑地问：你怎么不喝呢？不烫了。我放了糖的，可是没敢放多，怕坏了药性。

一丁小心地把那碗药放到桌上，慢慢地说：三丽，我们，离婚好不好？

三丽爽快地回答：不好。你要是嫌药苦，别喝了，以后也别喝了，什么都别喝，咱不治了也成。可是离婚，我不答应。

一丁说：三丽呀，你还年轻。

三丽笑起来：我快四十了，就算能活动八十岁，也半截子入土了，我下半辈子，就只想还跟你好好地过下去。王一丁，你呀，你可真是个老实人，就算是要逼着我跟你离了，你也拿出点儿吓人劲儿来，故意地跟我吵啊闹啊，再不然干脆打我一顿，打得我心灰意冷，就答应跟你离了，然后你一个人孤孤单单地躲起来伤心。

一丁温柔地笑了，拉过三丽，摸摸她有点毛燥的头发：你当演电视剧哪？

三丽说：可不是，咱们都是居家过日子的小老百姓，也没有演戏的天分。那种拿日子当戏来过的是乔四美，不是乔三丽，何况人家四美现在都不搞这一套了。一丁，这辈子，咱们就好好地过。男女之事，说句厚脸皮子的话，又不是没做过，又不是新婚燕尔，孩子都这么大了，再过两年，你我都要做公婆了。

一丁低垂了头，捏了一手的汗，嗫嚅着说：还是离了吧三丽，离了咱们也是一家人，我认你做妹妹。

三丽用力地推开他：我有两个哥，用不着你当我哥！

说着用力摔了门出去，那样用劲，房梁上扑扑地落下灰来。

一丁歇了一会儿赶出去找三丽，她坐在小院子里拿了小银剪子剪一蓬种在柳条篓里的菊花脑。

一丁蹲在她身边，也不出声，三丽咔嚓地剪着，把一筐子菜剪成了秃头。

她记起跟一丁结婚的时候她也是种了这样一大筐的菊花脑，她与一丁都偏爱这种清香的菜，打入新鲜的鸭蛋，做汤，凉透的时候，汤汁便呈一种淡墨色，像是用毛笔蘸了就可以写出字来。

多年前的那一天，她也是这样一剪子一剪子细细地把菜剪下来，一丁在一旁，也是这样蹲着，轻言细语地安慰她：没有关系的，我们慢慢来。

当时的三丽也不明白自己为什么在过了那么多年之后还是把小时候的那件事记得清清楚楚，一闭眼就好像看到那个老男人的手在自己身上游走，他的小指上留了尖长的指甲，里面嵌着黑黑的垢，那小指翘得老高，手心全是汗，黏黏的。

乔三丽多年以来一直做着这个同样的梦，循环着，没有尽头，像是她的脑子里，有一台坏了的DVD机子，一直重复着这一个生命里阴暗的片段。

三丽的整个少女时期都不能忍受异性的触碰，走在路上有男人不小心碰了她一下，她都会下意识地掸一掸被碰到的地方。

但三丽从不晓得这件事会影响到她的新婚生活，她与一丁，有相当长的时间里不能完成夫妻生活。

三丽想，这世上，怕也只有这个叫王一丁的男人，会给她这样的宽容这样的爱护了。

他总是在她做梦的时候紧拉着她的手，在黑暗里叫她，别怕别怕。她不要，他便也不要。只要她伸手，他总在她够得着的地方。

在乔三丽的生命里，有三个重要的男人。

那个做爸爸的，给了她黑暗。

做哥哥的，把她从黑暗里救出来。

王一丁，给了她光亮。

她永远记得最初两个人相识时的情景。

那个时候，在技校，每到中午，大家把在学校食堂里热的饭盒拿到班上，忙不迭地拉响墙角的那个有线广播喇叭，听评书，《岳飞传》，还有长篇广播连续剧《夜幕下的哈尔滨》，那年月，没什么娱乐，那么半个小时，就是极致的快乐了。

可那一日，记不得是哪个冒失鬼，心急火燎地把那拉绳拉断了。听不成广播，纺织班，一教室全是女孩子，除了乱叫顶不了什么事。不知是谁叫：把机修班的王一丁叫来，他会弄。

于是乔三丽去了，忙忙地跑上三楼，推开机修班的门，问：哪个是王一丁？来帮个忙！

角落里站起一个少年人，高大健壮，却又不显笨拙，包了一满口的饭，两颊撑得鼓鼓的，二话不说跟着她回班，拉过桌子，跳上去，三下五除二弄好了。一屋子的女生听得满意入神，三丽回过神来想要说声谢时，叫一丁的人已经走了。

后来，再在校园里遇上时，便有调皮的男生在一旁开玩笑起哄：王一丁，有人找！王一丁，有人找！

那日子，仿佛还近在眼前，转瞬就是二十年。可是并没有走远，三丽有时甚至还能感到一丁当时向自己走过来时带起的一点点的风。

一丁蹲到腿都酸麻了，三丽还在剪着，一丁说：三丽，根剪坏了就再也发不了下一茬了。

三丽说：我知道。所以你可别丢下我。

一丁的腿实在酸痛，于是半跪着搂了三丽的肩。

三丽把头搁在他的肩上，鼻尖是一丁身上的味道，他的工作服上的机油味儿，皮肤的味道，头发上洗发水的香，脖颈间一点点的汗味。

乔三丽想：这是唯一一个能让我快活的男人。

她感到一丁在发着抖，一丁挺男人气的，可是他是容易哭的，他爸死，他妈死，他哭得比谁都伤心，大颗大颗的眼泪汹涌地扑出眼眶，他垂着手，哭得呜呜咽咽。但是他可没有像现在这样哭过。

三丽拍拍他的背：我们两个一直过到老，啊？

一丁的爸妈都去世之后，屋子空阔了不少，三丽打算重新弄一下，贴个壁纸，做个地板什么的，一丁是三丽怎么说就怎么好。一成说，他可以帮着他们做，一丁也是九死一生，身体刚好一点。他认识很不错的装修公司，价钱也很合理。

一成于是在周末闲了时替一丁与三丽跑了趟装修大市场，在那里不期遇上一个想不到的人。

项南方。

南方似乎也在买装修材料，只身一人，穿着随意，头发扎起来，看上去与平时大不一样，一成几乎没有认出她来。

一成非常地吃惊，不明白为什么南方会一个人来这里买装修材料。

南方告诉一成，她买了一处新房子，问一成要不要一起去看下。

他们一起打车到了市里的一个新开发区，离市区挺远，沿途还是窄窄的石子路。

车开到一片刚建好的小区，临一片湖，外围还没有完全建成，有点乱，不过看得出来，建成后会很清幽很漂亮。

一成细看南方，觉得她的模样没有什么大的变化。

项南方就是这样的一种女人，年轻时并不太显小，而中年甚至老年之后似乎也无大的变化，她们总是从容地把自己隔在岁月之外，镇定地在时间之外行走。

一成问起：为什么会在这里买房子呢？

南方笑笑说：这里是我的第二故乡，我在这里出生成长，总还是想着要回来的。我自己买的房子，感觉上，才真正是属于我自己的。

她用手遮在眼前挡住阳光，仰头看着高楼：下一回回来，就正式装修了，我自己设计的，找人画了图纸，一草一纸，一桌一椅，我都要自己弄，慢慢地做。你知道，她指向最高的那一层朝南的一角，我总想着，要有一个带阁楼的房子，父母家的阁楼以前是父亲的专用，任谁也不许上去，后来父亲年纪大了，不便爬楼，我因为工作忙又不常回家住。现在，我人又在外地。大哥的儿子一早看中了那阁楼，吵着要做一个游戏间。

南方眯着眼，絮絮地说着，一成从没有见过她这个样子，这样念念于自小的一个梦想，一个执念，一个阁楼，就好像是她全部的世界。

一成柔声问：你这么跑来跑去，不累吗？

南方轻轻笑着说：反正我不急，房子也并不很大，做他个一年两年都不要紧。

一成想一想说：要不这样，你要是放心，我替你看着，你不用每次跑回来。

南方睁大眼看过来：装修很麻烦的。

一成笑起来：你说过的，反正不急。我也用不着天天来，你还可以遥控指挥。

南方略想一想说：我也不跟你客气，你有空时帮我看下，回头我丢给你一套钥匙。又笑，一成，你总是这样。

什么？乔一成没有明白。

南方想着：你总是爱担一份担子在肩上，只要是你关心的人，你总是要为着他担一份担子，心里面才快活的。可是临出口就便成了：你待人总是这样的好。

南方下午就要回去。一成看她也没有开车过来，多少有点奇怪，可是南方说，她喜欢这样。

送走南方之后，一成回到自己家，看见二强坐在楼道里等着他。

一成问他：你怎么不打电话给我？

二强答非所问：哥，今天我看见个人。

6

　　曲阿英的儿子在二强那里干了几个月了，他人不算懒，也不笨，一开始是在饭店后场帮帮忙，干活也是尽心尽力的，二强与马素芹挺照顾他，加上乔老爷子又私下里吩咐二强夫妻，说都是一家人，可别拿人家当小伙计使唤，二强更不敢怠慢他了。干了两个月，曲阿英儿子有一次试探着说，自己以后也打算在城里开一家饭店，要是不太麻烦，可不可以跟着二哥和店里的师傅学上两手。二强略有点犹豫，说真要想学手艺可以上新东方厨师学校。曲阿英儿子愣了一下，含糊答应了。二强是实心眼，真的给他报了个名，还交了学费。曲阿英的儿子也真的去上课了，在店里帮忙的时间虽然少了，可是只要是在店里，也还是挺勤快的，后来，又把学费还给了二强，倒让二强觉得自己的做法显得有点儿小里小气，透着那么点小人之心。二强便说，要不你不要在后场帮忙了，跟着我学学进货吧，这进货也是个学问，材料选得不好，饭店也做不长久。

　　于是，每天一大早，二强便带着曲阿英的儿子上近郊的菜农那里去进货。这一来，二强立刻发现曲阿英儿子的一个大特点。虽然他书念得不多，难得的是，对数字特别灵敏，这边二强还拿着个计算器在演算，那边他已经把钱数一五一十地报了出来，等二强也算好了一对，果然分毫不差，试了几次，二强完全对他另眼相看了。

　　曲阿英的儿子慢慢地在二强的店子里站住了，那厨师学校的课自然还是在上着的。有一天，二强说天下雨，不会有太多的生意，提早关门，与曲阿英的儿子两个人在店里炒了两个菜坐在一起喝酒。喝到兴头，二强有点晕头晕脑地，拍着曲阿英儿子的肩膀，说：兄弟，以后咱们一起合伙干也是可以的。

　　曲阿英的儿子眼睛亮起来，更加起劲地给二强敬酒。

　　等二强第二天酒醒了回过神来再想想，觉得自己莽撞了。做早饭时私下里跟老婆马素芹说了这事儿，马素芹说：这话你怎么好随便跟他许诺？再说，你大哥也并不高兴你跟他们母子太过密切，为什么要为他们得罪自家兄弟？你大哥对我们那么好。

　　二强一听着了慌，怎么办呢怎么办呢，他急得只晓得握了炒菜的铲子打转转。马素芹倒提了扫锅台的小竹刷子在他背上拍了一下，说：这么点儿事你就急得这样，别的不会，

你装糊涂会不会？

对哦，二强咧了大嘴对着马素芹笑得像个傻子，我们的店子正赚着钱呢，是得好好地看着。多存一点钱，将来全留给我们智勇，娶房好媳妇，买幢大房子，二强说。炉火燃得正旺，一点一点的光映在他的眼睛里。

马素芹看着二强，说：咱们的钱，留着我们养老。智勇是好孩子，他说他以后自己赚家私，不要老子娘的钱。钱咱们留着，再做两年，咱们旅游去，走走歇歇，想住什么高级宾馆就住，想吃点什么好的就吃。只怕那时我老得动不了啦！

二强用了叫惯的称呼叫着马素芹：师傅，我背着你。

忽地这实心眼子的人又想起一件事来：要是他还记得我昨晚说的话，再时不时地找由头提出来要合伙呢？

马素芹五十多了，也不太见老，利落地转身，脆嘣嘣地说：你就跟他说，我家老娘儿们不答应！

乔二强总觉得，这一天天的日子自从在豆腐店里重遇上马素芹之后，才算是朝着自己想的路上去了，起先走得缓走得艰涩，越走，路越见宽，那些日子里的好，那些美满与快活，慢慢地慢慢地，一件接着一件噼里啪啦全落在自己的头上了，二强觉得自己快活得要成仙了。

那天二强去给智勇汇钱，智勇说假期找着个不错的单位实习，不回来了，二强想着实习是没工资好拿的，便想着要给智勇汇点钱过去。

从银行出来，天渐渐沥沥地下起雨来，八月天的雨，落到地上便扑起一阵燠燥气。

雨渐渐大起来，天地间起了雾似的，风夹着雨扑在人裸着的胳膊和腿上，梧桐枝子也被风扯斜了，簌簌往下掉叶子，粘在水泥路面上，也有的顺着水漂到马路边，在积起的浅浅水洼里打着转。

二强没带伞，在一家超市门前躲雨。

超市的塑料门帘掀起来，一个小男孩子探了脑袋出来，推一推挡住了他出路的乔二强。二强回头，那孩子六七岁的样子，小鼻子小眼，瘦伶伶，用细小的手指在二强的背上一下一下地戳着：别挡着我看汽车，别挡着别挡着。

二强笑了，侧身让一让。那小孩儿伸长了细脖子看街面上飞驰而过的汽车，每当看见汽车的轮子驰过水坑，掀起一簇水花，他便跳着脚笑得咯咯的，人都要跳到街面上去了。二强伸手拉了他一把，他扭得像一条小蛇似的，一边咿咿唔唔地叫着。二强吓唬他：你妈来啦，你妈来打你屁股啦！

那孩子回过头去，叫一声：妈妈！

二强顺着他的叫声望过去，看得来人，就好像有人劈面扇了他一记耳光似的。二强飞快地眨巴着眼睛，这是从小的毛病，一遇上事儿，就控制不了，好像要把眼珠子从眼眶里挤出来才罢休似的。

　　那个女人比六七年前更加瘦削,以前的一把浓发也薄削了些,用一个很大的塑胶发夹全夹上去,穿着家常的衣服,质地不算差,可就是不合她年纪,那深棕底起暗花的连衣裙只徒然地使得她老相,脸色也不大好。她手里拎了两个大口袋,满满的全是日用品与食物,坠得她的个头都矮了下去。

　　二强低低地叫一声:小茉。一边还在飞快地眨巴着眼睛。

　　孙小茉看看眼前的男人,这六七年间他竟然没有什么变化,一看之下,还是熟悉的表情,熟悉的说话腔调,好像他不过是出门遛了一趟,而其实这个男人早就走出了她的生命了。

　　孙小茉有点慌,但也并不仓皇,答一声:啊,是你。你好。

　　你……你好。二强有点结巴。

　　那小小的男孩子,把脑袋拱进妈妈与这个陌生男人之间,歪着头看乔二强,一口浓浓的南京腔问:你是哪个啊?

　　小茉抬脚轻轻在他的小腿上踢一下:说普通话。

　　小小的孩子装模作样地清清嗓子,又重复了一次:你是谁呀?

　　这一回,是普通话了。

　　二强不知如何作答,便摸摸孩子的头说:你几岁啦?

　　小小孩子比画一个"六"字:六岁!

　　孙小茉蓦然喝道:五岁!虚六岁。自己几岁了都记不住。

　　小小孩子不服气:六岁。虚七岁。我是二〇〇〇〇年生的。哦,不对,多了一个零。二〇〇。

　　小小孩子被这一串子零给绕住了,索性伸了手指出来,念一个零比画一根手指,二〇〇〇。

　　念对了,满足而得意地笑起来,一口齐整的糯米小牙。

　　二强在此后的两天里,耳朵里总响着这个声音:二〇〇〇。眼前还有孙小茉急惶惶而去的身影。

　　二强忍了两天,心里的各种念头像一群关在栅栏中的小兽,争先恐后地要往外扑往外冲,可是,不得其门而出,也不知为什么要出去以及出去之后该往哪里去。

　　在煎熬了两天之后,乔二强跑到他大哥那里,想讨一个主意。

　　在听完二强的叙述之后,一成沉默了大半天。

　　二强试探着叫:哥?

　　一成猛力吸一大口烟,再费力地一点点把烟吐出来,他的眉眼全笼在烟雾中,又过了一会儿才说:这事,你要先弄得清楚明白,先不用做什么决定。在没弄清孩子到底是不是你的之前，什么也别做。就算弄清楚了，你要怎么做，也得跟我商量着，不要欠了一个人再又欠一个人的。你也不用慌，人活着，不过就是这么个两难的境地，这也不是你一个人的难题。

二强想，要想弄清楚这件事，只得一个办法。

他是鼓足了勇气才来到孙家门上的。

他们没有搬，房子也并没有旧多少，孙小茉的妈妈的脸色也一如六七年前一样地阴沉着。

听二强问到孩子的事，她打了个突愣，很短暂的时间，马上便利索地说：你还好意思问这个？你个忘恩负义的陈世美，不要他们母子俩，我们小茉这几年吃尽千辛万苦才把小孩拉扯大，怎么？你现在又想回头来抢夺我们的胜利果实了？呸！想得倒美！想要儿子？叫你的大老婆给你生去！怎么？生不出来啦？她不是还拖油瓶带了个儿子来吗？你现成的老子就可以做，不要打我外孙子的主意！

二强只觉得脑子全不做主了，一阵凉里裹着一阵热。耳朵里全是声响，响得叫他抓不住一个准确的音。

二强问：孩子是我的吧？真的是我的吧？我……我……

孙小茉妈说：小孩子是二〇〇〇年春天生的，你自己算算，就晓得是不是你的了！你要真还有点良心，回去摸着心口想一想，该怎么补偿我们小茉我家外孙子还有我们这一大家子为你受的苦！

这一天，乔一成接到四美的电话，说二强在老屋呢，也不知犯了什么毛病，怪吓人的，大哥你快过来看看。

一成心里暗叫不好，赶着回了老屋。

乔老头子不在，曲阿英陪着他去八卦洲吃土菜去了。

一成一进院子门，便看见二强蹲在院子的一角，看一群蚂蚁搬一只死苍蝇，看得入了神似的。

一成说：你二百五啊？这么大毒日头，你蹲在太阳窝里干什么？

二强声音闷闷地说：不干什么。

一成说：不干什么干什么那副死样子，回屋里去吧，中暑是要死人的。

二强不动。

一成上前试着拉了拉他，没拉动，便说：回家去！

二强说：我喜欢待在院子里，透气。

一成说：那么你干脆再也不要回屋。

二强呵呵笑着，慢吞吞地站起来，指天画地地说：也好，我睡露天，以天为被，以地为床。

一成也呵呵地笑，说：很好很好，你学得文绉绉的了。

二强扭扭脖子说：凭什么只许你绉不许我绉？你比我多长条尾巴？

一成心里泼了滚水似的，急了，上前去拉他，二强犯了拧，两个人竟像打架似的扭在了一处。两个同样瘦而憔悴的男人，撕扯着，冤家似的，然后，累了，互相扯了衣领呼呼地对喘。

二强忽然说：乔一成，你说，我怎么能活得这么糊涂？啊？你说，我怎么活得这么糊涂？

乔一成喘着想，这个是他的兄弟，亲兄弟，一母所生，共有一个不成器的爹，从小，没人问没人管，打滚扑跌着，没吃过什么好的，没穿过什么好的，好容易长了这么大，算是过了几年安生舒心的日子，可是，这么快好运就到了头。这不走运的兄弟啊。

乔一成踹了二强一脚，二强回踹了他一脚，两人忽地又抱在一起，抱得死紧。

打也打了，抱也抱了。

一时仿佛你死我活，一时又仿佛相依为命。

7

一成对二强说：这事儿，你先别跟马素芹说。

二强低了头，把双手夹在膝盖中间说：我没有瞒过她什么事，从来没有瞒过。

乔一成踢了二强一脚：那就瞒一回。

二强哎哟一声，抬起头看自家大哥。一成被他看得心里烦躁炽热，把眉头皱成一团大疙瘩：天底下并非只有你乔二强一个实诚人，可实诚也不是犯傻，你凭什么认定了那小孩就是你的？孙小茉她妈说是就是？那个老女人，简直快修炼成精了，你从来就不是她的对手。你知道她打的是什么主意，原来你跟小茉在一起时她一千个瞧不上你，要说是你的孩子要你补偿，这么多年她怎么半个字也不提？像她那种精明人，会白白替你养着儿子一声不吭？

二强说：她说是小茉不让她告诉我。

一成说：我总觉得这里头有问题，二强，你别冲动，等事情弄得水落石出了，该怎么办咱们再想办法。

四美插嘴道：就是，叫她们把孩子带来做亲子鉴定好了，用科学来说话，科学这个东西，不以人的一张嘴皮子为转移。真要是我们老乔家的孩子，当然是要负起责任来，要不是，他们也别想叫我们当冤大头。真要是你的孩子，我相信以孙家人的脾气，是不会这样藏着掖着六七年的，早把你那点儿家底子给榨干了，你这把骨头都能给你拆了熬油，还等到今天？四美被自己的话逗得乐起来，忽地又说：不过呢，要真的是孙小茉不想告诉你，自己养着孩子，还算有点儿骨气。要真是那样，我服她。

一成转脸看看四美，四美有点惶恐：大哥，我又说错话了？

一成也被她逗乐了：没有。

一成看着妹妹，离婚这些日子，她反而饱满起来，以前那些磨折在她脸上留下的那些痕迹似乎淡去了，她穿着宽大的袍子似的家常裙子，吊扇的风从领口灌进去，鼓胀得像一面帆。

同样的风吹得二强揉得稀皱的 T 恤全贴在他身上，干瘪了的茄子似的。一成不忍起来：你别煎熬了，总归有办法的，是你的孩子有是的办法，不是，也有不是的办法。

二强低了头，像是很用力地在思考，却不得个要领，二强再抬起眼来看大哥，忽地问道：大哥，你说，是不是跟我在一起的，不管是人还是动物，都不会有好日子过？孙小茉是，马素芹也是，连以前的半截子我都养不长，活活地给车轧得肚肠子都流出来了。乔二强叫一声大哥，眼睛里突地漾了两汪水波：我真是背，还带累别人。

兄妹三人一时都呆住了，窗玻璃上飞快地爬过一只蜘蛛，越过窗上那块金黄明亮的阳光，往屋角去了。

蜘蛛！四美叫。二哥，听说看见蜘蛛就说明有喜事了。

二强愣愣地看着窗上的那方阳光，日影微晃，看得久了，眼前都模糊起来，转开头，眼前依然有一片光斑，像是前尘旧事，过去了，可总还有个影儿在心底留下了。

一成又嘱咐了二强几句，叫他不要轻举妄动，便起身要走，晓得乔老头子要回来了，他坐不住。

四美送他们出来，边说：怕他们做什么？

一成回头对妹妹笑说：你看我像是怕他的样子吗？

乔一成自然是不怕乔老头子的，乔四美当然也不怕。

可是乔四美还是受不了了。

曲阿英的儿媳妇也上南京来了，跟曲阿英儿子小夫妻两个在乔家老屋的堂屋里拉起一道塑料的浴帘，有模有样地过起小日子来了。

四美那天下班回家，看见堂屋里那花里胡哨的帘子，简直惊得下巴要掉下来。

曲阿英的儿媳妇倒是一个样貌挺喜庆的年轻女子，饱满的杏脸，放着光似的，袖子卷得高高，露着藕节似的一段胳膊。人也讨喜，冲四美姐姐姐姐地不停嘴。手脚也勤快，从四美手里硬抢了她换下的衣服与被单去洗，洗得也很干净，倒叫四美挑不出毛病来。四美一肚子的气话全说不出来了，自己安慰自己说：这个年轻的小媳妇还真是不错，满脸厚道样，比她婆婆曲阿英看着顺眼多了。俗话说，雷公还不打笑脸人 呢，睁一眼闭一眼算了。

可是没两天，四美便发现一件尴尬事。

四美想说，可是又开不了口，便找个空跟曲阿英的媳妇吞吞吐吐地露出一点口风。

四美说：你们，你跟你老公，感情很好哦？

叫美勤的小媳妇说：就那样吧。

四美又问：相亲认识的还是自由恋爱？

美勤说：我跟他表妹以前是初中同学。

四美手里的一块擦碗布快洗成破絮了，终于开口：可不可以，请你们，晚上……小点动静？我们老房子，就只隔一层木板，我女儿还小……

美勤腾地脸红了个透，喏喏两声，急急地去了，只留下四美一个人在小厨房里，也是涨红了脸，终于把抹布洗破了，扑地扔进垃圾桶，叹了一声：这日子过得，简直是，荒唐极了！

当晚，堂屋里的动静竟然更大了些，像是一个在进攻一个在挣扎，四美的女儿巧巧被吵醒了，问妈妈是不是强盗来了。

四美骗她说：是在演电视剧。

巧巧问：奥特曼会打败强盗吗？四美说是的。

第二天一早，四美一出门便迎头撞上了美勤，美勤面色红得要滴下血来，一转眼，四美瞧见曲阿英的儿子，啊呀一声，转身进屋，咣地用力撞上门。实在又气不过，隔了门大声说：住在别人家，好歹自觉点，文明不懂总该有点廉耻心，多穿一点会热死你啊！

这话叫曲阿英听了去，于是又是一场好吵。

过了没两个月，美勤的肚子鼓了起来。

乔四美这才明白一件事，这曲阿英一家，的确是打定了主意在这里落地生根了。

从二〇〇六年下半年入了秋起，乔家的几个孩子们的日子便各自越发地喧腾起来。

乔家这一方舞台上，哄哄地上来了一群人，拥挤着，各自地演出悲欢离合，徘徊着，各自地起伏跌宕，互不相干，却又互相牵着绊着，你顾不了我我顾不了你，你可怜了我我疼惜了你。咚咚咚杂乱的脚步声在空无一人的剧场里引发着回响。没人会爱看这一点点鸡毛蒜皮的戏码，这世上有的是光怪陆离的新鲜事与气势磅礴的大事件，乔家的儿女们自演自看，无人欣赏，透着无比的苍凉与凄惶。

先是二强。

孙小茉的妈找到了马素芹的店子，一五一十地把事情说了一通。

马素芹沉默了两天之后，在第三天提早关了店，说难得一个周末，不做生意了，要跟二强一块儿好好地玩一玩，休息休息，看一场大片。

夫妻两个足有十来年没有上电影院了，买电影票时二强吓了好大的一跳。一张票居然要六十块！马素芹却买得爽快，二强捏了那两张票子，咕哝着：干脆抢钱来得更快！马素芹在他背上拍了一下，笑道：难得出来玩呢，再说，你看看这环境，仙宫似的，要多点也是应该的。

又抬抬下巴，示意二强看那大桶的爆米花，一边推着他一块儿过去买了一桶，二强被那二十五块的数字又吓了一跳。

抢钱哪！二强气鼓鼓地说。

马素芹闻言又笑了。

二强忽地觉得全身不大自在，四下里一看，有点明白了。周围都是二十来岁的小姑娘与男孩子们,再不就是年轻的夫妻拉着小孩子,那些孩子一边哇哇地叫嚷着,一边在大厅里疯跑,笑声与叫声在阔大宽敞的厅里引发一串回声。

像他们这种年纪的人双双来电影院的几乎没有,来来往往的人,无不朝他们这里奇怪而飞快地张望一眼。

二强看着那奔跑与吵闹着的孩子们,忽地就黯淡了心情。回想起来,那孩子有着与小茉十分相像的眉眼,还是耐看的,尤其一口小白牙,就只是瘦,剃得极短的头发,绷得紧紧的鬓角,那句土话怎么说来着?三根筋挑了个脑袋。

二强的脑后头起了一阵凉风似的,激得整个人打了个战。他想起,很久很久以前,有邻人,也用这样的话形容过一个小孩子。

那是小小的年少的自己。那个馋嘴的,眼睛终日盯着吃食的,没心没肺的小孩子,跟那蹦跶着在街边看雨中驰过的汽车的小孩子重合在一处。

黑暗里,马素芹的视线并不在屏幕上,她看着二强。还算得上年轻的一个男人,黑暗隐去了他脸上所有的皱褶,投影的光在他的头上飞起一道亮色的边,背还是直的,腰身还未发福得不像话,塞了满嘴的爆米花,撑得他脸颊微微鼓起,孩子赌着气似的。

他年纪并不大,马素芹想,他合该还有半辈子的好日子,有老婆,有亲儿子,跟在他身后叫爸爸,他名正言顺的儿子,像他一样老实,可靠。

马素芹伸手去握了二强的手,二强微微有点诧异地回过头来,然后对马素芹嘿嘿一笑。

马素芹说:以后,别舍不得,有空也出来玩一玩,过得开心自在是福气。

二强递了装爆米花的桶来,马素芹笑了。

过了两日,马素芹给乔二强留了封信,走了。

马素芹在信上写:

二强咱俩分开吧,家里的所有都归你,把孙小茉和儿子接回来好好过日子。

我回老家,那里还有人在,我在那等智勇大学毕业。

智勇还跟你姓。

最后马素芹写,二强,师傅跟你过的这几年,快活得很。

乔二强捏了马素芹的信,满大街溜达了三天。

也没个目的地,走得累得腰痛,可是停不下来,一停下来,脑子里就嗡嗡作响,只听得有人在叫:师傅师傅师傅,声音悠远,绵延不绝。乔二强脑壳子都痛起来,痛得当街便泪渍花花的。

实在是走得累了,乔二强就去看电影。

那天的片子有个怪名,叫《西西里的美丽传说》。

演到最后,男人在故乡过往的大街上,似乎看到年少的自己,骑着自行车,望着那

个美丽的女人从身边经过，皱了眉头，少年的心事全堆在眼角眉梢，那眼里全是纯真的爱慕。

男人说，这个时候，我想起一件事。

我对很多人说过：我爱你。

唯独对我最爱的那个人，没有说过。

乔二强泪流满面。

二强并没有再去找自家的大哥，他不知道，他的大哥同样地失去了他生命里一个重要的女人。

不同的是，乔二强失去得壮烈。

乔一成失去得荒唐。

许久不曾见过的文居岸主动地来找乔一成。

乔一成在见到居岸的那一刹那，心里便隐隐地有了一点预感。

他看着她走近，心里就觉得，她这一步一步的，走一步就远一分。这一回，是真的要走出他的生命了。

居岸在一成的面前坐下，缓缓地跟说了一段故事。

故事里的主角，一个是她，还有一个是他。

另还有一个男人，那是乔一成与文居岸故事的终结者。

居岸说：一成，我想了很久，不能再这样下去。拖的时间越久，对你的伤害就越大，尽管我知道我现在这样，也已经把你伤透了。

第十章

生活中的痛苦，我们彼此给予又彼此治愈，感谢我们自己，千辛万苦，春短秋长，那么认真地，生活着。

1

文居岸觉得，一生没有比面对乔一成讲述她的所作所为，以及她的将做将为更为痛心的时刻了。

从头到尾，这个男人待她是好的。

人常说，初恋时，我们不懂爱情。不懂也许是的，但是那点感情是真的，比什么年岁上头的感情都不差，真心真意，掏心掏肺，她只是不知道，原来乔一成这个男人，把那份感情藏了那么多年，重逢时满腔真挚地再捧到她面前。

只是她已经回不了头了。

认识现在这个男人，是在父亲病重的那一年里。他是父亲的主治大夫，年近五十的人，身板依然挺拔，两鬓微白，眉目却是年轻的。在父亲几次病危的时候，陪在她身边的只有他。

他没跟她说过诸如家庭不幸福妻子不理解之类的话，她甚至也没有问过一声有关他家庭的事，一切就那么发生了。

不是没有负罪感的，尤其在发现他妻子是一个体弱的、温文的女人之后，那位太太并不是不知道他们之间的私情，只是一味地忍着，忍得他不能提离婚，忍得她终于想到要离开他。

就像文居岸自己在乔一成面前对这一段纠葛的评价：一场狗血淋漓。但是，知道是一回事，明白又是一回事。

文居岸知道她是挣不出来了。也许她就合该这样一天一天没有希望没有尽头地等下去，何苦还拉上一个乔一成垫背。

乔一成安静地听文居岸说完全部，就只说了一句：我以为你需要我。

文居岸失声痛哭起来。

一成拍着她的背，惊讶于自己打心底里的那份冷静。这事实来得突然，可也并不全然是突然的。

不怕，一成说，不怕。你自己多保重，多小心，多留个心眼。如果你不让别人伤你，就没有人会伤得了你。

　　对不起，文居岸说，我知道说多少句对不起都不足以弥补我犯下的过错。可是，还是对不起对不起对不起。

　　一成说：傻丫头啊，你哭什么？该哭的是我才对。

　　居岸抬起泪涔涔的脸，乔一成想，也许自己会永久地记得居岸曾经为自己流过的这些眼泪。不过，眼泪不能再让他傻下去了，不能再让他自欺下去了。

　　居岸说：对不起一成哥，不是你不好，不是的，只是……

　　乔一成微笑起来：当然不是我不好。

　　不是我不好，也不是你不对。

　　只是，落花流水。

　　春去也。

　　乔一成送走文居岸，在看她的背影消失之前，有那么一刹那，有一点点冲动，想问一下居岸，那个男人，到底有没有给她一个准确的答复，要她等到什么时候，将来会怎样地安排她。可是话到嘴边，生生地被他吞了回去。

　　各人有各人不得自拔的泥潭，谁也救不了谁。

　　那个男人是文居岸的泥潭，可是她认了，旁人，不过是眼睁睁地看着她往里头跳。拉是拉不得的。

　　文居岸又何尝不是他乔一成的泥潭？他用了二十年的时间来忽略这个道理，却与居岸重逢，验证了这个道理，然后再与她分离。

　　看到居岸走远及至消失不见，心里却还是痛的，那种绵长逼得人走投无路，只得把真实的那个自己缩成小小的一团，躲在旁人看不到的地方，自己抱着自己说可怜。

　　但是一成也明白，她走了，是好的。

　　是对的。

　　于他，于她，都好，都对。

　　可是，一辈子，总会有一个人，被我们放在了心里最柔软的地方。那就放她在那里，不要再打扰她了。

　　乔一成说，各人有各人的泥潭，也许真是不错的。

　　乔一成有他自己的泥潭，他最不待见的小弟弟乔七七也有他自己的泥潭，他在那泥潭里陷了有十来年了，有一天早上起床，他忽地发现，他找不着他的泥潭了。

　　二〇〇七年的年头，元旦假还没有放完，齐唯民在自家客厅里，叹着气，看着坐在他家沙发上的人。那人垂着头，手按在膝盖上，额发披下来挡住眉眼与表情，可是那体态语言已足够凄凉。

齐唯民温声说：七七，芝芝妈妈去了哪儿，你就一点点数也没有？

乔七七摇头。

她平时有什么亲近的朋友吗？你知不知道？

乔七七摇头。

那你问过你岳父岳母吗？他们有没有头绪？

乔七七还是摇头。

一旁的常星宇实在看不下去，高声道：小七你有话说话！光摇头是什么意思？

七七猛地抬头，神色凄惶又摸不着头脑，满眼的泪，要落不落。

齐唯民拉拉妻子的胳膊，把她领到一边：小点儿声小点儿声，有话慢慢说。

常星宇说：哎哟我的老齐哎，什么时候了你还怕吓着你的宝贝弟弟，他又不是孩子！三拳打不出个闷屁来，往后怎么办？

齐唯民叹气：七七真是命不好！

齐唯民从小就七七、七七地叫他，到现在，他拔了个子长了胡子有了孩子还是如此。

他还是舍不得他。从小到大，他都舍不得他，渐渐地，却让他成了一个这样软弱而不经事的人。平时天真散漫，遇到丁点儿事情，立刻败下阵来，跑到哥哥这里来苦巴巴地坐着。少年时这样，现在还这样，常星宇觉得一时真是没有办法跟老公说得通。

齐唯民说：要不，咱们出面，帮七七在电视台发一个寻人启事吧？小杨，她要是有良心，还惦着这个家和孩子，兴许会回来的。那孩子的本质并不坏。

在齐唯民夫妻两人帮着乔七七找杨铃子的时候，杨铃子已经坐上了南下的列车。车过了长江之后，杨铃子慢慢地吐出一直提着的一口气来。

这么多年了，杨铃子想，总算到了这么一天了。

在这离开的一刻，她忽地那么清楚地记起初次见到乔七七时的情景。

那个软软头发、神情落寞的漂亮少年，曾经是从她最深最好的梦里走出来的人，他们也那么快地在一起了，有了孩子，过了这么多年。开始时还是快乐的，她是爱过他的，只是，一年比一年更清楚地，她认识到自己的错误，乔七七是一个总是要停滞不前的人，他喜欢把自己的生命留在某一个状态中，长久地，不要改变不要前行，因为那会叫他害怕。杨铃子简直不晓得他在怕什么，或者他根本不是怕，只是为他的懒惰与无能找借口，当想通这点的时候，杨铃子简直要暴跳起来。不行，她想，她不能跟着他一块儿，就这么耗着耗着，慢慢地就老了，老了也还是那副样子，与年轻时一样无能一样不知事，一样躲在别人的身后面。年轻时的小可怜或许还惹人爱，一把年纪还这副样子，足以叫一个精力旺盛总想着生活里来点子变化的女人心烦了，恼了，萌生了去意。

杨铃子记得自己一向是喜欢七七那种茫茫然的样子的，以前以为他是心事重重，忧郁无比，梦幻般的憔悴，后来才猛地发现，不是的，他只不过是在发呆，真的在发呆。

同样的事，以前是一个爱的理由，多年以后则变成了一个离开的借口。

铃子看着窗外飞掠而过的景致，越往前走，冬天的颜色会越少，这杨铃子知道，最南边，这一月里，也是有春光的。

女儿，杨铃子想到，女儿，还好女儿的性格并不像乔七七，过些年，再回去接她出来。

会有那一天的。杨铃子说服了自己。

人嘛，做什么事不都得要找一个理由，她想，找到了，不管真假，姑且安了心。

至于今后，铃子想，今后，也许也会有磨难吧，兴许那个新的男人并不全然如他所说的那么可靠，可是自己也并不是吃素的，多少也有一点办法，也有一点手艺。

而且，管不了那么多，且顾眼下要紧。再不离开，这一辈子都快要没有了。

窗玻璃上映出一个女人的样子，不太清晰，但是还是可以看出三十一岁女人的鲜艳与美来。

杨铃子慢慢地绽出一个笑来。有树影从窗上掠过，把她的样子打散了，过了树丛，那微笑的漂亮的面孔又显现出来，映在窗外冬天碧青的天空里。

电视台的社会专题节目这两天在播放时，下面都会滚动着一行小字：杨铃子女士，你的爱人与女儿以及父母，都在焦急地等着你回家，望看到电视后速与家人联系。

乔一成自然马上知道了消息。

常星宇虎着脸来找过他，到底是乔家的儿子呀，一样是儿子，为什么出了这么大的事，乔家连问都不问，真是太欺负人了。

谁知乔一成这一次竟然没有一点冷言冷语，反而一脸恳求，甚至对常星宇抱拳说：请你与表哥多费心了，我实在是，顾不过来了。

乔一成也并不是敷衍。

乔老头子在春节过后，晚上起夜时摔伤了腿。伤在髋骨，很严重，医生说，位置不好，病人年岁又大了，怕是从此以后要瘫在床上了。

正凑巧，曲阿英又回了老家，四美气得骂人，干脆不要回来了，来了也不让她进门！

乔一成兄弟几个轮流排班去照顾老头子，还请了个护工。老头子疼不过，整夜地乱叫，一整间病房的人都被他吵得休息不好。

还好乔一成找了相熟的医生，医生也表示理解，年纪这样大，这样重的伤，的确是很痛的，便给他搬了间病房，那房间里住了个植物人，倒不怕吵，乔老头子却又嫌晦气，最终还是乔一成一句话把他给制服了：你要么就住下，要么你看哪里好，我们送你去。是回家待着还是上曲老太太老家那里？乡里人多，请他们照顾你、付你的医药费如何？

乔老头子不响了。

曲阿英差不多开了春才回来。

同时回来的除了她的大儿子与临产的儿媳妇之外，还添了她的小女儿。

等到乔老头子终于可以回家休养的时候，发现，曲阿英竟然让她儿子与儿媳住进了乔老头子的屋子，她与女儿则在堂屋里隔了一小间打了个铺。

曲阿英说，眼看着儿媳妇要生了，女儿是来照顾嫂子坐月子的，她还要照顾老头子，怕一个人忙不过来。

那么你把你女儿跟我老爸一同放在堂屋里也不合适吧？还是你打算让我搬出来让她住呢？四美拉长了脸问。这下可好了，一家子都来了，等到小的生下来，可真的是落地生根了，把正主儿都挤走了，那句话怎么说来着？鸦占鹊巢？

乔一成冷笑着接过妹妹的话：是鸠占鹊巢，我从小就教你，要好好学习，不然没有知识。其实这世道呢，没有知识也不要紧，有本事就行，没有本事也不要紧，有厚脸皮就行。既然是曲大妈要替我们照顾父亲，那再好也没有，乔四美，你这就收拾一下跟我走，把房间腾出来让给这位小妹住。

乔四美简直要气疯了，她怎么也想不到大哥居然会说出这样一句话来，妥协成这个样子，马上跳起脚来，却被三丽一番推搡弄进了里屋，也不知三丽怎么劝的她，过了没多长时间竟然收拾了两个箱子出来，气呼呼又有点得意地真跟着她大哥走了，临走还回头下死劲地白了曲阿英一眼。

曲阿英原本鼓足了一肚子的勇气准备与乔家的几个厉害儿子女儿拼着大闹一场，必要时拉散了头发坐在地上哭一场也是可以的，可料不到竟然一拳打到棉花上，失了劲头的空茫，自己倒无法承受。

乔一成走出大门的时候，捏了拳头想：还不到时候。

还不到时候呢。

四美带着女儿住进了三丽家。

这边厢，齐唯民找了警局的朋友，将杨铃子临走时留下的字条拿到做了检验。人家说，"我走了，不要找我"那几个字的确是杨铃子的笔迹。这可就比较难办了，如果她真心出走，就难找了。

乔七七看着齐唯民一下子老了几岁的样子，心里难受得喘气都不匀。

这个是他的阿哥。

那个时候，肯收养他的人。

他从小在二姨家长大，可到底是隔了一层肚皮的孩子啊。

只记得冬天永远拖着鼻涕，因为太冷。棉衣的袖子永远短了一截。夏天永远长一身的痱子，还有热疖子。

阿哥是对他最好最好的人，是他最温暖的所依。他也不过大他十二岁，就像他的小爸爸一样，管他吃饭，管他穿衣，虽然也管不太周全，但还是努力地粗针大线地替他缝衣服，钉纽扣。替他用花露水擦痱子，带他去医院治头疖，治腿病。

　　大哥对他，永远是三个字：舍不得。就算他不争气，脑子笨，读不好书，每每考个二三十分回家，也能得阿哥一张温和的笑脸。长大一点才明白，那笑容里有多少无可奈何。阿哥为了他，选了本地的大学，考研究生时也拣着本校，虽然依他的成绩完全可以去北京；每周都抽空跑回家，替他做一顿吃的，洗一回衣服。阿哥有了结婚的对象，连约会都时常带了他同去。阿哥结婚了，他觉得自己好像又回到了从前失母的时候，生怕阿哥从此跟他疏离了。可是并不，嫂子是个好女人，他等于又有了一个小母亲。

　　后来他闯的祸走的弯路，再后来的开店，哪一样不是阿哥与阿姐在里头护着帮着，总想着要还了欠阿哥的钱，以后好好地孝敬他，料不到还有这么一天，他大了，成人了，可还是不成器，拖累了阿哥。

　　乔七七说：阿哥，你别操心了。我也这么大了，自己能处理好，再怎么难，也挺得过去。

2

孙小茉摸到乔二强家门口的时候，站住了，愣了一会儿，终于推开半掩着的门走了进去。

屋里零乱得很，但依稀还是可以看得出它曾经是一个洁净齐整的地方。一面墙上贴的全是照片，错落有致，架子上的小摆设，沙发上一看便是手工制的大厚垫子，墙角的花，枯了，可还有以往的那一点安稳与妥帖在。

孙小茉在客厅里转了两转找人，有人趿了拖鞋踢踏而来。

是乔二强，手里端了个偌大的碗，里面半碗糊烂了的面条，嘴里还吸着半根面，神情颓唐，看到孙小茉时，微微一惊。

倒是小茉先笑了：你这吃的是中饭还是晚饭？都三点多了。

二强胡乱地用手背擦擦嘴：你坐。我……我不晓得你会来。

小茉在沙发上坐下：我不来，事情就要一辈子这么糊涂下去了。

二强傻愣愣地望着她。

孙小茉从口袋里拿出一张银行卡：这个，还给你。这笔钱，我不能要。

二强开始结巴起来，眼皮也飞快地眨动：这个钱……是、是给孩、孩子的。可是，我……我不能……我总是要……找我师傅回、回来的。

那是应该的，孙小茉低了头说，不过钱还是要还给你。我要不起。

二强越发地结巴起来：是、是、是给、给……孩、孩子的。

小茉的头越来越低：给孩子我也不能要。我也……没脸要。

孙小茉终于抬起头，看着乔二强，心说这几年这个男人并没有见老，或许心计少的人都不大容易老，孙小茉想着，不过这男人不是自己的，他们再不会过到一处了。

小茉微笑起来。

二强被小茉脸上这一点点含糊的柔软的笑弄得很慌张，他听说人受了大的刺激是要伤脑子的，二强怕起来，小茉原本是受不得刺激的。

二强忙说：我的意思是……

他的话头被小茉打断了：二强，我今天来，是想跟你说句真心话。二强，钱我不能拿，我没有脸拿。孩子不该你养，他……小茉直直地望着对面电视机上一个永动仪玩具，那银亮的摆呱嗒地摆过来呱嗒摆过去，没有个了局。人哪能活成这么个东西呢？

他不是你的孩子。

孙小茉说。

他的亲生父亲是我的上级，我们书店以前的主任。那个时候，有一回，我糊涂了，就那么一回，我有了这个孩子。

二强呆望着孙小茉，自己都似乎听见脑壳里咯啦咯啦生硬转动的声音，他有点蒙。

那个时候，我也没敢跟我妈说这回事，直到我们……分开了，肚子也明显了，瞒不住了。

那个男人，起先赌咒起誓地说，要跟我好好地过，他说他没有儿子只有女儿，要是我给他生个儿子，我们自然可以在一起好好地过。我妈跟我，起先是痴心妄想着，既然事情已经这样了，不如就等孩子生下来再说。

二强回身给小茉倒了一杯水，递过去，小茉伸了手来接，一个没接稳，二强扶住她的手，那么一触之间，小茉手上那透骨的凉意叫二强打心底里软了一软，像是有什么东西，捧在手中的，因了这一点软，拿不住了，直要往下坠落。二强隐隐地记起，小茉的手与脚一年四季总是这样冰凉的，这么多年，也没有好起来。

孩子落了地，倒是个儿子。可是，他也不说要不要孩子，也不再说跟我一起过的话，就那么一天一天地拖着，拖着孩子会走了，会说了，我妈找上门去，被骂出来了，她气病了。原本，这也不是什么光彩的事情，我也是，做了回不像人样的事情，那个时候，真是……真是……就那么一会儿的糊涂，一步错就步步错了。

小茉轻轻地吸吸鼻子：那天，碰上了你，回家孩子漏了嘴，我妈，又起了点私心，想着，要是你能认下这个孩子，她说，眼看着小孩要上学了，这么个小人儿，户口都没有，现在上学都要讲学区划分，怎么办？那是她的一点自私，为儿为女，宁可昧了良心。二强你是好心的人，不要记恨她。

我不记恨，二强说，只是，这钱，小茉你得拿着。我们……就算是亲戚，亲戚给小孩一点见面礼……

小茉说：要是拿了你这钱，乔二强，我自己会看不起自己。

小茉走的时候，忽地问二强：二强你还记不记得，有一年夏天，天特别热，我们从肉联厂里拖了点冰块回来，放在脸盆里，用电扇对着吹，吹出一点凉气来。那时候也不觉得怎么苦，现在，一到热天，好像没有空调就过不得了。人都是惯出来的毛病，你说是不是？

二强乱乱地点头，心里直发着慌，心好像跳到了舌根处，得咬着牙才能阻止了它不跳出来，热热地喷在地上。

孩子不是他的，不是他的，小茉是个好人，不过，师傅是走了。

七七八八的念头疯了似的在二强的脑子里打着架，他昏头昏脑的，却还记得送了小茉下楼。小茉走远了，二强回到家，捧了大碗，那一碗面条早就冰冰凉了。

乔老头子如今也只吃得上一碗冷饭了。

他睡在堂屋里，床小，硌得他浑身疼痛无比。他跟曲阿英说了两回，曲阿英说：这堂屋也只搁得下这么小的床了，要不你看，大哥，我们把这旧八仙桌扔了吧，放在这里又大又笨，也旧得不像话，换一张小点的桌子，又轻巧又少占地方，然后再换个床，我看到店子里有单人的席梦思的，买个来用？要我说，有好多东西也该换一换了。

乔老头子把手中一碗凉了的红豆粥揉到曲阿英的手里：你现替我去换一碗热的来，我吃冷的不受用。

曲阿英忙说自己糊涂，赶着给他换来了。

曲阿英坐在乔老头身边，看着他吃粥，替他擦一擦嘴角流下来的米汁。老头子吃着，兀自哼哼着，他是喘不上来气了，病了这么一场，他的一口牙差不多掉光了，嘴瘪下去，样子变了好多，原本就稀疏的发现在更加稀得不堪，薄薄地覆在头顶，遮不住头皮。脸上一团灰气，脖子里竟然起了块块的鳞片，像老了的树，从里头被蛀空了。曲阿英的心慌慌地乱跳起来，定定神说：大哥，我还是替你添置张床吧，把桌子也换了，你看，上一回的家用是早就没有了……

乔老头咽下一口粥，说：桌子就算了吧，如今我又坐不到桌上去吃饭，就添一张好床，五六百块钱也够了。

曲阿英正要再说点什么，走进来一个人，拎了大包的东西，背着光，看不清脸，身形削瘦，拖着步子踢踏踢踏蹭过来。

曲阿英忙站起来笑着迎上去：是小七啊，来坐。说着接过东西去，道了破费，又夸小七懂事孝顺，还记得这个老爸。

乔七七在乔老头子身边坐下来，乔老头正有一口痰堵着，狠命地大咳了起来，七七站起来替他捶着，好容易喘过来一口气，乔老头子问：齐家老大这一回没跟你一起来？

七七答：我阿哥出差了。

听闻老头子生了病，齐唯民每周都会带着七七一同来看看。

七七呆坐在老头子的床边，老头子突然问：你的老婆还是没有找到？

没有。七七合拢了双手夹在双膝间，微不可闻地叹了一口气，又说一遍：没有呢。她可能……不会回来了。

老头子喘着说：你就不会硬气一点？在你家大哥的电视台里发一个告示，跟她脱离关系？

七七摇摇头。

老头子更喘了，一口气呼呼地在胸间涌动着：你就窝囊成这个样子？难不成你还替她给她娘老子养老送终？

七七低了头，好一会儿说：嗯！他们待我好。

乔老头子连着哼哼起来，实在是坐不住了，叫了七七替他拿掉背后靠着的被子，一点点蠕着钻进被窝里。七七替他把被子盖严实，扑起一点风，带起了一股子病人的酸臭气。

七七说：叫曲阿姨多烧一点水，我一会儿帮你洗一个澡好不好？

乔老头仰躺着望着天花板，哼着说：我懒得动，浑身疼。

七七便又坐下去夹了双手不吭气，偶尔转头看看床上躺着的老头。

老头子的样子全变了，五官都皱成了一团，鼻子尖锐得要戳破什么似的，嘴也因了瘪而皱得如包子的口，然而这是个馊败了的包子，老得不祥了。

七七的心里不知为什么蹿着一小股的热乎乎的情绪，张张口想叫一声老头子，可是上下唇干了，粘在一块儿似的，七七伸手拿过八仙桌上的一个杯子倒了点水喝了一口，把那一句叫吞回肚子里去。

老头子忽地又问：你女儿还好？十几了？

七七说：十一了。还好。七七不知道自己为什么会把事情说给这个老头子听，他们原本是那么的生疏，曾经许多年里，他们差不多就是陌生人，七七把这一切归结于那神奇的谁都躲不了抹不去的血源的联系。

七七说：身体还好，但是，不晓得怎么搞的，说是有点心理病。

什么？老头子没听懂。

就是，就是，就是，她总是……在店里乱拿人家的东西。可是老师说了，不是犯罪，也是有病。

老头子拍了床栏粗了声音说：狗屁！你就是太窝囊！要是我，打不死她！狠治她一次，我保管她什么病也没有了！

老头子又是一阵大咳，曲阿英过来，给老头子喂了回药，老头子睡了。

这天以后，老头子的病一天重似一天了，七七再来时，他就一直没有坐起来过。曲阿英做主，把老头子的药给停了，说是吃了也没有用，反而把那么一点点的胃口也全败光了，不如做点好吃的给他吃吧。

乔七七心里头觉得这是不对头的，想着要反对，可嗫嚅着还是没有说出来，还是告诉了齐唯民，齐唯民觉得事情不大好，赶着跟乔一成说了。

然而乔一成还没有来得及管这件事，他自己倒遇上点事情。

跟居岸彻底分手之后，居岸的妈妈给乔一成来过一封信。信里替居岸请求乔一成的谅解，最后写道，不要记恨着我从前以及后来对你们之间的事的阻挠，我是过来人，早早地看清了一件事，你们不合适，你们俩，都含了一肚子的冤气，这冤气在你们的肚子里出不来也化不了，但你是不一样的，你比居岸活得更有责任感。对于你对居岸的照顾，请接受我的真诚的谢意。原本我想着要补偿你，可是那无异于对你的侮辱。一成，居岸母亲最后这样称呼乔一成，愿你前路顺畅，你一定会得到幸福，你值得所有的幸福。

乔一成看完了信之后，隔了一天，一把火烧掉了全部与文居岸有关的东西。形式主义与戏剧化原本是乔四美爱的玩意儿，这一回乔一成才明白其中也有妙处，看火苗蹿得老高，映了脸，火热的一团，乔一成觉出一种浴火重生的快慰来。

然后，乔一成出了点事。不过，按宋清远的话来说，所谓祸兮福所倚，这世上的事，就是这样妙。

3

　　宋清远是一天凌晨四点钟接到乔一成的电话的。

　　电话里乔一成的声音抖得不成样子，宋清远乍一听以为他遇了车祸了，也吓了一跳。好容易乔一成算是能说上一句完整的话了，倒是把宋清远给听蒙了。

　　乔一成说他在市局，被扣了，可不可以请他来一趟，要交保金。三万。

　　宋清远二话没说，打开家里的保险箱，拣了三万块钱出来，上面银行的封条还没拆呢，原本是打算新买个镜头的。

　　宋清远这几年一直在做法制类节目，跟市局的那帮子警察好得称兄道弟。他找到宣传处的熟人，那警官拉着他偷偷地没说话先骂了一声：你们台的那个乔主任可倒了八辈子的血霉了，他是怎么弄的呢？

　　宋清远忙问是什么事，那警官眼神怪异，似笑非笑地，喷了口烟说：被一个小姐给咬上了。

　　宋清远怪叫一声什么，连连骂了几句国骂，说绝无可能，乔一成那个人，我认识多久了，他可不是那种人，你说我嫖妓都比说乔一成嫖妓可信！

　　警官也大笑：老宋你这个人真是少有，这个时代还有像你这样为朋友两肋插刀的。

　　宋清远调笑道：你帮我这个忙，大事化小，小事化了，我欠你个人情，下回我也为你插一回刀。

　　警官收起了那份调侃劲，说不行啊，最近抓得紧。坏就坏在，乔一成说与那个小姐只是认识，没有其他关系，可是小姐咬定了他是她的客人。更讨厌的是，跟乔一成一起被逮了个现的，你知道是谁？是市里宣传部的一个小头头，靠，政府官员出了这种事，哪有个好？又不是大鱼，正好拿来做筏子。知道乔一成是你们台的，交了保金你把人带走，我们尽量封锁消息，可是，处理是一定的。以后的事还真不好说。

　　宋清远见到乔一成时，又吓了一跳。一夜之间，乔一成老了有十岁，青胡茬冒出来，脸色灰败，个头都缩小了似的，一件休闲款的外套揉得稀皱。

　　宋清远叫了车把乔一成带走，什么也没问，直接跟司机报了自家的地址，乔一成却突然说他还是回自己那里。

到了地方，宋清远下车说陪他上楼，乔一成倒也没有拒绝，走到楼道口，乔一成忽地停住了，抬头去看夜空。

正是黎明前最黑暗的一刻，墨黑的天色，越显得天空的无边无垠，两三点星子也暗淡得几乎不见，需努力地细细看去，才见其微微闪烁。一株一株高大的树，枝丫直指天空，像是要戳破了那层黑，好漏下一点光来。

乔一成收回视线，这天空看久了，眼睛一抹黑。乔一成说：老宋，你说人是个什么东西？自己的命完全做不了主，那么我们到底算是个他妈的什么东西？

说着笑，笑得宋清远背上冷汗涔涔，乔一成又说，老宋你放心回去，我还不糊涂，我倒要看看，我这个命还要把我怎么地拨弄安排。

他的语气恶狠狠的，几乎有点儿咬牙切齿，有一点他温暾阴沉的性子里从未有过的激昂。

他这副神情不知为什么叫宋清远想起负重的骆驼，累得喷着鼻，嘴里嚼着草的样子，落在人眼睛里倒好像有两分笑意，看得好笑，却也心酸。

乔一成请了三天病假，之后，宋清远才了解了事情的大概经过。

乔一成因为新闻中心要与市委宣传部合作一个市民论坛的节目，与部里的一个姓刘的处长走得比较近。

刘处谈事情好在饭桌上，吃完了又爱去喝上两杯，乔一成只得作陪。有天刘处带乔一成还有另几个人去了一家相熟的夜总会，乔一成一进去就隐隐地觉得不大对劲儿。

果然在包厢里落座不久，就有几个年轻的女人走了进来。其中最为明艳的一个立刻在刘处的身边坐了下来，那情形，明眼人一看就是相熟极了的。

也有一个女人在乔一成身边坐了下来，乔一成下意识地略微让了一让，那年轻女人马上便察觉了他细微的动作，笑了一笑，却也没有像另几个女人一样马上向男人靠过去，而是端端正正地坐着，安稳地喝着酒。

那边刘处笑着说：这是乔主任，芬妮你要多敬他几杯。

这个叫芬妮的年轻女人闻言，微侧了身，双手捧了一杯酒，低声说：我敬你乔主任。声音微微沙哑。乔一成借着暗的灯光看了一看，这女人相当地年轻，妆色自然是浓的，然而因为光洁紧绷的皮肤，并不显讨厌，穿了件露肩的全黑的小礼服，头发烫成蓬蓬的大卷，半长的，散在光裸着的肩头，乔一成觉得她双手捧杯的样子有那么一点怯生生的乖巧，与她极成熟的装扮形成了一种微妙的对比，便多看了她两眼。芬妮显然是聪明的，因着这软而温的两眼，她整个晚上都把自己定位于一种收束的状态里。每隔了些时候就敬乔一成一杯，半点多余的话与动作都没有。

再一回陪着刘处过来时，刘处便点了名叫芬妮过来陪着乔一成。乔一成心里怪刘处不检点，又不好开口，还好芬妮还是那么乖巧沉默。倒是乔一成有点歉意似的随口问了她老家在哪里，芬妮说：老家不是这里的，可是，不提也罢。像我们这样的人，是有辱姓氏的。乔一成微惊，觉得她说话挺文气的，芬妮马上捉到了乔一成的这一丝惊讶。

这一晚上，芬妮慢慢地告诉乔一成，说她原本是考上了师专的，因为家里有了变故，所以辍学了出来做这种不名誉的事。乔一成并不全信，然而这女孩子，叙述自己的事情时言语平淡，那受了苦楚不能明言不肯抱怨的情状叫乔一成心软。

最后一次见到芬妮就是乔一成被公安扣住的那一天，这一天，乔一成终于就新栏目的事与刘处达成了合约。乔一成想，这可是最后一次陪这个人到这种地方来了，乔一成自嘲地想，总算是完了，要不，这一世的英名可算是卖给这个家伙了。

芬妮自上一回跟乔一成说了身世之后显得与他亲近了不少，乔一成在她坐下后跟她说，这一回是最后一次来了，芬妮愣了一愣，说，果然我是没有看错，乔大哥你是不一样的人。

乔一成听她改了称呼，也没有计较，说今晚不想喝太多，叫了点心来叫芬妮一同吃。

就是这个晚上，出了事。谁想到就那么巧，或者是人生真的远比戏剧更加戏剧。

乔一成没有料到芬妮会一口咬定了他是一个嫖客，原本这件事就是百口难辩的，他只是有点儿想不通一个看上去那样乖巧的年轻女人竟然这样利落地反手便是一记暗刀子。

乔一成被扣住时起先是与那几个小姐关在一处的，芬妮恰坐在他身边。乔一成是第一次在明亮的灯光下看到她，没承想芬妮竟是这样的漂亮，五官明丽里有一种尖锐，那一点乖巧与稚嫩全不见了踪影。乔一成说：没想到今天叫一个婊子给我上了一课。

芬妮笑了一下，哑哑的声音飞快地说：下一回学一个乖吧。信值得你信的人。

乔一成说：还轮不到一个婊子来教导我。

婊子笑了一下，笑里有一种无耻和无畏：倒也是。不过我跟你说哦，婊子可是一肚子的至理名言，够你受用一辈子的，因为她看过人性最丑陋的一面。

乔一成也笑了：有件事你倒没撒谎，你的确是读过两年书的，一般的婊子说不出这种有文化的话来。

宋清远了解了事情的前前后后，把那个刘处骂了个臭死，安慰乔一成说，总能查得清楚，清者自清。

乔一成并没有等来自清的一天，过了没有多久，最坏的事情来了。

西祠网记者论坛里，出现了一篇帖子，说是市台某主任级的 Q 君因嫖妓被抓，一时间跟帖无数，这事在市新闻界传得沸沸扬扬，出了若干种版本的谣言，最离谱的说那位小姐有了 Q 君的孩子，而 Q 君不认，才闹出此等丑闻。

乔一成这一回成了名人，宋清远气得眉眼挪位，说新闻人要是八卦起来，是比老娘们儿还要恶毒的。

这事儿，弟妹们最终还是都知道了。

三丽怕乔一成想不开，带着儿子一起要住到乔一成这里，四美则是跳着脚说是要找那个不要脸的女人拼命。乔一成说，你们不必担心，三丽你不要住过来，四美你也不要闹腾，让我静一静。

二强原本是打算去东北找马素芹的，因为这件事，买好的火车票都退了。二强说，这种时候，自然是要与大哥站在一起，二强用力想一想，想起一句成语来，说要与大哥同仇敌"汽"。

乔一成哈哈笑起来，三丽觉得大哥笑得怪吓人的，死活赖在乔一成家里住了一星期。

乔一成成了新闻界的新闻人物，冤屈地享受着这突来的名气。

乔一成叫二强还是快去东北，二强最终还是没有走成。暂时是走不了了。

乔老头子不行了。

乔老头子完全不能坐起发生在一个下午，他睡了一个短暂的午觉之后想坐起来拿夜壶解个手，却发现自己不能动弹了，活像被钉在玻璃框里的标本，一只徒有其形而再不能动弹丝毫的虫子。

二强是第一个从曲阿英儿子的嘴里知道这件事的，他回去看了乔老头子。

进了堂屋便闻着一股子骚臭味，听得曲阿英唉声叹气地说：又拉在身上了，这可是今天第二回了，才洗的被子衣服还没干呢，看这又是一堆。

倒是曲阿英的儿媳妇美勤，因为也偶尔在二强店里找她老公去，是与二强熟的，不声不响地抱了大堆的衣服被子出去，给二强端了杯茶来。

二强陪了老爸好一会儿，弄了些香蕉喂给老头，老头不能动，看来胃口还是有的，大口地急吞着。曲阿英见了，又叹气说：二强你不要再给他吃香蕉了，回头再拉了，我可真是没有力气再收拾了。

二强满肚子的气升上来，因着一张笨嘴，那气找不到合适的词语字眼来发泄，只晓得说：那总不能活生生把老头饿死。

曲阿英冷哼了一声说：我跟了你爸这么久，没有功劳也有苦劳，我可是半点也没有刻薄过他。病了这么久，是谁日日夜夜照看，人可是要摸着良心说话。

二强更加秃了嘴。

临走时，二强偷着塞了一沓钱在老头的床下，凑着他的耳朵说：你收好这钱，别给人诳了去。想吃什么，叫曲老太的儿媳妇背着她给你买点儿，我看那个女的还是个良善的人。

三丽与四美结伴去看过老头子。两个人先跟曲阿英儿媳妇美勤打听清了，趁着曲阿英到老乡家的那一天回老屋去的。美勤见了她们俩来面上惭惭的。这个年轻的女人生了孩子之后胖得完全走了样，银盆似的脸上，肉把眉眼挤得紧凑，满面的羞愧之色，为了自己的变形，为了不伦不类地这么住着，她诚惶诚恐的，不安极了。弄得三丽都不好意思了，拉了她说谢谢。

四美走到老头子床边，犹豫着，牙缝里挤了声"爸"出来，老头子转转眼珠子，看见四美，四美看那一双全无了光彩的浑浊老眼，心猛地一揪，又清清楚楚地叫了一声爸。

老头子叫了她的小名说：你倒杯水来给我喝，小四子。

四美回身兑了温水来，她不知道，这是乔老头跟她说的，最后的一句话。

一成当然知道了弟妹们回家看老爸的事，二强说，大哥你不要生气，他毕竟是我们的爸。我知道你最近心情不好，你不要再为这个事生气。

乔一成呆了一会儿说：我不生气。你说得对，毕竟是父亲。而且……而且什么，乔一成没有说出来，只留在了心里。

而且，他想，现在我可算知道了人人喊打是一种什么滋味。

这种时候，但凡有半扇断壁残垣让你靠着倚着都是好的。

还好我有，乔一成想。

那么也让他有吧。

在乔老头子最后的日子里，曲阿英终于跟他把事情提了出来。

那天她好好地给乔老头子擦了身，坐在他身边，缓缓地说：大哥，你看，咱们虽说是半路夫妻，可是我待你怎么样，大哥你是有数的，当然你待我也是好的。只是，大哥，你要是百年之后，我算个什么呢？我连立足落脚的地方都要没有了。

老头子喉咙里呼呼作响了半天，才说：钱都给了你。

曲阿英抓紧了他的手：我不是图钱的人，我们做了一场夫妻，到这个时候，你可不可以给我一个名分？

老头子又呼呼地喘了几声，说：我动不得了。

曲阿英说：我打听了一下，说是现在这种情况，你写个委托书，签个名字，一样可以办手续的。

老头子似乎短促地笑了一声：我是不识字的。

他要不认账了，曲阿英一念之间怒起来，拔高了声音说：按手印你总会。

隔了许久，老头子竟然说，好。

曲阿英一时心里千万种的滋味泛在一处，滚开了一锅粥，为着自己也为着老头子，手一抖碰掉了桌子上的一面镜子，砸了无数的碎片，白炽灯下明晃晃的一小片一小片，灯影一掠，一地落泪的眼。

老头子再说了一声：后天吧。

4

　　这一天，乔七七又来了。

　　他来的时候，已经是傍晚了。这一天天气有点怪，这么个快立秋的时候，阴了一天了，到了黄昏，竟然出了满天的霞，裹着一层薄薄的浅灰的云，那云色透明，橙色的光隔了这一层薄灰，温润如琥珀。起了一阵凉风，像乔家老屋这式的旧房深院，最宜穿堂过户的风，七七一进堂屋就说了句好凉快，乔老头子带着嗓子眼儿里的呼呼声说了句：还是老屋子好吧？

　　七七说：好。说着便笑。

　　老头子又呼噜两声，突然说：你觉得好我留给你。

　　七七呆了一下才明白过来，慌里慌张地说：我不要。

　　老头子发出一声不成笑的笑，说七七你过来。

　　七七忽地觉得有点不祥之感，仿佛那躺在床上的人魂魄已然缓缓上升，只有一线游线扯着一具干瘪瘪的身体。

　　七七一点点地蹭过去，俯身看着乔老头。

　　老头子的目光是散的，无法对准焦点视物，他圆睁了眼，却也只看见面前的一团灰。他伸手摸到乔七七的头，拍了两拍，咧开掉光了牙的嘴，笑了一笑，说了一句话。

　　像。

　　乔七七闻到父亲嘴里一种奇怪的味道，像是腐坏的食物混着一点铁锈味，一点腥气，热烘烘的，喷到他脸上时已经冷了。乔七七忽地想起小时候听过的鬼故事，那鬼是爱吸生人的阳气的，莫不正是这样的吸法儿？乔七七被一股恐惧拉扯得微微向旁边一让，却被乔老头子拉住了手。

　　七七感到老头子一根一根地挨个儿摸着自己的手指头，又说了一声。

　　像。

　　七七把空着的手盖在父亲的手背上。爸，你睡一会儿。他说。

　　嗯。

老头子哼了一声。

我不走,陪着你。七七说。

七七是快十点钟才走的。

自老头子彻底瘫了以后,曲阿英一直是和女儿一起睡在原先四美的屋子里的,半夜时她会起来看一看老头子。可这一天夜里,也不知怎么的,她特别地困,眼皮上压了块石头似的,半夜里听得堂屋里有重物落地的声音,迷糊中想,可能是老头子碰翻了床边的椅子吧,随它去吧,反正他也下不了床,磕不着的。边想着,边又睡沉了。

早上她一向醒得很早,从床上坐起,头目还有点昏沉着。猛地想起夜里那一阵闷响,好像有人提了桶冰水兜头浇了她一身,她一下子全醒了,火急火燎地扯了衣服过来穿好,跌跌撞撞地拉开门,一脚跨进堂屋,就吓得魂飞魄散,好半天好半天,才拉长了声音哀号了一声,一屁股就坐到了地上。

曲阿英的儿子媳妇听到动静赶出来,她儿子一看情形便往里赶自家的老婆,你不要看,去看着儿子,妈别叫小妹出来!

乔老头子下半身还挂在床上,上半身却扑在床前的地上,脑袋触地,头撞破了,一地的血,厚厚地,凝住了,一汪血红的胶质似的东西,扑鼻的血腥气。

曲阿英儿子大着胆子上前一摸,人是早就冷透了。

曲阿英一直坐在地上,地上冷,屁股与大腿一片冰凉,她忘了哭,直到儿子来拉她,说妈,老头子过去了。您快着点儿,我要通知派出所,还有他们乔家人。

说着飞快跑了出去。

派出所很快来了人,一番检查,证实的确是意外死亡,可能是半夜里老头子想挪下床时却摔了下来。

老头子被抬回床上,派出所民警说,给死者穿上老衣吧,怕是迟了,人都僵透了,不好穿了。

曲阿英回里屋,打开一口小皮箱子,里头有齐齐整整的一套寿衣,从帽子到布袜,她一样一样地拿出来。有一天老头子忽地说,怕死了没有衣服,曲阿英记得自己安慰过老头子,放心,我给你备好。都用好料子,一点儿也不含糊的。她说到做到,果真替他准备下了一整套的衣服。曲阿英低低地说:我待你是凭良心的,衣服是用我自己的钱做的。想不到你这样狠心!

老头子手脚已然僵化,硬如顽石,裤子还好些,勉强算是套上了,可是上衣,曲阿英和她儿子完全没有办法替他穿上两只袖子,两下里错了劲,乔老头子的遗体直直地摔到床上,头磕在床栏上发出老大的砰的一声,曲阿英和她儿子都吓了一大跳。曲阿英下意识地伸手摸一摸乔老头子的脑袋,想要替他揉一揉伤处似的,手上传来的那一阵冰凉让曲阿英恍然大悟,突然地,她的眼泪哗地就下来了。

乔家的儿女们接到了消息，一个一个赶来了。

最先到的二强。二强跨进门的一瞬觉得有点奇怪，堂屋里这样地安静，二强叫了一声：爸！

曲阿英回过头来，二强看到她满面的泪。

二强看着窄床上的乔老头子，他面目略有些肿胀起来，上身的深蓝色老衣竟然是半裹在身上的。二强慢慢脱下他身上裹着的衣服，耐心地从各种角度尝试替老爸穿好这衣服。三丽与四美在这个时候也来了，王一丁过来帮着二强，两个大男人，废了好大的力气，终于把衣服替乔老头子穿妥了。

三丽立在床脚，呆看着死了的父亲，四美紧紧地挨着她，捏着她的手。

三丽想，他死了么？那么我现在是一个没有父母的人了。

四美用力地掐着姐姐的手，在她的概念里，老头子是世上这样一个顽固的存在，再可恶再下作再没有感情，他终是存在着的。她脑子里是木木的，一时怎么也想不明白，这个人是不在了。

不在了。

一成与七七、齐唯民夫妇俩是前后脚到的。

人到了差不多后，曲阿英在老头子的脸上覆上一块白布。

七七总是有点怕着一成似的，离他远远地站着。

因为堂屋里围了不少的人，七七站的那个角落，只看得见乔老头子脚上的一双雪白底黑帮子的崭新的布鞋，没穿上去，只趿在老头子的脚上。

七七想起老头子病重的那些日子，他来看他，跟他有一搭没一搭说的话，在最后的那一天，他叫他到床前，摸他的头，说了两次：像。像。

七七无声地流起泪，泪流得猛了，抽泣压不住了，从嗓子眼儿里冲出来。

乔一成听见了，非常奇怪地转头看了七七一眼。

这个与老头子最疏离的孩子，为什么会这么伤心，反倒衬得他们几个全无心肝似的。

乔一成是看上去最平静的一个。

然而其实并不。

这么许多年，他恨毒了这个老东西，他从来都觉得自己是一个孤儿的。

但是无论如何，他没有想到过要咒他死，吵得最凶时，甚至动手的时候，他也没想到过要他死。

从来没有。

这一刻乔一成忽地认识到，他与他的弟弟妹妹们，是真的，成了孤儿了。

老头子过去于他们，不过是一个父亲的名分，可是他的死，却成就了他作为一个父亲的实质。

屋子里那样地静，只听得七七低低的断续的几声抽泣。

丧事在乔一成来了之后有条不紊地展开了。

有件事犯了难。

乔家的几个儿女们竟然找不到乔老头子的一张近照来做遗像，三丽与四美翻箱倒柜地，把老头子那几个木箱子找了个遍，在最破最旧的箱子底夹层里，总算找到了一张。

那是半个世纪以前，老头子年轻时的照片。照片上，老头子不过二十岁左右。

照片早就泛黄，脆得不像话，拿在手上簌簌作响，似乎随时要碎成片片。乔一成小心地把照片托在手里，只看了一眼，便觉得天灵盖上一线凉气直灌下来。

他知道乔七七像谁了。

相比之下，七七的眉目更良善温软，但是那眼睛，那鼻子，微微笑着时嘴角的纹路。

漫长的岁月，有着敦厚的无情，巨掌如同搓橡皮泥似的，竟然可以把一个人毁成这种样子。

乔一成的心里真是拔凉一片，那个困扰了他三十年的谜团终于散开了，谜团后面是豁然呈现的真相，这真相藏得这样久，生生隔离了他和他的亲弟弟。

也罢，乔一成想，反正现在也弥补不了了。来不及了吧。

来不及了。

殡仪馆的车来了，工作人员把遗体抬了出去。

乔一成走在最前面。

有风，忽地吹开乔老头子脸上盖着的白布，别人都没有理会，只有乔一成一人，看见了白布下，乔老头子的脸。一成伸手替他掩上脸上的那白布，指尖触到他冰凉的石头一般僵硬了的脸。

这是这父子俩最后的最私密的一次接触。

殡仪馆的车子开走了，扬起一团细灰，在窄细的巷口缓了速度，慢慢地，一寸一寸地终于挪了出去。

一下子就远了。

曲阿英这一会儿，才放声痛哭起来。

老头子两天以后火化。

乔一成带着弟妹们出来的时候，有人迎上来。

那人说：我，我开车来的，来接你们。这里叫车不大容易。

是戚成钢。

四美过于讶异，竟然失去了反应，还是三丽寒暄道：多承你费心。你，现在又开出租了吗？

戚成钢巴巴结结地拉开车门，边说：啊，没有，书店里我请了人看着，闲时开开车。跟人家合开，我是白班。不累。

葬礼过后，四美还是跟三丽回了家。

有一个晚上，那么晚了，三丽看四美屋子里还亮着灯，走过去看，四美呆坐在床上，披了条薄绒毯在身上，她的女儿小姑娘戚巧巧早倚着床里侧睡着了。

三丽说：你怎么还不睡？

四美忽地道：姐，我怎么心里老觉得有点怪。老头子，说没就没了。我最后一次去看他，那个样子，好像还是可以拖得一时的，哪晓得第二天就没了。

姐，四美隔了一会儿接着说，我是听说，曲老太，那些天一直在催着老头子办结婚手续呢。老头子好像也答应了的。怎么就说没就没了呢？

三丽的脸藏在灯光的阴影里，半晌才答：人哪，哪里说得准呢？别想了，睡吧。都过去了。

三丽长长地叹了一声：都过去了。

四美熄了灯，在黑暗里睁着眼想了半夜。

不知怎么的，想起来久远久远的一件事。

老头子那个时候赌了钱回来，是习惯给自己带一份夜宵来吃的。有时是一碗辣油小馄饨，有时候是一份豆芽回卤干，有时是一个五香茶叶蛋。从来都是他一个人自己吃的。就有那么一夜，四美起夜，拖了鞋子，睡眼蒙眬，小狗似的闻着香，寻到老头子的屋门前，从半掩的门向里张望了一下。老头子怕是手气好，这一晚特别地和气，招了手叫四美进屋，拿小碗拨了几块回卤干叫四美吃，四美一下子喜得觉头都飞了，呼呼地吃起来，老头子冲着她笑。

四美忽然地，就想明白了。

这个没有父母心肠的老头子，自私了一辈子，突然地，就这样，赔上了自己的老命，无私了一回。

四美在一片黑暗里突然捶打着床板压着声音，哭将起来。

5

乔老头子死后两个月,曲阿英等来了乔家的老大。

从给老头子穿上老衣的那一刻起,曲阿英便知道会有这么一天。

不过她以为这一天会来得更早,然而并没有。

她等了一天又一天。

她紧绷着的那根神经被一只无形的手拉紧又放松,再拉紧,再松开。她积聚了满腔的愤懑,胸口胀得如一面鼓,她得为自己个儿争一点响动。可是,日子一天天地过,这股子积在腔子里的气一丝丝地溜走了,曲阿英觉得自己活像一只开始漏气的气球。

曲阿英越发地觉得乔家的那个大儿子不简单。他让她自己先耗上这么一场,耗得失了志气与斗志,然后再来对付她。她不能叫他称了心。

所以,终于面对面地跟这乔家的大儿子坐在一起时,曲阿英是打起了十二万分的精神的。

她甚至还替老头子戴着孝,把一朵白毛线扎成的小花别在鬓边,直挺着背,耸了肩。她想起多年以前,丈夫死了,也是这样,团团的一屋子婆家人,一双双急红了的眼,一副副穷凶极恶的心肝,她的身边只得八岁的儿子与抱在手上的小女儿,那个时候她都没有怕过,现在,她也不怕。

不过,乔家的儿女们似乎并没有怎样的来势汹汹,只来了一个老大,和原先便住在这房子里的老四。

老大一成,坐了她的对面,四美坐在一张矮矮的小木凳子上。

曲阿英闭紧了嘴,打定主意后发制人。

果然是一成先开的口,出乎曲阿英的意料,他语调平和,老头子活着时反倒没有这么温和过。

乔一成说:对不住了曲阿姨,要麻烦您搬个家了。我妹妹要住回来,总不成她在她姐姐家住一辈子。

曲阿英微微笑了说:四美要搬回来是不?这里原本就是她的家,我哪会做那种刻薄

事，我今天就叫我家女儿收拾屋子搬出来，叫四美还住她原先的屋。我女儿可以跟我在堂屋里搭床。

一成神情有点疲惫，也笑了笑，继续温暾暾地说：不是这个意思，曲阿姨您没有弄清楚。我是说，这老屋，房产属于我小妹乔四美，您以及您的家人住在这里是不合适的。

曲阿英觉得自己声音微微发着抖，不是不怕的，但是也由不得她怕了。

曲阿英说：我跟你父亲没有办手续，但我们终归是事实婚姻。我们是乡下人，但是我们也是懂法的。我是有权利继承乔大哥的遗产的。

一成捏捏鼻梁，又笑了一下，说：曲阿姨您说得对，您是有头脑的老人家，您是有权利继承老头子的财产，所以，老头子有多少钱，您尽管拿走，我们做儿女的，从小到大，没有受过这父亲多少的恩典，现在当然也不会争这笔钱。但是，这房子，房产证与土地证上是我妹乔四美的名字，不是老头子的财产，您当然就没有权利继承。

曲阿英这一回真的笑了出来：哎呀，一成，你会不会记错了呢？你看，这房产证、土地证，上面明明白白写的是乔祖望的名字。

她拿出两张纸，推到一成面前：当然，这个是复印的，原件在我这里。一成，我一个寡妇人家，背井离乡，侍候你父亲一场，也不容易，没有功劳也还有苦劳，特别是后来，你们跟老头子怄气，一撒手把他全推给我，不是一天两天啊。我为他做的，就算是他原配，你们的妈，也不一定能做到。

一成一个手指头又把那两张纸推回到曲阿英的面前：所以我说，您可以拿走老头子的钱。那个我们几个儿女完全没有意见。可是，您还是没有弄明白，我手里的这份证书才是真的，老头子那里的那份不是。如果您不信，我们可以找权威部门来鉴定。

曲阿英冷冷地笑：哦，老头子的证书是假的？他当时可亲口跟我说过，这房子是他的。人嘴两块皮，这个时候，人已死了，死无对证，你说什么都是可以的。你在电视台做事，见得多识得多，想要骗我一个乡下来的老太婆还不是一句话。

四美插嘴道：你不要糊涂，老头子的嘴里，有几句真话？你跟他不算久可也不算短了，你是真不明白还是揣着明白装糊涂？

老头子嘴里有几句真话，这话可是正正地撞在曲阿英的胸口。老头子说过几句真话呢？她想，她还真不清楚。人就是这么个不是东西的东西，谁知道谁的心里放了几句真话，这真话从嘴巴的两块皮里翻搅一通出来后又剩了几句是真的。

一成接着说：我会陪着您一起去鉴定，我的话您不信，公家的话您总该要信。等事情弄明白了，咱们再谈搬家的事儿。这事儿，不急。您看，您是孤儿寡母的，我妹妹也是单身带一个孩子，这种苦处，您最能体会，还希望您能体谅，我得替我妹妹打算打算。

曲阿英握了一手的冷汗，她知道她是输了。但是输也要输得有个架子在，她想着，她一个寡妇人家，拉扯两个孩子长大，自然有点斤两也自然有点担当。那我们就去找公家人鉴定一下，她说，要是我的那份是假的，二话不说，我卷铺盖走人，要是真的，对不住，谁也别想把我赶走。

曲阿英说着，慢慢地直了腰站起来，一步一步地走出去。她知道她是输了。她得端着架子把这两步走完，别叫人看笑话看得太得意。

乔一成在办完这件事之后，在家里休息了两天没有去上班。第三天，他去上班了。他想，无论如何，这一天他得去单位。

原本乔一成是新一任副台长的候选人之一，因为上一次的嫖妓事件，一成与这个机会失之交臂。

这一天，是新任台长副台长宣布就任的日子，乔一成坐在宽阔的电视台演播大厅的一个角落里，与众人一起鼓掌，心下一片坦然与宽慰。

就在台领导竞聘全部结束的那一天，台里郑重地发布了一个公告，替乔一成同志正名，洗清了有关他嫖妓的声名，并将此公告发布在西祠记者论坛里。

一个月以后，曲阿英一家子搬离了乔家老屋。

曲阿英的儿子还要拼着闹上一场，曲阿英说：儿子，你还记不记得我们在乡下时，爱打的那种麻雀牌？儿子，输了就是输了。洗一把牌我们重新打，赖皮算怎么回事？

曲家母子们搬离了乔家，临走，乔一成又交给曲阿英一笔钱，说是乔家子女们凑给她的，为了她曾为乔祖望做的一切，表示感谢。

二强跟曲阿英的儿子说，要是你还想做下去，自然可以在我的店子里继续做。

乔四美搬回了老屋。兄弟与姐姐帮着她搬的家。

三丽说：这屋子如今宽了，四美你不怕吧？一个人带着孩子。

四美说：我不怕。我从小在这里，怎么会怕？小时候怕鬼啊怪的，一把年纪了哪会怕？

而且，四美想，在这屋里过世的人，好也罢歹也罢，总是自家的亲人，是妈，是爸。

一道到这老屋来的，还有一个人。

南方。

南方是回来给老头子上坟的。

葬礼那会儿，南方正在外地出差，一直都忙得不可开交，这次回来，是参加乔老头子骨灰入土仪式的。

乔家的几个儿女们商量了，还是将父亲与母亲合葬在一处。

这一天的午饭是在乔家老屋吃的。

这堂屋的顶上原本有一块一米见方的玻璃天窗，多少年了，那玻璃被一层足有半寸厚的泥灰给糊得一点儿光也透不进来，二强在早两天里架了梯子上去给那天窗换了块玻璃，滤了一层蜜色的暖阳直照进来，堂屋里一下子亮堂了起来。三丽快活地说：亏你还记得这扇窗，二哥。

一成笑道：他怎么会不记得？小时候，他晚上起来在桌上的纱罩子里偷东西吃，不敢开灯，全靠这一扇窗透着的一点星光来照亮。

一屋子的人都笑了。

才吃了饭，三丽便推着乔一成，叫他跟南方姐出去逛逛，不是说南方姐的新房子弄好了吗，不去看看吗？

南方与一成沿着街道缓缓地走，南方说：听说你们台里换了新的领导班子？

一成笑说是的。

南方说：不必遗憾一成，你不适合那个。

一成忽地起了玩笑的心笑问：为什么？

南方也用轻快的玩笑的调子说：你的气场太正。

一成朗声笑起来：这是宋清远同志的口气。

南方也大笑起来：小远是位好同志。

一成说：好同志遇上了新问题。前段日子老宋去教育系统做一专题，准备冲击今年新闻出版总署的大奖，采访了若干学校，有一天忽被一小学老师收服，如今正在通往二十一世纪新好男人的光明大道上不断前行。

南方笑得直不起腰来，马上打电话给宋清远以示祝贺，说，加油，做一架爱情天空里的战斗机！

两个人在大街上笑得如同两个孩子。

一成忽地说：谢谢你，南方。

南方回过头来的时候，头发被风吹得遮住了眉眼，她把头发撩到耳后，露出一张恬静的笑脸来：清者自清一成，这世上总有黑白是非。

一成"啊"了一声，别过头去，好半天问：这么相信我？

南方说：我是信我自己。项南方别的没有，眼力还是有的。乔一成是什么样的人，项南方岂会不知道？

秋末初冬，天色暗得早，两个人不知不觉地就走到了秦淮河畔。河水浑浊，带着咸湿气，隔岸有灯光亮起，光亮散落在河面上，在河水波漾间碎钻一样地闪着。

一成问南方：冷不冷？

南方答非所问，说：一成你看这河，治理了这么多年，还是不理想。不过，到底是好得多了。依稀有了当年桨声灯影的韵味了。

一成伸手揽住南方的肩，没有作声。

一成，南方又说，生命再痛苦，再无望，总还是有一点光明的东西，值得我们为之挣扎，拼了命似的伸手抓住。

一成与南方紧紧拥抱在一起。

南方轻声说：以后你要有什么事，要记得第一个让我知道。

二强在这一年的年底终于去了东北，说是要把马素芹带回来过年，跟智勇一起去。

四美的女儿戚巧巧，被市小红花艺术团录取。

这小姑娘乌发明眸，身姿轻盈，容颜美丽，双臂伸展来比身高长出不少，双腿并拢来没有一丝缝隙，天生的舞者，还特别地安静，总微笑着，即便是站在角落里，也一样光彩照人。四美打她四岁起便送她去学跳舞，她的乐感与肢体感觉特别的好，说起来，这还是常星宇的弟弟常有有次无意间发现的。

女儿住校以后，四美一下子变得无比清闲。于是她拿了大假，跟三丽说她要去一趟西藏，现在去拉萨通了火车了，比当年不知方便了多少倍，年前去走一走，赶回来过年。

三丽诧异地看她一眼，四美笑起来：姐，我晓得你是什么意思。你放心，我不会再糊涂一回。

三丽沉吟半天说：其实，也不是不可以，孩子现在前途好，他也年纪不小了，也应该改过了。

四美笑了：姐，人一辈子傻一次就很够了。我只是去看看那地方。

看看曾经为了一个人所走过的，千山万水。

这是二〇〇七年的年底。

就那么巧，等二强与四美先后回到南京的第二天，便开始下雪。

二〇〇八年的年头，南方下了百年不遇的大雪。

这座城市，一片银白。

6

二〇〇八年开始，乔家的孩子们过了这么些年来最安稳最踏实的一段日子。

二强自马素芹回来以后，便将自己的那家小饭店重新装修了一下。本来二强说，弄得高档一点儿，换上一色的西餐台面，小小的方桌子，上面铺上桌布，弄个小花瓶，再点上蜡烛什么的。马素芹不同意，说，我们这个店子靠近学校，学生娃来吃饭就是图个便宜口味好，弄得不土不洋的，把客人吓跑了。不如干脆家常到底。

于是小店的装修便走了极平民的路子，桌椅凳子做旧，四壁青砖的墙，纸灯笼，屋梁上挂几串辣椒蒜头，且是干净，全是家常菜色，还给学生包饭，生意越发地好了。

二强留下了曲阿英的儿子在店子里帮忙，这两人，倒正经做起朋友来。本来二强也是愿意让曲阿英的儿媳妇在店子里做的，可是那年轻女人死活不肯，自己找到一个活儿，在一家卖汽车的店里擦玻璃。四美有一回在街上碰见她，她红润的脸上惭惭的笑一晃而过，大方地与四美打招呼，告诉四美，曲阿英现在包下一间报亭卖报纸杂志，日子还是不错的。曲阿英儿媳妇又说：四美姐，你替我谢谢乔大哥。是他找人帮我妈包下报亭的，我们一家子谢谢他。

四美微微吃惊，料不到大哥背着他们竟然这么做。

四美觉得大哥这个人哪，活像一个热水瓶，外头凉，里头烫。话又说回来，这种人，不讨好的，这年头，你看还有多少人在用热水瓶？全改喝纯净水了。四美把这番话说给三丽听，三丽笑她现在竟然开始哲学思考了。

姐妹两个人哈哈大笑。

最近有人给四美说了个对象，对方年过五十，儿女都在国外，自己办了一个工厂，专接外单服装和运动鞋的加工，做得相当不错，竟然称得上是一个大款。本人长得也不寒碜，五十多了，背不驼，肚子也没有胀大如鼓，收拾收拾也是像像样样的一个男人。他对四美十分满意，四美只一个小女儿，孩子又漂亮又省心，无父母，兄姐们各自有家有工作，无拖累。可是四美见了人家一两次之后，竟然回绝了这门亲。兄姐们颇有点不解，二强开玩笑地说：大款哎，是开玩笑的吗？一套别野在郊区，出门就是小汽车，想买什么好衣服也不用算计来算计去，眼睛眨都不眨就买了。

四美咯咯地笑，说二哥你从小就把别墅读成别野，到今天也不改。我跟你们说，嫁大款，就像抢银行，钱来得快，可是后患无穷。我现在这样一个人有什么不好？女儿由国家培养，我每年存点钱就出去旅行一下，看山看水比成天看着一个男人强得多了。

这话笑倒了一屋子的人。乔一成想，料不到乔四美有一天成了乔家几个儿女中最为豁达的人，可见人傻不要紧，只要不傻一辈子就行。

三丽与王一丁住的那片老房子被政府征了地，他们拿到了一笔房贴，加上积蓄，两人买了新房子，现在正在装修。夫妻俩带着孩子，在老屋里临时过渡，跟四美做伴。叫乔一成奇怪的是，三丽他们挑的房子，竟然与南方新买的房子在同一个小区里，隔了三幢楼。

乔家几个孩子中，现在最不顺心的，是乔七七。

七七的女儿，那个叫乔韵芝的小姑娘，得了一种怪病。

其实早两年，七七就发现了她的这个毛病，小姑娘跟她妈妈去超市，偶尔会在口袋里塞一点小东小西回来，有时是一块小橡皮，有时是一包小头绳。那个时候夫妻两人只骂了女儿几句，也没太在意，小姑娘被吓了两回，也就没再乱拿东西。铃子走后，小姑娘的这个毛病开始发作，有一回在超市被当场抓住，七七赔了钱道了歉，可没过多久，她竟在学校里犯了事，趁着全校学生在操场上开庆祝会的机会，一气偷了六个班级的东西，其中有一些挺值钱的数码用品，还有现金，统共算起来，有几千块钱。学校把家长找了去，由校长亲自出面，跟乔七七郑重地谈了，希望他能好好地重视孩子的这个毛病，必要的话，可以带孩子去看一看心理医生。不然，学校考虑要将乔韵芝除名。

这事儿过了没两天，乔七七在一天下午接到了学校打来的一个电话，吓得魂飞魄散，腿抖得走不得路，叫了辆车赶到学校。

乔七七看见他的女儿，十二岁的小姑娘乔韵芝，坐在学校顶楼平台的边沿上，双腿挂在外面，一把长发散了，在风里吹得四下飞散，裹了一头一脸。乔七七看不清女儿的样子，只听见她尖厉的，带着哭音的叫声：你们谁都别过来！谁过来我就跳下去！我跳下去！

在那一刹那，乔七七回忆起，乔祖望死前的那一夜，他冰冷的、干而硬的手在自己脸上抚过去的感觉，那腐的、温的、臭的、死的气味儿扑在自己的脸上。

那是乔七七头一次离死亡那样近。乔七七才过三十，他从来没有想到过死，那个东西远远的远远的，在长路的尽头，他得走多久才走得到那里，他不清楚，也不想清楚。乔七七活到这么大，似乎从来没有专心地想过什么事，他只是活着，顶了个活人的脑袋，可从来不想。

这一天，乔七七正有点感冒，浑身火烫的，脑子却在这一刻格外地清明起来，他对着女儿走过去，叫着女儿的小名，芝芝，芝芝，你下来，到爸爸这边来。

他张着手，"爸爸"这个词从他的口里冒出来，好像是个实在的东西，骨碌着在他的嘴里打着转。他尝着这两个字儿的味道，想起他多少年里都一阵一阵地发着蒙，不明白家里的这个小东西，打着辫子，穿着花衣，在屋子里来来去去的小姑娘是打哪来的，是怎么回事。

乔韵芝并不理她的爸爸，往下探探脑袋，引来一阵压抑的惊呼。

忽地，有一道人影从乔七七身边掠过去，一个人冲到平台的边沿，坐在乔韵芝身边。风很大，乔七七耳边呼呼地灌满了声音，轰鸣着，他听不见那人跟他的女儿说了什么，只看见他的嘴在动，然后，他看见那个年轻的男孩子抓了乔韵芝的手腕，把她拉了下来。身边的人蜂拥而上，抱住跌倒在地的小姑娘乔韵芝，有人低低地哭。

乔七七僵在原地没有动弹，他觉得，他身体里像是有什么东西，悠悠地冲着那青白的一片冬日天空飞了过去，他身上的一部分消失了，可身体却奇怪地变得更加沉重，就像他过往的三十年的日子，嗖地一下子晃过，剩下的日子却更长得没有了尽头。可更怪的是，他却好像看到了那个尽头，他的小女儿在刚才的一刹那里，就站在那个尽头上，他清楚地看见她飘飞的长头发，和冷冽冽的眼神。

救下乔韵芝的，是她年轻的班主任老师，乔七七认识，非常年轻的一个人。这小老师也是吓得不轻，可还撑着陪着乔七七处理完了事情，送他们父女俩回了家。

这件事情，乔七七没有告诉齐唯民。这是他头一回有事儿瞒着他。

齐唯民的母亲，乔七七的二姨去世了。

她得了糖尿病，拖了好多年，在医院里抢救了两天之后，老太太突然清醒，看着身边的儿子儿媳与小孙子，问了声，七七呢？没有等到回答，也没有看到赶过来的乔七七，就那么闭了眼。

齐唯民的继父，那个与二姨生活了二十来年的老头，守在医院太平间前，他说要再陪一会儿二姨再回去。等齐唯民和常星宇办好了手续过来找他时，发现他坐在长椅上，已经没有了呼吸。

齐唯民足有两天两夜没有睡，终于下决心，将母亲与继父合葬在一处。

工人用盖板盖严两只并排放着的骨灰盒，用水泥抹严边隙，齐唯民看着墓碑上黑色的新鲜的两个名字，再看向远远的东南角，他的亲生父亲就埋在那里。他觉得父亲在看着他们，看着这一个雪白的崭新的墓碑，父亲爱过的，和一起生活过的两个女人，都离他远远的，远远的。他们经历的那一段岁月，灰飞烟灭，永不回来了。

等齐唯民忙完了一切，乔七七才告诉他，他把游戏室包给别人做了。

乔七七把女儿留在家里待了一周的时间，父女两人连大门也没有出，饭菜都是打电话叫的外卖。小姑娘坐在自己卧室的地板上安静地绣着十字绣，绣了七天，绣成了一个靠枕套。乔七七枕着这个枕头，枕在女儿细密的针脚上一夜未睡，第二天开始，他每天陪着女儿一起上学，坐在教室的一个角落里，跟女儿一起听课一起放学，陪着女儿一起做功课，一直到这一个学期的结束。

春节过了，眼看着十五元宵就要到了。二强跑去找乔七七，说是叫他十五这一天一定要回老屋跟哥姐们一块儿吃个饭。

那一天，乔一成喝了不少的酒，也许实在是喝得多了点，乔一成觉得坐在身边的弟妹们的身影都飘飘忽忽的，跟映在水里的倒影似的。四美不放心他一个人回去，硬留他在老屋住了一晚。

乔一成睡在熟悉的屋子里，这一觉特别地沉，梦都没有一个，一片单纯的漆黑，浓厚得化不开。第二天一早，乔一成睁开眼，看见一个女人的身影在屋子里晃，听得她说：起来了，太阳晒着屁股了。

很轻柔的声音，道地的土腔。

乔一成微笑起来，喊了一声：妈。

他想起，这好像是一个周日，他睡到很晚，妈妈叫他起床，他呆呆地坐在床上，想着这一夜的长梦，梦见他长大了，上了大学，寒窗苦读，范进中举似的考上了研究生；梦见他结婚了，还不止一次；梦见他的弟妹们，一个个，长手长脚，都添了岁数，面目不复他所熟悉的少年的青涩稚嫩。梦里头，他们哭，他们也笑，他们过着日子，日子里有人来了，后来又去了。他还梦见自己与一个女子在河边走，河水拍岸，温腻的水汽，河面上散落的灯光；还梦见一场又一场的葬礼，有人痛哭，但是他一点儿也不悲伤，因为他相信那是梦境，有一种置身事外的从容，一切都不与他相干，不过是一个梦而已。很长很长的一个梦，醒来，却是一个周日，他不用上学，作业也做完了，母亲一定在忙着烧早饭，身边的兄弟也还在睡，一条腿搭在他的肚皮上，他的妹妹们睡在旁边的小床上，骈头抵足。

乔一成满足地往被子的更深处缩一缩，又叫一声：妈。

有小姑娘的声音响起：大舅舅。

一张美丽的小脸出现在乔一成的视线里，细软的头发扫在乔一成的脸上。

小姑娘乖巧地问：大舅舅，我妈问你早饭想吃什么？稀饭还是豆浆，油条要不要？

乔一成慢慢地对准目距，看了又看，认出是难得放假在家的外甥女戚巧巧。

乔一成慢慢坐起身来，好半天，终于笑出来。

都要，他对戚巧巧说。

这一天是周日，乔一成午后去了南方的新房子。

装修已做好了，大方舒服的风格，一切崭新却又带一分尘世的亲切，倒像是人离家了一段日子，拎了行李重又回来了。

南方看过，很是满意。

乔一成一间屋子一间屋子地走过，快乐里头有一种深切的疲惫。

大约还是宿醉的缘故。

乔一成到卫生间里方便。

有点头晕，他把头抵在墙上，下身忽地一阵尖锐的刺痛。

接着，他看见抽水马桶里一片血红。

7

乔一成用了一周的时间，处理了一些事情。

事情办好了之后，他在中国银行里租了一个保险柜，把所有的文件收进去。那只小小的银色的钥匙，乔一成把它揢在手心里好一阵子，这一段，他的手心总是这样滚烫的，干的，手心的纹路浅淡而散乱。乔一成想着初中的时候，有个同学，神道道的，成天给人看手相，他还记得那小个子的男生在看了他的手相之后，露一个高深莫测的笑容，说，反正你这个人吧，一辈子会有人疼。

最终，乔一成把小钥匙装进一个信封，封了口，信封上写了项南方的名字。

乔一成这些天在这座城市的大街小巷里转了个遍，他走过他曾经生活过的一个一个的地方，最初与叶小朗租住的小区，坐落在安静的浓荫蔽日的西康路上的项家小院，电视台的周围，母亲原先工作过的厂子，小时候常玩的地方，完全地步行，一寸一寸地丈量他前半生生命的痕迹，这才真真切切地明白什么叫沧海桑田。所有的地方都不复当年的旧貌，拆掉的房子新起的楼，砍掉的树桩上甚至新发的枝芽都茂盛蓬勃了。这一年的冬天实在是寒冷，路边堆着未化的雪，污脏的，成了灰黑色，鼻尖全是清冽的雪气，板结的地面，一步一滑，让人联想起人生的艰难。

路经曲阿英的报亭时，乔一成看到了她，对着她点一点头，曲阿英略有点局促地也点一点头，弯下腰去。

过一小会儿，有一个一岁多的小孩子，矮墩墩的，步履还不大稳，抱了一大摞报纸，摇摇摆摆地走过来，仰头看着乔一成。乔一成冲着他说：给我的？

小孩子手上的报纸大约是拿不动了，差点落地，乔一成给接过来：谢谢你啊。

小娃娃笑起来，口水落下来。

最后，乔一成回到乔家老屋。

家人与邻居都上班去了，小院冷清幽静。好像只有这里无甚大的变化，无非是多出一小间依墙搭建的小厨房或是储藏室，院墙上湿滑的苔痕，枯的爬山虎枝，院里一口大缸，半缸水，上面漂着极薄的冰，映着一方天，乌惨惨墨沉沉的。缸里的鱼在这一个冬天里全冻死了。

还是变了，老屋原先的花窗换成了推拉式的钢窗，廊下突出一个空调的外机，像人颏下起的一个大包，稀脏的，原来的燕子窝早就不见了踪影。

乔一成在老屋门前站了许久。

时光嗖嗖地从耳边流过，少年时的乔一成推门而入，进得门来，却已是年过四旬的男人了。

当时那少年，茕茕独立，无比惶恐和哀伤，生命里的障碍这样多，而日子一望无尽。

然而日子也终于走到了这么一天，他曾以为四十岁久远得永远不会来。

在乔一成的记事本上，记下了如下一行：

三月六日　办妥银行所有事宜
三月七日　所有文件存入保险箱，钥匙将来交南方
三月十日　约宋清远吃饭，品尝他推崇之东北酱骨头
三月十二日　入院

乔一成得了肾病。

确诊之后，病情发展得很快。

医生建议透析。医生说，越早越好，特别是早期开始腹膜透析，可以充分发挥原有肾功能的作用，效果会更理想一些。

三月中旬，乔一成第一次透析。

过程漫长痛苦，乔一成觉得好像过了一辈子那么长的时间才结束。医生说，怎么可以没有个家人在身边？怎么可以？

透析过后，效果似乎还不错。只是日复一日地吃着医院配给的食物让乔一成有生不如死的感觉。

乔一成提出出院回家去疗养，医生说再看看吧，过两天。

乔一成在病房里迷糊地睡去，蒙眬梦里，他端了杯热茶站在窗前慢慢地喝，茶杯晃了一下，洒了他一手茶水，湿漉漉的。

醒来发现，手心果然湿润而温暖。

有人伏首在他手上，在哭。

乔一成动一动手，那人抬起头来，一张泪涔涔的眉目间皱起无限哀伤的面孔。

是三丽。

随后有人进病房来，身架宽大，鞋声橐橐。

是宋清远。朗朗的声音，说，跟这里的主任打了招呼，即刻就搬一个单人病房，并斥责乔一成这么不声不响地自己一个人来住院十分愚蠢。

你当你在演八点档？宋清远说。

弟弟妹妹们都过来了，团团的一屋子的人，宋清远不由得又说起自己的英明来，若不是换了病房，哪里待得下这么许多人？

从这一天起，陆续有亲戚同事来看一成，来的人无不轻言细语，所以虽是人多，倒也不吵，多半站一小会儿便走了，不想妨碍病人休息。

二强夫妻两个也不知从哪里弄来个肾病病人的食谱，郑重地请医生看了，天天做了送过来。

三丽拿了一张大白纸，细细地排了个时间表，兄弟姐妹几个轮流来陪着，保证病房一刻也不会空着无人。

七七请三丽把自己也排上。三丽说，你一个人带着个孩子，也不容易，我不排你，你有空来看看大哥就行了。齐唯民说，你把七七排上吧，孩子在我家呢。没事的。

有天七七来接四美的班，四美不在，一成说她打水去了。七七一个人面对一成时，总有一分尴尬与瑟缩，一成拍拍床叫他坐，他挨着床沿坐了半个屁股，没过一分钟便站起来说去帮着四美拎水去。

七七在水房门口看见四美，趴在窗台上，脚下两个热水瓶。

四美在哭。大颗的眼泪扑簌簌落在窗台上，一个一个湿的小圆点子。

七七在她背后站了一会儿，走上去，搂着她的肩，她回过头，肿得桃似的眼睛看着七七，微微有点惊，愣了一愣。七七拍拍她，她的眼中立时又涌了一眶的泪来，伏在七七的肩上，用脑袋在他的肩头轻轻地磕。

七七拎了两瓶水，扶了四美一起回病房，在房门口站住，七七说：四姐，你别进去了，给大哥看到你的眼睛心里难受，我就说你接了个电话先走了。

四美点头，走两步回头，问七七：你刚叫我什么？

七七有点儿磕巴：四……四姐。

四美脸上忽地透一点笑意出来，说：小七你回头也叫大哥一声，我没听你叫过他。

七七脸上红了一下，微笑着说：好。

七七陪了一成一夜，隔天早上十点多才走，因为项南方回来了。

项南方只见过七七一回，彼此都打了个愣。

七七看看南方又看看一成，哦了一声，说自己先走了。

过了没半分钟，七七却又推门，探了半个脑袋进来，突兀又含糊地说：我走了，大哥。

南方微笑着看着七七出去，又笑着转过身来，说，你这个弟弟挺可爱的，这么大个人，看上去还像个孩子。

一成看着南方，半天才说出一句：南方，你来了？

南方微笑着，也过了半天才答：一成，你不够有信用，你答应过的，若是有事，要让我第一个知道。结果我成了最后一个知道消息的人。

一成嗫嚅着,内心百感交集,不能成言。

南方于是又笑:小远人真好,这病房安排得很好。你好好地养病,不会有事的。对了,我帮你联系了一个肾病专家,最近他会从北京过来,帮你会诊。

一成说:这可怎么好意思?

南方说:我明白你的意思,一成,你从来都是怕欠别人的情。可是,人这一辈子,哪能真的孤独到老,谁也不求,谁也不靠的呢?生而为人,本来就是要吃尽千辛万苦,身边有人相互帮衬照应,彼此扶持,是福气。

一成不语,拉了椅子,叫南方坐下,剥了一个金灿灿的大橘子,递到她手里。南方低头半晌,忽地说:一成,我就快回来了。

你说什么?一成问,回到南京?

是的,我申请去教育局。想做一点实在的事。

可是你现在发展得这么好。一成说。

南方突地转移了话题:我有个大姐你是知道的吧,就是跟我和北方不同母的那个。

一成点头。

南方不疾不徐地说:你可能不清楚,她是一个绝顶聪明的人,那个年代,人们也没听说过要测智商,就觉得她学东西特别快,过目不忘。后来我父亲认识了一个德国回来的学者,他跟我大姐接触后说,给孩子测个智商吧,兴许这是个神童。谁知真的测出是神童之后,大人们都觉得我大姐好像反而慢慢地迟钝起来。书也读得一般,上一个一般的大学,做了一份一般的工作。到现在我才明白,我大姐是真正的聪明人。那个时候她才十四岁。她说,她要做一个一般的人,嫁一个一般的人,过一个一般的人生。也许混沌也许缺少荣耀与光彩,可是比较容易接近幸福。当时我还反驳她说,一般人可也不容易幸福,她之所以能接近幸福不过因为她有一个不一般的家。我记得大姐当时笑起来,她说,可不是。在不一般的家里过一个一般的人生。谁叫我命好,命好,就可以多一点选择权,只不过每个命好的人会拿这多出来的选择权做不同的事,有人拿来挣钱,有人拿去争权,以便多出更多的一些选择的权利。而我选择一种我想过的日子。所以我就幸福了。

一成听南方低缓地说着,午间的阳光直照进病房,因为映了屋顶未化的雪色,格外地明亮,落在南方浓黑的头发上,光线亮,可以看见南方眼角细微的鱼尾纹,她也老了些,可这一点老态愈加柔和了她的五官,眉目里一派清明。一成想,这是南方,他曾经的妻。项南方,在他最困苦的时候,她是他永远的南方。

南方抬起眼笑着继续道:那个时候我不懂得大姐,我只觉得工作学业以及一切都要做得最好,证明给所有的人看,靠我自己的能力,我可以做得最好。人生里没有什么比让自己一天比一天接近真理更有意义的事情了。一直到我遇到你。

对了一成，你知道我最羡慕你什么？

一成温柔地说：羡慕我享一份世俗的快乐。

南方点头，却又摇头：你明白可又不能真正地了解呀，我刚认识你那会儿，我觉得你真好啊，我最羡慕的就是你跟你弟弟妹妹之间的那一种相依为命的感觉。从小父亲就教育我，人要独立要自强，不靠天不靠地不靠任何人，因为谁在最关键的时候谁都可能靠不住。我们有家庭之爱也有兄弟姐妹之爱，可是从来没有觉得谁离了谁就不能活。我们彼此如同四肢，如果断裂，自然是要痛彻心扉的，可是，还是活得下去，还会慢慢适应。可是，你跟你的弟弟妹妹们，看上去却也并不是深情款款，然而分离时便如同从彼此的身上把彼此剥离。你们是精神上的连体儿。当时我想，这真不容易，这有多好啊！

一成握住南方的手，贴在自己的脸上：只是这种幸福怕是我再享不了多久，南方，我托一个事儿……

南方站起来，打断他的话：先不要说这个。我不相信就到了绝望的时候。

人总有这么一天，南方。我一辈子，很走运了。

以后的日子会有更多的运气，相信我一成。运气，幸福，好日子，就在你前头，可是你得走过去，他不会来接你。你得走过去。

这一天晚上，南方留下来陪夜。

半夜的时候，一成睡不透，听得一旁的床上有微泣的声音，黑暗里游丝一样。

一成试探着叫：南方？

那边便安静了下来。

一成又叫：南方，南方。

听得窸窣之声，是南方。

一成往一边让一让，空了半张床出来，南方坐上来，靠着一成。

一成说：现在才明白，我过去错得有多厉害。

南方似乎笑了一声，鼻间一点涩意，低声说：都有错。我错在不够坚定，你错在不够相信。

一成捏紧了南方的手，在心里说：谢谢你南方，谢谢你。

谢谢你爱我，虽然过去我真的从来不敢相信。

原来灵魂一直这样不由自主地卑微着。

一周后一成出院，可是这一年的五月里，一成的病情进一步恶化。

五月中旬的一天，四川发生里氏八级大地震。

乔一成却多半在昏睡中，在世界看不到的地方备受折磨，而世界亦在乔一成看不见的地方满目疮痍，却都在疼痛中缓缓地愈合着伤口。

尾声

乔一成十月初的时候又入院了。急性肾衰竭。

情况不大好。这个，便是不懂医的人也可以看得出来。

开始时一成不愿意再住院，弟妹几个急得了不得，二强结结巴巴地问一成是不是考虑到了经济上的问题，一成干脆说是，不想把自己一辈子的钱往水里扔，连个响动也听不见便灰飞烟灭。

四美跺脚说：那钱我们几个出好了。大哥你不用舍不得，你养我们一场，我们也该报答你，真是的，你从来不是把钱看得这样重的人，治病要紧，身体不好，要钱有什么用？没有你这个大哥，我们要钱又有什么用？

一成面目浮肿着，看上去变了一个人似的，坚持不肯住院：治是五八，不治是四十。

有病就治病，又不算绝症，我就不相信治不好。二强咬牙说，有一种孩子气的恶狠狠，像跟一个看不见的盘剥着他们兄弟几个命运的人较着劲儿。

一成盯了二强上气接不了下气地说：你敢不听我的话？

一样地恶狠狠，那一层病气笼罩着他周身，一种绝望的气色，灰灰地涂抹在他脸上。

七七被两个人的神气吓呆了。

最终是南方送了一成进医院的。三丽说：如今大哥只听南方姐的话。

南方私底下找了一成弟妹几个，拿了一个信封交给三丽。

这里面有一把钥匙。你们的大哥把所有的都留给你们了，你们，别丢下他。

三丽热泪滚滚，把那信封攥得稀皱，钥匙硬硬地硌着她的手心。四美抱住她的头，两个人哭在一处。二强说，我不信，我就不信治不好。不是科学发达么？我是信科学的。我没有学问，可是我信科学。我信科学。二强呜咽起来，哭什么呢？有科学怕什么呢？会治得好的。

专家又一次会诊。

以现在病者的情况，换肾是最好的。虽说换过的肾也有一定的存活期，换肾过后病也有可能复发，但是，以病者的年纪，换肾是最佳治疗方法。换作是年老体弱的，便不支持

换肾了。如果肾源也同样的是年轻健壮者的，手术成功率会更高，术后的生存率也很大，生活的质量也是可以保障的。

弟妹几个听了说，好在我们兄弟姊妹多，也都算得上年轻，都健康，跟医生提出尽早安排检查，看哪个人换肾给大哥最合适。连着一丁、智勇都过来要求接受检查。

在一个十月闷而将雨的午后，乔一成从一场长长的昏睡中突然醒来。

真怪，一成想，今天身子轻快很多。

姊妹们都不在。一成隐约地听得他们说过要接受检查的事儿。

一成从床上坐起来，慢慢地走出病房的门。

他觉得步子很轻很飘，仿佛他沉甸甸的肉身不复存在，只得一个空灵的魂魄。这样的不能承受的轻。乔一成想，他一生，似乎总忙于挣扎，流光难挨，去日苦多，可也不是没有快活的。如今得这样一个结果，其实也没有什么不好。

只是，疼痛疲惫的灵魂有权选择对生命放手，放手后给别人减一副担子，多留一份念想。

医院的顶楼平台上有风，闷气一下子被扫光。乔一成的耳畔呼呼的全是风声，脚下是这个城市繁茂的绿荫，楼房，长长的道路，奔驰着的车，细小如蚁的人，乔一成微笑起来。

他爱的人们，兄弟姊妹们，南方，还有朋友，他把他们装在心里，带着一起走。

乔一成的耳朵里突然听见有人在叫他：乔一成，乔一成。

一成回头，见一年轻男人，文雅清秀，姿态悠闲舒畅，穿旧棉布白衬衫与旧灰色毛背心，蓝布裤子，戴着旧式宽边眼镜，容颜依稀熟悉却想不起来哪里见过，连声音也是熟悉的。那样地年轻，比自己年少许多，几乎还是个孩子，怎么会认得他的呢？一成仍在奇怪中，那年轻的男人说：乔一成，乔一成，你在那儿做什么？打了铃了，上课了！

说着微笑转身而去。

一成被蛊惑一般"哦"了一声，尾随着他走过去，走下平台，那人回头望望他，又微笑一下，推开一扇门走出去，一下子便不见了。

一成回到病房，四美早扑上来叫：大哥你去了哪？急死我们了。

一成拍拍她肩，安抚她一下，坐回床上。

这一刻突地有阳光破云而出，直照到病房里来，一瞬间那光便又被云遮住，屋里又是一暗。四美说：这天哪，要下也不痛快地下，要晴也不痛快地晴。

一成在那光亮起时的一刹那想起来那人是谁了。

文清华，一个久远的名字，曾经乔一成生命里的一束光亮。

很久以后的一个偶然机会，乔一成才知道，文清华老师就在这一年的这一天去世。他住在一成所在的同一所医院心脏外科，做心脏搭桥手术，手术顺利恢复良好，本已要出院，却突然心血管破裂，不治。

弟妹几个检查结果出来了。

竟无一个配型成功。

除了七七。

七七完全同意捐肾，可是乔一成坚决地拒绝。

一成说，不予，不取。

乔七七于乔一成拒绝手术的第二天来到一成的病床前，站在那里淡淡地问：你不要我的肾是不是？你不要就算了，我给别人，卖给别人，得了钱存起来，以后送我女儿出国念书去。七七突地微笑起来，笑得挺调皮的：去美利坚合众国！说完微斜了眼看着乔一成。

一成恍然间好像看到，那个坐在太阳窝里，吃着廉价糖果的小东西，哗的一下就长了这么大。

这中间好像没有过程，只现出个结局。

可是乔一成明白，那过程藏在他所不知道的岁月里，藏在他不曾参与的，乔七七的，一天一天的日子里。

一成的换肾手术安排在半个月之后。

七七很快地也被安排住进了医院，就在乔一成楼下的一个单人病房里。

齐唯民跟常星宇送他过来，常星宇跟七七说，芝芝我给你管着你放心，我镇得住她。等手术做完了，你出院了，也住过来。

乔七七说：谢谢阿姐。

常星宇只觉喉咙里紧了一紧，快步走出去，说：老齐你陪七七一会儿吧。

齐唯民问七七：小七，你，你可想好了？

乔七七说：想好了。阿哥，你从小把我抱大，我从来也没有对你说一声谢谢。现在补说吧。

齐唯民说：说什么谢呢，你还记得小时候得了腿病的时候，咱们遇到过一位卫医生吧，后来我还带你去找过他，想谢谢他，可是医院的人说，他过世了。你怕是不记得了，那会儿你太小，他说过，能做兄弟姐妹是几世修来的。

乔七七说：所以这辈子要好好地修行，下辈子，还跟你做兄弟。

齐唯民站起来，拍拍七七的头，转身拉门要出去，却在门边上愣住了，背对着七七，好长好长时间没有动弹。

七七也不上前，只在站在那里看着齐唯民宽厚的背。想着躲在这肩背后的，他生命里的无数的去了的日子。

乔一成的手术进行了整整八个小时。

乔家一大家子在门外足等了八个小时，二强三丽四美他们说，随时准备输血，别用血库里的血。他们排排坐在椅子上，四美的女儿也被从学校里接了回来，小姑娘低低地唱着

一首歌，走廊里回响着小姑娘细微单薄的声音。

手术很顺利。

之后是漫长而艰难的恢复期。

乔一成每一次蒙眬醒来，便看见弟弟或是妹妹坐在床边，再一睁开眼，却又换了一个人。

他听得他们低低的说话的声音。

通气了没有？医生说，通气之后可以进一点流食。

要不要做好送来？不用，都是医院配好的，弄点好汤来吧。

要天天漱口，轻轻地帮他翻翻身。

一成想问，七七呢，七七怎么样？

声音低得如蚊子哼，三丽把耳朵直凑到他脸上来，轻快温柔地问：大哥你说什么？

七七在你楼下的一间病房里，也已经醒了。四美在那边，表哥表嫂也在。

三丽在水盆里搓洗着毛巾，替乔一成擦脸和手，再坐下来，用一把银色的小剪刀替他剪指甲。

她垂着头，有刘海披散下来遮了半个面孔。

一成想：所谓亲兄弟热姊妹啊，就是说，生命中有些痛苦，他们相互给予，却又相互治愈。

一成又低声地说：你也去。看看小七去。

三丽说好的。

忽地笑了，回身从小袋子里捏出来点什么塞进乔一成嘴里：给你含着，去去嘴里的苦味儿，别咽下去。

甜甜的一块。

猜是什么？三丽问，又笑着自己说：是玫瑰，糖腌的玫瑰，现在的人，可真会吃。

你还记得吗哥，小时候，我们那里街心小花圃里，种了好多的玫瑰，那个时候那样饿，也没想到过偷来吃。

一成慢慢地吮那甜酸东西，微微笑起来：去吧，去看小七。回来跟我说。

七七到底年轻，恢复得比一成快些。他的一个肾如今在乔一成的身体里。

一成听得七七的情况，说，我想看看他去。二强说，你现在最好不要乱动，医生说，一个星期之后再下床吧。咦，二强突地说，要不跟医生说说，把你们俩干脆放在同一个病房里，闷了还可以做个伴，谁也不要挂着谁。七七也想想来看你呢。

南方听了说这可真是一个好主意，医生来查房也方便啊，我们来护理也方便。

当天下午，乔七七便被转到了乔一成的病房里。

七七手术前特地去剪短了头发，短得贴着头皮，更显得岁数小，一成之前并不晓得，所以歪了头盯着他看了半天，忽地撞上七七的目光，七七咧开嘴笑。

兄弟两个在一间病房里，果然热闹了起来。

一周过后，一个中午，一成跟七七都没有睡午觉。睡得太多，虽然身体还是有点无力，可精神上有一种温淡的兴奋。

一成叫：七七。

七七转过头：啊？

一成却又觉得不知从何说起。

七七叫：大哥？

一成答：啊？

七七却也无话了。

一成终于说：七七，多谢你。

七七说：你是我亲大哥嘛。对了，七七的声音快活起来，说个事给你听大哥。上回你说的那四个字，我没有听懂。

一成细细一想，才明白他说的是哪四个字。

七七接着说：还是后来阿哥解释给我听的。七七叹一声，你们读书人，真会说话，四个字四个字，工工整整的，比唱歌还好听。

一成的声音也轻快了：七七，说的比唱的还好听是句骂人话。

这个我知道啊，可是我不是那个意思。哟，不能笑。七七低而快地笑了一声。

七七对一成说：我是真的佩服你们呀，像我阿哥说，老天爷关了一扇门，必定会给你打开扇窗。大哥，七七转过头来看着乔一成，年轻而俊秀，面色略有些苍白，但是真是英俊。

大哥，打开窗，兴许幸福就进来了。

一成"哦"了一声，然后问：七七，你躺得累了吧？背痛不痛，我们一块儿起来活动活动吧。

七七说：好啊，我们起来吧。

起来开窗。

完

2009.5.8 完稿

2020.1.12 修订

2020.3.20 再次修订